정본 방정환 전집 4

정본 방정환 전집 4: 산문 2_『개벽』『신여성』『별건곤』

2019년 5월 1일 초판 1쇄 발행

지은이	●	방정환
펴낸이	●	강일우
책임편집	●	유병록
조판	●	신혜원 박지현 박아경 황숙화
펴낸곳	●	(주)창비
등록	●	1986. 8. 5. 제85호
주소	●	10881 경기도 파주시 회동길 184
전화	●	031-955-3333
팩스	●	031-955-3399(영업) 031-955-3400(편집)
홈페이지	●	www.changbikids.com
전자우편	●	enfant@changbi.com

ⓒ 한국방정환재단
ISBN 978-89-364-7710-3 03810
ISBN 978-89-364-7950-3(전5권)

정본 방정환 전집

산문 2 『개벽』 『신여성』 『별건곤』 ① 한국방정환재단 엮음

4

창비

그의 삶이 우리에게

이상경 한국방정환재단 이사장

조선 후기 유학자 유한준은 김광국의 화첩 『석농화원(石農畫苑)』 발
문에 "알면 곧 참으로 사랑하게 되고 사랑하면 참으로 보게 되고, 볼 줄
알게 되면 모으게 되니 그것은 한갓 모으기만 하는 것이 아니다."라고
썼습니다.

저희 한국방정환재단도 처음부터 전집을 발간하려 한 것은 아니었
습니다. 그동안 소파 방정환 선생에 대하여 모르는 사람이 없다고 여겨
왔지만, 소파가 사람들에게 제대로 알려져 있는가 하는 질문에는 그렇
다고 대답하기가 어려웠습니다. 그래서 연구자들과 연구를 시작했습니
다. 벌써 8년 전입니다. 이후 3년 동안 세 분의 연구자와 살펴보았더니,
소파의 활동이, 그의 저작물과 삶이 우리에게 돌아오는 듯했습니다. 이
제 그것에 더하여 여기저기 흩어져 아직 미답으로 남겨져 있던 소파 선
생의 온 모습을 세상에 드러내야 한다고 확신하게 되었습니다.

최원식 선생님께서 이끌어 주신 간행위원회와 원종찬 선생님께서 이
끌어 주신 편찬위원회의 노고로 4년여 간의 대장정이 마무리되었습니

다. 위원으로 참여해 주신 여러 선생님과 편찬위원회 간사를 맡아 수고해 준 염희경 박사를 비롯한 실무진 덕분에 소파 방정환의 면모를 우리의 미래 세대에게 제대로 전달할 수 있게 되었습니다. 그 과정에서 새로운 글을 발굴한 것은 큰 성과라 생각합니다. 이 일에 우리 재단이 함께할 수 있었음을 기쁘게 생각합니다.

드디어 『정본 방정환 전집』이 나옵니다. 많이 애썼지만 아직 끝난 것은 아니라고 생각합니다. 첫째는 아직도 발견되기를 기다리는 작품들이 있을 것이란 점에서이고, 둘째로는 소파의 작품들이 오늘날에 맞게 새롭게 태어나길 바라는 점에서입니다. 이제부터는 여러분들에게 맡겨 드립니다. 감사합니다.

소파(小波)라는 원점

최원식 간행위원장, 인하대학교 명예교수

어찌된 셈인지 또 언제부터인지 아동문학은 일반문학으로부터 분리되었습니다. 때론 분리가 좋을 수도 있지만 이 경우 양자 모두에 좋지 않습니다. 아동과 어른이 떨어질 수 없듯이 아동문학도 일반문학과 떨어질 수 없기 때문입니다.

시간을 거슬러 오르면 분리는 관행이 아닙니다. 근대문학 건설이 곧 국민국가의 창출과 긴밀히 연계된 계몽주의 시대는 차치하더라도, 이후 특히 카프와 모더니즘도 아동문학을 중히 여겼습니다. 새로운 역사적 과제는 그때마다 어린이의 재발견을 요구하기 때문입니다.

분리의 관행이 6·25 이후 서서히 자리 잡은 것을 감안하면 이 또한 분단체제의 본격적 전개와 관련이 있을지도 모르겠습니다. 민주화와 탈분단화를 축으로 한 1970년대 민족문학운동의 진전 속에서 이오덕과 창비를 축으로 한 새로운 아동문학운동이 일어나면서 분리의 극복이 비롯된다는 점은 시사적입니다.

그러나 때로 급진적 오류에 빠진 경우도 없지 않았습니다. 소파 방정환의 문학에 대한 평가가 대표적일 겁니다. 어린이를 발견한 동학의 사상적 자장 안에서 아동문학운동을 근대문학운동의 일환으로 추동하신 선생은 또한 어린이의 소수자적 위치 또는 소수자 어린이의 처지에 주목하여 대두하는 민중문학의 호흡을 아우르셨습니다. 말하자면 소파는 그 자신이 민족협동전선입니다.

소파 가신 지 벌써 한 세기가 가까워 오건만 선생의 진면목은 아직도 미명입니다. 다행히 최근 선생의 글들이 속속 발굴되면서 어둠이 급히 가시고 있습니다. 이에 힘입어 한국방정환재단과 연구자들이 발의하여 전집을 발간할 뜻을 모았습니다. 전집 발간 선포식을 치른 지 4년여 만에 3·1운동 100주년을 맞은 뜻깊은 해에 뭇 공덕으로 드디어 전집이 완성되었습니다. 소파가 21세기에 어떤 모습으로 거듭날 것인지에 우리 아동문학의 다른 내일, 또는 우리 어린이운동의 다른 미래가 숨어 있으리란 예감이 종요롭습니다. 감사합니다.

방정환 전집을 새로 펴내며

원종찬 편찬위원장

방정환은 모두에게 친숙한 이름이지만, 그의 행적이 적잖이 가려지고 구부러져 왔기에 줄곧 논란의 중심에 있었습니다. 그를 '어린이 사랑'과 '나라 사랑'의 표본으로 만든 과거의 논의가 전부 틀린 것은 아닐지라도, 국가권력이 필요로 하는 것만을 골라내어 강조한 데에서 빚어진 현상일 것입니다. 한쪽에서는 '동심'과 '애국'의 이름으로 순화된 방정환 상(像)을 만들어 국민 계도의 방편으로 삼으려 했고, 다른 쪽에서는 그와 같은 '방정환 신화'를 부정하는 데 급급했던 게 저간의 사정이었습니다. 어찌 보면 양쪽 모두 실상과는 거리가 먼 방정환 상을 붙들고 있었던 셈입니다.

『정본 방정환 전집』을 새로 펴내는 일은 의미가 매우 크기에 무거운 책임감이 뒤따랐습니다. 다행히 각계를 대표하는 간행위원을 모시고 학계와 시민사회 운동에서 활동하는 전문 편찬위원이 힘을 모은 덕택에 기존 전집을 크게 보완하는 성과를 내올 수 있었습니다. 방정환 전집은 1940년 박문서관에서 처음 발행된 이래 10여 차례 간행돼 왔습니다.

그만큼 방정환의 비중이 컸던 것인데, 그에 비한다면 연구는 초보적인 수준이었고 여건도 매우 열악했으므로 전집다운 전집이 되기에는 여러 모로 부족할 수밖에 없었습니다. 그러나 각 분야의 학문이 비약적으로 성장한 오늘날에는 과거에 이뤄 내지 못한 많은 것들을 해결할 수 있었 습니다.

이번 전집의 가장 큰 성과는 지금까지 발굴되고 확인된 방정환의 저 작과 필명에 대한 새로운 연구 성과를 남김없이 반영함으로써 수록 대 상을 대폭 확장한 점입니다. 자료의 수집과 분류에서 연보 작성과 텍스 트 확정에 이르기까지 수많은 토론과 검증 과정을 거쳤습니다. 확정을 유보할 수밖에 없는 논쟁적인 자료에 대해서는 글마다 해제를 달아서 추후 사실관계를 따지는 데 도움이 되도록 했습니다. 비단 논쟁적인 자 료뿐 아니라 기존 전집과 다른 원칙과 기준으로 분류하거나 제목을 정 한 것들에 대해서도 하나하나 해제를 달았습니다. 편찬 원칙과 기준은 워크숍, 세미나, 학술대회 등을 개최하여 도출된 결과에 기초했습니다. '정본'의 이름에 걸맞도록 치밀하고 세심한 고증에 만전을 기하는 한편 으로 해석이 필요한 경우에는 해제로 밝혀서 책임의 소재를 분명히 했 습니다.

『정본 방정환 전집』의 출간은 방정환에 대한 고정관념을 깨는 커다 란 전환점이 되리라고 봅니다. 첫 출발점은 환골탈태로 거듭난 한국방 정환재단이 방정환의 뜻에 맞는 교육문화 사업을 펼치고자 기초 자료 의 수집과 조사를 신진 연구진에 의뢰한 데에서 비롯되었습니다. 연구 진은 재단의 후원으로 2011년부터 여러 차례 학술회의를 개최해 오던 중 제대로 된 방정환 전집을 새로 펴내야 한다는 데 뜻을 모았습니다. 그리하여 2014년부터 재단의 사업으로 전집 간행 및 편찬위원회 활동이 개시되어 오늘에 이르게 되었습니다.

돌아보건대 한국방정환재단이 새롭게 개편된 것은 하나의 사건이 아닐 수 없습니다. 과거의 한국방정환재단은 설립자의 파행적인 운영 행태로 말미암아 명예와 권위가 땅에 떨어진 상태였습니다. 과거였다면 재단의 사업과 인연이 멀었을지도 모르는 신진 연구진으로 편찬위원회가 구성된 것은 결코 예사로운 일이 아닙니다. 출범 당시에 한국작가회의 이사장께서 간행위원장을 맡아 주시고 창비가 전집 출판사로 정해진 것도 하나의 상징이라면 상징일 수 있습니다. 비로소 방정환이 한국방정환재단과 더불어 진보적이고 개혁적인 학술단체와 시민사회 운동 속에 자리하게 된 것입니다.

방정환은 귀여운 어린이를 품에 안은 모습으로 기억되고 있으나 꽃길은커녕 한평생 가시밭길을 걸은 재야 운동가에 속했습니다. 약자를 짓누르는 부당한 권력과 제도를 그냥 보고만 있지 않았으며, 헐벗고 굶주리고 학대받는 어린이의 삶에 바짝 붙어 있었습니다. 모쪼록 『정본 방정환 전집』의 출간을 계기로 우리 시대 '해방' 운동의 길에서 방정환이 새롭게 부활하기를 기원합니다.

차
례

1부 『개벽』

2부 『부인』『신여성』

편집후기

3부 『별건곤』

일러두기

1. 『정본 방정환 전집』은 지금까지 발굴된 방정환의 모든 글을 대상으로 삼고, 1권 동화·동요·동시·시·동극, 2권 아동소설·소설·평론, 3권 산문 1(『어린이』『학생』편), 4권 산문 2(『개벽』『신여성』『별건곤』편), 5권 산문 3(『별건곤』, 기타, 부록 편)으로 구성해 장르별로 수록하였다.

2. 작품 수록 순서는 창작·번역·번안을 구분하지 않고 발표 순서에 따랐다. 발표 당시의 장르명·기획명·코너명과 번역·번안 여부 등은 각주에 밝혔다.

3. 작품은 처음 발표된 글을 저본으로 삼고, 글의 맨 마지막에 수록 지면을 밝혔다. 한 작품이 개작 후 다시 발표된 경우에는 각주에 달라진 부분과 재수록 지면을 밝혔다. 단, 작가가 독자층이 다른 매체의 특성을 고려해 개작한 경우로 보이는 작품은 모두 수록하였다. 작가가 생전에 유일하게 간행한 동화집 『사랑의 선물』(개벽사 1922) 수록작은 해당 책을 저본으로 삼았다.

4. 작품이 작가의 본명 방정환과 아호 소파(小波) 외에 목성(牧星), ㅈㅎ生, 몽중인(夢中人), 몽견초(夢見草), 깔깔박사, 삼산인(三山人), 뽕S 등 필명으로 발표된 경우에는 글의 맨 마지막에 필명을 기재하였다.

5. 동일한 제목으로 시리즈 성격이 강한 글에는 일련번호를 붙였고, 작품의 제목이 긴 경우에는 줄여 싣고 각주에 원제를 밝혔다.

6. 맞춤법, 띄어쓰기는 현행 표기법을 따르는 것을 원칙으로 하되, 작가의 독특한 어휘나 사투리, 독창적 표현은 최대한 존중하여 작품이 본디 품고 있는 원형을 훼손하지 않도록 하였다. 한자는 한글로 바꾸고 필요한 경우에만 한자를 병기하였다.

7. 외래어 표기는 현행 표기법을 따르되, 작품 속 고유한 인물이거나 파악이 불가능한 인물과 지명은 원문대로 표기하였다.

8. 원문 해독이 불가능하거나 작품 발표 당시 검열로 삭제된 부분은 □□로, 원문에서 밝히지 않은 부분은 ○○으로 표시하였다.

9. 설명이 필요한 경우에는 주석을 달았고, 어려운 낱말에는 뜻풀이를 달았다.

1부

『개벽』

추창수필*

새파란 공중을 가로막고 구름은 야트막한 곳을 흐르고 있다.

마지막 여름의 고별같이 서늘하게 넘어가는 낙일*에 비추면서 하늘하늘하는 풀숲에 발을 딛고 가만히 섰었다. 불어오는 줄도 모르게 산들산들하는 바람이 옷소매로 기어든다. 벌써 가을이다! 까닭 없이 이런 느낌을 품게 하는 물빛 같은 공중을 작은 새가 여럿째 날아간다. 남국으로 가는 새인지 한 보름 전에 이화학당 마당 중턱 잔디에 엷고 맑은 코스모스꽃이 피인 것을 보고 '벌써 가을이 오는가 보다.' 하였더니 지금은 벌써 가을이 온 것 같다. 해는 서늘하게 지금 저물고 산들산들하는 저녁 바람은 내 몸을 에워싼다. 적적한 황혼이다.

어쩐지 모르게 왜 그런지 어리광을 부리고 싶고 울고 싶고 껴안고 싶은 센티멘털인 감이 그윽이 일어난다. 역시 가을이로구나! 생각하매 별안간에 거치른 바람 부는, 끝도 없는 광야에 와서 섰는 것 같아서 아주 가을의 감상 나라에 든 것 같다.

벌써 해는 숨고 적적한 거치른 마당을 서늘한 바람이 가을 같은 소리

● **추창수필** '가을 창가에서 쓴 수필'이라는 뜻.
● **낙일** 지는 해.

를 치며 지나간다. 아아, 한울* 높고 기운 맑은 가을! 그립던 정인*과 같이 반가운 가을은 이미 온 것이다.

*

조용한 날이다.

코스모스 대신에 내 사랑 뜰에는 과꽃이 적이 가을답게 피어 있다. 서실* 앞 뜰 축대 밑에 백, 홍, 자 이것저것 섞여서 지금 마냥 피었다. 그리고 그 꽃이 바람에 불려서 가늘게 흔들거리고 있어 가을다운 느낌을 강하게 일으킨다. '누구나 놀러 왔으면 좋겠다.' 하고 심중에 퍽 기다려지나 온종일 아무도 오지 않는다. 누군지도 모르게 사람이 그립다. 그립다고 생각하면 점점 더 쓸쓸하고 더 그리워서 견디지 못하겠다. 어쩐지 가을은 사람 그리운 시절 같다.

지금쯤 누가 놀러 오렸다 하고 허청대고 사람을 그리우는데 어데서인지 서늘한 풍금 소리가 들려온다. 오오 뒷집 여교원 기숙사에서 어느 여자가…… 자세히 들으니까 「천연(天然)의 미」 곡이다. 산들산들하는 바람 곁에 섞여서 높게 낮게 흘러오는 풍금 소리! 멀리 선계의 음악을 듣는 것같이 유아하고* 청신한 그 울림! 조용히 듣고 있으매 견딜 수 없이 쓸쓸스런 느낌이 전신에 넘쳐서 누구를 찾을 듯이 아무나 가슴에 폭 껴안을 사람을 구할 듯이 집 문을 나섰다.

*

고적*에 울며 사람을 그리우는 나는 무슨 일인지 또 사람 없는 취운

● 한울 천도교에서 '하늘'을 달리 이르는 말.
● 정인 마음이 통하고 친한 친구. 남몰래 정을 통하는 남녀 사이에서 서로를 이르는 말.
● 서실 서재.
● 유아하다 그윽하고 품위가 있다.
● 고적 외롭고 쓸쓸함.

정* 송림으로 헤매어 왔다. 잉 하고 지나가는 전차의 소리, 와글와글하는 거리의 소리, 따르릉따르릉하는 수레 소리, 그 시끄러운 것이 하나도 들리지 아니하고 오직 조용한 속에 실솔*의 우는 소리가 애연히* 날 뿐이다. 홀로 나는 다만 홀로 멀거니 귀여운 반가운 초추*의 애수의 빛이 나부끼는 이 송림 사이의 풀숲을 거닌다.

한없는 가을의 적막과 비애 그것과 함께 속 깊은 가을의 신비가 움죽움죽 속뼈까지 스며드는 것 같다.

*

소리도 없는 취운정의 그윽한 송림에 벌써 밤은 와서 어두운 겹이 차츰차츰 두꺼워 간다. 풀숲에 버레* 우는 소리가 더욱 맑아지고 한울은 점점 맑게 푸르러 가는 것 같다. 벌써 바람을 차다 함인지 저쪽 사람 든 방에 미닫이를 꼭 닫았는데 그 미닫이에 불그레하게 등불 비치는 것이 자못 가을을 느끼게 하고, 그윽이 다정하여 보이며 소나무 끝 위로 높직한 창천에 반짝이는 별은 동경에 충만한 어린 처녀의 눈동자같이 어여뻐 보인다. 아아, 가을 새 가을! 이 시인의 울 때며, 철학자의 생각할 때며, 종교가의 깨달을 때며, 지사*의 의분을 펼칠 때며, 모든 사람이 소아*의 탁정*을 씻고 대자연의 세례를 수할* 때이다. 이런 곳에서 이런

● **취운정** 서울 종로구 삼청동에 있던 정자.
● **실솔** 귀뚜라미.
● **애연하다** 슬픈 듯하다.
● **초추** 초가을.
● **버레** '벌레'의 사투리.
● **지사** 나라와 민족을 위하여 제 몸을 바쳐 일하려는 뜻을 가진 사람.
● **소아** 진실도 없고 자재(역량)도 없이 개인적인 욕망과 망령된 고집에 사로잡힌 나.
● **탁정** 맑지 못하고 추악하거나 어리석은 마음.
● **수하다** 받다.

생각을 하면 감상적인 가을에는 비애뿐만 아니고, 적막뿐만 아니라 대한* 위안과 큰 교훈이 있음을 알게 된다.

*

과연이다. 가을에는 대한 위안과 대한 교훈이 있다. 과연 독할* 때며, 읍할* 때며, 각할* 때며, 오할* 때이다.

보라. 나무 끝 위로 멀리 높아 가는 가을 한울 얼마나 초탈의 기상이 많으며, 일념의 티끌을 멈춰지지 않는 가을의 못* 얼마나 침중하고* 지혜를 장함*이 깊은가…… 별을 통관*의 눈으로 뜨고, 구름을 갈건*의 모*로 쓰고 홍요백빈*의 옷자락 가볍게 혹은 수간*에 금성*을 롱하며,* 혹은 홀로 호기* 흐르는 공명의 야*를 다니니, 참으로 가을의 자태는 철인도사*의 고상한 자태이다. 가을은 실로 철인이다. 지사이다. 결

- 대하다 크다.
- 독하다 책을 읽다.
- 읍하다 눈물을 흘리다.
- 각하다 밝히다. 깨닫다.
- 오하다 눈뜨다. 깨닫다.
- 못 연못.
- 침중하다 가라앉고 무게가 있다.
- 장하다 간직하다. 저장하다.
- 통관 꿰뚫어 훤히 살핌. 추리나 사고 따위에 기대지 않고 바로 진리를 깨달음.
- 갈건 칡베로 만든 두건.
- 모 모자.
- 홍요백빈 단풍이 들어 빨갛게 된 여뀌와 흰 마름꽃.
- 수간 나무와 나무의 사이.
- 금성 가을의 느낌을 자아내는 바람 소리.
- 롱하다 희롱하다. 놀리다.
- 호기 하늘의 청명한 기운.
- 야 들판.
- 철인도사 철학을 닦은 도사.

백하다. 춘초●의 미무,● 하목●의 울창, 그에 비하여 초초한● 그 자태가 고결한 지사, 아니 도사 같지 아니하냐. 천고기청하고● 산명수려하여● 일점●의 가상●과 일호●의 허식이 없어, 만유는 가을에 이르러 일개의 관념 세계를 피전한다● 할 수 있으니, 춘초 하목의 모든 형식, 모든 기호의 옷을 벗어 버리고 관념 그대로를 적나라히 노출하는 것을 보아라.

자연은 가을에 이르러 다시 사상에 돌아가는 것이며 그리하여 만유는 관념으로 화하여 가을로 흐르나니, 춘하●하음●의 껍질을 벗어 버리고 사소●의 질애●도 없고 억색●도 없고 진애●도 없이 영롱하여, 투철치 아니한 구석이 없는 바이다. 이러한 철인 가을의 태허●의 의식을 우러러 보라. 어느 곳에나 일점 망념의 오점이 있는가. 만일 있다 하면 저 먼 지평선상에 춘하가상의 죄업의 유물인 단운●의 일 편● 이 편뿐일 것이요,

●춘초 봄풀.
●미무 궁궁이(산형과의 여러해살이풀)의 싹. 여기서는 봄풀의 향기를 뜻한다.
●하목 여름 나무.
●초초하다 차림새나 모양이 말쑥하고 깨끗하다.
●천고기청하다 하늘은 높고 공기는 맑다.
●산명수려하다 산수의 경치가 아름답다.
●일점 한 점.
●가상 주관적으로 실제 있는 것처럼 보이나 객관적으로는 존재하지 않는 거짓 현상.
●일호 털 하나.
●피전하다 편지 따위를 펴 보다.
●춘하 봄철의 아지랑이.
●하음 여름의 그늘.
●사소 보잘것없이 작은. 사소한.
●질애 막고 방해함.
●억색 억눌러 막음.
●진애 티끌, 먼지.
●태허 '하늘'을 달리 이르는 말.
●단운 조각구름.

그나마도 얼마 못 되어 고행저미*하다가 스스로 사라지고 말 것이다.

*

이와 같이 자연의 만상이 추절*에 입하여* 춘초 하목의 형식으로부터 바로 관념 세계로 돌아오는 것과 같이, 우리도 역* 추절에 입하여 일절의 허식과 형식을 벗어나서 진아* 본연의 성*에 귀하고자* 하나니, 자연의 진아와 오인*의 진아와는 가을을 당하여* 구면과 같이 서로 만나서 서로 악수하고자 하는 것이라. 창공을 쳐다보면 찬연한 성두*가 손으로 만질 것 같고, 물에 잠기면 투명하철하여 □미(眉)가 일일이 명연해서* 기간*에 내가 가을인가, 가을이 나인가 헤매이게까지 된다. 아, 가을 가을! 오인 열 겹, 스무 겹의 허위의 가아*를 버리고 솟아오르는 청천*의 진심으로 감응의 대상에 동경함도 다만 이때가 아니냐? 실로 가을은 탈아*의 계*요. 동시에 각아*의 시*이다.

- ●편 조각.
- ●고행저미 안개나 구름 따위나 외롭게 떠다니거나 낮게 끼어 어둑하다.
- ●추절 가을철.
- ●입하다 들어서다.
- ●역 또한. 역시.
- ●진아 참 나.
- ●성 소리.
- ●귀하다 돌아가다.
- ●오인 우리.
- ●당하다 어떤 때나 형편에 이르거나 처하다. 여기서는 '맞이하다'라는 뜻으로 쓰였다.
- ●성두 별.
- ●명연하다 환하다. 밝다.
- ●기간 그사이.
- ●가아 가짜 나.
- ●청천 맑은 샘.
- ●탈아 나에게서 벗어남. 자기를 객관화해서 봄.
- ●계 계절.

*

밤 10시 20분…… 등불을 가깝게 달고 고(故) 독보*의『병상록』을 읽다가 언뜻 S*의 일을 생각하고 한참 동안이나 멀거니 앉았었다.

그대의 눈물이 내 눈에서 흐르고, 나의 눈물이 그대의 눈에서 흐른다고까지 하던…… 피차에 서로 "나에게 당신이 없으면 사자*가 있을 뿐"이라고까지 하던 애인에게 버림을 받고, 참혹한 실연에 몸 쇠쳐* 병상에 누워서 운명의 마지막 날을 기다리던 독보! 문호인 독보, 시인인 독보, 그가 애인의 손목을 잡고 젊은 붉은 가슴을 넘쳐흐르는 정서에 뛰놀며 꿈속 나라 같은 연애의 낙을 속살거릴 때에 어찌나 병상에 신음할 실연의 일*을 생각하였으랴. 부유*의 일생이라는 짤막한 일생에 인정의 무상함이 어찌 이렇듯 심할까?

나는 문계*의 거성으로 앞길 많은 젊은 몸이 실연에 울다가 죽은 그를 아낌이 아니라, 무정 무상한 인생 그것을 애처로워하는 것이다. 그리하여 독보가 말한 "밭 있는 곳에 반드시 사람이 살고, 사람이 사는 곳에 반드시 연애가 있다."고 한 그 구절 끝에 왜 이런 구절이 없는가 한다. "연애가 있는 곳에 반드시 실연 동거한다."고.

● **각아** 자기에 대해 깨달음.
● **시** 때.
● **독보** 일본의 소설가 구니키다 돗포(1871∼1908).
● **S** 신준려(신줄리아). 이화학당 교사로 3·1운동 때 7개월간 투옥된 여성으로, 방정환의 연인으로 알려진 인물이다.
● **사자**(死字) 죽음이라는 글자.
● **쇠치다** 힘이나 세력이 점점 줄어서 약해지다.
● **일** 날.
● **부유** 하루살이.
● **문계** 문학계.

아아, 인정의 무상함을 지금 새로 느끼는 바 아니지마는 S의 애(愛)를 노래하는 그 입으로써 어느 때일지 실연의 애가●가 나오지 아니할까. 생각은 생각의 뒤를 이어 정동으로 미국으로, 공상에서 공상에 끝을 이어 헤매이는데, 언뜻 멀리 들리는 기러기 소리 "날 좀 보소." 하는 것 같아서 창문을 열고 별 반짝이는 창공을 이쪽인가 하고 보니까 그쪽에도 없고, 저쪽인가 하고 보니까 그쪽에도 기러기는 아니 보인다. 다시 문을 닫고 읽던 책을 다시 펴니까 기러기 소리 더한층 높게 들린다. 기러기 소린가 하고 들으면 기러기 소리요, 가을 소리인가 하고 들으면 역시 가을 소리로 들린다. 깊어 가는 밤에 홀로 독서하는 사이에 이러한 것도 가을 재미의 하나이다.

*

　몇 시나 되었는지……. 잠이 깨고 눈이 뜨여 누운 채로 누어서 머리맡에서 은방울을 흔드는 소리 같은 실솔●의 우는 소리를 들으면 아무 희망도 없고 실망도 없고 공포도 없고 희락도 없어 세상 마음이 전혀 없어지고, 가을만 가슴에 가득히 찬다. 아아, 사람 그리운 가을 만유가 잠든 야반에 창밖에는 불어 가는 가을 소리가 처연히 들리는데, 부질없는 버레●가 잠자던 나를 또 울리는구나…….

61● 초추 동풍 세게 부는 날 잿골집에서
_『개벽』 1920년 9월호

●애가 슬픈 노래.
●실솔 귀뚜라미.
●버레 '벌레'의 사투리.
●61 1920년. 천도교 창도 해인 1860년이 포덕 1년이다.

달밤에 고국을 그리워하며

정 깊은 고국을 떠나 풍토 다른 이역*에 원객*이 되어 객관*고창*에 고국을 그리워하는 지 어느덧 10여 일이 된지라, 생후로 객지 생활을 처음 당하는 어린 몸이 집을 난 지 몇 해나 된 것 같아서 날마다 밤마다 모향*의 정에 가슴을 울릴새, 누구라 위로해 줄 이도 없고 뉘에게다 마음 붙일 곳도 없어, 오직 냉랭한 6첩 방*에 한없는 고적*만이 어느덧 친한 벗이 되도다.

상엽*이 져 가는 중추의 어느 날 추구*의 비회*에 잠 못 이루는 야반에, 잠들은 거리로 지나* 국수 장사의 불면서 가는 애연한* 피리 소리

● **이역** 다른 나라의 땅.
● **원객** 먼 데서 온 손님.
● **객관** 객사. 나그네를 치거나 묵게 하는 집.
● **고창** 외로운 창가.
● **모향** 고향을 사모하다.
● **6첩 방** 불을 때지 못하는 마루방으로 다다미 여섯 장이 깔린 일본식 방.
● **고적** 외롭고 쓸쓸함.
● **상엽** 서리를 맞아 단풍이 든 잎.
● **추구** 옛날을 쫓음. 추억에 젖음.
● **비회** 마음속에 서린 슬픈 시름이나 회포.
● **지나** 외국인이 '중국'을 얕잡아 일컫던 말.
● **애연하다** 슬픈 듯하다.

에 뜨거운 정서가 빨갛게 열중되어 다다미˙ 위에 쓰러진 듯이 누웠던 몸을 벌떡 일어나 창문을 드르륵 여니 아아, 정답다. 교교월색˙이 마당에 가득하구나.

마당도 자고 검은 판장˙도 자고 판장 너머 전주도 자고 이웃집 지붕도 이미 꿈이 깊었는데, 홀로 월광이 남몰래 비추려는 듯이 소리도 없이 낮같이(그러나 다정하게) 환하게 흘러 옛날이야기에 듣는 꿈속 같은 나라를 이루어 있고, 그 고요한 꿈같은 거리를 국수 장사는 몽환곡˙ 같은 피리를 불면서 어데론지 멀리 가고 말아, 아아 감상˙의 가을 달 밝은 밤 달빛으로는 꿈속 거리로 꼬여˙ 내이는 피리의 소리! 한없는 적막은 옴쑥옴쑥 내 몸을 에워싸서 지탱치 못할 고적과 제어치 못할 모향의 정에 견디지 못하여 이도우객˙인 이 몸은 멀리 사라진 몽환의 곡을 뒤쫓듯, 주인까지 잠들은 여관의 대문을 표연히˙ 나섰다.

만뢰˙는 구적하여˙ 세상이 죽은 듯하고, 일륜˙의 고월˙은 천공에 높아 죽은 듯한 거리가 낮같이 밝은데, 홀로 여관의 문을 나선 어린 내 몸

● 다다미 마루방에 까는 일본식 돗자리.
● 교교월색 매우 맑고 밝은 달빛.
● 판장 널빤지로 친 울타리.
● 몽환곡 조용한 밤의 분위기를 나타낸 서정적인 피아노곡.
● 감상 하찮은 일에도 쓸쓸하고 슬퍼져서 마음이 상함. 또는 그런 마음.
● 꼬이다 꾀다.
● 이도우객 낯선 도시에 붙어사는 나그네.
● 표연히 바람에 나부끼는 모양이 가볍게.
● 만뢰 자연계에서 나는 온갖 소리.
● 구적하다 모두 다 고요하다.
● 일륜 밝은 달을 비유적으로 이르는 말.
● 고월 쓸쓸하고 외롭게 느껴지는 달.

은 달빛이 던져 준 땅 위의 영자*를 이끌고 정처 향방도 없이 꿈속 거리를 헤매어 나돈다.

아아, 우리 집에서는 지금들 주무시련마는……. 수천 리 타관 서투른 땅에 쓸쓸히 헤매는 외로운 그림자여……! 어미 잃고 헤매며 우는 새끼 양같이 사랑하시는 부모와 정든 벗을 멀리 떠나 무엇 때문에 바람 싸늘한 이곳에 외로운 가슴을 울리는가 생각하매, 벌써 더운 눈물이 두 눈에 그윽이 고이는데 산 너머 구름 밖 머나먼 고국의 한울*로 날아를 가는가. 검은 새의 우짖는 소리는 적막한 창공에 울리고, 무엇을 탄식하는지 휘 하고 불어오는 와세다 송림의 바람은 덧없는 내 마음을 싸 가지고 행방도 모르게 몰려를 가누나…….

정처도 없이 나선 이 몸은 발길 가는 대로 와세다대학의 교사*를 끼고 돌아 도츠카쬬*를 지나갈 새, 역시 거리는 고요히 잠들었는데 따르나니 외로운 그림자뿐이요, 나느니 내가 끄는 나막신 소리뿐이라. 세상이 꿈꾸는 고요한 월야에 나막신 소리 나는 것도 마음에 애처로워 발자취 소리도 없이 고요히 걸어갈 제, 길가 어느 집 침방에서인지 시계 치는 소리가 그윽이 은근히 들려오는지라. '아마 열 시 아니면 열한 시리라.' 심중에 헤이면서 조금 걸어가니 벌써 거리는 끝나고 몸은 도야마하라*의 들에 나섰도다.

아, 월광이 빈틈도 없이 흐르고 있는 벌판 저 끝은 아득한 속에 숨기어 있고, 달빛 질편한 들 속에 홀로 꺼멓게 우뚝이 섰는 '참나무' 둘이

● 영자 그림자.
● 한울 천도교에서 '하늘'을 달리 이르는 말.
● 교사 학교 건물.
● 도츠카쬬 일본 가나가와현 요코하마의 지역 이름.
● 도야마하라 일본 육군보병학교가 있던 도쿄의 지역 이름.

두 몸을 맞대고 서서 무슨 정담을 속살대는 것 같아서, 내 몸은 아주 꿈속 나라 아니면 월세계*에 온 것 같아서, 어데서인지 환하게 월광을 받는 들 속에서 가늘게 조용히 무슨 음악 소리가 나는 듯 나는 듯 하다. 벌써 아무 수심도 비애도 없고 희망도 욕심도 없고 고독도 적막도 잊어버리고, 몸은 달빛을 받으며 오직 무심히 월세계 우거진 풀숲으로 꼬부라진 길을 걸어가도다.

낮이면 대포 소리 나는 저네의 포병 연습장으로 보기도 두려운 포대도 지금은 오직 조용히 희미한 꿈속에 들어 있고, 무엇이 어데로 무엇 하러 가는지 붉은 등불 두 개가 포대 저 끝 컴컴한 나무 그늘로 더듬더듬 가는 것도 재미롭게 보면서, 달빛 비추는 끝까지 갈 마음으로 길 놓인 대로 한참이나 걸어가니 요코하마로 가는 찻길인지 동에서 서로 길게 놓인 궤도는 월색을 받아 백은같이 빛나고, 머리에서부터 월색을 뒤집어 쓴 파수막* 속에는 역부 한 사람이 붉은 등을 든 채로 졸고 있도다. 나는 그의 꿈이 깰까 겁하여* 사뿐사뿐 궤도를 건너서 역시 달빛 흐르는 촌로로 5분 동안이나 걸어서 도야마하라 연병장 넓은 마당에 이르도다.

후면은 컴컴한 송림이 있고, 앞으로는 과원*인지 검은 수엽*이 보드라운 어둔 그림자를 짓고 있는데, 그중에 그윽이 탐탁한 둥그런 마당이 편편히 놓여 다정한 달빛이 이곳에만 퍼붓는 것 같아, 월야의 다감한 정이 더욱더욱 몸에 소름이 나는지라. 어느덧 고국도 잊고, 여관도 잊고, 밤도 잊고, 잠도 잊고, 나는 임자 없는 연병장의 한복판에 팔짱을 끼고

● **월세계** 달나라.
● **파수막** 경계하여 지키는 일을 하기 위하여 만든 막.
● **겁하다** 겁을 먹다.
● **과원** 과수원.
● **수엽** 나뭇잎.

32

우두커니 섰도다.

밤은 소리 없이 깊어 가고 월색은 점점 맑아져 죽은 듯이 고요한 세상이 거의 처참하게 적막한데, 아아! 어데로서 흘러오는가. 처녀의 느껴 우는 소리 같은 만돌린●의 울림! 불쌍하고 애처로운 비애를 그윽이 품고, 무엇인지 어린 가슴의 번민을 하소연하듯 떨면서 우는 가늘은 그 소리는 막힘없는 월공●에 떠서 흘러, 이것저것 모두 잊고 섰는 나로 하여금 다시 가슴을 울리게 하도다.

가늘게 흐르는 소리와 함께 마음은 다시 망향에 떠돌아 차츰차츰 일어나는 고향 생각에 내 몸은 또다시 한없는 고적에 쌓여, 누구나 동무를 찾을 듯이 사면을 두루 둘러보아도 저 끝 송림은 여전히 컴컴하고 질펀한 들에는 달빛만 흐를 뿐이라. '역시 나 홀로이었다.' 입 속으로 부르짖을 때 전보다 심한 고적이 몸을 휘여 싸는데, 외로운 적막을 호소하듯 맘 상하는 월명●을 원망하듯 한참이나 서서 눈물에 젖은 눈으로 달을 쳐다보다가 다시 고개를 숙여 발밑에 싸늘한 내 영자를 보고, '아아, 역시 고독이다……' 생각할 때에 기다리고 있었던 듯이 갑자기 몸을 찌르는 추위에 전신이 오싹 떨리고, 눈에 고였던 더운 눈물이 넘쳐서 싸늘한 뺨에 흘러내리도다. 생각하면 내 몸이 원래 이렇게까지 외롭지는 아니하였던 것을……

생아●의 모친과는 사별을 당하고, 양아●의 모친과는 생별●을 당하

● **만돌린** 서양 탄현 악기의 하나.
● **월공** 달이 뜬 하늘.
● **월명** 달빛.
● **생아** 나를 낳아 주다. "생아의 모친"은 '친어머니'라는 뜻.
● **양아** 나를 길러 주다.
● **생별** 생이별.

고……. 아아, 나를 그리우는 어린 누이들을 집에 남겨 두고 현해탄 멀리 건너 도야마하라 넓은 벌에 외로이 우는 나는 어느 때까지나 홀로 헤매일 몸이냐. 요적한* 객창*에 궂은비 소리쳐 울고 싸늘한 장지*에 밝은 달 비출 때마다, 가난 중에 돌아가신 어머님, 남아 있는 가련한 누이를 생각하면 손으로 고인 뺨에 추회*의 눈물이 하염없이 흘러 견디지 못하게 가슴이 아프다. 아아, 어머님 잃고 오라비마저 떨어진 가련한 누이들이 지금 이 밤에 잠들이나 편히 자는가. 고개를 들어 달을 바라볼 때에 어느덧 고인 눈물이 달빛을 흐리도다.

눈에 고인 눈물을 손으로 눌러 뺨으로 흘리고, 다시 한울을 쳐다보니 달은 이 몸의 비애를 아는지 모르는지 여전히 잠잠하게 빛날 뿐이고, 가늘게 우는 만돌린 소리는 무슨 곡인지 그저 가늘게 떨면서 흘리어 애연한 기분으로 들을 덮는다. 고국에 헤매이는 나의 마음은 뒤에 뒤를 이어 생각은 어느덧 안암산 밑에서 빈한에 우는 누님께 이르도다.

안암산 화강석 깨트려 내는 바위 밑 과목밭* 속에 조그만 집, 그 속에서 가난에 부대끼며 눈물의 생활을 해 가는 불쌍한 누님, 그가 어머님 돌아가신 후에는 외로이 나 한 몸을 믿고 나 한 몸을 세상에 단 하나로 알아, 먼 곳이나마 자주 다녀가고 자주 오라고 때때로 보고자 고대고대하는 것을, 공부니 사무니 하고 바쁜 탓으로 자주 가지 못하매 고대하다 고대하다 못하여 아마 무정해졌는 게라고 산 밑에서 홀로 어머님 생각, 내 생각, 어린 동생 생각을 두루 하며 울더라는 누님!

- **요적하다** 고요하고 적적하다.
- **객창** 나그네가 거처하는 방.
- **장지** 방과 방 사이 또는 방과 마루 사이에 칸을 막아 끼우는 문의 종이.
- **추회** 지나간 일이나 사람을 생각하며 그리워함.
- **과목밭** 과수원.

아아, 그가 나 일본 갔단 말을 듣고 얼마나 울었을까. 일본이 어덴지 알지도 못하고 험하고 무섭고 하여 영영 보지 못할 길을 간 줄로 알고, 불쌍한 우리 누님이 얼마나 뼈에 맺히는 울음을 울었으랴. 출발이 급급하기도 하였지마는 그렇게까지 생각해 주는 누님께 고별도 못 하고 와서, 와서도 주소 번지를 몰라 편지 한 장 못 보내고 있으니 궁금해하는 마음이 오죽이나 할까. 아아, 물가는 비싸고 시절은 험한데 불쌍한 우리 누님은 지금 어찌나 지내는지……. 힘없이 감은 눈 속에 빛 검어지고 얼굴 파리하여 시골 촌부 티 박인 누님의 시름없이● 눈물 흘리는 양이 애련히 보이는구나…….

어린 누이는 집에서 울고, 출가한 누님은 가난과 설움에 울고, 이 몸은 도야마하라 들 속에서 울고……. 아 우리 남매는 그 어느 성신●이 점지를 하였느냐. 내 땅 내 집에 모여들 지내도 다소의 비애는 따르는 것을! 모친 없는 어린 몸이 이렇게 헤어져 울고, 그리고 우리의 생모이신 어머님은 지금 남대문 밖 이태원 공동묘지에 잠드신 지 오래도다. 아아, 부유●의 일기●라는 기막힌 일생에 이별의 눈물이 어찌 이리 많으냐……. 생별에 울고 사별에 울어, 그리 울며 지내고 만날 날 고대하는 동안에 세상에 마지막 고별할 날이 와……. 아! 무엇을 위하는 이별이며, 무엇 하라는 70년 일명●이냐. 오직 오래 푸르기는 산뿐이요, 길이 흐르기는 물뿐! 그간에 하잘것없는 인생의 일세●가 이렇듯 덧없구나.

● **시름없이** 근심과 걱정으로 맥없이.
● **성신** 별.
● **부유** 하루살이.
● **일기** 한평생 살아 있는 동안.
● **일명** 하나의 목숨.
● **일세** 한 사람의 일생. 한 시대나 한 세대.

무상한 인생의 1인인 내가 울면 무엇 하며, 웃으면 무엇 하랴. 하여 발길을 돌려 만돌린 소리를 뒤로 두고 여관으로 돌아오니, 죽은 듯이 자는 여관에는 시계가 홀로 새로* 반 시를 가리키고 달은 서(西)로 조금 기울어지도다.

경신 추석* 다음다음 날 동경서

_에쓰피生, 『개벽』 1921년 1월호

● **새로** (12시를 넘긴 시각 앞에 쓰여) 시각이 시작됨을 이르는 말.
● **경신 추석** 1920년 9월 26일(음력 8월 15일).

은파리

1

파리: "대감!? 신년 새해에는⋯⋯."

대감: "에그, 고놈 퍽도 덤빈다. 웬 하얀 파리가 이 겨울에 죽지도 않고⋯⋯." 하며 이마를 딱!!

파리: "아차차, 나는 벌써 여기 내려앉았는데 초하룻날 이마는 왜 치십니까. 모처럼 새해 인사나 하려 했더니 점잔은 혼자 차리면서 그게 무슨 망신입니까. 아무나 없었게 다행이지요. 내 걱정 말고 어서 보던 것이나 보십시오. 아아, 연하장을 보시는군요⋯⋯. 에그! 퍽 많은데? 나는 별로 없을 줄 알았더니."

대감: "왜 요놈아, 없을 줄 알기는 왜 없을 줄 알았니? 이래도 이게 200여 장이나 되는데."

파리: "그래두 무던합니다, 200여 장이나 되니. 그래두 그중에 정말 진정으로 쓴 연하장이 몇 장이나 됩니까? 무어요? 연하장은 다 마찬가지여요. 그야 그렇지요. 그렇지만 대감께 온 연하장은 거의 다 은행, 진

*발표 당시 '사회 풍자'라고 밝혔다.

고개* 상점 같은 데서 올해에는 작년보다 더 좀 돈을 가져가려는 신년 벽두의 상략*이니까 골이 나지요! 물건 많이 팔아 달라는 광고 아니여 요?"

대감: "왜 어데 상점에서 온 것뿐이냐?"

파리: "딴은 다른 데서 온 것도 많구먼……. 국민협회, 무당조합, 또 무엇입니까? 아아, 기생조합! 참 훌륭합니다. 그런 단체의 커다란 도장 이 덜컥덜컥 찍혀 왔으니……. 또 그담에, 아아! 이건 모두 대감 명함 의 세력으로 군서기 쪼각,* 그도 못하면 헌병 나부랭이나 얻어 붙은 것 들이 그래도 은공을 생각하고 한 것입니다그려. 그러나 그나마 진심으 로 쓴 게 못 되고, 다른 친구에게 하던 끝에 '에그, 돈 양반* 똥 속에 빠 트린 셈 대고 하나 써 주어라, 그럼 신대가리 영감이 턱을 쓰다듬으면서 좋아할 터이니. 그래도 그의 이름으로 요거나마 했는데……' 하면서 마 지못해 써 보낸 것이니까 괘씸하지 않아요?"

대감: "그럴 리가 있니? 네가 공연히 하는 소리이지."

파리: "그럴 리가 있느냐니요? 당장에 대감도 서사*를 불러서 '여보 게 그 까짓것 하나, 아니 하나 소용은 없는 것이지만 그래도 새해에는 으레들 하는 것이니 잊지 말고 몇 군데 연하장을 보내게.' 하시지 않았 습니까. 새해에 으레 하는 것이니까 싫거나 좋거나 한다. 그게 무슨 껍 질만 바르는 허위의 짓입니까? 그런 것을 하면서 태연히 그래도 점잖은 체하고 살아가니 여하간 사람의 세상이라는 그것이 우스운 것이지요.

- **진고개** 서울 중구 충무로2가의 고개.
- **상략** 장사를 하는 수단이나 방책.
- **쪼각** 조각.
- **양반** 한 냥에 닷 돈을 더한 금액.
- **서사** 글 베끼는 일을 직업으로 하는 사람.

사람의 세상에서는 그렇게 거죽을 잘 바르는 이를 잘난 사람으로 알지 않아요? 거짓말 잘하고 싫은 사람을 만나서도 좋은 체하고 돌아서서는 욕설을 퍼부으면서도 만나서는 함부로 거짓말을 하여 추어올리고 하는 사람이 교제에 성공하는 사람 아닙니까.

어쨌든 거짓말 잘하고 제 속을 잘 감추어 요기조기 아첨을 잘하는 사람일수록 그를 교제가라고 하지요. 남을 이리저리 속여 넘기기 잘하고, 흠집만 안 나도록 교묘하게 거짓말을 잘하는 사람이 그중 승리자가 되는 것이 당신네 사람의 세상 아니여요? 대정치가이니 대외교가이니 대부호이니 하고 떠받치고 호강하는 사람은 반드시 거짓말 제일 잘하고, 남을 제일 많이 속인 공로가 많은 인물 아닙니까. 누구든지 물질적으로 사람다운 생활을 하려면, 즉 돈 많고 세력 많은 사람이 되려면 부모도 형제도 친척도 동포도 모르고, 그저 눈 딱 감고 힘껏 속이고 빼앗고 흠뻑 거짓말을 하면은 반드시 자산가 교제가로 성공할 것은 의심 없으니까. 그렇지 않아요?

보통이면 그렇게 거짓말 많이 하고 사람 잘 속이고 하는 놈은 법이라는 게 처벌을 할 터인데, 당신네 사는 세상은 그렇지를 아니하고 거짓말도 할 줄 모르고 남의 것 속여 빼앗을 줄도 모르고 그저 제 팔 제힘으로 제가 벌어먹을 줄만 아는 사람은, 거의 세상에 살 자격이 없는 것같이 점점 밀리고 눌리고 빼앗기고 하여 없고 추위에 벌벌 떨게 되고, 도리어 거짓말하고 남을 잘 많이 속이는 놈이 성공가이니 자본가이니 하고 영화롭게 지내게 되니, 그 점이 아마 사람의 세상의 특점인가 봅니다. 그런 세상에 사니까 대감도 퍽 다행하시지요?"

대감: "그게 모두 무슨 소린지 모르겠다. 남을 속인다거나 남의 것을 빼앗는다거나 그런 불법의 짓을 하면 법률이라는 게 있는데 가만두

니?"

파리: "법률!? 당신네 세상에서 지금 쓰는 그 법률! 그것이 무슨 그리 절대 엄정한 것입니까. 공평치 못한 제도에 있는 사회, 거기서 갖은 부정, 갖은 허위의 수단을 다하여 성공이니 출세니 하고 머리를 들고 나온 자들이 저의 동류끼리만 손목을 잡고 나아가는 지금의 사회, 말하면 자본계급만 옹호하는 정치, 그런 세상에서 무슨 그리 법률의 절대 엄정을 말하며 그 권위의 신성 공평을 말할 수 있습니까.

살인·강도 그런 범죄자를 지금의 법은 처벌합니다. 그러나 그 망을 살살 피하여 가면서 느긋한 그 그물의 눈 새로 빠져 가면서 갖은 인도상 차마 하지 못할 죄악을 범하면서도, 그래도 세상의 행복을 혼자 누리고 살아가는 그 점이 사람이란 동물에 진귀한 '지혜'라는 것이 있는 까닭이고, 동시에 사람이 만물 중에 최영하다는* 점인 듯합니다. 딴은 몹시 영합니다.* 죄는 죄대로 지으면서 법에도 안 걸리고 복만 많이 받고……."

대감: "죄짓고 복 받는 사람이 어데 있어! 그리고 누가 사기취재*를 해서 돈을 모은단 말이냐. 부지런히 벌어서 치부를 하지."

파리: "자산가가 제 재산을 늘리는 수단이 그렇게 정당합니까? 고리대금, 다 낡은 집을 사서 빈민에게 사글세 주고, 엄청난 세금* 빼앗아 먹기! 오히려 그건 덜하지요. 우선 대감의 광산으로 보아도 그렇지요. 낮에도 불을 켜고 광원을 파 들어가는 그 광부가 어떻게 불쌍한 빈민

● **최영하다** 가장 신령하다. 영험하다.
● **영하다** 신령하다. 영험하다.
● **사기취재** 남을 속여서 재물을 빼앗는 일.
● **세금** 셋돈.

입니까? 그네가 노부모, 약* 처자를 먹여 살리기 위하여 그 광굴* 속에서 일을 하다가 그 구혈*이 무너져서 시체도 찾지 못하고 그 굴속에서 몇 십 명의 광부가 묻혀 죽는 일이 드물기나 합니까? 그렇게 생명을 걸고 노동하는 그네에게 대감은 상당한 고금*을 줍니까? 더구나 그 광부의 죽음으로써 그의 불쌍한 늙은 부모, 어린 자식들이 굶어 죽는 지경에 이르지 않아요? 그네가 그렇게 위험한 일을 불고하고 생명을 바쳐 노력하되 오직 보수는 학대뿐이요, 그 노력으로 하여 얻는 이익은 뉘 손으로 갑니까.

대감은 대감의 이익을 위하여 얼마나한 생명을 몇 푼 안 되는 고금에 희생하고 있지 않아요? 빈자의 생명을 바치고 그 전력을 기름 짜듯 짜서 그 이익을 자기가 홀로 삼킨다, 약탈·취재·횡령이 이보다 더한 게 어데 있습니까. 더 기막히는 일이 있지요. 여기 불쌍한 노동자들이 땀을 흘려 가며 그 힘을 다하여 훌륭한 병원을 건축합니다. 그러나 며칠 아니 있어서 그 집 짓던 노동자가 중병에 걸려 사태*에 빠졌습니다. 그러나 자기 전력을 다하여 지어 놓은 그 병원에 입원을 하지 못합니다. 이런 공평치 못한 사회가 또 어데 있겠습니까?"

대감: "노동자라고 병원에서 안 받을 리가 있나. 노동자라도 입원료만 내면 왜 안 받으리."

파리: "그럴듯합니다. 그러나 이 사회가 그 노동자에게 병들면 입원할 만한 여유를 주었습니까? 사(死)에 임박한 병자가 앞에 있어도 입원

● **약** 약하다.
● **광굴** 갱.
● **구혈** 갱도. 굴.
● **고금** 삯돈.
● **사태** 죽을 상태.

료 때문에 입원을 못 시킨다는 사람이 자기의 영업소, 말하면 그 집으로 하여 재산을 모을 돈주머니인 중대한 집을 지어 준 노동자에게 상당한 보수를 주었습니까? 많은 일을 시키고 적은 고금으로 시치미를 떼는 그런 무도한 사기·횡령, 그리고도 의약의 힘으로 넉넉히 구할 수 있는 병자를 모른 체하고 죽게 두는 그런 비인도, 아니 아니, 살인, 살인범자! 그래도 그놈은 살인죄에 걸리지 아니하고 여전히 행복자이지요.

그리고 그 무리한 이익, 다수한 빈민을 희생한 재산 그것이 또 얼마나 사회에 유익하게 쓰이는지 생각해 보십시오. 어느 학교에 기부를 한 번이나 한 일이 있습니까, 어느 청년회에 기부를 하신 일이 있습니까? 기부는 그만두고라도 사회라 하는 그것을 한때라도 생각한 일이 있습니까? 대감이 인류 사회에는 조금도 이로운 일 없는 낭비, 잠깐 동안의 유흥비, 그만한 액수만 있으면 얼마나 많은 빈민을 구제할 수 있는 것인 줄을 생각하고, 또는 대감 일개인의 유흥비 그것이 얼마나한 빈민의 희생으로써 된 것인가를 생각해 보십시오. 대감 부인이나 새로운 학생 마마의 화장품 그것에 무산계급의 가련한 노동자의 설움 많은 눈물이 묻혀 있는 줄을 모르고, 탈 줄도 모르면서 허영으로 사다 놓고 둥둥거리는 피아노의 울림에 무도한 유산계급에게 박해를 당하고 가난에 우는 빈자의 원성이 섞여 있는 줄을 모르시지요?"

대감: "왜 기부를 한 일이 없다니? 올여름에도 수해 구제에 100원이나 냈는데……."

파리: "무던합니다. 하여간 100원 돈이나 내셨으니! 그러나 그때그때 기부를 청하는 이가 신문사가 아니어서, 100원 아니라 만 원을 냈더라도 아무 자작* 일금* 100원이라 하고 신문에 나지 아니하는 것이었다면 그것도 안 냈었겠지요. 진심으로써 주는 동정이 아니고 신문지를 이

용하는 자가•의 광고, 자선가라는 거짓 명예를 위하여 내어놓은 100원이, 그것 무던합니다.

혁신단장이라는 임성구•가 남선• 모모 처에서 걸인 고아의 떼에게 밥과 옷을 해 주었다기에 기특한 소행이라고 하였더니, 나중에 보니까 그것을 모조리 사진을 박혀서 연극 광고에 대서특서하여• 거리마다 건 것을 보고, 이놈이 걸아•에게 동정을 하여 의식•을 준 것이 아니라 자기의 인기와 혁신단에 대한 일반의 찬의•를 얻기 위하는 광고적 수단이었구나 생각하고 괴악한 놈이라 한 일이 있지만, 대감의 100원 기부도 그런 것 아닙니까? 빈민 구제를 이용하여 자가의 자선적 명예를 구한다.

하여간 그 100원의 분배를 받은 빈민은 감사는 하겠지요. 그러나 대감이 자본가가 되기 위하여, 세력 있는 작위를 얻기 위하여 희생한 그 빈민을, 성공 후에는 또 허위의 자선으로 명예를 전하기 위하여 거듭 희생하는 것은 너무 심하지 않습니까? 100원 기부를 아끼지 않는 대감 댁 문전에서 아까도 불쌍한 맹인이 어미 잃은 어린 딸을 등에 업고 밥 한 술을 달라다가 밥도 못 얻어먹고 떨면서 쫓겨 갔으니 웬일입니까? 아마 그런 무명 걸인에게는 옷 한 벌쯤 해 입혀도 대감의 아무 자작이라는 다

●**자작** 다섯 등급으로 나눈 귀족의 작위 가운데 넷째.
●**일금** 전부의 돈.
●**자가** 자기 자체.
●**임성구**(1887~1921) 연극인.
●**남선** 조선의 남쪽.
●**대서특서하다** 특별히 두드러지게 적다.
●**걸아** 음식을 빌어먹는 아이. 거지 아이.
●**의식** 의복과 음식을 아울러 이르는 말.
●**찬의** 어떤 행동, 견해, 제안이 옳거나 좋다고 판단해 수긍하는 마음.

섯 자가 신문에 오르지를 않겠으니까, 효용 없는 자선이므로 그냥 쫓았지요?"

대감: "그건 나는 못 보았다. 내가 보았다면 그냥이야 보내겠니?"

파리: "하하— 참 거짓말 잘해야 성공하는 세상에서 자본가요 세력가인 귀족으로까지 성공 대성공하신 이라 참 수단 있게 잘 피하십니다. 그럼 그건 못 보셨다니 그만두고라도 대감이 진정한 자선심이 많은 이라 하면, 진정으로 괴롬받는 민중에게 동정을 하시는 이라 하면, 그래 이 물가 등귀*로 조석의 끼니를 잇지 못하고 눈이 뒤집혀 살려고 애들을 쓰는 데다가 더구나 재정 공황까지 겹쳐 중류 인민까지 파산 파산을 거듭 치고 자살을 하네, 도망을 하네 하는 이 살풍경을 눈으로 보면서, 대감은 혼자 부른 배를 어루만지며 내일은 사회 명사인지 박살*인지 거짓말 명수들을 청해서 신년 연회인지 무엇인지를 한다니, 그것은 웬일입니까? 그것은 무슨 거짓말로 피하려 하십니까?"

대감: "허허— 그건 너무 무리한 말이지, 내 돈 내 가지고 일 년에 한 번쯤 신년 연회까지야 못 할 것이야 있나. 아무리 자선가라도 자기의 교제는 교제대로 따로 있지, 꼭 불쌍한 인민과 똑같이 우는 수가 어데 있나."

파리: "그래도 '내 돈 내 가지고'라고 합니까? 무에 대감 돈이어요? 어떠했던지 대감 금고 속에 있으니까 대감 돈입니까? 세상 사람이 모두 굶고 얼어 죽어도 대감 혼자 잘 놀라는 돈입니까? 이 지구, 이 우주가 대감 혼자 살라고 만든 것이지요? 다 같이 요만한 땅에서 16억이 잘 살아

● 물가 등귀 물가가 오름.
● 박살(撲殺) '박사'를 잘못 알았거나 일부러 풍자하기 위해 '박살'이라고 쓴 것으로 보인다.

가라고 창조하신 한울°의 뜻을 어기고, 많은 땅도 욕심껏 혼자 차지하고, 남의 것을 긁고 빼앗고 하여 가지고 대감 혼자 잘 놀고 지내라는 세상이지요?"

대감: "누가, 누구나 다 같이 살라는 세상에서 자기 홀로 잘살겠다는가? 제각기 부지런히 벌어서 많이 번 사람은 잘 쓰고 잘 지내고, 못 번 사람은 못 쓰고 못 지내는 것이지……."

파리: "그런데 왜 잘 벌려고 전력을 다하여 생명까지 위험한 것을 무릅쓰고 일을 하는 광부에게는 이익을 천분의 일, 만분의 일도 안 주고, 편히 앉았는 대감은 천 갑절 만 갑절씩 취하여 독차지를 하느냐 말이어요. 그게 횡령 아니고 무어여요? 약탈 아니고 무엇입니까? 그래도 대감 돈입니까? 한 번 더 그런 말씀을 하면 내가 강도라고 부를 터입니다."

대감: "무엇? 어째? 강도? 요놈, 조그만 놈이 못 할 소리 없이 함부로 하는구나! 가거라, 요놈! 얻어맞지 말고……. 초하룻날 무슨 말을 못 해서! 요놈, 강도라니, 왜 그놈들더러는 누가 자본가가 되지 말랐다더냐?"

파리: "에그그, 왜 이리 큰 소리를 내요! 초하룻날, 초하룻날 하면서……. 그나 그뿐인가, 자본가 중에도 당신 집 재산은 더구나 더 무도하게 참혹하게 당신 아버지가 한참 세력 쓸 때에 생사람을 잡아다 두들기고 빼앗은 것이라니까 더하지요. 에엣, 더러워! 불한당, 사람 백장,° 망나니……."

대감: "예끼, 요놈!"
하고 주먹으로 화병을 때려 떨어쳐 깨트렸다.

파리: "하하아! 미안합니다. 저는 벌써 여기 올라와 앉았는걸요. 얜

● 한울 천도교에서 '하늘'을 달리 이르는 말.
● 백장 백정.

한* 화병은 왜 깨트립니까. 정월 초하룻날 사위스럽게…….* 암만해도 올 운수가 좋지 못한가 봅니다. 주의하십시오. 여름에라도 목도리 두둑하게 하고 계십시오. 암만해도 염려됩니다. 여기여요, 여기요! 당신의 머리 위여요. 암만 찾으려도 눈이 여기까지 오지를 못합니다. 자, 나는 고만 안으로 들어갑니다. 부인께 세배나 해야지요. 자, 들어갑니다. 화병 깨치시는 통에 아마 머리 위에 소변을 지린 듯합니다. 용서하십시오……."

사랑 뒤 복도로 돌아 자꾸 가다가 문을 둘을 지나면 내사* 대청 뒤 양실* 마루로 통하여 안대청* 마루로 들어간다.

*

파리: "마님, 과세*나 안녕히……."

마님: "듣기 싫다! 저리 가거라. 다 성가시다. 과세가 무슨 빌어먹을 과세냐, 나 같은 인생이……."

파리: "에그머니, 초하룻날 새벽부터 왜 이렇게 불쾌히 구십니까? 왜 오늘도 어떤 놈이 또 이리 대고 돌멩이질을 했습니까? 아, 그놈! 돌 장난 심하군. 초하룻날만은 그만둘 일이지……."

마님: "이 새벽에 누가 돌질을 하겠니? 그럼 왜요가 무어야! 조상 차례도 모르고 나가서 과세를 하고 오셨으니까 그렇지……. 누군 누구야,

---

- **앰하다** 아무 잘못 없이 꾸중을 듣거나 벌을 받아 억울하다.
- **사위스럽다** 불길한 느낌이 들고 꺼림칙하다.
- **내사** 집의 안채. 주로 부녀자가 거처하는 집채.
- **양실** 서양식으로 꾸민 방.
- **안대청** 집의 안채에 있는 큰 마루.
- **과세** 설을 쇰.

대감이 그러시지."

파리: "하하아! 대감께서 저 여학생 마마님 댁에 가서 과세를 하고 새벽에 오셨나요? 하하하, 독숙공방!* 에에에, 아니올시다. 뭐 결코 독숙공방이거나 간밤에 춥게 주무셨다고 저 하등배(下等輩)의 계집처럼 질투를 하거나 하시는 것은 결코 아니지요. 조상께 대하여 미안해서 하시는 일이지요. 천만 의당한 말씀이올시다.

이만한 재산을 물려받고도 첩에 미쳐서 조상을 잊는다는 것은 온 작위에나 계시니까 그럴까, 그런 가문에 상서롭지 못한 일이 어데 있겠습니까. 우연만하면* 요전번처럼 시위운동을 한번 하십시오그려. 에? 간숫물*이 없습니까? 없으면 간장물이라도 잡숫고 나 죽는다고 벌렁거려 보시지요. 전번에도 반성공은 하시지 않았습니까? 이왕 초하룻날 조상도 잊은 집에 큰 소리 좀 나기로 어떨 것 무엇 있습니까?"

마님: "정말 내가 죽든지 해야지, 못 살겠다. 초하룻날부터 이렇게 속을 썩히니 이놈의 노릇을 하는 수가 있니!"

파리: "허, 점잖은 귀부인이 욕설만은 빼십시오. 창피합니다. 정말 돌아가시다니, 망령의 말씀이시지요?"

마님: "그래 내가 다 늙어서 고 여학생인지 무언지, 손녀딸만 한 것을 첩이라고 얻어 놓고 미쳐 다니는 꼴을 보고 산단 말이냐? 첩도 분수가 있지, 벌써 몇 째고 몇 십 년째냐! 이건 장가들 적부터 기생첩을 둔 이니까, 말할 게 무엇 있니. 내가 이때껏 살 걸 살아왔니?"

파리: "왜요, 부자 장자였다, 세력가였다, 양반 중에도 귀족이었다, 문

● **독숙공방** 독수공방.
● **우연만하다** '웬만하다'의 본말.
● **간숫물** '간수'(습기가 찬 소금에서 저절로 녹아 흐르는 짜고 쓴 물)의 사투리.

하에 하복이 수십 명이야, 중문만 나서면 자동차가 대령하겠다, 그런 좋은 팔자가 어데 있습니까. 그리고 오늘 『매일신문』* 신년호에도 사시* 에 춘풍 부는 ○자작의 화락한 가정!!이라 하고, 이 댁 사진까지 떡 냈던 데요……. 못 보셨습니까?"

마님: "사시춘풍?! 밤낮 폭풍이나 불지 말래라. 어떤 놈이 그런 소리를 써냈다디? 그놈이 사랑에 와서 세찬 대전*이나 두둑이 얻어 간 게지. 날더러 신문을 내라면 몇 백 장을 낸단다. 밤낮이 없이 손녀딸 같은 첩에게 매달려 박혀 있지, 세배도 제일 먼저 정성스럽게 오는 놈이 기생조합 사무원이지, 그래도 대문만 나서면 가장 점잖은 것처럼, 에이 에이! 그놈의 거만……."

파리: "딴은 그렇겠습니다. 나는 그래도 이때껏 퍽 부럽게만 알았지요. 세상의 돈을 모두 긁어다가 그렇게 허비하고 그러느라니 속에 든 건 없이 그래도 점잖은 체는 해야겠으니 괴로운 일이고, 아내가 아내다운 맛이 있을까, 남편이 남편다운 맛이 있을까. 아내가 어떻게 쓸쓸해하거나 말거나 남편은 첩에게 묻혀 있고, 남편이 어데 가서 늦게 오거나 말거나 아내는 애저녁부터 코를 골고. 내외가 조석을 같이 맛보는 재미가 있을까, 생활의 염려를 서로 나눠 하는 정이 있을까. 어근버근,* 참말 세상에 맛없는 생활은 그거로구먼…….

아, 요 너머 배추밭 모퉁이에 있는 초가집을 보아요. 어떻게 재미있게 사나. 사내는 예술가지요, 해외에까지 다녀와서 상당한 인격자구요, 아

● 『매일신문(賣日新聞)』 조선총독부 기관지 『매일신보』를 빗대어 풍자한 것.
● 사시 사철.
● 세찬 대전 연말에 선사하는 물건 대신 주는 돈.
● 어근버근 서로 마음이 맞지 않아 사이가 꽤 벌어진 모양.

내는 서울 어느 학교 대학부까지 졸업을 하고 교육에 종사를 하는데요, 시어머니 한 분만 모시고 사는데 어떻게 재미있는지 몰라요. 아내는 진심으로 남편을 섬기지요, 남편은 지극히 아내를 사랑하지요. 그리고 내외가 다 뜻이 맞아서 기와집보다는 초가집이 시취*가 있다나요? 그래서 시중*은 복잡하고 공기도 더럽고 하니까 그 초가집을 일부러 골라 왔대요.

새벽녘이나 해 질 녘에 꾀꼬리 같은 노래 부르는 소리가 한울에서 나는 것처럼 들립니다. 어데서 나나 하고 보면 그 교사 다니는 아내가 흰 저고리 검은 치마를 입고 밭고랑으로 물통에 물을 길어 들고 가면서 창가*를 하겠지요? 사내는 어데를 갔다가 으레 고기나 생선 같은 것을 손수 들고 오지요. 하인이 있나, 무에 있나. 어떤 때는 보면 젊은 내외가 둘이 다 부엌에서 일을 하겠지요! 좀 재미있겠어요! 그리고 밤이면 사내가 지어 놓은 소설을 아내가 시어머니에게 읽어 드리지요. 그럼 또 노인은 웃으면서 '이건 우리 집 살림하는 꼴을 이야기책으로 만들었구나. 이걸 책에다 내면 우리 아는 사람들이 웃겠다.' 하면서들 웃지요.

공일날 같은 때에는 젊은 내외가 나란히 서서 산보를 가지요. 재미있지 않습니까! 재산 없는 사람이니까 한 달 수입으로 한 달을 먹지요. 돈이 많으니 남에게 싫은 소리를 듣나요, 돈 때문에 겁이 나나요. 정말 그 집엔 가면 참말 사람 사는 것 같고, 우리도 부럽습니다. 정말 돈 많고 살림다운 살림을 못 하는 이 댁보다도 돈 없어도 정답게 사는 살림이 나는 부러워요……."

●시취 시적인 정취.
●시중 시내. 도시의 안.
●창가 근대 음악 형식의 하나. 서양 악곡의 형식을 빌려 지은 간단한 노래.

마님: "단 하루를 살아도 좀 그렇게 살아 보고 죽었으면 좋겠다. 이게 사람 사는 꼴이냐, 죽지 못해 사는 것이지. 그까짓 돈만 많으면 무얼 하나, 돈의 종이지."

파리: "왜 이래요! 어느새요! 이제 좀 더 돈 때문에 고생고생해야지요. 돈맛을 좀 더 알아야지요. 이 집 그 돈이 어떻게 모인 돈이여요. 도적질을 하다시피 해서 남의 못 할 일을 그렇게 많이 하고 그 돈으로 잘 맘 편하게 살 듯싶어요? 그럼 천리°라는 게 없게요! 무얼 그래요, 당신도 이 집으로 시집올 때에 돈 욕심에 왔지요? 이제 돈맛을 착실히 좀 알아야지요. 돈에 팔려 시집을 온 것! 돈에 팔려 다니는 몸뚱이, 에그 더러워! 그 더러운 속에서 그래도 남편이 첩만 안다고 짱알거리지, 당신은 무에 그리 정조가 그렇게……. 에에 더러워, 매신!° 매음! 그래도 귀부인!"

마님: "에그, 요놈의 파리! 잡으려니까 하필 남의 코밑에 와 앉니! 에, 요놈의 파리!"

하고 코밑을 친다.

파리: "코밑을 때려도 당신이나 아프지, 나는 벌써 갑니다. 코밑에 닿은 것이 내 발이 아니고 못 잊어 하는 중놈의 입술이었다면 좋았지? 에에, 그래도 귀부인!"

2

이 집 서방님이라고는 대감 둘째 첩의 아들이다. 새해에 열여섯 살이

●천리 천지자연의 이치. 또는 하늘의 바른 도리.
●매신 몸값을 받고 남의 종이 됨.

되는데, 따님이 둘이고 코가 남보다 유난히 커 보인다.

파리: "서방님, 과세나 안녕히 하셨습니까? 에그, 신년 새해에 화투가 웬일입니까? 기나긴 세월에 어느 때 못 해서 정월 초하룻날 아츰°부터 그런 걸 만지고 계십니까……."

서방님: "왜, 화투를 가지고 있으니까 놀음을 하는 줄 아니? 이걸로 올해 운수를 보는 게란다."

파리: "딱도 합니다. 조상 차례도 잊어버리고 앉아서 운수는 무슨 운수여요. 길해야 백작, 아니 **백장** 되고 불길하면 대감 침실에 화산이 터지고, 그 밖에 더 알게 무에 있어요?"

서방님: "조상 차례야 아버지가 안 지내시는 걸 내가 어떻게 지내니?"

파리: "으흥, 잊어버리지는 않았는데, 어른이 잊어버렸으니까 따라서 안 지냈다?"

서방님: "아츰 먹으라고 깨우기에 일어나 보니까, 벌써 대청에서 큰어머니가 '조상도 모르고 이 집엔 첩이 제일이냐 마냐!' 하고 야단인 걸 어떻게 잊어버리려야 잊어버릴 수가 있디?"

파리: "그런 못난 소리 그만두고 새해부터는 제발 좀 학교에를 다니든지 독선생°이라도 앉히고 좀 배워요. 나이 열여섯 살에 그 글씨 꼴 하고. 글씨는 하여하든지° 편지나 하나 할 줄 알아야지. 그래도 귀족 행세는 하느라고 기생 외입°은 할 줄 알아서……. 그까짓 기생에게 하는 편

● **아츰** '아침'의 사투리.
● **독선생** 한 집의 아이만을 맡아서 가르치는 선생.
● **하여하다** 어떠하다.

지를 남을 술을 사 먹이면서 써 달라는 꼴은 참 가관이지요⋯⋯."

서방님: "그까짓 편지야 서사°가 있겠다⋯⋯. 편지 쓰자고 공부를 하란 말이냐?"

파리: "서사만 믿고⋯⋯ 왜, 돈하고 작°만 있으면 세상 일이 저절로 다 될 듯싶지요?"

서방님: "지금 세상에 돈 가지고 안 되는 일이 어데 있니? 사람이 세상에 제일 귀하다고 하지만, 사람보다도 돈이 지금은 제일이란다. 우리 집에서 그 학생 마마 데려온 것 보지? 처음엔 어쩌니 어쩌니 하더니 돈이 가기 시작하더니 기어코 오지 않았나."

파리: "무던하오. 돈 주고 첩을 사 와서⋯⋯. 그렇지만 몸뚱이나 사 왔지 마음도 사 왔어요? 마음 없이 억지로 돈의 세력에 끌려온 것, 그게 목상°이나 다를 게 무언가요. 겉으로는 아무 말 없이 있어도 속으로는 원수같이 미워하는 것을 그래도 첩이라고 좋다고 집 장만 세간 장만 해 주고 돈이나 푹푹 디밀어° 주지. 그 첩 그 돈 가지고 사이에서 호강하는 사람은 따로 있어요. 돈과 마음, 마음과 육신, 그래 어떤 게 나아요? 마음은 다른 데 있든지 말든지 육신만 잡아매어 놓고 내 것이라면 수인가요? 돈 많은 자의 맘보가 그러면 돈을 많이 들여 어여쁜 인형을 만들어 놓고 첩이라고 귀애하지요!° 그러면 얼굴이나 몸이나 마음에 꼭

- ●외입 오입.
- ●원문에는 "서사(書寫)"로 되어 있으나 '대서나 필사를 작업으로 하는 사람'을 뜻하는 '서사(書士)'의 오식으로 보임.
- ●작 공, 후, 백, 자, 남의 다섯 등급으로 나눈 귀족의 작위.
- ●목상 나무로 만든 불상, 신상, 인물상 따위의 조각.
- ●디밀다 '들이밀다'의 준말.
- ●귀애하다 귀엽게 여겨 사랑하다.

맞는 미인을 만들 수도 있고, 자기를 원수같이 미워하지도 않을 터이고……."

서방님: "인형이 그래 사람 같은가!"

파리: "그렇게 마음 없는 것을 돈의 세력으로 끌어다 놓으면 인형만도 못하단 말이여요. 그렇게 돈만 아는 사람은 정말 사람다운 사람 노릇을 못 해 본단 말이여요. 공연히 집구석에 박혀 있어서 그런 꼴만 보고 배우지 말고, 좀 공부를 해요. 무얼 아는 게 많아서 사람 노릇을 해 보아야지요. 밤낮 빚쟁이질이나 하여 빈민의 피나 긁고 첩이나 길러 싸움만 붙일 터이요?"

서방님: "공부는 해 무얼 하니? 이대로 있어도 이제 아버지만 돌아가시면 내가 자작인데……."

파리: "허허, 자작이 병이로군! 그 작이 그렇게 좋소? 그 더러운 것이. 기생방에나 가면 혹 떠받들까, 지금 아무 자작이라고 어디 가 내세워 보아요. 어떤 대접을 받나. 당신네 작이 무슨 그렇게 영예스러운 작이요? 모두 송두리째 ○○○ 먹은 공, 그 좋은 사업 천추만대에 영구 기념할 대훈업,* 그 명패가 그렇게 부럽소? 또는 그것이 진정한 값있는 위*라고 합시다. 사회를 위하여 민중을 위하여 유공한* 사업을 이룬 그런 영예로 하여 지은 위라고 합시다. 그렇기로 그 영위가 그 당자*에게 있어서 귀하고 중한 것이지……. 이건 아비의 영위를 잘났든 못났든 자식이 뒤를 잇는다? 자식은 그만한 공로가 있든 없든 아비의 자리를 차지한다?

● **훈업** 큰 공로가 있는 사업.
● **위** 지위.
● **유공하다** 공로가 있다.
● **당자** 당사자.

그런 썩은, 시대에 뒤진 그런 조직이 어데 있고.

여기 한 학교, 아니 학교는 그만두고라도 한 글방이 있다고 합시다. 그 선생이 유명한 학자인 고로 원근서 모여 온 제자가 많았소. 그런데 그 선생이 죽은 뒤에 그 자제가 유식하거나 말거나 선생의 위를 잇겠소? 그래도 그 서당이 길게 가겠소? 안 될 말이지! 그와 다를 게 무엇이요? 현재 그런 못난 어리석은 불합리한 조직으로도 잘도 사람들은 살아가오. 그것이 저 하등 사회, 저급 간에 있는 일도 아니고, 도리어 최고 계급, 한 민중의 중심 조직이 그러하면서도 싫단 말 없이 불평도 없이 살아가니 딱하지요. 그런 불합리한 짓을 태연히 하면서 그래도 당신네가 최영하지요?

유명한 선생이었다고 그 자식이 반드시 아비만큼 유명하란 법이 어데 있나. 또는 그 선생의 가족 외에는 더 유식한 자가 없으란 법이 어데 있나. 한 서당에서 못난 자식이 아비의 자리라고 선생의 위에 앉는다 하면 반드시 그 제자들이 다른 선생을 구해 갈 것이요. 그게 하필 서당뿐이겠소? 한 학교로도 그렇고, 사회로도 그렇고, 또는 한 나라로도 그럴 것이외다. 깬 사람이면 반드시 그럴 것입니다. 이렇게 미루어 가면 애비가 번 재산이라고 반드시 그 자식의 것이 된다 하는 지금의 재산 상속 제도도 불합리한 것이라고 할 수 있지요."

서방님: "듣기 싫다. 조그만 놈이 별 건방진 소리를 다 하는구나."

파리: "그래도 욕심은 많아서……. 왜 노대감을 독약이라도 먹이지! 그리고 하루라도 속히 귀족 행세를 해 보지. 일신[●]의 영화를 위해서는 형제도 죽이고 상감도 약 먹이는 게 귀족의 으레 짓이지? 당신도 귀족

●일신 한 몸.

이 되려면 지금부터 약 묘리*를 잘 배워 두어야지. 그래야 이담에 남처럼 후작까지나 해 볼 희망이 있지 않아요? 약 잘 쓸 줄 알고, 작은 땅이나 큰 땅이나 남에게 팔아먹기 잘하고, 첩 둘 줄 알고, 수판*질 잘하고 그러면 귀족 될 밑천은 넉넉하니까. 귀족이 되다 못 되면 어릿광대가 되더라도……."

서방님: "요, 빌어먹을 놈의 파리야! 고게 무슨 소리냐!"

파리: "왜, 내가 허튼소리 하는 줄 아오? 대감은 지금도 모르고 있어도 서사가 다 안다고 요전에 이야기합디다. 당신 어머니가 데리고 있는 침모*가 그러더라구."

서방님: "무얼 말이야……."

파리: "노대감 외에 당신 원아버지가 따로 있다고……."

서방님: "예끼, 요 발칙한 놈 같으니!"

하며 주먹으로 친다.

파리: "아차차, 얻어맞지도 아니하고 나는 갑니다. 미안하지만 아주 가르쳐 주는 것이니 당신의 원아버진가 그가 지금도 광무대* 마루를 면치 못하고 있는 줄이나 알아요."

거짓말도 아닌데 화가 몹시 나는지 손에 들었던 회중 금시계*로 냅다 갈기더니 헛되이 시계만 깨트려졌다.

● **묘리** 묘한 이치.
● **수판** 주판. 셈을 할 때 쓰는 기구.
● **침모** 남의 집에 매여 바느질을 맡아 하고 일정한 품삯을 받는 여자.
● **광무대** 1912년 세워진 극장.
● **회중 금시계** 몸에 지닐 수 있게 만든 작은 금시계.

*

이번엔 에에, 독신주의의 김 여사께로 갈까?

3

세상은 개화가 되어서 이제는 파리의 뒤에도 칼 찬 양반이 따른다. 벌써 은파리도 이제는 불령 파리°라는 견서°에 보호 순사 하나쯤은 늘 있게 된 것 같다. 칼 찬 이의 천하인 세상에 아아, 위험! 위험! 그렇지만 약속은 약속대로 이번엔 독신 생활을, 서양 놈 정의 찾듯 방패로 내세우는 김 양에게로 갈란다. 이 김 양의 이야기를 들은 사람은 우선 그가 수많은 청년의 가슴을 태우는 미모의 소유자이고, 서울 어느 여학교를 마치고 해외에까지 다녀온 신여자인 것을 알아야 한다.

*

파리: "마님 혼자 계십니까? 아가씨는 어데 나들이 가셨어요?"

마님: "무슨 청년회라나 예배당이라나 거기서 그 애보고 연설을 해 달라구 했다구, 그래서 거기 갔단다."

파리: "하하아! 큰아가씨보구요? 연설을 해 달라구요? 무슨 연설을 요?"

마님: "무슨 연설인지 내야 아니. 제가 그러니까 그런가 보다 하지……."

●**불령 파리** 일제강점기에 불온하고 불량한 조선 사람을 이르던 말 '불령선인'을 빌린 표현.
●**견서** 직함, 지위, 신분, 칭호 따위.

파리: "작은아가씨는 어데 갔습니까? 작은아가씨두 연설을 하러 갔습니까?"

마님: "그 앤 무슨 사무소라나 동대문 밖이라더라. 거기 사무 보러 갔지. 제가 안 가면 사무가 안 된다구. 시간 늦지 말구 가야 한다더라."

파리: "큰아가씨는 연설을 하러 가구, 작은아가씨는 사무를 보러 가고. 대단들 하십니다."

마님: "딸자식이라구 업신여길 것은 아니지. 그것들이 저렇게 졸업들을 해 가지구 사회상에 출입을 하니…… 저의 아버지나 생존해 계셨다면 오죽이나 좋아하실 것을……. 그거 하나가 섭섭하지."

파리: "아무려면요. 지금 세상에는 계집애라도 가르쳐야지요. 그 이를 말이겠습니까. 그렇지만 잘들 배우면 좋겠지만 공부합네 하고 돌아다니면서, 이 댁 아가씨들처럼 밤낮없이 부랑자들하고, 아니 아니올시다. 그런데 큰아가씨는 너무 과년하셨는데, 혼인을 아니 하십니까?"

마님: "내야 아들도 없이 저희 둘만 믿고 사는데, 저희를 과년하도록 내버려 둘 수도 없어서 혼처를 구하려구도 하고, 벌써 시골 부자들이 몇 번이나 구혼을 하건마는 제가 안 간다는 걸 어떻게 하니."

파리: "그래 아가씨 말만 듣고 그대로 처녀로 아니, 그냥그냥, 내버려 두실 터입니까?"

마님: "영 그냥 처녀로 그냥 늙겠다구 한단다. 암만 모녀간이라도 출가하면 외인인즉 홀로 계신 어머니를 버리고 갈 수도 없거니와 시부모와 남편과 있으면 사회상 사무도 많은데 그 일을 하나도 못 하게 되겠으니까, 그냥 저 혼자 저대로 사회에 출입이나 하고 어머니를 떠나지 않고 산다구 한단다. 마음이야 기특하지."

파리: "그래서 그 사회상 사무가 많아서 밤이 깊도록 쏘다니기가 매

일 매야요, 출입하지 않는 날이면 찾아오는 신사가 많구만요."

마님: "그야 나도 처음에는 말리기도 하였지마는, 구식으로 방구석에 들어앉아서 바느질이나 하고 부엌에서 밥이나 짓고 하던 우리 따위무식한 여자와 달라서 지금 신식 여자는 으레 누구든지 그렇다고 제가그러더라. 사회상 사무도 많으니까 출입도 자연히 잦아지고 또는 의논하러 찾아오는 이들도 다 사회상에 유명한 양반들이라고 하더라. 그리고 그이들도 하는 말씀이 지금 세상은 전과 달라서 여자들도 학문을 많이 배워 가지고 사내에게 지지 않고 일을 한다구. 전에 미개했을 때에나 외간 남자를 보고 내외를 하고 길엘 나가도 장옷°을 오그려 쓰고 다녔지만 지금은 안 그렇다구. 그리고 그렇게 사회상에 출입을 하면서 일을 하지 않고 방구석에만 박혀 있으려면 공부는 무엇 하러 하겠느냐고하더라. 공연히 모르는 사람들이 이러니저러니 하고 나쁜 소리들을 하지……."

파리: "딱도 합니다. 부모가 무식하여서 무슨 짓을 하든지 그저 신식, 신식 하고만 믿으니까 귀여운 딸을 그르치지요. 밤출입하는 게 신식인가요, 집구석에 붙어 있지 않고 돌아만 다니는 게 신식인가요? 에그, 큰아가씨가 오십니다. 깡깡이, 아니 사현금°을 들고……."

오늘도 부랑 청년 몇 사람이 대문 앞까지 따라왔으리라. 독신주의를말하는 김 양이 어데 가서 무슨 연설을 하고 오는지 사현금을 들고 들어와, 모친 보고 인사나 하였는지 아니 하였는지 그대로 자기 방으로 들어갔다.

● 장옷 여자들이 나들이할 때에 얼굴을 가리느라고 머리에서부터 길게 내려쓰던 옷.
● 사현금 바이올린.

(잠깐 후)

파리: "아가씨, 어데 다녀오셨어요?"

김: "왜? 동무 집에 좀 갔다 왔다."

파리: "동무 집에 가서 연설을 하고 오십니까?"

김: "연설? 왜, 내가 연설한다던? 오 오, 마님이 그러시던 게로구나. 내가 아까 나갈 적에 그렇게 여쭈었지. 연설하러 간다고 부러……."

파리: "그러면 동무 집에 가서 무얼 하셨어요? 독신주의 연설을 하셨습니까?"

김: "아니, 동무하고 황금정*에 가서 사진 박고 왔지. 따로 독사진을 하나씩 박고, 둘이 함께 하나 박고……."

파리: "그 많은 사진이 다 나갔습니까? 독사진을 또 박게……. 또 누구하고 사진결혼을 하십니까?"

김: "내가 언제 결혼한다디? 나는 독신 생활을 할걸!"

파리: "또 독신 생활이 나오는구만요. 대체 무슨 뜻으로 독신 생활을 하십니까? 정말 효성스러운 마음으로 어머님 한 분을 버려두고 갈 수가 없으니까 그러십니까? 또는 개성을 너무 존중하는 극단의 주의입니까……."

김: "……."

파리: "그렇지 않으면 어느 교리에 의한 신앙에 살기 위하여 독신으로 늙으시렵니까? 그렇습니까? 네? 야소교*입니까? 불교입니까? 네?"

김: "성가시다. 잔소리 말아라."

● **황금정** 서울 중구 을지로 일대의 일제강점기 명칭.
● **야소교** 예수교. 기독교. '야소'는 '예수'의 음역어.

파리: "무에 잔소리여요. 아아, 각 교를 다 믿으시지요, 4월 초파일이면 불교 교도고, 크리스마스 날은 야소교 교도이고, 천주교에 사람 많이 꾀는 날은 천주교도고…… 그렇지요? 그래도 아마 그중에 불교가 제일 가깝지요? 이마적*은 밤중에도 청량사에를 자주 나가니까요."

김: "왜 이렇게 음성을 높여 가지고 떠드니? 안방에 들리라구……."

파리: "그래두 불쌍한 과부 어머니는 끝까지 속이려고……. 무어, 어느 청년회에서 연설을 해 달라고? 잘도 속이우. 사회상 사무가 많아서 처녀가 밤출입을 한다? 그게 무슨 사무요, 사무가! 변해 가는 세상일을 알지 못한다고 한 분 계신 노모를 신식, 신식으로만 우겨 대고, 밤이면 연극장으로, 낮이면 길거리로 한들한들하며 돌아다니는 그게 소위 당신의 사무요? 그 꼴에 독신 생활이란 어째서 하는 소리요? 데려가는 남자가 없어서 하는 소리요, 이상*하는 바와 같은 인물이 없어서 하는 소리요?

집에 찾아오는 남자는 모두 유명한 양반이야? 어째 안 그렇겠소. 청금록*에 유명한 부랑 청년들이지. 하루도 몇 놈씩 찾아와서 음악을 가르침네 무슨 회무를 의논합네 하고 노모를 속여 놓고, 옆의 방 속에서 속살거리기. 밤이면 음악회에 출연을 합네 연설을 합네 하고 속이고는 걸음을 같이하여 연극장에 가고. 그나 그뿐이요? 작은아가씨인가 그도 형만 못지않은 소위 사회 사무가여서, 남자 교제가 많고 용서치 못할……. 아니 그러고 서로서로 자기의 일을 모친에게 고할까 겁하여* 알고도 모

● **이마적** 지나간 얼마 동안의 가까운 때.
● **이상** 가장 완전하고 바람직하다고 여겨지는 상태.
● **청금록** 조선 시대에 성균관, 향교, 서원 따위에 있던 유생의 명부. 풍자적으로 쓴 것임.
● **겁하다** 겁을 먹다.

르는 체하면서 때때로 얼굴을 마주치고는 부끄러운 웃음을 서로 바꾸지요. 그러노라니 형은 형의 방에서, 아우는 아우의 방에서⋯⋯. 그러고도 사람이라고, 그래도 신여자라고⋯⋯.

죄 없는 노모는 그래도 가르친 덕으로 사회에 출입을 한다고 기뻐하고 앉았고, 딴은 결혼을 하여 일정한 남편이 있으면 그 좋은 수입, 많은 영업 사무를 볼 수가 없겠고. 딴은 당신의 독신 생활이란 영업 발전상 묘책이요. 아직 학교에 다니는 ○가 부모를 속이고 사다 준 저 풍금은 그 무엇을 의미하는 것이며, 부랑자로 유명한 ○이 도적질을 하다시피하여 사 보낸 당신의 그 팔뚝 금시계는 무엇을 말하는 것이요? 이번 겨울에 생긴 망토, 그것도 공으로 그저 생긴 것은 아니지요?

그 모든 짓을 감추기 위하여, 누가 당신의 정조를 의심할까 하여 내세우는 방패가 그 독신 생활이요? 당신의 소위 사회 사무가 발전될수록 교제가 많아진 지금, 도저히 한 사람을 남편으로 섬길 수 없기에 이르러서 나오는 소리가 독신 생활이지요?"

김: "⋯⋯."

파리: "왜 아무 대답이 없어요? 어머님 앞에서는 물 흐르듯 하는 당신의 구변이 왜 그리 없어졌습니까, 네?"

아아, 거룩한 독신자님! 혼인날 신랑이 세넷씩 달겨들까 봐 독신 생활을 하게 된 독신주의자, 겉으로는 무한 깨끗한 독신주의자, 남모르게 번민하는 독신 생활! 사회 사무를 위하여 자신을 희생하는 독신자, 노모를 위하여 자신을 희생하는 독신자, 당신 참 갸륵한 독신자⋯⋯.

아차차 이건 왜 이래요, 나를 잡으려구 얼빠진 부랑자처럼 그렇게 당신 손에 얽혀 잡힐 줄 아오? 내 말이 거짓말이고 당신이 진정한 독신주의자이면 참으로 여자의 순결을 무덤에까지 가지고 갈 사람이면, 당신의 장 속에 일본서 사 온, 피임법이란 책이 왜 있어요? 으응, 그래도 독신주의요? 피임법 알려는 독신주의자, 딴은 유명합니다. 아아……!

4

뜻밖에 일로 수십 일이나 철창 속에 지내다가 나와서* 몸도 피곤하지마는 제일 누구의 집에 찾아갈 겨를이 없다. 하는 수 없으니 이번에는 급한 대로 생각나는 대로 몇 마디 적어서 편집부에 대한 말막음이나 하련다.

자아, 불령 파리의 이 입으로 무슨 험담이 나오는가.

*

사람이란 거짓말 잘하는 짐승이다!

그러므로 늘 속이기도 잘하거니와 또 속기도 잘한다. 인간계에서 권세 있는 놈, 영악한 놈이든 가장 거짓말 잘하는 놈이라고 생각하여 두면 그리 과한 틀림은 없다. 거짓말 안 하고는 돈도 못 모이고 세력도 안 잡히니까…….

놈들은 서로 만나기만 하면 속이기를 시작한다. 그리고 헤어져서는 제각기 서로 속은 줄은 모르고 제각기 속였다고 기뻐한다.

● 1921년 2월, 방정환은 일본 도쿄에서 일어난 양근환의 민원식 암살 미수 사건에 연루되어 십여 일간 수감되었다. 방정환은 이 무렵 천도교청년회 도쿄 지회 창립 준비로 바쁘던 때였다. 그는 양근환과 친교가 있었으며, 외모가 비슷해 범인으로 오인받아 수감되었다.

놈들이 말하는 소위 교제가 그놈은 인간 중에도 제일 거짓말 잘하는 놈이다. 아무러해도 관계치 않다. 그저 닥치는 대로 속여라. 그러면 싫어도 그놈은 교제가가 된다. 재산가가 된다. 아무리 생각하여도 뱃속을 알 수 없는 놈들이다.

*

놈들은 자칭 만물 중에 최영하다고 배를 퉁긴다. 그렇지만 그 말을 믿다가는 낭패 본다.

만물 중에 가장 우물[●]은 그놈들이다.

놈들은 가장 영리한 체하고, 다 같이 잘살기 위하여 사회라는 것을 만들어 놓았다. 그러나 손수 만들어 놓은 그 사회란 것이 어떻게 잘못 만들어져서 자기네의 생명을 박해하건마는 놈들은 그것을 한 번 더 고쳐 만들 줄을 모른다.

놈들은 영리한 체하고 공연한 법칙을 많이 만들었다. 그것이 오랜 세월을 지내는 동안에 어느 틈에 습관, 인습이 되어서 지금은 그것에 도리어 자기 몸이 속박되어 마음대로 헤어나지를 못하고 울고 있다.

만물 중에 가장 우물은 사람이란 놈들이다. 놈들이 최영하다는 것은 역시 거짓말 잘하는 점밖에 보이지 않는다.

*

어데까지든지 거짓말로만 뻗어 나가려는 게 아마 놈들의 본성인가 보다.

남을 속이고 죄를 짓고 또 그 죄를 덮으려고 죄를 거듭 짓고, 불행히 옥중에 들어가면 거기서 다른 여러 죄인과 만나서 탈 나지 않게 잘 속일

●**우물** 어리석은 사람을 낮잡아 이르는 말.

일을 연구한다.

참말이다. 감옥은 죄수를 징벌하는 곳이 아니라 실상 악도*의 연구소이다. 도적질 배우는 대학이다!

누구나 죽을 때는 그 말이 선하다고! 놈들은 걸핏하면 이런 말을 하지마는 그것도 거짓말이다. 힘대로 맘대로 악한 짓을 하고 나서 그 악행이 폭로될까 겁해서 자살하는 자, 그런 어데까지든지 거짓말, 속임으로만 뻗어 나가려는 자가 하나나 둘뿐이냐?

거짓말로 모은 재산을, 또 자기의 죄적*을 감추기에 쓰는 것이 재산가의 으레의 짓이다.

그런가 하면 빈한한 자도 그렇지…… 집에서는 아궁이에 불을 못 때고 배를 주리면서도 길에 나서면 중산모*에 윤 흐르는 두루마기 입고 깃도구두*를 빠작이지,* 교제니 무어니 하고 때때로 인력거를 타시지…….

그러니까 너무도 야속하다고 아내가 바가지를 긁을 대로 긁겠다. 그런가 하고 보면 바가지 긁던 그도 어데 나들이를 가려면 자기 빈한한 줄을 친척이 다 알건마는 동리 집 비단옷을 얻어 입고 가느니…… 더구나 맞지도 않는 반지를 억지로 빌려다가 헝겊을 감아 끼고 나서는 것은 무슨 심정인지 모를 일이다.

이런 이야기를 하면 놈들은 남의 일같이 웃겠다.

시치미를 떼고 웃고 있는 그놈의 점잖은 꼴은 어떠냐. 중산모에 안경

● **악도** 악당.
● **죄적** 죄를 저지른 증거가 되는 흔적.
● **중산모** 꼭대기가 둥글고 높은 서양 모자.
● **깃도구두** 어린 양 가죽으로 만든 구두.
● **빠작이다** '빤짝이다'의 오자로 짐작됨.

을 쓰고 코밑 수염에 위엄을 떨면서 이름이 교육가였다. 아무리 도판°
밑 교단 위에서 수신, 제가를 외어 들려도 때때로 노상에서 술 취한 얼
굴로 학생의 경례를 받는 자기 자신의 행동이 변하기 전에는 아무 효과
가 없을 줄을 알아야 한다. 조금이나 약은 사람 같으면 자기에게 수신°
강의를 받는 생도°네가 자기의 처신을 어떻게 비평하는가를 더러는 알
것이다.

이런 일이 있다. 경성 어느 여학교 2년급°에 다니는 열 살 먹은 소녀
인데, 여름방학 때 유행병이 심하니 과물°을 먹지 말라는 교사의 주의
를 들을 뿐. 외라! 학교에서 인쇄해 준 주의서까지 손에 들고 기탄없이
풋과실을 먹는 고로 그 삼촌이 말리니까 서슴지 않고 하는 소리가, "무
얼 부러 과일 먹으면 병 않는다고 그러지. 요전번에도 선생님들은 사무
실에서 참외에 능금에 한 목판°을 사다 잡숫던데……."

어떤가. 입 끝만의 강의, 교훈이 얼마나한 효과가 있는가. 그래도 수
염을 만지며 호왈° 교육가이지.

놈들의 속임 생활이란 한도가 없지. 자선가라는 그중에도 흉한 놈
이 또 있겠다. 그런 놈은 얼굴 뻔하고° 신수 멀쩡한 도적이겠다. 자선합
네 — 하고 100원쯤 내고, 그 실은 그 100원 자선으로 그보다 몇 십 몇 백
배의 명예를 욕심하는 놈, 고아를 구제합네 하고 그 실은 고아를 모아

● 도판 칠판.
● 수신 도덕 과목.
● 생도 학생.
● 연급 학년. 학생의 학력에 따라 학년별로 갈라놓은 등급.
● 과물 과일.
● 목판 음식을 담아 나르는 나무 그릇.
● 호왈 이른바.
● 뻔하다 번하다. 훤하다.

직공으로 사용하면 그 수입이 막대하리라는 수반*질로 고아 구제를 떠드는 놈, 어떻게 우기면 그것이 구제가 아닌 것은 아니지마는 그 심정이 도적 아니고 무어냐. 사람이란 이렇게 최영한 동물이다.

그러고도 오히려 회개하는 맘 없이 거짓으로 뻗으려고 끝끝내 속이려고 흉계를 생각하는 중이 아니냐. 아직까지 발각되지 않은 것만 다행히 알고 있지 않느냐. 그래도 여전히 수백의 신자에게 설교를 하지 않느냐.

결국 사람은 거짓말 잘하는 동물이다. 속이기 잘하고 속기 잘하는 것이 사람이란 것이다. 세상 만물 중에 가장 우물인 것이 사람이란 것이다. 만일 거짓말로만 행세할 세상이면, 속이는 것만이 정의라는 세상 같으면, 딴은 사람이란 짐승이 최영할 것이다. 아무러해도 상관없다. 무엇이든지 거꾸로 된 세상이 있다거든, 거기는 사람이란 짐승이 사는 곳으로 알아 두면 틀림없다.

부지런히 일하는 놈은 빈한해지고 박해를 당하고, 편히 노는 놈은 점점 금고가 커지는 게 사람의 세상이다. 놈들이 사회 사회 하지만 원래 사회를 만든 그 원료의 반분*인 여자를 그저 부리고 그저 가두고 그저 박대하는 게 사람이란 놈들의 세상이다. 아무려나 덮어놓고 거짓말 잘하는 놈은 성공하고, 참말만 하고 거짓말할 줄 모르는 바보라고 자꾸 밀려서 살 수 없이 되는 게 사람의 세상이다. 아무려나 거짓말 많이 해서 돈 모은 놈들이 제 맘대로 휘젓고 함부로 사람을 부려 먹고 저희끼리만 태평가를 부르는 게 놈들의 세상이다.

착한 사람들이 부지런히 노동해서 모은 돈을 거짓말로 속여서 빼앗

● **수반** 수판. 주판. 셈을 할 때 쓰는 기구.
● **반분** 2분의 1.

은 것이 재산이다. 유산자가 무산자의 힘을 빌고 그 상당한 보수를 주게 되기까지 그 말이 옳은 말이다. 그렇지만 그 옳은 말을 하는 놈은 곧 잡아다 가둔다. 이게 사람의 세상이다.

저기 그 광산이 있다. 광부들이 새벽부터 밤까지 산굴 속으로 불을 켜 들고 들어가서, 또 위로 향한 굴로 사다리를 밟으며 올라간다. 불만 꺼지면 지옥보다도 암흑하다. 앞을 더듬다가 몇 백 길 되는 굴 밑에 떨어진다. 영영 시체도 찾지 못한다. 그러하므로 그 아내는 남편이 돌아오지 아니하면 죽은 줄 안다. 곧 개가한다. 이런 일이 드물지 아니하다. 얼마나 참혹한 일이냐. 광부는 늘 자기 목숨이 없는 것으로 셈 치고 일한다. 그러나 그렇게 생명을 잃은 셈 치고 버는 돈이 어데로 가느냐. 바른 놈은 마를 뿐이고 첩 끼고 누웠는 놈이 배가 불러 간다.

군대가 전장에를 나간다. 총창*에 찔려서 자꾸 죽고 그래도 피를 흘리며 고투하여 승전하였다. 그곳을 점령하였다. 본국 영토가 되었다. 그러나 새로 얻은 그 땅에 사회를 세우고 땅을 사서 자빠졌던 부자는 편안히 재산만 늘고, 그 전쟁에 자식 잃은 노부, 남편 잃은 과부, 또 다행히 죽지는 않고 돌아온 자는 폐병*으로 남아 길거리에서 구걸하되, 그의 피 흘린 공으로 거부가 된 놈은 아는 체도 않는다. 도리어 박해한다. 이래도 가만히들 있는 게 사람이다. 만물 중에 우물은 사람이다. 사람은 최우*의 동물이다.

●**총창** 총과 창을 아울러 이르는 말.
●**폐병** 전쟁에서 부상을 당하여 불구자가 된 병사.
●**최우** 가장 어리석음.

5

아무리 거짓말로만 살아간대도 설움(비애)뿐만은 거짓으로 못 하는 것이다. 눈물뿐만은 거짓으로 흘리지 못하는 것이다. 그러나 사람이란 놈들은 그것까지도 훌륭하게 거짓으로 꾸민다.

어느 집 노인이 돌아갔(사망)다. 그 아들과 며느리 들이 주야로 곡을 한다. 그중에 제일 섧게* 우는 이는 반드시 소박맞은 부인, 아니면 큰동서에게 구박받는 작은동서이다. 무얼 노인의 죽음이 설워서만 우는 것이 아니다. 그래도 그것은 덜하지, 조객이 오거나 조석 때가 되면 곡조를 맞춰서 어이, 어이 울겠다. 그중에도 우스운 꼴은 상가라 바쁘기는 하니까 여인네는 일을 하면서 우느니. 이 애야, 솥에 불 지펴라. 아이고 아이고! 이 애야, 상 좀 얼른 보아라. 아이고 아이고! 이게 무슨 추태냐.

진정으로 그의 죽음을 슬퍼하는 사람은 아무리 해도 그런 소리가 나올 것 같지 아니하다. 허위허례로만 몇 십 몇 백 년을 살고 또 그 허위 속에서 생장한 그네는 역시 그렇게 우는 것까지도 거짓으로 아니 하고는 못 배기는 모양이다. 동리 집 애어머니들이 모여 앉아서 '에그, 점례 어머니는 목청 좋게 잘도 웁디다.' 하는 것을 보면 아마도 그네 사람들은 울음에도 조*가 있고 잘잘못이 있는가 보다. 정말 이렇게 거짓말로만 되어 갈 세상이면 음악 연주회마다 울음 명수가 출연하여 만장의 대갈채를 박할* 날도 가까이 올 것 같다.

부모의 상사*를 당하여 진정으로 뼈에 사무치게 섧고 애처로우면 상

● 섧다 서럽다. 원통하고 슬프다.
● 조 말투나 태도.
● 박하다 얻다.

중에도 거죽만 발라 꾸미는 헛울음, 헛된 예만 찾지 않는 진정한 효자만
이면 그 얼마나 비애롭고도 일체 예식이 장엄하랴마는, 출가해 온 지 며
칠이 못 되어 부끄럼만 타는 새색시가 울음은 아니 나오고 눈물은 안 나
고 남 보기가 부끄러워서 침을 찍어다 눈가에 바른다는 요절할 추태를
보면, 그네 사람들이 얼마나 허위허례로만 속여 가는 줄을 알 것이다.

그래도 놈들은 그런 짓을 하면서도 그것이 예절이라고 시침을 떼고
앉아서…… 진정으로 설움을 못 이겨서 흑흑 느껴 울 줄만 아는 사람을
쌍놈이라 하겠다. 날 때부터 죽을 때까지 속이고 속고 그러고만 사는 그
것들이 속이다 속이다 못하여 죽어 돌아가는 사람까지 속이려는 것은
너무도 심하지 아니하냐.

놈들에게는 그 외에도 또 한 가지 울음과 눈물이 있다. 그것은 조금
자칫하면 짤금짤금 나는 눈물이다. 흐르기도 가장 용이하게 흐르고 마
르기도 가장 용이하게 말라 버린다. 즉 말하면, 다정하고 마음이 어질고
착하다는 호평을 얻기 위하여 울고, 남에게 가련하다는 소리를 듣기 위
하여 울고, 동정의 눈물을 구하기 위하여 울고, 인비목석*이란 치욕을
피하기 위하여 우는 눈물이다. 교제가의 눈물, 치부가의 눈물, 위선자의
눈물, 칼날 같은 눈물, 폭탄 같은 눈물, 가장 가증스러운 눈물. 참으로 사
람이란 동물에게만 특유한 눈물이다.

그 꼴에 놈들은 자칭 왈 정적* 동물이라 한다. 감정적 동물이라 한다.
딴은 눈물을 짤금짤금 잘 흘리니까 정적 동물인가 보기도 하다.

● 상사 사람이 죽은 사고.
● 인비목석 사람은 목석이 아니라는 뜻으로 사람은 누구나 감정과 분별력을 가지고 있
  음을 이르는 말.
● 정적 감정이나 인정과 관계되는. 또는 그런 것.

아, 참! 놈들이 거짓 없이 참으로 설운 눈물을 흘리고 우는 때가 꼭 하나 있다. 남녀가 없이 활동사진*이나 연극을 보고는 잘들 운다. 정든 남녀가 이별하는 것을 보고는 운다. 어린애가 부모 잃고 고생하는 것을 보고는 운다. 빈하고 약한 자가 강하고 부한 자에게 박해를 받는 것을 보고는 운다. 그것이 뻔히 그 자리의 실제 사실이 아닌 줄 알면서도 그래도 운다. 부인네는 수건이 젖도록 운다. 눈이 붓도록 운다. 양반 행세하느라고 극장에 제법 아니 가는 귀부인은 소설책을 읽고 운다.

이 눈물만은 속임 없는 진정으로 동정하는 눈물일 것이다. 확실히 분명히 그럴 것이다.

그러나 그것까지도 거짓 눈물일 줄이야. 너무도 놀랍지 아니하냐. 놈들이 극이나 활동사진이나 소설의 주인공의 비경*에 흘리는 그 눈물이 과연 진정한 동정의 눈물이라 하면……. 극이나 소설을 읽고 흘리는 눈물이 진정의 눈물이라 하면……. 자기 이웃집의 구차한 살림을 보고 왜 동정을 못 하느냐.

다 같은 사람으로 태어나서 아무 이유 없이 아무 조건 없이, 다만 빈한한 부모를 가졌다는 탓으로 박해와 모욕 속에서만 생장하여 애 적부터 우마*같이 부림을 받아 살과 기름을 나날이 빼앗기고 그 소득까지 약탈을 받고 추위와 주림에 떠는 참극을 보고도, 왜 동정을 아니 하느냐. 살아 있는 비극을 보고도 왜 울지를 않느냐. 활동사진에서 고아를 보고 우는 자가 길거리에서 헤매는 동포의 고아를 보고 왜 울지 않느냐. 결국 사람이란 알 수 없는 동물이다. 자칭 정적 동물이라고…… 그런 별

● 활동사진 '영화'의 옛 용어.
● 비경 슬픈 지경.
● 우마 마소.

난 정적 동물이 어데 또 있겠느냐.

불쌍한 인생 중에도 가장 불쌍한 맹인을 혹시나 만나면 면상을 찡기면서 '재수 없다' 하겠다. 앞을 못 보고 밝은 빛을 보지 못하고 생아°의 부모를 알지 못하고, 사랑하는 처자의 낯을 보지 못하는 가련한 그가 길거리에서도 발 한 걸음을 안심하고 내놓지 못하거든, 동정은 하지 못하나마 저에게 재수 없을 것이 무엇이냐. 이것이 정적 동물의 으레 짓이냐. 그 맹인도 무대 위에 올려 세우면 놈들은 수건이 젖도록 울렷다.

돈 많은 놈이 죽어 나가면 먼 동리 부인, 노인까지 신사라는 회사원까지 뛰어나와 그 장의 행렬을 구경을 하되, 빈한한 사람이 조그만 상여에 담겨 나가면 길에서 혹시 만나서라도 부정°을 보았다고 발을 세 번 구르고 침 세 번 뱉겟다. 하나는 거짓말을 잘해서 돈을 많이 모은 탓이요, 하나는 거짓말을 할 줄 몰라서 돈을 못 모은 탓이다. 죽어서 행인의 침받기 싫어서라도 살았을 동안에 실컷 속여서 돈을 모아야만 하게 놈들의 세상은 된 모양이다.

똑같은 시체가 아니냐. 먼 데까지 쫓아와 보는 구경거리가 돈이 없어 치장을 못 했다고 부정거리가 될 것이야 무엇 있느냐. 그는 거짓말이라도 해서 돈 모을 줄은 모르고 다만 너희 먹을 밥을 만들기 위하여 전답만 패었다. 너희가 따뜻이 잘 집을 짓느라고 땅만 다졌다. 너희가 병만 나면 입원하게 하기 위하여 병원만 지었다. 너희의 생활을 편리케 하기 위하여 높다란 전주 끝에 전선만 매었다. 최후의 시각까지 너희를 위하여 일하다가 부상하여 죽었다. 그 공로에 대한 보수가 침뿐이냐, 부정뿐

● 생아 나를 낳아 주다. "생아의 부모"는 '친부모'라는 뜻.
● 원문에는 "부정(不正)"으로 되어 있으나 '사람이 죽는 따위의 불길한 일'을 뜻하는 '부정(不淨)'의 오식으로 보임.

이냐!

아아, 뻔뻔한 놈은 사람들이다. 놈들은 그래도 자신이 조금만 불편하면 정의니 인도니 하고들 떠든다.

*

세상은 넓은 것이라 별별 괴물이 다 많다. 기중*에도 우스운 괴물은 몸뚱이에서 제각각 떨어져서 따로따로 노는 사지이다. 사람의 세상에는 그런 것들이 의기양양하게 활보하는 괴물이 많다. 동체*를 떨어져 나온 사지, 그런 의미 없는 가치 없는 생명 없는 조각들이 제법 활보를 하니 괴상치 않으냐.

놈들은 누구나 다 자기 자신의 입지를 튼튼히 하려고는 아니 하고, 덮어놓고 남의 머리 위에만 올라서려고 기를 쓴다. **밑에 놈이 싫어서 고개를 빼는 때 자신이 도로 땅에 떨어질 줄은 생각도 않고 그저 어찌 됐든지 남의 머리 위에 올라서려고만 한다.** 그러는 동안에 피차없이 머리만 터지는 줄을 놈들은 모른다. 그저 남의 머리 위에만 서라, 그것이 놈들의 표준이고 목적이다.

어떤 회, 어떤 단체, 그 전체가 서기도 전에 우선 놈들은 모이면 올라서기 싸움을 시작한다. 간신히 한 놈이 올라서면 딴 놈이 또 덤비고, 그놈이 올라서면 떨어진 놈이 하다못해 따로 나선다. 이래서 두 패가 맞선다. 거기서 또 올라서 기 싸움을 한다. 또 나뉜다. 2가 4로 되고 4가 8로 되고 8이 16이 되고, 어느 틈에 최초의 입회의 본의는 저 밖으로 달아나고 지금쯤은 다만 올라서기 위해서만 노력한다. 이래서 최초에 자유로 행보하고 자유로 활동하는 한 사람이 되려던 최초의 목적, 본의는 사라

● 기중 그 가운데.
● 동체 몸통.

72

지고 제각기 놀기 위하여 동체를 떠나서 사지가 제각기 활보하며 괴상한 무도를 한다. 남북도 이래서 갈리고 회파*도 이래서 나뉜다.

가련한 최우자여, 무엇 때문에 올라만 서려는가. 한번 가 본 길을 또 밟아 가려는 불쌍한 자여!

'조선이라는 한 가정을 위하여서는 너의 일신이 중하지를 않아도 너의 일신의 생존을 위하여서는 그 가정이 가장 중요하다.'

최우자여, 이 수수께끼를 잘 풀 수가 있느냐.

지난번에는 쉬고 이번에도 급해서 누구를 찾아갈 겨를도 없이 횡설수설하여 스스로도 안되었다. 다음번엘랑은 기필코 어느 명사의 집에를 갈란다. 자아 불령 파리가 어데 누구에게 가서 어찌하려는가, 기다리라.

파리의 전성기는 왔도다. 푸른 수레 몰아 타고!

6

여름내 지방 지방을 바삐 돌아다니느라고 한가한 틈이 조금도 없어서 하려던 일을 못 한 것이 많았다. 개벽사 눈 큰 선생님*의 그 둥글한 눈이 클 대로 커지는 것을 보면 무섭기도 하고 미안도 하지마는 참으로 틈이 없었던 것을 어쩌랴. 그 대신 보아 둔 것들 얻은 것은 많았다.

무엇 어째? 여름이 다 가서 파리의 시절도 지나갔다고? 오오, 그리고 안심만 하고 있거라. 더도 덜도 없이 꼭 정월 초하룻날 탄생한 '은'파리시다. 서리가 오

● 회파 파벌.
● 개벽사 눈 큰 선생님 개벽사 주간이자 천도교청년당 대표를 지낸 김기전을 가리킴.

고 눈이 쏟아져도 은파리의 원기는 쇠하지 않는다.

*

청년 웅변가, 청년 사상가를 겸한 외에 독실한 종교가로까지 고명한 고 선생을 본댁으로 찾아가니까 고 선생이 막 대문을 나선다.

흰 구두 흰 바지 위에 검은 윗옷을 날씬히 입고, 새파란 넥타이에 각테* 안경, 비스듬한 맥고모,* 고명한 명호*를 모르고 보면 누가 보든지 팔난봉*의 대수석*이지만, 명예란 좋은 것! 알고 보는 이에게는 훌륭한 모범 청년, 청년 유지*이다. 구변이 비범하고 사상이 고상하고 신앙이 독실하고, 입으로 붓으로 행동으로 닿는 대로 고명한 고 선생! 그가 지금 어데를 향하는지 자기 집 대문을 나선다.

사람이란 놈들이 아무리 거짓말로 살아가고 아무리 거짓말을 잘한대도 사상가요, 종교가인 이 고 선생이야 조금쯤은 다른 점이 있겠지…….아무려나 오늘은 이 선생의 미행을 해 보자고 따라나섰다. 그러나 미행이라도 낯익은 사람 뒤에 개새끼 따르듯 하는 형사의 미행과는 다르다. 편안하고 시원하게 고 선생의 향수 내가 나는 양복 어깨 위에 올라앉아서의 미행이다.

불령 파리의 미행이 따른 것을 아는지 모르는지, 선생은 그리 길지도 않은 다리를 길쭉길쭉 걸어 서양 사람 흉내 같은 걸음으로 계동 어구*

● 각테 뿔테.
● 맥고모 밀짚이나 보릿짚으로 만든 모자.
● 명호 이름과 호를 아울러 이르는 말.
● 팔난봉 가지각색의 온갖 난봉을 부리는 사람.
● 대수석 등급이나 직위 따위에서 맨 윗자리 중의 윗자리.
● 유지 마을이나 지역에서 명망 있고 영향력을 가진 사람.
● 어구 어귀.

에 이르러 어느 대문 큰 와가* 집에를 들어가니 동행 1인이 생겼다. 그는 서울 시외에 있는 어느 전문학교 학생이시다. 두 분이 보조를 같이 해 가면서 일기* 더운 이야기, 장충단 신 공원 이야기, 예배당 이야기 등을 속살거리는 동안에 교동 중턱에 이르렀다.

전문학교 학생인 최 씨가 주춤하더니 길가 간판 이상한 잡화 상점(알고 보니까 부인 상점)으로 쑥 들어갔다. 나는 고 선생이 길거리에 선 채로 그 위에 앉은 채로 길거리에서 기다렸더니 이윽고 최 씨가 하얀 손수건 들고 나와서 고에게 보이며 걸으면서,

"아, 이게 40전이야? 원주인은 어데를 갔는지 그림자도 안 보이고, 웬다 늙은 노파가 나와서…… 에엥. 그렇다고 안 산다고 도로 나오나 어쩌나……. 공연히 돈만 비싸게 냈는걸……." 한다.

값은 비싸도 젊은 여자가 팔면 산다……. 딴은 그럴듯도 한 일이다. 분박*을 쓴 젊은 여자가 고운 손으로 집어 준다는 그것만으로 일종 만족을 느끼는 변태성욕의 소유자가 여자에게 산 그 수건을 일생의 호신부*같이 위하여만 두면, 어느 때까지든지 해어지지도 않고 더러워질 염려도 없고 따라서 자주 살 필요도 없을 것이다. 사람이란 약은 놈, 그중에도 전문학생이라 귀한 돈 절용하는* 꾀가 그럴듯도 한 일이다.

이 두 분이 탑동 공원*을 꿰뚫어 정문으로 나서자, 어떤 신사 한 분이 반가운 낯을 꾸미면서 달겨들어 고 선생의 손을 잡아 흔든다. 고 선생도

몹시 반가운 이를 의외로 만난 듯이 달겨들어 손과 손을 마주 흔든다.

재미 좋으십니까. 얼마나 바쁘십니까. 사회를 위해 노력 많이 하십니다. 어쩝니다. 천만에요. 이렇게 하루에도 몇 번씩 만나는 대로 외어 두고 되풀이하는 일정한 격식대로의 인사가 끝난 후 그 신사가,

"그 말씀한 원고는 대단히 분망하시겠지마는…….°"

아마 어느 잡지 편집원인가 보다. 고 씨는,

"네, 참 미안합니다. 바빠서 내일모레쯤은 되겠습니다."

하니까 그는 쓴다는 것만 감사하여,

"네, 매우 바쁘시겠지요. 그럼, 모레 오후에 가겠습니다. 이거 대단 미안합니다. 아, 참 오늘 저녁에 ○○ 예배당에서 강연을 하시게 되었다지요? 신문에서 보았습니다. 일곱 시 반부터라지요? 이따 저도 가겠습니다. 참 일 많이 하십니다……."

벌써 피차에 할 말도 없는 모양이나 서로 어름어름하고만° 섰는 꼴이 피차없이 저편에서 먼저 가 주기를 바라는 모양이다. 한참 서로 어릿대다가 그가 먼저, "바쁘실 터인데 실례 많이 했습니다. 이따 또 뵙겠습니다."

시원한 듯이 인사를 바꾸고 헤어져서 고 선생과 최 씨는 전차를 기다리고 섰다. 이윽고 최 씨가,

"그게 누구요. 우 머시 아니요?"

"몰라. 그자가 우간가?"

최 씨가 깜짝 놀라며,

"누군지도 모르고 무슨 이야기를 하였소?"

● **분망하다** 매우 바쁘다
● **어름어름하다** 자꾸 우물쭈물하다.

"어데서 보긴 한번 본 사람이야."

"그럼 누구냐고, 애초에 모른다고 할 것이지."

"이 사람아! 교제상 그런 일이 어데 있나. 그런 실례가 어데 있나. 어쨌든가 그렇게 아는 체해 두면 그만 아닌가? 원고? 원고는 또 그때 만나서 이야기할 일이고…….

고 선생도 이럴 줄은 몰랐다. 무에 교제고 무에 예의인지, 인간의 일이란 참말 알 수 없는 것이다. 아무래도 관계찮다. 그저 입에서 나오는 대로 거짓말을 퍼부어라. 그게 교제고 그게 예의라고 놈들은 시치미를 뚝 뗀다. 고 선생, 사상가, 종교가 역시 그 꼴이다. 놈도 사람이란 것인 이상 다를 것이 있을 리가 있느냐.

밤낮 미행해 간대야 별달리 시원할 것도 없을 것이나 대체 이자들이 어데를 가는가. 아직 그냥 가 볼란다. 이윽고 두 사람은 종로에서 오는 동대문행 전차에 올랐다. 오후 3시 뜨거운 낮을 피하여 청량리 가는 손이 차에 빽빽하게 찼다.

동대문 밑에서 모두 쏟아져 내리고 오직 고와 최 두 사람 외에 일본 사람 하나가 남아 세 사람만 남은 차는 성(城) 길로 광희문* 쪽으로 향하여 훈련원 모퉁이에 닿았다. 고, 최는 내려서 왕십리행 전차를 바꿔 타고 가다가 왕십리 학교를 지나 왕십리 마을 등 뒤 아래 모퉁이에서 내려서 신작로 남쪽 밭고랑 길로 떨어져 걸었다.

내리쪼이는 뜨거운 밭길을 한참 걸어 화장터 같은 솔밭 속으로 들어가 ○○사(寺) 앞 어느 깨끗한 초가집으로 인사도 없이 쑥 들어갔다. 먼저 온 선발대가 와 있었던 모양이라 마루 위에서 우덩우덩 일어나며 야

● 광희문 서울 중구 광희동에 있는 조선 시대의 성문으로 시체를 내보내던 문.

야 인제 나오나, 인제 나오나 하는 세 사람 선착자 중에는 **머리 더북하게 기른 철인**˙ **같은, 시인 같은 청년도 있었다.** 그것보다도 여기에 특서할 것은 '최 상 어서 나오십시오. 고 선생님 인제 오십니까?' 하는 여성이 두 사람이나 있었던 일이다.

검은 치마에 양식 트레머리,˙ 어느 곳 여학생인가 했더니 하나는 부용이, 하나는 소홍이라던가. 거기 앉은 머리 긴 철인의 설명에 의하면 사랑의 여신 애의 권화,˙ 인생에 가장 귀하고 가장 사랑스런 꽃이라 한다. **사랑스런 꽃인지 돈의 도가니인지** 내가 알 까닭 없으나 독실한 신자로 고명한 고 선생, 방금 ○○○웻 청년회 총무인 고 선생이 이런 주석˙에 참석할 것 같지는 않았는데…… 웬걸, 웬걸! 독한 소주를 보시기로 마신다. 먹고 마시고 떠들고 웃통을 벗고 기생을 끼고 이리 뛰고 저리 뛰고 토하고 또 먹고, 먹고 또 뛰고 술이 많이 들어갈수록 놈들의 가장 가면˙이 벗겨지기 시작을 하였다.

예절, 체면, 교제, 무엇 무엇으로 싸고 또 싸고 하여 사상가니, 종교가이니 교제가이니 하는 비단옷을 입고 다니던 놈들을 술이란 마물이 수단 있게 벗기기 시작하였다. 종교가도 사상가라는 가면도 벌써 벗겨졌다. 체면, 교제, 예의도 다 벗겨졌다. 놈들은 으레껏 하는 **미안합니다, 감사합니다, 실례올시다** 등 어구도 모두 잊어버렸다. 지금쯤은 아무것도

● **철인** 철학가.
● **트레머리** 신여성을 상징하는 머리 스타일로, 옆 가르마를 타서 갈라 빗어 머리 뒤에다 넓적하게 틀어 붙인 머리.
● **권화** 부처나 보살이 중생을 구하기 위하여 다른 모습으로 변하여 세상에 나타남. 또는 그 화신.
● **주석** 술자리.
● **가장가면** 가짜 가면

있지 아니하다. 발가벗은 사람이란 몸뚱이뿐이다. 식욕, 성욕, 무슨 욕 무슨 욕이 날뛸 대로 날뛴다.

처음 발가벗은 본래의 사람이란 꼴을 나는 오늘 보았다. 만물의 영장도 없다. 사람이란 별다른 특색도 없다. 오직 거짓 허위란 것으로 이리 숨기고 저리 싸고 하여 도덕도 잊는 체 예절도 잊는 체하여 영장이니 무어니 하였다.

저렇게 망측하게 날뛰고 딜 뛰고 하는 차이는 사람에게 따라 있겠지. 그러나 결국 오십보백보이다. 보아라! 종교가, 사상가란 옷을 벗어 버리고 뛰는 저 꼴을 보아라! 수컷 다섯 놈이 암컷 둘을 에워싸 가지고 날뛰는 꼴을 보아라. 인간이나 강아지 떼나 어데 어느 점이 다르냐. 예의 체면이 저 꼴에 있을 듯싶으냐. 저것 보아라. 벌써 이놈 저놈 한다. **이놈 하고 부르고 미안해도 아니 하고 저놈 소리를 듣고도 노하지도 않는다.** 그 소리를 당연히 듣는다. 인간이란 원래 저것이다. 그리고 놈들은 하도 거짓 세상에서 속임으로만 살다가 모든 가장을 쓰고 놀다가 저렇게 날뛰고는 통쾌하다 한다. 어느 것이 정말인지 알 길 바이없다.●

뛰다 뛰다 못하여 지쳐서 앉고 자빠지고 하였다. 그렇게 술을 마시고 얼굴에 붉은 기운도 없는 ○윗 청년회 총무 고 선생이 술상을 임시 연탁● 대용으로, 음식 접시 술잔 엎어진 것을 손바닥으로 탁탁 치며, 고 선생 일류의 강연체로 무슨 소린지 떠들기 시작하였다. 기생 무릎을 베고 누운 자가 「대동강변」을 부르기 시작하였다. 한 자가 「노돌강변 비둘기 한 쌍」을 부른다.

고 선생은 무슨 연설을 한참이나 하나, 다만 드문드문이 상제가 우리

● 바이없다 어찌할 도리나 방법이 전혀 없다.
● 연탁 연단에 놓는 책상.

에게 주신 감주와 여자, 우리 인생, 된 자, 마땅히 꺾고 마실 것이다! 큰 소리로 절규하고는 깔깔 웃는다. 옳다, 옳다 하고 마룻바닥을 두들긴다. 의기 떨치는 고 선생은 별안간에 무엇을 생각한 드키,

"아 참! 내가 제군에게 소개할 것이 있다. 이놈아, 일어나거라! 응? 일어나. 내가 소개해 줄 것이 있다."

하고는 열심히 누운 자를 일으켰다. 무어야 머야 하는 소리가 퍼부었다. 고 선생은 술상을 탁 치고,

"제군, 우리에게는 한 비밀결사가 있었다."

"무어냐, 무어냐? 무슨 결사냐?"

"그것은 이때까지 절대 비밀이었었는데 오늘 우리가 이와 같이 동지끼리만 모여서 즐겁게 노는 기념, 아니 대특전으로 오늘 이 자리에 한하여 공개하네⋯⋯."

어떤 자가 기생 손을 붙잡아 쳐들며 만세를 불렀다.

"그 비밀결사는 내가 이 결사를 공개할 터이니 너희가 술을 한 잔씩 부어라."

나머지 네 놈이 한 잔씩 부었다. 그것을 한 잔 마시고,

"그 비밀결사는 '재산주식회사'라는 것이란다."

여러 놈이 그게 무슨 회사냐고 묻는다.

"그것은 즉 **재산주식회사(財産酒食會社)**일세."

하고 한 자 한 자씩 부르니까,

찬성! 찬성! 하고들 날뛴다. 고는 다시,

"그런데 내가 그 회사의 간사일세. 그런즉 제군도 찬성이면 입회하기를 바라네. 지금 회원이 네 사람일세. 위선* 입회 수속은 먼저 모든 회원에게 한턱내는 것이며, 그러면 그다음에는 일동이 새 회원 맞는 인사

로 또 한턱내느니…… 제군, 그러나 이것은 절대 비밀일세. 응? 아직 세상 놈들은 그런 것을 이해를 못 하니까 비밀히 할밖에 없네……"

딴은 놈이 사상가이다. 묘한 것을 생각해 내었다. 재산주식회사, 맘껏 기껏 짐승같이 뛰노는 회겠지.

해가 졌다. 그중에도 고 선생이 강연하러 간다고 일어선다.

"여보게, 오늘은 그만두게. 저러고 어떻게 하나." 하니까,

"아니, 지난달 초승*에도 한번 이런 일이 있었는데, 무사히 잘했는데! 자, 먼저 가네."

하고 가는데 자빠진 채로 **머리 긴 놈이**, "연제*는 무언가?" 하니까 고가,

"연제? 어 **인생의 진생활***일세." 하면서 나갔다.

"흥, 인생의 진생활— 좋으니, 술 먹고 연애하고 그게 진생활이라고 가서 그러게. 우리처럼 이렇게 사는 게 진생활이라고 그러게. 그러면 박수 받네."

혼자 자빠져서 중얼거린다.

난취!* 또 그는 종교가 행세하느라고, 사상가 행세하느라고 이 자리에서 먼저 빠져나간 고 선생은 이윽고 ○○ 예배당 단상에서 신앙의 신성을 부르짖을 것이다. 불쌍한 수많은 청중은 그 소리 구구절절에 손뼉을 치고 감격해하리라.

● **위선** 우선.
● **초승** 음력으로 그달 초하루부터 처음 며칠 동안.
● **연제** 연설이나 강연 따위의 제목.
● **진생활** 진짜 생활. 참된 생활.
● **난취** 만취.

아아, 이 무슨 참담한 기현상이냐. 이 어찐 세상의 꼴이냐. 이런 중에 놈들은 살아가는 것이다.

부용이와 소홍이를 중심으로 하고 목청껏 노래를 부르더니 그것도 그치고 드러들 누웠다. 이번에는 **머리 긴 철인**인지가 떠들기를 시작하였다.

"부용이 나하고 정사* 안 하련?"

"왜요?"

"하하, 왜요 하니 될 수가 있나. 사랑에서 나서 사랑하다가 사랑으로 죽는 이태리* 청년은 참말 행복자이란 말이야. 흙 있는 곳에 반드시 풀이 있고, 사람 있는 곳에 반드시 사랑이 있다는 것인데, 그게 없으니까 생활이 쓸쓸할밖에 있나? 만일 이 세상에 여성이란 것을 없애고 보면 그 세상이 어찌 될 것인가. 차고 차고 얼음 같은 세상이 될 것일세. 인생으로 태어난 우리가 따뜻한 봄 같은 사랑의 세계에서 살 것인가. 그것 저것도 없이 춥고 쓸쓸한 빙세계*에서 살 것인가? 그렇지 않으냐, 부용아! 응? 그렇지 않아?"

하면서 드러누운 채로, 앉은 부용의 얼굴을 끌어 잡아다 자기 뺨에다 대어 보았다. 다른 자들은 콧노래를 하다 말고, "옳다, 옳아! 대단히 옳은 말이다." 하니까 머리 긴 자는 기운이 나서,

"그러기에 우리가 이번에 발기하는 **수양회(修養會)**에는 여자도 입회를 허락하잔 말이야."

● **정사** 서로 사랑하는 남녀가 그 뜻을 이루지 못하여 함께 자살하는 일.
● **이태리** '이탈리아'의 음역어.
● **빙세계** 온통 얼음으로 뒤덮인 세계.

"아니, 허락이 아니라 끌어다 넣어야 하네."

한 놈이 떠들었다.

"그래 발기회 날 그러기로 하세."

어떠냐. 이런 자들이 이런 생각으로 이렇게 떠들다가 결국 청년수양회니 무어니 하고 남의 흉내를 낸다. 말하면, 부랑자들이 모여서 난봉 도가*를 만들고 문패는 남 하는 대로 대서* 왈, '무슨 청년수양회'라 한다.

무얼 너 같은 놈들이 수양회라는 것을 운위해서 어쩌게. 진작 고 선생의 재산주식으로 정직하게 **청련수양회***라고 쓰는 게 옳지 않으냐. 그리고 그 문패를 등지고 멸망의 구멍을 더 크게 더 깊게 파라. 그것이 너희의 유일한 길일 것이다.

쓰던 길이니 마저 쓴다. 국일관, 명월관 등 경성 요리점의 이 층 방과 방 사이의 장자*에 누가 썼는지, '사랑, 돈 돈, 사랑 나는 울고야 말았다. 어떻게 하는 수가 없어서.' 이렇게 쓰여 있다. 어떤 **머리털** 긴 시인인지 철인인지가 옆에 방에 기생놀이를 장지 틈으로 엿보고 다리를 꼬면서 토한 탄구인 모양이다.

아아, 불쌍한 자들아. 너무도 심하지 아니하냐!

황막한 폐허에 서서 거룩한 새 조선을 건설할 자가 누구이냐.

● **도가** 동업자들이 모여서 계나 장사에 대한 의논을 하는 집.
● **대서** 글씨를 두드러지게 크게 씀. 또는 그 글씨
● **청련수양회(請戀隋孃會)** '연애를 청하고 아가씨를 따르는 모임'이라는 뜻.
● **장자** '장지'(방과 방 사이, 또는 방과 마루 사이에 칸을 막아 끼우는 문)의 원말.

깨이기 시작한 민중의 틈에서 너희는 너희의 입으로 부르짖지 않느냐.

우리의 새 문화는 우리의 손으로라야 건설한다고!

과연이다. 귀여운 젊은 피로써 값하지 않고는 얻지 못할 것이다.

조금 더 진실하라. 조금 더 의의 있으라.

타고르는 말한다.

'마음에 공포 없이 머리를 드는 곳! 그곳에 자유로운 지식이 있다고……'•

젊은이들아, 좀 더 마음에 부끄럽지 않은 일을 못 하겠느냐……?

7

때로는 지금이 11월 하순이지마는 잡지로는 벌써 세모, 연말 호이라 장죽• 문 노선생 같으면, 오호 금년이 역이운모•로다. 세군차별•이 하기총총• 고하며 흰 수염을 다시 만질 때이다.

이러니저러니 하고 말 많고 일 많던 올해도 이미 다 갔다. 세밑•에 닥들여앉아 지나온 길을 돌아다보면, 당신네 모든 사람들이 그렇게 떠들고 날뛰고 하였어도 역시 똑같은 헛길•을 되풀이한 외에 아무것도 없

• 타고르의 「기탄잘리 35」에 나오는 시구이다. 방정환은 이 시를 『신청년』 1920년 8월 호에 필명 CW로 「자유의 낙원」이라는 제목으로 번역 소개하였다.
• **장죽** 긴 담뱃대.
• **역이운모** 또한 이미 저물었구나.
• **세군차별** 해가 또 달라지네.
• **하기총총** 이제 그만 안녕히.
• **세밑** 한 해가 끝날 무렵.
• **헛길** 방향이 어긋나게 잘못 들어선 길.

었던 것을 깨닫지 못하겠는가……. 어떠한가. 조금 자기가 잘살고자, 조금 자기가 살찌고자, 웬 1년에 얼마나 남을 속였는가. 얼마나 거짓말을 많이 용하게 하였는가.

'은파리'의 돌(생일)과 함께 새해가 닥들여˙온다. 어떤가? 새해부터는 은파리가 쉬도록 하여 주지 않겠는가. 새해부터는 좀 잘살기 위하여, 허위 없이 살아 보기 위하여, 올해 마지막으로 이 세말˙에 나머지 거짓을 아주 털어 버리지 아니하려는가. 그리하여 우리 지나간 과거는 저무는 해와 함께 영구히 파묻어 버리고 오직 착하고 참된 마음으로 기꺼운 새해를 맞지 않으려는가.

자아, 마지막으로 몇 가지 나쁜 것을 들춰내어 없애 보자.

*

발목에 행전˙을 치고 탕건˙ 위에 갓 쓴 노인은 그만두고라도, 훌륭한 신식 양복쟁이 신사도 친구나 아는 이 집 대문 앞에 가서는 점잖은 체하는 뚝뚝한 소리로, "이리 오너라아!" 소리를 치것다. 그나마 크나큰 집, 하인 비복이나 많아 보이는 집 문 앞에서 같으면 덜하거니와 빈한빈한한 집—방 둘밖에 없는 초가집, 건넌방에 사글세 든 부부 단두 식구밖에 안 있는 집에 가서 고만하게˙ "이리 오너라아!" 하고 부를 하인도 없고, 그런 어린아이도 없는 줄 뻔히 알면서도 의연히 오만한 소리로, "이리 오너라아!" 소리를 치것다.

그 짓이 대단한 허위 아니고 무엇이냐. 이러한 허위의 짓에 한하여는

● **닥들이다** 들이닥쳐 오다.
● **세말** 세밀. 한 해가 끝날 무렵.
● **행전** 한복 바지를 입을 때 정강이에 감아 무릎 아래 매는 띠.
● **탕건** 벼슬아치가 갓 아래 쓰던 관의 하나.
● **고만하다** 뽐내어 건방지다.

무식한 노동자 축에는 절대로 없는 일이요, 소위 유식한, 소위 점잖은 축에서 맡아 놓고 하는 허위의 짓이다. 가장 점잖다는 꼴이 부를 사람도 없이 대성*으로 이리 오너라아 하는 꼴도 우습지마는 정말 우스운 꼴은 고다음에 있다.

여기 어느 조그마한 초가집 문 앞에 나이 30 내외쯤 되어 보이는 양복 입은 깨끗한 시체* 서방님이 덜떨어지게, 목소리를 억지로 굵게 하여 이리 오너라아 하고 소리를 치고 서 있다. 그 안에 혼자서 있던 이십칠팔의 젊은 부인이 일하던 바늘을 놓고 뜰로 내려와 중문 턱까지 나왔다. 나와서는 밖에 찾아온 이의 귀에 들리도록 큰 소리로 하는 소리가,

"어데서 오셨나 여쭈어보아라."

또 누구에겐지 허청대고 명령하였다. 어디서 오셨나까지는 좋으나 여쭈어보라는 것은 공연한 헛소리이다. 그래도 신사는 또 여전히,

"주인어른 계시냐고 여쭈어봐라."

하고 헛소리를 달아 던졌다. 엉터리없는* 헛소리를 자기가 하면서도 조금도 우습지도 않고 이상하게 들리지도 않고 시치미 딱 떼고, 부인은 중문 문틈으로 신사를 내다보면서 신사는 부인이 보는 줄도 모르고 구두 코만 보면서 허청대기 문답을 주고받고 한다.

안 계시다고 여쭈어라. 어데 가셨느냐고 여쭈어봐라. 모른다고 여쭈어라. 어느 때 나가셨느냐고 여쭈어봐라. 아츰* 잡숫고 나가셨다고 여쭈어라. 어느 때쯤 들어오시느냐고 여쭈어봐라. 모르겠다고 여쭈어라.

●대성 큰 목소리.
●시체 그 시대의 풍습·유행을 따르거나 지식 따위를 받음.
●엉터리없다 정도나 내용이 전혀 이치에 맞지 않다.
●아츰 '아침'의 사투리.

그럼 아래대° 김 아무가 다녀갔다고 여쭈어 달라고 여쭈어라. 그러겠습니다고 여쭈어라. 이렇게 여쭈어라, 여쭈어라 경기를 하느라고 한참이나 엉터리없는 헛말을 하고는 가장 점잔을 잘 피웠다는 생각으로 기침을 카악 하고는 돌아간다. 그게 어쩐° 우스운 짓이냐.

필요 없는 일에까지 공연히 사람을 심하게 부려 먹는, 소위 양반의 나쁜 근성. 그러나 그것은 있는 하인을 부리는 것이니 얼만큼 용서를 하고라도 하인도 아이도 없는 사람이 마주 서서, 있지도 않는 사람을 중문에 세워 놓고 없는 사람을 중문에 있는 체하고 여쭈어라 여쭈어라를 연거푸 발하는 것은 아무리 생각해도 나쁜 짓이다. 아무것도 그런 소용없는 폐로운° 짓을 할 필요는 없는 것이다. 알거나 모르거나 부인네가 다른 남자와 얼굴을 마주 대일 것은 없더라도 중문 뒤에 숨어는 섰더라도, 밖에 선 사람에게 들리도록 안 계십니다 하고 분명하게 말하면 그만일 것이다.

근래 학생이나 또는 새로운 신사가 친구를 찾아가서 직접 바로 아무개 씨 하고 부르는데도 안에서 부인이 중문까지 뛰어나와서는 안 계시다고 여쭈어라 하고 여쭈어라를 붙인다. 남은 아무 씨 하고 바로 부르는데 단 한 간°쯤 격해° 서서 혼자 여쭈어라 소리를 붙이는 이의 뻔뻔한 얼굴이 보고 싶은 것이다.

꾀 많고 영되다는° '사람'이란 것들은 이렇게 공연한 짓, 소용없는

● 아래대 서울 성동구 상왕십리동에 있던 마을.
● 어쩐 얼마나. 어찌나.
● 폐롭다 성가시고 귀찮다. 폐가 되는 듯하다.
● 간 길이의 단위로 1간은 약 1.8m에 해당한다.
● 격하다 사이를 두다.
● 영되다 영리하다.

폐물을 늘어놓고는 점잖으니 무에니 하고 배를 내민다. 그 꼴에 촌음*을 불가경*이니 일각이 중천금이니 하고 뻔뻔히 떠든다.

도대체 이리 오너라아 하고 소리 지르는 게 괴악하다. 불친절하고 오만하고 게으르고 불경제고, 누구나 분명한 성과 이름이 있지 아니하냐. 아무 씨 하든지 아무 군 하든지, 어떻게든지 좋으니 그 당자만 불렀으면 좋을 것 아니냐. 사랑 있는 집이면 그것도 필요는 없는 일이고……. 그것을 공연히 큰 소리를 내어 이리 오너라아 하고 소리를 지를 일이 무엇이냐. 없는 하인도 있는 체, 바쁜 시간 중에도 헛소리로 점잖은 체, 온갖 생활이 모두 체.

결국 사람들의 생, 그것도 속은 빈껍데기면서 그래도 의의 있는 생인 체뿐이다.

*

사람들의 입으로 매일 몇 번씩 두고 늘 쓰는 말 중에 또 우스운 것이 있겠다. 모순도 모순, 우습기도 우습건마는 그래도 사람들은 깨닫지 못하고 주의 없이 매일 쓰고 있다. 그것은, 곡물에 한하여는 '팔고 사는 게 뒤바뀌는 것'이다. 어느 때부터 시작된 말인지, 어느 때 뒤바뀐 말인지, 그저 그대로 돈 주고 쌀을 받아 오면서 '팔아 온다'고 한다. 그나마 사람마다 모두 그러느냐고 보면 그렇지도 않고, 경기, 충청, 전라 이쪽뿐만 그런 말을 하는 모양이다. 사람들이 영되다면 이런 것쯤은 벌써 전에 고쳐져서 매매에 대한 말이 통일되었을 것이 아니냐.

사람들의 일이니까 내가 자세히 알 것 없으나 들은 말을 하라면, 최초에 물물교환을 하던 때에는 지방 사람들이 흔히 자기 집에 있는 쌀을 가

●**촌음** 매우 짧은 동안의 시간. 짧은 시간.
●**불가경** 가벼이 여기지 않는다.

지고 나가서 다른 물품을 구해 왔다. 즉 사 왔다 말하면, 곡물을 가지고 나가면서 사러 간다고 하였을 것이다. 그것이 지금은 돈이라는 게 생겨서 이것이 매매의 표준물이 되었으나 지방에서는 돈은 귀하고 쌀이나 곡물은 집에 있는 것이라 곡물로 돈을 산다고 하였을 것이다. 그래서 곡물 표준으로 사는 것을 판다고, 파는 것을 산다고 지금까지 하나 보다마는, 말은 그럴듯한 말이나 그 말이 옳다 하더라도 돈으로써 모든 경제의 표준을 삼게 된 지금은 의당히 그 말을 고쳐야 할 것이다.

그러나 그 외에 들은 말 중에 가장 우습고 가장 한심한 이야기는, 경기나 충청도의 뼈 세다는 양반네 그중에 빈한한 양반이 방중*에 객은 앉아 있고 뼈 있는 양반 체면에 남 보는 데 양식이 없어서 한 되나 두 되의 쌀을 매식한다기는* 안되었고 하여, 쌀은 사러 가면서 객 보기에는 창고에 쌓인 쌀을 용돈 쓰기 위하여 팔아 오라는 모양으로 보이기 위하여 객 듣는 데 팔아 오라 하였다 한다. 그리하여 영영 양반 체면에 한두 되 쌀을 매식한다기 창피하여 사는 것을 판다 하였다 한다.

이것으로 그 이유의 전체라고 볼 수는 없으나, 없으면서 있는 체하는 사람들의 거짓 꾸미는 꾀가 어떠한가. 체하고 꾸미기에는 가장 편하게 사람이란 영물로 되어 있는 것이다.

이것도 체, 저것도 체, 체로 꾸미기에만 재주가 자랄 대로만 자란 '사람'들은 언제나 거짓 없는 살림을 하여 보게 되려는지.

*

없는 것도 있는 체, 모르는 것도 아는 체, 안 하고도 한 체, 이것은 교제가나 재산가나 모든 협잡꾼뿐만이 아니다. 가장 진실할 줄로 가장 정

● **방중** 방의 안.
● **매식하다** 사서 먹다.

직할 줄로 짐작되고 그렇게 보이고 또 의당 그러할 듯한 사람, 그런 계급에도 체는 쌓였다. 많은 이야기를 다 할 것은 없으나 그중에 하나만 이야기하고 끝을 막기로 하자.

*

지난 11월 6일치 어떤 신문 3면에 (며칠 두고 연재되던 이야기 중에 한 구절) 이런 것이 쓰여 있었다.

…… 눈은 사정없이 쏟아져 한 자 이상이나 땅 위에 쌓여 은세계를 이룬 중에 더구나 한 점 티끌 없는 달은 하얀 눈빛과 상대하여 실로 교교하기* 한량없었으니 이야말로 월백설백천지백이요 산심수심객수심*이라…….

여기까지 보면 백설이 척*여나 쌓이고 교교한 명월이 천지를 비추어 있는 모양이라. 월백설백천지백(月白雪白天地白) 산심야심(山深夜深)인지 수심인지 객수심(客愁深)이란 구를 끌어다 쓰기에 마침 좋게 된 모양이다. 그러나 고다음을 읽으면,

밤 자정은 들어 만뢰*는 구적하고* 사면은 고요한데 처량히 함박눈만 쏟아진다.

- **교교하다** 달이 썩 맑고 밝다.
- **월백설백천지백이요 산심수(야)심객수심** 달이 희고, 눈이 희고, 천지도 희다. 산이 깊고, 밤도 깊고 나그네의 수심도 깊다.
- **척** 길이의 단위로 1척은 약 30.3cm에 해당한다.
- **만뢰** 자연계에서 나는 온갖 소리.
- **구적하다** 모두 다 고요하다.

이걸 보면 금시에 월백이라던 명월은 달아나 버리고 졸지에 함박눈이 쏟아지는 모양이다. 그러나 그것은 그때 천기가 변덕쟁이여서 금시에 달이 숨기고 눈이 퍼부었다고 보아 주기로 하고 고다음을 읽으면,

이때에 신랑 이 사람은 열화에 뛰어 모든 것을 전혀 불계하고 그 밤에 깊은 눈을 사박사박 밟아 가며 쏟아지는 눈을 우산으로 받아 가며 산모롱이를 지나서 눈 위에 비치는 자기 그림자와 짝을 하여,

여기에 이르러는 어찌 되는 셈을 알 수 없다. 금시에 달이 밝고, 또 눈이 함박같이 쏟아지고, 또 그림자가 비추고, 한울*이 둘씩 달렸는지 달과 눈이 마술을 부렸는지, 쓰는 이도 쓰는 이려니와 이런 것을 읽는 독자가 딱한 노릇이다.

이런 것은 바쁜 탓도 아니고 오식도 아무것도 아니다. 실제 사실과는 저 밖에 따로 떨어져서 그저 꾸며 대는밖에는 아무것도 몰랐다. 월백설백천지백을 끌어넣느라고 눈이 쌓이고 달이 뜨고, 미문*을 쓰느라고 함박눈이 부슬부슬 쏟아지고 외로운 그림자와 짝을 한다고 썼을 뿐이다. 이렇게 체로만 우겼다. 달도 뜬 체, 눈도 쏟아진 체, 온통 꾸미려다가 이런 요령 모를 누더기를 만들고 말았다. 아무리 해도 관계치 않으니 좀 사실대로 실제대로 좀 참되게 거짓 없이 못 살겠는가.

*

신문에 관한 이야기가 났으니 아주 몇 마디 더 쓰고 말자.

● **한울** 천도교에서 '하늘'을 달리 이르는 말.
● **미문** 아름다운 문장. 또는 아름다운 글귀.

침소봉대로 사실의 보도를 과장하는 것만이 기자의 일로 아는지, 그렇지 아니하면 하도 바빠서 어떤 사건에는 어떤 문구, 어떤 사건에는 어떤 문구를 쓰는 법이라고 판박이 책을 만들어 두고 각 신문 공용으로 쓰는 셈인지, 곰보가 죽어도 몸뚱이만 여자면 정해 놓고 미인 자살이니, 미인 출현이니 하겠다. 오죽해—우스운 이야기지만—어떤 추녀가 어떻게 하면 미인이 되겠느냐고 물으니까 어느 자의 그 대답이, '그것 쉽지요. 물에 빠져 지금이라도 자살을 하시오. 금시에 각 신문에 크나큰 활자로 묘령* 미인의 투신이라고 나서 세상이 모두 미인, 미인 하고 떠들 터이니……' 하더란 이야기가 있지 않으냐.

어데서 강연회가 있었다. 그날 그 강연회장에는 사람이 불과 1,200명이어서 쓸쓸하기 짝이 없었고 연사의 부주의한 언사가 청중의 반감을 샀어도, 신문의 보도는 '정각 전에 장소는 입추의 여지가 없이 만원 되었고 연사 모 씨는 ○○란 제로 열변을 토하여 만장 청중에 많은 느낌을 주고 박수 성* 중에 폐회하였다더라.' 으레 이렇겠다. 아마 그네는 이런 문구를 많이 인쇄하여 두었다가 임시로 한 장씩 꺼내서 일시, 장소와 연사, 연제만 써넣는 것 같다.

게다가 만일 어떠한 주최가 자기 사*의 후원이거나 하면 굉장하겠다. 1일 발행이 전부 4엽*밖에 안 되는 신문에 체면 없이 6, 7단의 반 엽 이상을 그걸로 채우겠다. 그나마 빼고 싶은 것은 모두 빼고 자랑거리만 추려서 되씹고 되씹고 하여 반 엽 이상을 지루하게 써 놓으니 그것이 일

● **묘령** 스무 살 안팎의 여자 나이.
● **성** 소리.
● **사** 회사.
● **엽** 쪽. 책 면.

그것에나 독자에게나 신문 자체에나 무슨 이익이 있느냐. 결국 자가의 신용과 권위만 없어질 수밖에 무슨 익이 있느냐.

한 예를 들면 지난여름에 순회강연단이나 극단이 있을 적에 그것을 칭양하여* 실제 평판은 여하하였든지, 그것을 보도하기에 좋다는 문구는 모두 주워 놓아 극력 과장하여 떠들어 놓았다. 실제를 보지 못한 지방 독자에게 그렇게 좋도록 떠들기까지는 좋았으나 그 순회단이 자기 지방에 왔을 때에 보니까 신문에서 보던 바와 아주 천만 틀렸다. 오히려 그 신문의 과장된 보도로 그의 예기*가 컸던 이만큼 실제를 보고 실망이 더하였다. 과장된 보도가 가지가지로 얼마나 유익한가 유해한가 좀 생각할 일이다. 어떤가. 새해부터는 '천기예보와 신문 기사는 공인하는 거짓말'이란 말을 없애 버릴 생각은 없는가.

*

또 한 가지 남의 사에서 주최하거나 후원하는 일은 그 일이 실사회에 아무리 큰 영향을 준다든가 아무리 관계가 밀접한 일이라도, 자기 신문에 일자일구*도 쓰지 않는 것이다. 다행히 1인이 여러 가지 신문을 구독하면 알지마는 그렇지 않고 신문 한 가지뿐만을 보는 이는 그 신문에 보도가 없음으로 이 사회에 어떠한 신현상이 있었거나 어떠한 큰일이 있었거나 도무지 알지 못하고 지난다. 이 신문의 가장 부끄러울 바 아니냐. 오직 사실 보도에 충실하라. 자기 사 주최나 후원이라고 너무 과장하지 말고, 남의 사 주최나 후원이라고 너무 입 다물지 말고, 오직 사실대로 진실한 보도에 힘쓰라. 거기에 권위가 있고 저기에 신용이 있지 아

● **칭양하다** 칭찬하다.
● **예기** 앞으로 닥쳐올 일에 대하여 미리 생각하고 기다림.
● **일자일구** 한 마디 말이나 글.

니하냐. 이 점에서도 새해부터는 많은 주의를 요하기 바란다.

또 한 가지 최후로 말할 것은, 개인의 주의나 개인의 의사와 어그러지는 일이라고 사실의 보도를 피하거나 또는 그 보도를 구부리는 일과 개인의 감정으로 사실의 보도를 임의로 좌우하는 일이다. 주의를 달리하는 회파에 관계하거나 신교*의 갈래가 다른 파에 관계있는 이로서 자기 회파의 주의와 다르다고 경솔히 비판을 하한다든지,* 일절 보도를 피한다든지 하는 것도 옳지 아니한 일이거니와 제일 한심한 일로는 기자 명함을 방패 삼아 내흔들고 나쁜 형사 이상의 행패를 하는 것이다.

사실은 좀 오래된 일이거니와 연전*에 어느 신문 사회부 기자(지금은 아니나) 어떤 모 씨는 친구 4, 5인으로 대음*난취하여* 가지고 그 취객 4, 5인을 데리고 어느 연예장에 입장권도 없이 무단히 돌입하다가 그곳 사무원에게 거절을 당하고, 그 시*에 대성질호하는* 말, '이놈아! 너희가 누구의 덕으로 벌어먹고 사는 줄 아느냐. 내가 붓 하나만 놀리면 이놈들 너희는 영업을 못 하게 되는 줄 모르느냐!' 하였다 한다. 족히 들어 말할 것도 못 되나 앞으로 나아가는 길에 극히 주의할 일인가 한다.

*

지나간 오월 초하루부터 이때까지 두고 오래 험한 말을 많이 하였다. 욕설도 많이 하고 험담도 많이 하였다. 불령자*라고 미행에게 쫓기기도

●**신교** 종교를 믿음. 또는 그 종교.
●**하하다** 내리다.
●**연전** 몇 해 전.
●**대음** 술을 많이 마심.
●**난취하다** 만취하다.
●**시** 때.
●**대성질호하다** 큰 소리로 꾸짖다.
●**불령자** 원한, 불만, 불평 따위를 품고서 어떠한 구속도 받지 않고 제 마음대로 행동하

하고, 미행으로 남을 따르기도 하였다. 아무 종작 없이[●] 횡설수설한 것이나마 그 뜻 있는 바를 헤아려 준 이가 있으면 본의는 거기에 다할 것이니 다행하다.

아아, 흠투성이 말썽 속에 이해가 또 저물고, 깨어 나아가는 우리의 앞길에 거룩한 새 빛과 함께 기꺼움 많을 새해가 앞으로 가까워 온다.

경하로울[●] 새해에는 사람들의 생활도 새로움이 있을 것을 믿고, 은파리도 이것으로 마지막 인사를 드릴란다.

자아, 일절의 이해와 일절의 반성으로 이해를 보내고 깨끗한 마음과 기꺼운 마음으로 소원성취할 새해를 같이 맞이하자.

_목성, 『개벽』 1921년 1~12월호

는 사람.
● **종작없다** 말이나 태도가 똑똑하지 못하며 종잡을 수가 없다.
● **경하롭다** 공경하며 축하할 만하다.

무제목

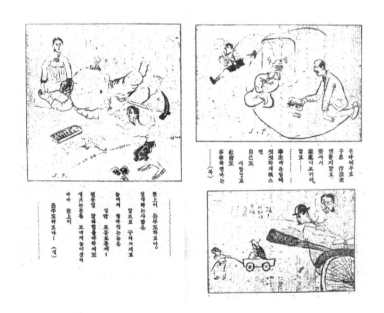

돈 아껴 두고

자식 부랑자

만들지 말고……

* 글은 필명 '목성'으로, 그림은 'SP'로 발표했다. 『개벽』 1921년 2월호 「은파리」의 글
  중간에 끼워 발표했다.

첩 사서
가란* 일으키지
말고……

사업다운 일에
떳떳하게 썼으면
자기도
사람답고
사회도
다행하련마는

세상이 공평도 하구나.
일 잘하는 사람은
마르고 구차해지고
놀면서 자빠졌는 놈은
살만 포동포동 쪄!
온종일 땀과 힘을 다하여도
생기는 돈은 모두 저놈이 삼켜
아아, 세상이
공평도 하구나!

_목성, 『개벽』 1921년 2월호

● 가란 집안의 분란이나 풍파.

낭견*으로부터 가견*에게

삽사리 전(前)

술년* 새해에 서광이 만 리에 빛나는데, 유* 원정*에 과세*나 잘하였으며, 상내* 생활이 별고나 없는지 두루 궁금하이. 이곳 우리는 범백*이 여전한 중에 무사히 묵은해를 보냈으며, 더욱이 이 새해는 우리 술년을 맞이하여 원기 백배, 심신이 해와 함께 새롭고 천하가 세상의 우리만을 위하여 된 것 같으이⋯⋯.

어느 임자가 따로 있으니 행동이 뜻과 같지를 못할까. 어느 한정이 있으니 숙식에 궁핍할까. 우리가 좋아하는 백설은 산천을 덮고, 그 위에 술년의 첫 볕이 찬란히 떠 있네. 상중* 생활에 파묻혀 있는 자네로서는

---

* '서간체 우화' '소설'로도 볼 수 있고 '은파리'류의 '풍자 만필'로도 볼 수 있어 산문으로 분류했다.
- **낭견** 이리. 들개.
- **가견** 사람 집에서 사는 개.
- **술년** 개해.
- **유(惟)** ~이 되다.
- **원정** 설날.
- **과세** 설을 쇰.
- **상내** 상자 안. 여기서는 '개집'을 뜻한다.
- **범백** 갖가지의 모든 것.
- **상중** 상자 속. 여기서는 '개집'을 뜻한다.

짐작도 못 할 이 천지에서 한없이 시원하고 한없이 기꺼운 마음으로 이 새해를 맞이할 때에, 생각을 말리라 말리라 하였지마는 또다시 자네의 신세를 생각지 아니치 못하였네.

세월이 빠르기도 하지. 자네를 작별한 지가 엊그제 같은데, 벌써 3년 이란 세월이 지나갔네그려.

자네나 내나 다 같이 즐겨하는 눈은 오시고 또 녹고, 오시고 녹고 하여 백설의 겨울이 몇 번인지 지나도록 조용히 만날 겨를이 없이 지내서, 이제는 형제의 몸으로 아주 딴 남같이 되고 말았네그려.

이래도 형제요, 저래도 형제지. 아무리 한들 형제의 관계야 끊을 수 있겠나……. 자네는 그 집에 가서 마음이 변했거나 무슨 짓을 하거나, 우리는 한날한시를 잊어 본 적이 없었네.

이렇게 시원하고 이렇게 즐거운 생활을 알지도 못하고, 고 조그만 상자 속에서 옹크리고만 지내고 있는 자네의 일을 생각할 때마다 우리는 눈물을 금치 못하네. 한날한시에 한 어머니 배 속에서 나온 우리 형제로서 자네 하나가 팔자가 그렇게도 사나울 줄은 알지 못하였네.

개는 개로서의 살림이 따로 있고, 개는 개로서의 살 세상이 곧 우리의 세상은 우리에게 따로 있네. 지공하신* 한우님*께서는 우리에게도 그만한 세상과 그만큼 먹을 것을 베풀어 주신 것이라네. 사람들끼리는 사람의 생활이 따로 있는 것같이 우리 개는 개로서의 생활이 따로 있는 것일세. 사람은 어데까지 사람 노릇을 하기에 힘쓸 것이요, 개는 개로서 살아갈 것일세. 그것을 자네는 모르고 개는 남의 집에 가 밥찌끼*나 얻

● **지공하다** 지극히 공정하여 사사로움이 없다.
● **한우님** 하느님.
● **밥찌끼** 밥찌꺼기.

어먹고 도적이나 지켜 주고 주인에게 순종을 잘하는 것만이 개의 원래의 사명인 줄 알고 있지 않나. 우리는 그것을 생각할수록 서럽고 불쌍하여 견디지 못할 고통을 느끼네.

일전에는 하도 보고 싶고 하도 궁금하여서 찾아보러 갔더니, 얻어먹는 밥찌끼에 눈까지 마음까지 변하여서 나를 몰라보고 자꾸 짖지 않았나? 고 안타까운 찌꺼기 밥을 뺏기는 줄 알고 자네는 주인에게 호소하여서 주인의 하인이 작대기로 내 허리를 때려서 하마터면 허리를 삘 뻔하고 돌아왔네.

형제까지 알아보지 못하고 기가 나서 짖는 자네를 보고 와서 동생 하나를 영영 잃어버렸구나 하고 밤새도록 울었다네.

자네와 나와 우리 삼 형제가 그 좁은 어머니 배 속에서 고개와 몸을 맞대고 60여 일이나 두고 어떻게 지냈으며, 세상에 나와선들 달 반이나 두고 한 어머니 젖을 빨고, 한 어머니 품에서 길리울 제는 얼마나 의좋게 지내었었나…….

아버지도 모르고 어머니 한 분과 우리 삼 형제만 단 네 식구가 오곤조곤* 살아오다가 간신히 젖이 떨어질 때에, 그 무지한 사람 놈이─제 깐에는 우리 셋 중에서 고르고 골라서 자네를 덥석 집어 갈 때에 무슨 힘으로 막지는 못하고 우리가 얼마나 땅을 치며 통곡을 하였는지 모르네. 밤새도록 눈들이 퉁퉁 붓도록 울고 그 이튿날도 끼니를 끊고 울고만 있었다네. 집혀 갈 때에는 자네도 소리를 쳐 울며 자네 눈으로 눈물을 흘리지 아니하였나. 그래도 우리는 믿기를 자네가 저렇게 집혀는 가더라도 기회만 있으면 도로 찾아오려니 하고 기다렸더니, 영영 자네는 환장*이

● 오곤조곤 서로 매우 정답게 지내는 모양.
● 원문에는 "환장(換腸)"으로 되어 있으나 '마음이나 행동 따위가 비정상적인 상태로

되고 말았네그려…….

찌꺼기나마 누른 밥을 주고 석유 궤짝이나마 집이라고 지어 주니까 가장 좋은 세상이나 만난 줄로 알고 자네는 감지덕지하고 있게 되어, 고만 아주 종놈이 되고 말았네그려. 형제까지 모르게 되었네그려.

조금만 더 크게 자라서 갔더라도 이 우리 세상 시원하고 넓고 숙식이 편한 이 세상의 맛을 알고 갔을 것이요, 이 세상이 있는 줄을 알면 지금이라도 곧 도망이라도 하여 올 것을, 너무 아는 게 없고 너무 어렸을 때 집혀 가 놓아서 그만 세상에 그것밖에 더 좋은 게 없는 줄을 알고 아주 썩어진 개가 되고 말았네그려.

어리고 무식한 소견에 집을 주고 먹을 것을 주고 다른 개가 오면 때려 쫓아 주고 하니까 자네는 가장 다른 개보다 특출하고 특별히 사람의 총애를 입는 것같이 생각되지. 그러나 그것이 자네를 영영 아주 일생의 종을 삼으려는 사람의 꾀일세.

그나마 처음 잡혀갔을 때에는 자네 목에 쇠사슬을 늘이고 잔뜩 비끄러매어서 꼼짝을 못 하게 하지 않았나? 그래도 그 줄에 모가지를 옭혀 있으면서도 누른 밥찌꺼기를 얻어먹는 것만 좋아서 다소곳이 있었네그려. 자네는 모르리마는 어머니와 우리가 가끔가끔 문밖에서 쇠줄에 매어 있는 자네를 보고 얼마나 울었는지 모르네.

우리에게도 남과 같이 오관*이 있고 그중에도 냄새 맡기와 소리 듣기로는 사람보다 나은 재주를 갖추어 가지고 있다네. 저 먼 데서 부스럭거리는 소리도 우리 귀로는 벌써 속히 듣고 냄새만 맡으면 그 종별*과

달라짐'을 뜻하는 '환장(換腸)'의 오식으로 보임.
● **오관** 다섯 가지 감각 기관.
● **종별** 종류에 따라 구별함. 또는 그런 구별.

있는 방향까지 아는 게 우리만의 재주라네. 그러나 그뿐인가. 달음질 잘하고 헤엄 잘하기로 유명하지.

　그것을 알고 이용하려는 놈들이 사람들이라네. 자네에게 다정히 해 주는 체하는 게 거저 그리는 줄 아나? 밤이면 나는 침방에서 잠자고 있을 것이니 너는 도적을 지켜 달라는 것이고, 내가 산간에 총렵*을 가서는 총만 놓고 있을게 네가 가서 집어 오라는 것이라네. 그렇게 부려 먹다가 자네가 열두어 살쯤 되어 보게. 우리의 일생은 보통이 십이삼 년이라네. 15세까지 사는 것도 있고 서양 어데는 30세까지 산 개도 있다고 하지만, 그것은 예외고 보통은 십이삼 세면 그만이니 그렇게 늙어서 눈도 어두워지고 눈곱이나 끼고 코로 맡는 힘이나 귀로 듣는 힘이 둔하여져 보게……. 일본 여편네는 비단옷을 입혀서 한자리에 끼고 자기까지 하는 이가 있다니, 그렇게까지나 정을 들이면 죽어서 땅에 파묻어라도 줄까……. 일생을 그렇게 부려 먹다가 늙기만 하면 개백작인지, 백장* 인지에게 내어맡기면 그만 목숨이 없어지는 그런 참혹한 보수밖에 또 있는 줄 아나? 그러나 그것도 덜하니…… 사냥개 노릇을 하여 이것도 물어 오고 저것도 잡아다 주고 하다가, 물어 올 것 잡아 올 것이 없게 되면 이번에는 그 사냥개가 그 총에 맞아 죽느니…… 그것은 이상하게도 으레 그렇겠다. 신세를 자네라도 곰곰이 생각하면 한심하지 않은가?

　그렇게 참혹한 보수가 오기까지 먹여 주는 그것이나마 자네를 위하여 새로 구해 주는 것인 줄 아나? 이놈 먹던 것, 저놈 먹던 것, 먹다 먹다 못해서 남긴 것을 모아서 어디다 버려둘 곳이 없으니까 자네에게 치우라는 것이라네.

● **총렵** 총사냥.
● **백장** 백정.

여보게, 삽사리!

온갖 생물은 본의대로 자연대로 뜻껏 맘껏 팔다리를 펴는 곳에 생의 존귀한 값이 있는 것이라네! 잠시 입이 달고 배가 부르다고 거기에 자족하여 자기 본연의 생활을 아주 버려서는 차라리 죽는 것만 같지 못한 것일세.

자네는 자네의 지금의 상자 속 생활에 자족하여 예전 본연의 생활을 잊어버리고 있지…… 그 생활에 자족해 있으면 그 끝에 혹독한 응수, 비참한 운명이 기다리고 있는 것을 깨달아야 되네. 여보게, 삽사리! 그래도 형제인 탓으로 눈물로써 이 글을 보내는 것이니 새해를 맞이하는 이 기회에 깊이 생각하는 바 있기를 마음을 다하여 바라고 비네.

아아, 삽사리!

새해는 닥들여왔네.* 특별히 우리의 해인 술년이 닥들여왔네.

오막살이 인종*의 집을 내어던지고 쇠사슬 구속의 굴레를 벗어 버리고 많은 형제를 따라 돌아와, 새로 맞이하는 이해를 의의 있게 할 줄로 믿고 그만 그치네.

마지막으로, 건전한 몸으로 기틀* 보기를 성심으로 바랄 뿐일세.

다시 돌아온 우리 해 정월 초일일.

_ㅁㅅ生,*『개벽』1922년 2월호

● 닥들여오다 어떤 일이 가까이 바싹 닥쳐오다.
● 인종 묵묵히 참고 따름.
● 기틀 어떤 일의 가장 중요한 계기나 조건.
● 목차에는 '목성生'으로 표기되어 있다.

공원 정조*
—하야*의 각 공원

탑동 공원*

해가 졌다!

이 소리는 찌는 듯한 고열과 썩은 증기 속에서 온종일 볶이던 시민에게 얼마나 반갑고 기운 나는 소식이랴. 남산과 북악산, 그 사이 바닥에 놓여 있는 서울 장안의 복판 위에서 견디어 보라고 하는 듯이 불발을 내려쏘던 해가 새문* 밖 금화산 머리를 넘으면 서울 거리에는 사람들이 우적우적 나와서 행인의 수효가 졸지에 많아진다.

그 무서운 해가 인제야 졌습니다그려! 피차에 이런 말을 하는 듯한 얼굴로 서늘한 새 모시 주의*를 입고들 나서서 느럭느럭 천천한 걸음으로 걷는다.

그러면, "자, 들어오시오." 하고 녹음의 집 탑동 공원의 둥근 전등은 반짝 켜진다.

좁고 복잡하고 먼지 많은 훗훗한 속에서 삶는 듯한 더위에 괴로이 지

* **정조** 분위기. 정취.
* **하야** 여름밤.
* **탑동 공원** 탑골공원.
* **새문** '돈의문'(조선 시대에 건립한 한양 도성의 서쪽 정문)의 다른 이름.
* **주의** 두루마기.

내면서도 가깝게 땀 들일● 곳조차 가지지 못한 경성 시민에게 참말로 이 탑동 공원은 좁으나마 얼마나 귀엽고 서늘한 중보●로운 마당이랴.

K와 내가 야시●에서 과물●을 사 가지고 공원으로 들어가기는 아홉 시 가까운 꽤 어두운 때이었다.

문을 들어서면서 벌써 몸은 푸른 그늘에 들고 가벼운 상긋한 양미● 가 마음에 솔솔 숨기기 시작하는데, 팔각정을 향한 중앙의 곧은길로, 좌 우에서 쭉쭉 뻗은 벚나무 그늘 밑으로 길에 가득한 나뭇잎 그림자를 밟 으면서 걷는 맛은 마치 서늘한 버들 밑의 못물을 헤엄치는 것 같다.

물방울이 떨어질 듯이 수기●에 젖은 잎에 전기 불빛이 부딪뜨려서● 인화●보다도 푸르게 빛나면서도 잎 뒤 나무 그늘은 캄캄할 대로 캄캄 하여 그것만으로도 정취가 깊고 양미가 뚝뚝 돋는데, 그 나무 그 잎의 그림자가 보드랍게 가볍게 불면 날아갈 듯이 땅 위에 어른어른 떠 있는 것을 보면, 그냥 그곳에 앉아서 놀고 싶게 마음이 키인다.● 밟으면 바서 질● 듯싶어 애처로운 걸음으로 사뿟사뿟 걸어가노라니까 어느 때 왔던 지 벌써 귀로를 밟는 젊은 부인 한 분이 소녀 한 사람을 데리고 팔각정

● **들이다** 식히다.
● **중보** 귀중한 보배.
● **야시** 야시장.
● **과물** 과일.
● **양미** 서늘하거나 시원한 맛.
● **수기** 물기.
● **부딪뜨리다** 세차게 물체와 물체가 마주 닿게 하다.
● **인화** 도깨비불. 반딧불.
● **키이다** 마음에 들거나 내키다.
● **바서지다** 조금 단단한 물체가 깨어져 여러 조각이 난다.

모퉁이에서 이리로 향하여 자태 좋게 아장아장 걸어 나오는데, 청초한 흰옷 위에 그 보드라운 나뭇잎 그림자가 서늘하게 어른거리다가 때때로 하얀 얼굴에까지 어른거리는 모양은 어떻게 형용할* 수 없는 가경*이었다.

밤이니만큼 팔각정은 더 커 보이고 더 고물같이 보이며 우중충하게 백의인* 10여 인을 태우고 우뚝이 서 있고, 그 둘레에 둘러 깔린 잔디 위에는 전등 불빛이 흘러서 질펀하였다. 젊은 중학생, 전문학생, 신사, 갓 쓴 이, 양복쟁이, 가지가지의 사람이 단장도 끌고 부채도 들고 횡적*도 들고 누구를 찾는 것처럼, 천천히 빙빙 돌고들 있었다. 아무 때 와 보아도 이 공원은 어느 저택의 정원같이 생각되는 곳이다. 앉을 곳이 적고 갈 곳이 없고 하여 잔디 바깥이나 나무 그늘로 오락가락하는 사람들이 더욱 그 생각을 두텁게 한다. 이 공원 어느 구석에서 피아노 소리나 들려왔으면, 후원*을 거니는 기분은 더 충분할 것이다.

우리는 팔각정 앞에서 서편으로 꺾이어 나무 그늘로 빠져서 연못 위에 놓인 다리를 지나 연못가 덩굴 밑 벤치에 앉았다. 서울 학생들이 이 연못을 '불인지(不忍池)'라 부르고 그 다리를 「추월색」 소설 껍질에 있는 '관월교(觀月橋)'라고 부르는 것도 젊은 학생의 짓다워서 재미로운 일이다. 그리고 그네는 항용 오늘 저녁 몇 시에 관월교로 만나세 하고는 이리로 모여서 다시 출발을 한다는데, 오늘도 휘문의 교복을 입은 학생

●**형용하다** 말이나 글, 몸짓 따위로 사물이나 사람의 모양을 나타내다.
●**가경** 빼어나게 아름다운 경치.
●**백의인** '흰옷 입은 사람'이라는 뜻으로, 우리 민족을 이르는 말.
●**횡적** 플루트를 비롯해 가로로 불게 되어 있는 관악기를 통틀어 이르는 말.
●**후원** 집 뒤에 있는 정원이나 작은 동산.

한 사람이 못가*에서 금어*를 장난하고 있었다.

이곳에 잠깐 앉았는 동안에 몇 사람인지 모르게 우리의 앞을 지나 느릿느릿한 걸음으로 뒷짐 진 손으로 단장을 끌면서 다리를 지났다.

언듯! 연못 저쪽 모퉁이 요릿집 가까운 구석, 나무 그늘에 다 썩어진 소나무 토막에 트레머리* 검은 치마의 젊은 여자 한 사람과 양복 입은 키 큰 신사 하나가 정답게 앉았는 것이 눈에 띄었다. 그것으로 하여 그곳 정경은 퍽 어울린 감이 그윽하였다. 그랬더니 웬일인지 여자는 수건으로 눈을 자주 씻는 모양이었다. 웬일일까? 하는 의심과 호기심이 벌컥 우리에게는 일어났으나 더는 아는 수가 없었다. 앉은키로도 몹시 커 보이는 양복 신사는 민망해하면서 좌우를 자주 둘러보고 있었다. 여자는 그냥 고개를 숙이고 수건으로 눈만 주무르고 있었다. 그곳이 연못가이니만큼 흥취 있는 일(一) 장면이었으나, 양복 신사가 자주 우리를 보는 것이 미안하여서 우리는 그곳을 떠났다.

연못 북편가의 2층 일본 집은 '승리(勝利)'라는 양요릿집이다. 아이스크림, 얼음 채운 맥주를 하절* 한철에는 파느라고 모가지에 분칠한 일녀*가 유리창으로 방긋방긋하지마는 비싸기도 할 뿐외다. 집이 시원하게 탁 트이지 못하고 어떻게 깊고 갑갑한 듯싶어서 들어가는 이는 별로 없는 집이다. 우리는 그 모퉁이를 돌아 팔각정으로 훤하게 통한 길로 나서려니까 거기 널빤지 걸상에 사진사 최와 함흥의 김이 앉아 있다가 우

● **못가** 연못의 가장자리.
● **금어** 금붕어.
● **트레머리** 신여성을 상징하는 머리 스타일로, 옆 가르마를 타서 갈라 빗어 머리 뒤에 다 넓적하게 틀어 붙인 머리.
● **하절** 여름철
● **일녀** 일본 여자.

리를 보고야,

"어데로서 오시오?"

하고 일어난다. 우리는 넷이 합처서 널빤지 걸상에 앉아서 과물을 먹기
시작하였다.

여기는 요릿집 앞, 조그만 소나무 한 주*가 서 있고 그 옆에 이름 모
를 잎 잘고 키 큰 나무 밑에 앉아서 팔각정이 비슷이 보이는 곳이다. 앞
에는 길가에 말뚝 같은 소나무 토막이 두 개가 박혀 있고…….

여기 앉아서 팔각정을 바라보면 거기 남모르는 그윽이 맛있고 풍정
있는 딴 세상을 발견할 수 있는 것이다. 팔각정 속 천장에 오래된 고식*
의 등이 달리어 있고, 오랫동안 소제*를 아니 하고 두어서 거미줄이 엉
키고 먼지가 그득히 앉고 묵을 대로 케케묵은 고등이 은은하게 비추고
있다. 그것을 이 승리라는 요릿집 앞 소나무 옆 키 큰 나무 밑 널조각 걸
상에 앉아서 보면, 정자 기둥 위에 가로놓인 굵은 나무 위 장식 난간 틈
으로 조금 보여서 컴컴한 속에 그 등의 유리가 반분*쯤 보이는 것이, 마
치 어느 산 밑 외로운 초당*이나 어느 대가 후원에 따로 떨어진 초당 미
닫이에 다정한 추등이 은연히 비추이는 것같이 보인다.

보면 볼수록 그렇게 보여서 어린 때에 자주 듣던―과거 보러 온 소년
재사*가 서울 어느 대가의 후원에서 초당에서 공부하던 처녀와 인연을
맺는다던―이야기가 생각나서 은연히 보이는 그 등이 꼭 초당 미닫이

● **주** 그루.
● **고식** 옛날에 유행하던 형식.
● **소제** 청소.
● **반분** 2분의 1.
● **초당** 억새나 짚 따위로 지붕을 인 조그만 집채.
● **재사** 재주가 뛰어난 남자.

에 등불이 환하게 비친 것같이 보이고, 그 방 속에 깨끗한 처녀가 있어서 글 읽는 낭랑한 소리가 들리는 듯 들리는 듯도 싶고, 또 어떻게 하면 그 방 미닫이 앞에 남녀의 신발 두 켤레가 놓여 있는 것 같기도 하여, 거기에는 따사로운 정다운 시 같은 이야기의 세상이 보인다. 최는 물끄러미 보다가, "아아, 시골집 생각이 난다!" 하였다. 여기서 이렇게 자꾸 보고 있으면 벌써 낙엽 지는 감상*의 가을 같은 기분이 가슴을 덮는다.

밤이 꽤 깊었다.

열 시가 지나면 이 공원에는 약속한 듯이 사람들이 더 많이 쏟아져 들어온다. 야시를 한 바퀴 돌아오거나 저녁 일을 보아 놓고 오는 사람이 많은 까닭이다. 그중에는 객을 낚구는* 매음녀나 값싼 기생도 이 시간쯤 되어 싸여 들어오는 것이다.

우리는 그곳을 떠나 석탑의 옆을 지나 공원의 북문 앞 서편 구석의 잡초밭에 서 있는 쓸쓸하고 컴컴한 정자를 엿보았다. 여기는 한구석이고 쓸쓸하고 거친 까닭인지 낮이면 이 근처 노동 역부들이 모여 앉아서 각처의 벌이터 이야기와 경험담 바꾸는 곳으로 어느 틈엔지 저절로 된 곳이라, 이날도 보니까 여기는 또 다른 세상으로 노동자, 어데 직공, 고학생 10여 인이 모여 앉아서 이야기판을 차리고, 어떤 양복한, 그중엔 조촐한 40세쯤 된 남자가 연해 자주 입을 놀리면서 미국으로 벌이 갔던 이야기를 하고 있고, 다른 사람들은 열심히 근청하고* 있다. 천장에는 새카만 전깃줄이 있으면서도 전등은 없이 허연 것만 매달려 있고 그 밑 좌

● **감상** 하찮은 일에도 쓸쓸하고 슬퍼져서 마음이 상함. 또는 그런 마음.
● **낚구다** 낚다.
● **근청하다** 삼가 듣다.

중에서는 때때로, "그래 거기서는 무엇들을 먹고 사나요? 하로*에 얼마씩이나 버나요?" 하고는 답답스런 문답을 열심으로 바꾸고 있는 것이 어쩐지 마음을 처연케 한다. 팔각정, 양식집, 조그만 공원의 속에서도 이 정자에는 투철히 다른 세상을 열고 있다.

우리는 거기서 다시 동편으로 석탑 뒤를 돌아서 음악당 옆으로 갔다. 서늘해 보이는 음악당과 전등은 덩그러니 비어 있고, 그 뒤에 등덩굴* 밑에는 모시옷 입은 이가 많이 앉아 있었다. 등덩굴의 한 부분을 차지하여 마당을 덮고도 시침을 떼고 있는 승리옥의 출장점은 그래도 조금 서늘하여 보였다. 우리는 그 집의 앞에 역시 널조각 걸상에 앉았다.

보니까 음악당 앞, 승리 출장점 맞은쪽에 놓인 널조각 걸상 위에 트레머리 여학생과 양복 신사가 다정히 앉아 있는데, 양복 신사의 키 큰 것을 보니까 아까 연못가에 앉아서 눈물을 흘리던 패이다. 이상도 하지, 수건으로 눈물을 씻던 여자가 신사의 팔을 툭 치더니 신사는 얼른 궐련을 꺼내 여자에게 바치고 성냥까지 그어 바치고 여자의 코끝에 연기가 모락모락 오른다. 무얼까? 하는 의심이 금방 나다가 매음녀이다, 단정하고 말았다. 울기는 왜 울었을까. 그것은 알 까닭 없거니와 키 큰 신사의 과히 상스럽지 않은 얼굴이 퍽 딱해 보였다. 지나가는 양복쟁이마다 이 두 남녀를 유심히 보고들 지나갔다. 두 남녀는 그런 것은 본 체도 아니 하였다. 신사는 기나긴 다리를 쭉 뻗은 사이로 두 손으로 단장을 짚고 앉아서 땅만 보고 있고, 어깨를 맞대고 앉은 여자는 쉴 새 없이 속살속살하고 있었다.

무슨 소리를 저렇게 하는가 싶어 까닭 없이 궁금하였으나 알 길 없이

●하로 '하루'의 사투리.
●등덩굴 등나무의 덩굴.

110

앉았노라니까, 캡을 쓴 주의 청년 한 사람이 지나다가 그 꼴을 보더니, 무슨 물을 말이 있는 듯이 그 남녀의 앞으로 3척*쯤 가깝게 가서 기착* 자세를 하고 딱 서서 자꾸 들여다보았다. 그러니까 그 후로 지나던 학생이 또 그 뒤로 가 서서 보고 있었다. 불의의 침습자*를 남녀는 일시에 보았다. 그러나 키 큰 신사의 고개는 다시 숙고* 여자만 눈을 말똥말똥 뜨고 마주 보았다. 한참이나 서로 맞보다가 캡 쓴 청년이 그냥 가던 길로 가 버렸다. 그러니까 나중에 온 학생도 슬그머니 가던 길로 가 버렸다.

최도 김도 픽픽 웃었다. 텅 빈 집 음악당의 전등만이 무심히 빛나고 있었다. "이 뒤로 해서 슬슬 돌아갑시다." 하고 우리는 그곳을 또 떠났다.

이 공원의 동편 담 밑은 어두컴컴하고 움푹한 곳이라 때때로 이야깃거리가 이곳에서 생긴다. 공원의 동문 부근으로부터 귀비*가 섰는 곳까지의 컴컴한 곳에는 전광*이 간신히 새어 들어올 뿐이어서 양영*이 만지하여* 참으로 그늘의 천지라, 가지마다 주의가 걸렸고 그늘마다 사람이 열 이어 있는 중에, 서늘하게 분장한 젊은 여인이 삼삼오오 떼를 지어 그늘 속에 자리를 잡고 모르는 남자에게 담뱃불을 청하여 수작을 거는 것도 이곳이라. 그래서 남자가 꼬이는지, 남자가 꼬이니까 그것이 모여드는지, 하여튼 여드름 흐르는 양복쟁이나 분 바른 매음녀는 들어만 서면 이편으로 쏠린다 한다.

● **척** 길이의 단위로 1척은 약 30.3cm에 해당한다.
● **기착** 기척. 구령어로서의 '차렷'을 이르던 말.
● **침습자** 갑자기 침범하여 공격하는 사람.
● **숙다** 앞으로나 한쪽으로 기울어지다.
● **귀비** 거북이 모양의 비석.
● **전광** 전등의 불빛.
● **양영** 서늘한 그림자.
● **만지하다** 온 땅에 무엇이 가득하다.

바로 거기서 정문으로 나올 것이나, 아직도 이 공원 안의 정취 있는 곳이 두 곳이나 남았다.

정문과 팔각정 사이에 서편으로 뚫린 길이 둘이 있는 중에 첫째 길은 화초 온실 앞을 지나 변소로, 연못으로 가는 길이니 정문으로 들어오다가나, 나아가다 가나 이 길로 꺾여 들어서면 이 공원에서 제일 밝고 제일 고요하고 아늑한 따로운 세상 하나를 발견할 수 있다. 정자도 아니고 그늘도 아니지마는 그 길을 꺾여 들어서면 바로 거기 바른손 쪽(우편)으로 철책 안에, 전등 불빛이 몹시 찬란하게 탐탁하게 비추는 풀밭이 있으니 거기는 키 큰 잡목에 에워싸인 두 간쯤 되는 곳에 단풍나무가 한 주, 소나무 두어 주가 서 있고, 그 밑에는 수척이나 자라서 나팔 주둥이처럼 보기 좋게 늘어진 난초가 여러 폭이 아늑하게 조용히 있는데, 바로 그 옆에 서 있는 전등 불빛이 다른 곳으로 새지 않고 이곳에만 쏘이는 것 같아서 그 빛이 찬란하기 짝이 없고, 누구라 이 옆에 모여 떠드는 이도 없어서 그윽이 조용하고, 그윽이 아늑하여 이 복잡한 공원 안에 이곳만은 딴판으로 즐거운 꿈나라에 포근히 가라앉은 것 같기도 하고, 또는 이 복 많은 천지에 태어난 다복한 풀들이 고개와 고개를 맞대고 소근소근하는 것 같기도 하다. 그래서 한참이나 들여다보고 있으면 나로서는 그 다복한 속살거림에 참례할* 수 없는 특별한 그네의 세상의 고요한 속살거림을 자꾸 듣고 싶게 된다.

우리는 한참이나 여기서 철책을 붙잡고 서서 부러운 듯이 들여다보고 있다가 다시 발을 옮겨 그 길로 조금 더 가서, 화초 온실을 지나 그 길

● **참례하다** 원문에는 "참예(叅例)"로 되어 있으나 '예식, 제사, 전쟁 따위에 참여하다'를 뜻하는 '참례(叅禮)'의 오식으로 보임.

우편에 있는 정자에 이르렀다. 이 정자는 연전*에 어느 말 잘하는 친구가 매일매야* 이곳에 와서 고담*을 하여서, 그 고담에 맛을 붙인 사람들이 매야 무슨 사무 시간 보듯이 모여들던 곳이라, 전년의 고담사*는 경찰의 취체*를 받고 그 후로 자취를 아니 뵈건마는 이 정자에는 지금도 모든 사람이 모여서 주의는 벗어서 턱턱 걸어 놓고 자기 집 사랑에 앉았는 격으로 모여 앉아서 시사의 평론을 시작한다. 미가*는 어떻고, 어데서는 낙뢰가 되어 인축*이 상하고 하는가 하면, 금시에 미국에선 금주를 하는데 그 가부를 논란하고, 불란서*에는 과부가 많은데 인물은 어데가 낫고 하여, 화두가 서양으로 가는가 하면, 금시에 또 단성사* 사진은 어떻고, 명치정*의 곡마단은 어떻고…… 하여 화두가 귀국을 하는 등 근심 없는 무명객들의 허튼 이야기는 방향도 없이 이리저리 뛰어다닌다. 그러면 또 그곳에 모인 사람들은 근청하는 태도로 명심해 듣고 있다.

이러다가 12시쯤 되면 퇴사* 시간이나 된 것같이 옷을 다시 입고 헤어들 진다. 이렇게 하여 좍 헤어져 가는 사람의 입으로 풍설*이나 소문

● **연전** 몇 해 전.
● **매일매야** 매일 밤마다.
● **고담** 옛날이야기.
● **고담사** 옛날이야기 들려주는 사람.
● **취체** 규칙, 법령, 명령 따위를 지키도록 통제함.
● **미가** 쌀값.
● **인축** 사람과 가축을 통틀어 이르는 말.
● **불란서** '프랑스'의 음역어.
● **단성사** 1907년 세워진 영화관.
● **명치정** 서울 중구 명동의 일제강점기 명칭.
● **퇴사** 회사에서 퇴근함. 원문에는 "퇴사(退仕)"로 퇴어 있으나 '퇴사(退社)'의 오식으로 보임.

이 시중*에 좍 퍼진다. 그리고 그 이튿날 밤이면 하나씩 둘씩 모여들면서, "안녕히 주무셨습니까? 이제 오십시오." 하고 언제 친했던 듯이 인사를 바꾸고 또 이야기를 시작한다. 그리고 특별히 이곳에 모이는 중에는 50여 세의 노인도 보이며, 때로는 단소나 사현금 타는 사람을 데리고 와서 청량한 일(一) 곡을 듣기도 한다. 여기는 이러한 일종 이상한 정서의 딴 세상이 매일 열리는 것이다.

이 정자까지 방문하고 다시 돌아 정문으로 우리가 나올 때는 꽤 늦었건마는 그때도 손목을 맞잡고 들어가는 내외 같은 남녀가 있었고, 공원 문밖에 야시에는 돌아갈 준비를 차리는 상인이 많았다.

장충단 공원

이 공원은 탑동 공원에 비하여 자못 공원답다.

오후 여섯 시쯤 하여 전차로 훈련원 마당 앞에서 내려서 밭과 밭 사잇길을 남으로 향하여 한참이나 들어가다가 파출소 앞을 지나서면 벌써 공원다운 청량한 기운이 반기어 달려든다.

공원으로 가는 길옆으로 적지 않은 깨끗한 물이 흘러 내려오고, 그 물가에서 부인네 빨래하는 소리가 들려오는 것부터가 몹시 정신 나고 서늘하게 한다.

꽃밭 가진 일본의 집 몇을 더 지나가면 벌써 색다른 공원의 어여쁜 경치가 눈앞에 보이고, 거마* 통행을 금지하는 말뚝 박은 어귀에 닥들이게*

● **풍설** 풍문. 소문.
● **시중** 시내. 도시의 안.
● **거마** 수레와 말을 아울러 이르는 말.
● **닥들이다** 갑자기 마주 부딪치다.

된다. 그 말뚝 어귀까지 채 가지 말고 녹색 칠한 다리로 올라서면 공원의 연못에서 개천으로 내려오는 물이 근 한 길*이나 되는 높이에서 돌벽을 미끄러져 내려오느라고 희고 흰 국숫발같이 갈태갈태 맑은 소리를 치며 내리는 것이, 심신을 상쾌케 하여 전신에 솟은 땀이 일시에 걷힌다. 다리 중턱에 선 채로 서서 눈을 물에서 옮기면 여름을 모르는 수양버들의 그늘 깊은 숲 새로서 양풍*과 함께 흘러나오는 맑은 물이 잔잔한 연못을 이루어 있고, 숲 사이로 보이는 양옥과 벤치가 아울러 거울낯 같은 못물에 거꾸로 비치는 것도 보기 드문 서늘한 경치라, 내 몸까지 못 속에 있는 것 같아서 해 지는 것을 여기서 잊었다.

한참이나 후에 다리 저편으로 돌아 연못가 벤치에 가서 앉았다. 해는 졌으나 한가히 뜬 저녁 구름은 여홍*에 비추어 어느 틈에인지 보랏빛으로 변하여졌다.

장무당* 옛집 앞에 늙은 고목은 만년의 거인같이 저무는 한울*에 우뚝이 서 있고, 공원 어귀에 외따로 선 버들은 다 늙은 기생같이 풀 없이 흥청거리고 있었다. 신정* 고개로서 푸른 줄 섞인 하의*를 입고 분박*을 쓴 일녀가 3인씩 4인씩 작반하여* 손목을 잡고 내려오는 것은 분명히 유곽의 창기이다.

● 길 길이의 단위로 1길은 약 2.4m 또는 3m에 해당한다.
● 양풍 서늘한 바람.
● 여홍 남은 붉은빛.
● 장무당 장충단 안에 있던 10칸짜리 집.
● 한울 천도교에서 '하늘'을 달리 이르는 말.
● 신정 서울 중구 묵정동의 일제강점기 명칭.
● 하의 여름옷.
● 분박 분바가지. '─바가지'는 '매우 심한'의 뜻을 더하는 접미사.
● 작반하다 동행자나 동무로 삼다.

밤마다 밤마다 고기와 피를 무리로 팔리우는 괴로운 생활을 하면서도, 남에게는 흡혈귀라는 무섭고 참담한 지명을 받는 그네도, 이렇게 날마다 황혼시마다 목욕에 닦은 몸에 서늘한 화장을 베풀고, 고개를 넘어와서 물 맑은 연못가 늘어진 버들 밑을 걸을 때만은 적이 정화되는 것 같다.

분명히 그렇다. 저렇게 저희의 세상 외의 사람의 세상이 그리워서 연못가 난간을 짚고 섰거나, 널따란 잔디밭 위를 소요하는˚ 것을 보면 거기에는 아무 고기의 괴로움도 피의 쓰림도 있지 아니하다. 고개 저 너머 생활의 어두운 그림자가 따르지를 아니하였다. 다만 여자일 뿐이다. 여자라는 인생일 뿐이다.

어두운 그늘이 버들 숲 사이에서 조금씩 조금씩 기어 나오는 듯하여 저무는 때의 정취가 그윽한 공원 마당에, 젊은 여자가 셋씩 넷씩 소요하고 있는 것은 그야말로 일 폭의 풍경화 같아서, 도저히 다른 공원에서는 구할 수 없는 이 공원의 특유한 정취이다.

이윽고 신정 고개로부터 전등이 켜지기 시작하여 그 불이 차츰차츰 들어와서 공원의 요릿집에까지 켜졌다. 그러니까 또 시간이 되었다! 하는 듯이 유녀˚의 한 떼는 야업˚에 출근해야겠어서 다시들 모여들어 넘어오던 고개로 풀 없이 올라들 간다.

'좀 더 이 공원에서 놀 수 있었으면!'

얼마나 불쌍한 그네는 심중에 이렇게 생각하였으랴.

공원은 투철히 어두워지기 시작하였다.

●소요하다 자유롭게 이리저리 슬슬 거닐며 돌아다니다.
●유녀 술과 함께 몸을 파는 일을 직업으로 하는 기생, 색주가 여자들을 이르는 말.
●야업 밤일.

이 공원의 동편 구석 운동장 밑에 있는 요릿집 '요시노(與志野)'의 앞뜰 화원을 지나 남을 향하면 남산 산록●의 송림 속에서 구부러져 나온 신작로가 그 길이요, 그 길의 좌우에는 벚나무가 나열해 섰는데, 그 길의 동편에는 이 공원의 화단이 있고 서편에는 양요리의 어여쁜 양옥이 서 있다. 신작로이니만큼 벚나무가 드문드문 늘어섰느니만큼, 이 길은 몹시 신선미를 가져서 나는 몇 번이나 이 길을 오락가락하였다.

공원의 남편 산기슭은 조금 더 어두워졌다.

신작로로 남산을 향하고 조금 올라가노라면 길 우편에 쫄쫄 소리를 치면서 이리 구불 저리 구불 흘러내리는 물 위에, 굽이굽이마다 2, 3인씩의 젊은이가 벌거벗고 목욕을 하고 있는 것을 본다. 그 틈에 조용한 중간을 찾아 양말을 벗고 발을 담그고 앉았으면 아무것보다도 청신한 강렬한 기운이 발끝으로부터 머리끝까지 식혀 올라온다.

발을 담근 채로 시원한 맛에 정신없이 앉았으면, 어두워 가는 산록의 송림 속으로서 길게 뽑는 노랫소리가 사람 없는 공산에 울리어 그윽이 청아하고 유한히● 들리어, 마치 인가도 없는 심산창림● 속에서 나무 찍는 초부●의 노래를 듣는 것 같다. 그 소리에 한 맛을 더 얻어 고개를 돌리어 송림을 바라보면 길게 울리던 노래는 점점 가까이 들려오다가 이윽고 어두운 솔숲에 실낱같이 사라진 길로서, 어데 역부인지 벤또●를 늘어뜨려 들고 세 사람이 나아오면서 그중의 한 사람이 붉은 얼굴로 노래를 계속하여 부르면서 나왔다. 그리더니 그 세 사람도 물가로 달겨들

●산록 산기슭.
●유한히 여유롭고 한가하게.
●심산창림 깊은 산의 울창한 숲.
●초부 나무꾼.
●벤또 '도시락'의 일본어.

어 목욕을 시작하였다. 산과 송림을 울리던 노래는 그치고 다시 물소리만 조용히 들린다.

이것도 이 공원 정서의 값있는 한 가지일 것이다. 날이 적이 어두웠다. 양말을 다시 거두어 신고 가던 길로 내려오기 시작하였다. 벚나무 길 중간에 문을 열어 놓고 있는 양식집은, 날이 어두워 오니까 더 찬란하고 더 서늘하여 보였다. 수중의 마궁° 같이 사람을 꾀여 들이는 이 집에 기어코 나도 솔솔 꾀어 들어갔다. 옥 같은 흰 돌로 된 식탁은, 손끝만 닿아도 서늘하고 청의° 미인의 행주치마 입은 맵시는 상냥한 목소리와 어울려 적이 서늘하였다.

주문한 고기 몇 그릇이 되기까지 부어 놓은 맥주는 거품만 뿜고 있었다. 손이라고는 나 외에 일인° 부부 한 패뿐이었는데, 그네는 식탁 하나를 격하고° 저편 북창 옆에 자리를 잡고 있었다. 여자는 이십삼사 세나 되었을까, 간단한 속발°에 눈은 커서 어글어글하고 얼굴은 둥그런 신형이었다. 남자는 총독부 졸레°나 전차과의 사무원 같아 보이나, 욕의° 만 입어서 분명히는 알 수 없었다. 안경을 쓰고 코밑에는 짧은 팔(八)자 수염을 기른 것이 과히 얄밉지 않았다. 퍽 정답게 속살거리는 이야기는 이 집 문 앞 길 건너 이 공원 화단의 꽃 이야기였다. 따리아°는 자기 집 것

● **마궁** 마귀의 궁궐.
● **청의** 푸른 옷.
● **일인** 일본 사람.
● **격하다** 사이를 두다.
● **속발** 머리털을 가지런히 하여 흐트러지지 아니하게 잡아 묶음.
● **졸레** '쭉정이'의 사투리로, '쓸모없는 사람'을 비유하는 말이다. 여기서는 하급 사무원을 가리키는 것으로 보인다.
● **욕의** 목욕옷.
● **따리아** 달리아.

118

만큼 못되었다는 것을 들으면 그네의 집에도 꽃을 기르는 것이고, 내외가 퍽 화초에 취미를 갖는 모양 같았다. 한참이나 재미나게 듣다가 정신이 내게로 돌아와 잊어버렸던 듯이 얼른 맥주를 집어 마시면서 생각하니까 어쩐지 나는 홀로 들어와 앉았는 것이 큰 수치인 것 같았다.

들창˚ 밖에는 가느른 버들잎이 한들한들 흔들리고 있고 천장에 휘황하는 전등 불빛은 식탁 위의 한련˚ 꽃잎을 새어서 맥주 컵에 빛나고 있었다. 두 눈과 얼굴이 웬만치 붉어 온 것 같고 마음은 포근하였다. 이상한 이국 기분이 도는 공기 속에 내 혼은 떠돌았다.

그 집을 나설 때는 밤이 몹시 깊어서 선뜻한 야기˚가 얼굴에 닿았고 사람들은 공원 마당의 불은 연못 속에서 바르르 떠는데, 이름도 모를 버레˚ 소리는 어데서인지 가을같이 울고 있었다.

한양 공원

한양 공원으로 올라가는 근로˚는 여러 곳이 있으되, 반드시 남대문 턱에서 성터를 밟아 가는 데 별다른 취미가 있다.

제도˚의 위엄을 자랑하던 고성의 헐어진 터를 밟으면서 올라가면 몇 군데 형체만 남은 성벽의 머리를 끼고 옆의 돌층계를 밟아 가게 된다. 한 걸음 한 걸음 시가˚가 낮게 보이고, 한 걸음 한 걸음 한울이 얕아 보

● **들창** 들어서 여는 창. 벽의 위쪽에 조그맣게 만든 창.
● **한련** 한련과의 덩굴성 한해살이풀.
● **야기** 밤공기의 차고 눅눅한 기운.
● **버레** '벌레'의 사투리.
● **근로** 가까운 길.
● **제도** 황제가 있는 나라의 서울.
● **시가** 도시의 큰 길거리.

일 때, 우리는 고성을 끼고 오르면서 거룩하고 오래인 무슨 구적* 성지를 찾아가는 때와 같은 마음을 가지게 된다. 오르고 또 오르고 등에 땀이 젖도록, 호흡이 괴롭게까지 허위허위 올라가다가 어떤 평평한 마당에 나서면 날아갈 듯이 시원한 바람이 기다렸던 듯이 달겨든다. 마치 이 상쾌한 청신한 바람과 조망이 좋은 곳을 구하려면 반드시 올라오기까지의 고난을 지나야 된다는 수도자의 고행 같기도 하다.

그러나 이 시원한 터에 노송도 정자도 벚나무도 모두 자취 없이 사라지고, 그 대신 신궁* 건축의 공사가 벌어져서 흙차가 놓이고, 역부의 합숙소인지 무언지 조잡한 창고 같은 집이 서고, 이곳저곳에는 다듬지 아니한 석재가 쌓여 있어서 정서도 흥취도 피난해 도망간 지가 오래였다. 한양 공원은 공원으로의 생명은 죽은 후였다.

올라왔던 길이니 잠깐 땀이나 들여 가자 하였다. 바람뿐만은 원래 시원하였다. 가슴을 풀어 헤치고 앉아 있으면 몸의 피곤을 전혀 잊는다.

서대문, 남대문 밖에서부터 동대문, 동소문에 이르기까지의 경성 전 시가의 수없는 전등은 찬란히 빤짝이어 불야성을 이룬 일 폭이 발밑에 깔려 있고, 검푸른 한울은 손만 들면 어루만질 듯이 가까워 보여서 북두의 꼬리가 이마에 닿은 것 같다.

한울의 별, 땅 위의 전광이 서로 빛을 다투는 듯한 중에 엄연히* 서서 보면 한울의 별은 한 입으로 불어 꺼질 것 같고, 땅 위의 전등은 한 발로 휩쓸어 버릴 듯싶어 한울과 땅에 내가 홀로 주인이라는 커다란 생각이 동한다.

● **구적** 역사적인 사건이나 사물의 자취가 남아 있는 곳.
● **신궁** 일제강점기에 일본의 죽은 왕이나 왕족의 시조를 모시던 제단.
● **엄연하다** 의젓하고 점잖다.

그러나 시가의 불 중에 제일 큰 불이라서 얼른 눈에 뜨이는 불에 눈이 멈추면 다시 마음이 푹 가라앉는다. 시가에서 제일 큰 불, 그것은 시가의 서북 끝 서대문 감옥 마당의 불이다. 무엇을 생각하는지 외따로 큰 그 불은 금계봉 컴컴한 그늘에 반짝반짝하고 있다. 아아, 세상은 꿈이다! 꿈이다! 하는 덧없는 생각이 가슴을 덮는다.

경성도 지금 꿈속에 있다. 모든 허위, 모든 협잡, 모든 쟁투가 지금은 꿈속에 잠겨 있다. 꿈과 꿈의 연쇄! 그 사이에 인간은 떠돈다! 보라, 어두운 속 깊은 꿈은 무섭게도 컴컴한 북악산 기슭에서부터 나와서 장안을 덮고 있다. 깜박깜박, 그것은 꿈결에 떨리는 것이다. 그리고 새문 밖 의주통° 길의 전등은 기나긴 꿈길을 지어 인왕산과 금계산 사이 어두운 곳으로 사라지고 말았다. 오래 두고 연쇄되는 꿈은, 어느 운명과 맞닥뜨려 오래인 꿈을 지어 인왕산 밑, 금계산 밑으로 꿈길을 밟아 간다.

아아, 꿈이다. 경성은 지금 꿈속에 있다. 아름다운 밤은, 모든 추와 모든 악을 덮고 싸 주어서, 경성의 시가는 꿈속에 들어 있다.

밤은 깊을 대로 깊었다. 귀로에 선 우리는 뒤를 돌아보았다. 거기도 노량진, 영등포, 무더기 무더기 꿈결의 불이 깜박깜박하고 있었다.

이런 느낌을 갖게 되는 것도 이 공원의 별다른 정취이다. 가슴은 헤친 대로 두루마기를 어깨에 걸고 진고개° 내려가는 길로 휘적휘적 걸었다.

높고도 깊은 송림의 사이로 탄탄대로는 허옇게 깔려 있는데, 그 길로 서늘하게 걸으면서 솔과 솔 사이로 간간이 시가의 전등을 엿보는 것도 흥취 있거니와 길이 굽을 때마다 달도 없건마는 시가의 전광에 비춰서

● 의주통 서울 중구 의주로1가.
● 진고개 서울 중구 충무로2가의 고개.

흰하게 이마를 비추고 있는 이 산의 마루가 보이는 것은 몹시 재미있는 일이었다.

일행 네 사람이 다 같이 물을 구하면서도 얻지 못하고 가다가 일인의 처녀 하나와 서생 같은 남자의 한 패는 만났다. 수상한 남녀의 이야기에 물도 잊고 가다가 다행히 산중턱에서 음식집을 닥들였다. '미인차옥(美人茶屋)'이란 이름이 일본 고식이었으나, 들어가 빙수 두 그릇씩을 청하였더니 밖에서 보던 2층집 뒤에 따로 떨어진, 이야말로 일 칸 초당에서 장자*를 열고 젊은 여자가 행주치마로 입술을 씻으며 와서 얼음을 가는데, 초당에는 남자 객의 나막신은 놓였으면서 장자에는 전등만 비추고 기침 소리도 나지 않았다.

쓸쓸하고 큰 산 속에 소리도 없이 밤은 깊을 대로 깊어 갔다.

_잔물, 『개벽』 1922년 8월호

● 장자 '장지'(방과 방 사이, 또는 방과 마루 사이에 칸을 막아 끼우는 문)의 원말.

세*의 신사 제현*과 자제를 두신 부형께 고함

부흥 민족의 모든 새 건설 노력 중에 있는 우리 조선에 있어서 아무것보다도 긴절한* 일로 우리는 이 말씀을 간절히 고합니다.

더할 수 없이 여지없는 곤경에 처하여 갖은 박해와 갖은 신고*를 겪으면서도 그래도 우리가 안타깝게 무엇을 구하기에 노력하는 것은 오직 '내일은 잘될 수가 있겠지, 내일은 살 수가 있겠지.' 하는 한 가지 희망이 남아 있는 까닭입니다. 그런데 만일 그 한 가지 희망이 마저 허*에 돌아간다 하면 어쩌겠습니까. 여러분은 그런 염려가 없으십니까.

'금일의 생활은 비록 이러하여도 내일의 생활은 잘될 수가 있겠지.' 이 다만 한 가지 희망을 살리는 도리는 내일의 호주,* 내일의 조선 일꾼 소년 소녀들을 잘 키우는 것밖에 없습니다. 당신의 한 가정을 살리는 데도 그렇고, 조선 전체를 살리는 데도 그렇고, 이것뿐만은 확실한 우리의 활로입니다.

● 세 세상.
● 제현 여러 점잖은 분들.
● 긴절하다 매우 필요하고 절실하다.
● 신고 어려운 일을 당하여 몹시 애씀. 또는 그런 고생.
● 허 속이 빔.
● 호주 한 집안의 우두머리가 되는 사람.

너나 할 것 없이 조선 사람 전부가 이것을 깨닫고 이 일에 주력한다면, 우리는 부활하는 사람입니다. 어떻게 하면 남보다 낫게 키울까…….
그것을 위하는 한 가지 일로 우선 시작한 것이 『어린이』입니다. 결코 상략*이나 영리를 위하는 것이 아니고, 이 중대한 일을 많이 연구하고 또 그네의 단체인 소년회에서 편집하는 것이오니 당신의 살림의 장래와 조선의 장래를 생각하시는 마음으로, 우선 당신이 먼저 이 『어린이』를 읽으시고 그 책을 자녀에게 읽히십시오. 한 분이라도 더 읽으시기를 바라고 책값을 단 5전으로 하였습니다.

_무기명,* 『개벽』 1923년 3월호

●상략 장사를 하는 수단이나 방책.
●방정환이 쓴 것으로 보인다.

수만 명 신진역군의 총동원

—일은 맨 밑에 돌아가 시작하자

7월 11, 12일부터 20일께까지는 아무 때 보아도 경성역이 귀향하는 학생으로 빡빡 찹니다. 아츰*이 그렇고, 낮이 그렇고, 저녁이 또 그렇고…….

이렇게 한때에 쫙 퍼져 내려가는 수만 명의 학생을 볼 때에 나는 거기에 무섭게 큰 '힘'을 느낍니다. 그네가 신생하려는* 조선에서 싹 돋아난 새 생명인 동시에 가장 미더운 역군들인 까닭입니다. 더구나 그들은 강연단이나 신문 잡지가 갈 수 있는 철도 연변*뿐이 아니고 방방곡곡이 조선 사람 사는 곳에 안 가는 곳이 없는 것을 생각할 때에 더 큰 힘을 느끼게 됩니다.

방학은 물론 휴업일 것입니다. 그러나 지금 우리 형편에 있어서는 그렇게 많은 학생이 일시에 쫙 퍼져 일시에 쫙 모여드는 40일간이 결코 무의의하게* 소비되어서는 안 될 것입니다. 한휴*뿐만 지나서는 결코 안 될 것입니다.

● **아츰** '아침'의 사투리.
● **신생하다** 전과 매우 달리 새로워지다.
● **연변** 국경, 강, 철도, 도로 따위를 끼고 따라가는 언저리 일대.
● **무의의하다** 아무런 의의나 가치가 없다.
● **한휴** 여유로운 휴식.

수만 명 신진역군*의 총동원! 그렇습니다. 귀향하는 학생 여러분 각자 각자가 스스로 요령을 잃지 아니하였으면, 여러분의 하기 귀향은 확실히 우리의 운동 위에 일어나는 수만 명 신진역군의 총동원입니다.

방방곡곡에 샅샅이 퍼져 헤치는* 일꾼이 자기 마을, 자기 골마다 한 가지씩의 씨를 심고, 한 가지씩의 일을 일으켜 놓고 온다 하면 어떻게 그 일이 무섭고 큰일이 되겠습니까. 더구나 현대의 일은 농촌에 씨를 심고 농민과 일을 일으키는 데뿐 성사를 볼 수 있는 것이 아닙니까. 우리는 생각을 여기에 두지 아니하면 안 됩니다.

'어린 중학생이 무슨 일을 하랴!'고 흔히 말하지만 일은 그렇게 생각하는 데서 망치는 것입니다. 사대주의에 붙잡힌 사람은, 일 하면 벌써 커다란 일 먼저 생각하는 고로 시작보다 낭패가 앞서는 것입니다. 최근 우리게는 여러 가지의 노력과 운동이 있어 왔지마는 그것이 겉으로 큰 소리만 내었을 뿐이요, 안으로 실제의 큰 힘을 짓지 못하고 큰 기운을 움직이지 못하는 것은 그 일이 다수 민중의 일이 못 되고(다수 민중을 목적하면서도) 일부의 사람의 노력에 불과한 까닭입니다.

최하 최저로 돌아가 거기서부터 출발해 나가지 아니하면 아니 됩니다. 최하층, 최저급, 맨 밑바닥으로 돌아가서 거기서부터 새로 출발하지 않으면 아니 됩니다.

금번 하기의 학생군의 총동원! 그는 다 나아가 맨 밑바닥에서 착수하여야 됩니다. 종전의 류의 순회강연도 지났습니다. 순회연극도 급하지 않습니다. 높은 지식보다도 옅은 지식이 일반적으로 널리 퍼져 가야 됩니다.

●신진역군 어떤 사회나 분야에 새로 나서서 중요한 몫을 하는 일꾼.
●헤치다 모인 것을 흩어지게 하다.

고향에 돌아가는 학생 여러분! 간절히 부탁하노니 **수만 명 역군이 금년 여름에는 맹세코 당신 댁 이웃 농민에게 언문 한 가지씩 깨쳐 주고 오십시오.** 금일 우리의 제반사위*는 거기서 출발하지 아니하면 허사입니다. 전문학생이고 중학생이고 소학생이고 여학생이고 다 같이 농촌에 돌아가 자기 집을 중심으로 하고 이웃집 사람들에게 언문 한 가지만 깨우쳐 주고 오자 그러면, 한 사람이 열 사람씩에게만 배워 준다 하더라도 금년 방학 40일간에 조선 안에서 20만 이상의 사람이 새로 눈이 뜨이는 것입니다. 결코 높은 지식만을 요하는 것은 아닙니다. 조선 사람 모두가 문맹을 면한다 하면 우리는 서로 호흡을 같이할 수가 있으며 기맥*을 통할 수 있게 되어 비로소 민중 전체가 손목을 맞잡고 같이 움직여 나갈 수 있게 될 것입니다.

강습소니 무어니 하고 떠들 것도 없습니다. 사람을 많이 모으기에 노심할 것도 없습니다. 우선 자기 집에도 젊은이, 어린이로 언문 모르는 이가 있을 것이니 그로부터 비롯하여 이웃집 몇 사람씩, 열 사람도 좋고 다섯 사람도 좋고, 없으면 자기 아내나 자기 동생 단 한 사람에게라도 좋으니 40일 동안 두고 1일 두 시간 혹 서너 시간 아츰저녁으로나 점심때로나 할 수 있는 것입니다. 같은 '사람'의 힘으로 한 '사람'을 좋은 길로 지도한다는 것만도 이미 지극히 고귀한 일이거던, 그리하는 일이 우리의 큰 운동의 귀중한 첫걸음인 것을 생각하면 그 얼마나 존귀하고도 지중한* 일입니까.

● 제반사위 여러 가지 모든 할 일.
● 기맥 기운과 맥.
● 지중하다 더할 수 없이 귀중하다.

결코 떠드는 데 일이 있지 않습니다. 흩날리는 데 성공이 있지 않습니다. 맨 밑으로, 맨 바닥으로 돌아와 속으로 씨를 품고 실제에 뿌리를 박아 민중(농민)과 맞잡고 일어나지 아니하면 안 됩니다. 혁명 전의 로서아* 청년들의 일이 우리에게 가르침이 많지 않습니까.

"밑으로 가자. 거기서 일어나자!"

헐어진 인물처럼 신진역군도 사대주의와 명예욕에 날뛴다 하면 또는 오늘까지의 일처럼 공중을 향하여 떠들기만 하면, 우리는 영구히 신생의 길을 얻지 못할 것입니다.

"금년 여름에는 맹세코 이웃 사람에게 언문을 깨우쳐 주고 오자!"

수만 명 신진역군의 총동원! 바라건대 여러분은 여러분 금일의 처지와 또 장래와 그에 대한 여러분의 책무가 어떠한 것을 생각하소서.

_『개벽』 1924년 7월호

● 로서아 '러시아'의 음역어.

2부

『부인』『신여성』

칠석 이야기

칠월 칠석.

해마다 이맘때면 첫가을과 함께 돌아오는 이날은 어쩐지 이름만 들어도 서늘하고, 그리운 깨끗한 처녀의 날같이 무언 모르게 사모되는 날입니다. 마지막 더위도 풀*이 꺾이고 아츰저녁*으로 서늘한 가을 소리가 불어와서 시원한 밤한울*이 나날이 맑아 가는데, 은하수 변에 있는 견우성 직녀성이 이날 밤에 서로 만난다는, 별과 별의 전설은 어떻게 깨끗하고 아름다운 이야기입니까.

올해에도 더위는 지나고 새로운 가을과 함께 그리운 칠석날이 돌아왔습니다. 할머님도 아주머님도 오십시오. 저녁도 먹은 후이니 마당에 둘러앉아서 칠석의 이야기나 하십시다.

옛날 옛적 한울나라에 옥황님의 따님이 열둘이 계시었는데, 모두 훌륭하게 잘생긴 분이었으나 그중에도 제일 끝에 딸 막내따님이 그야말로 천상천하에 더할 수 없이 곱게 아름답게 잘생겨서 한울나라에서도 그를 흠모하지 않는 사람이 없었습니다. 그리고 그 위에 길쌈을 어찌 잘

● **풀** 세찬 기세나 활발한 기운.
● **아츰저녁** 아침저녁. '아츰'은 '아침'의 사투리.
● **밤한울** 밤하늘. '한울'은 천도교에서 '하늘'을 달리 이르는 말.

하는지 이 옥황님의 막내따님의 베 짜기란 아주 유명한 것이었습니다.

잘생기기로나 길쌈 잘하기로나 유명한 이 따님을 위하여 젊고 잘생긴 신랑을 구하여 혼인을 시켰더니, 그 후부터 신부 신랑이 몹시 정이 두텁고 의가 좋아서 하로* 잠시를 서로 떠나지 아니하고 재미있게 지내노라고, 그렇게 잘하던 길쌈도 내어던져 두고 아버님 옥황께 문안도 잘 드리지 않게 되었으므로, 옥황께서 대단히 노하셔서 이래서는 아니 되겠다 하시고 즉시 신랑 신부를 불러서, 신랑은 은하수의 서편에 가서 농사를 지으라 하시고 신부는 은하수의 동편에 있어서 길쌈이나 하라 하셨습니다.

이리하여 건너갈 수 없는 은하수를 사이에 두고 양편에 갈라 있게 하여 영영 서로 만나지 못하게 하되, 다만 1년에 하룻밤씩만 매년 칠월 이렛날 밤에 만나게 하셨습니다. 그래서 그때부터는 그렇게 정답던 젊은 내외가 은하 저편과 이편에 외따로 홀로 있어서 1년 열두 달을 서로서로 죽도록 그리워하다가, 칠월 이렛날 밤에 옥황님께서 신관*을 시켜서 천하의 까치를 모두 불러와 은하수 위에 다리를 놓은, 그 다리 위로 건너서 서로 만나서 1년 내 그립던 정을 서로 하소연하고 밤새도록 즐겁게 지내다가, 그 이튿날 아츰 해가 돋게 되면 또 애처로운 이별을 하고 헤어져 가고 헤어져 가고 한답니다.

그래서 지금도 칠월 초이렛날 밤에 한울을 쳐다보면 반드시 은하수에 다리가 놓인 것이 보이고, 다리 놓으러 가느라고 이날은 까치가 한 마리도 보이지 않는다 하는데, 은하 동편에 있는 색시 별은 길쌈을 한다 하여 직녀성이라 하고, 은하 서편에 있는 별은 소를 끈다 하여 견우성이

* 하로 '하루'의 사투리.
* 신관 신을 받들어 모시는 일을 맡은 관직. 또는 그런 사람.

라고 하는 것이랍니다.

자아, 저것 쳐다보셔요. 저기 허옇게 은하수가 보이지 않습니까? 그리고 저것 보셔요. 저기 저쪽 이쪽에 별 둘이 있지 않아요? 저쪽 별이 신랑 별이고 이쪽 것이 색시 별이지요? 그리고 오늘은 까치가 한 마리도 없지 않습니까? 지금 모두 한울 위에서 다리를 놓는가 봅니다. 그리고 해마다 이날에 비가 아니 오는 날이 없는데, 그것은 견우·직녀성이 만나서 오래 그립던 정에 못 이겨 울고, 또 이별할 일을 생각하고 우는 눈물(석별루)이랍니다.

그리고 걸교*라고요, 으레이* 이날 밤에는 어린 색시들이 직녀께 직녀의 솜씨와 같이 솜씨 좋게 하여 달라고 비는 의미로 오이꽃에 바늘을 찔러 두고 가지요. 그러고 이튿날 아츰에 그 꽃을 가 보아서 그 꽃 밑에 거미줄이 처 있으면 그 색시는 솜씨가 좋아진다고 해서, 모두들 이날 저녁에 오이꽃에 바늘을 꽂습니다.

그리고 예전부터 웬일인지 이날에 오동잎이 하나씩 떨어져서 가을이 오는 줄을 알게 한다 합니다. 이상도 하지요? 그리고 또, 아무리 오래된 책이라도 이날 한 번만 볕을 쏘여 두면 영영 좀이 먹지 않는다고 해서, 해마다 이날이면 집집이 책을 내어 너느라고 야단을 하는데, 이마적*은 의복까지 이날에는 반드시 내어다 볕을 쏘입니다.

아아, 아름다운 전설의 날 칠월 칠석, 시원하게 맑아 가는 가을 한울에도 이렇게 이름답고도 애련한 이야기는 잠겨 있는 것이었습니다. 그

● **걸교** 음력 칠월 칠석날 저녁에 부녀자들이 견우와 직녀 두 별에게 바느질과 길쌈을 잘하게 하여 달라고 비는 일.
● **으레이** '으레'의 사투리.
● **이마적** 지나간 얼마 동안의 가까운 때.

리고 영원히 빛나는 별빛과 함께 이 이야기는 한이 없이 전해 갈 것입니다. 어느 때까지든지…… 어느 때까지든지…….

_한기자,[•] 『부인』 1922년 9월호

● 목차에는 필자 이름이 '잔물'로 표기되어 있다.

추석 이야기

중추가절, 팔월 가우* 달 밝은 명절이 또 돌아옵니다. 서늘한 저녁 밝은 달 밑에 할머니도 어머님도 누님도 동생도 다 모여 앉아서 재미있는 이야기 하면서 송편 빚어 먹는 팔월 추석이 또 돌아옵니다.

더위와 장마는 멀리 지나가고 쓸쓸한 바람은 아직 채 오지 않아서 춥지도 덥지도 아니하고, 온갖 과실과 곡식은 모두 익어 쌓여서 마음과 기운이 풍족하고, 한울*은 맑고 달은 밝고 명절, 명절 하여도 1년에 이 추석같이 좋은 명절은 다시없습니다.

한여름을 다 치러 놓고, 1년 농사 다 지어 놓고, 새로 익은 곡식과 과일로 이 깨끗한 날을 택하여 조상께 제사하고 산소에 성묘하고 나서 다같이 이날을 즐겁게 보내고, 또 이에 시원하고 맑은 마음으로 달맞이하여 밤이 깊도록 집안 전체가 함께 즐기는 이날이야말로 참으로 연중가절*입니다.

그런데 이 추석 명절에 관한 옛이야기를 아십니까? 지금은 모르고 있어도 예전 우리나라 부인네는 이렇게 아름다운 놀이를 하고 지내었답니다.

●가우 가배일. 추석. 한가위.
●한울 천도교에서 '하늘'을 달리 이르는 말.
●연중가절 1년 중 좋은 시절이나 계절. 좋은 명절.

지금부터 1900년 전에 신라 유리왕 때에, 위로는 왕의 따님 왕녀로부터 아래는 일반 민간 부녀에 이르기까지, 지금 골 이름으로 함안, 함창, 성주, 고령, 김해 등 여섯 골 부인을 합하여 두 패에 갈라 가지고, 칠월 보름부터 팔월 보름까지 한 달 동안 길쌈(베 짜기)을 하여서 팔월 추석날에 모두 모여서 어느 편이 많이 짠 것을 조사하여, 진 편에서 이긴 편에게 크게 잔채*를 열어 한턱을 내이고, 잔채 뒤끝에 모두 서로서로 짝을 하여 제각기 가진 재주를 다하여 이날을 즐겁게 보냈다 합니다.

그래서 이날은 아름다울 가(嘉) 자와 짝 배(俳) 자, 가배절(嘉俳節)이라고도 하고, 넉넉 우(優) 자를 써서 가우절(嘉優節)이라 하여 팔월 가우(八月嘉優), 팔월 가우 하는 것이요, 또 해마다 이 가우절이 돌아왔다 하여 돌아올 환(還) 자 환가우(還嘉優), 환가우 하게 된 것입니다.

아아, 즐거운 명절 팔월 환가우!

올해에도 또 돌아옵니다. 모든 피곤과 온갖 걱정을 다 잊어버리고 집안 식구가 한데 엉키어 즐겁게 즐겁게 이 좋은 명절을 맞이하십시오. 그리고 큰 애는 손목 잡고, 작은 애는 등에 업고 산으로 가십시오. 일 년에 몇 번 안 되는 명절, 명절을 즐겁게 보내시는 집안은 행복한 집 아닙니까?

이번에 오는 추석날에 특히 우리 『부인』 독자 여러분이 다 각기 즐거운 속에서 그날을 맞이하시고, 또 기다려지는 그날이 여러분에게 온갖 새 힘과 함께 많은 복을 드리기를 기자는 심축하고* 있습니다.

_무기명,* 『부인』 1922년 9월호

● **잔채** '잔치'의 사투리.
● **심축하다** 진심으로 축원하다.
● 목차에는 「칠석 이야기」의 필자 이름이 '잔물'로 표기되어 있으며, 그다음 글인 「추석 이야기」의 필자 이름이 '동인'(같은 사람)으로 표기되어 있다.

구월 구일(중양) 이야기

칠석 이야기와 추석 이야기는 재미있게 들었었는지요? 그 좋은 명절도 벌써 다 지나갔습니다. 이제 우리는 구월 구일 이야기를 좀 할까요.

달은 밝고 밤은 깊고 잠은 아니 오는데, 그저 앉았으면 무엇 하겠습니까. 이런 이야기도 하는 것이 그리 무미하지는* 않겠지요. 더군다나 할머니나 어머니는 이런 이야기를 좋아하시지 않습니까? 언니나 동생은 이런 이야기를 잘 들어야 우리 조선 풍속을 알지. 자, 내 이야기 할게요.

가을에는 두 가지 명절이 있는데 하나는 지나간 팔월 가우*요, 하나는 이제 올 구월 구일입니다. 구월 구일은 중양(重陽)이라고도 합니다. 어른들이 중양가절, 중양가절 하고 늘 말하지 않습디까.

그런데 팔월 가우는 우리 조선에서 난 명절이요, 구월 구일은 저 중국 당나라 때에 난 명절이라 합니다. 우리나라 옛적 어른들이 팔월 보름은 달도 밝고 바람도 서늘하고 또 농사들도 잘하였으니, 한번 놀 만한 때라고 명절날로 정해 놓음같이, 당나라 때 사람들도 그러한 생각이 나서 명절을 정하는데 구월 구일로 정했던 터입니다.

이리 되어 구월 구일만 당하면 모든 사람은 기쁜 날이라 하여 수유(茱

● **무미하다** 재미가 없다.
● **가우** 가배. 한가위, 추석.

茰)[•]라는 향기롭고 이쁜 꽃을 다 각기 머리에 꽂고 종일 즐겁게 놀며, 또 '구일 망향'이라 하여 객지에 있는 사람들은 달빛을 따라 높은 산에 올라, 고향을 바라보며 술도 마시며 노래도 하며 혹 울기도 하며 웃기도 한다 합니다.

그리고 글 짓는 사람들은 글도 짓습니다. 할머니나 어머니는 한문 시를 모르겠지만 이전 당나라 때 맹호연 같은 이나, 맹가 같은 이나, 이태백 같은 이는 이날만 당하면 썩 잘 놀았다 합니다.

이태백은 이런 글을 지었다 합니다.

'구일룡산음(九日龍山飮) 황화소축신(黃花笑逐臣) 취간풍락모(醉看風落帽) 무애월류인(舞愛月留人), 구일에 용산에서 마시니 누른[•] 꽃이 쫓겨난 신하를 웃더라. 취해 가지고 바람에 떨어지는 모자를 보고 춤을 추며 달에 머문 사람을 사랑하더라.'는 것이외다.

그리고 우리 조선에 글 잘하던 정북촌이라는 이도 매우 멋있는 글을 지었는데, 지금까지도 글자씩이나 하고 술잔씩이나 하는 이들은 그의 글을 외우며 무릎을 툭툭 치지요.

'약대황화겸 백주(若對黃花兼白酒) 구추하일부중양(九秋何日不重陽), 만약 누른 꽃을 대하고 흰 술까지 겸하였으면 구추[•] 어느 날이 중양이 아니겠느냐.'고요……. 참 좋은 날이지요.

그런데 이 명절이 왜 우리 조선에도 들어왔느냐 하면, 그것은 이전 중국과 우리 조선이 퍽 가깝게 지낸 탓이지요. 우리 조선에서는 이날을 당하면 밤이니 대추 같은 것으로 오곡 떡을 해 가지고 조상 사당에 천묘[•]

●**수유** 쉬나무, 수유나무, 쇠동백나무, 소동나무의 열매. 여기서는 수유꽃을 가리킨다.
●**누르다** 황금이나 놋쇠의 빛깔과 같이 조금 밝고 탁하다.
●**구추** 구월 가을날.

를 합니다. 그리고 천묘하고는 선조의 산소에 가서 묘제˚를 지내입니다.

우리도 작년, 그러께˚ 시골 있을 때 성묘 가지 않았습니까? 떡과 술과 고기를 한 짐씩 해 지고 그리고 새 옷을 입고 새 신을 신고 아버지 어머니 동생들 다 가지 않았습니까? 시골서는 참 좋겠습니다. 언니와 동생도 시골 있었더라면 고운 옷 입고 떡 많이 먹고 잘 놀지……. 며칠 아니면 집집에서 떡을 치며 돼지를 잡으며 구월 간산˚ 차리기에 퍽 분주하겠습니다.

그런데 서울서는 구월 간산을 아니 하나 봐……. 그런데요, 어머니! 우리 시골서는 구일이면 먼 시조산만 성묘하고, 가까운 조상들은 한식이나 추석에 하지 않습니까? 그런데 다른 데서도 그리하는지요? 그래서 구일날이면 그 조상 자손네가 백이고 천이고 먼 데서까지 다 모이지 않습니까. 그리고 차리는 음식은 문겟돈˚ 모으듯 하여 집사˚ 집에서 차리지 않습니까. 다른 데서는 어떻게 하는지요?

어쨌든 좋아요. 그날이면 머나 가까우나 모든 일가친척이 선조의 무덤에 모여 할아버지, 아주머니, 형님, 동생, 아저씨, 조카님 하며 절을 하며 웃으며 반기며 떡과 술을 먹으며, 산소가 음이 나느니 돈이 모이느니 인물이 나느니 하며 즐겁게 노는 것이야말로 참 좋아요. 소식도 그때 알고, 만날 사람도 그때 만나고, 더군다나 친목이 여간 됩니까? 참 좋은 날

●**천묘** 천식(薦食), 천신(薦新)을 잘못 쓴 듯하다. 천식, 천신은 새로 난 과일이나 농산물을 조상 신위에 올리는 것을 말한다.
●**묘제** 무덤 앞에서 지내는 제사.
●**그러께** 재작년.
●**간산** 성묘.
●**문겟돈** 문중끼리 조직한 곗돈.
●**집사** 주인 가까이 있으면서 그 집 일을 맡아보는 사람.

이여요. 금년도 시골이나 좀 갔으면…….

　그리고 어머니! 제비는 봄에 왔다 가을에 가는데, 꼭 삼월삼짇날 왔다가 구월 구일께 간다구요? 그것이 참말인가요? 어쨌든 삼일 때면 제비가 보이고 구일 때면 아니 보여요. 꼭 그날은 아니겠지만, 철 따라 다니는 새니까, 그때면 철이 변하니까 그런 말이 났겠지요. 그날이 명절이고 하니까……. 오늘은 그만 이야기하고 이다음 동지 이야기나 또 해 봅시다.

_한기자,* 『부인』 1922년 10월호

● 방정환은 필명 '잔물'로 「칠석 이야기」와 「추석 이야기」를 『부인』 1922년 9월호에 발표했다. 이 글도 방정환이 쓴 것으로 보인다.

추창만초[●]

기어코 가을이 왔다.

맑아 가는 한울[●]의 별님을 그리워 그 처녀 같은 코스모스가 어여쁘게 피어났다.

가을은 좋은 철이다. 내 방 앞 세 평쯤 되는 뜰에서도 밤마다 버레[●]들의 음악회는 열린다. 문각씨,[●] 귀뚜라미, 베짱이, 고 조그만 친구들이 누구보다도 더 고운 소리로 밤이 이슥하도록 가을을 노래한다.

아아, 가을은 분명히 왔다. 시인은 풀잎을 쥐고 울리라. 철학자는 한울을 쳐다보며 생각하리라. 그러나 이 철에 느끼는 이가 어떻게 시인뿐이랴, 철인뿐이랴. 월색[●]은 처마를 적시고 버레는 창 밑에 속삭이는데, 사람 그립고 세상 그리워 잠 아니 오는 밤을 나는 붓장난이나 끄적여 보리라.

*

가을 하면 벌써 나는 언제든지 코스모스를 생각한다. 그 가느른 허리,

● **추창만초** '가을 창가에서 풀꽃 생각에 젖어 있다.'라는 뜻이다.
● **한울** 천도교에서 '하늘'을 달리 이르는 말.
● **버레** '벌레'의 사투리.
● **문각씨** 여치.
● **월색** 달빛.

상글상글한• 잎, 무엇을 그리는 처녀의 눈동자같이 빤작 피어나는 꽃, 그 꽃은 봄철에 본대도 가을을 생각하게 될 것이다. 정말이다. 코스모스는 가을 기상•을 잘 나타낸 어여쁜 꽃이다.

가을 코스모스, 코스모스 가을, 만일 코스모스가 피어 주지 아니한다면 가을은 얼마나 탄식하고 얼마나 울랴.

청초한 꽃 코스모스, 나는 언제든지 이 어여쁜 꽃을 곱고 착한 여학생과 함께 생각한다.

아직 더럽혀지지 아니한 순결한 처녀 학생, 그들이 무슨 욕심이 있느냐, 무슨 사악이 있느냐. 세상에 아무러한 마풍•이 불거나 아무러한 죄악이 있거나, 그네는 오직 순결하다. 세상을 곱게 보고 아름다운 노래를 가진 외에 무슨 딴것이 있으랴. 아아, 수정같이 맑고 꽃같이 아름다운 처녀 학생, 그들은 하얀 적삼에 까만 치마를 가뜬히 입고 산뜻산뜻 걸어다닌다. 목단•은 칙칙하지, 장미는 훈훈하지, 가시가 있지, 고 가느럽고 맑고 어여쁘고 가을 맛 가진 코스모스다. 조선 여학생은 코스모스다.

*

꽃은 봄에도 핀다. 그러나 어떻게 가을꽃같이 맑으며, 가을에 국화도 있다. 그러나 어떻게 코스모스같이 청초하랴.

여자는 다 곱다. 그러나 어떻게 처녀같이 고우며, 처녀는 다 곱다. 그러나 어떻게 여학생같이 맑고 고우랴. 갇혀 앉힌 색시도 곱다. 그러나 그냥 고울 뿐이다. 그는 목단이다. 여학생도 처녀일 것에는 다름이 없

●**상글상글하다** 눈과 입을 귀엽게 움직이며 소리없이 자꾸 정답게 웃다.
●**기상** 타고난 기개나 마음씨. 또는 그것이 겉으로 드러난 모양.
●**마풍** 악마가 일으키는 바람.
●**목단** 모란.

다. 그러나 그는 고울 뿐이 아닌 것을……. 지(知)로나 정(情)으로나 세련된 미를 가지고 있다. 맑다. 청초하다. 조선 여학생, 그는 코스모스다! 코스모스다!

*

불에 타는 것 같은 홍장미! 그것은 뜨거운 정열의 꽃이다. 그러나 거기는 찌르는 가시가 있다. 마치 기생 같다 할까, 매음녀 같다 할까.

코스모스는 원래 다르다. 팔팔결˚ 다르다. 그런데 이것이 웬일이랴, 이것이 웬일이랴!

장미가 코스모스 탈을 쓰고 가을의 꽃밭에 숨어 들어오기 시작을 하였다. 가짜 코스모스의 가시에 찔려 본 사람이 하나씩 둘씩 늘어서 코스모스에도 가시가 있다는 말을 퍼쳐˚ 놓았다.

코스모스를 위하여 이보다 더한 치욕이 어데 있으며, 이보다 더한 봉변이 어데 있으랴. 울고 탄식한다. 코스모스가 울고 탄식을 한다. 사랑하는 코스모스가 어깨를 흔들며 느끼어 운다.

*

그까짓 것이 무슨 걱정이랴. 장미는 영구히 코스모스가 되지 못할 것을……. 가시는 가시대로 있는 것을.

그러나 정말로 큰일이 있다. 코스모스를 위하여 정말로 걱정할 일이 생겼다. 장미 — 가짜 코스모스와 섞이는 중에 원래의 코스모스에 가시 달린 것이 생기는 것이다. 이렇게 보기 싫은 꼴이 내 눈에 보인다.

장미는 코스모스처럼 꾸미기에, 노력하여 근사근사하게 코스모스처럼 꾸며 가면 코스모스 중에 어수룩한 꽃은 그것이 신종의 코스모스인

˚ **팔팔결** 엄청나게 다른 모양.
˚ **퍼치다** '퍼뜨리다'의 사투리.

줄 알고 따라가기에 노력한다.

이는 저를 따라가기에 애를 쓰고, 저는 이가 자기를 따라오는 것인 줄은 모르고 이를 따르기에 애를 쓰고 하여, 서로서로 자기의 본색을 잃어버리게 되어 가게 된다.

아아, 이렇게 하여 가시 돋친 코스모스가 얼마나 종자를 퍼치었느냐? 코스모스야, 코스모스야! 남을 따르느냐? 왜 남을 따르느냐?

*

밤이 퍽 깊었다.

이웃집에서 시계 치는 소리가 뗑뗑하고 은은하게 들려온다. 벌써 새로* 2시이건마는 마당의 음악회는 아직도 쉬지 않는다.

_잔물, 『신여성』 1923년 9월호

●**새로** (12시를 넘긴 시각 앞에 쓰여) 시각이 시작됨을 이르는 말.

미국 여학생

미국에서는 지극히 빈한하거나 하급 사람이 아니고 중류쯤 되는 집 색시면 소학교를 졸업한 후에 하이스쿨에 다니고, 그곳을 졸업하고 나서 대학교에 들어가는 것이 보통입니다.

하이스쿨은 조선으로 치면 여자고등학교쯤 되는데, 대학에 들어가기 전에 벌써 어학은 충분히 배웁니다. 자기 나라 말 외에 불란서[•] 말, 독일 말쯤은 으레 모두 배워 둡니다. 그리고 그들은 다 각각 자기 가정과 또는 자기 성질에 즐겨하는 대로 음악이라든가 무도라든가 미술이라든가를 열심으로 공부하고 있습니다.

그러고 나서 대학에 들어가서 이과나 문과나 어느 전문 학과를 전공하게 되는 고로, 대학을 졸업할 때는 대개 이십삼사 세쯤 되게 됩니다. 이 이십삼사 세에 졸업을 하고야 결혼 준비를 하는 고로, 결혼은 아무리 해도 조선 여자들보다는 만혼[•]에 기울어지게 되는 것입니다.

* 원제목은 「씩씩한 중에도 고운 심정을 가진 미국 여학생」이다. 목차에는 「심정 고운 미국 여학생」으로 표기되어 있다.
● **불란서** '프랑스'의 음역어.
● **만혼** 나이가 들어 늦게 결혼함. 또는 그런 결혼.

수신*교수*와 실제 훈련

몇 군데 안 되는 극소수의 학교들 빼놓고는 어느 학교든지 수신과의 교수는 없습니다. 몇 군데 소수의 학교에 있다고 해도 그것을 결코 책이나 읽히거나 그냥 들이밀어 넣는 주입적 교수가 아니고, 선생과 생도*의 사이에 자유롭고 취미 있는 문답을 하여 그 담화하는 중에 생도가 스스로 자발적으로 도덕관념을 얻게 되도록 하고 있습니다.

가령 '자선'이라는 문제를 이야기하려면 먼저 선생이,

"자선이라고 하는 것은 물론 좋은 일인 고로 극력하지* 아니하면 안 될 일이지마는, 가끔가다 어떤 경우에는 해서 안 될 일이 있다고 생각하는데, 어떻게 생각합니까?"

하고 이렇게 생도에게 묻습니다. 그러면 생도 편에서는 생각해 가지고,

"그것은 거짓 착함 — 위선 — 이 되는 때나, 또는 허영심으로 하는 것은 안 된 일이라고 생각합니다."

하고 이렇게 대답합니다. 조선에서 하듯 선생이 책만 읽히거나, 그렇지 않으면 자선이라는 것은 어떠어떻게 한 것인데 어떻게 하면 못쓰는 법이니라 — 하고 내리밀어* 가르치는 것과는 팔팔결* 다르지 않습니까?

그네는 가정에서나 학교에서나, 공공이라거나 자선이라는 것들을 입이나 책으로 가르치지 아니하고, 모두 실지에 당하여 사물에 직접 접촉하여 자꾸 실행해 가면서 연습하게 합니다.

● **수신** 도덕 과목.
● **교수** 학문이나 기예를 가르침.
● **생도** 학생.
● **극력하다** 있는 힘을 아끼지 않고 다하다.
● **내리밀다** 높은 곳에서 낮은 곳으로 밀다.
● **팔팔결** 엄청나게 다른 모양.

한 가지 예를 들면, 집안에서 어머니가 저금을 장려하되 딸의 돈을 일일이 명목을 따로 지어서 모으게 합니다. 즉 이것은 이담에 빈한한 동무를 위하여 쓸 돈, 이것은 이담에 이웃에 병인을 위하여 쓸 돈 하고 각각 상자를 따로따로 정해 놓고 따로따로 모아서 웬만큼 모이면 여학생 자신이 제 손으로 내서, 자기가 빈한한 동무나 이웃집 병인에게 줍니다. 어렸을 때부터도 이렇게 해서 저금의 필요와 자선의 가치와 흥미를 알게 되도록 합니다.

3, 4인씩의 학비 구조

그네들은 여학교에 다닐 때부터 벌써 한 사람이나 두 사람, 또는 한 3, 4인씩이나 빈한한 학우를 구조하느라고 자기의 학비를 절약해 쓰고, 그 돈으로 동무의 학비를 대어 주는 사람이 많고, 또는 한 학급, 한 반 생도들이 돈을 모아서 그 학급 중의 빈한한 학우 몇 사람의 학비를 대어 주는 일도 많습니다.

내가 한번 이런 일을 본 일이 있습니다. 중국 여자 유학생들이 중국 본국에 내란 싸움이 심하게 일어나서 우편이 막힌 곳이 많은 고로, 본국에서 학비가 오지 않아서 곤란히 지낸다는 말을 듣고, 미국 여학생들이 자기네 저금을 모두 모아서 중국 여자 유학생에게 줄 터인데, 조금 부족되는 금액을 채우려고 자기네끼리 간이 다점*을 내고 그 수입을 전부 중국 여자에게 보내 주는 것을 보고, 마음으로 어찌 탄복하였는지 모릅니다.

이러한 학생들의 계획에는 교원들과 학교에서도 모두 찬성하여 극

----

* 간이 다점 일일 찻집.

력 편리를 보아주는 것도 훌륭한 일이라고 생각했습니다. 조선 여학생들이 만일 이번 평양의 수해 구제를 위하여 이런 일을 한다면, 머리 늙은 노선생들은 쌍지팡이를 짚고 반대할 것이니……. 이런 생각을 하면 한심합니다.

방학 중에는 공녀* 대신

이 외에도 또 도덕상의 단련으로, 여자 대학생들은 하기방학을 이용하여 퍽 뜻있는 일을 합니다.

그것은 1년 열두 달 조금도 쉬지 못하고 괴로운 노력을 하고 있는 공장의 공녀들과 고아원의 보모(고아 봐주는 사람)들에게 동정하여, 그들을 잠깐이라도 휴양하게 하기 위하여 학생들이 공장에 가서 여공을 놀리고, 여공 대신 월급 안 받고 일을 보아줍니다. 그래서 불쌍한 여공들이 그달을 편안히 휴양하고도 그달 월급을 받아 가지게 해 줍니다.

이렇게 좋은 일이라 여공 주인도 크게 찬성하고 허락해 주는 고로, 여공들은 기껍게 자유롭게 휴양할 수 있게 되고, 고아원의 보모들도 월급(생활비)은 잘 받고 한동안 잘 휴양할 뿐 아니라, 그동안 다른 새 지식을 얻어 가지고 돌아와서 고아들을 위하여 더 좋은 일을 해 줄 수 있게 됩니다.

이 일은 여학생들이 여공이나 보모의 가련한 처지에 동정하여 일종의 자선 행위인 것은 물론이지마는, 일편으로는 여학생 자신에게도 하기방학을 의의 있게 보내는 이익과 학교를 떠나서 실사회에 나가서 실제적 지식과 경험을 얻는 큰 이익이 있는 것입니다.

● 공녀 여공.

하여간 미국에서는 여학생 간의 이 아름다운 일과 또 그 마음을 잘 받아 주는 주위의 사람들의 아름다운 정신과 넓고 큰 심량°은 참으로 부러운 일이라 생각합니다.

이 외에 미국 여학생의 사교 공부와 결혼 생활의 이야기를 할 필요가 있습니다마는 종이가 부족하니 그것은 이담에 또 써 보기로 하겠습니다.

_CW生, 『신여성』 1923년 9월호

● **심량** 깊이 헤아림. 또는 그런 마음.

즐거운 모임

──여고보의 동창회

8월 15일, 이날에 경운회(경성여자고보 동창회) 총회가 경운동 모교 옛집에서 열렸다.

장마 뒤끝의 오락가락하는 비가 길 가는 사람의 가슴을 줄이게 하는 때, 오전 11시의 개회 시간을 대여 한 사람, 두 사람씩 반가운 낯으로 모교를 향하고 모여드는 부인네를 보기는 하였으나, 편집실 일을 치우고 춘파˚와 함께 사진반을 동행하여 회장 입구를 더듬기는 오후 1시 5분쯤 지난 때였다.

녹음 진 나무 그늘마다 색 물들인 종이에 '금일고대여천추(今日苦待如千秋)'이니 '동창지정만년장(同窓之情萬年長)'이니 하고 각가지˚ 그날의 정회˚를 쓴 종이가 주렁주렁 매달려 바람에 흔들리는 것을 볼 때, 우리도 동창의 고우˚나 만나는 듯싶은 정을 느꼈다.

오색 색지와 만국 색기를 장식한 사이를 안내해 주시는 손 선생을 따라 강당에 들어가 한 자리를 차지하니, 그때는 벌써 순서 중의 회무,˚

● **춘파** 천도교인, 『부인』 『신여성』 편집인 겸 발행인 박달성(1895~1934).
● **각가지** 각기 다른 여러 가지.
● **정회** 생각하는 마음. 또는 정과 회포를 아울러 이르는 말.
● **고우** 오래 사귄 벗.
● **회무** 회의에 관한 여러 가지 사무.

회계 보고, 역원* 개선*과 재미있고 정취 깊었을 회식(점심)까지 끝나고, 회장(장전 교장)의 강화*가 있을 때였다.

모인 사람이 90여 명(전 회원 700여 명) 중이나 되는데, 거의가 7분* 3분의 트레머리*인 중에 땋아 늘인 편발* 처녀가 5인 섞인 것도 이채였거니와, 쪽 진 부인이 4인이나 섞인 것과 귀여운 아기까지 하인 시켜 업혀 가지고 온 이가 있는 것이 동창회다운 기분을 더 도탑게 하였고, 강화가 있는 중임에도 불구하고 늦게 오는 고우의 얼굴을 볼 때마다 참을 수 없이 반가운 정에 자리를 들먹들먹하는 것도 이날의 특별한 정이었다.

회장의 담화가 끝나고 5분간 담화에 옮아 현 선생(전 교장)의 소감이 있었고, 뒤이어 순서는 음악에 이르러 이곳 회원으로 악단의 신성인 한기주 씨의 독창, 고봉경 씨의 피아노 독탄,* 신숙희 씨의 독창, 박정진 씨의 풍금 독탄이 있어 옛 강당, 옛 교단 위에 옛 벗의 얼굴과 솜씨를 대하는 그네는 회구*의 정서에 끝없이 취해 드는 것 같았다.

음악까지 끝나고 설비하였던 모의점*이 열렸다. 빙수점, 생과점, 과자점, 우편국, 기념 휘호실, 소아실 등인데 유희로는 공 넣기, 테 씌우기가 있었고 분배된 구매권으로 아무 물건이나 매득하게* 되어 빙수점,

---

● **역원** 임원.
● **개선** 의원이나 임원 등이 사퇴하거나 그 임기가 다 되었을 때 새로 선출함.
● **강화** 강의하듯이 쉽게 풀어서 이야기함. 또는 그런 이야기.
● **분** 푼. 비율을 나타내는 단위로 1분은 전체 수량의 100분의 1이다.
● **트레머리** 신여성을 상징하는 머리 스타일로, 옆 가르마를 타서 갈라 빗어 머리 뒤에 다 넓적하게 틀어 붙인 여자의 머리.
● **편발** 관례를 하기 전에 머리를 길게 땋아 늘이던 일. 또는 그 머리.
● **독탄** 혼자 연주함.
● **회구** 회고. 옛 자취를 돌이켜 생각함.
● **모의점** 일시적으로 모인 손님을 대접하기 위하여 실제의 가게처럼 꾸민 음식점.
● **매득하다** 물건 따위를 싼값으로 사다.

과자점, 각 점이 대번창인 중, 우편국에서는 엽서를 사서 선생의 기념 서화* 휘호를 받아 그 즉석에서 그날 불참한 회원에게 통신을 써서 우편함에 넣게 된 것인데, 이 역* 대번창이라 기웃이 엿보니까, 통신 쓰노라고 여기저기서 고개를 기웃거리고 연필 끝을 혓바닥에 자주 대는 것이 보였고, 소아실에서는 와자작 무너지는 듯한 웃음소리가 연거푸 일어나 추억의 고운 정과 현실의 생활고를 떠난 탄희*와 유열*만이 이 집을 에워싼 듯하였다.

오후 3시나 넘었을까 2년, 3년 혹은 7, 8년 만에 만난 학우와 손목을 맞잡고 그네의 즐김은 한참 깊어 가는데, 들창* 밖에는 가을 같은 비가 부스럭부스럭 오고 있었다.

아아, 아름답고 착한 젊은이들이여! 당신네에게 끝없는 행복이 있으라.

_『신여성』 1923년 9월호

● **서화** 글씨와 그림을 아울러 이르는 말.
● **역** 또한. 역시.
● **탄희** 기쁨의 탄성.
● **유열** 유쾌하고 기쁨.
● **들창** 들어서 여는 창. 벽의 위쪽에 조그맣게 만든 창.

조각보 (1)

    여학생을 잘 알지는 못하나 다소 가졌다는 지식이, 대개 겉만 얇은 것이고 속을 모르는 것같이 보이는 것이 유감인가 합니다. 하나를 알아도 자상히 알고 있어야 할 것이겠는데……

    또 한 가지 좀 더 부드럽고 상략하고* 재미스러웠으면 합니다. 여자로서 너무 뚜벅뚜벅하니까요.

_『신여성』 1923년 9월호

---

* '조각보'라는 코너명에 실린 글들에 임의로 번호를 붙였다.
● **상략하다** 성격이 막힌 데가 없고 싹싹하다.

조각보 (2)

    야단인걸! 참 어떻게 하든지 여학생 정복이나 각 여학교마다 자기 학생들의 표를 속히 만들어야 되겠어. 지난달 어느 날 어느 신문에 난 것 보니까 서울 기생 오비연(吳飛鳶)이를 여학생 탈을 씌워 가지고 시골 청년 홍 모를 호려서 현금 5천 원을 뺏어 내려다가 경찰의 법망에 걸려든 자가 다 있다던걸. 자 그러니 누가 여학생 정복을 경홀히 경홀히* 보며 내일 내월로 미룰 수가 있다고 생각할 수가 있을까.

_W,* 『신여성』 1923년 11월호

- **경홀히** 가볍고 탐탁하지 않은 말이나 행동으로.
- ‘W’ ‘W생’은 ‘CW생’ ‘CWP’ ‘SW생’ ‘SWP’를 필명으로 사용했던 방정환이 『신여성』에서 가끔 사용했던 필명으로 보인다.

조각보 (3)

어느 토요일 오후였다. 황금정*에 볼일이 있어서 장교*를 건너노라
니까 개천 갓길로 삼각정* 쪽에서 내려오는 여학생 두 분, 흰 저고리 검
은 치마보다도 더, 그 손에 들고 오는 꽃묶음이 그 사람을 곱게 보이게
하였고, 그 심성이 곱고 그 취미의 고결한 것을 보였다. 그랬더니 다리
목까지 오자 아무 아껴하는 빛도 없이 그 꽃묶음을 다리 밑 쓰레기 위에
던져 버리고 그냥 휘적휘적 가 버렸다.

개천 쓰레기 위에 버려진 꽃만 딱하지……. 무슨 심사인고……. 거죽
만 잘 꾸미는 여자들이 한창때에는 속도 없는 바이올린 빈 갑을 음악가
체하고 들고 다니는 이가 있더니, 꽃묶음도 그 격으로 들고 가던 것이나
아닌지.

_雲庭, 『신여성』 1923년 11월호

● **황금정** 서울 중구 을지로 일대의 일제강점기 명칭.
● **장교** 서울 중구 장교동과 종로구 관철동 사이 청계천에 놓였던 다리.
● **삼각정** 서울 중구 삼각동의 일제강점기 명칭.

조각보 (4)

여학생 학교 표

각 여학교 학생 의복에 학교 표를 하게 된 것은 좋은 일입니다. 그러나 혹 어느 학생은 자기 학교 표를 아니 하고 다니는 사람이 보입니다. 학교 사무실에서 엄격하게 여행하지* 않으면 교표 제정한 효과가 나타나지 못할 것 같습니다. (方)

그게 무슨 짓이냐

자기의 신앙으로 남에게까지 무리로 신앙을 강제하는 것은 옳지 못한 것이다. 자기가 천주교 독신자*라고, 1년만 더 하면 여학교를 졸업하고 나올 누이에게 천주교의 수녀가 되라고 강제하는 사람이 있다. 그게 무슨 짓이냐. 더구나 수녀가 된다는 것은(그 가부는 말 말고라도) 자기 자신이 일평생 독신으로, 이 세상 모든 것을 버리고 신앙생활에 그 몸을 바칠, 그렇게 독실한 신아* 또는 각오가 있은 후에 일일 것이다. 오라비라 하여 무리로 누이의 일생사를 강제하는 것을 결단코 용인치 못할 일이다.

_『신여성』 1924년 4월호

● 여행하다 행하기를 장려하다.
● 독신자 종교에 대하여 믿음이 깊고 확실한 사람.
● 신아 순수 정신.

정신여학교에 첫나들이

마종˙하기 어렵고, 보내기 애달픈, 가장 즐겁고 가장 힘 있는, 배우는 이의 꽃다운 세상이 늘 그립습니다. 이제 그들의 찬란한 이즈막 살림을 들여다보려고 이 집 저 집 걸음 내키는 대로 찾아다니겠습니다. 그래서써 마종하려는 이의 앞잡이가 되며, 보내기 애달파 하는 이의 위로거리가 되게 하려 합니다.

그러나 이것이 첫나들이니 콧잔등이에 숯 검댕이나 좀 칠하고 나가야지, 아니 숯 검댕이를 칠할 걱정보다 대관절 어디를 먼저 가야 될 것인가를 정해야 하겠습니다. 아무리 생각해 보아도 서울 성 중에서 그다지 혁혁한 이름을 가진 부자댁보다 그저 우연만한˙ 행세로 소꿉질하듯이 소곤소곤 지내 가는 댁에를 먼저 찾아가는 것이 어느 편으로든지 좋을 것입니다. 그런 댁에를 먼저 찾아가는 것이 내 도리로 보아도 좋을 것이며, 첫나들이에 대접받기에도 나을 것이며, 다녀온 이야기를 여러분께 들으시기에도 좀 더 재미있을 것이라고 생각하였습니다. 그래서 첫나들이는 동대문 안 낙산 맞은 서편에 높직하게 딱 버티고 앉은 사립 정신여학교를 찾아갔던 것이올시다.

두 다릿목˙ 전차 정류장을 다 못 내려가서 빈터를 건너 밭고랑을 끼

---

* 기획 '여학교 방문기' 시리즈의 첫 번째 글이다.
● **마종** '마중'의 사투리.
● **우연만하다** 웬만하다. 그저 그만하다.

고 들어가니 (이것은 가까이 가고자 하는 샛길) 오른편으로 꼭대기에는 철망을 높다랗게 쳐 놓은 검은 판장이 보이며 그 막다른 데는 우리 조선식의 건축물을 한 번 아래위를 훑어보니 짓기는 붉은 벽돌로 지은 집인데, 동향, 서향, 북향으로 보면 삼층집이요 남향으로 보면 사층집입니다. 별로 맵시 내서 지은 집도 아니요 별로 함부로 지은 집도 아닌데, 아마 이 모양으로 지은 집을 콜로니얼식 집이라고 한대지요. 어찌하였든 밖으로 보아서는 한 이삼백 명 학생의 교사°로서는 똑 알맞게 지은 집이라고 생각되었습니다. 그러나 나중에 알고 보니까 기숙사를 겸해 쓰는 집이었는 고로 좀 옹색한 느낌이 있었습니다. 밖으로 보아서는 기숙사로나 쓸 집이요, 교사로서는 합당하지 못한 것 같았습니다. 이 집을 한가운데다 두고 그 주위로 운동장이 있는데 운동장도 별로 만족하다고 칭찬할 수는 없으나마 지금 조선 여학교로서 고만한 살림을 하는 학교 중에서는 그다지 남만 못하지는 않았습니다. 여기저기 벌려 있지 않고 함께 붙어서 쓸모 있게만 놓였더라면 그만한 면적이면 더할 나위 없는 훌륭한 운동장이 있을 것은 의심 없을 것이었습니다. 아가씨님들의 몸을 키우는 기구로는 테니스, 바스켓볼, 건네° 등이 상비되어 있으며, 또는 수시하여° 여러 가지 준비가 있는 모양이었습니다. 그러나 요사이는 날이 치워서 운동장 바람을 싫어하는 탓으로 잘들 나오지를 않아서 그러한지는 모르겠으나 건네라든지 테니스 코트라든지 모든 것이 탐탁해 보이지를 않았습니다.

● 다릿목 다리가 놓여 있는 길목.
● 교사 학교 건물.
● 건네 '그네'의 사투리.
● 수시하다 일정하게 정하여 놓은 때 없이 그때그때 상황에 따르다.

교사 대문 안에 들어섰으나 아무 소리가 들리지 않고 조용했습니다. 다시 중문 안에 들어서니 그제야 선생님의 가르치는 소리, 생도*들의 묻는 소리가 부드러웁게 들리었습니다. 아마 상학*중인가 보다 하고 오른편의 사무실이라고 써 붙인 방문을 두서너 번 콩콩 쳐서 노크라는 것을 했더니 학감으로 계신 장준 씨께서 문을 열고 맞아 주셨습니다. 이 선생님은 키는 중키에 삼십이 될락 말락 하신 호리호리하신 분이 그중 인상에 남는 것은 버드러지신 이와 느지막하게 코 한중턱에 쓰신 금테 안경입니다. 어디로 보든지 성미 순한 분임을 알겠습니다. 학칙 요람과 학교 연혁 기록과 직원 명부를 한 장씩 얻어 들고 교장 손진주 씨(미국 여자)께 면회를 청하여 그 너머 방으로 안내되었습니다. 교장 선생님은 나의 통성명과 방문한 연유를 듣더니 반색을 하며 반가이 맞아 주셨습니다. 미국 여인네로서는 키라든지 몸집이라든지 모두 중에서 조금 오를까 말까 한데 얼른 보아서는 엄격한 성질을 가진 사나이같이도 보이었으나 그의 표정과 어조에서는 매우 온순하고 싹싹한 성격을 가졌다는 것이 숨김없이 나타나며 웃을 때마다 생기는 두 뺨의 우물지는 것이라든지 꽉 다물었던 입술이 들릴 때에 가끔가끔 드러나는 덧니는 애와 정이 뚝뚝 듣는 듯하니 잠깐 쉬었다가 다시 상학이 되거든 구경을 하는 것이 좋을 것이며 더욱이 자기는 아무래도 조선말을 잘 통하지 못할 염려가 있는 고로 교무주임 되시는 김필례 여사를 대신 청해 드릴 터이니 같이 다니며 마음껏 구경하라는 말씀을 하시고 학교의 교육주의에 대하여 이렇게 말씀하셨습니다.

"우리 학교에서는요, 이 학교의 졸업을 한 사람이면 어디를 가든지

● 생도 학생.
● 상학 학교에서 그날의 공부를 시작함.

무엇에 당하든지 홀로 서서 능히 감당해 나갈 만한 개척의 때에 있는 조선 사람으로서의 건실한 사람을 기르려는 것입니다. 다시 말하면 남의 힘을 기다리지 아니하고 자기 힘으로 용맹스럽게 나가는 사람을 기르려는 것이올시다."

이 말이 끝이 나자마자 하학* 종소리가 요란스럽게 일어나며 여기저기서 발자취 소리가 일어나기 시작을 하니까 손 교장께서는 교무주임을 찾고자 밖으로 나가셨습니다. 나는 그동안에 아까 학감 선생님께 얻은 세 가지 기록을 들여다보았습니다. 그에 의지하여 보건대 이 학교가 처음 창립되기는 개국 503년 10월 1일에 야소교* 북장로파 선교부인 도치(都治) 씨가 연동여학교라는 이름으로 창립한 것인데, 창립 당시에는 고아원과 같이 의지가지없는 계집아이 10여 명을 모집하여 초등 정도의 교육을 하였다 합니다. 그러하다가 입학 지원자가 차차 많아지니까 중등 정도의 학생을 가르치기로 하고 이름을 정신여중학교라고 고치었는데 그때는 광무 7년*이라 합니다. 그리하다가 다시 융희 3년*에 구한국 학부의 인가를 얻었었으며 대정 원년*에 이르러서 밀러 부인이라고 하는 분의 주선으로 지금의 이 집을 지은 것이라고 합니다. 그리하여 그때부터 100여 명의 학생을 끊임없이 잘 길러 나오다가 대정 11년에 총독부 교육령에 의지하여 학칙을 변경하여 고등보통과 4개년과 보습과 2개년으로 인가를 얻고 다시 작년 9월에 지정을 얻고자 총독부에 출원 중인데 불원간* 허가될 모양이라고 합니다. 지금의 생도 수효는 130여

● 하학 학교에서 그날의 수업을 마침.
● 야소교 '예수교'의 음역어.
● 광무 7년 1903년. '광무'는 대한제국 고종 때 사용한 연호.
● 융희 3년 1909년. '융희'는 대한제국 순종 때 사용한 연호.
● 대정 원년 1912년. '대정'은 일본의 연호.

인이요, 직원의 수효가 20인이나 된다고 합니다.

이때에 창밖에 운동장에서는 웃는 소리, 박수하는 소리가 요란히 일어났습니다. 재미있는 유희가 시작된 모양이었습니다. 손 교장께서는 이제 곧 교무주임이 오실 터이니 잠깐만 더 기다리라고 하시며 들어오셨습니다. 지정 인가는 불원에 나올 줄 믿는 이야기며 교사를 새로이 건축할 터인바, 지금 장로교 선교부에서 기부금을 수합 중이니까 금년 가을부터는 건축을 시작하게 될 모양이요, 명년 중에는 어찌하였든지 훌륭한 교사를 볼 수가 있으리라고 생각한다는 말이며, 선생님들도 차차 자격 있는 분을 많이 모셔 오겠다는 이야기며 우리 학교에는 교장이며 교무주임이 모두 여자라는 이야기며 교무주임 선생님의 칭찬 등을 이야기하고 있노라니까 김필례 여사께서 들어오셨습니다. 교장은 소개를 하고자 하였으나 실상은 인사는 한 지가 벌써 오래였었는 고로 교장의 호의는 그만 소용이 없이 되어 버리었습니다. 그리하여 상학 시간이 되기를 기다리느라고 이런 이야기 저런 이야기 하고 있는 중 어느덧 종소리가 요란히 일어나며 운동장에 나갔던 장난꾼이들은 장난의 끝을 못마쳐서 원통해하는 빛으로 몰려 들어왔습니다.

잠깐 지체해서 김 선생님의 뒤를 따라서 상학하는 구경을 하였습니다.

첫째로는 중문에서 마주 보이는 교실에를 들어셨습니다. 여기는 1학년 교실이라 합니다. 이 시간은 산술 시간이었습니다. 선생님은 리창규 씨이었습니다. 이 반의 생도 수효는 46인이라 합니다. 조금 나중에 들어오든지 조금 일찍이 들어오든지 했더라면 좋았을 것을 옹이에 마디*로 어

● **불원간** 앞으로 오래지 아니한 동안.
● **옹이에 마디** '기침에 재채기'와 비슷한 속담으로, 어려운 일이 공교롭게 계속됨을 비유적으로 이르는 말.

쩌면 요런 때 손님이 들어온담 하고 원망 소리를 들을 만치 똑 알맞추 들어섰습니다. 생도 중에 윤애경이라고 하는 조고마한 아가씨님이 칠판 앞에 나서서 해답을 썼는데 잘 맞지 못한 모양이었습니다. 여기저기서 교정하려는 아가씨님들이 손을 들고 일어나는 중이었습니다. 다음에는 동편 맨 끝 방 제4학년 교실에 들어섰습니다. 여기 생도의 수효는 매우 적었습니다. 단지 열두 사람밖에는 없었습니다. 이 시간은 기하˙ 시간인 모양이었습니다. 그러나 손이 왔다고 그리하는지 아가씨님들이 너무들 얌전을 빼시는 까닭에 이야깃거리를 하나도 얻을 수가 없어서 퍽 섭섭하였습니다. 다음에는 위층으로 올라가서 보습과 1, 2년급˙ 생도들의 수놓는 구경을 했습니다. 선생님은 여자고등보통학교를 졸업하시고 그 학교에서 오랫동안 교편을 잡고 계시던 박용일 여사이시었습니다. 생도의 수효는 1년급에 아홉 사람, 2년급에 세 사람, 합이 열두 사람이었습니다. 여러분 중에 어떤 분이 그중 수를 잘 놓으시느냐고 물었더니 1년급에서는 주영옥, 2년급에서는 정해란이 두 분이 잘 놓으신다고 하였습니다. 그러나 나는 묻고 나서 생각하니까 그 자리에서 물은 것이 너무 속없는 사람 노릇을 한 것 같았습니다. 잘 놓았다고 뽑힌 분은 속으로 기쁘고 겉으로는 부끄러웠을 것이며, 못 놓는다는 사람 편으로 간 여러분은 분하기가 짝이 없었을 것이올시다. 박 선생님께서는 자수에 대해 설명을 문 앞에까지 쫓아 나오시면서 들려주시었습니다. 매우 자세한 분인 것을 알 수가 있었습니다. 다음에는 그 집을 나와서 서편쪽으로 외따로 떨어져 있는 조선식으로 지은 고옥에 이르렀습니다.

이 집은 고등 2, 3년급의 교실입니다. 먼저 3학년에 들어서니 습자 시

●기하 기하학.
●연급 학년. 학생의 학력에 따라 학년별로 갈라놓은 등급.

간이었습니다. 칠판에는 '文品金時爲'라는 해서[*]가 씌어 있으며 선생님 김원근 씨는 테블을 끼고 앉으셔서 생도들의 글씨를 끊고[*] 앉으셨는데, 이 선생님은 키가 조고마하신 분이 아무리 보아도 한문학자님이시었습니다. 생도들이 만일 이 선생님을 별명을 지어 가지고 부른다 하면, 으레이[*] 샌님이라고 부를 것이라고 짐작할 만치 조용하신 선생이시었습니다. 그중 어떤 분이 글씨를 잘 쓰느냐고 물었더니 선생님께서는 고개만 기우듬하시고 대답이 없으셨습니다. 그래서 나는 대답하시기 어렵다고 하는 눈치를 채이고 얼른 나와 버렸습니다. 이 반에는 스물두 사람의 생도가 있었습니다. 다음에 그 뒤로 붙은 2학년 반에 이르렀습니다. 여기는 36인의 생도가 있는데 국어 독본 시간이었습니다. 선생님은 이 학교에 오직 한 분밖에 없는 일본 선생님 독구마루 마사오(德九操)라고 하시는 일본 부인이시었습니다. 키는 서양 부인들보다 별로 틀리지 않을 만치 큼직하신 분인데 교수하시는 법이 매우 치밀하신 것 같아 보이었습니다. 마침 문애영이라고 하는 생도가 혼자 일어서서 독본 낭독을 하던 중이었습니다. 거침없이 줄줄 내리읽는데 발음 같은 것도 비교적 잘하는 모양이었습니다. 이제 학반[*] 구경을 모두 하였습니다. 다음에는 북편으로 떨어져 있는 이과[*] 실험실을 보았습니다. 이 방에 설비는 매우 부족하였습니다. 그 곁에는 널찍한 마루방이 하나 있는데 이 방은 일주일에 한 번씩 매우 분주해지는 방이라 합니다. 기숙사의 면회실입니다. 매주 토요일이면 한 번씩 쓰는 방인데 방 한가운데는 난로가 놓여

● 해서 한자 서체의 하나. 똑똑히 정자(正字)로 쓴다.
● 끊다 잘잘못을 따져서 평가하다.
● 으레이 '으레'의 사투리.
● 학반 학급.
● 이과 자연계의 원리나 현상을 연구하는 학문.

있고 변두리에는 걸어앉을* 자리가 있으며 그 위에는 초방석*들을 깔아 놓았습니다. "에구머니, 아버지, 오셨네. 어머니 오셨습니까. 오빠 오셨소." 하고 반가이 만나 보는 기쁨의 방이라 합니다. 그 담에는 다시 본실로 돌아와서 기숙사를 구경하였습니다.

지금의 기숙실 수효는 스물두 방이요 교원의 방이 세 방이라 합니다. 기숙생 수효는 72인이라 하며 기숙비는 매달 8원씩이라 합니다.

방마다 조고만큼씩한 침대들이 방에 따라서 세 개 네 개 혹 다섯 개씩 놓여 있으며 한가운데는 책상이 놓였습니다. 한구석에는 의걸이* 같은 장 혹은 책장들이 놓여 있습니다. 침대에는 깨끗해 보이는 이부자리가 덮여 있고 창에는 문장*이 걸려 있습니다. 난방장치로는 수증기가 있고 붉은 전등이 있습니다. 이 방 저 방 구경하다가 한 곳에 이르르니 이곳은 병실이라고 합니다. 병실이 되어서 그러한지 우선 들여다보기만 해도 어째 싫은 생각이 나며 퍽 쓸쓸한 것 같았습니다. 하여간 나는 이 방은 영구히 비어 있기를 기도하였습니다. 또 한군데 이르르니 이곳은 목욕실, 세면실, 변소 합친 방이었습니다. 한가운데에는 사기 세면기와 찬물, 더운물이 마음대로 나오는 수통 아가리가 두 줄로 죽 둘러 놓였으며 한편에는 목욕탕이 있고 그 맞은편에는 변소가 있었습니다. 그런데 이러한 방이 양편 끝으로 하나씩 둘이나 있었습니다. 또 한 방에 이르르니 이 방은 도서실이올시다. 크지 못한 살림으로서는 흉은 못 볼 도서실이었습니다. 일문 영문의 도서가 양편으로 나누어 꽂혀 있었습니다. 그런

● **걸어앉다** 높은 곳에 궁둥이를 붙이고 두 다리를 늘어뜨리고 앉다.
● **초방석** 풀로 결어 만든 방석.
● **의걸이** 의걸이장. 위는 옷을 걸 수 있고, 아래는 반닫이로 된 장.
● **문장** 커튼.

데 생도들은 누구이든지 갖다 볼 수 있는 것이라 책이 매우 많이 나가고 들어오지 아니한 모양이라고 김 선생님께서는 과장을 해 말씀하시었습니다. 맨 밑층 한편 넓은 방에 이르르니 이 방은 식당으로도 쓰고 음악실로도 쓰고 집회실로도 쓰는 아주 닥치는 대로 쓰는 방이라고 합니다. 방 북편 구석에는 피아노 한 대가 놓여있고 또 한 모퉁이에는 초방석들이 잔뜩 쌓여 있고 식탁들이 쌓여 있었습니다. 이 방에서는 음악 소리가 끊일 사이가 없다고 합니다. 참말 행복스러운 방이올시다. 그 뒤로는 부엌과 찬간이 있는데 큰 가마솥이 죽 걸리고 '정신'이라고 쓴 사기그릇들이 놓여 있습니다. 여기는 사감으로 계신 방신영● 선생님의 재바른 살림살이로 그날그날 화목하게 정답게 사랑스럽게 복스럽게 지내 가는 방이라 합니다.

이제 기숙생의 기숙에 대한 일과를 들으면 이러합니다. 첫째 기숙생은 시집을 아니 간 처녀라야만 된다 합니다. 시집 간 사람이면 그는 처녀들이 듣지 않아도 좋을 이야기를 들려주는 것을 피하고자 하는 것이라 합니다. 다음에 시간 배정으로 말하면 아침 5시 55분에 일어나라는 종소리가 들리면 일제히 일어나서 의복 입고 방 치우고 세수한다고 합니다. 6시 40분에는 기도실에 모이어서 7시까지 아침 기도를 드리고 나서 7시로부터 7시 30분까지 사이에 아침밥을 먹고 잠깐 복습들을 하다가 상학을 한다 합니다. 점심시간은 오후 12시 30분부터 1시까지에 마치고 저녁 시간은 5시 30분부터 6시까지에 마친다 합니다. 그다음에 6시부터 7시까지 한 시간 동안은 음악실에서 노래하는 사람, 밖에서 술래잡기 까막잡기 등 온갖 재미스러운 유희를 하는 사람, 방 안에서 토론

● 방신영(1890~1977) 가정학자, 요리 연구가.

하는 사람, 한담하는 사람 등으로 즐겁게 노는 시간이라 합니다. 그리하다가 7시로 9시까지는 복습 시간이요, 9시로 동 30분까지는 취침 시간이라 합니다. 10시에는 일제히 등불을 끄고 온 기숙사는 복스러운 꿈 세상에 들어간다 합니다. 그런데 음식 기타가 모두 가족적이요, 조금도 쓸쓸커나 복잡지를 아니하다 합니다.

그런데 이 학교 생도 중에 그중 재주 있고 공부 잘하는 학생을 각 급에 한 사람씩 들어 볼진대 고등과의 일 년에 김춘녀 15세, 이 년에 리옥영 18세, 삼 년에 리혜영 20세, 사 년에 주수원 14세, 보습과 일 년에 최영순 18세─보습과 이 년에는 단지 세 사람뿐인고로 별로 특별한 사람을 추려낼 수가 없다고들─인데 이 중에 고등과 사 년 주수원이란 아가씨님은 나이는 그중 어리건만 전교에서 이만큼 투철히 재치 있는 사람이 없다고 합니다. 생김생김이 조고맣게 생긴 아가씨가 무엇에든지 능통하다 합니다. 아주 학자님으로 생긴 아가씨라 하며 그다음에는 보습과의 최영순이란 아가씨님이니 이분은 음악 대가라 합니다. 특히 독창에 명인이요, 매우 씩씩한 분이라 합니다. 그다음에는 삼 년의 리혜영이란 아가씨님이신데 이분은 삼 형제 분이 이 학교를 다니신다는데 아침에 한꺼번에 사 형제가 나란히 교문에 들어올 때는 이 학교는 사 형제의 학교 같은 생각도 난다 합니다. 이분은 보수당으로 건실하게 공부하는 데 으뜸이라고 합니다.

이제 그만 쓰겠습니다. 지면도 용서치 않고 여러분도 지루하실 테니까요. 다음에는 어디를 갈는지 좀 더 충실히 쓰겠습니다. 첫나들이에 그중 유감으로 생각한 것은 이 학교 생도라고는 잘 아는 사람도 없고 학교에서 학생과 만나게 하는 것을 기뻐하지도 않는 까닭에 생도들의 학교에 대한 만족, 불만족이라든지 선생님에 대한 족, 부족이라든지 이 밖에 재미스러운 이야깃거리를 얻지 못한 것이 한이올시다.

_W生,*『신여성』1924년 2월호

● 'W생'은 'CW생' 'CWP' 'SW생' 'SWP'를 필명으로 사용했던 방정환이 『신여성』
에서 가끔 사용했던 필명으로 보인다.

김필례 씨

지금 사립 정신여학교의 교무주임이십니다.

지금으로부터 서른세 해 전에 황해도 송화에서 세상 구경을 처음 나오신 분인데 정신여학교의 제1회 졸업생이십니다. 그리고 동경에 건너가셔서 8, 9년 동안이나 계시다가 동경여자학원의 졸업을 하시고 돌아오시어서는 모교 되는 정신학교의 선생님으로 얼마 동안 계시다가 스물여덟이 되셨을 때에 서울 남대문 밖 세브란스 의학교에서 첫째로 우수한 졸업을 하신 최영욱 씨와 결혼을 하시었습니다. 혼인하신 뒤로는 전라도 광주에 내려가셔서 시집살이를 하시다가 재작년에 사랑양반*께서 미국 유학을 가시니까 다시 서울로 오시어서 정신여학교의 교사로 오셨다가 지금의 지위를 차지하신 분입니다.

이분의 성격은 매우 결곡한* 편입니다. 외모의 인상과 같이 조금도

---

* 목차의 기획 코너명은 '여성 신인(新人) 평판기'이고 본문에서는 '현하 조선 여자계의 누구누구'라는 기획에 실린 글이다. '신(申)알베터 씨' '김미리사 여사' '정종명씨' '김필례(金弼禮) 씨'를 소개하는 네 편의 글이 실렸다. 「김필례 씨」 말미에만 필자 이름을 'W생'으로 밝혔다. 다른 글들과 문체, 특히 종결어미가 달라 글의 필자가 다른 것으로 추정된다. 이 글은 'W생'이 「정신여학교에 첫나들이」에서 언급한 것처럼 "교장은 소개를 하고자 하였으나 실상은 인사는 한 지가 벌써 오래였었는 고로"라고 하여 이미 알고 지내는 사이였음을 알 수 있다.

● **사랑양반** 바깥양반.

희미한 점이 없는 분입니다. 그 까닭에 첫 번 교제에는 남에게 좋은 인상을 주지 못하는 일이 왕왕 있는 분입니다. 그러기에 요사이 항용 볼 수 있는 덤벙대는 여자가 아닌 것은 대번에 알아볼 수 있는 분입니다. 유감으로 여길 것을 찾으려면 여자로서 얼른 보아 다정다한한* 분으로 보이지 않는 것일까요? 그렇지만은 이분에게는 이러한 이야기가 있습니다.

이분의 시어머님께서는 광주에서 아주 유명한 완고한 분이요, 끔찍이 엄격한 분으로서 학생 며느리는 살림살이를 잘하지 못할 것이라고 학생 며느리 얻는 것을 끔찍이 반대하시던 분이었었다고 합니다. 이것을 들으신 며느님은 다만 당신의 시어머님뿐만 아니라 조선 구가정에서는 뉘 집을 막론하고 학생 며느리를 반대하는 것을 충분히 생각하시고 당신이 학생 며느리가 이렇게 살림살이를 잘한다는 것의 보람이 되시려는 뜻을 세우시고 2, 3년 동안을 별별 고생을 다 해 가면서 기어코 시어머님이 학생 며느리 얻기를 선전하고 돌아다니실 만치 해 놓으셨다 합니다. 이 이야기를 들으면 얼른 보기에는 다정다한하지 못한 듯하나 그 실상은 그렇지 않다는 것이 알 수 있습니다. 그리고 의지가 얼마나 굳은 것을 알 수 있으며 얼마나 용진하는 힘이 굳센 것을 알 수 있습니다.

지금 이분이 교수하시는 과목은 영어, 역사, 수신* 등이며 일본 말과 영어는 매우 능통하십니다.

_W生, 『신여성』 1924년 2월호

● **결곡하다** 얼굴 생김새나 마음씨가 깨끗하고 여무져서 빈틈이 없다.
● **다정다한하다** 애틋한 정도 많고 한스러운 일도 많다.
● **수신** 도덕 과목.

불란서의 여학생 생활

불란서[*]라면 누구나 먼저 화려한 곳, 화려한 것을 좋아하는 나라라고 생각한다. 구라파[*] 각국 부녀계의 온갖 새로운 유행이 거의 모두 불란서 서울 파리에서 시작되어 나온다고 하여도 지나친 말이 아닐 것이다.

화려한 나라 불란서! 그곳 사람들 중에도 꽃 같은 여학생들! 그들의 생활은 어떠한가. 내 이제 그 몇 가지를 소개하련다.

그들의 취미 생활

불란서 여학생들의 일상생활에 다른 곳과 유표하게[*] 다른 것은 목요일 오후에는 으레 휴학하고 노는 것인데, 그날은 도회지에서는 극장마다 마티네[*]를 엽니다. 그리고 출연하는 것은 대개 17세기에서 보던 고전극인데, 상연하기 전에는 반드시 강연을 하고 강연이 끝난 뒤에 비로소 연극을 시작하는 순서입니다. 그리고 입장료는 학생에게는 특별히 할인도 있어, 선생이 학생들을 데리고 가는 일도 있습니다. 이 점에 있

---

* 원제목은 「부잣집 따님도 고학을 하는 불란서의 여학생 생활」이다. 목차에는 「재미 있는 불란서 여학생 생활」로 표기되어 있다.
- **불란서** '프랑스'의 음역어.
- **구라파** '유럽'의 음역어.
- **유표하다** 여럿 가운데 두드러진 특징이 있다.
- **마티네** 연극이나 음악회 등의 낮 공연을 가리키는 프랑스어.

어서 남학생도 그와 같이 합니다마는 우리나라에서는 볼 수 없는 일입니다.

더욱 활동사진°에 대하여는, 그것이 다 취미가 고상치 않다고 그들은 잘 보지를 아니합니다. 여기에 대하여 이러한 말이 있습니다. "어느 대학교수는 일갓집 딸을 데리고 활동사진을 구경갔대야!" 하며 그의 취미가 옅은° 흉이 널리 퍼졌었습니다.

무엇이든지 이러한 방면의 취미에 있어서는, 불란서의 여자계의 일반이 비상하게 고상한 취미를 가지고 있습니다. 음악회 같은 것을 볼지라도, 음악 취미가 얼마만치 보급되어 가는지 짐작할 수 있습니다.

도회지는 말할 것도 없이 어떠한 시골에 갈지라도, 중류 이상의 가정에는 피아노가 없는 집이 없다고 할 만치 되어 있습니다. 어데를 가든지 그 아름답고 청아한 소래°가 흘러나옵니다. 그리고 어떠한 유명한 곡조라도 거의 다 합니다. 뿐만 아니라 어느 집 하인일지라도 유명한 곡조 한두 가지쯤 암송하는 것은 그다지 귀한 일이라고 할 수 없습니다.

지금에 있어서는 음악으로부터 점점 테니스, 그 밖에 여러 가지 운동열이 심하여집니다. 테니스는 영국에서 수입된 것이므로 코트에 서서는 영어로 '플레이'라든가, 그 밖에 테니스에 대한 용어를 쓰고들 있습니다.

영국 사람의 말에, 불란서가 전쟁에 강한 것도 근대에 이르러 운동열에 비상히 열중하여진 것이라고 말을 합니다. 이 말에는 아마 일리가 있는 줄 생각합니다.

● **활동사진** '영화'의 옛 용어.
● **옅다** 생각이나 지식 따위가 깊지 아니하다.
● **소래** '소리'의 사투리.

놀 때에는 해변으로 숲속으로

이와 같이 운동열이 아주 심하나 특히 가장 우심한* 것은 산보하는 것입니다. 걸음 걷는 일입니다. 일요일 아츰*에는 으레 일찍이 시외로 나가 산보를 합니다. 여학생들은 교회에 가기 전 오전 10시까지 10여 리, 20여 리 길은 예사로 다녀옵니다.

서중* 휴가가 되면 남학생이고 여학생이고 어데든지 시골로 갑니다. 숲속으로, 해안으로, 아주 고요한 시골로 갑니다. 오전에는 공부하고 오후 2시쯤 되면 한 시간 동안 공부하고, 오후 4시부터 해 질 때까지 돌아다닙니다.

어느 해안으로 가더라도, 아무리 깊은 숲속으로 가더라도, 쾌활한 남녀 학생들이 다니며 노래 부르는 것을 볼 수 있습니다. 고요한 석양, 말할 수 없는 종소리와 같이 그들의 노랫소리는 깨끗하게 흘러옵니다. 불란서의 종소리라는 것은 정말 저 밀레의 유명한 「만종」*을 그윽이 그리웁게 합니다.

무엇이라고 말할 수 없는 경건한 맘이 솟아납니다. 이러한 점에 있어서 불란서 사람들의 종교적 정조*를 짐작할 수 있는가 합니다.

말이 다른 길로 달아났습니다만, 돌아다니는 것은 젊은이, 어린이, 늙은이 말할 것 없이 모두가 한 모양입니다.

- **우심하다** 더욱 심하다.
- **아츰** '아침'의 사투리.
- **서중** 여름의 더운 때.
- **「만종」** 프랑스의 화가 밀레(1814~1875)가 1859년에 그린 그림의 제목.
- **정조** 정신의 활동에 따라 일어나는 고상하고 복잡한 감정.

즐겁게 지내는 일요일 밤

또 한 가지 특기할 것은 불란서 사람은 규칙을 무섭게 지켜 가며 무슨 일이든지 합니다. 시간의 정확한 것은 매우 감심할* 일입니다. 하로* 세 번 밥 먹을 때라도 15분을 넘기지를 않습니다. 그리고 일할 때는 일하고, 쉴 때는 쉬는 것을 시간에 맞춰 틀림없이 합니다.

가톨릭교에서는 일요일은 반드시 무슨 일이든지 쉬게 합니다. 물론 학생까지 이날은 공부를 아니 합니다. 어느 여학생이 월요일에 시험이 있는데, 일요일에 공부를 아니 하였으므로 마침내 낙제를 하고 말았습니다. 우리나라에서 그와 같이 되었다고 하면 선생을 원망하는 소리가 빗발치듯 할 것이며 그대로 두지 않을 것이나, 그 학생은 일요일에 공부 못 한 것을 한탄도 아니 하고, 그다음 날부터 다시 전과 같이 공부를 잘하였다 합니다.

그러면 일요일은 어떻게 이날 하로를 지내느냐 하면, 물론 낮에는 교회로 갑니다. 그리고 밤에는 집에서 유익하고 좋은 작품이라든지 시라든지 또는 자기의 작품을 읽고 있습니다.

그리고 읽은 후에는 반드시 비평을 합니다. 불란서에서는 남의 읽는 소리를 듣고 그것을 비평한다고 하는 것과 같이 귀로 듣는 연습이 매우 쌓여 있습니다. 이렇게 비평을 하는 일은 자기도 모르게 자기를 볼 수 있는 길도 되고 남의 작품을 맛볼 수 있는, 도움이 될 줄 생각합니다.

그리고 또 글을 읽지를 아니하는 때는 반드시 한 가족이 다 모여서 노래를 부릅니다. 오후에 숲속 같은 곳에서 요란한 노랫소리가 들리는 것과 같이 이날 밤에도 거리거리 집집마다 피아노 치는 소리, 노랫소리의

● **감심하다** 마음속 깊이 느끼다. 또는 그렇게 감동되어 마음이 움직이다.
● **하로** '하루'의 사투리.

아름다운 코러스(합창)가 흘러나옵니다. 이렇게 일요일 하로 날을 아무 불만 없이 깨끗하고 그리고 즐겁게 보내는 것이 일반의 상태입니다.

고학하는 여학생들

다음에 학문에 대하여 말한다면, 불란서에서는 고학을 하는 여학생들이 많습니다. 고학을 한다면 누구나 다, 할 수 할 수 없는 처지에 있기 때문이라 하겠지만, 결코 그렇지 않습니다. 부잣집 따님들도 고학을 하는 이가 많습니다. 이것은 자기의 힘으로 생활비와 학비를 얻어 쓰는 것을 무엇보다 귀엽게 여기는 정신에서 나온 것입니다.

그리고 그들의 고학생들은 대개 어느 방면에서 일을 하는고 하니, 대개가 외국 사람에게 불란서 말을 가르쳐 주며, 혹은 가정교사를 하여 그곳에서 생기는 돈으로 공부를 합니다.

경성에서는 전차를 타더라도 종종 외국 사람을 만날 기회가 없으나, 불란서의 도회지에서는 어느 곳이든지 어느 전차든지 외국(세계 각국) 사람을 만나게 되므로, 자연 그들의 외국 사람에게 불란서 말을 가르쳐 주는 때가 많습니다.

대개 살 만한 집에는 가정교사를 고빙하여° 있으므로, 여학생들은 그들의 집에 가정교사가 되어 한 시간에 1원 50전으로 2원까지의 교수료를 받아 학자°에 씁니다.

그래서 그들의 여학생들은 대학을 졸업하면 여학교의 선생으로, 영어 또는 그 외에 외국어 선생으로 되는 것이 보통입니다. 고학하는 여학생 중에는 매우 감심될° 만한 일이 많습니다. 어느 고학생의 아버님

● 고빙하다 초빙하다.
● 학자 학비.

174

은 우편배달부로, 자기의 딸을 소학교까지밖에 공부를 더 아니 시키었습니다. 그래서 자기의 독력으로 그 위에 리세이(고등 과정의 학교)에 입학하려 하였으나 학자가 없으므로, 그는 십사오 세까지 아츰저녁으로 대략 세 시간 동안 남의 집에 가서 일을 하였습니다. 그래서 돈을 모아 학교에 가게 되어 대학의 문과까지 다니게 되었습니다. 그사이에 세르비아 사람에게, 이태리[*] 사람들에게 불란서 말을 가르쳐 주고, 거기서 수입된 돈으로 학자에 보태어 대학을 마치게 되었습니다. 그래 그의 일을 학교 선생들이 알고 그를 그 학교의 강사로 쓰게 되었습니다. 세르비아 사람들과 이태리 사람, 로서아[*] 사람, 독일 사람들의 과[*]에 담임선생이 되었습니다.

앞에도 서중 휴가의 이야기를 하였거니와 불란서 학생들은 숲속으로 바다뿐으로 가지 않고 멀리 영국까지 갑니다. 얼마 되지 않은 시간에 런던까지 가는 편지도 있지만, 이렇게 자기의 나라, 국경을 넘어 남의 나라에 가 놀 때에 여러 가지 일을 하며, 그 외에 이태리, 아메리카로 여행을 합니다. 이러한 일은 어떻게 그들의 생활 범위를 크게 하는 일이겠습니까.

그들의 자유 교제와 결혼

불란서 대학을 졸업한 여자는 문과, 법과, 의과 등의 전공과목을 따라 제각기 사회에 나와 활동을 하고 있습니다. 문과를 마친 사람은 교사,

---

● **감심되다** 마음속 깊이 느끼게 되다. 또는 감동되어 마음을 움직이게 하다.
● **이태리** '이탈리아'의 음역어.
● **로서아** '러시아'의 음역어.
● **과** 학과나 전문 분야를 구분하는 단위.

법과를 마친 사람은 거의 변호사로, 의과를 마친 사람은 남자와 같이 의사로서 활동하고 있습니다.

학교에서도 남녀 학생을 물론하고 같이 한 좌석에서 공부를 합니다마는 우리나라에서는 그런 일은 아직 꿈도 꾸지를 못합니다.

그들은 각각 개성을 존중히 여기는 습관이라 하겠지만, 한 가지는 처녀의 존중이란 것을 더욱 귀엽게 여기는 것이라고 볼 수 있습니다. 이것은 가톨릭교의 관계로 성모를 존중히 여기는 것에서 나온 것이겠지요.

그러나 남녀의 어느 방면으로는 공학하는* 것이 자유지만, 그것은 결코 방종하게 내버려 두지 않고 지금에도 어느 가정에서는 따님이 출입할 때에는 어머님이 반드시 사람을 딸려 보냅니다. 또는 남녀 사이의 교제에 있어도, 오직 젊은 남녀 단둘뿐이 아니고 반드시 그들의 아버지나 어머님과 같이 있는 곳에서 의견을 자유로 교환하며 비평하며 잘 놉니다. 그런데 훌륭한 가정의 따님들은 어떻게 남녀 교제 할 기회가 생기느냐 하면, 흔히 무도할* 때라든지 혹은 무슨 회합에서 교제할 수 있습니다.

그래 학교에서는 문과의 회합이라든가 외국 사람의 회합이 많습니다. 그런 때 유쾌하게, 문란치 않은 무도를 하며 의견을 교환할 기회가 많습니다. 물론 이러한 회합에는 남녀가 다 같이 합니다.

이와 같이 길리어진 불란서의 여학생들의 결혼이 어떠하냐 하면 일반 우리나라에 비하면 몹시 늦게야 합니다. 대개가 이십삼사 세가 혼기입니다. 결혼 전에는 대학생이고, 보통 여학생이고, 의복 즉 치마를 짧게 하여 처녀답게 활발하게 하고 다닙니다.   —記者, 『신여성』 1924년 4월호

● 공학하다 성별이나 민족이 다른 학생들이 같은 학교나 교실에서 함께 배우다.
● 무도하다 춤을 추다.

잠자는 여왕

모든 것이 모두 잠이 들었고 몹시 고요하였습니다.

어여쁜 젊은 왕자는 또 뒷 성으로 가서 층계로 올라갔습니다. 맨 위 마지막 방에를 가니까 좋은 침대 위에 그야말로 세상에서 처음 보는 어여쁜 왕녀가 고요하게 잠을 자고 있었습니다. 이대로 그냥 백 년을 지나도록 요대로 입술은 붉은 대로 살은 고운 대로 곱게 어여쁘게 고스란히 자고 있었습니다. 어여쁜 왕자는 그 왕녀를 처음 볼 때 무언지 가슴에 눌리던 것이 별안간에 없어진 것 같이 시원하였습니다. 생후 처음으로 가슴이 시원하여서 새로 태어 나온 것 같이 기뻤습니다.

왕자는 가만가만히 그 옆으로 가깝게 다가 들어가서 왕녀님의 누은 위에 허리를 굽히고 그 곱게 잠든 천사같이 맑고 어여쁜 얼굴을 물끄러미 들여다보았습니다.

그러다가 그냥 그대로 허리를 굽히어 그 꽃같이 붉고 어여쁜 입술에 입을 맞추었습니다.

그러니까 왕녀님이 눈을 번쩍 떴습니다. 백 년 자던 잠이 깨었습니다. 그래서 서늘하고도 정다운 눈을 번쩍 뜨고 젊은 왕자를 보고는 ○○○○습니다. 그러니까…….

이것은 재미있고 잘 팔리기로 유명한『사랑의 선물』이란 책 속에 있는「잠자는 왕녀」란 이야기의 중간 토막 구절입니다. 그 어여쁜 왕녀가 어째서 백 년이나 잠을 잤는지 그 젊은 왕자와 만나서 어떻게 되는지 한 없이 재미있는 이야기를 자세 알려면『사랑의 선물』을 사 보십시오.

그 유명한 조꼬만 책 속에는 곱고 어여쁘고 재미있기 짝이 없는 이야기만 열 가지나 있습니다. 천사같이 어여쁘고 꽃봉오리 같이 꽃다운 처녀의 몸으로 사나운 요술왕의 아내로 팔리어 가는 불쌍한 색시의 신세 이야기이며 또는 착하고 깨끗한 마음으로 서로 사랑하는 어린 남녀가 못된 사람의 저주로 하여 여러 가지 비참한 고생을 하게 되는 이야기!

파선[•]이 되어 가라앉아 가는 배에서 '네 대신 내가 죽으리라.' '아니다 내가 죽고 네가 살아야 한다.' 어리디 어린 남녀가 서로 죽기를 다투는 아름다운 이야기들은 참말로 눈물 없이는 읽지 못할 이야기입니다.

사랑이니 연애이니 하고 구지레한 책만 많은 중에 이 책『사랑의 선물』뿐만은 몹시 깨끗하고 고결한 이야기만 모은 책이어서 남자 여자 늙은이 어린이 아무나 반갑게 읽게 되고 읽는 중에 그 사람의 마음을 더 곱게 더 아름답게 하여 주는 책입니다. 그래서 시골 서울 어른 아이 없이 모두 읽는 고로 팔리고 팔리고 자꾸 팔리어서 박혀도 또 다 팔리고 또 더 박혀도 또 없어지고 하여 다섯 번째나 다시 박힌 것이 다 팔리고 이제 여섯 번째 또 새로 박힌 책이 나왔습니다. 들어앉은 부인네나 마음 고운 여학생 여러분에게는 다른 아무 책보다도 이 책을 읽기를 권고합

[•]파선 풍파를 만나거나 암초 따위의 장애물에 부딪쳐 배가 파괴됨. 또는 그 배.

니다. 책값은 50전. 서울에서는 각 책사*에서 팝니다. 시골 계신 이는 개벽사로 잡지와 같이 주문하십시오.

_무기명,* 『신여성』 1924년 4월호

● 책사 서점.
● 방정환의 번역 동화집 『사랑의 선물』을 광고한 글이다. 박달성에 따르면, 방정환은 선전 문구를 잘 고안하고 손재주가 묘하여 '도안 부장' 격이었다고 한다. 글투로 보아 방정환이 쓴 것으로 보인다.

미혼의 젊은 남녀들에게
──당신들은 이렇게 배우*를 고르라

'정말로 행복한 결혼을 해야겠는데.' 하고 생각하는 것은 나이 젊은 남녀가 가장 열심히 희망하는 바인 동시에, 가장 신중히 생각하는 큰 걱정일 것이외다.

아드님을 둔 부모나 따님을 둔 부모도 자기 아들이나 딸에게 어떻게 하면 더할 수 없이 훌륭한 결혼을 시켜 줄까 하고 초심할* 것이요, 그분더러 말하라면 아들딸 당자*보다도 더 깊이 훌륭한 혼인을 희망하고 애쓴다 할 것이외다. 그러나 그것은 아들딸의 생각에 이해와 동정이 부족한 까닭일 것이니, 어떻게 부모의 걱정이 직접으로 할 당자의 걱정보다 더하다 할 수 있으리까.

사랑하는 아들이나 딸이 병들어 누웠을 때, 또는 바꾸어 그 부모가 병석에 누우셨을 때, 간호하는 부모나 자녀의 괴로움이 앓던 당자보다도 더하다고 보는 때가 많지마는, 병자는 심한 열기로 호흡이 괴로워 신음할 때에도 간호하는 사람은 여러 날 피곤에 아무것 다 잊어버리고 깜박! 잠이 들 수도 있는 것이외다. 간호하는 괴롬이 앓는 이의 괴롬보다

● **배우** 배필. 부부로서의 짝.
● **초심하다** 마음을 졸여서 태우다.
● **당자** 당사자.

더하다고 생각하는 것은 아직도 앓던 당자의 고통에 이해와 동정이 부족한 까닭일 것이외다. 아무리 인정 많은 동정자라도, 아무리 사랑 많은 부모라도 모든 일에 그 당사자의 통절한 실감에 미치지 못할 것은 도리어 당연한 일이라 할 것이외다. 그리고 사람 각자의 귀중한 독립적 생명도 거기에 있을 것이외다.

청춘 남녀의 결혼에 관하여도 물론 그 부모는 없어서는 안 될 보조자외다. 보조자는 보조자로의 책임과 의무를 다하려고 고심할 것이외다. 그러나 자기를 위하여 가장 훌륭한 배우자를 얻게 되기를 빌고, 그를 위하여 가장 긴절히* 힘을 쓸 사람은 오직 오직 그 당사자인 청춘 남녀, 자녀 자신밖에 다시없는 것이외다.

아들이나 딸을 위하여 좋은 신랑을 얻어 주리라, 좋은 색시를 얻어 주리라 하고 찾아다니지만 부모들은 결국 자기의 눈에 맞고 자기 의사에 합당한 인물을 구하고 마는밖에 별수가 없을 것이니, 아무리 아들과 딸을 위하는 마음으로라도 결국은 자기에게 맞는 사람을 골라서 아들이나 딸에게 틀어 맡기는 재주밖에는 더 가진 아무 수도 없는 것이외다.

어떻게 백년고락을 같이할 당사자의 의사를 제쳐 놓고 보조자의 의견만으로 좌우할 수 있는 일이리까. 당사자 자기 자신들이 자기네 생활의 완성을 위하여 좋은 배우자를 선택하기에 주도한* 노력을 하여야 할 것이외다. 여간한 집 안의 정리쯤은 부탁할 이에게 부탁하여도 될 것이고, 우연만한* 교섭쯤은 대리로 시키는 수가 있을 것이외다. 그러나 자기 남편이나 아내의 선택뿐만은 자기 생각, 자기 뜻으로 할 것이요,

● **긴절히** 매우 필요하고 절실하게.
● **주도하다** 주동하는 처지가 되어 이끌다.
● **우연만하다** 웬만하다. 그저 그만하다.

친척이나 부모에게도 부탁하여서는 못쓸 일이고, 할 수도 없는 일이외다.

지금 조선의 많은 젊은 사람이 이혼을 바라면서 하지 못하고, 징역 생활같이 차고 쓰라린 생활에 괴로워하는 것도, 자기가 선택하지 아니한 배우자와 동거하기 시작한 까닭이 아니고 무엇이리까. 기왕 결혼한 사람은 잘못된 까닭으로 괴로워하려니와 장차 결혼할 사람들은 이 괴로움은 피하여야 할 것이외다.

어느 부모는 이런 말을 할 것이외다.

"부모가 여러 사람을 후보자로 골라 가지고 그중에서 아들이나 딸의 뜻에 맞는 사람하고 결혼을 시키면, 그것은 강제 결혼이 아니고 당사자 자신이 선택한 것과 일반이라."고.

그러나 그것도 생각이 부족한 말이니, 가령 어떠한 물건을 살 사람이 자기 뜻대로 이곳저곳에 널리 골라 보아 선택하는 것과 부모나 친척이나 누구가 어느 곳 상점에서 자기 뜻대로 골라 온 그중에서 선택하는 것과 똑같을 수가 어찌 있으며, 부모나 친척이 선택한 그 범위 더 밖에 훌륭한 배우자가 없으란 법이 있으리이까. 또 설사 그것이 당자의 선택과 틀릴 것 없다 하기로 남편이나 아내의 선택은 다른 물건 고르기와는 같지 아니할 것이니 부모가 가르쳐 이것이 좋으냐 저것이 좋으냐 할 때에 어떻게 선택하는 재주가 있을 리 있으며 만일 당자가 그 자리에 능히 선택한다 하면 그것은 지위와 재산과 용모로써 헤아린 것 외에 다른 것이 없을지라 그것은 대단히 불행한 선택일 것이요 또 그러한 선택으로 족하다 하면 그것은 부모나 친척에게 맡겨도 훌륭할 것이외다.

자기 선택이외다. 오직 자기 선택이 있을 뿐이외다. 자기 생활에 끝없는 의무를 가진 사람도 자기요 절대의 책임자도 자기일 뿐이니 자기 인격의 완성을 위하여 자기 생활상을 위하여 백 년의 배우를 선택할 사람도 자기 자신 이외에 다른 아무 것이 있을 리 없는 것이외다.

부모나 친척이 아들이나 딸을 위하여 좋은 배우자를 발견하였을 때는 소개자의 지위에서 한걸음도 더 나갈 것이 아니요 딸이나 아들 자신이 좋은 배우를 구하여 가지고 의견을 구할 때는 경험이 많고 고려가 깊은 이로의 고문격인 지위에서 한걸음도 더 나아가지 말 것이외다. 세상에 아들딸의 장래를 잘 되기 바라지 않는 부모가 어데 있으리까만은 생각을 잘못하는 까닭으로는 종종 자녀의 장래를 해롭게 하는 폐가 있는 것이니 진정으로 아들딸의 장래 행복을 바라는 이거든 마땅히 그 배우의 선택을 당자에게 맡길 것이외다.

세상에 수많은 젊은 남녀 당신네는 마땅히 스스로 주도한 용의와 관찰로써 자기 일생의 배우를 선택하여야 할 것이외다.

그런데 문제는 "지금의 나 젊은 남녀들에게 결혼에 실패하지 않게 정말 훌륭한 배우자들을 선택해낼 힘이 있느냐." 하는 데 있을 것이외다. 과연 이것이 크게 주의해 생각할 문제외다.

"부모가 정해 주는 것은 싫다고…… 저희끼리 좋아서 사는 것은 퍽도 의좋게 잘들 살더라." 이 말은 근래에 몹시 많이 들리는 빈정거리는 말이외다.

이 말이 어데로부터 나는가. 어찌하여서 생기는가. 이 말이 생기는 원인과 출처 그것이 곧 "지금의 젊은 남녀들은 자기 배우자를 자기가 선택할 능력을 가지지 못했다." 하는 것을 증명하는 사실이 될 것이외다.

조선의 부로●들도 종래의 강제로 결혼시키던 짓이 옳지 못하였던 것

●**부로** 한 동네에서 나이가 많은 남자 어른을 높여 이르는 말.

과 그 결과가 좋지 못한 것을 깨달은 이가 점점 많아지고 부모의 뜻에 반대하고 자기의 뜻대로 자기가 선택한 배우자와 결혼하는 남녀가 점점 늘어가는 것은 기뻐할 경향이외다.

그러나 그들—자기 의사로 배우를 선택한—의 결혼 생활은 과연 행복하였으며 참으로 부모가 임의로 선택하여 틀어막힌 생활보다 값있고 의의 있는 생활이었소이까.

사실은 너무도 어그러져서 거의 모두라고 하여도 좋을 만큼 많은 수효가 실패실패하여 이 위에 말한 빈정거리는 말이 나오게 한 것이외다.

젊은 남녀들이여 배우의 선택을 당신네 스스로 가하는 만큼 실패 없이 잘 선택해야 할 책임과 일종의 의무가 무겁게 따르는 것을 알아야 할 것이외다. 최선의 선택을 하리라는 자부와 용의가 있어야 할 것이외다. 충분한 위에 또 충분히 있어야 할 것이외다. 지금의 당신네에게 그것이 있소이까.

선택을 하자면 먼저 알아야 할 것이외다. 남자면 여자를 잘 알아야 할 것이요 여자면 남자를 잘 알아야 할 것이외다. 알되 깊이 알고 널리 알아야 할 것이외다. 하나하나를 깊이 알고 또 그리 알기를 널리 아는 중에서 자기와 이성이 합치하는 배우자를 발견해야 할 것이외다. 그런데 지금 당신네는 그렇게 잘 알고 있소이까. 잘 알게 될 기회가 있소이까. 예배당 모퉁이에서 몇 번 마주 쳐서 성명이나 알게 된 여자나 남자 한 고향 사람인 인연으로 학우회나 친목회에서 몇 번 만나게 된 남자나 여자 그리하여 공연한 편지장이나 바꾸었다 하여 그것으로써 여자 남자를 잘 안다고는 도저히 못할 것이외다. 그렇게 알게 된 사람에게 철없이 사랑의 편지를 보내고 그 답장이 잘 온다 하여 그것으로써 좋은 배우자를 얻었다고는 도저히 못 할 것이외다.

그러나 지금의 조선에서는 더 잘 알지도 못하고 알게 될 기회도 없는지라. 모든 젊은 남녀가 그것으로써 배우자를 정해 버리는 것 같소이다. 아무 고려할 여가도 없고 아무 선택할 사이도 없이 어떻게 한 사람이나 두 사람쯤(그것도 겉으로만) 알게 된 그 이성 중에서 어떻게 편지 왕래나 하게 되면 그만 성공하였노라고 결혼하려는 모양이외다. 이보다 더 심한 자는 강연 좀 잘하는 남자에게서 편지를 받아도 곧 시집을 가려 하고 소설이나 시 좀 쓰는 체하는 사람에게 편지 몇 장쯤 받아도 벌써 시집갈 생각을 하는 여자가 많고 학교에 다니는 길거리에서 맵시 좋은 여자를 보고 뒤를 쫓아다니다가도 그냥 결혼 신청을 하고 여관에 몇 번 찾아오거나 편지 몇 장쯤 하는 여자가 생기면 벌써 본처 이혼할 생각을 하는 남자가 또한 많소이다.

"그런 사람이나 그렇지 내가 혼인하려는 나의 애인은 그렇게 경홀한 사람도 아니요 정말 진정으로 서로 잘 이해하고 서로 깊이 사랑하는 사람이요." 하는 이가 있을는지 모르나 역시 오십보백보의 차일 뿐이요 마찬가지로 안될 말이외다.

여자나 남자를 잘 알고 못 알 사이도 없고 선택하고 못 할 사이도 없이 어떤 외나무다리 위에서 맞닥뜨리 듯이 공교롭게 알게 된 그와 그냥 알게 되고 친하게 되었다고 그것으로써 잘 선택한 배우자라고는 못 할 것 아니리이까. 외나무다리에서 만난 그 외에 넓은 세상에 얼마나 더 훌륭한 배우자가 있을는지 모르건만은 그것을 돌려다 보지도 아니하고 그냥 이성 교제에 주린 남녀들이 아무나 만나는 대로 맞닥뜨리는 그 자리에서 마음이 끌리고 사랑하고 결혼해 버리는 것이 얼마나 경홀한●

● 경홀하다 말이나 행동이 가볍고 탐탁하지 않다.

일이리까.

그러한지라. 그 결혼 생활이 도저히 행복될 수 없는 것이요 금시에 서로 나쁜 단처*만 발견되고 그 나쁜 단처와 단처가 매일 충돌하거나 충돌을 피하느라고 충돌보다 더한 고민을 살 것은 불보다 더 밝게 환한 일이외다. 그러나 그보다도 더한 불행은 이성 교제에 굶주린 남녀가 맞닥뜨리는 자리에서 손쉽게 마음이 끌리고 결혼까지 하는 사람이라 그 후로 젊은 이성을 만나게 되고 알게 되는 때마다 또 손쉽게 사랑을 하게 되고 결혼하고 싶게 되는 것일 것이외다.

이리하여 필연으로 그들은 결혼을 몇 번 거듭한 후라도 앞날 영원히 진정한 결혼 생활을 동경하여 헤매며 고민하는 사람이 될 것이라 그의 생활이 참담하고 가련할 것은 환연한* 사실이외다. 세상에 수많은 미혼의 젊은 남녀들이야 애인이 있다고 결혼을 닦으려는 이들이여 특히 이 점에 깊은 생각과 많은 반성이 있어 지금의 많은 젊은이들 중에 여러 가지 못 겪을 비극과 못 당할 경우를 무릅쓰고 이혼까지 해 버리고 뜻대로의 새 결혼을 이룬 사람들도 선택을 경홀히* 한 탓으로 새로운 고민에 빠지는 것을 보아서도 당신들 종래의 태도가 어떻게 틀린 것과 배우자 선택이 어떻게 지중한 것인가를 속 깊이 알아야 할 것이외다.

어쩐들 이 생각을 등한히 하여 자기 일생의 행복을 깨치고 우리들 힘들여 하는 결혼 개조를 또 망칠까 보오리까. 참으로 행복된 결혼 생활은 자기 선택이요 자기 선택이되 최선으로 잘된 선택에서뿐 바랄 것이외다.

그러면 최선의 선택은 어떻게 해야 할 것이랴 이것이 그다음 문제일

* **단처** 부족하거나 모자란 점.
* **환연하다** 의혹이 풀리어 가뭇없다.
* **경홀히** 가볍고 탐탁하지 않은 말이나 행동으로.

것이외다.

물론 남녀 교제를 더 자유롭게 하는 데 있소이다. 이 남녀 교제를 자유롭게 하는 일은 다만 결혼 상대의 선택에뿐 필요한 것이 아니라 새 시대에 처하는 새 인물로서의 진실한 새 생명을 활기 있게 키우는 데 크게 값있는 일이 되는 것이외다.—그러나 남녀 교제 문제에 관하여는 다른 날 또 논의할 기회가 있겠기 여기에는 약하고 다만 결혼 문제를 주로 하여 몇 말씀 더 하겠소이다.

배우자의 선택을 잘하려면 먼저 이성을 잘 알아야 할 것이요 이성을 잘 아는 길은 이성 교제를 널리 하는 데서 열릴 것이외다. 이성 이성 간의 자유 교제! 그렇소이다. 진정한 의미의 자유 결혼은 자유 교제가 있는 곳에서뿐 바랄 수 있는 것이외다.

그러나 남녀의 자유 교제라 하면 벌써 부로들은 젊은 남녀가 손에 손목을 잡고 은근한 곳에 소곤거리고 다니는 것을 생각할 것이니 아드님이나 따님의 타락할 것을 근심할 것이외다.

항상 이런 근심을 놓지 못하고 또 부로들로 하여금 이런 근심을 놓지 못하게 하면 어느 때까지 가도 남녀 교제의 길은 열리지 못하고 진정한 자유 결혼은 바라지 못하게 될 것이외다.

남녀 교제는 부부라든가 약혼자끼리의 사이가 아닌 한에서는 결코 개인적이어서는 안 될 것이외다. 반드시 사회적이라야 할 것이외다. 어릴 때부터 이 집의 수남이는 저 집의 효남이와만 놀고 저 집의 옥희는 이 집의 복순이와만 놀게 되지 말고 이 집 남매와 저 집의 남매가 다 같이 한데 엉겨 놀아야 할 것이고 또 그네 사람끼리만 친하지 말고 네 사람이 노는데 다른 동무가 오더래도 어느 때든지 놀 때와 다름없는 마음으로 그를 반겨하도록 되어야 할 것이외다. 그리고 누가 보든지 그렇게 단둘이나 단 넷이 노는 것을 부끄럽게 생각하지 않게 되어야 할 것이외다. 그것을 가리켜 사회적이라 하는 말이외다.

이러한 마음과 태도로 크게 자라서도 남녀 교제를 아무 기탄없고 아무 딴생각 없이 사회적으로 개방적으로 자유롭게 널리 해 가는 중에 진실하게 마음에 맞는 사람이 있어 그에게 뜨거운 사랑이 끌리고 그의 모든 것이 결혼 조건에 가합하면 그때에 그에게 결혼을 신청하여야 할 것이외다. 이렇게 자유로운 교제 중에서 남자면 여자란 것을 여자면 남자란 것을 잘 알고 잘 안 후에 그중에서 자기에게 맞는 사람을 선택해서 그 한 사람을 또 잘 알아야 할 것이외다. 그래야 진실한 의미의 행복한 결혼이 될 수 있는 것이외다.

남자와 여자가 공변된* 사회적 교제를 잊어버리고 처음부터 개인적이고 비사회적인 마음으로 자주 접촉하게 되면 대개는 억지로라도 연애 심리가 발동되어 저절로 끌리게 되는 것이외다. 그러기 때문에 지금의 젊은 남녀들이 편지 몇 장에도 연애 방문 몇 번에도 연애하게 되는 것이외다.

만일 그렇게 선택 없이 어떤 기회에 외나무다리에서 만나듯 만나서 알게 되고 편지하게 되었다고—혹은 방문쯤 하게 되었다고—연애니 결혼이니 할 바에는 도리어 부모에게 친척에게 맡겨서 간접으로라도 여기저기 널리 수소문하여 선택하게 하는 편이 얼마나 더 나을는지 모를 것이외다.

가엽고 딱하게도 지금 젊은이들 사이에 이러한 연애와 이러한 자유 결혼이 어떻게도 많이 싸였는지 모를 것이외다.

● **공변되다** 행동이나 일 처리가 사사롭거나 한쪽으로 치우치지 않고 공평하다.

자유 결혼을 한다는 그 등 뒤에는 반듯이 많은 동무(특히 이성)중에서 골랐다 하는 조건이 있는 것을 잊어서는 아니 될 것이외다.

　다복할 젊은 동무들이여 당신들의 배우자는 반드시 당신 자신이 선택하소서. 선택하되 잠깐 안 사람이 있다고 그로써 경홀이마소서……. 자유 교제외다. 널리 교제한 후에 선택하소서. 그리하기 위하여 사회적으로 개방적으로 고결한 교제에 정성을 쓰소서.

_編輯人, 『신여성』 1924년 5월호

어린이 찬미

1

어린이가 잠을 잔다. 내 무릎 앞에 편안히 누워서 낮잠을 달게 자고 있다. 볕 좋은 첫여름 조용한 오후이다.

고요하다는 고요한 것을 모두 모아서 그중 고요한 것만을 골라 가진 것이 어린이의 자는 얼굴이다. 평화라는 평화 중에 그중 훌륭한 평화만을 골라 가진 것이 어린이의 자는 얼굴이다. 아니 그래도 나는 이 고요한 자는 얼굴을 잘 말하지 못하였다. 이 세상의 고요하다는 고요한 것은 모두 이 얼굴에서 우러나는 것 같고, 이 세상의 평화라는 평화는 모두 이 얼굴에서 우러 나가는 듯싶게 어린이의 잠자는 얼굴은 고요하고 평화롭다.

고운 나비의 날개……, 비단결 같은 꽃잎, 아니 아니 이 세상에 곱고 보드랍다는 아무것으로도 형용할* 수 없이 보드랍고 고운, 이 자는 얼굴을 들여다보라. 그 서늘한 두 눈을 가볍게 감고 이렇게 귀를 기울여야 들릴 만치 가늘게 코를 골면서 편안히 잠자는 이 좋은 얼굴을 들여다보

● **형용하다** 말이나 글, 몸짓 따위로 사물이나 사람의 모양을 나타내다.

라. 우리가 종래에 생각해 오던 한울님*의 얼굴을 여기서 발견하게 된다. 어느 구석에 몬지*만큼이나 더러운 티가 있느냐. 어느 곳에 우리가 싫어할 한 가지, 반 가지나 있느냐……. 죄 많은 세상에 나서 죄를 모르고, 더러운 세상에 나서 더러움을 모르고, 부처보다도 야소*보다도 한울* 뜻 고대로의 산 한우님*이 아니고 무엇이랴.

아무 꾀도 갖지 않는다. 아무 획책도 모른다. 배고프면 먹을 것을 찾고, 먹어서 부르면 웃고 즐긴다. 싫으면 찡그리고, 아프면 울고……. 거기에 무슨 거짓이 있으며 무슨 꾸밈이 있느냐. 시퍼런 칼을 들고 핍박하여도 맞아서 아프기까지는 방글방글 웃으며 대하는 이가 이 넓은 세상에 오직 이이가 있을 뿐이다.

오오! 어린이는 지금 내 무릎 앞에서 잠잔다. 더할 수 없는 참됨(진)과 더할 수 없는 착함과 더할 수 없는 아름다움을 갖추고, 그 위에 또 위대한 창조의 힘까지 갖추어 가진 어린 한우님이 편안하게도 고요한 잠을 잔다. 옆에서 보는 사람의 마음속까지 생각이 다른 번루*한 것에 미칠 틈을 주지 않고 고결하게 고결하게 순화시켜 준다. 사랑스럽고도 보드라운 위엄을 가지고 곱게 곱게 순화시켜 준다.

나는 지금 성당에 들어간 이상의 경건한 마음으로 모든 것을 잊어버리고 사랑스런 한우님 — 위엄뿐만의 무서운 한우님이 아니고 — 의 자는 얼굴에 예배하고 있다.

● **한울님** 천도교에서 '하느님'을 달리 이르는 말.
● **몬지** '먼지'의 사투리.
● **야소** '예수'의 음역어.
● **한울** 천도교에서 '하늘'을 달리 이르는 말.
● **한우님** 하느님.
● **번루** 번거로운 근심과 걱정.

2

어린이는 복되다!

이때까지 모든 사람들은 한우님이 우리에게 복을 준다고 믿어 왔다. 그 복을 많이 가지고 온 이가 어린이다. 그래 그 한없이 많이 가지고 온 복을 우리에게도 나누어 준다. 어린이는 순 복덩어리이다.

마른 잔디에 새 풀이 나고 나뭇가지에 새싹이 돋는다고 제일 먼저 기뻐 날뛰는 이도 어린이이다.

봄이 왔다고 종달새와 함께 노래하는 것도 어린이고, 꽃이 피었다고 나비와 함께 춤추는 것도 어린이다.

비가 온다고 즐겨하는 것도 어린이요, 저녁 하늘이 빨개진 것을 보고 기뻐하는 이도 어린이이다.

별을 보고 좋아하고 달을 보고 노래하는 것도 어린이요, 눈 온다고 기뻐 날뛰는 이도 어린이이다.

산을 좋아하고 바다를 사랑하고 큰 자연의 모든 것을 골고루 좋아하고 진정으로 친애하는 이가 어린이요, 태양과 함께 춤추며 사는 이가 어린이이다.

그들에게는 모든 것이 기쁨이요, 모든 것이 사랑이요, 또 모든 것이 친한 동무이다.

자유와 평등과 박애와 환희와 행복과 이 세상 모든 아름다운 것만 한없이 많이 가지고 사는 이, 어린이다. 어린이의 살림 그것 고대로가 한울의 뜻이다. 우리에게 주는 한울의 계시다.

어린이의 살림에 친근할 수 있는 사람, 어린이 살림을 자주 들여다볼 수 있는 사람 ─ 배울 수 있는 사람 ─ 은 그만큼 한 행복을 더 얻을 것이다.

3

어린이와 얼굴을 마주 대하고는 우리는 찡그린 얼굴, 성낸 얼굴, 슬픈 얼굴을 못 짓게 된다. 아무리 성질 곱지 못한 사람이라도 어린이와 얼굴을 마주하고는 험상한 얼굴을 못 가질 것이다.

어린이와 마주 앉을 때 — 적어도 그 잠깐 동안은 — 모르는 중에 마음의 세례를 받고 평상시에 가져 보지 못하는 미소를 띠운, 부드러운 좋은 얼굴을 갖게 된다. 잠깐 동안일망정 그동안 온순화된다. 깨끗해진다. 어떻게든지 우리는 고동안 순화되는 동안을 자주 가지게 되고 싶다.

하로°라도 3천 가지 마음! 지저분한 세상에서 우리의 맑고도 착하던 마음을 얼마나 쉽게 굽어 가려고 하느냐? 그러나 때로 은방울을 흔들면서 참됨이 있으로라고 일깨워 주고 지시해 주는 어린이의 소리와 행동은, 우리에게 큰 구제의 길이 되는 것이다.

우리가 피곤한 몸으로 일에 절망하고 늘어질 때에, 어둠에 빛나는 광명의 빛같이 우리 가슴에 한줄기 빛을 던지고 새로운 원기와 위안을 주는 것도 어린이뿐만이 가진 존귀한 힘이다.

어린이는 슬픔을 모른다. 근심을 모른다. 그리고 음울한 것을 싫어한다. 어느 때 보아도 유쾌하고 마음 편하게 논다. 아무 데 건드려도 한없이 가진 기쁨과 행복이 쏟아져 나온다. 기쁨으로 살고, 기쁨으로 놀고,

●하로 '하루'의 사투리.

기쁨으로 커 간다. 뻗어 나가는 힘! 뛰노는 생명의 힘! 그것이 어린이다. 온 인류의 진화와 향상도 여기에 있는 것이다.

어린이에게서 기쁨을 빼앗고 어린이 얼굴에 슬픈 빛을 지어 주는 사람이 있다 하면 그보다 더 불행한 사람이 없을 것이요, 그보다 더 큰 죄인은 없을 것이다. 이 의미에서 조선 사람처럼 더 불행하고 더 큰 죄인은 없을 것이다.

어린이의 기쁨을 상해 주어서는 못쓴다! 어린이의 얼굴에 슬픈 빛을 지어 주어서는 못쓴다. 그리할 권리도 없고, 그리할 자격도 없건마는…… 무지한 조선 사람들이 어떻게 많이 어린이들의 얼굴에 슬픈 빛을 지어 주었느냐?

어린이들의 기쁨을 찾아 주어야 한다. 어린이들의 기쁨을 찾아 주어야 한다.

4

어린이는 아래의 세 가지 세상에서 온통 것을 미화시킨다.

1. 이야기 세상 2. 노래의 세상 3. 그림(회화)의 세상

어린이 나라의 세 가지 훌륭한 예술이다.

어린이들은 아무리 엄격한 현실이라도 그것을 이야기로 본다. 그래서 평범한 일도 어린이의 세상에서는 그것이 예술화하여 찬란한 미와 흥미를 더하여 가지고 어린이 머릿속에 다시 전개된다. 그래 항상 이 세상 모든 것을 아름답게 본다.

어린이들은 또 실제에서 경험하지 못한 일을 아름답게 본다.

어린이들은 또 실제에서 경험하지 못한 일을 이야기의 세상에서 훌륭히 경험한다. 어머니나 할머니의 무릎에 앉아서 재미있는 이야기를 들을 때, 그는 아주 이야기에 동화해 버려서 이야기의 세상 속에 들어가서 이야기에 나오는 모든 일을 경험한다. 그래 그는 훌륭히 이야기 세상에서 왕자도 되고, 고아도 되고, 또 나비도 되고, 새도 된다. 그렇게 해서 어린이들은 자기의 가진 행복을 더 늘려 가고 기쁨을 더 늘려 가는 것이다.

어린이는 모두 시인이다. 본 것 느낀 것을 고대로 노래하는 시인이다. 고운 마음을 가지고 어여쁜 눈을 가지고 아름답게 보고 느낀 그것이 아름다운 말로 굴러 나올 때, 나오는 모두가 시가 되고 노래가 된다. 여름날 무성한 나무숲이 바람에 흔들리는 것을 보고, '바람의 어머니가 아들을 보내어 나무를 흔든다.' 하는 것도 고대로 시요, 오색이 찬란한 무지개를 보고 '한우님 따님이 오르내리는 다리'라고 하는 것도 고대로 시이다.

개인 밤, 밝은 달의 검은 점을 보고는,

저기저기 저 달 속에
계수나무 박혔으니
금도끼로 찍어 내고
옥도끼로 다듬어서
초가삼간 집을 짓고

고운 소래*를 높이어 이렇게 노래를 부른다. 밝디밝은 달님 속에 계수나무를 금도끼, 옥도끼로 찍어 내고 다듬어 내서 초가삼간 집을 짓자는 생각이 어떻게 곱고 어여쁜 생활의 소지자이냐.

새야 새야 파랑새야
녹두 남게* 앉지 마라
녹두꽃이 떨어지면
청포 장사 울고 간다
(청포는 묵)

이러한 고운 노래를 기꺼운 마음으로 소리 높여 부를 때, 그들의 고운
넋이 어떻게 아름답게 우쭐우쭐 자라 갈 것이랴. 위의 두 가지 노래(동
요)는 어린이 자신의 속에서 우러나온 것이 아니고 큰 사람이 지은 것일
는지도 모른다. 그러나 몇 해 몇 십 년 동안 어린이들의 나라에서 불러
내려서 어린이의 것이 되어 내려온 거기에, 그 노래에 스며진 어린이의
생각, 어린이의 살림, 어린이의 넋을 볼 수 있는 것이다.
  아아 아름답고도 고운 이여, 꾀꼬리 같은 자연 시인이여, 그가 어린이
이다.
  어린이는 그림을 좋아한다. 그리고 또 그리기를 좋아한다. 조끔의 기
교가 없는 순진한 예술을 낳는다. 어른의 상투를 재미있게 보았을 때 어
린이는 몸뚱이보다 큰 상투를 그려 놓는다. 순사의 칼을 이상하게 보았
을 때, 어린이는 순사보다 더 큰 칼을 그려 놓는다. 어떻게 솔직한 표현
이냐. 어떻게 순진한 예술이냐.
  지나간 해 여름이다. 서울 천도교당 안에서 여섯 살 먹은 어린이(남자)

●소래 '소리'의 사투리.
●남게 '나무'의 사투리.

196

에게 이 집(교당 내부 전체를 가리키면서)을 그려 보라 한 일이 있었다. 어린이는 서슴지 않고 종이와 붓을 받아 들더니, 거침없이 네모번듯한* 사각 하나를 큼직하게 그려서 나에게 내밀었다. 어떻게 놀라운 일이냐. 그 어린 동무가, 그 큰 집에 들어앉아서 그 집을 보기는, 크고 네모번듯한 넓은 집이라고밖에 더 달리 복잡하게 보지 아니한 것이었다. 어떻게 순진스럽고 솔직한 표현이냐. 거기에 아직 더럽혀지지 아니한, 이윽고는 큰 예술을 낳아 놓을 무서운 참된 힘이 숨겨 있다고 나는 믿는다. 한 포기 풀을 그릴 때에 어린 예술가는 연필을 잡고 거리낌 없이 쑥쑥 풀 줄기를 그린다. 그러나 그 한 번에 쑥 내어 그은 그 선이 어떻게 복잡하고 묘하게 자상한 설명을 주는지 모른다.

위대한 예술을 품고 있는 어린이여, 어떻게도 이렇게 자유다운 행복 뿐만을 갖추어 가졌느냐.

어린이는 복되다. 어린이는 복되다. 한이 없는 복을 가진 어린이를 찬미하는 동시에 나는 어린이 나라에 가깝게 있을 수 있는 것을 얼마든지 감사한다. (65년* 5월 15일)

_『신여성』 1924년 6월호

●**네모번듯하다** 큰 물체가 네모지고 비뚤어지거나 기울거나 굽지 아니하고 바르다.
●**65년** 1924년. 천도교 창도 해인 1860년이 포덕 1년이다.

꽃 기상대와 꽃 달력

꽃 기상대

여러분도 아시는 바와 같이 어느 나라에든지 기상대라는 것이 있어서 날마다 밤마다 천문을 보아 가면서 그 나라 구석구석까지 천기[*] 예보를 전해 주고 있습니다. 그것을 위하여 쓰이는 돈도 굉장하게 많지마는 그 대신, 그 덕으로 하여 얼마나 많은 생명을 구원하고 잃어버릴 재산을 보전하게 되는지 모르는 것입니다.

경성이나 혹은 평양, 대구같이 큰 도회지에서만 사는 보통 사람들은 천기 예보가 어떻게 긴절하고[*] 어떻게 중대한 것인지 별로 모르고 지내지마는, 기상대에서는 여러 가지로 변해 가는 험상한 천기를 무선전신으로 통할 수 있는 곳을 지나는 배(기선)에는 모조리 속히 통지해 줍니다. 그래 그렇게 위험한 곳에 지나가던 배는 그 통지를 받고 폭풍우가 오기 전에 미리 피해서 파선할[*] 것을 면합니다. 그 외에 농사하는 사람, 과목[*] 기르는 사람, 어업 하는 사람, 장사하는 사람들이 모두 제각각 미

---

* 발표 당시 '신기한 꽃 이야기'로 소개했다.
● 천기 날씨.
● 긴절하다 매우 필요하고 절실하다.
● 파선하다 풍파를 만나거나 암초 따위의 장애물에 부딪쳐 배가 파괴되다.
● 과목 과일나무.

리미리 준비를 하여 피할 수 있게 되는 것입니다.

천기의 예보는 이렇게 중대한 책임을 가진 것이므로 어느 나라에서든지 유명한 학자들이 연구에 연구를 쌓아 가는 것입니다.

그런데 영국, 서울, 런던에서는 '천기 식물'이라는 것을 사용하여 천기를 예보하는 새 방법을 쓰기 시작하였습니다. 많은 학자들은 이 신기한 식물에 의하면 비교적 용이하게 회리바람,* 폭풍 또는 지진, 화산의 폭발까지라도 미리 알 수 있다고 믿고 있습니다.

이 이상하고도 신기한 식물은 어떻게 기온의 변화를 예민하게 감득하는지* 비가 조끔 올 것, 바람이 조금 불 것, 아무리 조꼬만 변화라도 그 이파리의 움직이는 것을 보고 미리 알 수 있다 합니다.

이 이상한 예언자의 식물은 발견하기는 노바크 교수라 하는 오태리*의 남작이 인도에서 처음 발견한 것인데, 그는 처음 발견한 후 연구에 연구를 쌓은 지 스물다섯 해에 간신히 확실한 자신을 얻어 가지고, 처음으로 그 식물의 표본과 이틀 동안의 천기 예보를 실제로 시험 발표 하여 처음으로 세상에서 널리 알게 된 것이랍니다.

그래 이 새로 발견된 천기 식물의 천기 예보는 자주자주 시험한 결과, 대개는 몹시 정확하게 맞는 고로 식물학자뿐만 아니라 다른 일반 과학자들도 몹시 흥미를 붙이게 되었고, 독일과 오태리 두 나라에서는 몹시 이 연구를 중요하게 보았습니다.

그러자 그때 영국 황태자이던 에드워드 7세 폐하가 노바크 교수를 청하여, 대궐 안에서 그 식물의 천기 예보를 계속하여 실험해 보아 크게

● **회리바람** '회오리바람'의 준말.
● **감득하다** 느껴서 알다.
● **오태리** '오스트리아'의 음역어.

성공하였습니다. 그때 그 천기 식물은 공중의 조꼬만 전기 작용까지라도 일일이 미리 알아내여서 꼭꼭 맞추었고, 무서운 폭발 와사*가 터져 나오리라고 예보한 일이 있었는데, 그 후 정말 폭발 와사가 터져 나와서 많은 사람의 생명을 잃어버린 유명한 사건까지 있었습니다. 그래 그 대궐 안에는 이내 천기 식물의 기상대가 서게 된 것입니다.

그 후부터 노바크 교수는 널리 여러 곳을 여행하면서 그 신기한 천기 식물을 많이 모아서 각국의 식물원에 보냈습니다.

대체 이 신기하고 재미있는 천기 식물이란 어떤 것인 줄 짐작하십니까? 신기한 중에도 신기한 이 천기 식물은 원명이 '인도 감초'라는 것인데, 그렇게 흔치도 않고 아는 사람도 별로 없는 나무라 합니다.

그 나무 ─ 인도 감초 ─ 에는 장미꽃 나무 또는 월계꽃 나뭇잎과 같은 조꼬만 잎이 있는데, 그 잎이 항상 쉬지 않고 이리저리 움직이는데 그 움직이는 것이 일일이 천기를 따라 움직이는 고로, 그것을 자세히 보면 장차 변할 천기를 자상하게 또 똑똑하게 알게 되는 것이랍니다.

인도 사람들은 그 나무를 몹시 귀하게 알면서, 그 열매로는 염주도 만들고 보석의 중량을 헤아리는 데도 유용하게 쓴답니다. 그러나 그것이 천기를 예보하는 것임이 발견된 후로는 이 세상 유용한 나무 중에 제일 유용하고 값 많은 재주를 가진 나무라고 이름이 났습니다.

꽃 나침반

나침반이 무엇인 줄은 여러분도 잘 아실 것입니다. 아무러한 어둔 곳에서나 아무러한 바다 위에서나, 또는 높은 공중 비행기 위에서나 동서

●와사 가스.

남북 정확한 방향을 알려 주는 기계를 나침반이라 하지 않습니까. 그런데 지남철이나 자석을 응용한 그러한 기계 아니고라도 시간과 방향을 정확하게 알려 주는 꽃이 있답니다. 그것이 유명한 '나침반꽃'이라는 것입니다. 유명한 시인 롱펠로*의 그 아름다운 시에도,

목장의 풀밭에 날씬하게 피여난
이 어여쁜 꽃을 보십시오
이파리가 모두 자석과 같이
북쪽을 가리키고 있는 것을요
나침반꽃은 그 가냘픈 줄기 위에
한우님*의 손가락을 달고 있답니다
그래서 바닷속같이 길도 없는
사막을 걸어가는 나그네에게
틀림없이 똑바른 방향을
친절하게도 가리켜 준답니다.

이렇게 꽃 나침반을 읊어 놓은 것이 있습니다. 이 롱펠로의 시에 있는 것처럼 꽃 나침반은 방향을 잘 가리키는 신기한 식물입니다. 반드시 북쪽을 향해 있어요. 그래서 이름이 '나침반꽃'이라고 부르게 되었고, 그 이파리도 꼭 남북 쪽으로만 향하고 있습니다.

이 외에도 길 가는 나그네에게 방향을 잘 가리켜 주기로는 깊은 숲의 나무껍질이 있습니다. 깊은 숲속의 나무는 모두 북쪽편 나무껍질에 이

● **롱펠로**(1807~1882) 미국의 시인.
● **한우님** 하느님.

끼가 나 있습니다. 깊은 산속이나 숲속에서 방향을 잃어버려서 곤란한 때에, 나무껍질을 보아 이끼 있는 쪽이 북쪽인 줄 알고 찾아 나가면 틀리지 않는답니다. 그러나 그것은 나무의 이야기요, 꽃 이야기가 아니니 그만두기로 하고.

해바라기(향일초)도 방향을 가리키는 꽃입니다. 서양서는 그것을 '태양꽃'이라 하는데, 이 꽃은 태양빛같이 황금색으로 빛날 뿐 아니라 항상 태양을 바라보는 꽃입니다. 아침에 태양이 동쪽에 있을 때는 동을 향하고 태양이 서쪽에 있을 때는 서쪽을 향하고, 어느 때든지 태양을 바라보면서 태양을 따라 방향을 변하는 꽃입니다.

꽃 나침반으로 방향을 가리켜 주기로는 먼저 말씀한 '나침반꽃' 다음에는 갈 것입니다. 그런데 이 해바라기 꽃은 거의 세계 어느 나라에 없는 나라가 없으며, 그중에도 아라사•에서는 굉장히 많이 이 꽃을 재배한다는데, 근대에 와서는 농작물 중에 주요한 산물이 되었다 합니다. 무엇에 쓰노라고 그렇게 주요한 산물이 된고 하니, 그 씨를 바숴서 먹는 면보•를 만들고, 그 줄거리는 장작 대신의 훌륭한 연료가 되고, 또 그 씨에서는 기름을 짜내이고, 그리고 이 꽃을 심으면 그 땅이 몹시 비옥해져서 좋아진다 합니다.

꽃 달력

천기를 예언하거나 방향을 가리키는 외에도 꽃에는 아무것보다도 적확한 달력이 또 있습니다.

일 년 열두 달 동안에 피어나는 꽃과 꽃을 차례차례로 늘어놓고 보면

● 아라사 '러시아'의 음역어.
● 면보 '면포'(개화기 때에 '빵'을 이르던 말)의 사투리.

거기에 절기 절기를 연접한* 꽃 달력이 생겼습니다. 봄철은 일 년 중에 말하면 어린 때 소년 시절인고로 꽃빛도 또한 어여쁘고 귀여운 어린이 같이 귀여운 빛이 많습니다. 보드랍디보드라운 옥색이나 보랏빛, 이뻐 보이는 분홍색, 아리땁고 도담스런 노란빛과 같은 것이 많습니다.

그 어여쁜 물망초의 옥색, 귀여운 앉은뱅이꽃의 보랏빛, 복사꽃, 벚(사쿠라)꽃의 분홍빛, 노란 개나리과 젖꽃, 대개 봄철은 이러한 빛으로 유치원에 모인 어린이들의 옷처럼 귀엽게 사랑스럽게 장식됩니다.

그러나 여름철이 되면 꽃 성질도 투철히 진보되여 그 색채도 퍽 선명하고 강하게 나타냅니다. 그래 봄철의 분홍빛은 6월 장미의 진당홍빛*이 되어 발강*과 흰 것과의 합창을 시작합니다. 그러고 봄철의 부드럽던 빛은 겁이 나는 드키 산골짜기로 쫓겨 가는 한편에, 횃불같이 타는 태양은 타오르는 듯이 강한 빛을 가진 여름 꽃을 비춥니다. 봉선화, 백일홍, 양아욱,* 조안꽃,* 영산홍 모두 꽃 달력 속에 여름철을 가리키는 꽃 아닙니까?

이렇게 강하고 선명한 빛을 내는 여름 꽃은 싸늘스런 겨울바람이 불어올 때까지도 피어 있습니다. 그러다가 아주 가을이 되면 어느 틈에 진당홍은 자줏빛으로 변해 버리고 희던 것은 가을의 누른빛*으로 변해 버립니다. 그래서 모든 꽃빛이 가을빛으로 변하고 과꽃, 코스모스꽃이 새로 피어나서 맑고 서늘한 가을을 읊을 때, 누런 국화꽃까지 피어나서

● **연접하다** 서로 잇닿다. 또는 이어 맞닿게 하다.
● **진당홍빛** 짙은 자줏빛을 띤 붉은색.
● **발강** 발간 빛깔.
● **양아욱** 제라늄.
● **조안꽃** '조안다니엘꽃'으로 추정된다.
● **누른빛** 황금이나 놋쇠의 빛깔과 같이 다소 밝고 탁한 빛.

홍황색 곤룡포를 입은 수확의 나라의 임금의 머리에 황금관을 씌워 놓습니다.

겨울에는 그 희디흰 눈빛같이 하얀 꽃들이 피어납니다. 프리지어, 복수초, 매화 들이 모두 눈빛같이 하얀 꽃이 되고, 수선꽃도 대개는 흰 꽃이 피어납니다.

사람의 손으로 묘하게 만들어 놓은 달력보다도 어떻게 묘하고 아름답고 또 정확한 달력이겠습니까. 아름다운 빛과 고운 향내의 열두 달 연쇄는 쉬는 사이 없이 이 세상 모든 곳을 찬란하게 찬란하게 장식해 가나니, 항상 이 아름다운 꽃과 함께 한 철 한 철을 보낼 수 있는 사람의 마음은 얼마나 곱고 아름다운 생각이 차 있겠습니까.

사랑하는 젊은 동무 여러분, 당신의 마음이 곱고 아름다운 이면 항상 이 자연의 꽃 달력을 친히 할 것이요, 당신의 책상머리에 어여쁜 꽃분[*]이 하나씩은 떠날 날이 없을 줄 나는 믿습니다.

_SP生, 『신여성』 1924년 6월호

[*] 꽃분 화분.

서서의 여학생들

세계의 금강산이라고 경치* 좋기로 유명한 나라!라고 하면 여러분은 벌써 서서*라는 나라를 생각하실 것입니다.

깨끗한 산과 고운 물과 심록*의 나무 빛과 하얀, 하얀 눈(백설)과…… 그 모든 것이 미묘하게도 조화되어 수채화로도 유화로도 그려낼 수 없이 아름다운 경치를 꾸미어, 세상에 다시없는 절경을 이루고 있는 것이 서서 전국의 풍경입니다.

그렇게 산수 좋고 경치 좋은 나라에 꽃같이 자라는 젊은 처녀, 여학생들은 어떻게 살고 있으며 어떻게 곱고 좋은 마음을 가졌는가, 이제 내가 그 이야기를 해 드리리다.

서서 여학생은 일을 잘합니다

그곳을 다녀온 지 여러 날 되었건마는 지금도 서서 여학생! 하면 제일 먼저 생각되는 것이, 그들이 '노동은 신성하다.' 하는 관념을 단단히 속 깊이 가지고 있는 것입니다. 동양서는, 더더구나 조선 여자, 조선 여

---

* 원제목은 「청아하기 짝 없는 서서의 여학생들」이다.
- **경처** 경치가 뛰어난 곳.
- **서서** '스위스'의 음역어.
- **심록** 짙은 초록색.

학생 들은 남에게 돈 받고 일해 주는 것을 지극히 천하고 나쁜 일, 못 할 일로 아는 것은 고사하고 내 집 안 구석에서도 일을 하는 것을 구구하고 남부끄러운 일로 알고 있는데, 그와는 아주 반대로 서서의 여학생들은 일하는 것을 끔찍이 신성하게 알고, 부잣집이나 점잖은 집안의 처녀라도 대개 거의 한 가지의 벌이(직업)를 가지고 있는 형편입니다.

그래 아무리 좋고 훌륭한 집 따님이라도 자기가 따로 직업을 가지지 못한 것을 부끄럽게까지 생각하는 터입니다. 내가 아는 생활 풍족한 어느 대학교수의 따님도 우리와 같은 외국 사람에게 독일 말과 불란서 말을 교수하면서, 한 시간에 2환 혹은 3환까지의 보수를 받고 있었습니다. 그는 그것으로 자기의 직업을 삼아 자기의 노동으로 알고 하는 것이었습니다.

서서에서는 딸이 어느 일정한 연령에 이르기까지는 그 부모가 잘 길러 줍니다. 그러나 그 연령이 넘으면 일절 간섭을 하지 아니하고 저대로 내버려 둡니다. 사상상이나 교육상으로뿐 아니라 경제상으로도 조금도 돌보지 아니합니다. 조선 사람의 눈으로 보면 너무도 냉정하다 할 만큼 관계하지 아니합니다. 그 대신 그때는 벌써 딸 자신이 자기 성질에 맞는 좋은 직업을 구해서 훌륭한 벌이를 합니다.

아까 말씀한 그 대학교수의 따님은 외국 말 교수하여 버는 돈으로 자기 학비를 쓰고, 오히려 집안 살림에 돈을 보태기까지 하였습니다. 그러므로 나이가 많아질 때까지 공부를 더 하고 싶은 사람은 자기가 번 돈으로 하고 싶은 대로 얼마든지 합니다. 아무 때까지 가도 부모나 누가 돈을 주지 아니하면 꼼짝 못 하는 조선 여자들과는 딴판입니다.

그들은 이렇게 어느 연령에 이르기까지 부모가 공부를 시켜 놓으면 그 후부터는 자기 자력으로 벌어서 배워 갑니다. 그렇게 해서 꽃다운 처녀에게도 '독립 자영*'의 고귀한 정신이 굳세게 길리워 가는 것입니다.

그런고로 넉넉지 못하거나 여의치 못한 경우에 있는 여자라도 그렇게 해서 벌어서 공부하고 또 공부에 힘을 쓰는 고로, 그곳 여자들의 지식 정도는 놀랍게 높습니다. 잠깐 점심을 먹으러 식당에를 가 보면 그런 데서 심부름하는 여자(여급사)라도 대개는 그때그때의 신문의 논설에 대한 비판적 의견을 가지고 있는 것을 보고는 참말로 놀랍습니다. 웬만한 손님은 자칫하면 그런 여자에게라도 정치 연설을 듣게 됩니다.

일요일에는 젊은 남녀끼리

서서 사람들은 여자들뿐 아니라 누구든지 일을 부지런히 하고 또 놀기도 잘합니다. 일요일이 되면 일주일 동안 부지런히 일하느라고 더럽힌 헌 옷을 벗어 버리고, 누구든지 모두 새 옷을 산뜻하게 입고 산보하러들 나갑니다.

그런데 우리 눈에 이상스러 보일 만큼 꽃같이 젊은 처녀가 젊디젊은 남자의 손을 맞잡고 산보를 합니다. 동양 사람들이 이상하게 보는 것처럼 그렇게 딴 관계가 있는 것이 아니고 둘 사이의 교제는 몹시 고결한 터인 고로 그렇게 같이 다니는 것이 만만* 당연한 일이요, 결코 이상하거나 우습게 볼 것이 아니랍니다.

만일 나이가 어상반한* 남녀끼리가 아니고 틀리는 남녀가 같이 산보하는 것을 보면 도리어 이상하게 보는 터입니다.

● **자영** 생계를 제힘으로 이음.
● **만만** 느낌의 정도가 헤아릴 수 없을 만큼 큼.
● **어상반하다** 양쪽의 수준, 역량, 수량, 의견 따위가 서로 걸맞아 비슷하다.

그들의 시간 생활·시간 관념

일요일에는 반드시 즐겁게 노는 것과 마찬가지로 날마다 보는 사람에는 시간이 몹시 엄중하게 지켜집니다. 언제든지 오정* 12시만 뗑뗑 치면 학교, 은행은 물론이요 장사하는 상점까지 문을 떨걱떨걱 닫아 버립니다.

그리고 점심을 먹으러 돌아들 가고 오후 2시까지는 자유 시간으로, 공부를 하든지 친구 방문을 하든지 하는 것은 모두 이 시간에 합니다. 그리고 다시 오후 2시부터 6시까지는 오전과 같이 부지런히 사무를 보고 나서 6시 이후는 아주 자유 시간이 됩니다. 그런고로 일정한 직업이 있는 여자라도 넉넉히 공부할 수가 있는 것입니다. 그리고 학교에도 그런 사람들을 위하여 특별히 편리한 설치를 해 놓았습니다. 우리로서는 말만 들어도 부러운 일이 아닙니까?

남의 가정에 가서 살림 시중을 드는 여자도 상당하고 훌륭한 지식을 가졌는 고로 시간에 대한 관념이 몹시 엄정합니다. 어느 때 그러한 여자에게 이런 말을 들었습니다.

"동양서 온 어느 공사관이 어느 분 댁에 하로* 낮 동안에 두 시간씩의 자유 시간을 줄 것을 약속하고 가서 있는데, 약속한 시간이 끝나고 내 자유 시간이 된 고로 내가 공부하는 책을 읽고 있었더니 주인 부인이 얼굴을 찡그리면서, '오늘은 다른 날보다 이렇게 바쁜데 아무리 약속한 자유 시간이기로 너무 심하다.' 합디다. **누구든지 자기의 책임을 게을리 하면 그것은 나쁜 일입니다. 그러나 약속한 시간은 부지런히 나 할 일을 다 하였습니다. 그 외의 시간은 나의 자유 시간입니다. 내가 쓸 자유 시간을 공**

●오정 정오.
●하로 '하루'의 사투리.

208

연히 허비하는 것은 그야말로 더할 수 없이 나쁜 일입니다. 내 시간을 내가 쓰는데 무엇이 잘못된 일입니까? 동양 부인은 어째서 생각이 그렇게 이상한지 몰랐습니다. 그렇게 하는 것이 나쁜 일이라고 생각하면 왜 처음에 약속을 그렇게 하지 않았으면 좋을 것 아닙니까?" 하고 말합디다.

그들의 고결한 정조 관념

서서의 처녀들은 몹시 질박합니다.* 원래 얼굴이 좋으니까 그런지도 모르겠으나 분을 바른 것을 보지 못했습니다. 의복도 화려한 것을 입지 않고 되도록 검소한 것으로 조촐하게만 해 입어서 그윽이 고결해 보입니다. 그러나 그보다도 더 고결한 것은 그들이 가지고 있는 정조 관념이 몹시 견실한 것입니다. 남녀의 접근이 그렇게 많고, 젊은 남녀끼리 손목을 맞잡고 놀러 다니는 것을 보면, 동양 사람은 누구나 벌써 그들의 정조가 우스울 것을 상상하지마는 그들처럼 고결한 정조를 가진 사람은 없고, 결백한 정신을 가진 사람은 없습니다.

여러분도 아시는 바와 같이 서서는 풍경 좋기로 유명한 나라인 고로 각국에서 유람하러 온 사람이 항상 연락부절하게* 옵니다. 그러면 서서의 처녀들은 그 외국에서 온 유람객에게도 몹시 친절하게, 다정스럽게 접대 향응합니다. 그러나 그들이 속 깊이 가지고 있는 굳고 고결한 정조 관념이 스스로 감히 범하지 못할 사랑스런 권위를 나타나게 하여, 처음 대하는 사람에게도 그윽이 결백한 생각을 갖게 합니다.

"경치는 얼마든지 구경하십시오. 그러나 색시는 안 됩니다."

거기 사람들이 우스운 말 삼아 이렇게 하는 말도 그렇게 허튼소리로

● **질박하다** 꾸민 데가 없이 수수하다.
● **연락부절하다** 왕래가 잦아 소식이 끊이지 아니하다.

만 들을 것이 아니고, 사실 서서 색시들의 감히 범할 수 없는 권위 있는 성격을 말하는 소리입니다.

남녀 교제와 결혼

정조 이야기를 하니까 그들의 결혼에 관한 일이 생각납니다. 내가 그곳에 가서 얼마 되지 않아서 주인집 따님 처녀가 옆에 방에 있는데, 하룻밤에는 그 방에서 늦도록 이야기하는 소리가 들리는데 이렇게 늦은 때 웬 손님이 왔는가 하고 가만히 들으니까, 그것은 분명히 젊은 남자의 소리였습니다. 그래 나는 퍽 불쾌한 일을 연상하고 서서 여학생들은 품행이 고약하다고 생각하였습니다.

그래 그 후에 내가 알게 된 대학교수에게 여러 가지 이야기 끝에 그 이야기를 하고, 서서 여학생들은 품행이 불결한가 보다고 하였더니 그 대학교수는 말하기를, "동양서 오신 이는 누구든지 그렇게 생각하시는 모양이나 결코 그렇지 않습니다. 인제 여기 여학생들의 교제하는 것과 결혼하는 절차를 두고 보시면 알 것입니다." 하였습니다. 그 후에 지나 보니까 과연 우리의 상상과는 딴판이었습니다.

서서 여학생은 부모의 간섭을 받지 않을 만큼 독립할 연령이 넘으면 자유로 무도회나 다른 집회에 참례합니다.● 그래서 많은 청년들과 교제를 하는 중에 일생을 같이할 만하기에 부끄럽지 않을 상당한 남자를 고르면, 그 후부터는 그때까지의 사회적 교제에서 개인 교제로 옮아서 그 선택한 남자와 친밀히 교제합니다.

그래 그렇게 친밀히 교제를 하면서도 정작 결혼을 하기까지는 몹시

● **참례하다** 예식, 제사, 전쟁 따위에 참여하다.

심한 주의를 가지고 저편의 성격과 취미와 장처,* 단처*를 봅니다. 그러다가 만일 결혼상 그냥 못 본 체할 수 없는 결점을 발견하면 곧 절교를 해 버리고 맙니다.

나중에 알고 보니까 그때 그 옆에 방에서 주인의 따님이 어떤 자와 늦도록 이야기한 것도 남자의 결점을 알고 절교를 해 버리느라고 그렇게 늦게까지 큰 소리로 이야기한 것이고, 그날 밤에 그 여자의 모친이 그 방문 밖에서 두 사람의 절교 경과를 경계까지 하고 있었답니다. 이렇게 자유로운 중에도 그 어머니의 따뜻한 사랑, 많은 간섭과 두호*가 항상 그들의 신변을 떠나지 않고 있습니다.

한번은 거기 여자가 "당신 나라에서는 결혼을 어떻게 하느냐?"고 묻기에 한참이나 머뭇머뭇하다가 "먼저 부모가 후보자를 골라서 딸의 의견을 물어서 좋다고 하면 결혼을 시킨다."고 과히 흥하지 않게 대답하니까 "에그, 그럼 참 좋겠습니다그려. 우리나라에서도 그렇게 부모가 먼저 한번 골라 주었으면 좋겠지만…… 우리들이 고르노라니까 훌륭한 사람을 잘 고르려면 여간 힘이 들지 않아요." 하면서 그는 사기* 없이 깔깔거리고 웃었습니다.

자유에는 책임이 따르는 것을 알고 있는 것이었습니다. 산 곱고 물 맑은 나라에 살고 있는 서서 여학생들! 곱고 아름답고도 고결한 처녀들……. 아무 책임감 없이 자유만을 동경하는 우리나라 여자들은 그에게 배울 것이 많다고 나는 생각합니다. _CWP, 『신여성』 1924년 6월호

- ● 장처 장점.
- ● 단처 단점.
- ● 두호 남을 두둔하여 보호함.
- ● 사기 남을 해치려는 나쁜 심보.

자유의지로 결혼하려는 처녀에게
── 넌지시 일러 드리는 말씀

처녀성을 잃어버릴 때의 감격

처녀가 혼인날부터 아주 처녀 생활을 떠날 때에는 어떠한 감격을 느낍니다. 그 고운 색시가 이때까지 귀엽게 지켜 온 존귀한 비밀을 자기가 선택한 한 남자에게 아낌없이 내어바칠 때의 미묘한 심리에서 일어나는 이상한 감격입니다. 그리고 이 감격은 정당한 결혼에서뿐 얻어 느낄 수 있는 것임은 물론입니다.

그 신부 된 여자는 '결혼'이란 것은 한우님이 그이들을 얻기 위하여 꾸며 놓은 계획 중의 하나인 것을 잘 알고 있을 것입니다. 그것을 안 후라야 그 선택한 남자가 훌륭한 인격자이고 두 사람의 결혼이 적합한 것인 줄만 알면 뒷결과에 대한 아무 두려움 없이 최후의 걸음을 내디딜 것입니다.

그러나 그 최후의 걸음을 내놓기 전에 먼저 결혼하려는 남자에 대하여 그 성격과 육체와 지력과 정신과를 잘 깊이 생각해 보지 않으면 아니 됩니다. 그래서 만일 암만해도 그 결혼 생활이 잘되어 갈 것 같지 않거

---

* 주제와 글투로 보아 방정환이 번역한 것으로 보인다. 방정환은 같은 호에 'CWP' 'SP생' '목성' '小波' '月桂' '方'의 필명으로 6편의 글을 발표했다. 그래서 이 글은 무기명으로 실은 것으로 보인다.

든 단연히* 그 약혼을 파기하지 않으면 안 됩니다. 왜 그런고 하니 비록 한때의 약속이 아무리 신성하다 하더라도 그 여자 자신과 또 자녀와 인류에 바칠 의무는 그보다 이상으로 더 중대한 까닭입니다.

남자를 한 번 더 조사해 보십시오

먼저 남자의 습성을 시험해 보셔야 됩니다. 그가 검약가*입니까? 근면가입니까? 그는 한 가지 일을 꾸준히 해 나갑니까, 이것저것 덥적거리기만* 하지 않습니까? 그가 만일 게으름뱅이거나 덥적거리기만 하는 남자면, 내부적 성적 정력을 절제 없이 함부로 헛된 데 낭비할 것입니다.

또 그의 마음은 인생의 존귀한 목적을 단단히 붙잡고 있습니까? 그는 유용한 일을 위하여 헌신적 활동을 할 사람입니까? 다시 말하면 즉 어떤 때에는 사랑하는 이(연인)와의 즐거움도 잊어버리고 일에 골몰할 만한 인물입니까? 그러는 남자라야 아내에게도 충실한 사랑과 책임을 다하는 훌륭한 남편일 것입니다. 그래야 남편의 방탕, 경박, 게으름 같은 염려로 걱정하는 일이 없이 부부의 사랑은 살아갈수록 더 두터워 갈 것입니다.

둘째로는 남자의 즐겨 하는 바를 조사해 보십시오. 그는 음식을 먹는 데 시간을 잘 지킵니까? 그는 술이나 담배를 잘 먹습니까? 만일 술이나 담배를 먹는다 하면 아내나 자녀를 위하여 끊어야 좋을 경우에는 그가 능히 술과 담배를 끊을 만한 남자입니까?

셋째로 남자 편의 가족을 자세히 조사해 보십시오. 그의 가족들은 홀

● **단연히** 결연한 태도로.
● **검약가** 돈이나 물건, 자원 따위를 낭비하지 않고 아껴 쓰는 사람.
● **덥적거리다** 무슨 일에나 가리지 않고 자꾸 참견하다. 자꾸 남에게 붙임성 있게 굴다.

릉히 잘 결합(결합 화합)되어 있습니까? 또는 혹시 가족 간에 의가 맞지 않아서 불화하지나 않습니까? 그의 주위의 상태는 그가 높은 이상을 실현할 만큼 되어 있습니까? 그와 그의 가족들은 건강합니까? 그의 체질이 선천적으로 허약하여서 2, 3년 중에 죽을 것 같지나 아니합니까? 그의 체질에 무슨 결함이 있어서 자녀에게까지 유전할 염려는 없습니까?

산아*는 '우생'*으로 하도록

우리는 아무나 결혼하기 전에 저편의 성격과 체질의 유전에 대하여도 깊이 생각하지 않으면 아니 됩니다. 열정적이고 감정적인 여자면 이성* 많은 남자와 결혼하여야 그 여자 자신과 또 그 자녀의 성질까지 개선해 가게 되는 것입니다. 이래야말로 인류의 개선의 가장 좋은 방법이라 할 수 있을 것입니다.

어떤 처녀가 병들기 쉬운 허약한 몸으로 역시 튼튼하지 못한 남자와 결혼한다 하면 당자* 자신의 불행은 물론이거니와 거기서 태어나는 어린아이의 불행이 어떻게 크겠습니까. 그러한 사람은 반드시 자기와 반대되는 소질을 가진 사람과 결혼하여야 그러한 불행에서 구원될 것입니다.

그러나 크게 주의하여야 할 것은 결혼기(혼기)에 있는 처녀는 정확한 판단력을 잃어버리고 놀라운 정적* 긴장이 그를 지배하게 되는 것입니다. 다시 말하면 결혼기에 있는 처녀는 정과 사랑에 눈이 멀어서 정확한 판단력을 잃어버리게 된다는 말입니다. 그래 그때에는 저편 남자는 무

- 산아 아이를 낳음.
- 우생 좋은 유전 형질을 보존하여 자손의 자질을 향상시키는 일.
- 이성 '감성'과 상대되는 말로 개념적으로 사고하는 능력.
- 당자 당사자.
- 정적 감정이나 인정과 관계되는. 또는 그런 것.

엇이든지 훌륭하고 무엇이든지 잘하는, 아주 비상히 완전한 인물로만 보입니다. 크게 주의하여서 혼인 전에 남자의 잘잘못(장처 단처*)을 잘 알려고 힘을 써야 됩니다.

대개 남자는 결혼만 해 놓으면 결혼하기 전과는 아주 딴판이 되어 버리고, 그제야 자기의 본색을 드러냅니다. 그러나 그때 가서 낙망하기로 때가 늦은 것을 어찌하겠습니까. 결혼하려는 젊은 처녀들의 가장 크게 주의할 점이 이것입니다.

남녀평등의 우정

여자는 결혼하면 가정의 무거운 짐의 한몫을 유쾌한 마음으로 짊어지지 아니하면 안 됩니다. 여자는 집 속에 가만히 앉아 있어서 천사여 여신이여 하고 귀염과 사랑만 받던 시대도 있었으나, 그것은 이미 지나간 시대였고 또 그리하던 것은 여자의 속박과 멸시를 의미하는 것이었습니다.

예전의 헐디헌 사상 대신에 지금은 그보다 몇 배나 더 진보된 사상이 길리워 있습니다. 그것은 남녀 간의 평등한 우정이라는 생각입니다.

지금 부인은 인형과 같이 각시와 같이 다만 남자의 귀염둥이가 되는 것으로만 만족하지 아니하고, 남편과 조금도 다를 것 없는 평등한 지위에 서서 남편과 똑같이 생활을 만들어 갑니다.

그리고 자기와 남편의 자녀인 '어린아이'들을 위하여 가정을 아름답게 깨끗하게 꾸며 갑니다. 그러고 나서 한 시민으로 필요한 사회적 지식과 정치적 취미를 길러 갑니다.

● 장처 단처 장점과 단점.

이제부터의 신부는 ─ 부인은 ─ 반드시 이러하여야 할 것이고 이러하기에 힘써야 할 것입니다.

결혼기는 짧은 것이 가*

아직 성숙지 못한 남녀가 결혼을 하면 당자 자신들의 받는 해는 말할 것도 없거니와 불완전한 허약한 어린아이를 낳습니다. 여자는 스무 살부터 스물대여섯 살까지 사이에 결혼하면 가장 좋을 것이고, 남자는 그보다 2, 3년 늦어도 좋을 것입니다. 현대의 의학자들은 여자는 스무 살이 넘어야 생식기가 완전히 발달된다고 한즉 그 후에 결혼을 하여야 좋을 것이고, 만일 스무 살 전에 좋은 남자를 선택하였으면 약혼한 채로 스무 살이 되기까지 그 안에 재봉과 요리법과 가정 정리와 다른 생활 문제를 연구하면서 기다리는 것이 좋습니다.

그러나 스무 살 넘은 사람이면 약혼한 후에는 오래 끌지 말고 한 달이나 늦어도 두 달 동안 안으로 결혼을 하여, 되도록 약혼으로부터 결혼까지의 사이를 짧게 하여야 합니다. 왜 그런고 하니 약혼 후 결혼 전이란 몹시 정신이 흥분되는 때라 제일 정력을 허비하는 때인 까닭입니다.

생활을 서로 잘 알고서

결혼하기 전 남녀끼리는 흔히 생활에 관한 이야기를 서로 하기 싫어하지마는 그것은 틀린 생각입니다. 결혼하기 전에 생활에 관한 여러 가지 문제를 또 십분* 명백히 하지 않으면 안 됩니다.

세상의 많은 처녀들은 저편 남자가 어린아이를 좋아하는지 싫어하는

●가 옳음.
●십분 아주 충분히.

지는 모르고, 어째서 예술이나 음악이 어떻다는 것만 알려고 하는지 모르겠습니다. 또 그 남자가 산아제한 문제에 대하여 어떠한 생각을 가졌는지 그것도 모르고, 먼저 재주와 재산만 알려고 하는지 모르겠습니다. 도덕의 표준에 관한 산 사상을 알려고 아니 하고, 무엇하러 세상의 지위의 높고 낮은 것만 알려고 하는지 모르겠습니다.

그 남자가 아무리 훌륭한 지위나 재산이 많다 하더라도, 그 남자가 아무리 훌륭한 예술가이고 재주 많다 하더라도, 만일 그가 아내를 편의상 필요한 물건으로 안다든지 그의 색욕을 채우는 안전기*라고 생각하든지 다만 법률이 허락하는 종(노예)이라고 생각한다 하면, 그것을 결혼 전에 약속빨리* 알아채고 속지 않도록 하지 않으면 아니 됩니다. 사랑입네 연애입네 하고 철모르고 남자에게 안겨 가는 젊은 여자의 대개는 이런 구렁에 속아 가는 모양입니다. 크게 주의해야 할 중대 문제입니다.

결혼 신청을 거절해야 할 남자

남자에게 편지로든지 직접적으로든지 결혼하자는 신청을 받을 때, 처녀는 가장 예민한 관찰로 위에 적은 여러 가지를 살피고 조사해 보아야 됩니다. 한 번 두 번 세 번 몇 번이든지 거듭거듭 확적하게* 조사해야 됩니다. 이유는 아무렇거나 그가 술을 많이 먹지 않는가, 나쁜 질병을 가지지 않았는가, 성격이 버들잎같이 요리조리 흔들리기 자주 하거나 꾸준한 노력을 가지지 못했거나, 몸이 허약하여 저항력이 적거나 또

● 안전기 일정량 이상의 전류가 흐르면 자동적으로 회로를 차단하여 전기회로의 파손 및 화재를 방지하는 장치를 비유적으로 표현한 말.
● 약속빨리 약아서 눈치 빠르게.
● 확적하다 정확하게 맞아 조금도 틀리지 아니하다.

는 세상을 비관하는 사람이거나 하여 행복되지 못한 상태이면은 아주 단연히 단념하고 거절을 해야 됩니다.

또 한 가지 생각해야 할 일은, 여자가 바라는 모든 것을 반(半分)에 나누어 그 나머지 반은 자기가 담당하여 남자의 여간 잘못을 교정해 갈 각오를 가져야 될 것입니다. 그렇지 못하고 모든 것을 남자에게서만 바라면, 상대의 풍부하고 충분한 사랑을 받기 어렵고 자기의 앞 생활도 행복되게 하지 못할 것입니다.

허영은 무용입니다

결혼의 준비와 결혼식을 훌륭하게 하기 위하여 공연한 돈이 허비될 뿐 아니라 젊은 신부부들은 일상의 생활까지 남 보기에 좋게만 하려 하고, 또 누구 아무의 집에 부끄럽지 않게 하고 살려고도 공연한 돈이 어리석고 엄청나게 많이 허비됩니다.

절대적으로 부부의 수입 금액 이내에서 생활해 가야 할 것이요, 만일 수입이 적으면 신혼여행보다는 도리어 조고마한 집 속에서 두 사람이 새살림의 즐거운 경험을 쌓는 것이 유쾌할 것입니다. 공연한 돈을 써 가면서라도 남의 눈에만 좋게 보이려는 사람은 결국 아내로도 어머니로도 마땅치 못한 사람이라, 그 결혼 생활이 몇 날 가지 못하여 파멸되고 말 것입니다.

둘이서 맞매는° 사랑의 실

결혼한 후 첫해 동안에는 어떤 지극히 어려운 문제에 맞닥뜨리게 됩

● 맞매다 마주 매다.

니다. 그러나 아무 염려할 것은 없습니다. 한우님은 남자와 여자가 둘이 결합하여 비로소 완전한 것이 되게 만들었고, 서로 맞돕고* 맞붙잡아서만 둘의 생활은 꾸며지게 되어 있습니다. 서로 방향이 틀리는 목적을 갖게 될 리도 없고, 한편의 성격이 한편에 불만족을 줄 염려도 없습니다. 서로 우의를 지키고 절제 있는 생활을 해 가는 사람들은 반드시 가장 훌륭한 사랑과 우정의 과실을 얻게 될 것입니다.

그러나 신랑이나 신부나 결혼하던 첫 달같이 재미스러운 생활이 어느 때까지든지 계속되리라고 믿어서는 안 됩니다. 그것은 도저히 믿을 수 없는 일입니다. 젊은 신부부의 앞에는 깊고도 높고 일생의 높은 언덕과 벌판이 있습니다. 그 길을 절제 있고 삼감(근신) 있게 가는 사람이라야 먼 길에 나선 내외 나그네같이 정이 도탑고 사이가 더 친밀하여져 갑니다. 그리하여 유쾌하고 즐거운 중에 한 고개 한 고개 뒤로 넘어가는 것입니다.

이혼은 악이 아니다

결혼한 후에 참으로 놀라울 만치 이혼하는 수효가 많습니다. 이혼은 이혼 그것을 가리켜 나쁘다 할 것이 결코 아니라, 한 결과입니다. 결혼을 경홀히* 한 당연의 뒷결과입니다.

연애에 취한 여자는 연애가 계속되는 동안은 그 연인 '남자'를 거의 아름다운 신과 같이 훌륭하고 아름다운 사람으로 여겨 버리고 그냥 푹 빠져 버립니다. 한번 어떤 남자를 사랑하게만 되면 그만 그 남자에 대하여는 눈이 멀어 버립니다. 그래서 그의 게으름과 방종한 것과 천박한 것

● **맞돕다** 서로 돕다.
● **경홀히** 가볍고 탐탁하지 않은 말이나 행동으로.

을 전혀 모르고 그저 훌륭한 사람으로만 알고 지나갑니다.

그 잘못이 기어코 결혼 후에야 드러나서 곧 결혼 생활의 파멸의 원인을 짓게 되는 것입니다. 시집 안 간 젊은 여자들이 극히 극히 주의할 일입니다.

결혼의 목적을 잊어버리면

제일 두렵고 무서운 일은 결혼의 목적을 잊어버리거나 알면서도 피하는 짓입니다. 인생으로의 파멸을 가져오는 것이 이것입니다. 결혼의 목적을 잊어버리거나 스스로 피한 불의의 쾌락이 인생의 파멸을 짓는 무서운 마괴*인 까닭입니다. 불의의 쾌락의 뒤에는 반드시 ─ 필연으로 ─ 죽음과 같은 적료*가 오는 것입니다.

결혼이 연애의 무덤이라고 하는 사람이 있지마는 그럴 이유는 결코 없는 것입니다. 결혼으로 하여금 연애의 무덤이 되어 버리게 하는 것은, 다만 방종하고 난잡한 불의의 쾌락입니다. 결혼의 목적이 정당하게 이루어진다 하면 연애의 꽃은 어린 아가의 열매에 의하여 점점 더 충실해질 것입니다.

세상의 사랑스런 많은 처녀들이여, 나의 몇 가지 부탁을 재삼 읽어 기억해 주기 바랍니다.

_아드킨쓰 씀, 『신여성』 1924년 6월호

● 마괴 악마의 우두머리.
● 적료 '적적하고 고요함'을 뜻하는 '적요'의 원말.

봉선화 이야기

어여쁜 조그만 아가씨들은 치마를 왜 고렇게 새빨갛게 물들여 입는지 당신은 그 까닭을 아십니까? 그리고 또 그 어여쁜 조그만 아가씨들이 여름이면 손끝을 새빨갛게 물들이는 까닭을 아십니까? 내가 그 이야기를 하지요.

*

옛날 옛적 퍽 오랜 옛적이었습니다.

한울* 위에 별나라에 임금님의 아드님 왕자 별이 있었는데 이 별은 다른 별들보다도 더 어여쁘게 귀엽게 착하게 생긴 별이었습니다.

그 왕자 별은 날마다 날마다 저녁때가 되어 해가 지면 얼른 나와서 빤작빤작하면서 사람들이 사는 세상을 내려다보는 것을 재미로 알아 다른 별들보다 제일 먼저 빤작빤작하고 빛나는 것이었습니다.

*

그 왕자 별이 뜨는 바로 그 밑에 사람들이 사는 세상에는 시골 어느 가난한 초가집이 있었는데, 이 초가집에 있는 열여섯 살 되는 색시는 그야말로 이 세상에 제일가게 어여쁘게 착하게 생긴 색시였습니다.

* 발표 당시 '처녀 애화'라고 밝혔다.
● 한울 천도교에서 '하늘'을 달리 이르는 말.

색시는 해 질 때만 되면 저녁을 얼른 해 먹고는 상을 치우고 뒤꼍 동산에 올라가서 한울 위에 제일 먼저 떠서 빤작빤작하는 왕자 별을 쳐다보면서 곱디고운 목소리로 가늘게 노래를 부르는 것이 날마다 날마다 하는 일이었습니다.

*

저녁밥만 먹으면 으레 동산에 와서 곱게 부르는 색시의 노랫소리는 조용한 저녁 마을에서 고요한 한울로 처량하게도 울리었습니다.

어느 틈에 왕자 별도 아래 세상에서 고운 색시가 부르는 노래에 귀를 기울이기 시작하였습니다.

이렇게 하기를 저녁마다 저녁마다 하였습니다.

*

어느 틈에 한울 위의 왕자 별과 땅 위의 색시와는 친해졌습니다. 정다운 동무가 되어 버렸습니다.

색시는 서늘하고 조용한 저녁때가 되어서 어서 한울 위에 왕자 별이 떴으면 하고 기다리게 되고, 왕자 별은 어서 오늘도 저녁때가 되어 얼른 나가서 색시의 어여쁜 노랫소리를 들었으면 하고 기다리게 되었습니다.

*

이렇게 저녁때만 되면 별은 빤작거리고 색시는 노래를 부르고 부르고 하였습니다.

*

혹시 어느 날 날이 흐리고 구름이 한울과 땅 사이를 가리게 되면 왕자 별은 땅을 내려다보지 못해서 섭섭해하고, 색시는 별을 쳐다보지 못해서 섭섭해하면서 그 밤을 신신치° 못하게 보내고 하였습니다.

하로° 이틀 지나갈수록 왕자 별과 색시의 정은 점점 더 두터워졌습니다. 그래서 큰일이 생겼습니다.

*

하로는 다른 날보다도 더 고운 소리로 더 아름답게 구슬픈 노래를 색시는 곱게 불렀습니다.

왕자 별은 한울 위에서 그 노랫소리에 정신이 취하여 귀를 갸웃하고 몸을 아래로 아래로 굽히면서 듣다가 그만 뚝!! 떨어졌습니다.

당신은 여름에 한울에 별이 주룩 떨어져 내려오는 것을 보셨겠지요. 그렇게 왕자 별은 한울 위에서 그만 떨어졌답니다.

*

노래를 부르던 색시는 깜짝 놀라서 얼른 앞치마를 들고 떨어지는 왕자 별을 받으려고 했습니다.

그러나 그 높은 한울 위에서 떨어져 내려온 왕자 별은 색시가 들고 받으려는 치마를 스치고 떨어져서 애처롭게도 그냥 죽어 버렸답니다.

*

그때 왕자 별의 피가 튀어서 색시의 흰 치마가 새빨갛게 되었습니다. 색시는 울면서 울면서 피 흐르는 왕자별의 신체를 피 묻은 치마로 곱게 곱게 씻고 동산 꽃밭에 편안하게 묻어 주었습니다. 그리고 왕자 별을 못 잊는 정으로 그 피에 새빨개진 치마를 고대로 입고 지냈더니 다른 사람들까지 그 어여쁜 색시의 새빨간 치마가 곱게 뵈어서 모두 빨갛게 물들여 입게 된 것이랍니다.

*

왕자 별이 죽은 후부터 노래도 부르지 아니하고 슬프게만 지내는 색

● 신신하다 아주 신선하다. 새로운 데가 있다. 마음에 들게 시원스럽다.
● 하로 '하루'의 사투리.

시가 그 이듬해 여름에 보니까 그 왕자 별의 무덤 위에 처음 보는 꽃나무가 나고 새빨간 꽃이 도독도독* 열렸습니다. 그래서 왕자 별의 넋이 꽃으로 핀 것이라고 하여 그 꽃을 귀히 길렀습니다.

*

그랬더니 그 귀여운 빨간 꽃이 바람에 불리고 비를 맞아서 뚝뚝 땅 위에 떨어졌습니다. 색시는 그 떨어진 꽃을 버리기가 차마 아까워서 버리지 아니하고 그 물을 내어 손끝에 빨갛게 들이어서 왕자 별의 일을 잊지 아니하고 있는 것을, 또 다른 사람들이 그대로 흉내를 내이기 시작해서 지금까지 오는 것입니다. 당신의 손에는 빨갛게 봉사*를 들이지 않았습니까?

_夢見草, 『신여성』 1924년 7월호

●**도독도독** '도도록도도록'(여럿이 모두 가운데가 조금 솟아서 볼록한 모양)의 준말.
●**봉사** 봉숭아.

뭉게구름의 비밀

더운 날 오후의 구름 보는 재미.

아츰*에 없던 구름이 오후만 되면 어데서 오는지 모르게 날마다 모여 든다. 회색빛 음산한 구름도 아니고 시커먼 무서운 구름도 아니고 그렇다고 싸늘한 비늘구름*이 조각조각이 흩어져 있는 것도 아니다.

하얀 솜을 펴 놓은 것보다도 더 희고 더 부드럽고, 그러고 고 둥글고 깊은 맛 많은 뭉게구름이 하얀 노인처럼 유한하게* 떠 있는 것이다.

'여름 구름은 봉우리가 많다.'고 한 옛날 사람의 말대로 그렇게 희고 부드러운 구름에는 산봉우리보다도 더 첩첩하게 봉우리가 많다. 그러나 결코 산봉우리처럼 그냥 많기만 한 것도 아니다. 알 수 없는 비밀을 가지고 한없는 변화를 부리고 있는 것이 여름의 뭉게구름이다.

불볕에 내리쪼이는 넓은 마당, 그 한끝에 서 있는 높은 버드나무의 머리 위로 멀리 보이는 한 뭉치의 뭉게구름, 첩첩이 일어난 봉우리와 봉우리 속으로 휘돌아 들어가 보았으면 거기에는 반드시 옛날이야기에 들

---

* 목차에는 제목이 「구름의 비밀」로 표기되어 있다.
● 아츰 '아침'의 사투리.
● 비늘구름 높은 하늘에 그늘이 없는 희고 작은 구름덩이가 촘촘히 흩어져 나타나는 구름.
● 유한하다 시간의 여유가 있어 한가하다.

던 신선들의 잔치가 벌어져 있을 듯도 싶다. 부채 든 손을 쉬고 무심히 앉아서 가만히 쳐다보고 있으면 하얀 봉우라지* 위에서 선녀들이 춤을 추는 모양이 눈에 보이는 듯한 때도 있다.

그러나 한참이나 보고 있는 동안에는 어느 틈에 구름의 형상이 변해 버린다. 높다랗게 우뚝 솟았던 봉우리가 어느 틈에 슬그머니 가로퍼져 가지고, 옆에 있던 구름과 아무 말 없이 합쳐 버리고 만다. 그러면 구름 한편 쪽에는 옅은 보랏빛으로 보드라운 그늘이 지어진다.

간간이 부는 가느른 바람에도 나무 끝은 한들한들 조용하게 흔들린다. 그러나 그 뒤로 보이는 뭉게구름은 까딱도 하지 않는다. 어느 때까지고 그 자리에 머물러 있을 것 같다. 그러나 가만히 보고 있으면 구름도 움직이고 있는 것을 볼 수 있다. 더할 수 없이 천천히,* 움직이지 않는 것처럼 가만히 움직이고 있는 것이다. 그렇게 느리게 움직이면서도 구름은 만나면 합치고 합치고는 새로운 봉우리를 짓는다.

그런가 하고 보고 있으면 어느 틈에 보드랍던 보랏빛 그늘이 검은 그늘로 변해 가지고 햇볕을 가리면서 주먹 같은 물방울을 내리쏟는다. 모래를 내리쏟는* 듯한 형세로 바람이 나게 내리쏟는다.

"으아!"

"소낙비다!"

하고 소리를 치면서 맥고모자*를 벗어들고 양복장이가 뛴다. 미인이 뛴다. 학생이 뛴다. 순사가 칼을 붙잡고 뛴다. 길가의 처마 밑마다 길 가던

●**봉우라지** '봉우리'의 사투리. 『별건곤』 판에서 '봉우리'로 고쳤다.
●『별건곤』 판에서 "천천하게"로 고쳤다.
●『별건곤』 판에서 "내리 끼얹는"으로 고쳤다.
●**맥고모자** 밀짚이나 보릿짚으로 만든 모자.

사람이 쭉 들어서 있다. 그 길로 인력거가 위세 좋게 달아난다.

낮잠 자던 부인이 놀라 깨어 일어나서 황망히 장독에 뚜깨*를 덮고 빨래를 걷고 나서니까* 뚝! 뚝! 소낙비는 그치고 햇볕이 빤짝 난다.

"잘도 속이네."

하고 부인은 빨래를 다시 넌다. 처마 밑에 늘어섰던 사람이 모두 헤어져 걸어간다.

타던 기와지붕과 나무와 가까운 산 들이 세수를 하고 난 것처럼 깨끗하고 산뜻해지고 더한층 선명하게 햇볕이 비친다. 빙수보다도 더 달고 서늘한 여름낮의 한줄기 양미* 이것도 잊지 못할 뭉게구름의 비밀의 하나이다.

소낙비가 지나간 후는 저녁때 가까운 때이다. 소나기 장난에 시침을 떼이는 뭉게구름들이 높이로보다는 옆으로 길어져 가지고 무슨 회의나 잔치에 참례* 가는 것처럼 약속한 듯이 한쪽으로만 모두들 쏠리어 간다. 그러면 여름의 하로*가 무사히 저물고 서늘한바* 저녁 기운이 돌기 시작한다.

불볕밖에 아무것도 없는 듯싶은 더운 날 뭉게구름의 변화를 바라보는 것은 분명히 여름의 좋은 흥취의 한 가지다. (6.28)

_『신여성』1924년 7월호*

● **뚜깨** '뚜껑'의 사투리.
● 『별건곤』판에서 "나니까"로 고쳤다.
● **양미** 서늘하거나 시원한 맛.
● **참례** 예식, 제사, 전쟁 따위에 참여함.
● **하로** '하루'의 사투리.
● 『별건곤』판에서 "서늘한"으로 고쳤다.
● 내용을 조금 바꾸어 『별건곤』 1928년 7월호에 재수록했다.

시골집에 가는 학생들에게 ― 남겨 놓고 올 것·배워 가지고 올 것

6월 보름께로되 잡지로는 벌써 7월이외다.

이 책이 7월의 어느 날에 여러분의 손에 쥐어 갈는지는 모를 일이나 나는 7월 보름께 1학기 공부를 마치고 그립던 시골집으로 돌아가는 많은 여학생을 생각에 빼이지 못하고 있습니다.

사람의 일생에 학생 시대처럼 즐거운 때는 없을 것이요, 학생 생활에도 하기방학 때처럼 즐거운 때는 없을 것이외다. 자애로우신 어머님의 품같이 그립고 반가운 고향의 품에 안겨 가는 귀향의 기쁨이 있는 까닭으로 하기방학은 더욱 기쁜 것이외다.

어리고 약한 처녀의 마음이 객관* 고창*에 외롭게 지낸 지 여러 달이라 가냘픈 정서가 빨갛게 달튼 나머지에 반가운 방학 귀향은 얼마나 젊은 가슴에 기쁨을 주는 일일 것이니까. 실로 더할 수 없는 환희와 유열을 느끼며 여러분은 귀향의 길을 떠날 것이외다.

그러나 여러분! 여러분은 다만 그냥 그저 기껍다 즐겁다 하는 그것으로 그만 족할 것이겠습니까. 물론 그립던 집에 돌아가는 그것이 훌륭히

● **객관** 객사. 나그네를 치거나 묵게 하는 집.
● **고창** 외로운 창가.

기껍고 즐거운 일이외다. 그러나 그렇게 쉽게 한 입으로 말할 수 있는 기껍다 즐겁다로만 향촌의 사오십 일을 보내고 말 것이겠습니까.

배우기에 뜻을 두고 일단 고향을 떠나 나온 사람이면 그의 한 번 귀향 일망정 월여*의 시골 살림이 그렇게 무의의 할 수는 없을 것이외다. 더구나 지금의 조선 향촌처럼 말할 수 없이 참담한 살림에 울고 있는 곳은 다시 없을 것이니 이러한 고향에서 나아온 조선 학생으로서는 도저히 그럴 수 없을 것이외다.

가만히 보면 연년이* 방학 동안 집에서 얻어 오는 것이 낮잠과 게으름뿐인 모양이요, 그렇지 않다 하여야 몇 가지의 바느질밖에 없는 모양이라 바느질이라고 배워서 못 쓸 것은 아니라 결국 향촌에 돌아가 향촌 고대로의 살림에 동화되어 버리고 마는 것이 한심한 일인 것이외다.

새로운 사람이 헌 곳에 가서 아무런 새 기운을 내지 못하고 새 일을 보이지 못하고 도리어 헌 것에 동화되어 버리고 만다 하면 그 어떻게 어리석은 일이며 새 사람에게 있어서 어떻게 부끄러운 치욕이리이까. 근본으로 배운다 하는 것이 무의미한 일이요, 공연한 허사인 것을 표백하는 외에 아무것도 없을 것이외다.

학교에서 집에 돌아가는 여학생으로서 그가 요령을 잃지 아니할 사람이면 반드시 집안 어느 구석에나 어느 일에나 새로 심어 놓은 씨가 있을 것이외다. 결단코 큰 것만이 새 일이 아니요, 큰일만이 개조가 아닌 것이니 부엌 구석에도 새 일거리가 있을지요. 조끄만 밥상 위에도 개조를 요할 것이 많을지요. 실내의 소제* 변소 소제에까지라도 새사람의

● **월여** 달포. 한 달이 조금 넘는 기간.
● **연년이** 해마다 거르지 않고.
● **소제** 청소.

손으로 고쳐질 것이 있을 것이라 더구나 어린 사람의 지도 개량과 외복 개량 배움 없는 부녀의 계몽 같은 것은 나어린 여학생의 절호한 일거리일 것이외다. 잘못된 고대로 헐어진 고대로 있는 우리의 향촌 가정에 어찌 이것저것을 들 것이 있으리이까. 오직 힘 문제일 것이외다. 힘의 미치는 데까지 적은 일이고 큰 일이고 새로운 개혁을 해 갈 것은 손이 닿는 곳마다 눈이 가는 곳마다 어느 구석에든지 있을 것이외다. 못 되는 병근은 크게 생각하는 것이외다. 흐리멍덩하게 큰일 큰 개조만을 생각하다가 손대일 곳을 찾지 못하고는 낙심낙망해 버리고 있다가 기어코 헌 것에 동화되어 버리고 마는 것이외다. 하기방학에 집에 있는 동안 무위무능 하던 끝에 결국 동화되어 버리고 마는 사람이면 졸업한 후에 시집에 가면 더 속히* 시집살이에 동화되어 버릴 것이요 사회에 나가면 또 더 속히 바람에 불리는 사람이 될 것이니 그러한 사람이면 공부를 지금 고만 두고만대도 헌 것에 동화되기에는 아무 불편도 없을 것이외다.

아무리 그것이 적은 일일지라도 그것을 내 손으로 새롭게 고치고 거기에 새 생명을 불어넣어 놓는 일이 어떻게 기뻐할 일이겠습니까. 아무리 옅은 정도에서 일지라도 한 사람의 어두운 생각을 열어 주고 새 생명의 길을 지시하는 것이 어떻게 존귀한 일이겠습니까. 우리는 생각을 여기에 두고 일을 여기서부터 시작해 나가지 않으면 안 될 것이외다.

방학 때 시골에 내려가는 여학생은 그 수효가 이천 명 이하에 내리지 않을 것이요 그것을 또 남학생의 수효와 합치면 이만 명 이상이 넉넉히 될 것이외다. 이 많은 젊은 학생이 다 각각 자기 집과 또 자기 시골에 단 한 가지씩의 일을 하고 온다 하더래도 방학 동안에 조선 안에는 수삼

●속하다 꽤 빠르다.

만 가지 새 일이 생기는 것일지요. 한 사람이 단 열 사람씩에게라도 그 어둠을 열어 주고(언문 한 가지씩이라도 깨쳐 주어서) 온다 하면 수삼●십만 명의 눈 뜨인 조선 사람이 일시에 생기는 것이라 어떻게 놀랍게 위대한 일입니까.

향촌에 돌아가는 학생 여러분! 맹세코 금년 여름에는 한 가지씩의 새 개조를 단행할 일과 몇 사람(당신의 형이나 동생이나 오라버님 댁이나 또 이웃집 색시)의 부녀에게 언문 한 가지씩을 깨우쳐 주고 올 것을 결심할 수 없겠습니까. 생각이 과도히 타락하지 아니한 사람이면 이만 일은 반드시 짐작해 할 수 있으리라고 나는 믿습니다.

위에는 시골집에 남겨 놓고 올 일을 말씀하였거니와 다음에는 시골에서 얻어 올 것을 말씀하리이다.

여러분은 시골집을 떠나서 서울 학교에 와 있어서 비록 적은 학비일지라도 돈 있는 살림을 하고 있는 까닭으로 그렇듯 뼈가 저린 아픔을 모르고 있으며 남의 일을 본다 하더래도 겉으로 보기에 번지르르한 서울이라 벌거벗은 살림을 보지 못하고 있으며 학교교육이 학과에만 쫓기는 글자 가르침뿐이라 실사회 실생활과는 관계없이 있는 고로 아름다운 것만 쳐다보고 화려한 꿈만 꿀망정 인생고 생활고를 모르고 지내는 것이외다. 아무 때까지나 그러한 생활이 계속된다면 좋을 것이외다마는 몇 날이 안 가서 그것에 울고 쫓기고 하게 될 사람이 배우는 때에 그것을 모르고 있게 되는 것은 무섭고 겁나는 일이외다.

방학 동안의 귀향은 학교에서 배우지 못하는 훌륭한 산 교육을 얻기

● 수삼 두서넛.

에 가장 좋은 기회인 것이외다.

학교를 떠나서 실제의 사람의 살림 속에 돌아와 앉아서―똑똑한 의식을 가진 사람이면―반드시 거기서 자기의 뜻과 몸이 마음대로 움직여지지 않는 것을 발견할 것이외다. 펼쳐 나가려는 자유로운 뜻이 무엇엔지 가리우고 막히우고 눌리어서 움츠러지는 것을 똑똑히 발견할 것이외다. 자기의 행복을 무엇인지 빼앗는 것이 있는 것을 볼 것이외다. 그리하여 자기와 집안사람과 또 모든 향촌의 사람들을 보아 거기에 무수히 짓밟히고 학대받는 생명을 볼 것이외다.

그것이외다. 그것이외다. 짓밟히고 학대받는 생명! 그것을 똑똑히 보고 와야 할 것이외다.

우선 복중염천*에 불같은 햇볕에 살이 까맣게 타도록 고생하면서도 오히려 배를 주리는 늙은 농부(혹은 당신의 부형)를 볼지요. 병들어 누운 늙으신 할머니가 일생의 고생살이를 쌓고도 약한 첩을 못 얻고 신음하는 것을 볼지요. 남 같은 생존권을 가지고 나서도 무한히 뻗어 나갈 어린 몸이 까닭 없는 가난과 고생으로 지질이 말라 가는 벌거벗은 몸을 볼지요. 기타 단 한 번의 생각과 단 한 번의 거동이 뜻과 같이 되지 않는 안타까운 꼴을 볼지라 그러한 모든 것에서 귀여운 생명이 무참히 짓밟히는 꼴을 역력히 볼 것이외다.

그것이외다. 그것을 똑히 보면 그 자리에 여러분의 가슴에 새로운 눈이 트일 것이외다. 그것이 학교교육의 몇 곱 몇 백 곱 유용한 산 교훈인 것이외다. 여러분의 생각과 공부와 노력은 거기에 뿌리박히지 아니하면 안 될 것이외다.

●**복중염천** 삼복중의 뙤약볕이 내리쬐는 몹시 더운 날씨.

"조용히 차근히 향촌의 살림을 보라. 그리하여 생명이 어떻게 무참히 짓밟히는가를 보고 오라!"

이것을 부탁합니다. 불쌍한 사람들의 자손인 당신들께 이 일을 신신히 부탁해 둡니다.

남겨 둘 것은 남겨 두고 배워 올 것을 배워 오고…….

당신 자신의 살 길을 얻기 위하여 우리 전례의 살길을 얻기 위하여…….

여름철 더운 날에 여러분의 건강을 빌면서 이 두 가지 부탁을 씁니다.

_編輯人, 『신여성』 1924년 7월호

헬렌 켈러 여사

——눈멀고 벙어리고 귀머거리면서 이름은 세계에 떨치는 여류 대학자

어렸을 때에 불쌍한 이야기

어릴 때부터 눈이 멀고 귀가 먹고 말까지 못 하는 벙어리면서 세계에 이름난 학자가 된 것은 이 넓은 세상에 헬렌 켈러* 한 사람밖에 없을 것입니다. 서양에나 동양에나 장님 학자나 귀머거리 학자로 유명한 사람은 한두 사람뿐이 아니지마는 대개는 늙어서 눈이 멀거나 귀가 먹은 사람들이요, 또는 눈은 뜨지 못하여도 귀로 듣고 귀는 어두워도 눈으로 볼 수도 있고 입으로 말할 수도 있는 이들이었습니다.

그러나 세상에도 불쌍한 여자 헬렌 켈러는 눈으로 보지도 못하고 귀로 듣지도 못하여 이 세상 모든 것을 전연히* 알지 못하고 사는 위에 벙어리까지 겸한 고로 제 속에 있는 생각을 누구에게 말할 수도 없었습니다.

보지 못하고 듣지도 못하고 말도 못 하고……. 세상에 이보다 더 불쌍하고 참혹한 일이 또 있겠습니까.

그러나 그나마 나이 많아서 그렇게나 되었으면 오히려 슬프기나 덜

* 원제목은 「세계 유일의 병신 학자 헬렌 켈러 여사」이다.
● 헬렌 켈러(1880~1968) 미국의 작가, 사회사업가.
● 전연히 전혀.

하련마는 불행하게도 헬렌 켈러는 난 지 열아홉 달(간신히 1년 반) 만에, 돌 지난 지 몇 달 안 되어서 그만 눈이 멀고 귀가 먹고 벙어리가 되어 버렸습니다.

그러니 글자 한 자 알 리가 있습니까, 물건 이름 하나 알 리가 있습니까? 간신히 '엄마' '아빠' 하는 것밖에 배우지 못했을 때 그만 캄캄하고 말 없는 세상에 빠져 버린 것이었습니다. 말이나 잘 아는 후 같았으면, 글이나 배운 후 같았으면, 보지는 못하고 말은 못 하더라도 손끝으로 쓰기로라도 하여 적이 갑갑한 것을 면하였으련마는 불쌍한 어린아이가 배가 고프니 밥을 달라 할 수 있습니까, 눈에 보이니 집어나 먹을 수 있습니까? 그냥 소리쳐 가련하게도 울기만 할 뿐이었습니다.

그러나 사람의 노력이란 무서운 것이었습니다. 눈이 먼 채로 귀가 먹은 채로 벙어리인 채로 그는 알려고 애쓰고 배우려고 노력하면서, 자라서 기어코 미국의 하버드대학까지 졸업을 하고 나서 위대한 문학자요 또 사상가가 되어 지금은 아메리카의 밝은 별(명성)이라고 떠받히면서 그 이름이 세계에 높았습니다.

갑갑해서 울기가 여러 번

그는 지금으로부터 44년 전(1880년) 6월 27일에 아메리카의 북쪽 앨라배마 주의 터스컴비아라는 조꼬만 마을에서 출생하였는데, 그의 아버지는 군대의 대위로 있다가 신문기자 노릇을 하는 사람이요 그의 어머니도 아버지에게 지지 않게 지식이 많고 현숙한* 부인이었습니다.

그러므로 살림도 남부럽지 않고 귀염도 많이 받을 형편이었건마는,

● **현숙하다** 여자의 마음이 어질고 정숙하다.

불행하게 난 지 열아홉 달이 되던 때 헬렌 켈러는 뇌병을 몹시 앓아서 하마터면 생명이 위험할 뻔하였습니다. 동네 사람마다, 보는 사람마다 '죽었지, 살지는 못한다.'고 하는 것은 그의 어머님이 거의 침식*을 잊어버리고 극력*으로 병간호를 잘하여 간신히 목숨만은 살릴 수 있게 되었으나, 그 대신 그때부터 눈이 멀고 귀가 먹고 말까지 못 하는 벙어리가 되어 버렸습니다.

보지도 듣지도 못하고, 말도 못 하고, 사지를 묶이어 캄캄한 깊은 구렁 속에 빠져 들어가듯 된 어린 켈러는 그야말로 차라리 아주 죽어 버리는 것보다 더 참담하고 불쌍스런 신세가 되고 만 것이었습니다.

그때에 간신히 '엄마' '아빠' 하고밖에 말을 모르던 켈러는 눈이 감기고 귀가 막히면서부터 다시는 사람의 말소리를 듣지 못하고, 세상을 보지 못하게 된 고로 새로운 말을 배우기는새로에* 전에 눈으로 무엇을 보고 무슨 말을 듣던 것까지 잊어버리게 되어, 사람의 세상의 아무것도 알지 못하고 갑갑하게 쓸쓸하게 그해 그해 커 갈 뿐이었습니다.

마음에 좋은 때는 고개를 아래위로 끄덕거리고, 싫다 할 때는 고개를 좌우 옆으로 흔들지마는 그 외에도 얼마나 자기 하고 싶은 속생각을 남에게 알려 주고 싶어서 애를 썼겠습니까. 배가 고픈 때에는 면보(빵)를 손으로 뜯어 먹는 모양을 해 보이고, 더워서 얼음이 먹고 싶은 때는 얼음을 깨트려서 입에 넣는 모양을 하고, 소름이 끼쳐서 몸이 부르르 떨리는 모양을 해 보이지만, 속에 있는 생각을 아무렇게도 남에게 알릴 수가 없어서 갑갑해하다가는 그냥 주저앉아서 소리쳐 울기가 하로*도 몇 번

● **침식** 잠자는 일과 먹는 일.
● **극력** 있는 힘을 아끼지 않고 다함. 또는 그 힘.
● **새로에** '고사하고' '그만두고' '커녕'의 뜻을 나타내는 보조사.

씩이었습니다.

그러니 그 가여운 꼴을 보는 어머니의 가슴이 어떻게 아프고 쓰리었
겠습니까? 그럴 때마다 어머니도 눈물을 흘리면서 소리도 못 내는 울음
을 자꾸 울고 지내었습니다.

일곱 살 되던 해에

눈으로는 보지도 못하는 닭과 칠면조를 켈러는 좋아하여 어루만지면
서 귀애하였으므로* 닭과 칠면조는 켈러를 잘 따랐습니다. 그러나 닭과
칠면조의 소리를 들어 본 적은 한 번도 없었습니다. 그런고로 켈러는 닭
이나 칠면조도 자기와 같이 보지도 못하고 아무 소리도 없이 그냥 움직
거리는 것인 줄만 알고 있었습니다.

켈러는 짐승뿐만 아니라 사람들도 자기와 같이 눈에 보이는 것도 없
고 음식을 먹을 때밖에는 입을 벌리지 않고 사는 것인 줄 알고 있었습니
다. 그래 일곱 살 먹기까지는 자기가 병신인 줄을 모르고 자랐습니다.

가련한 켈러가 자기가 병신인 줄을 알게 되기는 그가 일곱 살 되던 해
여름이었습니다. 하로는 어느 부인 손님이 찾아와서 어머니하고 마주
앉아 있는데, 그때 켈러는 어머니 무릎에 앉아 있는데 어머니가 손짓을
한 번도 하지 않는 고로 이상하게 생각하였습니다. 켈러는 속으로 어머
니가 손님과 마주 앉아서 손짓으로 이야기를 하려니 하고 있었던 것입
니다. 하도 이상하여서 손으로 어머니의 얼굴을 더듬어 보니까 어머니
의 입술이 자주 움직이는 것을 보고 놀래었습니다. 그래 그때에 비로소
어머니나 다른 사람들은 손짓을 하지 않고 입을 움직여서 이야기를 하

● **하로** '하루'의 사투리.
● **귀애하다** 귀엽게 여겨 사랑하다.

는 것을 알았습니다.

그래 어린 켈러는 그 즉시로 그 손님을 향하여 자기의 입을 열심으로 자꾸 움직여 보았습니다. 그러나 한참이나 애쓰고 움직여 보아도 아무런 효과가 없었습니다. 그래도 켈러는 자꾸 입을 움직여 보았습니다. 그러나 아무리 아무리 입을 움직여도 아무렇지도 않은 것을 알고 그만 켈러는 으아 하고 소리쳐 울어 버렸습니다. 갑갑하고 분하고 섧고 하여 가련한 켈러는 울고 울고 자꾸 울었습니다.

아아, 독자 여러분! 우리는 우리 마음대로 입을 움직이고 이야기할 수 있는 것을 속마음으로라도 감사히 생각하지 않으면 안 될 것입니다.

맹아 교수 설리번 여사

어린 켈러도 불쌍하거니와 뜨인 눈으로 그 가엾은 꼴을 보는 사람들의 측은한 생각이 어떠하였겠습니까? 그 어린 병신 아이가 제 가슴을 부둥켜안고 갑갑해 우는 것을 볼 때에 흑흑 느껴 울지 않는 사람이 없었습니다. 이 불쌍하고 슬픈 생활이 어느 때까지나 길게 끌려갈는지, 눈물의 세월이 그냥 그대로 하로이틀 지나갈 뿐이었습니다.

그러자 몹시도 반가운 소식이 있었습니다. 그것은 그때 볼티모어라는 곳에 유명한 안과 의사가 생겼다는 소식이었습니다. 그 의사의 치료를 받으면 아무 장님이라도 반드시 눈이 뜨인다는 소문까지 있었습니다. 어린 켈러로 하여 눈물로만 지내는 이 집에 무어라고 형용할* 기쁜 소식이었겠습니까. 그 즉시로 켈러의 아버지는 신문사의 사무를 쉬고 딸의 손목을 잡고 기차로 먼 길을 떠나 의사를 찾아갔습니다.

● **형용하다** 말이나 글, 몸짓 따위로 사물이나 사람의 모양을 나타내다.

그러나 슬픔은 그치지 아니하였습니다. 볼티모어 의사는 진찰해 보고 나서 "도저히 고칠 수 없으니 단념하라." 하였습니다. 그리고 화성돈● 시가●에 있는 유명한 맹아 교육학자 알렉산더 벨● 박사에게 소개장을 써서 그리로 보내었습니다. '눈은 고칠 수 없으니 그리 가서 장님 글이나 배우라.'는 것이었습니다.

화성돈에서 벨 박사는 특별한 동정으로 자기가 신용하는 맹아 교수 설리번이라는 여교사를 소개해 주어서 설리번 여사가 켈러의 집에 와 있어서 글을 가르쳐 보기로 하였습니다.

처음으로 설리번 여사가 켈러의 집에 도착한다는 날, 켈러는 새벽부터 문 앞에 나가서 고대고대하고 있었습니다. 그러자 처음 온 설리번 여사가 켈러를 보고 반갑게 달려들어 푹 껴안을 때, 가련한 켈러는 처음 맞는 선생님 품에서 웃었습니다. 설리번 여사도 켈러를 안고 한참이나 울었습니다.

이렇게 글을 배우기 시작

설리번 여사가 이 집에 오게 된 것은 실로 켈러에게 구세주가 온 것이었습니다. 참말로 켈러에게는 이때부터 희망의 빛이 비치기 시작한 것인데 이때 켈러는 일곱 살이었습니다.

설리번 여사는 맨 먼저 어여쁜 각시(인형)를 켈러의 손에 쥐여 주었습니다. 켈러는 각시를 받아 들고 한이 없이 기뻐하였습니다. 그때 여사는 켈러의 바른손을 잡고 그 손바닥에 손가락으로 '각시'라고 글씨를 썼습

● 화성돈 미국 수도 '워싱턴'의 음역어.
● 시가 도시의 큰 길거리.
● 알렉산더 벨(1847~1922) 미국의 과학자, 발명가.

니다. 쓰고 또 쓰고 또 쓰고 자꾸 써 보였습니다. 켈러는 무슨 영문인지 조금도 몰랐습니다. 이때까지 이 세상에는 글씨라는 것이 있는지, 말(언어)이라는 것이 있는지 조금도 모르고 있었던 까닭입니다.

그러나 이상스러워서 자기도 선생의 흉내를 내어서 그대로 자꾸 써 보았습니다. 쓰고 쓰고 그 글씨를 잊어버리지 않고 혼자 쓰게 될 때까지 자꾸 따라서 써 보았습니다. 그래 자기 혼자 각시라고 쓰게 되니까 어떻게 기쁘던지 어머니에게 뛰어가서 손가락으로 '각시'라고 써서 보였습니다. 어머니의 마음이 어떻게나 기뻤겠습니까? 기쁜 눈물이 주루루 흘러내렸습니다.

뒤를 이어서 바늘을 쥐고는 '바늘'이라고 자꾸 쓰고 모자를 쥐고는 '모자', 구두를 쥐고는 '구두' 하고 차례차례로 한 가지씩 한 가지씩 쓰기를 배워서 배가 고픈 때에는 어머니의 손바닥에 '면보' 하고 쓰게까지 되었습니다.

그러나 눈으로 보지도 못하고 따라 쓰는 것이라도 알 수 없어서 잘 쓰여지지 않는 때는 고만 갑갑증이 나서 손에 쥐여 준 물건을 팽개치고 쓰러져서 엉엉 울었습니다. 그럴 때마다 설리번 여사는 조금도 성내지 않고 조용히 깨어진 그릇 조각을 쓸어 모아 내다버리고, 우는 켈러를 달래어서 다시 가르치고 가르치고 하여 갔습니다.

이렇게 열성으로 가르치는지라 켈러는 여러 가지 물건 이름을 잘 쓰게 되었을 뿐 아니라, 나중에는 사람들이 무슨 일을 생각할 수도 있고 거짓이니 참이니 하고 추상적 관념이 있는 것까지 알게 되었습니다.

이렇게까지 그의 지식이 진보된 것은 켈러가 원래 총명스러운 것은 물론이지마는 설리번 여사의 열성스러운 헌신적 교육이 있은 까닭이었습니다.

그리하여 그는 점점 진보되어 무슨 생각이든지 글씨로 써서 발표할 수 있을 뿐 아니라 남의 의견도 글씨 쓰는 것을 보고 짐작하여 알게 되었습니다. 그리고 나중에는 셰익스피어의 문학서류까지 읽을 수 있게 되었습니다. 그것은 물론 자기 눈으로 보고 읽는 것이 아니라(사진에 있는 바와 같이) 설리반 여사가 책을 읽으면서 고대로 켈러의 손바닥에 써 주는 것이었습니다.

참말로 놀라운 진보가 아닙니까?

말을 하였다!! 말을 하였다!!

그 후에 상당한 공부를 쌓은 후에 보스턴에 있는 맹아학교에 입학하여 거기서 여러 가지 글을 배우면서 다른 동무들과 사귀어 손바닥에 글씨 쓰기로 서로 친하게 사귀고 있었습니다. 그러는 중에 남들은 모두 입으로 이야기하는 것을 알고 자기도 입으로 말을 해 보고 싶어서 못 견디게 되었습니다. 목구멍이 나쁘거나 입이 나쁜 것이 아니라 귀가 먹어서 '소리'를 들어 본 적이 없어서 말을 못 하는 줄을 알면서, 더욱 이야기하고 싶어서 못 견디었습니다.

그래 기어코 후라라 하는 여교사에게 소리 내는 법을 배우기로 하였는데, 그때 나이가 열한 살이었습니다.

여교사의 입술과 혀를 일일이 만져 보아 가면서 고대로 흉내를 내면서 소리 내기를 공부하였습니다. 열심이란 무서운 것이었습니다. 어떻게 열심으로 배우고 가르치고 하였던지 생전 처음으로 'M(엠), P(피), A(에이), S(에스), T(티), I(아이)' 이 여섯 가지 소리를 내기 시작하여 며칠 안 가서 "It is warm today."(오늘은 날이 따뜻합니다.) 하는 소리를 하게 되었습니다.

아아, 평생의 소원! 평생의 소원! 입을 벌리어 이야기를 하게 된 기쁨이 어떻다 하면 형용할 수 있겠습니까? 가르치던 사람, 듣는 사람이 모두 눈물을 흘리며 기뻐하였답니다.

물론 짤막한 그 말이라도 다른 사람의 말처럼 똑똑하게 술술 나오는 것이 아니었습니다. 떠듬떠듬하면서 간신히 알아듣게 하는 것이었습니다.

그러나 그는 재미가 나기 시작하여 밥도 안 먹고 잠도 안 자고 배우기를 열심으로 하여 여러 가지 말을 하게 되어서 그 기꺼운 말소리를 부모에게 들려 드리려고 고향으로 돌아왔습니다.

입이 트여서 돌아온 헬렌 켈러!

"어머니, 안녕하셨습니까?"

하고 비록 떠듬거리면서라도 인사하는 말소리를 듣고 그 아버지 어머니가 어떻게 기뻐하였겠습니까. 어머니는 켈러를 껴안고 울었습니다. 아버지는 그 꼴을 보고 서서 눈물을 흘리며 기뻐하였습니다.

그리고 켈러가 열세 살 먹던 해에는 자기 손으로 짤막한 이야기를 지어서 사람들을 놀라게 하였고, 불란서* 말(불어)까지 배워서 쓰게 되었고, 또 뒤를 이어서 어렵기로 유명한 라전 말(나전어*)까지 배우기 시작하였습니다.

*

열다섯 살 되던 해에 다시 뉴욕의 벙어리학교에 입학하여 수학과 지문학*과 불란서 말과 독일 말을 배웠고, 열일곱 살에는 그의 아버지가

● **불란서** '프랑스'의 음역어.
● **나전어** '라틴어'의 음역어.
● **지문학** '자연 지리학'을 이르던 말.

돌아갔습니다.

그리고 그해에 하버드대학에 들어갈 준비로 케임브리지학교에 들어갔습니다.

이렇게 귀신도 놀랄 열심과 또 좋은 교사를 만나 남 못 할 공부를 쌓아 간 켈러는 기어코 하버드대학까지 졸업을 하고 났습니다.

그리고 그 후로는 여러 가지 사상서류를 저술하여 미국 전국은 물론이고 온 세계에 그 영향이 미치게 되어서, 그는 지금 그의 유창하고 화려한 글과 새롭고 원대한 사상과 함께 미국의 꽃이라고 찬양을 받고 있습니다.

아아, 세상에도 불쌍한 병신의 몸으로 오늘날의 성공이 있음이 어떻게 범연한* 힘으로 이루어진 것이겠습니까? 그의 눈물 많은 생활을 듣고 읽을 때, 우리의 가슴에는 흐르는 눈물의 그 속에 무겁게 무겁게 숨어지는 것이 있는 것을 느낍니다.

_무기명,* 『신여성』 1924년 9월호

● **범연하다** 범상하다. 예사롭다. 평범하다.
● 목차에는 필자 이름이 '一記者'로 표기되어 있다. 글투로 보아 방정환이 쓴 것으로 보인다.

여류 운동가

　서울 ○○여학교의 까마중이라 하면, "아아, 그 테니스 잘하는 색시 말이지." 하고 모르는 사람이 없는 유명한 여류 운동가입니다.

　여류니 색시니 하면 누구든지 얼굴 곱고 자태 있는 미인으로 생각하지요마는 웬걸이요, 이 색시는 이름만 여자지 남자 중에도 그런 사람은 없을 만치 뚝벅뚝벅하게 태어나신 이랍니다. 다리와 팔뚝은 굵고 딴딴하기가 총독부 말뚝(표목) 같고요, 실례의 말씀이지만 한창 발달된 궁둥이는 살찐 말 궁둥이와 같이 탐스럽습니다.

　그러니까 걸음걸이가 어떻겠습니까? 뒤룩뒤룩하고 걷는 모양, 말 걸음 고대로입니다. 얼굴의 바탕은 골고루 잘 정돈이 되었으면서도 운동에 열심한 덕택으로 그 빛깔이 검기가 똥통 십장* 얼굴보다도 더 검기 몇 백 배! 검다 검다 못하여 까만 얼굴이 불타는 햇볕에 거룩하게도 뻔적뻔적 빛이 납니다. 그러한지라 원이름은 어느 틈에 없어져 버리고, "까마중이, 까마중이!" 하고 부르게 되었고, 모르는 남자라도 "○○여학교의 얼굴 까만 선수"라 하면, "으응, 그 여자!" 하고 알아듣게 된 것이랍니다.

* 발표 당시 '골계 만화(풍자나 해학으로 즉흥적으로 하는 이야기)'라고 밝혔다.
● 십장 일꾼들을 감독하고 지시하는 우두머리.

이 '까마중이 색시'*가 그 위대한 궁둥이를 뒤흔들면서 학교 안에서 왈패* 노릇을 하더니 전선*여자정구대회에 나가려고 연습을 할 때, 온 학교 학생들은 물론이고 사무실 선생님들까지 들이덤벼 몸이 달아서 우승기 타 오기를 바라고 우리 선수, 우리 선수 하고 떠받치면서 설렁탕을 사다 먹인다, 달걀(계란)을 사다 먹인다 하고 터주 귀신 위하듯 하는 통에 왈패 대장 까마중 색시의 그 납작한 코가 우뚝해지고, 그 궁둥이를 점점 더 위대하게 휘저으면서 학교 안을 한 손으로 잡아 흔들게 왈패가 늘었습니다.

"시험 때가 되어도 공부는 아니 하고 공만 치면 어쩌려고 그래!"
하고 동무들이 걱정을 하면 그 코와 그 입과 그 궁둥이가 똑같이 삐죽하면서 하는 말씀,

"흥, 사무실에서 나를 낙제를 시킬 듯싶은감……. 낙제를 시켜 보아, 나 이 학교에 안 다닌다고 야단을 치지. 그럼 정말 나갈까 봐 겁들이 나서 손이 발이 되도록 빌 걸 가지고……. 염려가 무슨 염려야!"
콧바람이 이렇게 맹렬하게 거셉니다.

그러니 누구를 무섭게 아나요, 무엇을 부끄럽게 아나요. 낮에는 학교에서 밤에는 기숙사에서, 자기 마음대로 하고 싶은 대로 아주 왕 노릇을 하지요.

그러나 기숙사에서는 이 까마중 색시와 한데 있기를 좋아하는 사람이 없습니다. 한방에 있는 동무를 자기 집 종년같이 이래라저래라 하고 부려 먹기가 일쑤인데, 갖은 심부름 중에도 밤중에 몰래 나가서 호떡을

●『학생』 판에서는 "까마중이 흑스타"로 소개되었다.
●왈패 말이나 행동이 단정하지 못하고 수선스럽고 거친 사람.
●전선 전 조선.

사 오라 하는 데는 아주 질색입니다.

글쎄 기숙사 사감의 눈을 속이기도 어렵거니와 제일* 여학생 신분에 어떻게 호떡집 유리창을 열고 호떡 달라는 말이 나갑니까! 그렇다고 사 오기 싫다 해 보십시오. 당장에 팔을 잡아 비틀고 어깨를 눈물이 나게 꼬집어 떼지요. 대체 여학생치고 호떡 잘 먹기로는 이 까마중 선수가 제 일일 것입니다.

그러나 그것도 무리는 아니지요. 그 몸집에 그 운동에 어떻게 하로* 세 끼만 먹고 견디겠습니까. 시골집에 가 있을 때는 다섯 끼씩은 빼지 않고 먹는다는데 세 끼밖에는 얻어먹지 못하니 그것 먹고 견딜 수가 있 겠습니까. 그래서 밤마다 사감의 눈을 속여서는 호떡 신세를 지는 것이 지요.

그러나 호떡은 뒷걱정이나 없습니다. 군고구마를 호떡보다 못지않게 잘 먹는데 고구마하고 호떡을 배가 터지게 먹기까지는 좋지만, 먹고 누 워서는 잠을 자다가 실례인 줄도 모르고 냄새나는 소리를 연발합니다 그려. 그러니 한방에 있는 학생들이 견딜 수 있겠습니까? 두 손으로 코 를 붙잡고,

"에이!"

"에이!"

하고 혀를 차느라고 잠을 못 잘 지경이지요.

아츰*에 세수를 하려고 수통 옆으로 가면 다른 방 학생들이 으레 묻 지요.

●제일 여럿 가운데 가장. 여기서는 '무엇보다도'라는 뜻으로 쓰였다.
●하로 '하루'의 사투리.
●아츰 '아침'의 사투리.

"이 애, 어저께 밤에는 까마중이 몇 방을 놓디?"

"엊저녁에는 다섯 방이나 놓아서 죽을 뻔하였단다."

그래도 까마중 색시 당신은 그런 흉을 보는 줄도 모르고 공채만 휘두르면 자기 세상인 줄 알고 계시지요.

기숙사 이야기가 났으니, 기숙사 이야기 중에 꼭 한 가지 빼낼 수 없는 이야기가 있습니다. 전선여자정구대회에 가서 우승기를 뺏지 못하고 돌아와서 골을 팅팅 내고 눈물을 찔끔찔끔 흘리던 날 밤입니다. 골이 어찌 났던지 저녁밥도 안 먹고 호떡도 고구마도 안 먹고, 초저녁부터 머리를 싸고 누웠던 밤입니다.

밤 12시가 지나고 새로* 1시도 지나 새로 2시가 들어갈 즈음, 사방은 죽은 드키 고요하고 방 속에는 코 고는 소리밖에 없이 깊은 꿈에 들었는데, 때에 패전 대장 까마중 선수는 무슨 꿈을 꾸는 중인지 콧소리를 가끔가끔 으응 으응 하고 지르면서 자더니 별안간에,

"으얏!!"

소리를 지르더니 바른손을 번쩍 들어 ─ 공 치던 버릇으로 ─ 힘을 잔뜩 들여서 왼편 옆에 누워 자는 S의 자는 코와 입을 얼러서,*

"딱!!"

하고 정신 나게 후려 때렸습니다.

"아그머니!"

소리를 지르면서, 자다가 벼락을 맞은 S 여학생은 두 손으로 코를 싸쥐면서 눈을 벌떡 떴습니다. 어떻게 몹시 때렸던지 때린 손바닥이 아픈 통에 까마중도 눈이 번쩍 뜨이고 꿈이 깼습니다.

● **새로** (12시를 넘긴 시각 앞에 쓰여) 시각이 시작됨을 이르는 말.
● **어르다** '어우르다'(여럿을 모아 하나로 만들다)의 준말.

어쩌 아니 아프겠습니까? 낮에 지고 돌아온 분김°에 꿈에 한참 저편과 어울려 공을 치는 중인데, 마지막 한 공으로 지느냐 이기느냐 하는 살판°에 마지막 용기를 내어 으얏 소리를 지르면서 기운껏 공을 때려 넘긴다는 꼴이 정말 주먹으로 S의 코를 후려갈겨 놓았으니 그 코가 어떻게 되었겠습니까. 아주 떨어져 달아나지 않은 것만 다행하게 되었지요.

그러나 큰일 났습니다. S의 코에서 술술 흘러 내려오는 시뻘건 피를 어찌합니까?

그렇게 위대한 까마중의 궁둥이가 이번에는 테니스 칠 때보다도 더 가볍게 움직이면서 벌떡 일어나서 헌 옷을 꺼내서 뜯고 솜을 낸다, 어두운 데 기어 나가서 대야에 찬물을 떠 온다 하고 고생고생하면서 다 죽어 가는 소리로, "에그, 이 애, 미안하다. 잘못하였다." 하고 사죄하는 모양이란 참으로 이런 때가 아니면 보지 못할 구경이었습니다.

이러니 누가 그하고 한방에 있기를 좋아하겠습니까? 싫증 싫증을 내면서도 사감이 있으라 하니까 어쩔 수 없이 징역살이하듯 심부름을 하면서 같이 있게 되지요. 그러나 그 방에 같이 자는 학생들은 어느 때 S처럼 또 자다가 벼락을 맞을는지 몰라서 마음을 놓지 못하고 지낸답니다.

"참말이지 저런 여자도 시집을 가서 잘 살까?"

하고 학생들은 조롱 삼아 걱정 삼아 이런 말들을 한답니다. 언제든가 한문 선생님이 그를 보고,

"얼굴이 저렇게 까맣고 시집갈 수가 있을까?"

하고 웃으시니까 자만심 많은 까마중 색시 서슴지 않고 하는 말이,

"염려 마세요. 저는 운동가한테로 갈 터이여요."

●**분김** 분한 마음이 왈칵 일어난 바람.
●**살판** 무시무시하고 스산한 판.

하고 또 코하고 입하고 궁둥이가 삐죽하여서 여러 사람이 어떻게 우스 웠는지 모른답니다. 공 치는 법 가르친다고 자주 찾아오는 왜콩* 껍질 같이 생긴 청년이 겉으로 칭찬을 자꾸 해 주니까 그런 사람이라도 자기를 데려갈 줄 알고 있는 모양이여요. 딱한 일이지요.

그런데 까마중의 운동 공부 위에 중대한 사건이 생겼습니다. 아주 대수롭지 않게 우연한 일에 중대한 사건이 생겨서 까마중 선수의 성격이 아주 변해 버리게 되었습니다.

그것은 어느 뜨거운 여름날이었습니다. 그날은 마침 까마중의 반에 체조 시간이 있었는데 체조 선생님이 병으로 누워서 오지 아니한 고로 그 시간에 담임선생 Y 선생(일본 선생)이 대신 와서 체조 대신 다른 과정을 하자고 하였습니다.

그러니까 다짜고짜로 까마중 색시가 벌떡 일어나서,

"선생님, 체조 선생님이 안 계시더라도 시간은 체조 시간이니까 다른 과정으로 바꾸더라도 체조에 관계되는 것을 해야 합니다. 그러니 마당에 나가서 편을 갈라 가지고 테니스 경기를 하지요. 운동 장려도 되니까 그것이 좋습니다."

고 동의하였습니다.*

그러니까 다른 학생들은 테니스는 그다지 반갑지 않지마는 공부 안하는 것만 좋아서,

"그래요 선생님, 테니스 해요."

"테니스 해요, 테니스 해요."

하고 전 반이 두 손을 들면서 떠들었습니다. 그러니까 사람 좋은 Y 선생,

● 왜콩 땅콩.
● 동의하다 회의 중에 토의할 안건을 제기하다.

"자, 그럼 모두 나가서 테니스 합시다."

"으아아!"

소리를 치면서 불난 집에서 쫓겨 나오는 사람들같이 수선스럽게 뛰어들 나갔습니다. 테니스 하게 된 판이라 가뜩이나 왕 노릇을 하는 우리 까마중 색시의 코가 우뚝해지면서 그 무서운 궁둥이가 굉장히 위대하게 들먹이었습니다.

벌써 Y 선생은 제쳐 놓고 까마중 색시가 판을 차리고 나서서 자기 지휘로 학생들을 양편에 갈라놓고 그중에 K와 Y 선생은 심판원으로 모시어 앉히고 경기를 시작하였습니다.

우습기란 Y 선생이지요. 테니스란 어떻게 치는 것인지 알지도 못하는 늙은 신세에 이마적*은 무슨 바람이 불었던지 테니스라면,

"우마이,* 우마이!"

하고 좋아서 날뜁니다. 오늘도 속도 모르면서 심판원으로 모시어 앉힌 것만 좋아서 무르팍같이 반들반들하는 머리를 뜨거운 줄도 모르고 햇볕에 쪼이고 서서 연해,

"우마이, 우마이!"

소리를 치면서 어린애같이 뛰면서 좋아합니다. 공이 금 밖에 나가 아웃이 되거나 제로게임*으로 떨어져 나가거나 덮어놓고 손뼉을 치고,

"우마이, 우마이!"

하면서 날뛰니 우습다 못해서 어린애같이 귀엽지 않습니까?

그러자 차례가 되어서 공판*에 까마중 색시가 공채를 들고 나서서

● 이마적 지나간 얼마 동안의 가까운 때.
● 우마이 '잘한다'의 일본어.
● 제로게임 한 점도 얻지 못하고 진 시합.

그 무서운 팔을 부르걷고* 치기 시작하니까 Y 선생 신이 나서 어쩔 줄 모르고 "우마이" 소리를 연발하면서 좋아합니다.

그러자 저편에서 넘어온 공이 Y 선생 머리 옆으로 지나 떨어지려 하는 것을 일등 선수 까마중 색시* 눈을 홉뜨고* 번갯불같이 달려들면서 공을 후려쳐 넘긴다는 것이 어떻게 공교스럽게 되어서,

"으얏!"

소리를 지르며 기운껏 후려갈기는 공채가 공은 때리지 아니하고, 손뼉을 치면서 경정경정하고 있는 Y 선생의 반질반질한 머리를 탁!! 깨져라고* 들이때렸습니다.

그렇게 좋아서 경정경정 뛰던 Y 선생, "끼약!!" 하고 여호* 죽는 소리를 지르더니 그대로 쿵!! 하고 쓰러져서 사지가 뻣뻣하여졌습니다.

자아, 큰일 났다! 하고 공채들을 내던지고 달겨들었으나 벌써 뻣뻣해진 것을 어쩌는 수 있나요. 사무실에서 교무주임이 뛰어나오고 온 학교가 벌컥 뒤집혔습니다. 사무실 하인은 물통에 물을 떠 온다, 급사는 병원으로 전화를 건다 하고 야단들이었습니다.

그러자 의사가 빚쟁이 가방 같은 것을 들고 인력거 위에서 발을 구르면서 달겨들었습니다. 콧구녁*에 약을 바르고 몸을 주무르고 한참이나 수선스럽게 응급 구책을 쓰니까 그제야 간신히 "후우!" 방귀 같은* 숨

● **공판** 코트. 경기장.
● **부르걷다** 옷의 소매나 바지를 힘차게 걷어 올리다.
● 『학생』판에서 "까마중 대장이"라고 고쳤다.
● **홉뜨다** 눈알을 위로 굴리고 눈시울을 위로 치뜨다.
● 『학생』판에서 "쪼개저라고"라고 고쳤다.
● **여호** '여우'의 사투리.
● **콧구녁** '콧구멍'의 사투리.
● 『학생』판에서는 "방귀 같은"을 빼고 "'후우!' 숨을"로 고쳤다.

을 내어쉬더니 부스스 일어납니다그려. 모든 사람들도 따라서 "후우!" 하고 숨을 일시에 쉬었답니다.

다행히 Y 선생이 살아나기는 했으나, 선생을 죽여 놓고 아까부터 새파랗게 질려 말 한 말 못 하고 있던 까마중 선수는* 사무실로 불리어 가서 장장 세 시간의 설유*를 받고 나왔습니다.

그날 저녁에 좋은 양과자를 한 상자 사 가지고 Y 선생 댁에 찾아가서,*

"낮에는 참말 잘못하였습니다. 용서해 주셔요."

하니까 Y 선생 대답하기가 어색하여서,

"……참…… 대단히……* 무얼…… 그저 예사지."

하면서 쩔쩔매더라나요.

"다시는 죽을 때까지 공채를 손에 쥐지 않겠습니다."

"무얼 그럴 것…… 아니, 으음, 제발 좀……."

하면서 또 쩔쩔매더라고요.

어쨌든지 우리 까마중 색시가 다시 공채를 쥐지 않는다면 큰 문제입니다. (7월 31일)

_雙S, 『신여성』 1924년 9월호*

- ● 『학생』 판에서 "까마중 대장은"으로 고쳤다.
- ● **설유** 말로 타이름.
- ● 『학생』 판에서 "그날 저녁에 Y 선생 댁에 찾아가서"로 고쳤다.
- ● 『학생』 판에서 "단단히"로 고쳤다.
- ● 「여류 운동가 흑스타 전」이라는 제목과 '雙S生'이라는 필명으로 『학생』 1929년 5월호에 재수록했다.

『신여성』 창간 일주년 기념 특별호

『부인』 잡지로 창간한 지 이 주년 하고 또 석달이요, 『신여성』으로 고
치어 새 길을 걸어온 지가 꼭 일주년! 이에 그 기념 특별호를 내입니다.
해로 일 년 달로 열두 달이 결코 많고 긴 세월은 아니나 열두 달 사이에
일곱 책밖에 내이지 못한 것을 생각하면 스스로 부끄러운 마음을 금하
지 못하는 동시에 그간의 싸움이 퍽 오랜 세월을 지나쳐 온 것도 같습니
다. 그러나 과거는 영구히 과거일 뿐입니다. 지나간 날의 공과를 헤아리
려 하는 것이 아니요, 지나간 일 년의 모든 것을 거울 하여 그 위에 새로
운 계획을 세우고 보다 더 새로운 길을 걷기 위하여 뿐 기념의 의의가
있을 것입니다. 그런 의미로 지나간 일주년의 **끝**이 아니라 새 일주년의
첫을 기념하는 것이라야 하겠습니다.

조선에는 지금 정히 새로운 시대가 탄생하려 합니다. 그리고 그것은
제일로 여성 세계에 행복한 새 시대가 탄생하려 합니다. 그리고 그것은
제일로 여성 세계에 행복한 새 시대일 것은 물론입니다. 새로 탄생하려
는 새 시대―그날을 맞이하기 위하여 우리의 새로운 걸음은 나아가야
될 것이라 믿고 또 그리하리라 하면서. 지나간 일 년 동안의 친근한 동
무 여러분께 새로이 많은 편달과 성원을 바래 둡니다.

_『신여성』 1924년 9월호

숙명여학교 평판기

숙명! 숙명여학교! 퍽도 안존하고* 퍽도 부드럽고 친근하게 들리는 이름을 가진 그 학교는 서울 수송동 조용한 길가에 학교집 같지 않게 조용하게 자리 잡고 있습니다.

숙(淑), 명(明). 좋은 이름 그대로 숙덕 있게 자라서 명덕 있게 살아갈 사람이 되라고 성심성의로 가르치는 이나 전심전력으로 배우는 사람이나 이 집에 살고 이 집에서 배우고 크는 사람들은 누구나 가슴 위에 그 어여쁜 꽃, 영란(鈴蘭)의 꽃(마크)을 꽂고 다닙니다.

치웁고* 치운 북쪽 나라의 거치른 벌판에도 조그맣게 어여쁘게 피어나는 영란의 꽃빛과 같이 순결하라고 평화로운 푸른빛 잎 그늘에 고개를 숙이고 빵긋이 피어나는 영란의 꽃송이같이 아름답고도 겸손하라고 그리고 그 겸손하게 고개를 숙이고도 소리 없이 고귀한 향내를 뿜는 영란꽃의 향기같이 고귀하고 향그러우라고 교주나 교사나 생도가 다 같이 바라고 비는 아름다운 마음 고대로 나타낸 것이 그 어여쁜 마크랍니다.

교도 훈육의 표준이 숙명이오, 주의가 숙명이요, 또 교시가 숙명인

● **안존하다** 성품이 얌전하고 조용하다.
● **치웁다** '춥다'의 사투리.

254

이 학교는 지금으로부터 근 20년 전에 설립되어 그간에 졸업 여자를 낸 것이 고등과 270여 명, 보통과 330명, 도합 600여 명을 내었고 지금 또 580여 명의 생도를 가지고 있습니다. 참으로 아직도 유치한 조선 여자 교육 위에 이 숙명학교의 힘써 이룬 공이 크다 할 것입니다.

누가 지금 기억이나 하겠습니까. 숙명여학교의 시모이신 엄비께서 많은 돈과 땅을 내리셔서 그 뜻을 받아 설립되어 처음에는 단 다섯 명밖에 안 되는 학생으로 시작한 것이 지금의 유수한 큰 여학교에 이른 것이랍니다.

학교 재산(엄비께서 주신)은 지금으로부터 열두 해 전에 전부 정리하여 그것을 기본 재산으로 삼아 재단법인을 조직하고 그 전지•에서 수입되는 것으로 학교를 경영해 가는데 전지는 황해도 재령과 신천 경기도 파주 세 군데에 있답니다.

기자는 교장실에서 교무주임 산야상(山野上)씨에게 자상한 이야기와 학교 경영의 고심담을 들었습니다. 그리고 나와서 키다리 선생님 송본 씨의 안내로 공부하는 중의 각 반을 보게 되었습니다. 아무것보다도 먼저 이야기하고 싶은 것은 교원실이었습니다. 퍽 길쭉하게 넓은 방에 책상을 외줄로 쪽 늘어놓고 좌우로 20명 가까운 교원이 늘어져 앉아서 학생 성적품 같은 것을 정리하고 있는 것을 보면 마치 한 집안의 살림꾼들이 모여 앉은 것 같아서 퍽 탐탁해 보였습니다. 그리고 이 학교는 다른 학교보다(기독교 학교를 빼고)는 여선생이 더 많이 계신 것이 유특한• 것이었습니다. 교원 정수의 3분의 2나 되는 듯싶은 여선생님 중에는 처

● 전지 논밭.
● 유특하다 유난히 특별하다.

음에 이 학교를 졸업하고 외국에 유학하고 돌아와서 정든 모교에서 교편을 잡고 있는 이가 여섯 분이나 계시고 그 외에도 양장한 젊은 여선생이 여러분이었습니다.

교원실에서 나와서 복도로 돌아 제일 교사 아래층 들어가니까 거기는 휴게실이나 담화실로 쓰는 방이 둘이나 있었고 셋째 방 넷째 방에는 들어가 보니까 마침 제4학년이 재봉 시간이라 30여 명 학생이 두 방에 나누어 넓은 자리를 잡고 앉아서 늦은 아츰* 햇볕이 빤하게 비치는 유리창 옆에서 열심히 수(자수)를 놓고 있었습니다. 하는 것은 방석감인데 커다란 장미꽃과 학 두루미를 이 구텅이 저 구텅이에 놓고 있었습니다. 안내하는 송본 씨와는 딴판으로 키 작으신 이진혁 선생님이 이 방 저 방으로 다니면서 바늘 쥐는 손을 바로잡아 주는 등 어떤 것은 자기가 손수 바늘을 들고 한끝을 놓아 보여 주는 등 마치 출가시킬 따님을 위하여 근념하는* 어머니의 수고 같아 보였습니다.

그 방에서 나와서 운동장을 내여다 보니까 거기는 볕 잘 드는 마당에 40여 명 학생들이 보기에도 경쾌한 체조복을 입고 다가미 여선생의 지휘하에 바스켓볼 경기를 하고 있었습니다. 커다란 공을 이편저편에서 치뜨려 넣느라고 원래 수선스런 경기건마는 역시 아가씨들이요, 또 선생의 지휘 아래라 퍽도 질서 있게 재미있게들 하고 있었습니다. 여기서 이 학생들의 입은 체조복을 소개할 기회를 잃지 말아야겠습니다. 이 체조복은 이 학교 테니스 선수들도 입고 정구 대회에 나갈 때마다 퍽 호평을 받는 것인데 이것은 그 소녀 같은 나* 젊은 다가미 선생이 일본서 여

● **아츰** '아침'의 사투리.
● **근념(勤念)하다** 마음을 써서 돌보아 줌. 애쓰고 수고함.
● **나** 나이.

자 체육계의 대가 이계당 선생의 체조숙(體操塾)에서 전문 연구를 마치고 나온 이인데 그 이계당 선생이 가장 좋은 체조복으로 추장한[•] 것을 그대로 번내어 이 학교 체조복으로 쓰게 된 것이라 합니다. 딴은[•] 우리야 그런 방면에 아무 지식이 없습니다만은 보기에 사지 전신을 운동하는 데 조금도 거리끼지 않게 경쾌하고 간단한 좋아 보이는 복장이었습니다.

보기를 마치고 다시 본관 2층(사무실 위)으로 올라가서 안내대로 셋째 방으로 가니까 마침 고등과 3학년의 조선어 시간이라 역시 40여 명의 학생이 책을 들고 앉아서 조용히 선생님의 설명을 듣고 있었습니다. 배우는 것은 20 몇 과인지 「경학원의 석존」이라는 과목인데 유명한 성의경 여 선생님이 정악 아악 등 조선의 고악 이야기며 멀리 당나라 때의 의복 모양까지 칠판에 그리어 가면서 설명하시는 것 퍽 자상하였습니다. 사진반원이 사진기계를 들이대이니까 "와다시 이야다와." 하고 학생들의 뒤로 피신을 하신 것을 학생들이 "아이그, 선생님! 선생님이 안 백히시면 우리도 싫어요." 하여 다시 교단 위에 서시게 하는 것을 보니까 퍽 그 사이가 터놓고 지내는 것같이 친근히 지내는 것을 알 수 있었습니다.

그다음 시간에는 음악실에 고등 1년의 창가 교수가 있었습니다. 안내를 따라가 보니까 운동장 한옆에 있는 예전 조선집이었는데 방문부터 야트니까 키다리 선생님이 구부리고 들어가실 형편이었습니다. 들어가니까 비교적 밝은 방이었습니다. 근 40명 학생이 창가책을 들고 피아노 앞에 앉아서 처음 발성 연습부터 하고 있었습니다.

● **추장하다** 여럿 가운데에서 뽑아 올려 쓰다.
● **딴은** 원문에는 "은딴"으로 되어 있으나 '딴은'(남의 행위나 말을 긍정하며 그럴듯도 하다는 뜻을 나타내는 말)의 오식으로 보인다.

선생님은 피아노 음악의 제일인인 김영환 씨였습니다. 칠판에 곡보 한 줄을 똑똑하게 그리어 놓고 피아노 음정을 따라서 학생들은 천천히 발성 연습을 하는 것이었습니다. 연습이 끝난 후에 각각 가진 책을 펴 들고 부르기 시작한 것은 '여수(旅愁)'라는 창가였습니다.

□□□□ 아름답고 생명 찬 소리를 합쳐서 한 구절 한 구절을 되풀이하 는 것이었습니다. 학생들의 책을 들여다보니까 그다음 장에는 유명한 서조팔십● 씨의 동요 「才山ノ大將」●가 베껴 있었습니다.

나와서 다시 본관 2층으로 가니까 산본 선생의 수학 시간 임숙재 여 선생님의 조선어 시간이 있었습니다. 거기서 나와서 제일 교사 2층의 보통과 각 반을 잠깐잠깐 보았으나 너무 길게 서서 그만 쓰겠습니다.

맨 나중에 기숙사 사감 임숙재 선생님의 안내로 기숙사 구경을 하였 습니다. 기숙사는 본관 옆에 있는 2층집 하나만 다다미방이고 그 나머 지는 모두 조선집이라 따뜻한 온돌방이었습니다. 낮이라 아무도 없고 텅 빈 집이 조용한데 병으로 누워서 신음하는 이가 두 분 있는 것을 보 고 매우 딱해 보였으나 간호하는 동무들이 많이 있는 것을 보고 적이 안 심되어 보였습니다. 방마다 네 개 혹 다섯 개씩의 책상이 나란히 놓여 있고 선반이나 탁자에는 바스켓 여러 개와 울긋불긋한 색상자가 여러 개씩 싸여 있었습니다.

잡지부에서는 등사판 인쇄로 『숙명』 잡지의 호외를 내어 내일 선수 의 분투와 응원대의 노력을 빈다고 기운을 돋우고 벌써 학교 안에는 정 구 전의 긴장한 공기가 돌기 시작하였습니다. 그러자 시골에서까지 "아

● 서조팔십(西條八十) 사이조 야소(1892~1970). 일본의 시인, 작사가, 불문학자.
● 「才山ノ大將」(오야노다이쇼) 산대장. 사이조 야소가 지은 동요이다. 흙무더기 위에 올라 서서 올라오는 아이를 떠밀어 내는 놀이를 뜻하기도 한다.

마 이 학교 졸업생에게서 온 것이겠지요." 우승하기를 바라는 축하 편지가 오는 것을 보고 내 마음도 이 귀여운 심정을 가진 사람들에게 기쁨이 오라고 빌지 않을 수 없었습니다.

아아 숙명여학교 그 학교와 사람들에게 오랜 행복이 있으라고 나는 빌었습니다.

_SW생,* 『신여성』 1924년 10월호

● 필명 'CWP'로 『신여성』 1924년 6월호에 발표된 「서서의 여학생들」은 『어린이』 1924년 6월호의 해당 잡지 광고 목차에 필자 이름이 'SWP'로 표기되어 있다. 필명 'CW生' 'CWP'처럼 'SW生' 'SWP'도 방정환의 필명으로 보인다.

백합사 여주인

서울 수송동에서 중학다리*를 가려고 수송동 보통학교와 숙명여학교 앞으로 올라가면 왼손 쪽 끝 모퉁이 집에 '백합사'라는 간판을 붙이고 과실과 식료품을 벌이어 놓고 한 달포* 전(1개월 여)부터 젊은 여자 한 분이 가는 손님 오는 손님을 맞이하며,

"어서 오십시오."

"안녕히 가십시오."

하는 소리를 듣게 되었습니다.

어느 날 저녁때 기자는 백합사로 주인인 강고명 여사를 찾게 되었습니다. 인사가 끝난 뒤 온 뜻을 말하고 말씀 듣기를 청하였더니 깜짝 놀라며,

"무엇이 보실 것이 있어서 오시여요? 보시는 것과 마찬가지로 시작한 지가 얼마 아니 되어서 상점이라고 할 수 없습니다. 모두가 처음 시작하는 것이 되니까 정돈이 되어야지요. 남 보기는 아무것도 해 놓은 것이 없어도 돈은 퍽 들었습니다. 그나 그뿐이겠습니까. 경험 없이 시작한

---

* 원제목은 「가두에 나선 여인, 백합사 여주인」이다.
● **중학다리** 서울 종로구 중학동의 다리.
● **달포** 한 달이 조금 넘는 기간.

것이 되어서 그런지 마음대로 되어야지요.

그런데 요만큼이라도 장사라고 시작해 놓고 보니까 특별히 느껴지는 것이 있습니다. 남자들은 '여자가 무엇을 해! 제까짓 것이.'라고 멸시를 합니다. 어느 날인지 남자 한 분이 와서 묻기를, 이 상점을 단독 경영하는 것이냐 묻기에 혼자서 한다고 하였더니 썩 훌륭하다고 합니다. 하도 마음에 아니되었기에 남자들은 이것보다도 몇 갑절 더 큰 상점을 경영하는데 요까진 것이 무엇이 그리 훌륭하느냐 하였더니 여자로서는 훌륭하다고 합니다.

이만하면 여자를 남자들이 얼마나 멸시하는 것인지 아실 것이지요? 그런데 더구나 장사하는 여자는 아무렇게나 대우하여도 상관없는 것으로만 알아요. 이것이 장사 시작하기 전에 생각한 이상으로 놀란 것입니다.

장사 시작한 동기가 어데 있느냐고요? 그것을 다 말씀하자면 퍽 길겠습니다. 그러나 대충만 이야기하지요. 지금으로부터 5년 전 만세 운동이 일어나던 해 해주 의정여학교 고등과를 마치고, 지나• 장사•에서 몇 해 동안 공부인지 무엇인지 하고 있다가, 중국 난리통에 제남•으로 와 있다가 작년 겨울에 경성으로 왔습니다.

와서 느낀 것은 경제 독립을 생각하였습니다. 아무리 여자가 여자 해방이니 남녀평등이니 하고 뒤떠들어야• 원래가 경제 방면의 아무 힘이 없는 우리 여자의 일이라 실패가 많았고, 사실로 완전하게 철저하게 일

● **지나** 외국인이 '중국'을 얕잡아 일컫던 말.
● **장사** 창사. 중국 후난성의 도시.
● **제남** 지난. 중국 산둥성의 도시.
● **뒤떠들다** 왁자하게 마구 떠들다.

해 놓은 것이 많지 못한 것 같습니다. 여자라면 소비나 하는 것으로만 알아 왔지 생산하는 것은 몰라 왔습니다.

그리해서 항상 남자의 노예적 생활을 면치 못해 왔다고 생각합니다. 그래서 마음을 단단히 먹고 돈이나 자기 손으로 벌어 가지고 여자의 하고자 하는 바를 마음껏 해 보고 싶고 자기 손으로 밥도 먹어 보아야만 되겠다는 것이 가게를 낸 동기겠지요!

시작하고 보니 바쁜 것처럼 마음이 유쾌하고 재미스러운 것은 없다고 생각합니다. 다른 일이 아무리 바쁘다 해도 손님들이 벅신거리는° 것이 어찌 그리 좋은지 모르겠습니다. 상점을 낼 때의 상상에는 재미스럽지 못한 일이나 없을까 하였더니, 다행히 오시는 손님들이 다 점잖으십니다. 그리해서 날로 상점이 커지기만 바라는 마음으로 기뻐하지요. 그래 물건이 늘어 가는 것만 재미로 압니다. 문방구도 갖다 놓고 약품도 갖다 놓겠습니다.

자본은 얼마나 하면 하겠느냐 말씀이여요? 식료품 같으면 그렇게 많은 자본이 없어도 될 수 있다고 생각합니다. 처음부터 많은 자본 가지고 하는 것보담 적은 자본으로 소규모로 시작하는 것이 좋겠지요. 나의 생각 같아서는 한 천 원이면 족하겠다고 생각합니다. 물론 건축물이나 전화나 설비하는 것은 별문제로 하고, 물건 사들이는 데 한 800원이나 하고 유동 재산으로 200여 원이면 소규모의 상점이 되겠지요. 그리고 손님이 와서 찾는 것이 없다고 아니 할 만할 것입니다."

이렇게 이야기하는 판에 손님이 들이밀리고 전화가 따르릉따르릉 하고 퍽은 분주해서 더 이야기할 겨를이 없어서, 다음 기회로 미루고 기자

●벅신거리다 사람이나 동물이 제법 넓은 곳에 많이 모여 활발하게 움직이다.

는 돌아왔습니다.

　바라건대 이러한 방면에 여자의 활동을 처처에 보게 되었으면 좋겠습니다.

_一記者,●『신여성』1924년 10월호

●글투로 보아 방정환이 쓴 것으로 보인다.

쌍둥 미인의 진기한 연애 생활

독자 여러분은 지난번 호에 게재된 쌍둥[●] 색시 바올렛 양과 데시 양의 이야기[●]를 읽으셨으려니와 그 한 뼈에 붙은 몸이 걸음걸이와 잠자기에도 지극한 불편과 고통을 당하는 터이거든, 이제 그들이 사랑하는 남자를 가졌고 그중의 한 사람이 결혼을 하였다 하면, 듣기에 어떻다 하겠습니까?

여기에 새로이 소개하는 이야기는 전번에 소개한 바올렛 양과 데시 양의 이야기는 아니나, 역시 미국에 있던 사실로 그와 같은 한 뼈에 붙은 쌍둥이면서 그중의 한 사람은 결혼하여 아들까지 낳았다는 거짓말 같은 진기한 실제 사실입니다. 세상에도 진기한 쌍둥 색시는 어떻게 연인을 얻고 어떻게 결혼 생활을 하였는가……. 신기롭고도 눈물 나는 이야기를 들어 보십시오. (記者)

1. 기구한 운명 불쌍한 신세

기구한 운명을 타고 기구한 몸으로 태어난 여자! 허리가 맞붙어서 척

---

* 원제목은 「한 뼈에 붙은 두 여자 쌍둥 미인의 진기한 연애 생활」이다.
● 쌍둥 쌍둥이.
● 필자 김동성(金東成)이 쓴 「두 몸도 아니고 한 몸도 아닌 쌍둥 색씨 이야기」가 『신여성』 1924년 9월호에 실렸다.

추는 하나이면서 몸은 두 사람인 진기한 쌍동 색시. 그들의 이름은 한 사람은 쩌세 뿔레섹 또 한 사람은 로자 뿔레섹이었습니다.

그들이 시카고에서 멀리 뉴욕 시가*로 여행하여 왔을 때 여관으로 찾아간 신문기자에게, "한 몸이라고 할지 딴 사람이라고 할지, 이 로자가 만일 죽는 날이면 나도 따라 죽게 된다고 의사는 그런답니다. 어느 때던지 우리 둘 중에 한 사람이 죽으면 남은 사람마저 그날 그시에 죽는대요……" 하고 쩌세는 부끄럼 없이 이야기를 시작하였습니다.

그러니까 로자도 "참말이여요. 우리 둘은 걸음도 같이 걷고, 자고 일어나기도 같이 하는 것과 같이 죽기도 꼭 한날한시에 같이 죽는답니다." 하고 곁을 달았습니다.

처음부터 죽는 이야기가 나와서 기자는 퍽 측은하게 생각되었습니다. 그래서 "그게 정말일까요. 당신들은 그 말을 정말 그리리라고 믿으십니까?"고 물어보았습니다.

"믿고말고요. 정말이랍니다. 우리는 이때까지 구라파* 각국으로 돌아다니면서 유명한 의학자와 과학자에게 모조리 다니면서 진찰을 받고 시험을 해 보았답니다. 그러노라고 머리 끝으로부터 발끝까지 온 전신을 꼬집히고 집게로 집히고 꾹꾹 찔리고 별짓을 다 당했답니다. 그리고 엑스광선에 비치기도 하고 사진도 찍히고 그림도 그리우고 안 당해 본 일이 없답니다.

그러나 공연히 우리가 어리석게 시달리기만 하였지 한 사람도 시원한 말을 해 주는 사람은 없고, 다만 "두 사람을 따로따로 떼어 내지는 못합니다. 떼어 내려면 두 사람이 모두 죽겠으니까요." 하는 소리뿐이었

● **시가** 도시의 큰 길거리.
● **구라파** '유럽'의 음역어.

습니다. 한 사람이 병이 들었다고 두 사람이 앓는 것은 아니지마는, 한 사람이 죽으면 그 죽은 피가 저편 사람의 혈관으로 들어가는 까닭이래요. 우리 말을 못 믿으시면 독일 의사가 진찰한 보고서를 보여 드리지요. 잠깐만 기다려 주십시오."

하고 둘이 벌떡 일어서더니 조금도 거북스럽지 않게 네 발로 걸어가는데, 마치 게 모양으로 옆으로 모로 걸어서 저편 방으로 들어갔습니다.

2. 의학자의 보고서

그들이 가져다 보여 주는 독일의 유명한 의학자의 고심 연구한 보고서를 보면, 이 따로 떼어 낼 수 없는 쌍동 여자의 척추는 겨드랑이 밑에서 한참 내려가서 허리와 궁둥이는(아마 일곱째나 여덟째 아래) 두 몸이 한데 붙어서, 그 둘레가 37인치나 된다 합니다. 그런고로 그 한가운데서 좌우 두 몸뚱이 어느 편이든지 2인치 안에서 꼬집으면 두 사람이 다 같이 아픈 것을 느끼고 2인치 밖에서 꼬집으면 꼬집힌 그 사람만 아프지 이쪽 딴 사람은 아픈 줄 모른다 합니다. 그리고 궁둥이가 붙은 고로 둘이 한편을 향하여 나란히 설 수는 없지마는 그래도 45도의 각도로 삐딱하게 붙어 있는 고로 서로 저편의 얼굴을 볼 수가 있고, 조금 괴롭지만 몸을 비틀면 서로 입을 맞출 수도 있다 합니다.

이 쌍동 색시는 허리의 일부분만 한데 붙었을 뿐이지 두 사람이 다 각각 독립한 완전한 생리적 기능과 모든 기관이 갖추어 있다 합니다.

한편이 병이 들었다고 둘이 다 같이 앓는 법도 없고, 한편이 괴롭다고 둘이 다 같이 괴롭거나 한 일도 없다 합니다. 그리고 둘 중에 로자는 키가 조금 큰 대신 몸이 말랐고, 쩌세는 키가 1인치 적은 만큼 로자보다는 충실하다 합니다.

다리는 다 꼿꼿하게 붙어 있는 고로 걸음을 걸을 때 양인삼각* 경주를 하는 것처럼 안쪽 다리는 안쪽끼리 바깥쪽 다리는 바깥쪽끼리 똑같이 움직이는데, 싫어도 옆으로 모로 다니는 것이 편하기도 하고 안전하기도 하다 합니다. 그리고 둘이는 2층 층계에 오르내리기에도 그다지 불편하지 않고 어렸을 때에는 나무 위에까지 올라갔었다 합니다.

3. 신기한 연애, 결혼, 생산

"그런데……." 하고 기자는 보고서와 몸에 관한 이야기를 모두 듣고 나서 웃음의 말처럼 "인제는 두 분의 연애담만 빼어놓고는 모두 자세히 알았습니다." 하고 말머리를 돌려서 연애에 관한 이야기를 꼬여 내었습니다.

그러니까 "네, 연애 이야기가 듣고 싶으십니까? 우리에게도 로맨스가 있답니다. 훌륭한 로맨스가 있는데 그것은 로자예요. 로자에게는 훌륭한 애인이 있었어요." 하고 쩌세가 말하는 고로 기자는 놀래었습니다.

"정말입니까? 그럼 왜 그이와 결혼하지 않았습니까?"

"왜 아니 해요? 했답니다."

기자는 또 한 번 놀래었습니다.

"무어요? 결혼을 하였어요? 정말입니까? 당신들 두 분 중에 한 분은 처

● 양인삼각 이인삼각.

녀가 아니고 부인이란 말입니까. 그게 정말입니까? 어떻게 그렇게……."
하고 기자는 추궁해 물었습니다. 쩌세는 여전히,

"정말이여요. 로자는 처녀가 아니라 부인이랍니다. 푸란쓰 부인이여
요. 그런데 불행하게 그 남편 푸란쓰가 이번 전쟁에 전쟁하다가 죽었답
니다. 그러니까 로자는 과부(미망인)여요. 로자를 위로해 주는 아들은 있
지마는요."

기자는 또 한 번 놀래었습니다. 몸이 맞붙은 쌍동이 중에 한 사람이
결혼 생활을 한다는 것도 거짓말 같은 신기한 일인데, 아들까지 낳았다
하니 어찌 놀래지 않겠습니까.

"아들이 있다니…… 아들을 낳았어요? 그래그래, 그 아들은 죽었습
니까?"

"죽은 것이 무어여요. 지금 여기도 데리고 왔답니다. 퍽 귀여운 애여
요. 나에게도 정말 어머니처럼 잘 따른답니다. 지금 이리로 불러올 것이
니 만나 보십시오."
하고 쩌세는 옆에 방을 향하여 큰 소리로 "푸란쓰! 푸란쓰!"하고 불렀
습니다.

그러니까 그 방 방문이 열리고 뚜벅뚜벅 걸어 들어온 소년은 얼굴이
깨끗하고 어여쁘게 똑똑하게 생긴 귀여운 소년이었습니다.

이것이 큰 기적이 아니고 무어겠습니까? 도저히 한 몸이 따로 떨어지
지 못할 몸으로 연애하고 결혼하고 그리고 이렇게 귀여운 아들까지 낳
고, 실로 기적적인 이야기에 기자는 한동안 이상한 침묵에 잠기지 않을
수 없었습니다.

"함부로 실례의 말씀을 묻는 것 같습니다마는……."
하고 기자는 아주 모험하는 셈으로 로자에게 묻기 시작하였습니다.

"옆에 쩌세 양이 있는데 한옆으로 혼자서 연애하고 결혼하기는 퍽도 괴롭고 거북한 일이였겠습니다."

"네, 참말 괴로운 일이었습니다."

하고 로자는 직접 대답하기 시작하여,

"그렇지만 당신이 추측하시는 것보다는 그렇게 괴롭지 않게 잘하여 왔답니다. 이 쩌세가 퍽 약고 또 마음이 좋아서요. 우리들의 연애 사정을 퍽 잘 보아주었어요."

"그렇겠지요. 미안합니다마는 그 이야기를 좀 해 주십시오. 어떻게 사정을 잘 보아주었고 어떻게 결혼 생활을 하였는지요. 싫습니까?"

"아니요, 싫을 것은 없습니다. 이야기해 드리지요. 그러나 내 이야기를 하기 전에 쩌세의 이야기를 먼저 하지요. 쩌세에게는 그야말로 훌륭한 연인이 있었답니다."

"네? 쩌세 양께도 애인이 계셨어요? 그래 그이와 결혼하셨습니까?"

하고 기자는 쩌세에게 질문하였습니다.

"아니요……."

하고 로자가 대답을 대신 하면서,

"그 양반이 불행하게 작년 7월에 맹장염이라는 병으로 죽었답니다."

"에그, 그거 안되었습니다그려. 쩌세 씨에게는 그중 큰 불행입니다그려."

하고 쩌세를 향하니까 그는,

"아니요, 그것만이 큰 불행이랄 것은 없습니다. 우리들의 생활은 온통 불행과 슬픈 일뿐이었으니까요. 그까짓 일쯤은 오히려 우습습니다. 우리들은 이날 이때까지 불행한 일을 좋게 돌려서 스스로 위안을 얻기에만 애를 써 왔답니다.

쉽게 예를 들어 말씀하면 한편이 잠을 자면 한편은 잠이 아니 오더라도 가만히 따라 누워 있어야 하니까 그 고통이 여간한 것이 아니었습니다. 또 한편이 앞으로 바로 나가려면 또 한편은 싫어도 뒷걸음을 쳐서 끌려가야 하니까요. 그러노라니 여간 괴로웠겠습니까? 그러나 우리는 그것도 도리어 한 재미라고 생각하여 스스로 우리에게 위안을 삼아 왔습니다."

"그러니까 우리들이 어렸을 때에도 다른 아이들이 하는 장난은 대개는 하였습니다. 줄넘기, 공치기도 모두 하였습니다. 다만 숨바꼭질만 못하였을 뿐입니다. 나무에 올라가기도 원숭이 흉내를 내어 올라갔었습니다. 그러한 모든 짓을 할 때에 우리는 괴롭게 알지 말고 매사를 태평으로 알고 지내기로 하였습니다. 그래야 조끔이라도 위안이 되니까요. 그러나 아무리 태평으로 지내려도 안 되는 일이 많았습니다.

우선 우리들이 아무 데를 가도 우리 앉기에 편한 걸상이 없지 않습니까. 음식을 잠깐 먹으려도 상이 두 개 있어야지요. 의복도 모자와 구두와 버선만 보통 것이지 치마, 외투 같은 것도 보통 것은 못 입지 않습니까. 모두 새로 지어야 입지 않습니까?"

이런 이야기를 들을 때 기자의 눈에는 눈물이 고이는 것을 금치 못하였습니다.

4. 진? 기! 그들의 연애

그러나 기자는 책임상 싫어도 그 연애 이야기와 결혼 이야기를 자상히 묻지 않으면 안 되겠는 고로,

"네, 동정합니다. 그러나 내 책임이 있으니까 용서하시고 말씀해 주십시오. 로자 씨가 연애한 이야기를 자상히 가르쳐 주셔요. 어떻게 처음 푸란쓰 씨를 만나서 어떻게 연애를 하고 어떻게 결혼을 하였는지요."

"네, 이야기하지요."

"우리들은 처음에 아버지를 모시고 시골서 살았는데, 살림이 넉넉하니까 소도 있고 닭도 치고 마당에는 꽃이 그뜩하고 밭에는 여러 가지 곡식과 채소가 듬뿍듬뿍하였어요. 그런데 하로●는 쩌세하고 내가 새로 옷을 지어 입으려고 옷감을 사러 이웃 마을로 걸어가는데, 나무숲 옆을 지나노라니까 별안간에 나무숲에서 사납고 무섭게 생긴 큰 개가 우리를 물고 늘어질 것처럼 달겨들겠지요?

그래 우리는 깜짝 놀라서 평상시의 걸음걸이도 잊어버리고 겁결에 둘이 다 앞으로만 뛰어가려고 하니 되겠습니까? 그냥 쓰러질 뻔하였어요. 그런데 개는 멍멍 짖으면서 자꾸 달겨들면서 야단을 합니다그려. 그래 큰일 날 뻔한 때에, 그때 마침 멀리서 걸어오던 젊은 신사 한 분이 그것을 보고 뛰어와서 지팡이로 개를 때려 쫓아 주었어요. 그러지 않았더라면 우리는 그만 거기서 실신을 할 뻔하였답니다.

그래도 우리는 한참이나 정신 잃고 있다가 한참이나 지난 뒤에 간신히 놀랜 가슴을 가라앉혀 가지고 그이에게 감사한 인사를 하였습니다. 그때도 물론 말솜씨 좋은 쩌세가 감사하다는 말을 하였지요. 그러니까 그이는 모자를 벗고, "아니요, 천만에……." 당연히 할 일이지요. 하고 점잖게 인사 대답을 하여요.

그런데 그이는 우리나라에서 흔히 보는 귀족같이 생겼어요. 그이가 아

●하로 '하루'의 사투리.

주 귀족같이 점잖고 잘생긴 아주 신사다운 신사였어요. 그래 나는 그때 처음 그이를 보고 속으로 내가 저이를 그리워하게 되리라 하였답니다."
하고 로자는 사실대로 솔직하게 고백을 하였습니다. 그리고 다시 말을 이어서,

"그만하면 벌써 짐작하시겠지마는 그이가 나하고 결혼한 푸란쓰였답니다. 푸란쓰는 그곳 시가에 큰 상점을 경영하고 있었는데 우리는 곧 그이를 청하여 감사한 인사 대접을 하기로 하였습니다. 그러자 그때부터 푸란쓰는 아주 우리 집 식구의 한 사람처럼 친해져 버렸답니다. 그래 우리 집에 찾아올 때마다 우리 어머니를 보고, '따님들은 댁에 있습니까?' 하고 묻는 것이 으레였었습니다."

"아니여요. 그러지 않았어요. 틀려요."
하고 잠자코 있던 쩌세가 가로차고서,

"올 적마다 그렇게 물은 것이 아니라, '로자는 있습니까?' 하고 이렇게 물었답니다. 그래 나는 맨 처음부터 푸란쓰가 로자를 좋아하는 줄을 알고 있었어요. 푸란쓰는 나하고도 친하기는 하답니다. 그렇지만 그것은 그냥 아무 다른 의미 없이 그냥 친한 것이여요. 로자하고는 서로 연애를 하였어요."

"쩌세 씨는 어떻게 그렇게 똑똑히 알고 명언*을 하십니까?"

"그거야 뻔하지요. 맨 처음부터 푸란쓰 씨는 우리하고 이야기를 할 때에 걸상을 로자 가까운 편에 놓고 앉아서 이야기를 하지요. 그리고 만일 우리가 길다란 걸상에 앉았을 때는 반드시 로자의 옆에 가 앉아요. 그러니까 분명하지 않습니까?"

* **명언** 분명히 말함.

"그러면 실례의 물음이지만, 푸란쓰가 당신을 사랑하지 않고 로자만 사랑하는 것을 알았을 때에 어떤 태도를 가지셨습니까?"
하고 기자는 대담스럽게 물었습니다. 그리고
"쩌세 씨는 그런 줄 알면서도 그래도 그 옆에 있을 수밖에 없었겠지요." 하니까 로자는 기자의 말을 가로막아 가지고,
"네, 참말 나는 쩌세에게는 미안하였습니다. 어떤 때는 아주 미안스러워서 못 견딜 때가 많았어요……. 그래도 그럴 때마다 쩌세가 우리에게는 퍽 잘해 주었어요. 퍽 마음을 잘 써 주었어요. 어떤 때는 부채로 얼굴을 가리기까지 하고요……."

5. 결혼은 어떻게 하였나

"그럼 결혼식은 어떻게 하셨습니까? 댁에서 넌지시 하셨습니까?"
하니까 그 소리에 쩌세가 골이 난 것처럼,
"아니요, 넌지시가 무업니까? 참말 굉장하게 성대하게 하였습니다. 물론 교회당에서 하였지요. 사람들도 그렇게 많이 모여 본 적은 다시없었답니다."
하니까 로자가 또다시,
"혼인날은 쩌세도 나하고 같이 섰었지요. 그리고 신부복도 나 혼자 어떻게 입을 수가 있습니까? 하는 수 없이 옷은 같이 입고 내 머리에는 비단 수건만 하나 더 써서 색시라는 표를 하였지요. 그리고 손님들이 어떻게 많은지 교회당이 터질 지경이었답니다. 우리 동무들은 굉장히 훌륭한 선물들을 보내 주고요. 그리고 예식이 끝난 후에는 제일 먼저 쩌세

가 내 입을 맞추어 주었답니다."

"그럼 혼인 후에 신랑과 신부는 신혼여행은 어떻게 하셨습니까? 안 하고 고만두었습니까?"

"안 하기는 왜 안 해요? 했답니다. 그렇게 멀지 않은 곳으로 가서 그곳 여관에 열흘 동안이나 있었어요. 그런데 여관에서 숙박료를 세 사람 치를 내지 않았습니까. 숙박비가 굉장히 많아서 푸란쓰에게는 좀 미안하였지요. 그렇지만 어떻게 합니까? 떨어질 수가 없는걸이요."

"그럼 다 자세히 알겠습니다. 그런데 당신 아드님은 지금 나이가 몇 살입니까?"

"푸란쓰하고 결혼한 것이 5월이고 그 이듬해 1910년 4월 6일에 낳았으니까 꼭 만 열한 살이겠습니다. 아주 꼭 저의 아버지를 닮았어요." 하고 죽은 푸란쓰의 사진을 꺼내서 보여 주면서 "이것이 푸란쓰예요. 잘생겼지요?" 하였습니다.

진기하고도 눈물 나는 이야기는 이걸로 끝이 났습니다마는, 그 사진을 꺼내고 넣고 할 때에 한 사람이 허리를 구부리고 앞으로 수그리면 한 사람은 그와 반대로 구부린 사람에게 짊어지우는 것처럼 버듬하게 뒤로 버티면서 한 다리를 번쩍 들고 있다가 구부린 사람이 일어나야 내려놓는 것을 보고 퍽 불쌍한 생각이 났습니다.

그 후 요 이삼 년 전에 이 쩌세와 로자는 병으로 하여 둘이 같이 죽었다는 신문 기사를 보았습니다. (기자)

_―記者,* 『신여성』 1924년 10월호

● 본문의 필자 이름은 '―記者'로 표기되어 있지만 목차에는 필자 이름이 '목성 記'로 표기되어 있어 방정환의 글임을 알 수 있다.

은파리

1

에헴.

6월 여름! 때 좋아서 나는 나왔다.

너무도 미운 사람의 꼴이 보기 싫어서 『개벽』 잡지상에서 작별을 말하고 몸을 감춘 것이 재작년 9월!

그 후로 두문불출하기 꼭 두 해 동안이라, 파리의 세상에서는 보통 파리들이 죽었다 다시 태어나기 두 번, 즉 그들에게는 천지개벽이 두 바퀴나 된 것이라, 다행히 **은파리**인 덕으로 내 몸은 변한 것이 없으나 오래된 세월에 사람 놈의 세상은 얼마나 변했는가 싶어 궁금한 생각이 슬금슬금 동할 때, 『신여성』 편집장*의 "어서 나오라."는 독촉이 성화같은지라 못 이기는 체하고 나온 것이 6월 초여름의 이번 행차이다.

어째 나왔거나 나온 바에는 천하 유일의 은파리직을 발휘하련다. 나 사는 재미는 거기에 있으니까.

---

* 발표 당시 '풍자 만필'이라고 밝혔다. 목차에서는 '여학생 풍자' 「은파리」로 소개되었다.
● 『신여성』의 편집장은 방정환 본인이다.

눈은 샛별 같고 몸은 총알보다 빠르고 옷은 고운 은빛이고……. 이렇게 훌륭한 것이 모두 누구의 칭찬인 줄 아느냐? 알고 보면 은파리 내 이야기란다.

낮말은 새가 듣고 밤말은 쥐가 듣는다고 사람들은 영악한 체하고 그런 말을 하겠다. 그렇지만 나는 낮이고 밤이고 온통 모두 듣는 것을 어찌하나. 그뿐인가, 낮말 밤말을 듣기만 할 뿐 아니라 천장에 붙어서 바람벽에 붙어서 일정일동°을 모조리 보고 있는 것을 어떻게 하려느냐.

아무러한 곳에서라도 옳지 못한 짓을 하여 보아라. 다른 사람 못 보는 곳이라고 나쁜 짓을 하여 보아라! 은파리 눈에야 들키지 않을 법이 있을 줄 아느냐.

아무리 구석진 곳을 찾아가 보려무나. 바람벽에서 휘딱 날아서 모자 위에 올라앉거나 어깨 위에 몸 편히 앉아서 어데까지고 따라가고야 말 것이니……. 경찰서 형사의 미행보다도, 신문기자의 뒤쫓기보다도 은파리의 미행이 무서운 줄을 잘 알고 있어야 될 것이다. 돈 많고 권세 좋은 놈이 자동차를 몰아서 노름판이나 계집의 집에 행차를 할 때에도 그 차 안에 은파리가 동승하고 있을 것을 알아라. 교회당 단상에서 성경 설교를 하고는 돌아가는 길에는 모자를 우그려 쓰고 여학생 첩의 집으로 기어들어 갈 때에도 그의 등덜미에 은파리가 올라만 앉았을 것을 알아라. 학교에 간답시고 책보를 끼고 나선 트레머리°가 학교에는 안 가고 삼청동 솔밭으로 기어들어 갈 때에도 그의 어깨 위에는 은파리가 올라 앉았을 것을 알고 있거라.

● **일정일동** 하나하나의 동정. 또는 모든 동작.
● **트레머리** 신여성을 상징하는 머리 스타일로, 옆 가르마를 타서 갈라 빗어 머리 뒤에 다 넓적하게 틀어 붙인 여자의 머리.

*

거짓말로만 살아가는 사람 놈들의 세상, 거짓말하고만 잘살게 되는 이놈들의 세상에는 어떤 일이고 그 속이 있고, 그 속의 또 속이 있는 것을 나는 알고 있다. 아무 놈이나 붙잡고 그 뒤를 밝히면 죄는 쏟아져 나온다. 딴 밑천이 들춰 나온다. 그것을 나는 알알이 들춰내어야 한단다. 거기에 은파리의 살아 있는 값이 있단다.

언젠가 『개벽』 잡지에 끌려서 바쁘게 다닐 때, 놈들은 저희의 흉을 잡아내었다고 나더러 불령 파리●라 하였겠다. 불령 파리거나 무어거나 내가 상관하는 줄 아느냐. 너희 놈들이 뻔뻔한 얼굴로 잘난 체하고 살아가는 속세상을 들춰만 내면 그만이다. 보아라, 어떤 놈이 어떻게 걸려서 어떻게 쪼들리는가.

아차! 나와서 들으니까, 이 『신여성』이란 것은 여편네 것이라고 그랬지……. 좀 거북할 것 같다. 여편네, 여학생, 계집애……. 암만해도 좀 거북한 것 같다.

에라, 상관있느냐. 여편네거나 여학생이거나 역시 사람이다. 사람 일반엔 역시 거짓말로 살아가는 짐승일 것이다. 여편네고 사내고 가릴 것은 없다.

*

옛날에는 사내가 머리를 길러서 뾰죽한 상투를 매어달고 다닌즉 여편네는 가름자●를 딱 갈라서 머리를 아래로 내리 빗고 다녔었것다. 그러던 것이 무슨 바람이 불어서 그랬던지 사내들이 여편네보다도 더 홀

●**불령 파리** 일제강점기에 불온하고 불량한 조선 사람을 이르던 말 '불령선인'을 빌린 표현.
●**가름자** '가르마'의 사투리.

룽하게 가름자를 가르고 머리를 길러 내리 빗으니까 이번에는 여편네가 머리를 치올려서 북상투*를 짰고 다녔지…….

그러다가 여편네들이 무슨 생각을 하였던지 다시 삐딱하게 가름자를 내고 머리 위에 있던 북상투를 이번에는 머리 뒤에다 매달고 다녔겠다……. 그러나 그때까지도 남녀지간은 분명히 머리로 유별한* 시대였었다.

그러나 세상은 변하였다. 젖가슴이 허옇게 보이던 짧은 저고리가 배꼽에까지 내려오고, 그대신 신발 뒤축을 덮던 치마가 무릎 위로 올라가게까지 세상은 변해졌다. 무슨 말인지 모르겠으나 남녀평등, 남녀평등 하고 하나가 소리를 내니까 모두들 속도 모르고 옮겨 부르더니, 그래 그랬는지 저래 그랬는지 몰라도 여편네가 머리를 귀밑까지 잘라 버리기 시작을 하였다. 어쨌든지 머리로 유별이던 것이 머리로 평등은 된 세음*인 모양이다.

평등, 평등 하고 잠꼬대하듯 하거니 내가 무엇 하러 남녀를 가릴 것이 있으랴. 남자나 여자나 닥뜨리는 대로 그 뒤를 따르자. 한 겹 속의 살림을 뒤져 보기로 하자.

자아, 누구를 따를까? 무도가? 음악가? 운동가? 시인? 미술가? 한 사람도 오늘은 눈에 뜨이는 것이 없고나. 어데 눈에 뜨일 때까지 여기 이렇게 앉아서 한담이나 해 보자.

*

여자는 머리만 깎으면 유명해진다. '단발랑'*이니 '단발 미인'이니

●**북상투** 함부로 끌어 올려 뭉쳐 놓은 여자의 머리.
●**유별하다** 다름이 있다.
●**세음** '셈'을 한자를 빌려서 쓴 말.

하고 눈 처진 신문기자들이 자주 쫓아다니는 까닭이다. 그래 그런 기자의 수첩에는 신문에 난 사진보다도 더 똑똑한 사진이 붙어 다닌단다.

그러나 기자보다도 영악한 사람은 머리 깎는 여자겠다. 남편이 죽어서 머리를 깎아 버렸네, 시집가기 싫어서 머리를 깎았네, 공부하기가 싫어서 머리를 깎았네, 그럴듯한 소리만 골라다 하지만, 중의 대가리처럼 바짝 밀어 버리지는 않는 것이 그들의 약은 꾀이다.

콧부리 뾰족한 노랑머리 여자의 곱슬머리를 보고는 화젓가락˚을 귀서 생머리를 지지는 것이 조선 여자다. 외국에서 젊은 여자의 단발하는 것이 새로 유행한다는 소문이 조선에도 건너온 지가 꽤 오래되었다. 남편이 죽지 않아도, 시집가기 싫지 않아도, 나도 나도 하고 머리를 깎을 날이 며칠 안 남은 것을 가지고…… 불행하게도 조선서는 기생이 먼저 수입을 시킨 까닭에 의외에 유행이 늦어지는 것 같기도 하다.

머리 깎은 멋쟁이의 맵시를 주의해 보아라. 귀밑까지 보기 좋게 자른 머리를 불로 지져서 곱슬곱슬하게 하고, 비단 모자에 꽃을 달아 쓰고, 허리 가는 양복을 입고, 굽 높은 구두를 신고 나서서, 청국˚ 여편네 볼지를˚ 걸음걸이로 아장아장 아장거리면, 이크 단발 미인이다, 단발 미인이다 하고 길거리의 인기가 온몸에 몰려든다. 여기서 단발 미인의 허영심은 '그러면 그렇지!' 하고 만족한 미소를 살짝 띠운다.

머리 깎을 여자가 있으면 미리 일러두는 것이니, 먼저 비단 모자와 허리 가는 양복과 굽 높은 구두를 미리 장만해 놓고 나서 깎을 일이다.

● **단발랑** 단발한 젊은 여자.
● **화젓가락** 부젓가락. 화로에 꽂아 두고 불덩이를 집거나 불을 헤치는 데 쓰는 쇠로 만든 젓가락.
● **청국** 청나라.
● **볼지르다** 뺨치다. 능가하다.

그리고 또 한 가지 섬라*라는 나라에서는 여자라는 여자는 모두 머리를 깎는다는데, 모조리 아주 무르팍처럼 홀딱 밀어 버린단다. 누구든지 맨 먼저 이것을 수입하는 여자는 없겠느냐. 최신 단발 미인이라고 각 신문이 사진을 모셔다 낼 것까지 내가 보증을 할 것이니…….

*

공연한 잔소리만 길어졌다.

기어코 오늘은 아무도 못 붙잡고 말았고나. 벌써 해가 진다. 그리고 편집장이 맽긴 종이도 다 써 버리고 말았다. 이번은 오래간만에 처음 나온 인사로 이만큼 그치고 요다음에 한 사람 단단히 붙들기로 하자. 누가 걸릴 터인가. 어떤 여자가 뒤를 밟힐 터인가. 그것은 요다음 호까지 기다리는 재미……. 요다음 책에서 만나기로 하고 오늘은 쉬자.

2*

여기는 서울서도 유명한 ○○여학교.

잘생긴 여학생 많기로 이름난 곳이라 구지레한 남학생들의 눈에는 천당같이 우러러보이는 신부 양성소이다.

때는 열한 점* 20분. 비스듬하게 열려 있는 사무실 문으로 슬그머니 들어가니까 책상만 쭉 늘어놓은 방이 그야말로 죽은 드키 고요하게 비어 있다.

●**섬라** '타이'의 전 이름인 '시암'의 음역어.
●목차의 제목은 '독신 여교사의 속생활(은파리)'이다.
●**점** 시각을 세던 단위로 괘종시계의 종 치는 횟수로 세었다.

옳지, 상학° 시간이어서 모두들 교실에 간 모양이로구나! 아무래도 조금 있으면 하학종°을 치겠지. 어데 여기 앉아서 기다려 볼까?

하하, 이건 아마 여선생의 자리인가 보다. 다른 책상보다 가지런히 정돈해 놓은 책상머리에 파란 꽃병에 월계꽃 가지가 꽂히어 있구나! 그러나 월계꽃하고 석죽꽃°까지 한데 뭉쳐 꽂아 놓고 거기다 메꽃까지 찔러 놓은 것을 보면, 취미가 자기 깐°에는 보기 좋게 하노라 한 모양이지만 너저분한 사람인 모양이다. 조촐하게 생기지 않고 터덜터덜하고 욕심만 많은 사람인가 보다. 분명히 그렇지. 내 짐작이 틀리는 법은 없으니까…….

이크! 저기서 무엇이 꾸물꾸물한다. 한 사람도 없는 줄 알았더니 누가 있는 모양이다. 저 건너 책상 위에 커다란 우렁이 껍질 같은 것이 꾸물꾸물하고 있는 것이 분명히 트레머리! 코를 책상 위에 대고 무언지 정성스럽게 쓰고 계신 모양이다.

얼굴을 들어야 누구인지 관상을 해 보지……. 숙인 얼굴을 머리맡에서 보니까 까무잡잡한 콧등밖에 보이지 않는다. 저 코만 커 보이는 여선생이 누구일까……. 편물° 선생인가, 아니 아니 재봉 선생인가 보다. 옳지, 옳지! 얼굴을 든다.

으응, 나는 누구라고! 교수 잘하기로 유명한 S 선생이로구면…….

S 선생의 일은 내가 잘 알지.

경성여자고등보통학교와 또 그 사범과를 우등 성적으로 졸업하고 일

● **상학** 학교에서 그날의 공부를 시작함.
● **하학종** 학교에서 그날의 수업을 마치는 시간이 되었음을 알리는 종.
● **석죽꽃** 패랭이꽃.
● **깐** 일의 형편 따위를 속으로 헤아려 보는 생각이나 가늠.
● **편물** 뜨개질.

본 가서 3년 공부를 마치고 돌아와서 여선생들 중에는 고갯짓하는* S 선생. 일본 말 잘하기로 유명하고 교제 잘하기로 유명한 외에도 독신생활주의로도 유명한 덕택에 춘추 서른하고도 또 하나이시건마는 처녀 각시를 지켜 오는 갸륵한 선생님이시라, 학교 안에서도 S 선생님, S 선생님 하고 학생들에게 떠받치는 인기 많은 양반이다.

수수하게 틀어 넘긴 머리에는 별반 특징도 없으나 둥글한 얼굴과 서늘하게 큰 눈은 다정질*로 되고도, 입술은 얇아서 냉정해 보이는 S 선생님! 모처럼 찾아온 은파리의 방문은 꿈에도 모르고 붉은 줄 인찰지*에 무엇인지를 정성스럽게 베끼고 계시다. 이윽고 사무실 문이 빵긋이 열리고 교지기*가 고개만 디밀고 방끗이 들여다보고 나가더니 땡땡땡 하고 하학종 친다.

공부도 아니 하고 하학종 치기만 기다리고 있었던지 종소리가 끝나기도 전에 벌써 몇 년급*인지 2층에서 쿵쿵거리는 소리가 나기 시작하더니, 그만 온 학교가 모두 쿵쿵거리면서 운동장에는 와글와글하고 떠드는 소리가 나고, 마치 불난 집같이 소요스러운 중에 사무실에도 한 분씩 한 분씩 남선생, 여선생이 저마다 손에는 책 두어 권씩을 들고 모여들어 자기 자리에 앉아서 찻물을 마신다.

그러자 열예닐곱 살쯤 되어 보이는 얌전하게 생긴 여학생 한 사람이 마치 경찰서에 불려 오는 여편네같이 조심스럽고 겁나는 걸음으로 들어와서 S 선생님 앞에 와서 일부러 그러는 것처럼 공손하게 절을 하고

●**고갯짓하다** 고개를 흔들거나 끄덕이다. 여기서는 '잘난 체하다'라는 뜻으로 쓰였다.
●**다정질** 정이 많은 성질.
●**인찰지** 미농지에 괘선을 박은 종이.
●**교지기** 학교나 향교를 지키는 사람.
●**연급** 학년. 학생의 학력에 따라 학년별로 갈라놓은 등급.

나서 나직한 목소리로,

"저를 부르셨어요?"

그의 보기 좋게 늘어진 탐스런 머리는 그야말로 신발 뒤축에 닿는 것 같다.

"이리 와아!"

하고 의외에 불쾌한 소리로 꾸짖는 듯이 말하여 그를 뒤에 달고 사무실 문밖으로 쭈르르 나가기에, '야, 일대 비밀 사건 돌발이고나!' 하고 힝나케● 날아서 쫓아가 보니까, 그들은 응접실 조끄만 방에 S 선생은 걸 상에 앉았고 여학생은 잡혀 온 죄인같이 숙이고 서 있다.

"너 '민○호'란 사람을 아니?"

몹시도 똑똑한 하대(해라)로 이렇게 날카로운 소리로 묻는다.

여학생은 눈이 둥그레지면서 눈 밑이 빨개졌다.

"알어?"

"몰라요, 그런 사람……."

"정말 몰라? 바른대로 말해!"

"그럼 이게 무어냐? 이것도 모르겠니?"

하고 상 위에 털썩 내여놓은 것은 왜단●빛보다도 더 고운 분홍빛 바탕에 보랏빛으로 도라지꽃 그림이 놓여 있는 편지 봉투이다. 묻지 않아도 나는 알지……. 어느 남학생이 그 여학생에게 보낸 편지를 학교 규칙에 의하여 사이에서 사무실에서 뜯어 보니까, 사랑이니 그리우니 하고 달 디단 글자만 모아 써 놓은 것이다. 더구나 그것이 독신주의를 신봉하는

● 힝나케 힝허케. '횡하니'를 예스럽게 이르는 말.
● 왜단 일본 비단. 또는 일본식으로 짠 비단.

순결 무상●의 S 선생님 손에 걸린 것이다.

여학생은 그 봉투 뒤에 어떤 이름이 씌어 있는지 그것은 보지도 않고,

"정말 몰라요."

"몰르면, 어째서 이런 편지가 왔느냐 말이야!"

"정말 저는 몰라요. 어떤 사람이 했는지……."

"몰르면 그 사람이 네 이름을 어떻게 알았어?"

"누가 압니까. 저는 참말 몰라요. 아마 강연회나 토론회 때 독창할 때 안 거지요."

"그래, 정말 몰라?"

하고 흘기는 눈으로 쳐다보는 얼굴에는 30 처녀, 젊은 과부의 심리보다도 더 복잡스런 심리의 발동 같은 빛도 보이는 것 같았으나, 그것은 내가 잘못 본 것이겠지.

S 선생님께야 만만● 꿈속에도 그런 일은 없을 것이다. 선생의 제자를 생각하는 마음은 자식을 사랑하는 부모의 마음과 같다고 하지 않느냐. 선생이신 만큼 너그러운 마음에 그것이 그의 잘못이 아니고, 여학교에 흔히 오는 편지처럼 공연히 쫓아다니는 불량 학생이 어떻게 여학생의 성명을 알아 가지고 주책없이 써 보낸 줄로 안 모양이다.

나 같으면 그런 것쯤은 진작 알았을 일이지. 여학생하고 서로 알고 좋아하는 터이면 여학생이 학교 사무실에서 편지를 모두 뜯어 보는 규칙을 아는 터에 그 편지를 학교로 할 리가 있는가 말이야. S 선생님도 그런 일에는 경험이 없으셔서 좀 사정이 어두우신 모양이다.

"이담에라도 혹시 너의 집으로 이런 편지가 오드래도, 이런 것을 주

● **무상** (주로 '무상의'로 쓰여) 그 위에 더할 수 없음.
● **만만** 전혀. 아주.

고받고 하여서는 절대로 안 된다. 지금 건방진 학생들은 툭하면 연애, 연애 하지마는 연애가 다 무엇 하는 것이냐. 연애가 없이는 못 살 것처럼 날뛰지만, 그것은 다 나이 어리고 철모르는 사람들이 하는 소리야."

하여 가며 은연히 '나를 좀 보려무나.' 하는 뜻을 부지런히 보여 가면서,

"너 연애나 찾고 떠들던 사람들을 보려무나. 모두 남의 첩이나 나쁜 년이 되지 않았나……. 인생이란 것은 그런 것이 아니여요. 인생의 진정한 가치라는 것은……."

하면서 순순히 풀려 나오는 인생철학은 어느 틈에 독신주의 강연으로 변하여,

"……소위 결혼이란 것의 필요는, 여자들이 약자의 지위에 있을 때와 또 민지*가 어리석기 짝이 없던 시대에……."

하고 정신없이 열에 띠인 사람같이 입술에 침이 고여 가면서 설교할 때에, S 책상과 편지와 여학생의 얼굴에 튀어 떨어진 침방울이 수천 방울! 북과 나팔만 없을 뿐이지 구세군의 전도와 꼭 같은 정성, 꼭 같은 말솜씨이다. 이 설교를 듣고도 독신주의자가 되지 않는다면 우리 S 선생님은 땅을 치면서 통곡이라도 할 듯싶다.

청산유수같이 내리지르는 폭포와 같이 독신 찬미가 도도* 수천 언!* 그간에 점심시간 45분 동안이 어느 틈에 지나고 오후의 상학종*이 땡땡 울자, 섭섭한 중간 '아멘'을 고하고 여학생은 백방되었다.*

몇 년급에 무엇을 가르치러 가는지 점심은 먹을 사이도 없이 S 선생

● **민지** 국민의 슬기나 지혜.
● **도도** 말하는 모양이 거침 없이.
● **언** 말씀.
● **상학종** 학교에서 그날의 공부 시작을 알리는 종.
● **백방되다** 죄가 없음이 밝혀져 잡아 두었던 사람이 풀려나다.

은 자기 책상에 가서 술° 얇은 책 한 권을 꺼내 들고 바쁜 걸음으로 학생들의 뒤를 쫓아 2층으로 올라갔다. 무엇을 가르치는지 모르되, 이렇게 순결 제일의 여선생님께 교훈을 받는 여학생들은 다행한 사람이라 할 것이다.

공부하는 시간이 45분씩, 이 동안 은파리의 사무도 한 시간 휴식을 얻게 되었다.

새로° 1시 반. 고다음 시간이 또 시작되었다.

학생과 선생이 모두 교실로 모여 가고 사무실에는 S 선생과 수염 많이 난 일본 선생 한 분이 남아 있을 뿐이고, 어느 반에서인지 여학생들의 창가° 배우는 소리와 풍금 소리만 한가하게 들려온다.

잠깐 있자, 사무실 문이 벌컥 열리면서 남색 책보를 끼고 황급히 들어오는 젊은 남선생님 한 분. 이이가 학교 안에서 미남자로 유명한 도화° 선생님이다.

"왜 인제 와아?"

천만뜻밖에 S 선생님의 인사는 이렇게 점잖았다. 그러나 그 얼굴은 무슨 기쁜 빛이 환하게 넘치는 것같이 내 눈에는 보였다.

"왜? 늦었나?"

하면서 도화 선생은 담배를 피워 물었다.

"시계를 좀 보아요. 미술가라는 위인은 시간도 모르나? 또 어데서 입때껏° 재깔거리다가 왔지."

- ●술 책, 종이, 피륙 따위의 포갠 부피.
- ●새로 (12시를 넘긴 시각 앞에 쓰여) 시각이 시작됨을 이르는 말.
- ●창가 근대 음악 형식의 하나. 서양 악곡의 형식을 빌려 지은 간단한 노래.
- ●도화 미술.
- ●입때껏 여태껏.

"재깔거리는 게 무어야."

"그럼 이 애, 무어라니? 밤낮 그림 가르침네 하고 어중이떠중이 별놈별년을 다 사귀지 않느냐? 이 애 아니야?"

옆에 있는 수염 많은 선생이 조선말을 못 알아듣는 것이 요행이라고 아무 기탄없이 본색을 드러내 놓는다.

"그래도, 이 애 저 애 하고 그러네."

"그럼 무어라랴? 다른 년들처럼 여봅시오, 저봅시오 하고 선생님을 꼬아 받치랴?"

"그건 모두 다른 여자가 자기 같은 줄 아나 보이."

큰일이 생겼다. 적어도 독신주의로 30 유일* 세까지 순결을 지켜 온 그에게 말씨가 이렇게 가니까, 그의 존엄을 더럽히기 몇 천 몇 만!

"무얼 어째서? 내가 어떻단 말이냐, 내가 어땠단 말이야! 나 같은 줄 아는 게 무어야?"

나는 싸움이 나는 줄 알았다. 그러나 도화 선생도 천연스럽게 대꾸를 하고, S 선생도 그런 말을 노여워서 하는 것이 아니고 기쁨으로 하는 말 같이 보인다.

"그럼 아닌가? 좋은 사람만 보면, 선생님 선생님 하고 정신 모르지……."

"내가 누구보고 그랬어, 내가 누구보고 그랬어!"

"아무나 보고 그러지."

하면서 도화 선생은 일부러 이런 말을 던져 놓고는 피해 가는 사람처럼 변소로 가면서 여자의 웃음처럼 뱅그레 웃는다.

---

* 유일 오랫동안. 날수가 많음.

"에그, 요 깍쟁아!"

하면서 S 선생님의 정들게 흘겨보는 눈과 맵시 있는 아양과 향내 나는 말솜씨와는 참으로 정말 다시 얻어보지* 못할 천하일품이다.

그러나 여학생들의 학부형은 과도히 염려하지는 말라. 그들은 약은 사람이다. 학생이 보는 데서는 점잖고 신성하기 짝이 없으니까.

아무것으로나 유명한 S 선생님. 반드시 그의 가정에까지 볼 필요가 있다고 생각한 나는 하학 시간을 기다려 그의 어깨 위에 올라앉아서 독신주의의 S 선생님 가정 탐색으로 출장을 납셨다.

보니까 S 선생님 외에 주근깨 많은 여선생님, 얼굴 까만 여선생님, 세 분 동행에 문제의 도화 선생님도 빠지지 않았다. 주근깨 선생님과 까만 선생님 두 분은 전차에 올라타고 S와 도화의 두 분만 남으니까 이야기가 퍽 조용하여졌다. S 선생님이 먼저,

"저녁 먹고 와요. 나하고 진고개* 가. 응?"

"진고개는 왜?"

"나 무어 살 것이 있어. 싫어?"

"갈까? 좀 바쁜데."

"그러지 말고 꼭 와요. 내 기다리고 있을게."

작기는 하여도 열한 간 기와집에 안방에 늙으신 어머니 아버지가 계시고, 건넌방에 오빠 내외와 어린애 한 사람, 그리고 하나 남은 아랫방이 독신 궁전이다. 즐거운 담화에 마음이 한창 달떴다가 집에 들어와 안마루에 걸터앉은 S 선생님! 텅 빈 아랫방을 내려다볼 때에 퍽도 쓸쓸스런 생각이 나는 모양이다. 늙어 가는 몸이 아니냐.

●얻어보다 '찾다'의 사투리.
●진고개 서울 중구 충무로2가의 고개.

학교에서 보던 S 선생과는 아주 딴판으로 집 안에 돌아온 선생은 퍽도 불쌍한 사람같이 보였다.

"이 애야, 월급이 어떻게 되었니? 아까도 싸전에서 들어와서 한참이나 조르고 갔다."

내가 난 따님이건마는 '돈'이란 무서운 것. 어려운 윗사람에게 말하듯 기운이 아주 없었다.

"아이그, 글쎄 오라비보고 좀 변통해 보라고 그러세요. 인제 여름이 되었으니 흰 구두 한 켤레하고 여름 우산 하나는 사야 하지요. 삼복이 가까워 오는데 검정 구두를 신고 어떻게 학교에 다닙니까?"
하고 학교 교사로 다니는 것을 떠세●로 내세우니까 따님의 말이 모두 시체●인 줄만 알고 계신 어머님 말씀,

"에그, 그렇고말고. 여보 쌀값은 천천히 갚드래도 그 애 흰 구두하고 여름 우산은 사야 된다우. 선생님 선생님 하고, 그 많은 학생들에게 떠받치는 몸이 어데 그렇게 소홀하답디까? 다 남의 축에 싸이게 하고 다녀야 월급 벌이도 하지 않으우."

아버지는 잠잠. 건넌방에서 오라버니댁만 입 끝이 뾰죽하여 속으로 '흰 구두 안 신어도 잘만 다니네.' 하고 있는데, S 선생님은 후닥닥 뛰어서 아랫방으로 쑥 들어갔다.

보니까 한간방●이 꽤 깨끗하게 치워 있고, 책상 위에 바람벽에는 성모(예수 어머니)의 그림 사진이 금테 두른 사진틀에 끼워서 걸리어 있다. 딴은 독신주의자의 좋아할 듯한 그림이다.

● 떠세 재물이나 힘 따위를 내세워 젠체하고 억지를 씀 또는 그런 짓.
● 시체 그 시대의 풍습·유행을 따르거나 지식 따위를 받음. 또는 그런 풍습이나 유행.
● 한간방 한 칸짜리 방. 작은 방.

옷도 갈아입지 않고 책상 위에 엎드려 있더니 한참 만에 꿈꾸고 난 사람처럼 번쩍 고개를 들고 책상 서랍에서 편지지 책을 꺼내어서 겉장을 떡 제쳐 놓고는 만년필을 꺼낸다.

겉장 안쪽에 붙어 있는 분홍빛 압지*를 나는 주의해 보았다! 요전번에 쓴 편지를 눌러 냈으면 그 압지에 묻어난 글자를 보려고…….

있다! 압지에 외로 묻어 있는 글자, 분명히 편지의 맨 끝에 장을 누른 것이다. 일본 말로,

6월 14일 밤 달 밑에서
거친 들에 핀 쓸쓸한 꽃 SK
나의 그리워하고 사모하는
K 선생님 품에

흐리게 압지에 묻어난 것을 억지로 살펴보니까 이러한 소리였다. 그는 새로 만년필을 들고 쓰기 시작하였다.

'아아, 나의 그리우는 K 선생님!' 하고…….

아까 낮에 학교에서 남의 편지를 들고 여학생을 꾸짖던 이와 다른 인물인 줄 알아서는 안 된다. 그가 그고, 그가 그인 것을 놀래지 말고 알아두어야 한다.

여학교 당국자 제군! 여학생의 부형 제군! 이 꼴을 가리켜 어떻다 하느뇨.

●압지 잉크나 먹물 따위로 쓴 것이 번지거나 묻어나지 않도록 위에서 눌러 물기를 빨아들이는 종이.

3

파리도 날개가 늘어지는 가을이 왔구나…….

그러나 염려하지 마라. 「은파리」는 탄생하신 날이 양력으로 꼭 정월 초하로*란다. 가을이 오거나 눈이 쏟아지거나 은파리 두 눈이 쇠할 줄 아느냐.

그러나 똑 한 가지 『신여성』편집장이 '하기는 하되 조꼼 주의를 하여 달라.'고 성화를 대이는구나……. 요전번 은파리 때문에 각 여학교마다 말썽이 일어났다던가.

당연한 일이지. 내가 주의를 해야 할 필요가 어데 있느냐 말이야. 내 눈으로 본 대로 들은 대로 거짓말 보태지 아니하고 써 놓았을 뿐이니 그대로 알고 짐작 나는 것이 있으면 처리해 버릴 일이지. 편집장까지 그렇게 주의의 필요를 느낄 것이 어데 있단 말인가.

나는 ── 은파리는 이 기회에 아주 똑똑히 명언해* 둔다. 결코 없는 일을 꾸며 내지는 않는다고……. 사람 놈들 저희 연놈들처럼 그런 거짓말은 적어도 **은파리**는 아니 한다고…….

사실은 있거나 없거나, 잘못하는 일 나쁜 짓은 덮어 주고 숨겨 주기만 바라는 고 나쁜 심정! 이 사람, 연놈들아! 너희 연놈들의 바라는 바와 같이 잘못하는 짓도 고만, 나쁜 짓도 고만으로 잘잘못의 분별이 없는 세상이 되면 너희는 좋을 듯싶으냐?

잘못을 알아야 된단다. 나쁜 것을 똑똑히 보아야 된단다. 추한 것이 어떻게 길리워지고 나쁜 씨가 어떻게 심어지는 것을 보아 알아야 한단

● **초하로** 초하루. '하로'는 '하루'의 사투리.
● **명언하다** 분명히 말하다.

다. 그러지 아니하고 어떻게 너 한 몸만이 깨끗하기를 바랄 듯싶으냐.

두고 보아라. 은파리 때문에 제 죄에 우는 사람이 하나씩은 있어도 '은파리 송덕비'를 세우자는 의논까지는 생길 날이 있을 것이니…….

*

아차! 공연히 시간만 보냈다. 여학교 하학할 시간이 벌써 넘었구나. 오늘도 여학생을 놓치는가 보다.

옳지, 저기 가는 것이 저것이 누구냐? 책보를 든 것을 보니까 학교에서 돌아오는 길인 것은 분명한데……. 뒷모양이 조촐해 보이기도 한다. 짧지도 길지도 않은 흰 저고리에 저 얌전해 보이는 검은 치마를 보아라. 검은 목구두*에 흰 양말을 신은 종아리 장딴지에까지 내려오니 그렇게 보기 흉하게 짧은 치마도 아니구나…….

그 부드러운 검은 치마가 저고리 속에서부터 무언지 퍽 귀중한 것을 싸 가지고 나온 것처럼 주름 잡혀 있는 허리가 또 동그스름하게 굽은 선을 지어 가지고 다소곳하고 □하게 축 늘어져 있는 것이 벌써 뒤에 가는 젊은 사람의 가슴을 상하게 하는데, 그 가늘고 어여쁜 종아리와 목구두가 치마 끝을 얄근얄근 쳐 가면서 한 걸음 한 걸음 걸어가는 맵시야말로……. 아 아, 저것 보지. 그 뒤에 중절모자 쓰신 양복 청년 한 분. 마치 그 여학생의 발자죽*만 쫓아가려는 듯이 따라가는데, 코에서 나온 길다란 방울이 뚝 떨어지지도 않고 대롱대롱 매여달려서 윗입술에 닿을 듯 닿을 듯 하는구만…….

여학생은 교동 측후소* 골목으로 꺾어 들었다. 코 흘리던 청년은 골

●**목구두** 목이 조금 긴 구두.
●**발자죽** '발자국'의 사투리.
●**측후소** '기상대'의 전 이름.

목 모퉁이에 온종일 섰을 것처럼 서서 뒷맵시를 맥없이 보고 있고……. 나는 그제야 힝나케 날아서 여학생의 그 어여쁜 어깨에 올라앉았다.

아이그, 그 고운 살결. 분은 발랐건만 살결이 희어서 분이 눈에 뜨이지도 않겠는데 서늘한 눈, 나직한 코, 잠잠한 입모습*이 퍽 얌전하게 생긴 얼굴이지만, 이마 위에 앞머리를 가위로 베인 것을 보니까 모양도 내고 싶어 하는 아가씨가 분명하구면……. 무얼, 내 말이 틀리는 법 있던가. 앞머리에 가위질하는 여자치고 허영심 적고 연애소설 안 읽는 사람은 없으니…….

여학생은 어깨 위에 은파리를 모신 줄도 모르고 측후소 담을 두 번 꺾이어 익선동 골목으로 휘어들더니 조꼬만 납작한 기와집으로 쑥 들어갔다. 이렇게 작은 집 따님인가 하고 조꼼 이상하게 생각하면서 주의해 보노라니까, 벌써 부엌문 옆에서 40 넘은 부인이 담뱃대를 입에서 빼고 웃으면서,

"어서 와, 혼자 오나베. 우리 집 학생들은 다 왔는걸."

하는 것을 보니까 이 집이 여학생의 집이 아니고 다른 여학생들이 있는 하숙집인 모양이다. 그것 보지. 벌써 건넌방 뒷방에서 세 사람의 여학생이 튀어나오면서,

"아이그, 명자야! 이 애 어서 오너라. 조꼼 하마터면 늦을 뻔하였다. 학교에서 인제 오니?"

"아이그, 어서 올라와요. 얼른 먹고 얼른 가야지."

하고들 남학생들보다 더 수선을 피우는 것을 보니까 지금은 얼굴 고운 얌전스런 학생이 명자이고, 그네들은 어데 갈 약속이 미리부터 있었던

● 입모습 '입꼬리'의 사투리.

모양이다. 오늘이 토요일이니까…….

명자는 올라가서 건넌방에 들어가 앉았다. 몹시 향내가 나는 방이었다. 조꼬만 선반 위에는 바스켓 두 개가 철 늦은 흰 구두와 함께 얹히어 있고, 벽에는 구지레한 그림 조각이 두어 장 붙어 있고, 책상 위에는 책보다도 올망졸망한 상자가 더 많이 있었다. 그리고 조화 가지를 사다가 꽂아 놓은 것까지, 이 방에 있는 여학생들이 취미가 너저분하고 학교는 명자와는 딴판으로 ○○학교라 하나, 공부보다는 모양 내기와 돌아다니기에 더한 정성을 쓰는 사람인 것을 알 수 있었다. 오후 1시!

한편에서는 분을 바르고 머리를 틀고 치장하느라고 법석, 한편에서는 밥상을 가져다 놓고 재촉하느라고 법석.

"에그 명자야, 너도 여기서 같이 먹고 가자. 어느 틈에 너희 집에 또 갔다가 오겠니? 자, 어서 먹어라. 시간이 늦겠다. 벌써 창환 씨하고 경호 씨하고는 와서 기다리고 있겠다."

이렇게 권하고 또 수선 부리는 그들에 비교하여 명자는 너무도 깨끗하고 너무도 얌전하여 이런 축에 끼일 사람 같지 않았다. 그러나 명자는 처음으로 이런 축에 섞이는 것 같지는 않았다.

점심 먹고 또 한 차례 치장하고 여학생이 동관 큰길로 단성사* 앞을 지나 구리개* 일본 활동사진관* '황금관'* 앞에 이르기는 2시 10분 후였다. 아따 길거리에서 어떻게들 지나가는 사람들이 쳐다보는지, 남자들만 이 모양낸 여학생들을 쳐다보는 것이 아니라 여자들도 이 패들을

● 단성사 1907년 세워진 영화관.
● 구리개 서울 중구 을지로의 옛 지명.
● 활동사진관 '영화관'의 옛 용어.
● 황금관 1913년 세워진 영화관.

몹시들 쳐다보는 것을 나는 이날 처음 알았다.

황금관 앞에는 벌써 남자 양복 청년 두 사람이 지팡이까지 짚고 기다리고 있다가 반갑게 맞이하였다. 그중의 한 사람은 나도 아는 사람이다. 분명히 체부동 살면서 시외에 있는 ○○전문에 다니는 학생 S이다. 그가 부리나케 앞장서 가더니 일등 표 여섯 장을 사 가지고 와서, 넉 장을 여자 편으로 주고 앞장서서 들어가니까 여자들도 뒤이어 들어갔다. 명자는 맨 뒤에 따라 들어갔다.

나는 멋도 모르고 명자의 어깨에 앉은 채로 따라 들어갔더니 어떻게 캄캄한지 혼이 났다. 벌써 활동사진을 비치는 중이라고 그렇게 캄캄하다던가? 하도 캄캄한 속이라 나는 그 캄캄한 2층 일등석에 자리 잡고 앉은 그들의 행동을 자세히 볼 수 없었다.

활동사진에 비치는 서양 사람 연놈이 입을 맞추고 끼고 달아나고 할 때에 명자의 얼굴이 달아서 후끈후끈하기에 웬일인가 하고 살펴보니까, 어둔 속에서 옆에 앉은 S가 명자의 손을 꼭 잡고 있는 것을 보았을 뿐이다.

5시가 가까워서야 그들은 그 캄캄한 속에서 나왔다. 여학생들은 앞서고 남학생은 뒤서고 태연히 돌아오다가, 단성사 앞에서 남학생까지 다섯 사람은 아까 그 여학생 하숙집으로 가고 명자만 따로 떨어져서 철물교*로 지나 우미관* 골목 관철동으로 들어간다.

옳지, 인제야 저희 집으로 가는구나! 하고 나는 그의 집에까지 따라갔다.

그 집은 그렇게 크지도 작지도 않은 깨끗한 기와집이었다. 그러나 그

● **철물교** 서울 종로구 종로2가 사거리에 있던 다리.
● **우미관** 1910년 세워진 영화관.

의 아버지는 포목전을 경영하는 몹시 완고한 사람이고, 큰딸은 공부도 안 시켜서 시집을 보낸 지 오래고, 어떻게 바람이 불어서 명자와 명자의 손아래 어린 아들만 학교에 넣어 놓은 것이었다.

"오늘이 반공일이라는데 왜 이렇게 늦게 오니?"

하고 어머니가 내다보면서 묻기에 에크, 큰일 나는구나…… 하고 내가 먼저 걱정을 하였더니,

"아니에요, 오늘은 밤에 학교에서 토론회가 있으니까 그 준비하고 오느라고 늦었어요."

이렇게 엉뚱한 대답이 그 어여쁜 아가씨 입에서 나와서 어머니의 의심을 활짝 풀어 놓는다.

"에그, 토론회가 무엇 하는 거냐?"

"학생들이 연설하는 것이여요."

"여학생들이 연설을 해? 여학생이 연설을 다 할 재주가 있나?"

"저도 한답니다. 그래서 그것 준비하느라고 이때까지 있었어요."

"네까짓 것이 다 할 줄 아니? 그것 구경 좀 했으면 좋겠구나. 구경은 못 하니?"

"여학교 안에서 하는 것이니까 우리 학교 학생 외에는 아무도 안 들인다오."

"에그, 저런! 그것 좀 가 보았으면 좋을 걸 그랬구나."

하고 따님 연설한다는 통에 좋아서 입이 귀밑까지 벌어져서,

"그래, 네까짓 것이 무어라고 연설을 한단 말이냐…… 에그 어멈, 어멈! 복순 어멈! 어서 저녁 짓게. 오늘은 저녁을 얼른 지어야 아가씨가 학교에 연설하러 간다네. 연설하러 가요. 어서 빨리빨리 짓게……"

어머니란 속는 것. 연극장에 갔다 온 줄은 모르고 싱글벙글하면서 저

녁밥을 얼른 차려서 귀여운 따님을 먹여서 내어보냈다.

그러나 토론회가 있기는 정말 있는가 보다 하며 나는 토론회 구경할 욕심으로 그의 어깨 신세를 또 지기로 하여, 새로 갈아입은 비단 저고리 위에 올라앉아서 그 집을 나섰다. 그가 학교로 가려면 탑골공원 뒤로 돌아갈 터인데 웬걸 큰길 거리에 나서더니 덕흥서림* 앞에서 전차에 올라탄다. 학교에 간다더니 이 양반이 한강철교 가나 보다 하였더니, 웬걸 웬걸 그것도 아니고 조선은행 앞에서 내려서 경성우편국으로 쑥 들어간다. 대체 이것이 웬일인가 하였더니, 오 오! 알았다. 우편국 걸상에 앉았다가 명자를 보고 벌떡 일어서는 청년, 보니까 아까 그 ○○전문의 S 학생이다.

으흥, 너희가 진고개로 갈 모양이로구나 하였더니 정말 그들은 앞서거니 뒤서거니 남이 보면 동행인지 모르게 진고개 불 밝은 길로 휘어들었다. 한참이나 가다가 주춤하고 서서 망설거리는 곳, 그 앞에는 조꼬만 일본 요릿집이 있었다. 동행하기도 부끄러워하는 사람이니까 요릿집에는 안 들어갈 터인데 하고 나는 생각하고 있는 새, 그들은 쭈루루 그 옆에 있는 시계 안경집으로 들어갔다. 에그, 나는 시계나 안경보다는 요릿집이 더 궁금하다! 하고 나는 후루루 날아서 요릿집으로 들어가서 가제*로 만든 따뜻한 음식을 조꼼씩 실례하고 있었다.

한 10분쯤 지났을까, 시곗집에서 나온 명자의 손에는 어여쁜 조꼬만 팔뚝 금시계가 있었다. 물론 S 청년의 돈주머니는 아까보다 가뿐하여졌을 것이다. 그들은 그제부터는 볼일 다 본 사람같이 휘적휘적 걸어서 영락정으로 빠져서, 구리개 길로 나서서 전차도 안 타고 걸어간다. 또 무

● **덕흥서림** 서울 종로의 대형 출판사이자 서점.
● **가제** 임시로 대강 만듦.

슨 일로 전차도 아니 타노 하였더니, 잠깐 가다가 일본 사람의 사진관으로 쑥 들어간다. 사진을 박으면 낮에 박지, 왜 돈 더 주고 사진 나쁘게 밤에 박노 하였으나 내 사진 박는 것이 아니니까 잠자코 따라 들어갔다.

여자는 앉고(물론 새로 얻은 금시계 팔뚝에 걸고 소매는 높직이 걷고) 남자는 단장 짚고 섰고, 이렇게 두 내외처럼 사진을 박는데 구태여 그 사진에까지 내가 박혀서는 미안하겠기에 나는 밖으로 나와서 사무실 앞에 섰다. 그랬더니 사무실에 있는 사람들의 재미있는 담화,

"흥, 지금 온 것들도 그따위 짬짜미* 패들이지요. 그렇지 않고야 왜 밤에 박이러 오나요. 아주 저희끼리는 남매간인 체하지마는 사진관에서야 속나요? 그리고 저런 패들은 남몰래 밤에 박이는 것이니까, 사진도 꼭 두 장만 맨들어 주고 사진 유리는 깨뜨려 없애 달라고 조른답니다. 그렇지만 형사나 신문기자 들이 탐지하고 알아 가는 줄은 모르고 그러지요. 저런 패들이 수두룩합니다."

"누구든지 서로 사랑하게 되면 그냥 미쳐 버리니까 그렇지요. 나중에 그 사진이 형사의 손에 들어가거나 신문기자 손에 들어가는 것을 미처 아나요?"

그러자 명자와 S가 나오니까 그들의 이야기는 뚝 그쳐졌다. 아니나 다를까 그 S도 사진값을 내면서 어리석게도 신신히 당부하는 말이,

"주소는 적지 않겠소. 내가 찾으러 올 터이니까……. 그런데 석 장은 소용없으니 꼭 두 장만 만들고 유리는 아주 깨뜨려 없애시오."

하니까 아까 이야기하고 있던 사무원들이 고개를 숙이고 픽 웃었다. 사진관에서 나오니까 밤이 꽤 깊었다.

●짬짜미 남모르게 자기들끼리만 짜고 하는 약속이나 수작.

시치미 뚝 떼고 아장아장 집에 돌아가서 어머니가 연설을 어떻게 하였느냐고 묻기도 전에,

"에그 어머니, 나 오늘 연설을 제일 잘하였다고 교장에게 이것을 탔어요."

하고 팔뚝 금시계를 쓱 내미는 것을 보고 나는 그만 기절할 뻔하여 도망하듯 뛰어나왔다.

학교가 가정을 모르고, 가정에서 학교를 모르고, 고 틈을 타서 학교와 가정 그 사이에 딴 세상 하나가 요렇게 얌전하게 벌어져 있는 것을 주의하는 사람이 몇몇이나 되느냐.

_목성 記, 『신여성』 1924년 6~10월호

4. 남선˙ 부호 상 삼 형제 복마굴˙ 탐사기˙
—강길상, 강직상, 강택상 삼 형제 색마. 그들은 경쟁으로 젊은 여자를 찾는다

큰일 났다! 은파리에게 지급˙ 출장 명령이 내렸다. '삼 형제 색마로 유명한 경북의 큰 부호 강길상, 강직상, 강택상의 복마전을 탐사하여 그

● 남선 남쪽 조선.
● 복마굴 복마전. 마귀가 숨어 있는 집이나 굴. 비밀리에 나쁜 일을 꾸미는 무리들이 모이거나 활동하는 곳을 비유적으로 이르는 말.
● 제목에 '은파리' 또는 '은파리 미행기'라고 밝히지 않았지만 '은파리' 시리즈로 봐서 함께 수록했다. 『신여성』의 '은파리' 시리즈로는 네 번째이다.
● 지급 매우 급함.

들의 죄악 생활을 이번 공개장 호에 공개하라.'고 편집장[*]의 톡톡한 명령이 급하기가 번개같이 내렸다.

강길상인지 앙길상인지 내가 알 까닭도 없었거니와, 급히 가서 자상히 조사해 오라는 편집장의 호령에 한마디 대답도 못 하고 나는 그길로 붕하고 날아서, 차표도 없이 후루루 날아서 부산행 급행차에 올라타고 ○○ 지방에 출장을 납셨다.

○○ 지방이라고는 말만 들었지 어느 곳인지, 또 강길상 삼 형제가 어데 있는지 알지도 못하고 은파리도 처음에는 쩔쩔매었다. 그러나 남다른 눈과 꾀를 가진 명탐정 은파리 님! 기어코 길을 찾고 집을 찾아서, 알뜰살뜰히 놈들의 일동일정[*]을 고대로 그리어 가지고 와서 보고를 하였다.

그랬더니 제 마음대로 휘두르는 것을 '편집장'이 자상히 알아 오라고 그렇게 성화를 대고도, 천신만고하여 알아 가지고 오니까 이번에는 "그것들의 장래를 위하는 것과 한편으로는 그런 구렁에 빠져 들어가는 젊은 여자가 생기지 않도록 주의를 주기 위해서 공개하는 것이지, 그까짓 것이 그리 큰 문제가 되지는 못하는 것이니 되도록 간단하게(너무 추악한 것은 빼고) 보고하라."고 한다. 어데든지 편집장이란 것은 으레 그러한 법인지……. 왜 처음부터 대강대강만 해 오라고 하지 않느냐 말이야. 단단히 조사해 오라 해 놓고 자상히 해 오니까 이번에는 뺄 것 다 빼고 간단히 하라니…….

아따! 편집장 마음대로 하라자꾸나. 내가 애를 써 조사한 것이 좀 섭섭할 뿐이지 그렇게 안타까운 것이 무엇 있느냐. 대강대강만 보고서를

● 당시 『신여성』의 편집장은 방정환 본인이었다.
● **일동일정** 하나하나의 동정. 또는 모든 동작.

꾸며 보자.

*

강길상! 하면 백만장자로 남쪽 조선에 우레같이 떠들리는 이름이라, ○일은행의 두취*로도 그 이름이 높은 인물이다.

그러나 그보다도 더 아들의 사랑하는 계집 ○명화를 죽게 하고, 뒤미처 외아들 병천이까지 죽게 한 후에 자기는 시골 처녀에게 장가를 들려다가 뺨을 맞았다 하여 이름이 천하에 진동한 인물이다.

언제나 아니 그랬으랴마는 아들에게 준다던 돈 6만 원을 주지 아니하여 자살하게 한 후로는 그 몸과 그 집과 그 식구들에게 가을바람보다 더 싸늘한 바람이 불기 시작하였다. ○○남산정*에 그야말로 아방궁같이 꾸며 놓은 집을 가 보라. 간살*로 헤어* 보아 몇 백 간이나 되는지 알지 못할 만큼 굉장한 대궐을 한울*을 찌르게 지어 놓은 것이, 길상 영감의 주택이시란다.

안채에는 본 가족들이 있고, 앞에 따로 지은 집에는 십여 년래의 애첩 향란 마마가 누워 계시단다.

우선 안채로 들어가 본 가족을 방문하라. 지옥에 가서도 만나지 못할 얼굴 흰 귀신들을 만날 것이다.

허리를 꼬부리고 얕은 밥상에 턱을 걸고 앉았는 백발 노파, 그가 길상 영감에게 단 한 분 윗사람인 칠십 노모시란다. 돈밖에 모르는 집에, 돈

● **두취** '은행장'을 이르던 말.
● **남산정** 대구 중구 남산동의 옛 이름.
● **간살** '칸살'(일정한 간격으로 어떤 건물이나 물건에 사이를 갈라서 나누는 살)의 사투리.
● **헤다** '세다'의 사투리.
● **한울** 천도교에서 '하늘'을 달리 이르는 말.

밖에 모르는 살림에, 젊어서는 그 종년이 되었을 것이요, 늙어서는 다시 그 주인이 되어 돈으로 받는 재앙에 몇 고팽이* 풍파를 거치고 남은 노파⋯⋯. 칠십 생전에 손자의 자살까지 보고, 휑뎅그렁하게 큰 방에 혼자 꼬부리고 앉아서 한숨만 휘 쉬고 있는 그는, 한시 한시 죽어지는 날만을 기다리고 계시단다.

그러나 그보다도 더 불쌍한 사람이 있다. 몸은 마르고 말라서 뼈만 남고, 얼굴은 마른 나뭇빛 같은 부인이 머리를 흩어뜨리고 울고 앉았는 것을 보고, 귀신으로 알아서는 안 된다. 그가 길상 영감의 본부인, 숙부인이시란다.

몸은 부잣집 맏며느리라 하면서 그가 무슨 살림에 재미를 보았으랴. 무슨 행복을 느낄 새 있었으랴. 돈 많은 집 종년 된 덕에 남편의 정을 모르고 친척의 우애도 모르고, 고생 고생하던 끝이 아들의 자살까지 보면서 그냥그냥 살이 말라만 왔다.

백만장자의 본부인이다. 무슨 부족한 것이 있을 것이냐. 천하의 약이란 약은 이 집 창고에 그뜩이 쌓였고, 날마다 하는 살림이 약 먹기뿐이지마는 마음이 그렇듯 괴롭거니 무슨 효과가 있을 것이냐. 듣는 바에 의하면 아들이 죽은 후로 미치는 증이 생겨서 혼자 앉아서 자꾸 울다가는 그냥 그대로 아들 보러 간다고 정거장으로 뛰어나가기를 자주 한다.

이것이 설사 사실이 아니라 한들 무엇이 그에서 나온 것이 있을 듯싶으냐. 미치지 아니하면 아니하는 그만큼 더 괴로울 것이다. 그 회초리 같은 몸을 보아라. 그 썩은 나뭇빛 같은 얼굴을 보아라. 무덤 속에서 기어 나온 해골이 다시 그 무덤을 찾노라고 울고 있는 것이 아니면 무어라

● **고팽이** 어떤 일의 가장 어려운 상황.

하랴.

그러나 그보다도 더 불쌍한 사람이 있다. 길상 영감의 며느님, 죽은 병천의 아내다. 꽃이면 피어나는 봉오리 갓 스물(20세) 되는 어린 몸이 남편 죽은 날부터 이날까지 머리에 빗을 대지 아니하고, 때에 음식을 먹지 아니하고 좍좍 울고만 있구나. 머리는 풀어지고 얼굴은 누른지* 푸른지 짐작 못 하게 썩어서, 하얀 이불을 덮고 누워서 사철을 울고만 있는 꼴, 은파리도 그것을 보고 눈물이 핑 돌았다.

3년만 되면, 3년만 되면. 아아, 3년만 채우면 저도 남편의 뒤를 쫓겠다고 결심이 단단하여 그날그날을 지긋지긋이 보내고 있다.

죽기만 바라는 세 여인! 그 틈에 열두 살 먹은 따님 아가씨가 있으니, 그 앤들 어떻게 웃어 볼 날이 있을 것이랴. 할머니가 울고 어머니가 울고 홀로 된 오라비댁*이 울고 천진스러운 소녀도 그만 따라서 울고 울고 할 뿐이다.

누가 이 집에 들어가 보고 부럽다 할 놈이냐. 어느 계집이 부잣집에 시집가고 싶다 할 년이냐……. 고대광실* 찬란한 집! 그것이 송장을 싸고 있는 상여가 아니고 무엇이라 할 것이냐. 돈 많은 재앙, 돈으로 받는 앙화!* 돈 많은 살림을 보려거든 이 집을 보라. 이 세상의 암담한 지옥을 보려거든 이 집을 보라!

한울을 찌를 듯이 굉장한 집 속에는 네 식구 불쌍한 여인이 눈물에 젖어 있건마는 주인 영감은 어떻게 지내는 줄 아느냐. 이상하게도 밤에는

● **누르다** 황금이나 놋쇠의 빛깔과 같이 조금 밝고 탁하다.
● **오라비댁** '오라버니댁'(오빠의 아내)의 낮춤말.
● **고대광실** 매우 크고 좋은 집.
● **앙화** 지은 죄의 앙갚음으로 받는 재앙.

안에 들어와 자면서 낮이면 길상 영감은 앞채의 향란 마마의 방에 가서 때가 오정* 때 지나 밖에 손님이 있거나, 방문을 걸어 잠그고 온갖 추태를 마음대로 부리는 것이 날마다 보는 사무란다.

홍수에 쫓긴 백성들이 담 밖에 떨고 있어도 그는 낮에 향란의 방 속에 문을 걸고 있었다. 올 같은 흉년에 주민의 기근을 위하여 기부를 청하여도, 그는 역시 낮에 첩을 끼고 있었다.

늙은 색마와 음탕한 계집의 추태는 그뿐이 아니다. 향란이는 길상의 사랑을 받은 지 10여 년. 그 나이가 서른 넘었건마는 시기와 질투가 비할 곳 없는 계집이라, 낮에도 ○○○○○○○는 길상의 귀를 잡아 들고 다른 계집은 또 얻지 않겠다는 맹세를 시키는 것으로 재미를 삼는다. 그런데 그 입으로만의 맹세는 미덥지 못하다 하여 여러 사람 보는 앞에서 그 맹세를 벽에다 씌워 놓고야 만족하는 계집이다.

늙은 머리에 귀를 잡히고 벽에 맹세를 쓰는 맵시, 그 꼴을 활동사진* 으로 박았으면 큰돈을 벌 것이고, 그 글을 베껴서 책을 매었으면 꽤 팔아먹을 것이다. 그러나 그 벽에 씌어 있는 맹세 문구는 너무도 음란한 것이니 여기에는 빼기로 하자.

길상이 이야기는 그만하면 간단하게 된 것 같다. 그러나 길상 영감 최근의 큰 비밀, 이것은 그 가족들도 모르고 제일 그 맹세 씌우기 좋아하는 향란 마마도 모르고 있는 비밀이 있으니, 그것을 보고하고 말자.

길상이 그 아들이 자살한 후에 사당에 들어가서 대성통곡하며 영영 하직하고 나오더니 금년 정월에도 사당에 들어가지 못하고 안방에서만 눈물을 흘리고 말았는데, 그 후 신문 지상에 길상이 어느 시골 처녀에게

●오정 정오.
●활동사진 '영화'의 옛 용어.

장가를 들려다가 뺨을 맞았다 하는 것은 전연 허설*이었다. 그러나 여기에 딴 비밀이 있는 것을 나는 알았다.

길상 영감이 금년 삼월에 서울 장사동 서 씨(徐○○)의 딸 열아홉 살 먹은 처녀에게 장가를 든 것이다. 처음에 리○○이란 자를 시켜서 감쪽같이 속여서 혼인을 하려던 것이 중간에 탄로되어 서 씨가 크게 분개하니까, 다시 극력* 주선하여 돈과 땅과 집을 주어 간신히 뜻을 채운 것이다.

길상 영감은 그간에 자주 허설이 돌았으니까 이것도 향란 마마 앞에서는 거짓말이라고 부인하리라. 그러나 네가 혼인날 마흔여덟 살 먹은 늙은 머리에 사모 쓰고 관대* 띠고* 나설 때에 눈물까지 흘리지 않았느냐.

그리고 첫날밤을 색싯집에서 자고 오더니, 기운이 없고 춥다고 하면서 즉시로 약을 먹기 시작하면서 다시 신붓집에 가지 않기까지 하지 않았느냐. 불쌍한 처녀는 돈에 팔려서 몸을 버려 놓고 지금 네가 사 준 관훈동 새 집에 눈물과 한숨으로 독방을 지키고 있지 않느냐. 은파리 눈도 속일 줄 아느냐?

이 몹쓸 놈아, 아까운 처녀 신세를 생각하여서도 네 가슴에 반성의 기회가 없단 말이냐.

강직상! 하면 강길상의 동생이요, ○일은행 전무취체*로 역시 남쪽 지방에 이름이 높은 인물이다. 이 인물이 삼 형제 중에 제일 흥하고 제

● **허설** 빈말. 거짓말.
● **극력** 있는 힘을 아끼지 않고 다함. 또는 그 힘.
● **관대** 옛날 벼슬아치들의 공복으로 지금은 전통 혼례 때에 신랑이 입는다.
● **띠다** 띠나 끈 따위를 두르다.
● **전무취체** '전무이사'를 이르던 말.

일 색마라고 나는 보았다.

놈이 밖으로 드러나지 않게 하는 것만이 용할 뿐이요, 실상으로 색마의 기질을 갖춘 자라 할 것이다. 경월이, 옥향이, 엄 처녀 또 최근의 변금도, 이렇게 갈아들이고 갈아들여 가면서 둘씩 셋씩의 계집을 두고 성욕 착취를 하는 점에서, 삼 형제 중에 첫째라 할 것이다.

열일곱 살 된 딸은 지나간 오월에 혼인을 시켜 사위는 학교에 보내고, 그 아래로 열네 살 먹은 아들 두 아이와 유치원에 다니는 아이 한 사람, 이렇게 여러 식구를 본부인에 맡겨 두고 자기는 첩 지랄에 미쳐 날뛰는 인물이다.

길상의 아들 병천이를 죽게 한 것도 실상은 이 사람이다. 병천이가 남모(某)란 사람과 의논하여 ○대일보를 산다고 6만 원을 청구한즉, 길상이 네가 남에게 속지만 아니하면 돈은 얼마든지 주리라 하고 6만 원 내어놓은 것을 직상이 극력 반대하여 결국 돈을 주지 못하게 한지라, 병천이 삼촌 직상에게 덤비어 싸우면서, "우리 집에 내가 외아들이니까 나 죽은 후에 우리 집 재산을 네가 차지하려고 그러느냐!"고 소리쳤으나 하는 수 없어 기어코 자살해 버린 것이다.

놈은 병천이뿐 아니라 그 아우 택상과도 암투를 심하게 하는 자다. 길상의 앞에서 직상은 택상을 음해하고, 택상은 직상을 모함하여 서로 길상의 마음을 사려 하는 싸움은 실로 추악의 극이라 할 것이다.

강택상! 요놈이야 말로 교미기에 든 개새끼같이 할른거리는 놈이다. 직상은 나이나 들었지, 요놈뿐만은 앞으로도 몇 사람이나 또 버려 놓는지 모르는 가장 위험한 놈이다.

놈이 영국 소격란*에 가 있을 때에는 수십 원짜리 양말 사 신기와 수

백 환짜리 양복 사 입기 외에 공부라고 한 것도 없었지만, 그래도 다섯 해 전에 조선에 처음 돌아왔을 때는 외국 바람을 쏘인 만큼 조금 다른 점이 있었다.

처음에 나와서 큰형, 작은형이 밤낮 계집질, 첩질이나 하고 있는 것을 보고 기탄없이 형을 보고 "개 같은 놈들………."이라 하고 분개하였더라지…….

그래 놓고 자기는 영국식 고대로 '영국 유학생의 다른 점을 보랍'시고 세월 모르고 집구석에서만 썩던 본부인을 억지로 분 치장을 시켜서 자동차에 태워 가지고, 한동안 인천으로 수원으로 시원스럽게 돌아다녔던 것을 생각하면 은파리도 허리가 끊어진다.

해 보니까 재미가 없던지 어느 틈에 슬그머니 기생 류색이에게 취하기 시작한 것이 그릇 들어간 첫걸음이었다. 조선서의 첫정이라 류색이 정에 헤어나지를 못하면서 일본으로 어데로 마음 닿는 대로 돌아다니면서 돈을 물 쓰듯 하다가, 동경서 고학생에게 얻어맞기도 몇 번 하였다.

그러나 놈이 계집에 대하는 태도도 어떻게 해맹●이 없는가 보아라. 류색이라도 3년 동안 사는데, 그간에 일곱 번 헤어졌다가 여덟 번 다시 만났단다.

현산월이를 떼어 서울 원동에 칠십 간 대옥을 짓고 거들어 거들인 것도 몇 날이 못 가서 내쫓고, 작년 오월에는 총독부 의원에 있던 간호부 전효자라는 여자를 여러 가지로 속여서 요릿집 국일관에서 혼례를 치렀으나, 다섯 달 동안 괴롭게 굴다가 갖은 나쁜 소리를 지어서 쫓으려 하였으나 듣지 아니하고 기혼죄●로 몰면서 3만 원 청구 소송을 일으킨지라, 놈이 뒤가 급하여 대구와 경성 간을 왔다 갔다 하면서 마음을 졸

● **소격란** '스코틀랜드'의 음역어.
● **헤맹** 원문 그대로이다. 정확한 뜻을 알 수 없다.

이다가 기어코 저편 변호사를 돈으로 매수하여 소송을 취하시키고, 결국 5천 원을 주어 이혼하고야 한숨을 쉬었다.

그러나 놈은 벌써 그 사건이 끝도 나기 전에 ○성여자고등보통학교에 다니던 여학생 강춘자라는 평양 여자를 안아 들였다. 그러나 놈은 그것도 쉽게 염증이 생겨서 스스로 물러가기를 바라고 시골집 본부인의 곁방에 틀어박아 두었다.

그리고 금년 봄부터는 다시 기생 한 사람을 얻었는데, 놀라지 말라. 놈은, 하고많은 기생 중에 류색이의 동생 류앵이를 관계한 것이다.

이렇게 새로 류앵이에게 눈이 어둔 택상은, 한편으로 주머니가 마른 지 오래여서 동대문 밖 창신동에 새로 짓는 집 공비* 주선을 못 하여 대구, 경성을 번개같이 오르내려도 빚조차 얻을 수 없었다. 딱한 일로는 땅문서를 짊어지고 다녀도 은행마다 쫓겨나고 말았다. 하는 수 없어서 길상 형에게 머리를 굽히고 졸라서 간신히 짓던 집을 지어 놓았으나, 류앵이를 위하여 지은 집이 그 집 짓는 동안에 벌써 류앵이에게도 염증이 생겼다.

끝없이 음탕 방종한 생활에 잠겨 간 그는 벌써 성적으로 불구자가 되어서 오직 밤과 낮으로 꼬집고 간질이고 웃기고 하는 것에뿐 재미를 붙이고 있었다.

사랑*에 앉았다가도 누군가 문밖에서 찾는 소리가 나면 그만 전기에 찔린 사람같이 튀어서 안으로 도망을 하는데, 그것은 기부금 청하러 오는 줄 아는 까닭이라 반드시 "빌어먹을 놈들이 또 온 모양일세." 하고

● **기혼죄** 사기결혼죄.
● **공비** 공사비.
● **사랑** 집의 안채와 떨어져 있는, 바깥주인이 거처하며 손님을 접대하는 곳.

투덜거리는 것이 이놈의 입버릇이란다.

이러는 한편으로 그의 본부인(32세)은 수십 년 독방이 너무도 고적하여 친가 편의 누구와 추한 관계를 지었다 하여 큰 소동이 있었다 하나, 그것의 진부*는 이번에 조사할 길이 없었다.

난맥! 또 난맥! 놈들의 집안을 무어라 하면 좋으랴. 파리의 세상에는 그것을 형용할* 말이 없다. 강가의 삼 형제! 그들은 마치 계집질을 경쟁하는 감이 있으니, 놀라운 것은 그들이 이 앞으로 또 얼마나 많은 생명을 짓밟아 놓으랴 하는 것이다!!

그들의 집에는 수많은 불쌍한 여인이 울고 있다. 짓밟혀진 생명이 목숨 끊어질 날을 기다리고 있다. 또 누가 이 집에 기어들어 갈 것이냐. 또 누가 놈들의 돈에 눈이 어두울 것이냐.

난잡한 그들의 생활의 거의는 너무도 추악하여 여기에 뺐고, 간략한 공개에 그쳤거니와 이것이 단 한 사람이라도의 목숨을 구원하게 된다면 은파리는 다행으로 알겠다.

_銀파리, 『신여성』 1924년 11월호

5*

놀라운 일을 보았다. 아무도 꿈에도 생각 못 할 놀라운 일을 은파리가 발견하였다.

● **진부** 참됨과 거짓됨. 또는 진짜와 가짜.
● **형용하다** 말이나 글, 몸짓 따위로 사물이나 사람의 모양을 나타내다.
● '은파리 미행기'라는 제목으로 되어 있으며, 그 옆에 '가여운 여자 고학생! 간동 어귀의 이상한 집, 놀라운 일! 놀라운 일'이라고 기사의 부제처럼 쓰여 있다.

여기는 ○○여학교 변소 옆……. 때는 점심시간. 넓은 운동장을 내버리고 좋은 냄새 안 나는 똥뒷간* 옆을 찾아와서 단 두 처녀가 속살거리는 것을 보면 반드시 무슨 까닭 있는 이야기일 것이다. 은파리 왜 그것을 놓치랴고 부리나케 날아서 그 둘 중의 한 사람 어깨에 올라앉아 보니까…….

나는 그게 누구이라고. 인물 곱고 공부 잘하고 그리고 얌전하기로 유명하면서 시골집이 구차하여서 고학하는 탓으로, 학교 안에서 빈 마음뿐으로라도 많은 동정을 받는 ○영숙(가명)이로구나……. 그러면 알았다. 비밀한 이야기라야 또 학비 없는 걱정이겠지…… 하였더니 저편 여학생이 하는 이야기,

"글쎄 아주 점잖은 늙은 노인이란다. 예순 몇 살인데. 문밖에 무슨 고개라나, 그 고개 너머에 능이 있는데 거기 능참봉*으로 있고, 아들 한 분은 시골 ○○군 군수로, 또 작은아들은 ○○지방법원 판사래요. 아주 점잖은 집이더라. 그런데 아들들이 모두 지방에 가서 살고 자기 늙은 식구뿐인데 자기 역시 능에만 나가 있고 집에는 안늙은이*만 있게 되니까 적적해서 안되었는데, 점잖은 집에서 세는 들일 수가 없고 그러니까, 공부 재주가 있으면서 공부 못 하는 여학생이 있으면 수양딸처럼 여기고 건넌방에 있게 하고 먹여 주겠다는구나. 그래 내가 그 이야기를 듣고 네 생각을 하고 지금 하는 말이니, 이따가라도 나하고 같이 가자꾸나. 가서 허허 실수로 그 집에 가서 보면 알 것 아니냐. 그래 그런 집에 네가 있게 되면 좀 좋겠니……." 한다.

● 똥뒷간 '뒷간'의 사투리.
● 능참봉 조선 시대에 능을 관리하는 일을 맡아보던 종구품 벼슬.
● 안늙은이 여자 늙은이.

그 말을 듣고 나도 반가웠다. 영숙 처녀를 위하여 잘된 일이라고 생각하였다. 그래 영숙이 대답이 어떻게 나는가 하고 나도 궁금한 마음으로 수그린 그의 얼굴을 보았다.

"그런 데라도 있게 되었으면 좋지만, 부끄러워서 어떻게 가니……."

좋으면 가기는 갈 뜻인 것이다.

"너도 별소리를 다 하는구나. 늙은 할머니 같은데 무에 부끄러우냐! 젊은 사람이 있어야 부끄럽지. 그러지 말고 이따가 나하고 가 보자꾸나. 가 보아서 좋으면 있고, 이상스러면 고만두면 그만이지……."

"그래도 부끄럽지……."

"글쎄, 부끄럽지 않아요. 우리 집에서 가까운데 그 집 행랑어멈이 우리 집 어멈보고 그런 말을 하드란다. 그러니 우리 집에 가서 우리 집 어멈을 데리고 가면 그만 아니냐. 그러구 우리끼리 가서 말하기가 부끄러우면 우리 어머니도 모시고 갔으면 더 좋지……."

"그럼, 그러자. 너희 어머니하고 같이 가자."

영숙이는 그제야 간신히 대답하였다.

상학종*이 뗑뗑뗑뗑. 자아 큰일 났다. 이따가 하학* 후에 그 집에 쫓아가 보기는 하여야겠는데, 두 시간이나 기다려야겠으니 교실에까지 들어가 기다리고 있을까 어쩔까……. 교실에까지 들어간대야 별로 재미있는 일이 있을 리도 없고, 어데를 다녀오자니 놓칠까 겁나고……. 에라 얼른 갔다 오면 그만이지 하고 나는 곧 학교를 떠났다.

*

두 시간 후이다. 그 많은 여학생들이 재깔거리면서 돌아가는 틈에 나

● 상학종 학교에서 그날의 공부 시작을 알리는 종.
● 하학 학교에서 그날의 수업을 마침.

는 영숙이를 찾아서 그의 어깨 위에 올라앉아서 그들의 간다는 곳을 따라갔다.

안내하는 여학생이 중학동 자기 집에 들러서 어머니와 행랑어멈을 내세워서 네 사람 동행으로 광화문 대궐의 동십자각 앞에서 삼청동 쪽으로 개천 옆 큰길로 올라가다가, 건춘문 비스듬하게 건너편 쪽 골목으로 들어가는데, 보니까 그곳 집집의 문패 옆에는 '간동'이라고 적히어 있었다.

이윽고 어느 남향 대문 집 문패는 최상○이라는 호주의 문패와 또 역시(아까 그 여학생이 하던 말을 생각하면 그의 아들 두 사람의 이름인 듯도 싶은) 최○○, 최○○라는 문패가 걸리어 있다.

무슨 집이며, 어떤 사람인가…… 하는 의심과 궁금증은 결코 나뿐만이 아니었을 것이다. 우선 영숙이 당자●의 궁금증이 어떠하였을 것이냐.

집도 상당한 집이었다. 대문 들어서서 행랑이 있고 또 사랑채가 있고 사랑 옆에 중문이 있고 중문 안에 또 안행랑(전에 안사랑으로 쓰던 것)이 있고, 거기서 또 문 하나를 들어가니까 그제야 안마당과 안채이었다. 주인 부인은 보아하니 후취댁인 듯싶게 조꼼 덜 늙어 보이는데, 중류를 지나 상류 가정이라 할 조촐한 젊은 마나님이었다. 들어온 손님을 안방으로 맞아들이는데 안방 안의 세간 기구이며 깨끗한 평풍,● 방장●에 이르기까지 제반 것이 모두 훌륭하였다. 같이 온 여학생의 어머니가 온 뜻을 말하니까 말씨까지 점잖게 하는 젊은 마나님의 대답이 아까 학생 변소 옆에서 듣던 것과 다르지 않았다.

●당자 당사자.
●평풍 '병풍'의 변한말.
●방장 방문이나 창문에 치거나 두르는 휘장. 흔히 겨울철에 외풍을 막기 위하여 친다.

아들 두 사람이 모두 높은 벼슬을 하여 시골 살림 하는 것이며, 주인 노인이 능참봉이어서 능에 많이 나가 있는 것이며, 그래서 집 안이 적적하다고 건넌방에 얌전한 여학생이나 조카딸같이 여기고 두었으면……하였다는 것이 먼저 들던 말과 조꼼도 다르지 아니하였다. 그래서 의심과 궁금증이 적이 풀리었다. 영숙이나 동무나 동무의 어머니나 아주 안심하였다. 그래 영숙이가 와서 있으려 한다는 말을 건네었다. 마나님은 여러 가지로 영숙이의 사정을 물어보아 가면서 마디마디 영숙이의 사정에 동정하면서 오늘부터라도 와서 있으라는 승낙을 하였다.

이야기가 아주 손쉽게 어우러져 맞으니까 영숙이는 내일 이리로 옮겨 오기로 하고 모두들 그 집에서 나왔다.

이튿날 학교에서 하학한 후에 영숙이가 책보와 옷 보퉁이를 가지고 그 집에 갔을 때는 주인 노인이 있었다. 키가 남자의 키로도 적지 아니하고, 얌전한 깎은 머리에는 흰머리가 드문드문하면서 미리 상상하던 것보다도 몇 배나 더 점잖은 노인이었다. 노인은 영숙이를 정말 조카딸같이 대접하면서 안방에서 책상 한 개를 건네어준다, 조꼬만 경대 한 개를 건네어다 준다 하면서 끔찍이 친절히 하여 주었다.

젊은 마나님도 끔찍이 좋아하면서 자주 건넌방에 건너가 볼 뿐 아니라, 될 수만 있으면 안방에 자주 와서 있으라 하였다.

저녁밥도 영숙이로는 서울 올라온 이후로 별로 먹어 보지 못하였을 만큼 깨끗한 상에 상당한 반찬으로 안방에서 주인 부부 앞에서 먹었다. 그리고 밤에는 아까 그 동무가 찾아와서 둘이 같이 안방에 건너가서 여러 가지 이야기를 재미나게 하여 드렸다.

밤이 9시가 지나서 동무는 가고 영숙이는 건넌방에 돌아가 자리를 펴고 방문을 걸었다. 조용한 집 밤이 조용하게 깊어 갔다.

젠장, 이렇게 아무 별 까닭이 없으면 은파리야말로 싱겁지 않은가…… 하고 입맛을 다시며 돌아오려고 하였더니, 방문을 꼭꼭 닫아 놓았으니 나아갈 구멍이 있어야지? 하는 수 없다 묵고 가자 하고 색시의 머리맡 책상 위 책보자기 구김살 틈에 자리를 정하고 누웠다. 그러나 아무리 생각하여도 싱겁고 이상스러워서 공연한 안될 의심만 자꾸 일어나고 잠이 오지 않았다.

이튿날 아침이었다. 이른 새벽부터 주인 마나님은 하인을 불러서 학교에 갈 시간이 늦지 않게 해야 한다고 용심*이 대단하였다. 학교에 가는 시간을 처음 맞춰 보는 것이라 하인도 꽤 수선히 굴었다.

주인들의 대우가 그러면 그럴수록 내야말로 싱거워 못 견디었다. 돈 있고 마음 좋은 점잖은 노부부가 적적한 것을 잊기 위하여 불쌍한 여학생을 구호하여 공부시켜 준다는 것이야 어데든지 있을 듯한 이야기가 아니냐.

그것을 공연히 이편에서 딴 의심 먹고 무슨 큰 비밀이나 들쳐낼 것처럼 벼르고 쫓아왔으니 내가 잘못일 뿐이 아니냐. 은파리도 이렇게 실패를 하는 때가 있는가 하고 생각하니까 은파리도 코가 꺾이는 것 같고 자존심이 더럽혀지는 것도 같아서 그래도 어데 조사나 한번 해 보자 하고, 영숙이가 아침 먹고 책보 끼고 노부부에게 "다녀오겠습니다." 하고 학교로 간 후에 나는 후루루 날아서 이웃집으로 날아 넘어갔다.

●용심 마음을 씀.

6[•]

간동 어귀의 채 씨(전 호에 최 씨라 함은 그릇되었음) 노인의 집! 돈 있고 식구 적은 노인 부부가 돈 없이 공부하는 여자 고학생을 수양딸 삼아 데리고 있겠다는, 듣기에도 감사한 자선 노인의 집이건마는 영숙 처녀가 이 집에 있게 되면서부터 공연한 의심이 나서 뒤를 캐어 보고야 말리라고 이웃집 담을 날아 넘어가니까, 꼭 마침 좋은 때! 그 집에서도 채 씨 집 소문이 벌어진 판이었다.

"에그, 참봉 집에 여학생이 또 갈아들었어요."

하고 어린애 업은 행랑어멈이 말을 내니까,

"아니 이왕 있던 여학생이 여러 날째 보이지 않더니 또 다른 여학생이 왔어?"

하고 주인아씨의 이상해하는 말,

"이상도 하지. 다 늙은 영감의 집에 무슨 놈의 여학생이 그렇게 자꾸 갈아들까……."

"그런데 이번 새로 온 여학생은 오던 중에 제일 얌전스럽게 생겼는걸요? 인물도 예쁘고요."

이야기는 더 자상히 들어가지 못하였지마는 은파리 머리에는, '그 집에 여학생이 자꾸 갈아든다.'는 말을 놓치지 않고 치부해 두었다.

하하, 그러면 그렇지……. 은파리 머리에 의심스럽게 비친 것이 일그러지는 법은 없는데 그놈의 집이 무슨 집인지 까닭이 없을 수 있느냐. 60여 세의 늙은이밖에 없는 이 집에 까닭이 있다면 무슨 까닭이 있을지,

● '5. 은파리 미행기'에 이어지는 이야기이다. 제목은 「은파리 미행기」로 되어 있다.

그것을 내가 밝혀내고야 말 것이다.

자기보다 먼저 이 집의 방에 몇 사람의 여학생이 살다가 간 줄은 꿈에
도 알지 못하고 영숙 처녀는 아무 불안과 불편도 느끼지 않고 편히 있으
면서 통학하는 모양이었다. 그러나 인물 잘나고 공부 잘하고 얌전하고
그렇게 아까운 영숙 처녀의 몸에 불행이 있어서야 쓸소냐 하고, 나는 염
려하는 마음과 궁금한 마음으로 저녁마다 한 번씩, 혹은 밤중마다 한 번
씩 이 집에 들르기를 게을리 아니 하노라고 날개가 해어질 지경이었다.
열흘, 보름, 스무 날 무사히 지나는 동안에 근심이 덜리어 그런지 영숙
의 얼굴도 피어오르는 꽃송이같이 좋아지더니…… 좋아지더니…….

년들아, 놈들아……, 아아 사람의 연놈들아! 이 무지한 꼴을 보아라.
하로●는 달 밝은 깊은 밤에 집안 사람들이 깊은 잠든 때 머리 흰 육십
노인, 채 참봉이 마루를 건너 영숙의 자는 방에 숨어들더니, 꽃은 산산
이 흩어지고 말았다.

이튿날 아침에 태연히 안방에서 내려 나오는 채 노인의 그 점잖은 풍
채를 볼 때에 이 세상 누구인들 그가 그렇게 늙고 점잖은 몸으로 손녀딸
같은 어린 여학생의 몸을 더럽히는 줄을 알 것이냐…….

아무런 말 한마디 하지 못하고 학교에도 못 가고 자리에 누워서 버려
진 몸을 걱정하는 영숙이뿐만이 불쌍하기 한이 없었다. 그러나 약한 것
은 여자라 하지만 그중에도 약한 것은 세상모르는 계집아이다. 부끄럽
고 겁나는 마음에 밖으로 말은 내이지 못하고, 속으로 마음은 졸이면서
지긋지긋이 끌리어 구렁의 속으로 속으로 들어가는 것이다.

나이 많고 풍상 많이 겪은 여편네처럼 발악을 하거나 얼른 뛰어날 용

●하로 '하루'의 사투리.

316

기도 없고, 그렇다고 시원스럽게 결심하고 그 경우에 만족해 있으려는 결단력도 없고, 남에게 얼굴도 못 뵈고 누워서 어쩌면 좋은가 어쩌면 좋은가 하고 조비비듯* 하다가, 전보다 몇 배나 더 친절히 구는 주인의 침노*를 계속해 받게 되고 말았다.

사흘째 학교에 아니 가니까 동무들이 찾아왔다. 그러나 어쩐들 영숙이가 동무에겐들 사정을 하소연할 수 있었으랴. 재주껏 재주껏 힘을 다하여 그러한 눈치를 감추고 말았다. 그리고 이튿날부터는 태연히 학교에 다니기 시작하였다.

마치 요술쟁이의 요술에 걸린 것처럼 영숙이는 아주 채 노인의 수중의 물건이 되었건마는 영숙이에게 휘어날아도 도리가 없었고, 상대가 늙은이인 만큼 아무도 그 눈치를 채인 사람이 없었다.

그러나 한 달이 조끔 지나서 늙은 색마는 영숙의 몸에도 싫증이 생겼다. 그래서 영숙이를 처치하려고 찾아간 곳은 간동 바로 이웃 동리 ○○동 골목의 조꼬만 초가집 황 모의 집 대문간 방이다. 40여 세의 구지레한 갓잽이* 황가를 보고,

"여보게 지금 데리고 있는 그 애도 차차 어데로 보내 버려야겠네. 아이 얼굴은 얌전하건마는 너무 몽총하기만* 해서 데리고 장난할 재미가 있어야지……. 아무 데나 우연한* 놈이 있거든 맡겨 보내세그려."

"있기는 있습니다. 어느 보통학교 교사라 하는데, 한 서른두세 살 되었더군요. 그런데 제 말은 상처하고 여학생에게 장가를 들겠다 하는데,

● **조비비다** 마음을 몹시 졸이거나 조바심을 내다.
● **침노** 성가시게 달라붙어 손해를 끼치거나 해침.
● **갓잽이** 갓장이. 갓을 만들거나 고치는 사람.
● **몽총하다** 붙임성과 인정이 없이 새침하고 쌀쌀하다.
● **우연하다** 우연만하다. 웬만하다. 어지간하다.

그까짓 말이야 누가 믿습니까. 제 말은 먹을 것도 시골집에 많고, 제 월급도 120원이라던가요."

"그거 마침 잘되었네. 첩으로 가거나, 먹을 게 없거나 우리가 걱정할 것 무언가. 보내기만 하면 그만이지…… 그럼 그렇게 속히 어울려 놓게 그려……."

이러고 둘이 같이 나서서 채는 저 집으로 가는 모양이고, 황은 지금 말하던 보통학교 교사라는 자의 집으로 가는 모양 같기에 나는 황가의 어깨에 날아 앉아 따라갔겠다.

동아일보사 앞을 지나 재동을 꿰뚫어 계동 중턱의 조꼬만 기와집 사랑채에 들어가더니 삼십이삼 세 되어 보이는 얄밉게 생긴 남자와 마주 앉아서 황가의 말,

"아주 썩 훌륭한 곳이 생겼습니다. 그건 참 다시 구하려야 구할 수 없는 훌륭한 곳입니다. 저 간동에 채 참봉이라고 새문* 밖 ○○능 능참봉으로 계신 노인이 계신데, 아주 점잖은 노인이고 그 자제들도 모두 훌륭하지요. 한 분은 군수이고 한 분은 판사입니다그려. 무어 다시 말할 것도 없는 집안이여요. 그런데 그 채 참봉 노인 댁에 경상도 색시 한 학생이 와서 있었지요. 일가가 되거나 친척은 아니지만 채 노인하고는 아주 어려서 같이 자란 죽마고우의 손녀랍니다. 그래 시골서 보통학교를 우등으로 졸업하고 서울로 공부를 보낼 터인데, 어린 처녀를 외롭게 서울로 보내면 만사가 미덥지 못하다고, 채 참봉에게 부탁부탁하여 제발 좀 데리고 있어서 사람 꼴을 만들어 달라고 졸라서 채 참봉이 친구 의리에 거절하지 못하고 이때까지 다섯 해를 데리고 있으면서 학교에 보

● **새문** '돈의문'(조선 시대에 건립한 한양 도성의 서쪽 정문)의 다른 이름.

내어 이번에 졸업까지 시키는데, 이번에는 시골서는 상당한 신랑감이 구하기 어려우니 신랑까지 구해 달라고 편지가 왔다는군요. 그러니 그런 좋은 곳이 어데 있습니까? 요전번에도 말씀했지만 요새 왜쭉비쭉하고* 돌아다니는 여학생들은 하나도 믿을 것이 없습니다. 이 채 씨 집에서 길러 낸 색시야 무어 다시 말할 것이 무엇입니까. 도리어 저쪽에서 신랑 나이가 많다고 내어댈는지 그게 걱정이지요. 어쨌든 채 노인을 가서 만나 보십시다. 채 씨가 반드시 신랑 될 당자를 보아야 한다 하니까요. 그러구 당신도 채 노인을 보면 알 것입니다. 어떻게 점잖은 집인지요……."

놀라지 말라. 황가가 여기서 이렇게 말하는 때 채가 늙은이는 영숙이를 꼬일 대로 꼬였다. 일이 이 지경 되었으니 다른 탄로가 나기 전에 상당한 남자를 만나서 얼른 결혼을 하는 것이 제일 상책이지 그대로 우물쭈물 있다가는 일생을 불행하게 할 것이 아니냐 하고 달래고 꾀이고 또 위협하면서, 저 어느 곳에 일본서 졸업하고 나와서 서울 어느 고등학교 교사로 다니면서 월급은 200원씩 받는 스물여섯 살 된 청년이 있어 결혼을 할 터인데, 흔히 만나는 여학생은 믿을 수 없으니까 아주 얌전한 여학생을 넌지시 구하는 중이라 하니 그렇게 훌륭한 곳에 시집가서 만사를 잊어버리고 깨끗이 살아가는 것이 좋지 아니하냐고! 말과 재주를 다하여 기어코 영숙이의 마음을 움직여 놓았다.

약혼의 금반지가 오고 예식은 간편한 것이 제일이라 하여, 영숙의 몸은 채 노인의 손에서 모를 남자의 품으로 손쉽게 넘어가고 말았다.

그러나 놈은 일본 졸업은새로에* 고등학교 교사는새로에 시골 돈 가

● 왜쭉비쭉하다 성이 나거나 토라져서 소리 없이 입술을 내밀고 이리저리 실룩이다.
● 새로에 '고사하고' '그만두고' '커녕'의 뜻을 나타내는 보조사.

져다 없애면서 여학생의 입에 세월을 보내고 있는 부랑자인 것을. 나중에야 어찌하느냐. 몸은 그에게 맡긴 지 오래고 그 품을 벗어나서는 또 달리 갈 곳이 없는 것을…….

영숙이는 학교도 그만두었다. 동무와도 발을 끊었다. 그리고 아득한 앞길을 어쩔지 몰라 번민하였다. 아아, 불쌍할 손……. 그 얌전한 아이가 밀매음*이 되었다지 하는 소문이 모를 이 없이 퍼지고 말았다.

세상에는 여학생의 정조를 노리는 부랑자가 많이 있다. 또 그 사이에 돈벌이를 하는 뚜쟁이란 것도 많이 있다. 그러나 칠십 가까운 몸으로 점잔을 다 팔아 가면서 이렇게 어린 몸을 버려 내놓는 색마가 있는 줄은 아무도 뜻하지 못할 것이다. 백주* 대도*에 벌려져 있는 이 마굴.* 거기는 최○숙, 리○영, 한○순 등 시내 각 여학교의 여학생이 영숙이보다 먼저 더럽혀 나왔고, 나와서는 기어코 매음녀가 되고 말았으며 심한 것은 한○순 같은 여학생은 소순이라는 동생까지 데리고 형제가 같이 있다가 형제 두 몸이 다 더럽혀 가지고, 형은 밀매음녀가 되고 아오*는 지금 뚜쟁이 집에서 몸을 팔고 있다.

아아, 놀라운 일! 놀라운 일이다! 세상은 깨어 가거니, 여학생은 많아 가거니……. 망한 것은 기위* 망하였거니와 앞으로는 또 얼마나 많은 여자가 이 집을 들러 나올 것이냐…… 생각하면 은파리도 몸서리가 친다.

가여운 여학생들아! 그대네 사이에 이 이야기를 널리 펴 둘 필요가

●밀매음 허가 없이 몰래 몸을 팖.
●백주 대낮.
●대도 대도시.
●마굴 마귀들이 모여 있는 곳.
●아오 '아우'의 사투리.
●기위 이미.

없겠느냐.

_무기명,[●]『신여성』1925년 2~3월호

7[●]

"응? 저것이 누구일까⋯⋯."

회색빛 여름 양복에 청년 파나마[●]라던가, 빛 검은 파나마를 가만히 얹어 쓰고 오는 이는 자세 알 수 없어도 어데서인지 보던 사람 같다.

소학교 선생님도 같으나 '말썽꾸러기'라고 이름난 이 '은파리' 각하께 소학교 선생이 찾아올 리는 만무하고⋯⋯. 아마도 신문기자 같으니 '놈팽이가 신문기자거든 내가 속이나 흠씬 뽑고 보내리라.' 하고 있었더니, 웬걸 웬걸 개벽사의 『신여성』 편집 주임[●]이 납신다.

개벽사라 하면 나와는 인연이 있던 곳이라 반갑기도 하고 밉기도 하여, 놈팡이를 만나 볼까 그냥 허탕을 먹여 보낼까. '은파리' 각하도 잠깐 동안 주저하셨다.

사람 놈들의 하는 짓에 무슨 칭찬할 일이 있으리마는, 개벽사 패들도 어찌 된 셈인지 감히 '은파리' 앞에 아니꼬운 짓이 있단 말이냐.

● 5와 6은 '은파리'를 화자로 하여 '은파리 미행기'를 쓴 것으로 보아 무기명이지만 방정환이 쓴 것으로 보인다.
● '7. 은파리'라는 제목이자 코너명 옆에 "여름은 참 더워 온다. 사람은 꾸물거린다. 은파리의 활동력이 얼마나 민활한가 눈을 굴고 기다려 보라. 더러운 사람 세계의 마굴을 속속들이 집어만 낼 터이니."라고 쓰여 있다.
● 파나마 파나마모자풀의 잎을 잘게 쪼개어서 만든 여름 모자.
● 1926년 5월호부터 『신여성』의 편집장을 담당한 신영철. 판권에는 "편집 겸 발행인―방정환"으로 되어 있다.

2부 『부인』 『신여성』 321

어느 때는 애걸복걸하여 비밀 미행기를 용서 없이 자세히 써 달라고 졸라 놓고도 나중에는, "이것은 너무 심하다." 마음대로 흐리고 줄여서 내기가 일쑤고, 그리고 여러 달 두고 수고를 해 주어도 입으로나 감사하다 미안하다지, 보통 파리 대접을 하더라도 꿀 한 그릇커녕 새우젓 대가리 하나 염렵한* 생각이 없으니 고약하지 않은가 말이다.

"안 한다!"

하고 『신여성』도 모른 체한 지가 작년 5월부터이니 벌써 1년이 넘지 않은가…….*

더럽고 흉한 사람 놈의 세상과 인연을 끊고, 모처럼 한가한 살림에 재미를 붙이고 있노라니까 원수의 편집 주임이 무슨 생각을 해 가지곤지 또 어슬렁어슬렁……. 그래 잠깐 주저를 합신 것이다.

그런데 『신여성』의 편집 주임이란 것도 전과는 달라진 모양이다. 전의 '방'*이란 사람은 뚱뚱한 몸을 기우뚱기우뚱하고 오더니 지금의 S*라는 이는 바짝 말라 가지고 연기같이 기어 온다.

또 그놈이 듣기 싫은 인사를 한동안 늘어놓겠구나 하였더니, 아니나 다를까 한참 동안이나 인사와 소문을 길다랗게 늘어놓고 나서야 합신다는 소리가 전처럼 미행기를 기어코 써 달라 한다.

"흥미도 대단한 흥미거니와 대단히 유익한 기사였었는데, 그것이 안 나기 시작한 후로 독자들이 몹시 재촉을 하니까요. 그리고 금년 정월에도 '은파리의 새로운 원기와 새로운 활동을 빈다.'는 연하장이 많이 왔

● **염렵하다** 분별 있고 의젓하다.
● 실제로는 『신여성』 1925년 3월호에 실리고는 중단되었다.
● 방정환을 가리킨다.
● 신영철을 가리킨다.

없는걸요. 지금도 독자들이 몹시 바라고 있으니까 꼭 해 주어야겠는데, 이번부터는 성명도 될 수 있는 대로 똑똑하게 발표하는 것이 좋겠어요. 사실도 여자에만 한할 것 없이 남자의 일도 취급하고, 연애 문제의 옛것이라도 널리 취급하는 것이 좋을 것 같습니다."고.

희망 비슷하게, 넌지시 명령 비슷한 수작이다. 거만스럽게도 생각되긴 하지만 독자들이 기다린다는 통에 내 어깨가 으쓱! 아니 아니, 내 날개가 으쓱하여 "그러면 한다!"고 아까울 것 없이 시원스럽게 승낙합셨다.

*

벌써 가슴이 뜨끔하는 놈이나 계집이 있겠지! 그러나 아직은 마음 놓아라. 추려 내기는 다음 달부터 시작하실 것이니……

뜨끔한다는 이야기가 났으니 말이지, 각하가 미행기를 내이기 시작한 후로 칭찬하는 사람도 많았었지만 이따금 꼬집어 뜯는 듯한 욕설을 하는 미인도 적지 않았었다. 그렇지만 말이야, 각하더러 말씀하라면 "은파리 미행기를 읽고 욕을 하는 사람이 있거든, 염려 말고 그놈도 숨긴 죄가 있는 놈이라고만 믿어 두면 틀림없을 것이다." 합신다.

그것도 남자란 놈팡이는 읽고서 가슴이 뜨끔하여도 겉으로는 억지로라도 픽 웃기나 하지마는, 책보 하나에 남모르는 비밀을 싸 가지고 다니는 여학생이나 몇 줄기 치맛주름에 넌짓한 비밀을 감추어 가지고 다니는 여선생 따위는,

"아이그, 망측해라! 무엇 하러 그런 것을 다 내여……. 잡지에 낼 것이 그렇게두 없나. 그런 흉한 것을 다 내게."

하면서 연해 흉한 것, 흉한 것 하면서 자기 일을 썼다는 것처럼 몸살 나게 욕을 하시겠다.

그러면 듣는 사람이 아주 저이는 고결하고 깨끗한 이라고 해 줄 줄 알

고 그러지만, 미안한 일이지만 그러는 사람일수록 그다음 달 호를 기다려서 누구보다도 먼저 "이번에는 또 무엇이 났노?" 하고 은파리 먼저 찾는 꼴을 남들은 똑똑히 보고 있는 것을 어쩌십니까, 말씀이여요. 그럴 때마다 그 가슴이 두근두근하는 것까지 완연히 보이는 것은 어쩌시구요.

＊

사회 풍기*를 어지럽게 하는 나쁜 죄를 밝혀내어 그를 중계하는 일이 나쁘다는 말인가. 세상을 속이고 죄를 짓더라도 좀 못 본 체하고 가만두어 달라는 말인가. 세상을 속이고 죄를 가진 사람 미행기를 읽고 욕하는 사람, 그들이 가슴이 뜨끔하여 욕설을 하지만 가슴이 뜨끔하라고 은파리 각하가 이 애를 쓰는 것이고, 그러기를 바라고 편집자가 이 일을 나에게 시키는 것이 아니냐.

집안에서 감독할 사람은 생활에 쫓기고 완고라는 트집에 잡혀서 자녀를 감독하지 못하지, 학교에서는 학과에만 얽매게 되지, 이래서 갈수록 풍기만 어지러워져 가는 이때에 한편으로는 사회적 제재를 주고, 한편으로는 나* 젊은 이에게 좋은 경계와 친절한 충고가 되게 하자고 미행기가 이 책에 실리는 것이 아니냐. 한 사람이라도 더 가슴 두근거리지 않고 부끄러운 마음 없이 미행기를 읽게 되기를 바라고, '은파리' 각하, 날개를 떨고 일 년 만의 길을 다시 납시는 것이다.

＊

그러나 마서우니* 칼날 같으니, 하는 소리를 듣는 '은파리'게도 다만 한 가지 이러한 미안할 일은 있었다. 재작년 여름에 그때의 편집 주임

●**풍기** 풍속이나 풍습에 대한 기율. 특히 남녀가 교제할 때의 절도를 이른다.
●**나** 나이.
●**마섭다** 매섭다.

324

방 씨의 부탁대로, 여교원으로 여교원답지 않은 추태를 갖는 사람이 있어 신성하여야 할 학교 사무실의 공기까지 더럽혀 놓는 일을 조사하여 보냈더니, 그는 그것을 '독신 여교사의 속생활'이라고 제목을 붙여서 『신여성』 제2권 제5호에 발표하였는데, 성명까지 고대로 발표하기는 너무 심하다고 S라는 여교사라고 써 놓아서 그 기사 때문에 경성 안에서만도 여러 곳 여학교 안에서 시끄러운 문제가 일어났던 일이다.

S라는 성을 가진 여교사는 물론이고 S 성을 갖지 아니한 여선생까지 그 사실의 주인공인가 의심을 받아, 각각 그 교장에게 상당히 조사를 받았고 혹은 의외의 죄까지 그 통에 들춰 난 일이 있었는데, 물론 그 사실의 주인공인 추한 여선생도 그중에 끼여 조사를 받았었다.

그 기사로 하여 모르는 중에 더럽혀 있던 학교 사무실의 공기가 확청된* 일은 물론 좋은 일이요, 또 죄지은 사람이 그 기회에 들춰 난 일은 당연히 있을 일이요, 당할 일이니까 각하가 미안하실 것은 없지마는, 그 중에 ○○여자고등보통학교에 계신 S 여선생님은 그 인격이 남달리 고결하기로 세상에 이름이 높을 뿐 아니라, '은파리' 나도 잘 알고 있는 터이건마는 공교히 그 성이 S이자 그 기사에 쓰여 있는 S의 이력이 흡사히 S 선생과 같은 까닭으로, 다소의 혐의를 받은 일이 있었다는 것이다.

이 일은 각하도 나중에 듣고야 안 일이지마는 사과할, 미안한 일이다. 남에게 머리를 숙인 일이 없는 '은파리'지마는 이 기회에 여기서 머리를 숙여서 아니 아니, 발을 비벼서 미안한 인사를 드려 둔다. 그 대신 견디어 보아라. 이번부터 걸리는 놈이나 계집은 거의 본명을 짐작하게까지는 똑똑히 발표할 약속이다. 누구하고라니! 편집 주임하고 말이지.

●확청되다 지저분하고 더러운 물건이나 폐단 따위가 없어져서 깨끗하게 되다.

하하, 벌써부터 누구들의 가슴인지 두근두근하는 소리들이 들린다. 이 구석 저 구석 학교며 청년회, 여학생, 남학생, 미국서 돌아온 학사, 박사나 젊은 여선생, 전문학교 교수, 술 먹는 목사님, 별별 것들이 지어 놓은 죄가 무서워서 말도 못 하고 두근거리고만 있는 꼴이야 우습다.

"흥, 그까짓 것을 또 내나?"

요 깔깔한[•] 것이 누구의 소리냐? 옳지, 옳지! 네가 여자 예술가라는 ○로구나.

너희 따위 천하의 잡것들이 혼인 전에 신랑을 몇 사람씩 갈아 살아도, 재주가 귀엽다고 사회라는 도깨비가 떠받치고 내어세우니까 고갯짓[•] 궁둥이짓을 한꺼번에 하고 다니지만, '은파리' 두 눈이야 용서할 듯싶으냐.

때는 굼벙이도 날으는 여름이다. 6년 전 정월 초하로날[•] 탄생이신 '은파리' 각하! 이제 어데로 날아서 누구를 잡아오는가 8월호를 보아라.

_『신여성』 1926년 7월호

● **깔깔하다** 사람의 목소리나 성미가 보드랍지 못하고 조금 거칠다.
● **고갯짓** 고개를 흔들거나 끄덕이는 짓. 여기서는 '잘난 체'를 뜻한다.
● **초하로날** 초하룻날. '하로'는 '하루'의 사투리.

은파리! 은파리!

모처럼 모처럼 벼르고 별러서 활동을 개시하고, 따라서 독자 여러분도 환영 대환영으로 고대고대하던 '은파리'.

이번 8월호에 약속을 꼭 하여 놓고는 그야말로 귀신도 모를 세상 연놈의 더러웁고 타락해 버린 비밀 사건을 들추어 가지고 원고까지 다 작성하여 놓았었는데, 마침 인쇄에 부치려 할 즈음에, 주인공이 은파리 탐정을 무서워 그랬던지 그만 이 세상을 그만두었다고 한다.* 기왕 없어진 물건에 아무리 정직한 은파리인들 기어코 원망을 매질 필요가 없어서 편집자에게 특별 부탁을 하고 빼어 달라고 하였다. 그러나 요다음에는 실패 없이 단단한 놈을 잡아낼 터이니 낙망치는 말고 기다려 달라고 은파리 각하의 부탁.

_『신여성』 1926년 8월호

● 일제강점기의 성악가이자 가수, 배우였던 윤심덕이 극작가 김우진과 현해탄에서 투신 자살한 사건을 이른다.

은파리

　은파리가 비밀 잘 알아내기로도 유명하지만, 그보다도 남의 말에 더 칭찬을 받는 것은 정직하기가 유다른 까닭이다. 그런데 한번 서막을 열어 놓고는 어데로 도망을 갔느냐고 독자로부터 야단야단이어서 편집장이 매우 곤란합시다고. 그러나 딴은 은파리도 그것이 전문이 아니고 다른 일이 매우 바쁘신 처지다.

　그래 그렇게 되었으니, 다 용서해 주고 요다음 10월호에는 참말 거짓말 않는다. 요번에 또 거짓말하면 이다음부터는 은파리 패호°를 그만 떼어 버릴 결심이니, 고만큼만 짐작해 주고 기다려 줍쇼.

(은파리로부터)

_은파리, 『신여성』 1926년 9월호

8°

석탄 백탄
타는데
연기만 폴싹
나건만
이내 내 가슴
타는데

● 패호 남들이 붙여 부르는 좋지 못한 별명.
● 발표 당시 목차에는 제목을 '은파리 미행기'라고 밝혔다.

연기도 한 점도

안 나네

이런 노래를 불렀는지 안 불렀는지 그까짓 것까지는 몰라도, 어쨌든 늦도록 짝을 못 얻어서 애가 말라 노래를 부르던 뻐꾹새가 전에 알던 수컷 한 마리를 동무하여 바다에까지 나가서 용궁으로 들어가 버렸다.[•] 그러자 덜렁이 신문기자는 호외를 못 내어서 부족해하였고, 난데없는 유성기 장사가 싸구려를 시작하였다. [•]

*

아무리 은파리 각하이신들 뻐꾸기가 바다로 들어갈 줄이야 꿈에나 생각하였으리. 편집장의 청구에 못 이기어 모처럼 뻐꾸기의 최근 생활을 조사해서 아무도 모르는 ○○을 고대로 써서 넘겼더니, 9월호에 실리기로 되어 허가까지 맡아 나왔다는데 별안간 붕 하고 날아오는 지급[•] 소식 듣고 보니, 뻐꾸기가 화륜선[•]을 타고 오다가 바다로 들어갔다는 말이었다.

"그럴 줄 알았다면 이번에는 쓰지를 말고 용서를 해 줄 것을……."

곧 개벽사로 알아보니까 방금 원고를 인쇄소로 넘기는 중이라기에 게재하지 말고 도로 돌려 달라고 하여 불살라 버리고 말아서, 독자나 편집자는 섭섭해하여도 내 마음만은 편하게 되었다.

쇠운[•]에 든 뻐꾹새가 '바다에 들어가는 찬미'인가 '찬미가'인가를[•]

● 1926년 8월 4일 성악가 윤심덕과 극작가 김우진의 현해탄 투신 자살 사건을 비유했다.
● **싸구려를 시작하다** '장사를 시작하다'를 비유한 말이다.
● **지급** 매우 급함.
● **화륜선** 증기 기관의 동력으로 움직이는 배를 통틀어 이르던 기선.
● **쇠운** 점점 줄어서 약해진 운수.

부르기 전, 바로 고 전의 생활을 기탄없이 조사해 쓴 그 기사를 읽었다면 누구든지 그가 바다를 찾아가게 된 마음을 더 빠르게 자세히 짐작할 수 있었을 것이다.

그러나 게재하지 않고 불살랐다고 너무 원망들은 하지 말라! 은파리 각하 — 원래 다른 사사로운 마음이 없거든……. 죽어진 몸에까지 매를 대일 것이 있으랴! 말이다.

*

이래서 9월 달에 난다던 「은파리」가 안 난 줄은 모르고 처처에 주둥이 빠른 남녀들 한다는 소리,

"은파리는 별수 있소? 벌써 가을바람이 부니까 북망산˙으로 날러간 게지."

"글쎄요. 그도 그럴듯한걸요."

고것들이 저의 발이 제려서˙ 조마하다가 고따위 소리를 하는 모양이지…….

그렇지만 여러분, 대단히 미안합니다. 변변치 않지만 은파리는 보통 파리와 달라 세숫물도 대각대각˙ 얼어붙는 정월달에도 맨 첫날 탄생하였답니다. 가을이 왔다고 안심만 하고 계십시요. 지은 죄만 있으면 차차 차례가 돌아갈 터이니요.

*

딴말이 길어져서 안되었다. 벌써 해가 진다. 부지런히 날아온 곳이 서

● 1926년 윤심덕이 발표한 음반 '사의 찬미'를 빗댄 표현이다.
● **북망산** 무덤이 많은 곳이나 사람이 죽어서 묻히는 곳을 이르는 말.
● **제리다** '저리다'의 사투리.
● **대각대각** 작고 단단한 물건이 잇따라 가볍게 부딪치거나 부러지는 소리.

울서도 한복판 종로 네거리…….

내가 이렇게 두 눈을 크게 뜨고 여기(종각 앞에 있는 전차 감독의 파수막* 지붕)에 앉았으려니까, 때가 마침 저녁 가까운 때라 얼마씩이나 벌어 가졌는지 집으로 돌아가는 사람들이 헤일* 수 없이 많은데, 아는 눈으로 보면 그중에도 별에별 놈, 별에별 것이 다 섞여 간다. 이러고 앉아 있으면 급한 대로 하나쯤은 걸리겠지……. 내 눈은 점점 바빠 간다.

옳지, 하나 걸렸다. 손바닥으로 땅을 딛고 다니는지 유난스럽게도 좌우쪽으로 기우뚱거리면서 저기서 걸어오는 키 작은 양복 신사 하나, 저 당신이 여러 가지로 유명하다는 배상규이것다.

첫째, 돈 많은 부자 배 씨 관혁의 아들이라 하여 그 실로 유명하고 둘째, 오래는 되었어도 그래도 미국 대학 졸업생이라 하여 유명하고 셋째, 머리가 좋아서 공부도 잘하였거니와 교수를 잘한다고 유명하고 넷째, 성격이 너무 깍듯해서 그런지 놀랍게 인색한 것으로 유명하고 다섯째, 다섯째로는 색마로 특별히 여학생 버려 놓기로 유명하고. 이렇게 유명하신 신사이시라 가깝게 오기를 기다려서 후루룩 날아 그의 노르스름한 양복 어깨 위에 올라앉으니 향긋한 향수 냄새가 맨 먼저 코를 찌른다.

어떻게도 어깨를 좌우로 기웃거리는지 내 몸이 저울추에 앉은 것처럼 쑥 내려갔다 쑥 올라갔다 하여 현기증이 날 지경이라, 견디다 못하여 거기서 또 날아서 맥고모자* 갓에 옮겨 앉았다.

보니까 이렇게 가깝게서 보니까 이 당신 얼굴이 창피하게도 '곰보'*

● **파수막** 경계하여 지키는 일을 하기 위하여 만든 막.
● **헤다** '세다'의 사투리.
● **맥고모자** 밀짚이나 보릿짚으로 만든 모자.
● **곰보** 얼굴이 얽은 사람을 낮잡아 이르는 말.

이다. 멀리서 보기는 그런 줄 몰랐는데 가깝게서 보니까 이렇게도 곰보이니, 그것도 신통한 노릇이지…….

종로에서 광충교 편으로 기우뚱기우뚱 걸어가다가 별안간에 우뚝 서더니 두 손을 마주 딱 치고, "할로……" 하고 소리를 친다.

이게 무슨 짓인가 싶어서 자세 보니까, 저편에서 역시 양복장이 신사하나가(그러나 배 씨처럼 그렇게 키는 작지 않고 어깨로 걸어 다니지는 않는다) 마주 오는 것을 보고, 뒤를 이어 "미스터 최!" 하고 두 손을 벌리고 섰다. 하하! 이것이 미국식인가 보다고 내야 혼자 짐작할 뿐이었다.

고개를 갸웃갸웃하면서 마치 애교 부리는 여자와 같은 태도로 수작을 하는데, 그 미스터 최라는 이는 자기 가슴에 닿는 배 씨를 내려다보기는 할망정 배 선생, 배 선생 하면서 대단히 말로뿐만 아니라 진심으로 존경하는 모양 같다.

사실이야 이 배 씨가 서울 시외에 있는 어느 사립 전문학교에 선생님으로 다닐 때까지야 학식 많고 두뇌가 명석하고 똑똑하고 인격 있는 신사라고 신용이 대단하였었지………. 그래서 기독교회 측에 참말로 드물게 보는 훌륭한 인물이라고까지 하였겠다. 그런데 탈은 강필순이라는 여자 때문에 오입이 시작되었겠다.

아는 사람은 알려니와 강필순이라 하면, 기미년 경신년 때쯤 ○화학당 전성시대 적에 ○화 3미인 중의 하나라고 그 이름이 외국에까지 높던 잘생긴 처녀였었다.

그때에 그의 집은 동대문 밖 창신동 조꼬만 초가집이었는데, 앙증한 키에 토실토실하게 잘생긴 얼굴이 하도 좋아서, 새문* 턱 어느 예배

●새문 '돈의문'(조선 시대에 건립한 한양 도성의 서쪽 정문)의 다른 이름.

당과 동대문 턱 어느 예배당에 다니는 젊은 남자는 수건을 어린애 턱 받치듯 하고 다니다시피 하였고, 나중에는 강제로 ○○ 드는 방 모라는 자가 생겨, 동대문 근처에서는 교회 재판까지 일어나 그야말로 별에별 일이 그의 뒤를 쫓는 남자들 사이에서 일어났다.

그러나 그는 학교를 졸업하고 나서 머나먼 미국에 가서 활동하고 있는 ○○○ 씨와 약혼이 되어 미국으로 건너가서 거기서 혼례를 치르게 되었다. 닭 쫓던 개 꼴들이야 내가 아는 체할 탓 없지마는, 강필순 처녀야 한시라도 바삐 미국으로 가려고 준비를 하노라고 여러 가지가 바쁘게 되었다.

그런데 그때에 그의 탐스런 몸을 늘 남모르게 뒤따르면서 탐내던 배 씨가 미국에 가려면 영어 공부를 해 가지고 가야지, 처음 가서 고생된다고 그 고개를 갸웃갸웃하면서 꿀을 부어 놓고 그다음에, "영어는 내가 잘 가르쳐 드리마."고 독 묻은 과실까지 내어놓았다.

원래 세상 모두가 믿는 인격자이고 교회 측에 유수한● 이라 아무 의심 없이 친절히만 여기고 그의 집 사랑방에를 가기 시작해 놓았다. 이렇게 하여 배 씨는 미국 갈 신부를 기어코 가로채서 첩을 삼고야 말았다. 노비●까지 내어보내 놓고 혼례 준비까지 하여 놓고, 신부의 들어오기만 미국서 기다리고 있던 신랑만 딱하였지. 아까운 처녀 ○화 3미인의 하나라고 떠받치던 강필순은 기어코 서울 서대문 밖 냉동에 배 씨가 넌지시 사 준 집에 묵었었다.

자기의 명예와 자기의 지위는 자기의 향락만을 위하여 강필순이란 인간을 냉동 집에 깊이 감추어 두고 드나들면서 시치미 딱 떼던 배 씨로

●유수하다 손꼽을 만큼 두드러지거나 훌륭하다.
●노비 노자. 먼 길을 떠나 오가는 데 드는 비용.

도 오래오래 세상을 속일 재주가 없었든지, 그것이 탄로되어 교회에도 말썽이 되니까 그제야 학교와 교회에 발을 끊고, "나는 인제부터는 자유인이여요." 하고 갸웃거리기 시작하였고, 강필순이도 그때는 벌써 어머니가 되어 처음 한울* 구경을 하고 나오게 되었었다.

그리고 그 후에 냉동 집은 집어치우고 종로 사기전골* 큰 집으로 모셔 들이였으니까, 지금 이렇게 배를 따라가면 오래간만에 그 강 씨의 얼굴도 보게 될 것이다. 오래된 옛날이야기를 하는 동안에, 배 씨는 벌써 그 미스터 최라는 사람과 작별하고 헤어졌다.

기우뚱기우뚱 광충교 다리에 이르러서 다리를 건너지 않고 '김성환 의상점'을 끼고 돌아 개천가로 가다가 사기전골로 들어섰다.

이크, 부자의 위엄 있어 보이는 □□□□ □□는 아버지의 문패가 붙어 있었다.

축대를 올라 대문을 들어서니 사랑* 앞문인 듯싶은 문은 꼭꼭 잠겨 있으니, 이것은 이 집의 특별한 것이라 아무 때나 보아도 사랑 앞문은 무슨 비밀을 잠가 둔 듯이 꼭 잠겨 있고 저리 더 들어가서야 행랑 문 같은 문이 있어 그리 들어가야 사랑이 된다.

배 씨 자기 모자에 은파리가 붙어 있는 줄은 모르고 들어오는 길로 바로 사랑 협문*으로 들어서더니 누구보고인지 반가운 소리로 "오, 오래 기대렸지?" 한다.

보니까 하하 유명한 ○○○ 여사가 뜻밖에 이 집에 더구나 사랑에서

● **한울** 천도교에서 '하늘'을 달리 이르는 말.
● **사기전골** 사기그릇을 파는 가게들이 늘어선 골목.
● **사랑** 집의 안채와 떨어져 있는, 바깥주인이 거처하며 손님을 접대하는 곳.
● **협문** 대문이나 정문 옆에 있는 작은 문.

334

기다리고 있다.

옳지, 옳지! 그러면 들리던 소문이 정말인가 보다고 나는 언뜻 생각하시었다.

그 여사가 누구인지, 그 이름과 그다음의 이름은 요다음 달에 이야기할밖에……. 편집장이 다섯 페이지만 쓰라 한 것이 다 차고 모자라니까 그렇지…….

_『신여성』 1926년 10월호

신명여학교 이야기

　여자가 학교에 다니는 것이 세 가지 괴악한* 일 중의 한 가지라 한다는 경상도 별천지라, 여자 교육에 등한하다는 것보다도 오히려 있는 여학교도 없어지기를 바라는지 모르거니와 남선* 일대의 중심지라 할 대구같이 큰 도회에, 보잘 만한 여자(중등 정도) 교육기관이 없는 것은 미루어 남선 전체에 없는 것이라, 우리에게 더할 수 없이 한심하고 부끄러운 일입니다.

　한없이 섭섭한 마음으로 '그래도 그래도' 하고 찾으면 남산정* 높은 둔덕에 서양 사람의 살림집만 한 양옥 2층집이 두 채, 그것이 대구에 단 하나뿐인 중등 정도 고등보통의 여학교! 신명여학교입니다.

　차츰이 올라간 언덕길 중턱에 헐다가 남은 헛간 같아 보이는 조선 기와의 한 간 대문에 '신명여학교'라는 허연 패가 붙어 있고, 그 문을 들어가 다시 잔디밭 길로 걸어서 안존한* 벽돌집(본관) 현관에 이르니까 현

---

* '여학교 방문기' 시리즈의 네 번째 글이다.
● 괴악하다 이상야릇하고 흉악하다.
● 남선 남쪽 조선.
● 남산정 대구 중구 남산동의 옛 이름.
● 안존하다 편안하다.

관 마룻바닥으로부터 2층 층계와 복도 마루와 방문 방문까지 가제[•] 걸레질하여 놓은 것같이 기름이 흐르는 것처럼 깨끗하여, 어찌도 얌전한 부인의 살림집 같아 보이는지, 좌우로 길게 놓인 학생들의 신발장이 도리어 어울려 보이지 않았습니다. 그리고 마침 각 반이 상학[•] 중이던 모양이어서 위층이나 아래층에서 아무 소리도 나지 아니하고 텅 빈 집같이 고요하였습니다.

이윽고 친절하게 맞아 준 서무[•] 권영일 선생의 안내로 교원실에 들어가서 교장은 기다려 만나기로 하고, 먼저 권 선생께 학교에 관한 대강 말씀을 들었습니다.

옛날 옛적이라고 하여도 좋을 18년 전의 옛날에, 미국 선교사 부마태[•] 씨 부인이 선교 사업을 위하는 한편으로, 조선 여자의 계몽과 해방을 위하여 지극한 성의로 자기의 살림집에 조고맣게 설비하고, 몇 사람 안 되는 어린 여학생들을 데리고 교수를 시작한 것이 이 학교의 오랜 역사의 처음이라 합니다.

몇 사람 안 되는 학생이나마 그들에게 교수는 여러 가지 과목을 갖추어 해야 하겠고, 학부형과 또 일반의 비방과 훼예[•]는 심하고 하여 도저히 학교라는 형성도 못 할 곤란이었으나, 다행히 부마태 씨 부인과 또 교수에 종사하는 이의 꾸준하고 지성한 노력이 헛되지 아니하여, 한 달

●**가제** 거즈.
●**상학** 학교에서 그날의 공부를 시작함.
●**서무** 여러 가지 일반적인 사무. 또는 그런 일을 맡은 사람.
●**부마태** 마사 스콧 브룬이 조선에 선교를 와서 지은 조선식 이름. 같은 글 뒷부분에 교장을 "방해례 씨라 하는 중년의 부인"이라고 한 것으로 보아, '부마태 씨 부인'은 '부마태 씨라 하는 부인'의 뜻으로 보인다.
●**훼예** 훼방과 칭찬을 아울러 이르는 말.

두 달 지날수록 몇 사람씩 수효도 늘고 일반의 훼예도 감하고 하여, 시작 후 삼 년 되던 해에 미션회˙의 허가와 원조를 얻어 처음으로 교사˙ 2층 본관과 아울러 기숙사까지(참으로 당시에는 굉장하게) 건축하고, 교황˙이 크게 확장되었고 그 후 또 다섯 해, 대정 3년˙에 완전한 학교로 인가를 받고, 뒤이어 새로운 교장을 맞이하여 한 해 두 해 교적의 충실을 힘써서 오늘에 이르렀다 합니다.

교수 과목은 경성에 있는 각 여자고등보통학교와 다르지 아니하고, 학급도 역시 1학년으로부터 5학년까지 다섯 학급이 있으며, 그 외에 촌에서 보통 소학교 4학년쯤 마치고 오는 어린 학생들을 위하여 예비과 한 반의 특별한 설치가 있어서 본과에 입학할 예비 교습을 시키는데, 총 여섯 학급을 합하여 현재에 있는 학생이 여든세 명(83명)이고, 교원이 여선생 일곱 분, 남선생 세 분 하여 합 열 분이라 합니다.

교원이 열 분이고 학급이 여섯에 학생이 여든세 명뿐이라고 이상하게 알아서는 아니 됩니다. 나중에 교장의 이야기를 들으면 알 것이거니와 학생의 수효가 많기를 바라지 않는 것이 이 학교의 잘하는 특점의 한 가지랍니다.

이야기가 끝나자 하학˙ 시간이 되었는지 각 반에서 여선생, 남선생 여러분이 우르르 돌아오셨습니다. 권 선생의 안내로 차례차례 인사를 통하고 이제 돌아온 교장을 만나러 교장실로 들어갔습니다. 예상한 바와 같이 교장은 미국 여자로 '방해례'˙ 씨라 하는 중년의 부인인데, 나

˙미션회 선교회.
˙교사 학교 건물.
˙교황 학교의 상황.
˙대정 3년 1914년. '대정'은 일본의 연호.
˙하학 학교에서 그날의 수업을 마침.

중에 아니까 역시 선교사와 교육 사업에만 전심하여 처녀로 사는 이었습니다. 흔히 미국 부인을 만날 때와 같지 아니하고 나직나직한 음성으로 더할 수 없이 겸손하고 부드럽게 이야기에 응대하는 것은, 얼른 말하면 부끄럼 타는 얌전한 조선 부인을 대한 것같이 느껴졌습니다.

"이렇게 멀리까지 찾아와 주셔서 대단히 감사합니다. 그런데 별로 보여 드릴 만한 좋은 것이 없어서." 하면서 "안내해 드리게 하겠으니 두루두루 보아 주십시오. 그러나 사진을 박으시기는 교실이 모두 좁으니까 잘 안 될 것 같습니다. 좁아도 박으시겠습니까?" 합니다.

"사진은 되는대로 박겠지요만, 집 전체로 보아 그리 넓어 보이지 않고 학생 수효도 여섯 학급에 80여 명뿐이니, 학생이 전에는 많았을 때가 있었던가요? 집이 협착하여서* 더 수용하지를 못하는 건가요? 또는 달리 무슨 이유가 있나요?"

"더 많대야 백 명 이상을 훨씬 넘어 본 일이 없습니다. 처음부터 우리의 생각은 학생의 수효만 많기를 바라지 않으니까요. 한 방에 50명, 60명씩이나 뒤끓게 하는 것은 교육상에 좋지 못한 것이라고 생각합니다."

"그것은 잘 생각하신 일입니다."

소학교와 중등 정도의 학교에서는 될 수 있으면 교사 한 사람, 교실 한 방에 20명 이상의 학생을 넣지 않는 것이 좋다는 의견을 가진 터이라, 듣기에 반가운 말이었습니다. 이야기는 차차로 옮아서 이 학교에도 제정한 교복이 있느냐고 물었습니다.

"지금 하학 시간인 고로 운동장에 학생들이 나와 있으니까 보시면 아실 것입니다. 그저 질소하고* 깨끗한 것으로 학생들도 좋아하는 것으로

● **방해례** 선교사 해리엇 폴러드.
● **협착하다** 차지하고 있는 자리가 매우 좁다.

정하였습니다."

하고 유리창으로 운동장을 가리켜 학생을 보게 지시해 주었습니다.

참말 흰 저고리에 반드시 검은 양말을 신고, 치마는 푸른(공중색 한울빛[*]) 바탕에 흰 줄이 잘지 않게 내리 놓인 감으로, 길지 않고 짧지 않게 입고 있는 것이 퍽 조촐하고 좋아 보였습니다.

저렇게 학생 전부가 똑같이 입기에는 똑같은 감이 많아야 할 것인데, 조선에 있는 것입니까 하고 물으니까, 그것은 외국에서 사 오거나 하는 것이 아니라 개성 송도고등학교에서 학생들이 짜는 송도직이라 감이 질기고 값이 대단히 싸게 든다고 합니다.

배우고 가르치는 구경

상학종이 울면서 교사 여러분이 서성서성 일어나 나가고, 교장의 지시로 현승환 선생의 안내를 따라 현관 옆방에 들어가니까, 마침 이날의 기도 시간이어서 학생 전부와 교원 전부가 이 방에 모여 있었습니다.

먼저 책들을 펴 들고 찬미가를 일동이 부르는데, 나는 찬미가를 몰라서 벙벙하였으나 옆에 있는 이의 책을 들여다보니까 161장 '완전함을 원함'이라는 것이었습니다. 찬미가가 끝나고 이화학당 출신인 장은환 선생이 교단에 올라서서 성경을 읽고 설교라 하는지 강도[*]라 하는지는 몰라도 지금 읽은 구절에 관한 말씀을 퍽 급하게 책 읽듯이 말씀하였습니다.

그리고 그다음에는 장 선생이 4년급[*] 학생 아무라고 지명하니까 일

● **질소하다** 꾸밈이 없고 수수하다.
● **한울빛** 하늘빛. '한울'은 천도교에서 '하늘'을 달리 이르는 말.
● **강도** 교리를 알기 쉽게 설명하는 일.

동이 고대로 머리를 숙이고, 맨 뒤켠에 앉은 머리 큰 학생들 중의 어느 한 분이 기도의 말씀을 하는데, 어떤 말로 기도하는지 귓가에 손을 대고 들으려 하여도 도무지 알아들을 수 없었습니다.

그다음 시간에 각 학급을 돌기로 해 현 선생을 따라나섰습니다. 먼저 지금 기도하던 방에 들어가니까 일년급의 산술 시간이었습니다. 학생들의 뒤에 벽에도 검은 칠판이 쭉 둘러 있어서 학생 중의 몇 사람씩은 차례차례로 뒤로 나서서 그 칠판에 운산●을 하고 있었습니다.

이편 교단 위에 체격 좋게 서서 그것을 내려보고 있는 선생은 평양 숭실대학 출신으로, 마음성까지 좋아 보이는 얼굴을 가진 김익수 선생이었습니다. 학생은 이십칠팔 인, 이 학교에서 제일 많은 반이었습니다.

여기서 사진을 박고 2층으로 올라가 첫 방을 보니까 여기는 2년급 영어 시간이었는데, 필일두라는 미국 노부인이 영습자●를 연습시키고 있었습니다. 학생은 20명 미만인데, 영어 모르는 학생에 조선말 모르는 선생 사이건마는 학생들은 정신을 쏟아 연습하고, 선생은 일일이 돌아다니면서 학생의 손목을 잡아 주면서 가르치고 있었습니다.

고다음 방은 3년급의 일어 시간. 하카마● 입은 일본 여선생이 퍽도 나직한 소리로, "무구●의 얌전한 사람이란 것은 입 없는 사람이라 하는 것이 아니라, 입이 무겁고 침착한 사람이라는 말입니다." 하면서 일본 말로 얼른 듣기에도 퍽 친절하게 가르치고 있었습니다.

그다음 방은 4년급의 영어 시간. 학생은 여덟 사람이고 선생은 미국

●**연급** 학년. 학생의 학력에 따라 학년별로 갈라놓은 등급.
●**운산** 연산. 식이 나타낸 일정한 규칙에 따라 계산함.
●**영습자** 영어 글씨 쓰기를 배워 익힘.
●**하카마** '겉에 입는 주름 잡힌 하의'를 일컫는 일본어.
●**무구** 과묵함.

부인이건마는 무슨 우스운 이야기나 하는 판인 것처럼 학생들은 껄껄거리고 몸을 흔들면서 퍽 자유롭게 재미나게 영어 발음을 배우고 있었습니다. 책은 대정 리더의 넷째 권『루뷔쓰 루뷔쓰』하고 주거니 받거니 웃고 떠들고 하면서도 부지런히 배우고 있었습니다.

남은 반 예과⁕를 들여다보니까 마침 성경 시간이어서 열세 사람의 학생이 '누가복음'을 펴 들고 장 선생의 설명을 조용히 듣고 있었습니다.

보기를 마치고 교원실로 돌아오니까 교실과 달리 몹시도 조용한 방에 이(李) 마리아 선생이 혼자 앉아서 무엇인지 쓰고 계셨습니다. 옛날이라 해도 좋을 오래전에 경성 정신여학교를 졸업하고 여러 해 교원 생활에 많은 경험을 가지신 이었습니다.

기숙사 구경

기숙사 구경은 교장과 이 선생 두 분의 안내를 받았습니다.

본관 뒷마당에 우뚝하게 서 있는 벽돌집과 그 아래에 납작한 벽돌집 한 채가 기숙사랍니다. 그러나 벽돌집이라고 겨울에 치울⁕ 것을 염려할 것은 없습니다. 이 집이야말로 서양식과 조선식의 좋은 것만 취해서 합해 놓은 집이었습니다. 겉으로 보기에는 유리창과 휘장에 이르기까지 서양식이고, 이 선생이 쓰시는 방을 열고 보니까 네모가 번뜻하고 드높고도 아늑하고 볕 밝고 깨끗한, 아주 훌륭한 조선 온돌 장판방이었습니다.

여러 방이 모두 똑같이 이렇게 되어 있다 하고, 아래채 위채에 훌륭한 부엌에 있어서 크디큰 솥이 셋씩 넷씩 걸려 있고 수통까지 설거지할 곳까지 구비하고 있는데, 여기서 학생들끼리 패를 지어서 차례차례 당번

●예과 본과에 들어가기 위한 예비 과정.
●칩다 '춥다'의 사투리.

으로 밥 짓고 반찬 만들고 한다는데, 이날도 굵은 배추 한 짐이 부엌 앞에 놓여 있었습니다. 하학 후면 소매를 걷어 올리고 자기네끼리 만져서 김치고 깍두기고 담글 것이겠지요.

기숙사의 설비로는 넉넉히 팔구십 명을 수용할 것이고 현재에 있기는 전교 학생 여든세 사람 중에서 60명의 학생이 여기에 기거하고 있다 합니다. 음식은 자기 손으로 자취하는 고로 보통 한 달에 기숙비가 모두 오륙 원밖에 들지 아니한다 하는데, 그중에도 돈 없는 학생을 위하여 그 아래로 이등, 삼등의 등급을 매기고 삼등으로 먹을 사람은 따로 모여서 거칠게 먹는 고로, 3원 50전밖에 들지 않고 이등은 그 중간이라 합니다.

한 학교 한 학급에서 함께 공부하고 한 기숙사에 같이 있으면서 일등 먹는 사람, 이등 먹는 사람, 삼등의 조밥만 먹는 사람을 따로 구분해 놓는 것은, 학교에서 돈 없는 고학생을 위하여 편의를 보는 성의에서 나온 일이겠지마는, 얼른 칭찬할 수 없는 일이고 학교 당국으로서는 좀 생각할 일일까 하였습니다.

거기서 발을 옮겨 아랫마당 끝 쪽에는 훌륭한 목욕실들과 빨래하는 세탁처까지 양옥집 속에 훌륭하고 구비하게 설비해 놓은 것은 감복할 일이었습니다.

교장과 이 선생은 열쇠를 가져오라 하여 기숙사 지붕 속에 있는 도서실에 안내해 주었습니다. 참말 상당한 설비였습니다. 책장 속에는 여러 가지의 참고 서적이 가득하였고 책상 위에는 『신여성』『어린이』를 비롯하여 여러 가지 잡지가 여러 호씩 모여 있었는데, 그중에 『개벽』 잡지가 있던 것과 『사랑의 선물』 두 책이 다 해어지게 되어 있었던 것은 의외였습니다.

"이러한 점에까지 주밀히* 용의하시는* 것은 감사한 일입니다. 그런데 이 외에 신문들과 기타를 자주 읽게 하여, 학교 학과 이외에 널리 또 깊이 사회적 지식을 얻게 하는 것이 좋지 않겠습니까. 조선서는 중등 정도 이상에는 여자의 갈 곳이 없으니까, 중등 정도의 학교에서 그런 점에 용의하셔야 할 줄 압니다."

하니까 어데까지 조선 부인 같은 교장은 "네, 좋은 말씀입니다. 참고 많이 되겠습니다." 하면서 고개를 끄떡이었습니다. 나중에 "아까 본 방은 이 선생이 계신 방이니, 학생의 방을 하나만 보여 주었으면 좋겠습니다."고 기어이 학생의 기숙하는 방을 보이기를 청하니까,

"미안하지만 지금 그것은 보여 드릴 수가 없습니다."

합니다. 못 보일 이유를 물으니까,

"지금 상학 중이어서 학생들이 모두 공부하는 중인 고로 방 임자에게 승낙을 얻을 수가 없으니, 이따가 하학 후에 학생께 물어보아서 그 방 임자가 보여 드려도 좋다 하면 보여 드리겠습니다. 학교 집이라도 학생에게 빌렸으니까요."

나는 놀랬습니다. 이렇게 훌륭한 태도를 나는 일찍이 경성 각처의 학교에서도 본 일이 없었습니다. 기숙사를 보여 주시오 하면 교장이나 사감이 자기 마음대로 아무의 방이나 기탄없이 열어 보이는 것이었습니다.

언젠가 불란서●에 교육 시찰을 갔던 어느 외국 학자가 소학교 벽에 수없이 많은 학생이 그린 그림이 붙어 있는 것을 보고 그 학교 교사에게, "이 중에서 한 장만 주시면 우리나라로 가지고 가겠다."고 하였더니 교사는 즉시 그림 임자(소학생)를 불러서 이 그림을 손님께 드리랴 말랴

●**주밀하다** 허술한 구석이 없고 세밀하다.
●**용의하다** 어떤 일을 하려고 마음을 먹다. 미리 마음을 가다듬다.
●**불란서** '프랑스'의 음역어.

하고 묻더랍니다. 그래 그 소학생이 싫다고 하니까 교사가, "그럼 임자가 싫다 하니까 못 드리겠습니다." 하더라고요.

이 이야기를 듣고 마음에 그윽이 느낀 것이 있던 나는 이제 학교 교장 말씀에 머리를 숙이지 않을 수 없었습니다.

하학 시간이 되었습니다. 교장이 어느 여학생 한 분에게 승낙을 얻어서 아래채 기숙사의 한 방을 열고 보여 주었습니다. 역시 아까와 똑같이 깨끗하고 밝은 방이었습니다. 그리고 깨끗이 깨끗이 치워 있는 것까지도 아까 이 선생의 방과 같았습니다. 벽에는 두어 개의 사진들이 걸려 있고, 납작한 책상 위에는 학과 책과 문구가 가지런하게 정돈되어 있었습니다. 보니까 책으로는 모두 학과 책뿐인데 단 두 가지, 하나는 『가입문고 화장지권(嫁入文庫 化粧之卷)』이라는 책과 『사랑의 선물』 한 책이 있을 뿐이었습니다.

보기를 마치고 다시 할팽* 실습실, 조선 요리, 서양 요리 공부와 실습하는 곳을 보았고, 개량 부엌까지 휘둘러보고 세밀한 데까지 주도한* 생각이 미친 데 감복하였습니다.

전체로 보아 겉으로 떠들지 않고 잠잠한 중에 속으로 대단히 충실한 교육을 주고받고 하는 학교를 볼 수 있는 것을 나는 기뻐하였습니다.

말씀도 듣고 싶고 차 한잔 대접하겠다고 재삼 말씀하면서 자기 집으로 교장이 안내하는 것을, 바쁘신 시간에 폐 끼친 것만도 미안하다고 굳이 사양하고 돌아왔습니다.

(흐린 날 박아서 사진이 선명치 못하게 되었습니다.)

_CW生, 『신여성』 1924년 12월호

● **할팽** 베고 삶는다는 뜻으로, 음식을 조리함을 이르는 말.
● **주도하다** 주도면밀하다.

연두* 이언*

새해외다. 을축*의 새해외다.

그러나 아무런 기쁨과 아무런 인사도 느끼거나 바꾸지 못할 우리에게는 참담한 쓰라린 새해외다. 험한 갑자*가 남겨 놓고 간 가난과 주림은, 그러지 않아도 불안과 공포 속에 살아온 우리들에게 새해에 들어서 더한층 심하게 핍박 또 핍박하여 거리에 떨게 할 것이외다.

벗고 쫓길 때! 거리에 떨 때! 그런 것을 가지고 새해가 왔소이다. 싫거나 좋거나 이 쓰라린 새해를 맞이하는 사람들. 우리는 거기에 당할 각오를 가져야겠소이다. 그리고 그 각오야말로 오직 '벗기고 쫓길 때!'는 곧 '벗고 나설 때!'라고 각오하는 것뿐이외다. 과연이외다. 벗고 나서는 이외에 다른 것이 없소이다. 벗고 나서자! 거리로 나서자! 쫓길 것이면 미리 나서자! 이리하는 것으로뿐 우리에게는 새 목숨이 붙는 것이요, 이리하는 것으로뿐 을축 새해는 비로소 의의가 생기는 것이외다.

●**연두** 새해의 첫머리.
●**이언** 재언. 한 번 말한 것을 뒤집어 달리 말함.
●**을축** 육십갑자의 둘째로 1925년.
●**갑자** 육십갑자의 첫째로 1924년.

여성운동의 첫째 계단은 물론 여성의 자각에 있고, 여성 자각은 물론 여성의 지위가 과거에는 어떻게 틀려 있었고 지금은 또 어떻게 있는 것을 똑똑하게 인식하는 데서 시작되는 것이외다.

조선의 나° 젊은 새로운 여성들이 이 첫 계단을 밟고 올라선 지는 벌써 여러 해 되어, 가지가지로 새로운 현상을 갈수록 많이 보게 되었소이다. 그러나 모든 여성이 다 같이 자기의 지위와 인격을 생각하게 되고 다 같이 근대사상적으로 자각하게 되면, 조선의 부인 문제, 여성운동도 더 속히 진전되었을 것이외다. 그러나 지금의 해방운동과 일종의 인격적 반역은 극히 적고 적은 소수의 여성의 부르짖음에 지나지 못하는 것이 사실이외다.

여기서 우려는 그 소수의 앞선 동무들에게 한 말씀 드릴 필요를 느끼는 것이외다.

여성도 남성과 동등의 지위에 서고 동등의 대우를 받고 동등의 자유와 동등 권리를 향유하려는 것이나 또는 모든 헌 윗사람의 전제와 구속에 반항의 태도를 가지는 일은 다 다시 말할 것 없이 당연한 일이외다. 그러나 그 일이 어느 때까지든지 개인주의적임을 면치 못하고 있는 때는 그 운동의 참된 의의를 잃어버리게 된다는 말이외다.

입센의 '노라'는 **사람**인 자기가 당연히 **사람**대우를 받아야 할 것이거늘 남편에게 어여쁜 인형으로 취급을 받아 온 것이 불만 불평이었던 것이라, 새로이 **사람**의 대우를 찾으러 인형의 집에서 빼쳐° 나온 것이었소이다. 남자의 전횡에 대한 반항! 거기에 여성해방의 첫걸음이었소이다.

● 나 나이.
● 빼치다 억지로 빠져나오다.

그러나 그것은 다만 **첫걸음**에 지나지 못하는 것뿐이고, 참 해방운동은 거기서 다시 앞으로 앞으로 진전해 나가야 할 것이외다.

노라의 태도는 개인의 해방에 그치고 만 것이외다. 개인주의적임에서 한 걸음도 나아감이 없었소이다. 입센의 노라가 최근에 논란을 받게 된 것은 이 까닭이외다.

개인의 해방에서 출발한 걸음은 민중적, 사회적으로 걸어 나가지 않으면 안 될 것이외다. 자기의 개성의 존귀함을 아는 사람은 남의 개성도 존귀함을 알아야 할 것이외다. 자기가 남성의 전제와 압박에서 해방되는 때, 자기와 같이 되는 괴로운 처지에 있는 동성을 생각하지 않아서는 못 될 것이외다.

'어떠한 여자가 자기가 남편 품에서 몸을 빼치기 위하여, 동성의 한 사람이 다른 여자를 대신 그 품에 안겨 준다.' 하면 그 부도덕함이 어떻다 할 것이리까.

전보다 더한 괴로움을 맞이하는 새해외다. 개인주의적 해방, 즉 해방운동의 첫 계단에서 민중적, 사회적 제2계단으로 넘어서는 노력이 우리에게 있어야 할 것이외다.

_무기명,* 『신여성』 1925년 1월호

● 목차에는 필자 이름이 '편집인'으로 표기되어 있다. 방정환은 『신여성』 1924년 2월호부터 1931년 7월호까지 '발행 및 편집인'이었다.

동덕여학교 평판기

서양 냄새 나지 않고 일본 냄새 나지 않고 정말 조선 냄새를 제일 많이 볼 수 있는 여학교가 서울 안에 어데 있느냐고 하면, 누구든지 대답하되 사립 동덕여학교라 합니다.

젊은 남자들은 어느 여학교가 조촐하다거나 어느 학교가 새 멋이 있다거나 또는 어느 학교에 인물 고운 학생이 많다거나 하지마는, 지금 조선 사람인 우리가 우리의 누이나 딸이나의 교육을 맡길 때에 그 여학교나 여학교 교육이 얼마나 조선적이냐 아니냐 하는 것을 가장 중요시하여야 할 것은 물론입니다.

새로운 사람이 되라, 새로운 여자가 되라, 되되 조선에 유용한 새 여자가 되라. 이것은 조선 사람 누구나가 가진 희망이고 또 기대이건마는 그 교육은 전혀 남의 손에 맡기고 있게 된 우리 처지에 근 20년 전의 첫 생각을 굽히지 아니하고 부대껴 오면서, 오히려 건전 발전을 하여 가는 동덕여학교가 있음은 적지 아니 기뻐할 일인가 합니다.

서양 사람의 손이 아니면 일본 사람의 손으로 되어 가는 학교뿐인 틈에서, 오래된 예전 융희 2년* 때로부터 이날 이때까지 20년에 가까운 세

---

* 기획 '여학교 방문기'의 다섯 번째 글이다.
● 융희 2년 1908년. '융희'는 대한제국 순종 때 사용한 연호.

월에 조선 사람의 손 변치 않은 정신으로 하로*같이 '새사람이 되라. 조선에 유용한 새 여자가 되라!'고 아는 중 모르는 중에 남다른 정신과 실력을 길러 주기에 힘써 온 것이 동덕여학교입니다.

서울 안국동 네거리 전차 종점 바로 옆에 작고 안존한* 목제 2층집을 찾아가니까 운동장에는 보통학교 학생들 사오십 명이 놀고 있고 어느 반에서인지 풍금 소리에 어울려서 어린 학생들의 창가* 하는 소리가 유창하고도 한가롭게 들려 나왔습니다. 수업 중이라 사무실은 비어 있는데, 교장실에 안내되어 교장 조동식* 선생을 만나 뵈었습니다.

조 선생은 퍽 키가 작고 온아한 중에도 위엄 있는 얼굴을 가지신 이어서 누구든지 "그이는 전생에서부터 여학교 교장 될 체격과 성격을 갖추어 가지고 왔다."고 하는 터입니다. 이제 동덕학교의 창립 초로부터 오늘의 성운*을 보게 된 것까지를 생각할 때에, 전혀 조선의 20년간 꾸준한 노력이 어떻게 값 많은 것임을 새삼스레 느끼게 됩니다.

더운 차를 내이고 손수 난로에 석탄을 넣어 가면서 조 선생이 학교 연혁을 차근차근히 말씀하는 것을 들을 때, 우리는 한 가지 듣고 싶어 하던 옛날이야기를 듣는 느낌이 있었습니다.

"한국 시대 융희 2년 3월에 서울 동소문 안 원남동에 김인화(여사) 선생이 자기 집 초가 몇 간에 여자 교육기관을 세우기로 하여, 그달 20일에 처음으로 동덕여의숙이라는 문패를 걸고 개학식을 한 것이 지금 이 동덕여학교 짧지 않은 역사의 첫날이었습니다. 그때에 모여 온 어린 소

● 하로 '하루'의 사투리.
● 안존하다 편안하다.
● 창가 근대 음악 형식의 하나. 서양 악곡의 형식을 빌려 지은 간단한 노래.
● 조동식(1887~1969) 교육자.
● 성운 잘되어 가는 운수.

녀가 겨우 여덟 사람이었으니, 코 흘리는 계집애 여덟이 글 배우는 조꼬만 글방(서당)이었었다 하면 짐작하시기 쉬울 것입니다.

그러나 그때 시절에 백 가지 상해와 수없는 비방이 있을 것도 예기하고* 시작한 터이라, 김인화 여사와 교수에 당하는 선생들의 성의는 조금도 감하는 것 없이 여자 교육의 필요를 널리 많은 사람에게 말하는 한편에, 비록 적은 수효의 학생에게일지라도 많은 기대를 두어 성심성의 교수에 노력하였습니다.

그 후 석 달(3개월)이 지난 후에 처소가 구석진 것이 여러 가지 발전에 영향됨을 알고, 억지의 주선으로 종로 광충교 김성환 지물포 뒤 궁내부* 소유의 기와집 스물한 간 집을 벌어서 옮기고, 그 근처 다방골에 사는 유지 여러분에게서 한 달 50전 혹 1원씩의 기부를 얻게 되어, 그 합계 십칠팔 원의 돈으로 경비를 써 가면서 그때 학부에 학교 인가 운동을 극력* 주선하고 있었습니다.

그러나 그 이듬해에 천도교회의 손 선생(손의암)께서 외국으로부터 귀국하시게 된 것은 우리 동덕여학교를 위하여 크게 행운을 얻게 될 것이었습니다. 손 선생께서 처음 귀국하셔서 천도교의 제반 사업이 새로이 크게 확충될 때인데, 내(조 교장)가 동덕의숙을 대표하여 선생께 뵈옵고 말씀을 드렸더니 조선 장래를 위하여 여자 교육을 크게 일으켜야 할 것은 가장 긴급한 일이라 하시고, 그 시*부터 선생 개인으로 매월 적지 않은 보조금을 주시게 되어, 우리는 큰 힘을 얻어서 비로소 제반 설비를

● **예기하다** 앞으로 닥쳐올 일에 대하여 미리 생각하고 기다리다.
● **궁내부** 왕실에 관한 모든 일을 맡아보던 관아.
● **극력** 있는 힘을 아끼지 않고 다함. 또는 그 힘.
● **시** 때.

확장하고 3년 제도의 완전한 소학교를 이루었고, 뒤를 이어 학부로서 학교 인가도 얻게 되었습니다.

이렇게 하여 새로운 생기와 큰 힘을 얻어 학생 수효도 차차로 늘어 가니까 다시 선생께 말씀하여 교사*를 얻게 되는 동시에 학교 경영이 더욱 견고하게 되었습니다. 그때의 의숙은 역시 광충교 옆에 있고, 천도교 총부는 관훈동 우리 학교가 있는 이 자리에 있었는데, 그때 교회 총부와 교회당은 홍현(지금 보성전문학교 자리)에 양옥으로 신축하고 부속 강습원까지 옮기기로 하고, 그 집과 책상과 걸상과 칠판까지 온갖 것을 고대로 우리 학교에 주시기로 되어 우리는 곧 지금 이 자리로 옮겨 온 것입니다. 그리고 이때까지는 손 선생 개인으로 보조해 주시던 것을 아주 천도교회 총부에서 학교 경영의 제반 권의*를 맡기로 하고, 이름도 동덕의숙을 동덕여학교로 고치는 동시에 새로이 고등과 3년급*을 증설하고 경비도 연 3천여 원을 주기로 되어서 학교는 크게 확장되었습니다.

그만하면 학교도 완전한 기초를 가졌다 하겠으나 그러나 학생이 모여야지요. 요전번에 『신여성』 잡지에도 잠깐 말씀한 바와 같이 학생이 온대야, 가마 타고 하인 세우고 오는 판이니 따님을 학교는커녕 대문 옆에나 나가게 하여야지요.

하는 수 없어서 선생들이 교수만 끝나면 여자 교육의 필요를 알기 쉽게 언문으로 써서 등사판에 박아 가지고, 선생들 자기 손으로 집집마다 뿌리면서 일깨워 주기에 노력하였습니다. 그러노라니 그때의 여학교 경영이야말로 여간한 힘으로는 도저히 의논도 해 볼 수 없이 곤란한 일

●**교사** 학교 건물.
●**권의** 권리와 의무.
●**연급** 학년. 학생의 학력에 따라 학년별로 갈라놓은 등급.

이었습니다.

그렇게 그렇게 한 학교의 경영이라 하는 것보다도 여자 교육 사상 고취와 선전하기에 한 3년 노력하고 나니까, 그때에 간신히 학생이 180여 명이 되었습니다. 그러나 그때 형편으로는 그것도 굉장히 많다 할 수효였습니다.

그로부터 한 해 두 해, 비록 적은 수효이나마 학생이 차츰차츰 늘어가고 교무도 확장이 되니까 대정 4년*에 교회에서 교사 신건축비로 만여 원의 거액을 지불해 주어서 지금의 이 집을 새로 건축하였고, 경비도 1년 3천여 원이던 것을 1만 원으로 올리게 되어 학교는 점점 더 충실하게 되었습니다.

대정 12년에 보통과는 따로 떼어 완전한 보통학교로 인가를 얻어서, 3년제도 6년제로 변경 확장되어 동덕여자보통학교로 되고, 고등과도 3년제를 4년제로 늘렸고, 교원들도 모두 유자격자들만 택하여 내용을 더욱 충실하게 하노라 하였습니다."

교장의 이야기는 고대로 조선 여자 교육의 발달사를 듣는 듯한 느낌이 많았습니다. 사실로 철두철미 조선적으로 조선적 신여자를 짓기에 노력하여 온 동덕여학교는 조선의 여자 교육, 그것과 꼭 같이 자라난 것이라 할 것입니다.

교장은 다시 우리의 묻는 말에 이렇게 대답하였습니다.

"지금도 훈육의 표준 말씀입니까? 그것은 전에도 어느 때든지 기회 있는 때마다 말씀해 온 바이고, 또 우리 학교의 교육의 실제를 보아 짐작하실 것입니다마는 오직 신여자를 양성하되 조선적 신여자를 양성한

● 대정 4년 1915년. '대정'은 일본의 연호.

다는 외에 다른 표준이 또 없습니다.

다시 말씀할 것도 없지마는 조선은 지금 과도기에 있는 고로, 전에 못 보고 전에 못 듣던 것을 일시에 많이 보고 듣게 됩니다. 따라서 나어린 여자들이 보는 대로 듣는 대로만 따르기 쉬워서, 조선 여자로는 변태로운 머리의 소지자가 되기 쉽습니다. 모든 사람이 그 점에 대한 고려와 주의가 부족한 것은 참으로 조선의 장래를 위하여 크게 한심할 일입니다.

조선 살림의 주인일 것이고 새 조선인의 어머니일 여자들이 조선에 맞는 인물이 되지 못하고, 서양화하거나 또는 일본화한다 하면 어찌 될 것이겠습니까? 우리 학교에서는 창립 초부터나 지금이나 또 앞으로도 영구히 어느 때나 '신여자가 되는 조선에 맞는 조선적 신여자가 되게 하리라.' 하는 것이 제일의 표준입니다.

만일 그것이 없다 하면 동덕학교의 생명이 없다고도 말할 수 있겠지요. 그러한지라 교원들도 유자격자이되 특수한 몇 과정을 제한 외에는 모두 조선 사람으로 택하여 있습니다. 그리고 밖에서는 어떻게 보는지 몰라도 우리 학교 학생이나 졸업생은 적이 다른 점이 있으리라고 믿고 있습니다."

고 자신이 있는 것을 보여 말씀하는 것을 들을 때에, 그가 퍽 괴로운 처지에 있으면서도 백절불굴하는* 기세로 나아가는 용감한 투사같이도 보였습니다.

때는 오후 1시 30분! 이날의 점심시간이 끝나고 상학종*이 땡땡땡땡 울었습니다. 한동안 재깔재깔하고 쿵쿵거리고 요란하던 학교 안이 다

● 백절불굴하다 어떠한 난관에도 결코 굽히지 아니하다.
● 상학종 학교에서 그날의 공부 시작을 알리는 종.

시 조용해졌습니다. 교장의 안내를 따라 우리는 아래층 보통학교의 각 반을 지나서 위층으로 올라갔습니다. ㄷ 자 모양으로 된 집이 남향하여 남산 머리를 마주 보고 2층 위에는 겨울 낮 엷은 볕이 가냘프게 비치고 있었습니다.

밑층에서 올라온 층계 옆방이 1학년이었습니다. 시간은 영어 시간, 독본은 『랭귀지』, 선생은 석기목 씨라고 고등공업학교를 마친 아주 젊은, 상략한* 선생님이었습니다. 단어 한 마디 한 마디를 일일이 칠판에 써 가면서 스펠*과 발음을 자상하게 가르치고, 다 알았느냐고 몇 번이나 다져 묻고는 학생 중에서 한 사람 한 사람 읽히고 있었습니다. 학생은 58명, 머리 땋아 늘인 학생이 트레머리*의 3분의 1밖에 안 되어 보였습니다.

고다음 반은 2학년이었습니다. 마침 자수 시간이여서 스물세 사람이나 되는 학생이 책상과 걸상을 이리저리 편하게 비켜 놓고, 그 위에 커다란 수틀*을 놓고서 말도 없이 조용히 수를 놓고 있었습니다. 족자를 만들 것이라는데 커다란 목단화* 위에 나비와 새를 놓고들 있었습니다. 향내를 뿜는 듯싶은 붉은 꽃잎과 누른* 꽃술, 손 내밀면 달아날 듯싶은 나비, 학교에서 배우는 것만으로 이렇게 잘 놓는가 하고 우리는 놀래었습니다.

● **상략하다** 성격이 막힌 데가 없고 싹싹하다.
● **스펠** 스펠링. 철자.
● **트레머리** 신여성을 상징하는 머리 스타일로, 옆 가르마를 타서 갈라 빗어 머리 뒤에다 넓적하게 틀어 붙인 여자의 머리.
● **수틀** 수를 놓을 때 바탕천을 팽팽하게 하기 위하여 가장자리를 잡아당기어 끼우는 틀.
● **목단화** 모란꽃.
● **누르다** 황금이나 놋쇠의 빛깔과 같이 조금 밝고 탁하다.

자수는 보통학교에서는 배우지 않는다는데, 2년급에서 벌써 이렇게 좋은 솜씨를 가졌는가 싶어서 4년급의 솜씨를 보고 싶었습니다. 학생들보다도 더 젊어 보이는 여선생님이 여기 가서 기웃, 저기 가서 기웃하고는 학생의 솜씨가 만족한 듯이 빙그레 웃고 있는 것도 재미있게 보였고, 수 잘 놓기로 유명하다는 ○○○ 학생이 이 학교 이 반에 있는 것도 알았습니다.

그다음 반은 3학년의 창가 시간이었습니다. 머리가 보기 좋게 벗겨진, 사람 좋아 보이는 노선생 그가 조선 와서 제일 오래 창가 교수에 종사하여 제일 많은 경험을 가졌다는 소출 선생이었습니다.

칠판에 넉 줄의 보표를 그려 놓고 조선 예전 자(침척) 막대기로 칠판의 보표를 짚어 가면 학생들은 그것을 따라서 발성 연습을 하고 있었습니다. 학생은 20여 명, 그중에 이 학교의 정구 선수의 얼굴이 많이 보였습니다.

3학년 건너편 남쪽에 있는 반이 4학년이었습니다. 이 반이 이번 3월에 졸업하고 나갈 반이었습니다. 수효도 적게 열두어 학생이 조용하게 앉아서 영어 문법을 배우고 있었습니다. 조태식 씨라는 젊은 선생님이 양복은 분필 가루투성이가 되어 퍽 열심으로 가르치고 있었습니다.

보기를 마치고 다시 내려와서 보통학교 방을 몇 군데 기웃거려 보고, 위층과 달리 아래층 보통학교는 생도 수효가 굉장히 많고 교실이 협착한● 것을 알았습니다. 들으니 고등과만이 138명이고 보통학교가 속수반●까지 합쳐서 638명이라 하니 놀랍지 않습니까? 모두 합쳐서 776명, 근 800명의 학생들을 기르고 있는 것이었습니다.

●**협착하다** 차지하고 있는 자리가 매우 좁다.
●**속수반** 속성반. 빨리 배우는 반.

작년 봄에 입학 지원하는 어린 아동이 600명이었는데 그중에서 단 100명밖에 입학시키지 못한 고로 나머지 500명은 나이는 많아 가고 공부는 못 하게 되어, 그대로 입학 연령이 넘쳐 버리면 자기 일생에 영구히 공부해 볼 기회를 못 얻게 되는 것이라 합니다. 그래서 그러한 사정을 생각할 때에 조선 사람의 학교로서 도저히 모른 체할 수 없다 하여, 구제책으로 교사를 증축하고 속수반이라는 것은 두 반 증설하여 2년간에 4학년 치를 속수시키는 것이라 하니 이것도 이 학교의 남다른 용의라 할 것입니다.

금년 봄에도 동덕여학교에 50명, 동덕보통학교에 100명의 새 학생을 들이겠다 하며 월사는 동덕여학교가 2원씩이요, 지방에서 상경하여 있는 학생은 대개 월 30원으로 족하다 합니다.

오후 3시를 조꼼 지난 때 우리는 우리의 가장 몇을 학교 이 집에 한 사람이라도 더 수용할 집과 터가 있으면 하고…… 생각하면서 돌아왔습니다.

새 여자가 되되 조선에 유용한 새 여자가 되라!고 조선 사람뿐만의 생각과 손으로 키워 가는 사립 동덕여학교……. 아아, 그대의 이름이 길이 빛나라.

— 記者,* 『신여성』 1925년 2월호

● 글투로 미루어 방정환이 쓴 것으로 보인다.

요령 있는 여자가 됩시다

사람은 요령 있는 사람이 되어야 하겠습니다. 사람으로 태어난 이상에는 누구나 다 같이 반드시 요령 있는 사람이 돼야만 할 것입니다. 여자도 당당한 한 사람이외다. 사람이기 때문에 여자 역시 요령 있는 사람이 되어야 할 것은 물론입니다.

*

그러면 요령 있는 사람은 어떠한 사람을 가리켜서 이름이겠습니까? 우리는 먼저 그것을 알아야 되겠습니다.

그렇습니다. 우리는 요령 있는 사람이란 어떤 사람인가 그것을 먼저 알아야 됩니다. 그러나 요령 있는 사람이라고 결코 별사람*은 아니외다. 세상에서 흔히 말하는 천당의 신 같은 그런 사람도 아니요, 깨끗한 땅의 신선이나 부처님 같은 그런 신통한 사람도 아니외다. 오직 이 세상 우리가 실지로 살아가는 이 세상에서 자기의 생활 의식을 갖고 사는 그 사람이외다.

거기다 한 말씀 더 하면 우리가 이 세상 사물에 대하여 또는 자기 자신이나 사회상에 대하여 무엇은 무엇이며 어떻게 하면 어떻게 된다는

---

* 발표 당시 목차에는 필자 이름 없이 '권두'라고 밝혔다.

● 별사람 특별한 사람.

고 생각을 가진 사람이외다. 즉 우리가 요새 과학상으로 볼 때 비라는 것은 수증기가 날아 가지고 공중으로 훨훨 올라가다가 찬 공기에 닿으면 물이 되어 가지고 다시 이 지상에 떨어지는 것이라고 확실히 믿는 것과 같이, 사물은 무엇이며 사람은 무엇이며 무슨 일을 어떻게 하여야 어떠한 끝이 보이겠다는 그런 생각과 각오를 가져 자기의식을 확실히 갖고 있는 그 사람이 요령 있는 사람이외다.

거기에 따라서 비는 용왕이 주는 것이라, 옥황상제가 주시는 것이라고 생각하거나 믿는 고런 사람은 즉 요령 없는 사람이요, 과학상으로 보면 미신자나 미친놈밖에는 못 되는 셈으로, 무엇이 무엇인지 어느 일이 어떻게 되어 가는지 그런 것에 아무 철저한 제 주견이 없는 사람은, 허풍선이나 멍텅구리 같은 요령 없는 사람이 되고 말 것은 물론입니다.

*

우리는 유독히 여자를 꼭 집어내 가지고 말하기를 싫어합니다. 남자라고 다 똑똑히 요령 있는 사람이 아닌 것은 우리가 우리 사회에서 보는 현상만으로도 얼마이고 증명을 댈 수가 있는 까닭으로. 그러나 세상에서는 으레이˙ 여자를 말할 때 요령 없는 사람이 많다고들 합니다. 우리야 물론 세상 사람의 말하는 것이 모조리 거짓말이 되고, 우리 여자들이 한 사람도 빠짐없이 모두 요령 있는 사람들뿐이라 하면 얼마나 기쁠지 모르겠습니다마는, 만일 반대로 참말 요령 없는 사람들이 여자에게 많다 하면 이게 얼마나 애달프며 가엾은 일입니까. 우리는 여기에 깊이 반성하고 날카롭게 깨닫는 바가 있어야 될 것인가 합니다.

● 으레이 '으레'의 사투리.

현대 여자로서 깨운 바도 많고 요구하는 바도 많고 희망하는 바도 많습니다. 대개 이렇습니다. 우리도 사람이다. 사람으로 살아야겠다. 남자와 평등으로 대우를 받아야겠으며 교육을 받아야겠다. 자유로 연애와 결혼을 할 것이며 남자에게도 정조를 요구하여 성적 노예가 되지 말 것이며 경제적으로 독립하여 생활을 보장하여야겠다. 정치적 자유가 있는 곳이면 당당히 참정권을 요구하여 같은 인격을 갖고 같은 인권을 가져야겠다 하는 그런 문제입니다.

모두 훌륭한 문제가 아닙니까. 세력 좋은 남자가 아무리 그를 반대하더라도 그는 강포한* 자기네들의 악독한 수단이요, 머리 묶은 도학자* 류들이 암만 분개를 하여도 그는 되지 못한 구도덕적 생고집이외다. 여러분의 그 각성, 그 요구, 그 희망이 진리인 이상 그것이 반드시 그렇게 되어야만 할 것이요, 그것이 실현되기까지 노력하고 분투할 것은 누구의 훈수도 기다릴 것 없이 여자 자신들의 책임이요 의무인가 합니다.

그러나 그런 것을 모두 실현하려면 먼저 요령 있는 사람이 되어야 할 것입니다. 봄철의 버들가지와 같이 바람 부는 대로 요리조리 내둘리어서는 안 될 것입니다. 태산이 무너져도 내 정신은 고대로 갖고 있을 만치 똑똑한 사람이 되어야 할 것이외다. 금력*에도 팔리지 말고 남자의 얼굴에도 움직이지 않고 권력이나 명예도 마음을 빼앗기지 않고, 오직 자기의 무엇을 주어도 바꿀 수 없는 단단한 핏덩어리 하나가 뭉쳐 있어야 될 것입니다.

● **강포하다** 몹시 우악스럽고 사납다.
● **도학자** 유교 도덕에 관한 학문을 연구하는 학자.
● **금력** 돈의 힘. 또는 금전의 위력.

그래 내 의사를 좀 똑똑히 발표도 하고 주장도 하며, 남의 말귀를 조리 있게 똑똑히 알아듣고, 그러고서 자기네들은 어째 지금까지 그렇게 구속과 압제, 유린 아래서만 살아왔나, 그것을 어떻게 하면 벗어날까, 사회는 어떻게 하면 흥하고 망하는 것인가, 사람은 어떻게 살아야 잘 사는 것인가, 고런 요령을 좀 가져야 될 것입니다. 우리는 그립습니다. 고런 요령 있는 여자가 퍽이나 그립습니다.

_무기명,＊『신여성』 1925년 5월호

＊『신여성』의 편집 겸 발행인이었던 방정환이 쓴 것으로 보인다.

동물원행

——일난풍화* 좋은 때에 창경원 봄소식은?

이번 『신여성』 5월호에는 동물원의 봄소식에 대한 무엇을 썼으면 좋
겠다는 것이 사내 전체의 희망이었습니다. 그래 이런 것 잘 쓰실 이를
다 치워 놓고, 하필 감각이 둔하고 붓이 둔한 나에게 그것을 부탁합니
다그려. 물론 쓰라 하여 쓰겠지만 내 생각 같아서는 여자로서 가 보고
좀 써 주셨으면 하는 생각이 간절하였습니다. 왜 그런고 하니, 우리는
암만해도 무엇을 쓴대야 그것이 도저히 여성 독자 여러분께 무슨 흥미
와 유익을 주기가 어렵다고 생각한 탓입니다. 과연 그렇습니다. 아무리
무엇이 어떠니 어떠니 하여도 결국은 남자에게는 남자의 보는 세계가
있고, 여자에게는 여자의 보는 천지가 있는 것은 사실일 것 같습니다.
그러므로 이 동물원의 봄소식도 역시 여자의 관찰하신 안목으로 쓰게
된다면 훨씬 여러분 독자에게 많은 취미를 줄 수 있으리라고 생각한 까
닭입니다.

그러나 모처럼 받은 부탁이라 굳이 어길 수도 없고 해서 무엇이나 하
나 써 보려고 했습니다. 그러나 소도 언덕이 있어야 비빈다고, 무슨 거
리를 붙잡아야 쓸 것이 아니겠습니까? 그래 언제나 일요일 사람 많이

● 일난풍화 날씨가 따뜻하고 바람이 부드러움.

나오고 꽃도 많이 핀 때 한번 가 보고서 써 보려 한 것이, 바쁜 사람에게는 그렇게 마음먹은 대로 안 되는 일이 많기 때문에, 일요일은 그만 훌쩍 넘겨 놓고 편집 일자는 다가오고 해서, 월요일 늦은 아침에 사[•]를 들러서 이 동물원을 찾게 되었습니다. 그러나 다만 찾았다는 그것이 무슨 의미를 일으키게 되는지 모르겠습니다.

1. 봄소식이 무르녹은 창경원[•]

원래가 사람이라는 것은 그저 무심코 있을 때에는 이 생각 저 생각이 들끓어 나오다가도 무엇을 목적하고 해 보리라 하면, 암만해도 무슨 생각이 얼른 머리에 떠오르지를 않는 것이 보통입니다. 이른 봄날의 동물원도 그저 무심코 심심풀이로 동부인[•]이나 해 가지고 슬쩍슬쩍 산보 겸 구경을 나왔다면 무슨 생각이 날는지 모르지만, 무엇을 써 보겠다고 억지 구경을 나오게 되니 무엇을 억지로 어떻게 한단 말씀입니까. 이런 것이 위선[•] 기자 생활의 한 고통도 되는 것입니다. 그러나 무엇이 걸리든지 걸리는 대로 붙잡아 보기로 하고 전차표 두 장을 얻어 가지고 사를 혼자 썩 나섰습니다.

문밖에를 막 나서니 동쪽으로 높은 지붕 마루장이를 넘어서, 종묘 담 안 고목나무들의 푸른 가지, 물오른 새싹 들이 바람결을 따라 넌지시 넘

● 사 회사. 여기서는 '개벽사'를 가리킨다.
● 일제는 창경궁을 창경원으로 격하하고 동물원과 식물원을 조성했다.
● **동부인** 아내와 동행함.
● 위선 우선.

어다보고 느실느실 춤을 추겠지요. 그저 문안 방 안에서만 고이고이 예쁘게 자라난 시골 색시가 순박한 그 얼굴에 연연한 가는 웃음과 주저주저하는 수태®를 머금고 땋아 내린 긴 머리채를 뒤로 느리우고 자기 집 담 너머로 넌지시 지나가는 행인의 자취를 엿보는 듯이, 그것이 무한히 사람의 눈을 끌고야 말았습니다.

"이럴 터이면 전차를 타고 갈 것이 아니라 걸어가는 것이 아마도 재미있겠다." 하고 혼자 중얼거리며 교동 뒷골목으로 해 동관 대궐 앞 큰 길거리로 나서게 되었습니다. 연일 신문지상으로 왕 전하의 병환이 침중하시다는® 창덕궁 안에는 버들 빛이 푸르러 오지만 거기에는 근심하고 수심하는 듯한 빛이 봄 성안에 가득한 듯도 하였습니다. 그리고 양 길가에는 청결 검사가 가까웠는지 대소제®를 하느라고 어수선한 가난한 무리의 세간 부스러기가 길 갓®으로 모두 둥그러 나왔습니다. 때 묻은 이불, 먼지 앉은 고리짝, 이런 것이 모두 "우리 살림은 이렇소." 하는 듯이 우리 살림의 가난한 것을 가장 잘 설명하고 있더이다.

단성사® 뒷골목으로 더듬어서 대묘®의 담을 싸고 외로운 걸음으로 슬슬 돌아갈 때, 건너편 높은 언덕에는 큼직큼직한 벽돌집 정원 앞에 푸릇푸릇한 나무 싹, 풀싹이 멀리 사람의 눈을 끌어 잡아다리고,® 남산 안 푸른 소나무 사이에는 희미한 아지랑이가 담쏙 싸고 있더이다. 그저 보

●**수태** 부끄러워하는 태도.
●**침중하다** 병세가 심각하여 위중하다.
●**대소제** 대청소.
●**갓** 가장자리.
●**단성사** 1907년 세워진 영화관.
●**대묘** 종묘. 조선 시대에 역대 임금과 왕비의 위패를 모시던 왕실의 사당.
●**잡아다리다** '잡아당기다'의 사투리.

이는 것이 모두 "봄이다, 봄이여!" 하고 속삭거리는 것만 같았습니다.

다시 전찻길로 내려서서 창경원 앞 전차 종점까지 한 걸음 두 걸음 타박타박 걸어와서 문감(문 지키는 사람)에게 패를 내어뵈고 바로 문안에 발을 들여놓으니, 묻지 아니하여도 열리려는 꽃봉오리, 터져 나오는 나뭇잎이 벌써 창경원 안의 무르녹은* 봄빛을 잘 말하고 있더이다.

2. 새는 하소연, 짐승은 신음

문안에 들어서며 지팡이를 좌편으로 끌으니, 바로 그 곁에 "뿌라크발랴"라는 가그매* 같은 새가 철책 안에서 따뜻한 태양빛을 쬐이며 봄잠(춘면)을 자주 졸고 앉았습니다. 그 옆으로 돌아가며 철책 안마다 산고양이가 털을 다듬는다, 여호*가 주둥이를 뻗친다, 독수리가 석가산* 위에서 나래를 편다, 모두 야단을 치는데, 깃 좋은 공작이는 오색찬란한 뒤꼬리를 밑으로 나리트리고 자웅이 짝을 지어 앉아, 따뜻한 열대지방의 옛 살림을 때 만난 오늘에 다시 한번 추억하는 듯이 두 눈을 서로 떴다 감았다 하는 것이 퍽이나 어여뼀습니다.

뿌리의 둘레를 파고 비료를 주어 놓은 벚꽃나무는 동글동글한 꽃봉오리가 피일 날을 고대하고 있는 듯, 길가의 작은 풀은 새싹이 이미 삼분이나 솟아 나왔는데, 한복판에 철망으로 지붕을 만들어 씌운 못 속에서는 주둥이 긴 황새, 모가지 긴 오리처럼 빛 흰 해오라기가 소리를 치

● **무르녹다** 일이나 상태가 한창 이루어지려는 단계에 이르다.
● **가그매** '까마귀'의 사투리.
● **여호** 여우.
● **석가산** 정원 따위에 돌을 모아 쌓아서 조그마하게 만든 산.

며 위로 떴다 아래로 잠겼다 하지만, 그의 울음소리는 아무려나 슬피 우는 부르짖음이요, 묵은 달 아래 어이* 사슴, 새끼 노루가 번갈아 우는 것도 봄 아침 가을 새벽에는 한없는 옛 회포를 자아낼 것도 같았습니다.

그 위로 살살 돌아오며 철망 안 목장 안을 들여다보니 털 많은 염소, 등 굽은 약대*도 있고, 말 잘하는 앵무새, 빛 고운 가람조*도 노래를 부르고 나래를 치며, 죽은 듯이 누운 악어, 몸집 통통한 하마, 코 긴 코끼리가 꿈틀거리고 있더이다.

새나 짐승이나 할 것 없이 모두가 겨우내 추위에 쪼들은 피곤한 소리와 아주 쇠약한 모양으로 기운 없이 봄볕을 즐기는 듯만 싶더이다. 새의 노래도 "나를 자유의 천지에 내어놓아 주오!" 하는 하소연으로만 들리고, 짐승의 움직이는 것도 "나는 이렇게 피곤하고 말았소." 하는 듯이 신음하는 것처럼만 보였습니다.

오직 울울창창한 소나무 삼림 속으로 이 가지 저 가지에 자유로 날아다니며 "깍깍" 하고 소리쳐 우는 가그매의 소리만이 이 철망 안, 이 목책 안에 갇혀 있는 뭇 새와 뭇짐승을 조롱하는 듯하더이다. 예전부터 사람들은 가그매의 소리를 듣기 싫다 하였지만, 자유 없는 이 동산 안에서는 이 가그매의 소리가 철망 안 목책 안의 새짐승에게 얼마나 부러워 들리겠습니까.

여자를 약한 자라고 남자들이 경멸히 보지만, 여자의 활동이 자유로 활약할 수 있는 길을 새로 찾는다면 힘세고 권력 있다는 남자 계급에게 질 것이 무엇이겠습니까. 힘센 호랑이도 함정에 떨어지는 날에는 눈물

● 어이 짐승의 어미.
● 약대 낙타.
● 가람조 사다새.

366

을 흘리는 때가 있을 것이요, 소리 나쁜 가그매도 자유의 길을 찾을 때에는 노래를 부르는 곳이 있습니다.

3. 사람으로 본 창경원

꽃 소식은 아직 이르니 그대로 두고, 묵은 정자, 새집 안에는 곳곳마다 표본, 기구, 조각, 도화* 이런 것이 모두 벌여 있지만 몇 번이나 보던 것들이요, 또는 보아도 거기 대한 상식이 없기 때문에 그렇게 보고 싶은 흥미도 아니 나고, 또는 무엇이나 산 것 즉 지금 동하고* 있는 것이 보고 싶기 때문에 그런 곳은 밖에서 한 번씩 기웃거려 보고 말았습니다. 그러면 사람은 이 창경원 안에서 어떻게 움직이고 있는가를 다시 소개할까 합니다.

내가 오늘 동물원을 찾으러 올 때에는 오늘이 공일도 아니요, 꽃도 아직 멀었으니 사람도 별로 오지 아니했을 것이요, 무슨 취미 있는 구경도 없으려니 하고 왔건만, 때가 때요 장소가 장소라, 미리 생각하던 이보다는 사람이 많이 왔고, 그중에도 흰 봄옷을 입은 남녀가 많이 왔으며, 간간이 시골서 온 수건 쓰고 어린 아기 업고 다니는 부인들도 계시며, 아는 친구도 두어 분이나 만났습니다.

커다란 하마에게 눈이 둥그레지는 어른도 있고, 원숭이를 희롱하는 아이도 있었으며, 견학 나온 여학생들이 여기저기 떼를 지어 앉아 이야기하며 웃는 이도 있고, 동무의 무릎에 안기어 따뜻한 볕을 이는 이도

● 도화 미술.
● 동하다 움직이다.

있으며, 책을 보는 이도 있고 풀을 뜯는 이도 있었습니다. 조선 여학생 일본 여학생이 반반씩이나 섞여 있는 것을 보면 아마도 사범학교의 여자 연습생 되는 것이 분명하였습니다. 장래의 선생님 자격이 될 분들인 만큼 키도 꽤 크고 행동도 상스러이 보이지를 아니했습니다.

나는 묵은 성벽 돌담 밑에 넌출*풀이 새싹 나는 것을 감회 많게 보아 가며 다시 온실 있는 곳을 찾아갔습니다. 꽃 피고 잎 너우러진 온실 안에는 사시장춘*의 열대지방을 연상케도 하지만, 제대로 비·이슬을 못 맞고 제 자유대로 일광을 못 받는 그 꽃, 그 나무에는 역시 피로하고 연약한 색채가 감출 수 없이 나타나고 말더이다.

얄궂은 심미안을 갖고 있는 우리 인생은 제각기 제 이목을 즐기려고 꽃을 꺾어 손에 들고, 새를 잡아 채롱*에 넣으며, 가지를 휘어 모양을 만들고, 순을 집어 열매를 많게 하면서, 가장 양양한* 얼굴빛으로 그것들을 대하며 완상하고* 있습니다.

그로 보면 사람은 영장스럽다고 하면서 가장 야심이 충만한 것도 같고, 물건을 사랑하자고 말은 하면서도 실상은 물건을 해치고 있는 일이 많은 것도 같습니다. 그뿐이겠습니까? 제가 살기를 위하여서는 남을 죽이기도 사양치 아니하며, 제 행복을 얻기 위하여서는 남의 목숨을 희생시키기도 감히 하는 것을 볼 때, 인생이 과연 악독한 것인지 영장한 것인지 그것까지도 의심이 납니다.

온실을 돌아 다시 아래 못가로 내려오니, 여기저기 흩어졌던 여학생

● **넌출** 길게 뻗어 나가 늘어진 식물의 줄기.
● **사시장춘** 어느 때나 늘 봄과 같음.
● **채롱** 아름다운 색깔로 꾸민 바구니.
● **양양하다** 뜻한 바를 이룬 만족한 빛을 얼굴과 행동에 나타내는 면이 있다.
● **완상하다** 즐겨 구경하다.

이 일시에 모여들며 인솔하고 온 선생님의 지휘를 듣더니 열을 지어 가지고 훈화를 들은 후, 온실 편으로 올라가더니 다시 내려와서 새 가두어 놓고 짐승 가두어 놓은 목책 편으로, 흰 저고리 검은 치마의 모양이 하나씩 둘씩 소나무 사이 벚나무 사이로 다 사라지고 말더이다.

그러나 이로 갔다 저로 왔다 하는 남녀노소의 구경꾼은 여전히 여전히 잔디밭 위로 나무 밑으로 번갈아 그치지 않습니다. 2시가 넘자 웬 뜻 아니 한 자동차가 무슨 일이나 있는지 몇 채가 왔다 갔다 하고, 원정˙이 종을 흔들며 구경 온 사람의 나가기를 재촉합니다.

나는 몰려나오는 구경꾼의 틈에 끼이어 역시 몰려나왔습니다.

모든 것은 모두 움직입니다. 풀도 움직이고 나무도 움직이고 꽃도 움직이고 새도 짐승도 움직이고, 묵은 집 안에 가만히 앉혀 놓은 부처님까지 움직이는 것만 같습니다.

그리하여 힘차게 봄날의 새 기운을 모두 띠고 있습니다. 창경원 안의 봄빛은 이렇게 무르녹아 옵니다. 내가 동물원에서 밖으로 나올 그때에도 떼를 지어 날아다니며 자유로이 우는 가그매의 무리들은 "깍깍" 소리를 지르며 돌아다니더이다.

방실방실 웃을 듯 말 듯 하는 꽃봉오리들은 "이다음에 다시 한번 찾아 주오." 하는 듯이 나를 보내어 주더이다. 문밖을 나선 때까지도 가그매의 소리는 여전히 힘차게 창경원 안 소나무 위에서 제멋대로 힘차게 기저귀는 소리가 시끄러이 들려 나오더이다. (4월 12일 월요˙ 창경원에서 돌아와서)

_一記者,˙ 『신여성』 1926년 5월호

● 원정 정원이나 과수원 따위를 관리하는 사람.
● 월요 '월요일'을 뜻하는 말.
● 방정환이 쓴 것으로 보인다.

각 여학교 마크 이야기
—— 내력, 모양, 의미가 이러하다

남학교치고는 모표* 없는 학교가 없는 심*으로, 여학교에도 어느 학교나 물론하고 거의 마크를 만들어 가슴에 차게 되었다. 이것은 말로 표하지 아니하여도 자기는 어느 여학교 학생이라는 것을 표시하게 되니 세상에 대해서도 태도가 분명하고, 더구나 남녀 풍기* 문제가 많이 문란하여 오고, 길거리에 심지어 가짜 여학생까지 출몰하며 문란을 피는 이 시대인즉, 그런 풍기를 정숙히 하기 위하여서도 얼마큼 필요하며, 또는 아름다운 마크를 가슴에 찬다는 것은 여학생의 흔히 욕망하는 미관상으로 보아서도 괜찮을 것은 지금 다시 길게 말할 여지가 없지만, 그 각 여학교 마크의 내력과 모양과 의미를 이야기하는 것도 역시 흥미 있는 일인가 한다.

둥굴레꽃 놓은 숙명 마크

숙명여학교는 구한국 융희 4년*부터 교표*가 생겼다가 대정 6년*에

● **모표** 모자표. 모자에 붙이는 일정한 표지.
● **심** '셈'의 사투리.
● **풍기** 풍속이나 풍습에 대한 기율. 특히 남녀가 교제할 때의 절도를 이른다.
● **융희 4년** 1910년. '융희'는 대한제국 순종 때 사용한 연호.
● **교표** 학교를 상징하는 무늬를 새긴 휘장.

370

이르러 없어지게 되었던 것이 재작년 5월에 와서 다시 마크의 모양이 변하여서 지금 같은 것으로 부활하였다는데, 마크의 모양은 둥그런 바탕에 둥굴레꽃* 잎사귀 하나와 꽃을 놓고 잎사귀에 숙명이란 두 한문 글자가 새겨 있는데, 둥굴레꽃을 새김은 그 꽃과 같이 정숙하게 여자다우라는 뜻이라 한다.

배화는 태극에 P, W 두 자

배화학교의 마크는 대정 10년 9월부터 시작되었는데 태극에 영어 피(P) 자와 따불류(W) 자를 놓았다.

P자는 배화학교라는 "배" 자를 이름이요 W 자는 "화" 자를 이름이요 태극에 돌아간 그 모양은 영어 에스(S) 자로 잡아 "스쿨" 즉 학교란 말을 이름이라 한다. 태극의 한편은 붉은빛이고 한편은 남빛이며 배화학교란 그 글자들은 모두 흰빛이다. 붉은빛은 조선의 열렬한 붉은 마음을 의미함이요, 남빛은 용기와 정의를 의미함이며, 흰빛은 결백과 평화를 의미함이라 한다. 평화스러운 가운데서 용기를 다하여 열심히 배우라는 뜻이 그 교표에 말없이 나타나 있다.

동덕은 한 줄의 흰 줄이 새 마크로

동덕학교에서는 치마에 흰 줄 한 줄을 둘러 동덕의 학생이라는 것을 오래전부터 표시하다가 그것이 너무

● 대정 6년 1917년. '대정'은 일본의 연호.
● 둥굴레꽃(鈴蘭) 방정환은 '둥굴레꽃'이라고 했으나 '영란(鈴蘭)'은 은방울꽃이며 현재 숙명여고의 교화도 은방울꽃이다.

불편하다 하여 그것을 없애고 작년 4월부터 마크를 만들었다 한다. 그 마크는 태극 바탕에 무궁화를 놓고 그 가운데 마음을 표시한 염통*을 그렸다. 태극에 무궁화는 삼천리 무궁화 강산을 의미함이고, 그 무궁화 꽃송이를 동덕학교라는 동(同) 자로 만들고 덕을 중심 삼는다 하여 가운데에 있는 마음, 즉 염통에 덕(德) 자를 삭였다 한다.

이화는 보기만 해도 깨끗한 기분

이화학교 마크로 말하면 더욱이 의미가 깊다 한다. 이화학교란 그 이름을 처음에 고 순종 황제께서 내리셨다 한다. 왜 이화학교라고 내리셨는고 하니, 그 학교의 터가 본시 이화정(梨花亭) 터이었기 때문에 그것을 영원히 잊지 않기 위하여 이화라는 두 자를 붙였다 한다. 그래서 그 마크는 순전히 한 송이 이화에 '梨花'라는 두 글자를 썼다.

이(李) 왕가에서 내린 의미로도 이화요, 이화와 같이 순결하며 좋은 열매를 많이 맺으라는 의미로도 마크를 이화로 만들었다 함은 의미가 매우 깊다. 그것을 처음 만들기는 서력* 1909년에 졸업생들이 졸업을 축하하는 뜻으로 일제히 하여 가슴에 찼던 것이 근년에 와서는 아주 교표로 정하였다 한다.

근화는 이름대로 무궁화

근화학교에서는 삼천리강산을 의미한 무궁화 잎사귀와 봉오리와 꽃

●염통 심장.
●서력 예수가 태어난 해를 기원으로 하는 책력. 서양에서 처음 썼으며 현재 세계가 두루 쓰고 있다.

으로 바탕을 하고, 그 위에 근화라는 두 글자를 놓은 마크란다. 학교 이름도 무궁화요 마크도 무궁화로, 조선에 하나인 아름다운 그 학교 자체를 말없이 무궁화가 지키고 있다. 작년 3월부터 다른 학교와 같이 근화의 학생이라는 것을 알리기 위하여 생겼다 한다.

마크 대신 한 줄 두 줄을 두르는 진명

진명학교는 다른 학교와 같이 가슴에 다는 마크가 아니고 치마에 한 줄 두 줄 두르는 것으로 학교의 교표를 삼았다 한다.

대정 12년 4월부터 이 교표라는 것이 생겼는데, 그때 처음에는 한 줄을 두르다가 한 줄 두른 학교가 또 있기도 하고 보기에도 두 줄 두른 것이 좀 더 낫다 하여 얼마 후부터 두 줄로 변하였다 한다.

다른 학교 교표보다 얼른 눈에 안 띄어 잘 분간할 수가 없는 것만으로 다소간 학생들에게 불편은 있는 줄 알지만, 다른 학교와 달리 치마에 한 줄 한 줄 두 줄 다는 것을 교표로 정하게 되었다 한다.

경성여고보와 정신여학교

이 두 학교만이 아직 마크가 없다 한다.

_一記者,* 『신여성』 1926년 7월호

● 방정환은 '여학교 방문기'를 자주 썼다. 박달성에 따르면, 방정환은 손재주가 묘하여 '도안 부장'격이었다고 한다. 방정환이 쓴 것으로 보인다.

하기방학으로 시골에 돌아간 여학생들에게
―아울러 남아 있는 학생을 위하여

1. 먼저 돌아간 이에게
― 기쁨을 아는 동시에 괴로움을 알고 가르쳐 주고 오며, 배워 가지고 오라

흐르고 흐르고 또다시 흘러서 쉬지 않고 가는 세월은 어느덧 금년의 8월을 또다시 맞게 되었습니다. 해마다 해마다 한 번씩 맞게 되는 이 8월이 아무것도 이상한 느낌을 우리에게 줄 것이 없을 듯하건만 그래도 우리는 이 8월을 맞게 되면 다른 달보다는 무엇인지 닮은* 듯한 생각을 거듭하게 됩니다.

그것은 아마도 본지가 여러분과 특별한 인연을 맺고 있는 까닭이며, 따라서 여러분이 해마다 이 8월이면 대개 오랫동안 책상머리에서 학과와 분투하다가 그립고 그리운 자기 고향이나 자기 집을 찾아가는 방학의 시기라는 색다른 때인 까닭인가 합니다. 그리하여 우리는 해마다 해마다 본지를 통하여 좋은 말이거나 낮은말*이거나 반드시 부탁하고 싶은 생각이 있는 것입니다.

그러면 여러분은 이렇게 생각하시는 분이 계실는지도 모르겠습니다.

* **닮다** '다르다'의 사투리.
* **낮은말** 낮은 소리로 하는 말. 상스러운 말.

374

"우리는 학교에서 배움이 있고 교사에게 들음이 있고 책에서 본 것이 있고 동무와 상의한 것이 있다. 해마다 해마다 똑같은 시골 훈장의 교훈 같은 고리탑탑한* 당신들의 소리를 듣고자 원하지 않는다."고.

그러나 여러분이 조선 사람이요, 이 『신여성』이라는 잡지 하나가 적으나마 우리 조선의 부녀를 위하여서 무엇이나 말하고 싶고 발표하고 싶은 기관인 줄을 안다면, 해마다 해마다 거듭거듭 한 말을 다시 거듭하여 늙은 어미가 시집보내는 딸에게 가마 문 앞에서 부탁하는 말과 같은 그 소리를, 되풀이하는 의미가 어느 곳에 있는지를 알 것입니다.

늙은 어미가 철모르는 딸을 처음으로 남의 집에 보내게 될 때, 가마 속에서 눈물 흘리며 떠나는 자기의 딸에게 목메인 소리를 하게 될 때, 그 부탁이 아무리 묵고 썩은 말이라 하더래도 그의 참스러운 애정은 깊이깊이 포함되어 있는 것이요, 장래를 염려하여 차마 잊히지 못하는 진정은 숨어 있는 것입니다.

즉 다시 말하면 그때 그 찰나, 그 어머니의 마음에는 당장 눈앞에 반가운 경사를 축복하기보다도 장래 저것이 남의 집에 가서 어떻게나 살아갈 것인가, 시집에서 쫓겨 오지나 아니할 것인가 하는 그런 걱정이 더 많을 것만은 사실인가 합니다.

그러면 우리가 반드시 여러분의 어머니가 아니요, 또는 여러분의 어머니가 될 만한 자격도 없다 할는지 모르지만, 여러분의 전도를 항상 축복하고 염려하는 뜻으로 해마다 해마다 이 방학 ── 특별히 기간이 길고 기회가 좋은 이 8월을 당하면, 이와 같은 의미의 말을 거듭하게 되는 것이 또한 우리의 책임같이도 느껴지는 까닭입니다.

● **고리탑탑하다** 몹시 고리타분하다.

*

　여러분! 그러나 이 글은 여러 여학생인 당신들 중에도 이 하기방학을 이용하여 애인의 손을 끌고 시원한 절로 피서를 가거나, 부모의 돈을 졸라 얻어 가지고 이름난 곳으로 해수욕 같은 것을 간 분에게 보내려는 말은 아닙니다. 섭섭하지만 그런 분은 제외하여 놓고 꼭 입던 옷을 상자에 넣고 학교의 숙제장을 책보에 싸 가지고 자기 부모의 무릎 아래로 자기의 낯익은 고향으로 향하여 돌아가는 그런 분에게 드리는 말씀인 줄을 알아주십시오.

　시골에 돌아가신 여학생 여러분! 여러분은 누구나 학교에서 방학 의식을 마치고 책보를 싸 가지고 기차 할인권을 얻어 가지고 정거장을 향하여 나갈 제,● 여러분의 머리는 과연 산뜻해지며 여러분의 어깨는 또한 가뿐해졌을 것입니다. 1학기 동안 무슨 무겁디무거운 짐을 지고 있다가 별안간에 벗어 내던진 듯한 생각이 났을 것입니다.

　그리하여 차 안에 몸을 던지고, 오래오래 텁텁한 도회에서 시끄러운 학창에서 좁디좁은 객방에서 피곤할 대로 피곤한 머리를 쉬이며, 푸른 그늘이 마을을 덮고 푸른 모싹●이 들을 덮고 푸른 콩 싹이 밭을 덮고 푸른 강이 다리 밑으로 흘러가는 시골의 광경을 한 번 쳐다만 보아도, 한 학기 동안의 수고와 고생이 과연 이 하로●의 시골 돌아가는 행복을 얻기 위하여서만 희생한 것 같고, 그간의 생활이 얼마나 바쁘고 초조하였던지를 새삼스러이 깨달을 것입니다.

　그리고 차에서 내리어 짐을 끌고 자기 동리 앞을 향하여 들어갈 때,

● 제 '적에'가 줄어든 말.
● 모싹 모에서 자란 싹.
● 하로 '하루'의 사투리.

동리 사람이 부러워하고 집안의 아우와 조카가 쫓아 나오고 어머니가 반가워하시고 할머니가 눈물지우시고, 문밖에 개가 짖고 뜰 앞에 떨기 꽃이 웃을 제, 여러분은 아마도 꿈인 듯이 날뛸 듯이 기쁘기만 할 것입니다. 그리하여 여러분이 도회지에 나아가 공부하는 것이 과연 이때에야말로 보람이 있고 값이 있는 것만 같을 줄 압니다.

기쁨! 기쁨! 객창*에 가 공부하다 고향에 돌아가는 기쁨! 고향에 돌아가서 고향 사람의 반가이 맞아 줌을 받는 여러분의 큰 기쁨! 우리는 자세히 압니다. 따라서 여러분을 위하여 축하하기를 마지않습니다.

*

그러나 여러분! 여러분은 그 기쁨만으로 만족하려 하십니까? 모처럼 바쁜 사람으로부터 한가한 틈을 얻고, 괴로운 몸으로부터 편한 몸이 되려는 여러분에게 우리도 다시 더 부탁할 것이 무엇이며, 여러분의 마음과 머리를 더 어지럽게 할 필요가 무엇이겠습니까. 오직 학교에서 선생의 부탁하신 바와 같이 숙제나 잘해 놓고 몸의 건강에나 주의해 가지고 편히 잘 있다 오면 여러분에게는 다시 더 큰 다행이 없겠지요. 물론 우리로도 그것을 바라지 않는 것은 아닙니다. 그러나 우리가 항상 여러분께 바라는 바는 조금 그와는 달븐* 의미로 바라는 바가 많습니다.

여러분! 여러분이 만일 영국과 같은 강한 나라의 따님이요, 미국과 같은 부한 나라의 학생이라면, 우리는 다시 상관할 필요가 없이 그저 날탕*으로 놀고 지내거나 피서를 가고 해수욕을 가거나, 그렇게 심각하게

● **객창** 객지살이.
● **달브다** '다르다'의 사투리.
● **날탕** 어떤 일을 하는 데 아무런 기술이나 기구 없이 마구잡이로 함. 또는 그렇게 하는 사람.

책임을 느껴 가며 부탁할 필요도 시비할 필요도 없습니다. 그러나 우리는 특수한 처지에 있는 조선의 사람이요, 여러분은 역시 특수한 경우에 있는 조선의 여학생이기 때문에 이러한 부탁도 하는 것이요, 이런 부탁을 받기도 하는 것입니다.

그런데 우리 조선은 모든 형편이 남과 달른 처지에 있는 까닭으로, 여러분으로도 이 남과 달른 처지를 깨닫고 생각하고 어떻게 했으면 남과 같이 살 수 있을 것인가를 늘 연구치 않으면 안 될 것입니다.

이것이 물론 학생의 신분으로는 할 일이 아니라 하겠지만 우리의 조선이 특수한 경우, 즉 가난하고 약하고 못난 경우, 더구나 1천만의 여자가 말 못 되게 불쌍한 경우에 있는 만큼, 여러분의 몸이 아직 학생 신분에 있다고 어린 아기의 어머니 아래 떼를 쓰고 어리광을 피듯 "나는 학생이다. 아무것도 모른다. 세상일이 다 무어여. 하라는 공부나 하면 그만이지." 이렇게 생청*을 써서는 안 됩니다.

"오래간만에 고향에 왔으니 공부를 하다 집에 돌아왔으니 편히 놀고 잘 얻어먹고 이 집 저 집으로 돌아다니며 서울 이야기, 학교 자랑이나 하다 다시 뚝 떠나오면 그만이다." 하고 툭 집어던진다면 아무 멋도 모르고 그저 '내 딸은, 내 누이는 서울 가서, 평양 가서, 대구 가서, 원산 가서 공부하다가 하기방학에 다녀갔지. 퍽 반가웠어.' 하고 생각하는 여러분의 부모요 동기간이라면 모르거니와 적어도 여러분에게 무엇을 바라고 기대하는 부형이나 우리 같은 일반 사회 사람으로는 얼마나 실망할는지 모르겠습니다.

●생청 생떼.

그러면 우리로서 여러분에게 부탁할 것은 무엇이겠습니까? 그렇게 어려운 문제를 여러분에게 제공하려 함도 아니요, 엄청난 일을 여러분 더러 해 달라 함도 아니외다. 즉 "기쁨을 아는 동시에 괴롬을 알라. 가르쳐도 주는 동시에 배워도 가지고 오라." 이 간단한 부탁입니다.

여러분이 아무리 학교에서는 배운다 익힌다 하지만 거의가 죽은 지식이요 대부분이 꿈꾸는 공상입니다. 아무리 하여도 실지로 산지식을 얻고 산 교훈을 받을 기회는 이 하기방학의 시골 가는 일인가 합니다.

여러분에게는 양복 입고 양장* 짚고 잘난 체하는 도회의 신사를 사모하느니보다 호미를 메고 낫을 들고 논밭으로 나가 뙤약볕에 땀 흘리는 시골 부형을 숭배하는 것이 여러분의 의무이며, 향수를 바르고 몸단장을 하며 맵시를 내랴 태도를 뵈랴 하는 도회의 여자가 학교의 동무를 사랑하는 것보다, 보리방아를 찧고 샘물을 기르고 면화를 가꾸고 개 돼지를 기르는 시골의 어머니와 언니가 얼마나 귀엽고 안타까운 줄을 알아야 될 것입니다.

그리하여 설령 밭에 나아가 호미를 손수 잡아 보지 못하고 괭이를 들어 흙은 파지 않는다 하더라도 "실상은 꼭 그것을 하여만 될 것입니다." 실지로 그들의 수고와 괴롬이 얼마나 많은지를 체험하여 알고, 그들의 땀과 피가 모여서 여러분이 공부하게 될 이유와 덕택을 철저히 깨닫고, 또 우리 인생은 어떻게 하여서 먹고 입고 살게 되며 우리의 처지가 얼마나 궁하고 어려운가를 확실히 아는 동시에, 여러분으로도 그만한 보상과 그만한 사례를 하기 위하여 무슨 준비와 무슨 분투로 그들을 위하는

● 양장 서양 지팡이.

일을 하겠다는 각성이 생겨야만 할 것이 아닙니까.

*

여러분! 시골의 부녀들은 오직 일생이 괴롬의 살림이요 애쓰는 살림 뿐이외다. 더구나 이 여름철에는 더위와 싸우고 일과 싸우느라고 아무 정신이 없이 지납니다. 좋게 말하자면 고맙고, 나쁘게 말하자면 가여운 인생이라고 하겠지요.

그러나 그들은 그렇게 자기의 노력을 들이고 자기의 정력을 희생시 키면서도, 자기네의 가치를 알지 못하고 자기네의 지위를 모릅니다. 오 직 자기네들은 그런 노력과 희생을 하면서도 그것이 무슨 운명으로만 알고 지납니다. 그리하여 세상을 모르고 또는 알려고도 아니 합니다. 알 려고 하나 그들에게는 알게 될 기회가 없고 시간이 없고 여유가 없고 또 는 기관이 없습니다.

우리는 이것을 돌아볼 때 여러분 여학생의 책임이 더욱 중대하고 할 일이 더욱 다망함*을 절실히 느끼고 있습니다. 여러분이 학교에 있어서 는 단순한 학생에 지나지 못하지만 그런 농촌에 돌아가서는 적어도 알 고 깨달은 선생이며 동무 되기에 넉넉하며, 사회로 보아서는 역시 당당 한 일꾼의 하나씩입니다.

그러면 여기서 방학 동안에 여러분의 할 일도 자연히 알게 될 것 같 습니다. 여러분은 여러분의 정성 있는 대로, 힘 있는 대로 적으면 여러 분의 집안 부녀, 동리 부녀나 크면 한 지방 한 고을의 부녀를 ─ 즉 무산 하고* 무식한 부녀들을 위하여 문제는 가정 개선도 좋으며 농촌진흥도 좋으며 부인 해방도 좋으며 여자운동도 좋으며 사회·세상 일도 좋으며

● **다망하다** 매우 바쁘다.
● **무산하다** 재산이 없다.

도회 평판도 좋으며 언문 보급도 좋으며 가감승제의 산술도 좋으니, 적게 활동하려면 한 방 안에 때때로 모여 앉아 이야기 한마디라도 좋고 크게 활동하려면 강습회도 좋고 강연회도 좋습니다.

다만 한 고을에 하나씩만 이러한 학생이 있다 하여도, 전 조선 220고을에 220명 한 고을에 열씩만 있다면 적어도 2,200명, 이렇게 해마다 해마다 된다고만 하면 2천만의 무산무식한 조선 여자에게도 또한 장래의 서광이 머지아니할 것입니다. 여러분은 이 사업을 크다 합니까, 작다 합니까?

그러나 여러분은 시골 부녀들에게 그와 같이 가르쳐 주는 동시에 다시 배워 가지고 올 것이 얼마이고 있음을 기억하지 아니하면 안 될 것입니다. 즉 그들에게서 꿋꿋한 힘과 단단한 팔로 밤낮을 쉬지 않고 부지런히 일하는 것, 헌 신 헌 옷 굵다란 베옷 무명옷에도 또는 보리밥 감자밥에도 부끄럼 없는 검소함을 배우는 동시에, 더한층 통절히 말하면 그도 없어서 허덕지덕하는 무산 부인들의 생활을 직관하고, 그이들을 어떻게 했으면 남과 같이 살 수 있게 만들가 하는 생각이라도 갖고 오게 하시기를 아울러 바랍니다.

"기쁨을 아는 동시에 괴로움을 알라. 가르쳐 주는 동시에 배워도 가지고 오라!" 우리는 시골에 돌아가신 여학생 여러분께 이렇게 거듭 부탁하며 건강을 빕니다.

2. 남아 있는 분들에게
―스스로 위로하며 스스로 안심하고서 모든 노력과 분투에 기회를 이용하라

그러나 방학 때이면 때마다, 때를 찾아서 고향에 돌아가게 되는 학생만 하여도 오히려 행운아라고 할 수가 있습니다. 여러분 학생 중에는 일부러 안 가는 이는 별문제지만, 그중에는 남북 만주에 집을 두고 멀리 고국에 들어와 공부하는 분으로나, 혹은 조선 안 시골에서 올라와 공부하는 이라도 어려운 가세에 여비가 곤란한 학생이나, 또는 고학 같은 생활을 하는 학생들로서, 혹은 일신상 가정상 재미스럽지 못한 일로 가고 싶은 고향에 돌아가 그리운 부모 형제를 만나 보지 못하고 도회지에 그대로 남아 있어서, 구름 봉오리가 첩첩이 쌓여 있는 한울®과 푸른 나무 푸른 물결이 거듭거듭 막혀 있는 산과 강을 쳐다보며 건너다보며 눈물을 겨워하며 지나는 분도 있을 것입니다.

아무리 사람은 굳세야 쓰느니 단단해야 하느니 하면서도 지극한 인정에 가서는 사람이란 누구나 다 같이 눈물 가진 동물이 되고 마는 것이라, 이런 여러분에게 대하여는 우리로도 다 같이 그의 처지에 울고 싶으며, 그의 고민에 동치® 아니할 수가 없습니다.

여기에 돈 몇 십 원으로 갔다 올 여비를 구처할® 도리가 없어서 그리운 시골을 못 간다거나, 또는 마음에도 없는 혼인 문제 같은 것으로 부모의 강제를 받기가 싫어서 역시 시골에 돌아갈 수 없는 그런 학생이 있

●**한울** 천도교에서 '하늘'을 달리 이르는 말.
●**동하다** 같이하다.
●**구처하다** 변통하여 처리하다.

다 합시다. 그는 무엇으로 그와 같은 불행과 학대를 받는 것이겠습니까? 그러면 언제까지고 그와 같은 악착한* 생활과 무리한 구속을 받아야 옳겠습니까? 그곳에 대하여는 더구나 이런 처지에 있는 학생으로서는 긴히 생각하여 후일의 분투적 준비를 하기에 이 기회를 이용하고, 이 기회를 만나서 모든 결심을 더 일층 굳게 하여 사회의 제도가 불공평한 탓이라면 그것을 고치도록, 구도덕의 악폐라면 그것을 타파하도록 연구하고 생각하여 나간다면 도리어 이곳에 남아 있는 것이 위로가 되고 안심이 될 것이며, 장래의 준비를 하기에는 오히려 이런 기회가 자기의 심신을 단련시키는 데 가장 좋을 것입니다.

그러나 도회의 여름은 보통으로 사람을 과히 피로케 하며 과히 괴롭게 합니다. 그러나 그런 곳에 능히 참고 이기고 뻣뻣이 나아가는 여학생이 있다면, 그 얼마나 귀여운 여성이며 그 얼마나 사람다운 여성이리까?

그러면 세상에는 자기를 잘 아는 이가 오직 자기밖에 없는 것이니, 남아 있는 여러분은 스스로 위로하며 안심하고 더욱 분투의 준비를 부지런히 하소서.

그리고 시골에 돌아간 학생은 이 남아 있는 동무들에게 친절하고 의미 있는 서신으로라도 위로를 해 준다면, 그 얼마나 사람과 사람끼리 단합하는 데 큰 힘이 되리이까!?

아울러 여러분께 드리나이다.

_편집자, 『신여성』 1926년 8월호

● 악착하다 잔인하고 끔찍스럽다.

가을! 처녀! 마음

묵직하고 축축한 옷을 벗어 내던지고 시원하고 산뜻한 가벼운 단장을 한 듯한 생각!

지질펀펀하고* 가시 수풀이 얼크러진 험상맞은 들판을 지나쳐서 맑고 고요한 시냇물 가에 들어온 듯한 느낌! 어지러운 진세*의 시끄러운 곳을 떠나 조용하고 즐거운 선경*에 들어와서 혼자 노니는 듯한 마음!

그러나 시원한 생각도, 고적한 느낌도, 즐거운 마음도 오직 저 혼자 저 혼자서 맛볼 수 있고, 무엇이라고 형용할* 수도 발표할 수도 없는 이 가을!

*

이것은 가을이 오면 올 때마다 누구나 다 같이 이렇게 되고 맙니다. 남자도 그렇고 여자도 그렇고 늙은이도 그렇고 어린이도 그렇고 젊은이 역시 더욱 그렇습니다.

샛말간 한울*의 유리쪽 같은 푸른 달빛이 궁벽한 농사 마을의 빈 들

* 발표 당시 목차에서 '권두'라고 밝혔다.
● **지질펀펀하다** 땅이 약간 진 듯하고 펀펀하다.
● **진세** 속세. 티끌세상. 정신에 고통을 주는 복잡하고 어수선한 세상.
● **선경** 신선이 산다는 곳. 경치가 신비스럽고 그윽한 곳을 비유해 이르는 말.
● **형용하다** 말이나 글, 몸짓 따위로 사물이나 사람의 모양을 나타내다.

에 쏘아 주고, 고적한 만 리 객관*의 작은 창을 비춰 주는 밤에,

이슬방울이 구슬같이 나뭇잎, 풀잎 끝에 때글때글 궁글며* 구슬픈 귀
뚜라미, 애달픈 버레* 소리가 이었다 그쳤다 하는 새벽에,

회포 없이 이것을 보고, 느낌 없이 이것을 들을 자가 그 누구이겠습니
까?

만일 농촌의 부인으로 시인의 눈이 있고, 도회의 여자로 음악의 취미
를 가졌다면, 평화한 생활, 풍부한 생활이 우리 가정, 우리 사회에도 우
리 세상에도 다 같이 실현이 되련만!

*

가을은 고요한 때입니다. 맑고 깨끗한 때입니다. 세상을 모르고 풍진*
을 모르고 오직 단순하고 순결한 처녀의 마음과 같이.

예로부터 사람은 가을을 슬퍼하고 가을을 그리워한다 하였습니다.
여자가 여자 자신의 마음을 비춰 알기 쉬운 때도 이 가을이요, 여자의
예술적 맛을 맛보기에 가장 좋은 시절도 또한 이 가을입니다.

여자에게 어데까지 고 아름답고 보드라운 여자다운 정취를 보존하고
싶은 것입니다. 그것이 뻗쳐서는 아름다운 가정, 아름다운 사회, 아름다
운 세상을 만들 것입니다.

그러나 우리는 여자에게 보드라운 정이 있는 동시에 굳센 이지*가 동
무하여 나가기를 바랍니다. 정신적 순결을 지키는 동시에 현실의 생활

●**한울** 천도교에서 '하늘'을 달리 이르는 말.
●**객관** 객사. 나그네를 치거나 묵게 하는 집.
●**궁글다** '구르다'의 사투리.
●**버레** '벌레'의 사투리.
●**풍진** 세상에서 일어나는 어지러운 일이나 시련.
●**이지** 이성과 지혜.

을 잡아 방향을 정하고 나가며 흔들리지 않는 여성이 되기를 바랍니다.

가을! 처녀 같은 이 가을!

원컨대 처녀로 하여금 애상적 기분에만 기울어지지 말게 하여지이다. 아름다운 동시에 굳세게 되어지이다.

가을! 사람으로 하여금 모든 일을 생각게 하는 가을! 처녀로도 하여금 마음을 고요히 하여 세상일을 생각하는 사람이 되게 하였으면!?

_무기명,* 『신여성』 1926년 9월호

● 방정환이 쓴 것으로 보인다.

남자의 연애

강영숙(모 여기자)

최상현(모 신문기자)

음식점원 (일인* 하녀)

(서울 시외의 전차 종점에서 가까운 곳, 일본 사람 음식집의 2층 한편 구석방. 그러나 다다미방이 아니고 빙숫집 것 같은 식탁이 놓였고, 꽤 더운 때건마는 유리창도 닫고 또 커튼(휘장)까지 가려져 있다.

점심때치고는 조금 이른 때인데 강영숙, 최상현은 다 먹고 난 음식을 내보낸 후에 커피차를 마시기 시작하였다.)

영숙: (하얀 손수건으로 가슴 앞을 활활 부치면서) 덥지 않으셔요? 저는 땀이 다 나는데요. 유리창을 좀 열지요.

상현: (열면 큰일 나는 듯이 황망스럽게) 아니, 열지 마세요. 열면 먼

---

* 발표 당시 목차에서 '사회 밀화(비밀 이야기)'라고 밝혔다. 희곡의 형식을 띄고 있으나 실제 공연을 염두에 두지 않은 계몽적 성격의 글이라 산문으로 분류했다.
● 일인 일본 사람.

지만 들어옵니다.

영숙: (일어나려다 말고 남자의 얼굴을 한참이나 말없이 들여다보다가) 하하하하, 기왕이면 방문을 안으로 걸어 잠가 버리시지요. 어때요?

상현: (좀 거북한 듯이 웃으면서) 잠가도 좋지요. 그렇지만 문을 잠그면 울지 않을 텝니까?

영숙: 울기는 왜요. 그런 걱정은 말고 잠그려면 잠그세요.

상현: 하하하하, 아주 인제는 벌써 알아채고 결단을 하셨단 말입니다그려.

영숙: 아니요, 인제가 아니라 결단은 오늘 아츰*에 집에서 나올 때부터 하고 왔어요……. 의외에 산보를 같이 하자 하실 제*는 으레 산보 좀 하다가 피곤할 때쯤 하여 절간이나 그렇지 않으면 이런 조용한 음식집에 들어가서, 우선 포도주를 서너 잔 억지로 권해 먹이고, 그래 얼굴과 마음이 빨갛게 취한 때에……. 아이고, 위험한 일이지요. 누가 그럴 줄 몰라요?

상현: (좀 무색하여 얼굴이 뻘게 가지고) 하하하, 참말 강 선생도 상당하십니다그려……. 딴은 신시대의 여자라 다른걸요! 그만하면 소설도 잘 지으시겠습니다.

영숙: 어때요, 꼭 맞았지요? 무얼 그렇게 망설거리시어요. 저에게 하고 싶은 말씀을 다 하세요. 저하고 산보를 같이 하자거나 점심을 같이 먹자 하신 것은 모두 핑계고, 무슨 일이든지 다른 일, 다른 목적이 계시지 않습니까?

상현: 천, 천만에요. 그런 그런 비열한 목적은 결코 없습니다.

● 아츰 '아침'의 사투리.
● 제 '적에'가 줄어든 말.

영숙: 하하하하, 그러지 말고 어서 자백을 시원히 하세요, 남자답게요.

상현: 그건 너무 무정한 일이 아닌가요? 그만큼 짐작을 해 주시면 나중 말은 하지 않아도 아실 것 아닌가요. (하면서 가깝게 다가들면서 그래도 어색하여 두 손으로 머리를 싸쥐고 긁는다.)

영숙: 글쎄요. 짐작이 얼른 안 됩니다. 무얼까요? (고개를 갸우듬하고 생각하다가) 이건지 저건지 생각할수록 여러 가지 장면이 연상되니까 알 수 없는걸요. (입을 가리고) 하하하하.

상현: 이건 참말 너무 야속합니다그려. 그럼 수치를 당할 셈 치고 아주 이야기를 하지요. (그러고 또 주저하다가) 왜 요전에 한번 한강에 산보를 갔을 때에 말씀한 일이 있지 않습니까? 그 대답을 듣기를 바라고 한 일이지, 결코 결단코 그런 딴 비열한 계획은 털끝만치도 없습니다.

영숙: 네, 그 일이면 잘 알았습니다.

상현: 그러면 아주 감사합니다.

영숙: 그러나 아직 그런 인사를 하시기는 너무 속합니다.●

상현: 그건 또 왜요?

영숙: (아까보다 엄숙해지면서) 남자는 누구든지 '달큼한 결혼 생활'이라는 먹이만 낚시 끝에 매달아 꼬이면 어떤 여자든지 마음대로 걸려드는 줄 아는 모양이지요? 그렇지만 그것은 벌써 옛날이랍니다. 지금 그런 수작으로 여자에게 대하면 그것은 우리들을 모욕하는 것입니다.

상현: 네? 어떤 의미로 하는 말씀인지 모르겠습니다.

영숙: (수건으로 가슴 앞을 부채질하면서) 나는 결혼이란 것을 아니할 결심이여요.

● 속하다 꽤 빠르다.

상현: 결혼을 안 해요? 무슨 이유로요?

영숙: 결혼 아니 한다고 여자가 별로이 거북할 일 없고 못 살아갈 일도 없으니까요.

상현: (선생이 제자의 말에 웃듯 웃으면서) 아하하하, 강 선생도 역시 그런 생각을 하십니다그려. 그러나 그 사상은 곧 허물어져 버릴 사상입니다.

영숙: 허물어지면 그때에 또 처치하지요. 우리들은 결혼보다도 사회인의 한 사람으로 인정받고 또 그 권리를 찾아오는 노력이 더 급하니까요. 그러나 다소의 체면이라든지 인사는 이 세상에 필요한 일이니까 요전번에 말씀하실 때에 곧 거절하지 못하고 '생각은 해 보겠습니다.' 하였지만, 실상은 결혼 아니 할 생각은 그전부터 결정되어 있었습니다.

상현: 네? 어쨌든지 저의 간절한 애원에 대한 강 선생의 대답이 예스입니까, 노입니까?

영숙: 물론 노이지요.

상현: 그건, 그건 너무 심합니다그려. (두 손으로 머리를 싸쥐고 몸을 비튼다.)

영숙: 너무 미안합니다. (쌩긋 웃고) 내가 그때 어머니에게 의논해 본다고 대답하였을 때 하시는 말씀이, '자기 마음에 물어볼 일이지 다른 사람의 의견을 들을 필요가 없다.' 하셨지요? 그리고 또 '자기의 내심의 요구대로 나아가는 것이 바른 도덕'이라고 하셨지요?

상현: 그것이 옳은 일이니까 그랬습니다.

영숙: 아니요, 그것은 벌써 헌 도덕입니다. 벌써 시대에 뒤떨어진 개인주의의 도덕입니다.

상현: 어째서 그게 헌 도덕이여요?

영숙: 사회생활을 전혀 보지 않고 자기 한 사람 마음에 맞는 대로 나아간다는 것은 늙은이 앞에서는 새 도덕이라도 젊은이에게는 벌써 헌 도덕이 되고 만 것입니다.

상현: …….

영숙: 우리들은 남자의 노예이던 생활에서 해방되어 남자와 동등의 사회인으로 살아가려면 아무것보다도 먼저 사회생활 그것을 생각하게 됩니다. 사회생활상에 불편한 일이 있는 때에는 아무리 간절한 개인의 요구라도 그것은 당연히 거절하게 되는 것입니다.

상현: 그건 너무…….

영숙: 최 선생도 역시 다른 남자들처럼 우리들의 마음을 잘못 짐작하신 것입니다. 그래 개 새끼나 괭이 새끼처럼 코끝에 달큼한 먹이(사랑하네, 맘이 있는 가정을 꾸미세 하고)를 보이기만 하면 곧 그 달콤한 조건에 취하여 덤벼들 줄 아셨지요? 감정밖에 아무것도 없는, 사회적 이성이 없는 개인주의의 옛날 여자 같으면 그렇게 쉽게 덤벼드는지 몰라도, 요 우리들은 그런 달큼한 먹이에는 속지를 아니한답니다. (비웃는 얼굴을 한다.)

상현: 이건 너무 냉정한걸요!

영숙: 나 같은 사람도 무엇이 곱게 보이는지 내 얼굴과 몸뚱이를 노리면서 최 선생같이 달큼한 먹이를 내 코앞에 휘저으면서 조른 남자가 여섯 사람째 있었습니다. 최 선생은 벌써 일곱째세요.

상현: 네? 일곱째예요? (눈이 둥그레져서 놀랜다)

영숙: 네, 일곱째입니다. 그런데 모두 다 개인주의, 남자주의의 도깨비들이었습니다. 입으로는 연애니 사랑하느니 결혼 생활을 경영하자느니 하고 별별 달큼한 소리를 다 하여도, 실상 사귀어 보면 고와 보이는

얼굴하고 젊은 몸뚱이가 욕심나서 그것만을 목적하면서, 겉으로는 연애라는 탈을 쓰고 무도®를 하자는 것이니까요. 우리들은 이래 보여도 경제적으로 남자와 대등의 사회인이니까요. 대등한 태도, 대등한 조건으로 결혼을 요구한다면 그야 의논에 응하지 않을 까닭도 없지요. 그렇지만 그런 노예 흥정 남자주의의 인신매매 흥정은 절대로 반갑지 않습니다.

상현: (얻어맞은 개처럼 모가지를 자꾸 흔들다가) 그러면 즉 신성한 연애도 한 장사 흥정으로 여기는 사상입니다그려.

영숙: 남자들은 연애 연애 하고 아주 굉장히 신성하고 존귀한 것처럼 떠들지마는, 그런 것은 다 철모르는 여자를 속여 꼬이는 수단이지 연애가 무슨 연애입니까? 어여쁜 얼굴이나 처녀의 몸뚱이가 욕심나서 이 수단 저 수단으로 꼬여내는 것이 그것이 연애입니까? 우리들 눈으로 보면 지금 흔한 그따위 연애는 물건 흥정에 지나지 못하여요.

상현: 그거야 그런 사람이나 그렇지요. 모두 다 그렇다는 것은 너무 심한 말씀입니다.

영숙: (비분한 소리로) 아니요, 아니여요! 인제는 더 속지 아니합니다. 남자들의 그 위조 연애에는 인제는 넌더리가 납니다. 왜 그렇게 남자들은 여자의 몸뚱이만 노릴 줄밖에 모릅니까? (점점 비분을 띄운 목소리로 애원하듯) 실상 말이지, 단 한 사람쯤이야 깨끗하게 믿고 사귈 수 있는 동무가 있겠지 하고 나는 이때까지 그런 남자를 마음속으로 찾아 왔었어요. 그래 남자가 청하는 대로 될 수만 있으면 싫다지 않고 교제를 하여 왔습니다. (낙망하는 소리로) 그러나 누구든지, 아무리 점잖

●**무도** 말이나 행동이 인간으로서 지켜야 할 도리에 어긋나서 막됨.

아 보이고 인격이 믿어지는 이도 가만히 보면 내 몸뚱이만을 목적할 뿐이지 한 사람도 동무가 되어 주려는 사람은 없었습니다.

상현: ……. (머리만 숙이고 있다.)

영숙: (고개를 조금 숙이고) 실상은 최 선생께서는 아니 그러실 줄 알았어요. 그랬더니 아까야 알았습니다. 최 선생도 역시 보통 남자처럼 몸뚱이만을 목적하시는 것을 아까서야 알았어요. 네, 아무리 변명을 하시어도 아까 확적한* 증거를 보았으니까요……. 아이고, 남자들은 어쩌면 모두 마음이 그렇게 천박할까요. 내가 진정한 동무를 남자 중에서 구하려는 일은 아마 한울*에 별 따기보다도 어려운 일일는지도 모르겠습니다. 영구히 영구히 실망하고 말 것 같아요. 그래 벌써 일곱 사람째나 그런 이를 보니까, 인제는 졸업이 되어서 남자를 대하면 엔간히 주의하지 않습니다. 웬만큼 남자가 노골로 덤비게 되는 위험한 때는 어떻게든지 딴 수작을 붙일 줄도 압니다. 그러거나 정히* 위험한 때는 아주 왈패 말괄량이 놀음을 하여 저편 남자가 '에그, 여간내기가 아니로군.' 하고 낙망하고 말게 합니다. 그러노라니 모르고 보는 이는 이상하다고도 하겠지요. 그러나 당자*의 마음이야 편할 수 있겠습니까?

상현: 인제야 강 선생의 남다른 인격을 더 자세히 알았습니다. 부끄러운 일이 많습니다. 그러나 저는 진정으로, 진정으로. (하면서 취한 사람처럼 다가앉는다.)

영숙: (급히 조금 물러앉으면서 손바닥을 크게 딱딱 친다.)

● **확적하다** 정확하게 맞아 조금도 틀리지 아니하다.
● **한울** 천도교에서 '하늘'을 달리 이르는 말.
● **정히** 진정으로 꼭.
● **당자** 당사자.

상현: (황망히) 왜, 왜요? 주인은 왜 부르십니까?

하인: (올라와 두 남녀에게 머리를 굽힌다.)

영숙: 음식값을 회계해 와요.

상현: 아니요, 어느새 무어 급할 것 있습니까?

영숙: (하인을 보고) 어서 가져와요.

하인: 네. (하고 손가락을 들어 꼽아 헤어* 본 후에) 4원 20전입니다.

영숙: 4원 20전? (지갑을 꺼낸다.)

상현: (급급히) 아니요, 아니요. (하고 5원짜리를 꺼내 주고 하인의 등을 두 손으로 밀듯 하면서) 어서 내려가요. 남저지* 돈은 자네가 가지고…….

영숙: (일어서서 빙끗 웃는다.)

상현: 그런데 더 할 말씀도 있는데, 왜 가실 터입니까?

영숙: 네, 가야지요. 들을 말씀도 다 듣고 할 말씀도 다 하였으니까요. 여러 가지로 미안한 일도 많고 감사한 일도 많습니다. (하고 나간다.)

상현: (어쩔 수 없어 머리를 긁으면서 모자를 들고 따라나서면서) 천만에요. 조금도……. (막)

_雙S生, 『신여성』 1926년 9월호

●헤다 '세다'의 사투리.
●남저지 '나머지'의 사투리.

권두언

"어느 나라든지 그 나라 여자 이상으로 진보되지 못한다." 하는 서언*
은 지언*이다. 이 말은 그 나라 그 민족의 문명의 도는 곧 그 민족 중의
여성의 문명된 도*와 동일하다는 말이니, 조선은 조선 여성의 각성된
도까지밖에 못 나아갔느니라 하는 말로 되는 것이다.

　조선 남성으로서 조선 여성을 자기보다 뒤졌다고 비웃던 사람은 부
끄러워해야 된다. 더구나 그들의 뒤떨어짐이 그들 자신의 부족에 있는
것이 아님에이랴……. 진정으로 조선이 새로운 데로 나아가지기를 바
라고 또 꾀하는 사람이면 조선 여성을 가장 잘 이해하고 옹호하고 또 조
력하여야 한다.

　여성들 자신에게 있어서는 말할 것 없이 책임이 중한 것이다. "조선
을 끌고 나아가는 일은 먼저 남자들의 일이지." 하던 투를 지금도 그대
로 가지고 있어서는 안 된다. 여성의 걸음이 게으르면 그만큼 조선의 걸
음이 더디는 것이다. 그런데 불구하고 조선 여성에게는 대학 하나가 없
으니 조선은 한몫 신사는 그만두고 아직 대학생 자격도 못 되는 것이다.

* **서언** 서양의 속담.
* **지언** 지극히 당연한 말.
* **도** 정도나 한도.

여자의 갈 길이 너무도 바쁘지 아니한가.

　이 급한 걸음에 마력*을 더하기 위하여 『신여성』은 다시 나온다.*
1931년 첫 아츰*의 햇발과 함께 거룩하고도 씩씩한 기세로 나서는 그
기개를 보라. 그리고 그 장엄한 군호*를 들으라. 그것은 분명히 가장 기
뻐할 신년 효두* 조선의 새로운 진군곡의 하나이다.

_方, 『신여성』 1931년 1월호

●**마력** 동력이나 단위 시간당 일의 양을 나타내는 실용 단위로 말 한 마리의 힘에 해당
　하는 일의 양이다.
●**『신여성』**은 1923년 9월 15일 창간하여 1926년 10월까지 모두 31권을 낸 뒤 휴간했
　다. 제32호를 1931년 1월에 복간하여 1934년 6월 제71호까지 냈다.
●**아츰** '아침'의 사투리.
●**군호** 군대에서 나발, 기, 화살 따위를 이용해 신호를 보냄. 또는 그 신호.
●**효두** 먼동이 트기 전의 이른 새벽.

공부한 여자와 공부 안 한 여자와의 차이
—얼마나 어떻게 다른가

공부한 여자가 아니 한 여자보다 나은 것

1. 편지 쓸 줄 아는 것 2. 산술 할 줄 아는 것 3. 활동사진* 볼 줄 아는 것 4. 일본 상점에 가서 물건 살 줄 아는 것 들이라 할 것이나, 가령 신문 한 장 똑똑하게 못 보는 점이나 사회현상에 너무도 캄캄한 것으로나, 공부 아니 한 구 여자와 그 사이가 그리 멀지 아니한 것은 갑갑한 일입니다. 한 조고만 가정을 표준하더라도 남편과 남편의 사업에 대한 이해를 못 가지는 것으로도 구 여자와 그리 멀지 않고 육아법, 가계 경영에 대해서도 구 여자와 거의 마찬가지인 듯한 것은 더욱 갑갑합니다.

그러나 이것은 결코 공부하는 여자들 자신의 죄라기보다 교육자 여러분의 책임일 것이니 여학교 교원 제씨의 크게 반성해야 할 점인 줄 압니다. 여기에 상세한 논술을 할 수 없으나 실사회와 접촉이 잦고 거기 대한 지식을 주려고 노력하기는 고사하고, 도리어 되도록 학교 교과서 책장밖에는 내다보지도 못하게, 이야기도 못 하게 하고 있는 듯이 보이는 그 태도부터 고쳐야 할 것입니다. _『신여성』 1931년 1월호

---

* 기획 '공부한 여자와 공부 안 한 여자와의 차이'에 포함된 글이다. 김창제, 이광수, 방정환의 글이 실렸다.
● 활동사진 '영화'의 옛 용어.

불행을 이기라

불운을 두려워하고 불행을 피하려 하는 것은 사람의 상정*이다. 그러나 불운은 항상 두려워하는 사람을 침습하고,* 불행은 항상 피하려 하는 사람에게 떨어져 오는 것이다. 불운을 두려워하지 않는 사람에게 불운이 있을 리 없고, 불행을 딛고 넘어가는 사람에게 불행이 있을 수 없는 것이니, 요는 불운 불행이 오고 아니 오는 데 있는 것이 아니라 부딪쳐 밟고 넘어가고 못 넘어가는 데 있는 것이다.

불운 불행을 피하려는 정*이 남자보다도 여자에게 더 많다고 보는 것이 틀리지 않을진대, 불행의 울음소리에는 여자의 소리가 많은 것이 또한 당연하다 할 것이다. 불행을 피하려는 태도를 버리라. 닥뜨려 오는 불운과 불행을 용감히 맞아 부딪쳐 속히 밟고 넘어가기를 힘쓰라. 만 가지 행복이 오직 불행을 향하여 돌진하는 데서뿐 오는 것이니. 우리가 잡지를 통하여 많은 여성들께 노력하는 것도 어느 의미에 있어서 불행과 싸우는 데 필요한 전량*을 이바지하는 것에 불외한* 것이다. ⎯『신여성』1931년 2월호

* 발표 당시 목차에서 '권두언'이라고 밝혔다.
● **상정** 사람들에게 공통으로 있는 보통의 인정.
● **침습하다** 갑자기 침범하여 공격하다.
● **정** 마음.
● **전량** 전쟁에 필요한 식량.
● **불외하다** 어떠한 범위나 한계에서 벗어나지 아니하다.

처녀의 행복

"처녀는 아름답고 깨끗한 것이다. 양과 비둘기같이 순하고 부드러운 것이다."라고 누구든지 이때까지 말하여 왔다.

그러나 양과 비둘기같이 순하고 부드러운 것이란 생각을 단연히* 끊어 버리지 않으면 현대 처녀들에게는 큰 모욕인 것이요, 자신에게 있어서는 현대 처녀로의 자격이 없는 것이니, 무조건으로 유순한 것은 결국 약한 것이요, 약한 것은 언제든지 멸망하는 것인 까닭이다. 인생의 슬픔이 많다 하지만 약해서 패망하는 것처럼 처참한 것이 또 있으랴. 아무것이 되더라도 약자만은 되지 말 것이다.

약하지 않은 ── 강해지는 한 가지 방법은 오직 아는 데에 있는 것이니, 모르는 자는 언제든지 약한 법이요, 아는 자는 언제든지 강한 법이다. 이것은 다윈의 '적자*라야 산다.'는 말을 풀어서 하는 말과 마찬가지 말이라, 공부에 있어서 아는 자라야 강하고 승하는* 것과 꼭 같이, 가정에 있어선 생활 방법을 아는 자 강하고, 직업에 있어선 직무 그것을 아는 자라야 강하고, 연애에 있어선 연애를 잘 아는 자라야 강하고, 결

* '처녀독본'란에 실린 글이다.
● 단연히 결연한 태도로.
● 적자 적응한 사람.
● 승하다 이기다.

혼에 있어선 남성을 잘 아는 자라야 강하고, 육아에 있어선 아동을 잘 아는 자라야 또한 강할 것이요, 사회 활동에 있어선 그 사회를 잘 아는 자라야 강할 것이니, 통틀어 말하면 이 세상에 살아가는 자는 이 세상을 가장 잘 아는 자라야 강하고 강하여야 늘 이겨 성공할 것이요, 행복이란 것은 그러한 강자, 성공자만의 차지일 것이다.

그런데 지금의 처녀 제군, 여학생 제군! 묻노니 제군은 제군의 행복을 위하여 얼마나 아는 것을 가지고 있는가? 그대들은 대답하리라. "배운 만큼은 이미 알고 있으며 또 자꾸 알아 가는 중에 있다."고. 그러나 나는 여기서 다시 충고하노니 그대들은 그대들이 알고 있고 또 알아 가는 중에 있는 그것이 얼마나 정확한 것인가를 검토해야 된다.

알되 바로 아는 것이 귀중한 것이요, 잘못 아는 것은 차라리 모르는 것보다도 더 위험하고 나쁜 결과를 가져오는 것이니, 내가 지금 이 짤막한 일문*을 제군 앞에 보내려는 본의는 실로 이것 단 한 마디를 전하려는 데에 있는 것이다.

'알되 바로 알기에 힘쓰라.' 이것은 제군의 한때 공부에만 아니라 일평생에 귀중히 지켜야 할 것이니, 50전짜리 상품을 40전, 30전어치로 아는 것도 잘못인 동시에 60전, 70전어치로 아는 것도 잘못임에 틀림없는 것이다.

그런데 처녀 시대의 가장 큰 통폐*는 50전 상품을 5원 내지 50원, 500원어치로 알고 있는 데에 더 많이 있는 것이 사실이다. 노골적이나 더 알기 쉬운 구체적 예를 들어 말하면, 처녀 시대에 50전짜리 애인을 500원어치로 평가하고 있는 따위 예(例)인 바, 기억하기 쉽게 하노라고

● **일문** 한 문장.
● **통폐** 일반에 두루 있는 폐단.

애인의 예를 들었으나 기실*은 범백사*에 이 투를 가지는 것이니 사실 이것이 어떻게 위험한 일인가.

어느 여학교 당국자에게 "여학생들이 너무도 실사회 사정을 모르고 지내니 신문류를 더러 읽도록 권해 봄이 어떠하냐?"고 말한 일이 있었다.

"신문에는 좋은 모범 될 만한 사실보다도 강도, 살부,* 음행* 따위 추잡한 기사가 많아서 여학생들에게는 좀······." 하는 대답이었다. 이것이다. 이것이 새로 자라나는 현대 여인까지 셰익스피어의 이른바 약자를 만들어 내는 정체인 것이다. 그들이 가르치고 있는 것이 무엇이냐? 그들이 시간 시간이 혀가 마르도록 설교하고 있는 그 소위 모범 될 만한 이야기는 결국 이 세상의 어느 한쪽 구텅이밖에 안 되는 것이다. 한쪽 구텅이에밖에 없는 아름다운 이야기만 고조하여 시간 시간이 이야기해 주는 까닭에, 나어린 처녀들은 세상을 분* 이상으로 아름답게만 생각하게 되는 것이다.

실제 이 세상에는 아름답지 못한 일이 적지 않다. 그 처녀들이 장차 살아 나갈 길에는 아름다운 것과 섞여서 아름답지 못한 것도 퍽 많이 가로놓여 있는 것이다, 그 길로 걸어갈 사람인 까닭에 아름다운 것도 아는 동시에 아름답지 못한 것도 알고 나가야 할 것이다. 불미한* 것도 알게 하라는 말은 불미한 것을 예찬하라는 말은 아니니, 불미를 불미한 것이라고 아는 것은 미(美)를 미라고 아는 이상으로 더 효과 있는 것이다.

● **기실** 실제의 사정.
● **범백사** 갖가지의 모든 일. 또는 온갖 일.
● **살부** 남편을 죽임.
● **음행** 음란한 행실.
● **분** 분별. 구분.
● **불미하다** 아름답지 못하고 추잡하다.

50전어치만큼 아름다운 점이 있는 세상을 50원, 500원어치로 알고 있는 것은 결국 자신을 멸망시키는 위험한 짓이라는 말이다.

근검저축하면 세상을 행복하게 살 수 있는 줄만 배운 사람이기 때문에 남의 10배, 100배 근로하면서도 한평생 고생만 하게 되는 불평*이 있는 세상인 줄을 전혀 모른다. 병들면 병원이 있는 줄만 알았지 돈 없는 사람에게는 천만의 병원도 효용 없는 것인 줄은 잊어버리고 산다. 이리하여 세상을 분 이상으로 까닭 없이 아름답게만 알고 살아온 사람이기 때문에 경제생활에 있어서도 쳐다보고만 살지 내려다보고 살 줄 모르는 버릇이 잡히는 것이다. 여유 있는 수입이 없는 남편이 아내의 불평을 들을 때마다, "부잣집 생활만 쳐다보지 말고 우리보다도 더 빈곤한 살림을 내려다보면서 살아야지." 하고 애걸하듯 하지마는 아름다운 것만 알고 자라 온 여자에게 그것은 무리한 요구이다.

위에도 누누이 말한 바와 같이 이 불의한 것을 모르고 살려는 태도는 생활 범백*에 해를 미치는 것이니, 한 가지 제군에게 제일 가까운 예를 더 들라면 결혼 문제에 있어서도 역시 그러하다. 여학생 제군 또는 일반 처녀 제군에게 가장 가까이 닥쳐올 문제요, 또 가장 중대한 문제로 결혼 문제를 아무도 등한히 못 할 것이다.

묻노니 제군은 제군 자신이 가장 중대히 생각하고 있는 그 문제에 관해서 얼마나 아는 것을 가지고 있는가. 결혼에 관한 지식을 학교에서 얼마나 배웠으며, 학교에서 못 배웠으면 결혼 준비로의 서책을 얼마나 읽었는가. 아무것도 아는 것이 없이 그저 막연하게 결혼 생활에서 큰, 굉장히 큰 행복이 와서 자기 몸을 평생 두고 지켜 줄 줄로 알고 있는 사람

●**불평** 고르지 못함.
●**범백** 갖가지의 모든 것.

이 백에 팔구십 인은 되지 않는가.

결혼 생활에는 단맛과 함께 쓴맛이 나란히 있는 것이요, 때로는 단맛보다 쓴맛이 더 많이 있을 수 있는 것이다. 이 더 많을 수 있는 쓴맛을 조금도 예기하지* 않고 있다가 실제에 들어가 쓴맛이 의외에 큰 것을 보게 되어 감내치 못하고 낙망하게 되는 것이다. 결혼 준비로는 결혼 생활의 단맛보다도 쓴맛을 미리 아는 것이 소중한 일일 것이요, 연애 준비로는 남자란 것을 미리 알아야 할 것이다.

지금 여학교 안에서는 연애라는 말도 글자도 대금물*로 취급하는 것 같다. 따라서 여학생에게 남자란 어떤 것이라는 것을 가르치는 일이 없다. 아무 때고 연애하고 결혼하고 남자와 평생을 살아갈 사람에게 남자를 알리지 않고, 연애를 알리지 않고, 결혼을 가르치지 않고 그냥 내어 보낸다.

남자를 모르고 연애를 모르면서 연애는 신성하다는 만 원짜리 정가표를 아무 데나 달아매일 줄밖에 모른다. 전쟁에 가는 사람이 총도 칼도 없이 눈까지 가리고 나가는 것이니 이 승부는 출전 전부터 정해져 있는 것이 아닌가. 이 실증은 제군의 선진*의 연애 또 결혼에서 더 잘 볼 것이다. 성교육의 필요, 좋은 소설 애독 장려의 필요론의 근거도 실로 여기에 있는 것이다.

『춘향전』은 속칭 늙은 홀아비의 읽을 책이라고 하나, 불국* 모파상의 소설은 성욕 충동의 점에서 춘향전의 몇 십 배 이상이다. 그러나 그

● **예기하다** 앞으로 닥쳐올 일에 대하여 미리 생각하고 기다리다.
● **금물** 해서는 안 되는 일.
● **선진** 어느 한 분야에서 연령, 지위, 기량 따위가 앞섬. 또는 그런 사람.
● **불국** '프랑스'를 이르던 말.

의 작품 『여자의 일생』이라는 소설이 처녀에게 반드시 읽힐 책 중의 하나로써 지적되는 것은, 여자에게 남자란 것이 어떤 성정을 가진 것이요, 남자의 심리가 어떻게 여자를 향해서 움직이는 것이요, 결혼 생활에 대한 태도가 어떠한 것이라는 것이며, 결혼이 그렇게 행복만을 가져오는 것이 아니라 일생을 불행케 할 수도 있는 것이라는 것 등을 알리는 데에 효과가 있다는 것이다. 그러나 지금의 조선에서 이러한 주장을 하는 이가 있다면 큰 이단자 취급을 할 것이다.

이상은 이야기하기 쉽고 듣기 쉬운 예의 1, 2에 불과하나 처녀들의 나아갈 모든 길 모든 일에 두루두루 미루어 한 말이니 어느 일 한 가지에도 처녀들이 정확한 평가를 하는 것이 적은 것이 사실이요, 그렇게 분이상으로 평가하고 있어서 이로울 것이 반의반 토막도 없는 것이 사실이다.

강자가 되라. 그리하기 위하여 우선 아는 사람이 되라. 알되 바로 알기를 힘쓰라. 그러기 힘쓰는 데에 처녀 제군들이 먼저 할 일은, 아름다운 것만 알고 아름답게만 생각하려는 종래의 버릇을 단연히 고치는 그것이다. 악을 잘 물리칠 수 있는 사람은 악을 아는 사람이라야 할 것이요, 불미를 피할 수 있는 사람은 먼저 불미를 잘 아는 사람이라야 할 것이 아닌가.

세상 사람이 다 자기와 같이 착한 줄만 알고 이 세상의 모든 불미를 모르고 ── 그렇다! **모르고, 아무것도 모르고** 자라는 것을 행복하다고 옛날에는 일컬었었다. 그렇게 모르고 살았었기 때문에 아름다운 것밖에는 아무것도 모르고 자랐었기 때문에 곧 불행하여지는 것이요, 그렇게 불행해졌기 때문에 지나간 처녀 시대만을 돌아다보고 울게 되는 것이니, 그것은 패망자의 설움인 것이다.

404

만일 그가 늦게라도 자각이 생겼다면 처녀 시대를 그리워할 것이 아니라 마땅히 아무것도 미리 알고 지내지 못한 처녀 시대를 저주할 것이다. 다시금 간절히 충고하노니 현대 처녀가 생각하는 '처녀 시대의 행복'은 아무 거치른* 바람을 모르고 그저 아름다운 것만 꿈꾸고 사는 데에 있는 것이 아니라, 처녀 시대 적에 거치른 바람을 피하지 말고 부딪뜨려* 가면서 모든 것을 속속들이 정확하게 알아 두는 데에 있는 것을 알아야 한다. 그러지 않고는 '약한 자여, 너의 이름은 여자이다.'에서 영구히 뛰여나가지 못할 것이다.

립스*의 윤리학이 가르치는 바와 같이, 약한 것이 만 가지 악의 근원이니 약하고는 행복될 수 없으며, 알지 못하고는 강해질 재주가 없는 것이다. 행복을 바라는 처녀는 먼저 알기에 힘쓸 것이다. 모든 것을 정확히 알기에 힘쓸 것이다. 정확히 가르치는 이가 없다고 책임을 남에게 미루어서는 못쓴다. 자기 자신이 정확한 앎을 얻기 위하여 항상 용감하여야 할 것이다.

(이 거치른 글이나마 끝까지 읽어 준 이가 있으면, 그가 우선 자기의 현재 알고 있는 것의 정확하고 못 한 것을 반성함이 있기를 바라고 이 붓을 놓는다.)

_『신여성』1931년 2월호

● **거치르다** '거칠다'의 사투리.
● **부딪뜨리다** 어떤 일이나 문제에 당면하다.
● **립스(1851~1914)** 독일의 철학자, 심리학자.

애아명명록(愛兒命名錄)

방정환 씨

장남 재천(在天)(14)

장녀 영화(榮嬅)(11)

차남 하용(夏容)(8)

차녀 영숙(榮淑)(4)

나는 도시 이름 짓는 데 참견을 못 했습니다. 재천이는 돌아가신 손선생(의암 병희 선생)께서 지어 주셨고 영화는 교회 돌림자로 지은 것이고 하용 영숙이는 그 아이 조부께서 지으신 것입니다. 왜 그렇게 지었는지 모릅니다.

_『신여성』1931년 3월호

* 설문 조사에 포함된 글로 현진건, 방인근, 이광수, 김동진, 최진순, 방정환, 정순철, 안재홍, 조재호, 최학송, 임효정, 유도순, 박팔양, 서춘이 참여했다.

살림살이 대검토 1
──가정생활 강의

우리들의 살림살이의 잘못된 점을 찾아내자. 그리고 앞으로 고쳐 나갈 점을 말하자. 그리하기 위하여 살림살이 검토를 시작하기로 하는 것입니다. 그러나 이것을 써 줄 양반이 모두 바빠서 기한 안에 써 놓지 못하게 된 고로 어쩔 수 없이 잘 쓰지 못할 내가 갑자기 써 놓아야 하게 되었습니다.

이런 것을 쓰기에 부적당한 데다가 날짜까지 촉급하여* 간당간당하게 된 고로 구비하게* 자상하게 쓸 수도 없지마는, 이것을 전혀 아직 나어린 여학생들과 구식 부인들을 위하여 쓰는 것이므로, 될 수 있는 데까지 어려운 말을 피하고 깊은 이론을 피하여 쉬운 말로 간단히 써 나아가려 합니다.

한 사회가 잘되고 못되고 하는 것이 전혀 각각 가정 가정이 바로 되고 못 되는 데에서 시작되는 것이니, 가정 가정이 바로 되지 못하여 깨끗하지 못하면 한 사회 한 세상이 바로잡힐 수 없는 것이라, 한 가정 문제는 그 집 식구 몇 사람에게만 달린 조꼬만 문제가 아니라 실로 한 사회에 관계되는 큰 문제입니다. 이 거치른* 글이나마 여러분 앞에 내놓아 읽

● **촉급하다** 촉박하여 매우 급하다.
● **구비하다** 있어야 할 것을 빠짐없이 다 갖추다.

기를 권고하는 것은 이 글을 읽는 당신의 한 가정만을 위해서가 아니라 우리들의 전체의 살림을 위하여 안타까운 정성을 가진 까닭입니다.

가족 편

살림살이를 말할 때 제일 먼저 생각해야 할 것은 가족 문제입니다. 조선서는(동양에 있는 나라는 다 그랬지만) 한집 속에 여러 부부가 모여 있어서 한 살림을 하여 왔으니 시할아버지 부부, 시아버지 부부, 며느리 부부, 작은며느리 부부 이렇게 여러 부부가 한데 모여서 한 살림을 하여 왔는데 이것을 대가족제도라고 합니다.

집안이 쓸쓸한 것보다는 번화한 것이 좋으니 자손 창성하고* 일가 번영하여 안으로 즐겁고 남에게는 자랑이 되고 서로 의지가 되어 좋다고 하나, 이것은 예전 미개했을 적 생각이요 쓸데도 없는 요강, 타구*를 많이 늘어놓고 앉아서 자랑하던 것과 마찬가지 어리석은 일입니다.

'살림'이라 하면, 한 부부가 생길 때부터 생기는 일이니 똑바로 말하면 한 부부 한 부부마다 한 살림 한 살림이 따로따로 있는 것입니다. 가령 말하면 시아버지는 학교 교장이나 선생님이면 그 부부에게는 교육자의 살림이란 딴살림이 있고, 아들은 신문기자를 다니거나 회사에를 다니면 아들에게는 신문기자 살림이나 회사원의 살림이 따로 있는 것입니다. 저마다 다른 사업이요 또 마땅히 달라야 할 살림을 어떻게 한데

● **거치르다** '거칠다'의 사투리.
● **창성하다** 기세가 크게 일어나 잘 뻗어 나가다.
● **타구** 가래나 침을 뱉는 그릇.

408

합쳐 가지고 한 살림을 만들 수 있습니까.

사업을 위하여 살림이 있느냐, 살림을 위하여 사업이 있느냐. 말할 것도 없이 사업을 위하여 살림 뒤를 따라야 합니다. 사업에 충실하기 위하여는 살림이 언제든지 변할 수 있고 움직일 수 있어야 하지 살림 때문에 사업이 변할 수 있습니까…….

그런데 이때까지의 큰살림해 온 제도로 보면 살림이 사업을 따라서 가볍게 움직일 수가 없게 되어 있습니다. 자기 혼자 부부만의 살림이 아니고 여러 패 부부가 한데 해 온 살림이기 때문에 자기네 혼자의 사업만을 위하여 움직일 수가 없는 것입니다. 그래서 사업과 살림이 점점 사이가 멀어져서 살림에 애쓰랴, 사업에 애쓰랴, 조선 사람은 애를 외곬*으로 못 쓰고 두 갈래로 쓰게 되었으니 얼마나 손해입니까?

알기 쉬운 말로 하면, 조선 사람의 가정은 하로* 종일 직무에 충실하노라고 피곤해 가지고 돌아와서 즐거운 속에 편안히 쉴 수 있는 재미있는 '가정'이 아니라, 커다란 객줏집* 즉 여관입니다.

사회에 나아가거나 자기 일터에 나아가 온종일 고단하게 일하고 집에 돌아가서 남들은 편안히 쉴 때, 조선 사람들은 쉬지 못하고 여관 경영을 또 해야 하는 셈입니다.

1호실에 있는 노인 손님에게 인사 접대하랴, 2호실에 있는 젊은 부부에게 감정 안 사도록 하랴, 3호실·4호실에 있는 부부의 마음에 들도록 비위를 맞춰 주랴……. 꼭 여관 경영하는 객주처럼 마음을 써야 합니다 그려.

● **외곬** 단 하나의 방법이나 방향.
● **하로** '하루'의 사투리.
● **객줏집** 길 가는 나그네들에게 술이나 음식을 팔고 손님을 재우는 영업을 하던 집.

그러니 한시잠시 마음이 쉬어 볼 날이 없고 편안해 볼 날이 없이 밤낮 시끌한 중에 볶이어서 사니 그 사람에게서 좋은 연구, 궁리가 나올 리가 없을 것은 정한 이치요, 사업에도 남보다 뛰어나게 잘할 수 없을 것 아닙니까? 그뿐만이 아니라 가정이란 것이 그렇게 복잡하여서 부부간에 정답게 지내 볼 틈이 없고, 애기들 데리고 오순도순 재미를 보게도 못 되니까, 조선 남자들은 집에서 재미를 못 보고 밖으로 재미를 보러 나게 됩니다. 기생집으로 가든지 술집으로 가든지, 돈푼 있으면 조용하게 재미를 보려고 소실을 감추어 두고 조용히 쉬러 가게 되는 것이 아닙니까?

사업이나 직무뿐 아니라도 사람은 사람 따라 성미가 다릅니다. 성미 따라 각각 다를 여러 식구가 한 처마 밑에서 한 살림을 하자니 서로서로 자기 마음대로 못 하는 것뿐이 아니겠습니까. 그러니까 저절로 살림이란 것이 재미있는 것이 못 되고 불유쾌한 것이 되어 모든 것에 염증이 나서 아무 일에도 정성이 나지 않게 되는 것이니, 그저 살림은 자기네 부부 부부끼리 으레 따로따로 해야 하는 것인 줄로 알아야 됩니다.

외따로 살기가 고적하면 바로 멀리 떨어져 살지 말고 이웃집에 각거해* 살거나, 그것도 안 되면 한집 안에 판장*을 치고 살망정 살림만은 따로따로 하는 법으로 알아야 합니다.

이뿐만 아니라 여러 부부가 한집 속에서 한솥밥을 먹는 살림은 여러 가지로 한민족과 사회에 놀라운 큰 손해를 미치는 것이니, 간단히 말씀하면 첫째로 저절로 늙은이가 호주 되어 여러 부부의 생활을 통솔하게 되는 고로 젊은 일꾼들이 독립 자주성을 기르지 못하게 되고, 그 반대로 게으르기 쉽고 남에게 의지하려는 의뢰심을 기르게 되나니 한민족의

●**각거하다** 가족 관계에 있는 사람들이 각기 따로 떨어져 살다.
●**판장** 널빤지.

장래에 이보다 더 큰 손해가 없습니다.

둘째는 젊은 사람들의 진취성이 적어지는 것이니 각각 집집마다 젊은 호주가 주장을 해 나가야 새로운 위에 또 새로워져서 우리들의 살림이 시대를 따라 점점 더 새롭게 변해 가겠는데, 다 늙으신 노인이 호주가 되어 있는 고로 새것이 고개를 들지 못하고 묵은 것만 숭상하게 되어 점점 시대에 뒤떨어지게 되는 것이니, 조선은 참말로 이 때문에 남에게 뒤져 가지고 허덕허덕하게 된 것입니다.

셋째는 사회의 모둔 일에 힘이 줄어드는 것이니 아까 말씀한 바와 같이 사회의 모든 젊은 일꾼들이 집에 가서 잘 쉬고 생각해 가지고 오지 못하는 고로 저절로 일에 능률이 많이 나지 못하여 사회적 손실이 말할 수 없이 큰 것입니다.

넷째, 여러 부부가 한집 속에서 한 살림을 하는 것을 얼른 고치지 아니하면 적게는 그 집안과 크게는 민족의 장래와 세상의 장래를 망치는 것이니 이거야말로 위에 말씀한 여러 가지보다도 몇 십 갑절 백 갑절 더 큰 문제입니다. 왜 큰가족제도가 세상의 장래를 망쳐 놓게 되느냐 하면 어린 사람들의 교육을 망쳐 놓는 까닭입니다.

이것은 육아 편에서도 다시 말씀하겠거니와 여러 부부가 한집 속에서 사는 데에 제일 먼저 희생을 당하는 불쌍한 사람들이 어린이들입니다.

다 잘 아시는 바와 같이 사람이 한평생 좋은 인물 되고 못 되는 바탕은 어렸을 때 지어지는 것입니다. 어릴 때 잘못 길러 놓고 이십, 삼십 되어서 갑자기 좋은 사람을 만들려고 해도 절대 안 되는 것입니다.

그런데 한집에 시부모, 시동서, 삼촌 부부 이렇게 여러 부부가 살게 되면 첫째, 어른의 의견 충돌에도 애매한* 어린이들이 매를 맞습니다. 시부모에게 꾸지람 듣고도 화풀이는 만만한 자기 아기에게 하고, 시동

서끼리 말다툼하고도 화풀이로 자기 아들에게 야단을 하지 않습니까. 시부모나 시동서에게 욕할 수 없으니까 만만한 자기 소생을 대신 때리는 것입니다.

화풀이로 하는 욕질이나 매질이 아니라도 집안의 살림이 복잡하니까 그 어머니나 아버지가 어린이들만을 차근차근히 돌보아 주게 되지 못합니다. 그리고 조용히 데리고 앉아서 이야기도 들려주고 그림도 보여주고 하여 친해 볼 재주가 없어서 행랑 사람의 아들딸처럼 멀리서 바라보고만 살게 됩니다.

그래서 어른에게서 좋은 교화를 받지 못하고 이 방 저 방이 제 편을 가리는 파당 싸움이나 보고 자라게 되니 이보다 더 무서운 일이 또 있겠습니까?

그리고 더욱 우습고도 딱한 일이 또 하나 있으니, 사촌 남매끼리 서로 싸우는 경우에도 한편은 옳고 한편은 그른 편이 있을 터인데 동서가 보는 앞에서 자기 아들만 잘했다 할 수 없는 체면 때문에 각각 자기 아들을 덮어놓고 잘못했다고 서로 불러 꾸짖습니다.

그래서 어린 사람들은 선악을 분별 못 하고 자라게 되며, 늘 부당한 꾸지람과 부당한 칭찬을 듣고 자라 버릇하여서 장래 사회에 나서서도 부당한 압제를 당하여도 예사로 여기는 사람이 됩니다.

이러한 까닭으로 다른 손해되는 조건을 다 덮어 두고라도 어린 사람의 교화, 즉 민족의 장래, 온 인류의 장래를 위하여서만이라도 결코 여러 부부가 한집 속에서 같이 살지 말아야 할 것입니다.

여러 가지 사정으로 당장 실시하지 못할 경우더라도 언제든지 이렇

● 애매하다 아무 잘못 없이 꾸중을 듣거나 벌을 받아 억울하다.

412

게 해야 하는 것이라고는 알고 있어야 할 것이요, 또 부득이한 사정으로 지금 당장 한집 속에 한 부부 이상이 살고 있는 경우면 장차 각거하도록 주선할 셈 치고 있어야 하고, 있는 그동안이라도 결코 며느리 부부의 살림에 또는 시삼촌 부부의 살림에 또는 동생 부부, 조카 부부 실림에 서로서로 침입하지 않기를 주의하여야 합니다. 부득이 한솥밥은 먹을망정 과히 침해하지 말고 딴살림처럼 살아야 할 것입니다.

의복 편

사람이 의복을 입는 데에는 세 가지의 목적이 있습니다. 첫째는 벌거숭이 몸을 가리자는 것이요, 둘째는 추위를 막자는 것이요, 셋째는 맵시를 꾸미자는 것입니다. 옛날 아주 옛날 사람들의 시조*가 처음 났을 때는 갓난아기처럼 부끄러운 줄도 모르고 아무 꾀도 없어서 남자나 여자나 다 그냥 발가벗고 살다가, 차차로 꾀도 나고 부끄러움도 알게 되어 맨 처음으로 나무 잎사귀를 따서 그걸로 아랫도리만 가리고 다니기 시작한 것이 의복이란 것이 생기기 시작한 시초라고 그럽니다.

그것이 차차로 꾀가 늘어서 잎사귀를 엮어서 전신을 가리고 다니게 되고 그 꾀가 점점 늘어서 옷감을 짜는 법이 생기고, 또 늘어서 더운 때는 얇은 것으로 해 입고 치운* 때는 두터운 것으로 만들어 뜨뜻이 해 입을 줄 알게까지 되었는데, 그 후로 시대를 따라 또 고장을 따라 옷맵시가 이렇게 변하고 저렇게 변하여 오늘까지 몇 천백 번 변했는지 모르게

●**시조** 한 겨레나 가계의 맨 처음이 되는 조상.
●**칩다** '춥다'의 사투리.

변해 온 것을 보면, 몸을 가리고 뜨뜻하게 하는 외에 맵시를 꾸미자는 목적이 퍽 중요해진 것을 알 수가 있습니다.

그런데 우리가 입는 조선 의복으로 보면 우선 첫째 목적, 알몸을 가리자는 목적은 어느 나라 의복보다도 가장 잘 채우게 되었습니다. 남자의 의복도 허리띠, 대님까지 매어 손끝과 얼굴밖에 내놓는 것 없이 완전히 잘 가리게 되었고, 여자 의복은 더욱 말할 것 없이 가리고 또 가리고 그 위에 또 가리어 세 겹 네 겹으로 잘 가리게 된 의복입니다.

그러나 가린다는 말은 뒤집어 싼다는 말은 아니니 가리기만 하면 좋을 터인데, 조선 의복은 가리는 정도를 지나서 뒤집어 싸는 데에 가깝다 할 만큼 불필요한 의복이 없지 않습니다. 여자의 의복에 치마 속에 입는 것 중에는 한 가지나 두어 가지쯤 없어도 관계없을 것이 있고(조금 개량하면 말입니다.), 남자도 평상시에 두루매기° 입는 것 같은 것은 공연한 일의 한 가지입니다.

둘째, 덥게 하자는 목적으로 보아도 조선 의복은 완전히 잘된 의복입니다. 남자 의복으로 보아도 양복처럼 풀대님°을 하거나 솜을 넣을 수 없어서 치운 것보다, 솜을 넣어 통통히 입고 바람 들어갈까 보아 꼭꼭 비끄러매고 토수°를 끼고 마구자°를 입고 풍뎅이°를 쓰도록 만반이 구비하여 있으며, 여자의 의복을 보아도 그만 못하지 않게 구비하여 있으니 앞자락이 벌어질 적마다 알종아리°가 나오는 외국 옷에 비하여 얼

●**두루매기** '두루마기'의 사투리.
●**풀대님** 바지나 고의를 입고서 대님을 매지 아니하고 그대로 터놓음.
●**토수** '토시'를 한자를 빌려서 쓴 말.
●**마구자** '마고자'(저고리 위에 덧입는 옷)의 사투리.
●**풍뎅이** 머리에 쓰는 방한구의 하나.
●**알종아리** 아무것도 가리지 않고 드러난 종아리.

마나 방한에 훌륭한지 모릅니다.

셋째, 맵시로 보아 조선 여자의 의복은 청초하기 한이 없어서 선녀가 하계에 내려온 것 같다고 세계 사람이 다 칭찬하는 터이요, 남자의 의복도 솜씨 있는 재봉으로 날씬하게 몸에 입고 나서는 것을 보면 사람까지 착해 보이고 깨끗해 보입니다.

이와 같이 세 가지 조건에 하나도 부족한 것이 없으니 퍽 좋은 의복이건마는 여기 또 세 가지의 결점이 붙어 다니고 있습니다.

첫째, 경제적으로 못된 것이요 둘째, 사무적으로 못된 것이요 셋째, 위생적으로 좋지 못한 것이 있는 것입니다.

첫째, 경제적으로 손해되는 것은 흔히 흰옷을 입는 것이 가장 큰 원인입니다. 흰빛은 조선서 퍽 오래된 옛날부터 즐겨해 온 것인데, 물론 깨끗하고 순결해서 좋으나 2, 3일 동안에 더러워지는 까닭에 자주 빨아야 하게 되는 고로 조선 여자들은 한평생 빨래만 하다가 죽는다고 할 만큼 빨래를 자주 하게 됩니다.

빨래를 자주 하는 것은 정결하니 좋고 위생에 좋지 않은 것이 아니지만, 거기 드는 인력이 얼마며 비용이 또 얼마며 또 오래 입을 수 있는 옷감이 빨래 자주 하는 동안에 자꾸 상하여져서 오래 입을 수 없게 되니 그 손해가 얼마입니까?

더구나 조선 옷과 옷감은 빨 적마다 뜯었다가 다시 재봉을 하게 되고 다듬이질과 풀 먹이기를 일일이 해야 되는 것이니 그 손해는 점점 더 커지는 것입니다. 그래서 흰옷으로 망한다고 백의망국론을 부르짖는 사람들까지 있게 되었습니다.

그러니 첫째, 되도록은 흰옷을 입지 말고 연령과 성미에 맞추어 아무 색이나 염색 옷을 입도록 해야 할 것입니다. 남자보다도 부인네 중에서

'그래도 조선 사람은 흰옷을 입어야 좋아 보이지.' 하고 반대하는 소리가 많이 나오는 모양인데 이것은 크게 잘못하는 생각입니다. 남자보다도 여자들이 앞서서 염색 옷을 입도록 주창해야 할 것이요, 처음 보기에 서투르다는 것은 처음이니까 그렇지 조금 지나면 도리어 흰옷이 서툴러 보이게 될 것이요, 지금 벌써 천도교 같은 큰 단체에서는 여름 한 철만 빼고는 남녀 교도가 모두 염색 옷을 입기 시작하여 400만 명이나 되는 사람이 실행하고 있으며, 그에 따라 그 외의 사람들도 생각이 있는 사람은 모두 염색 옷을 입는 중이니 벌써부터 흰옷 입는 사람은 생각 적은 사람, 뒤떨어진 사람이라고 비평을 받게 되었습니다.

아주 적게는 부인네들이 구원을 얻기 위하여 한 집안 경제에 손해가 없기 위하여, 크게는 우리의 전체 사회를 건지기 위하여 부인네들부터 용감히 결심하여야 하겠습니다. 그리고 차차로 다듬이질 아니 하고도 입을 수 있는 옷감을 골라 쓰기로 노력을 하여야 합니다.

둘째, 사무적으로 못되어서 부인네 의복도 살림에 불편하고 남자 의복도 거북하게 된 것은 다시 설명할 필요도 없지 않습니까? 긴 담뱃대 물고 사랑˙에 앉았거나 남의 일하는 구경만 하고 섰기에는 좋을는지 모르나, 자기가 직접 나서서 바쁘고 복잡한 일을 부지런히 처리해 나가는 데는 여간 비편한˙ 것이 아닙니다. 그러니 이 점으로도 한시바삐 개량해야 할 필요가 있는 것입니다.

여자 의복으로 말하면 속옷을 좀 더 개량하여 몸에 가든하게˙ 맞게 단 한 가지나 두 가지쯤으로 속 몸을 가리게 하고, 웃치마˙는 되도록 거추장스럽지 않게 단출하게 해 입고 저고리 고름, 치마 고름 같은 것이

● **사랑** 집의 안채와 떨어져 있는, 바깥주인이 거처하며 손님을 접대하는 곳.
● **비편하다** 순조롭지 아니하거나 편하지 아니하다.

거추장스럽게 늘어지지 않게 할 도리를 연구하고, 남자의 의복에는 우선 바짓가랑이를 더 홀쭉하게 하고 저고리와 둘매기*에 고름을 달지 말고 단추를 달게 하여 둘매기를 폐지하든지, 못 하면 더 간편하게 할 도리를 연구하여야겠습니다.

예복이 아닌 평상 의복에 남자가 길다란 고름을 늘이고 다니는 것은 조선밖에 없다고 그럽니다. 아무짝에도 소용이 없는 옷고름을 길다랗게 늘여서 도리어 일에 거추장스럽게 할 필요는 조금도 없는 것이 아니겠습니까? 이것 역시 천도교 400만 교인이 실시하고 있으며 여자들까지도 고름을 폐지하고 단추를 달아 입고 있습니다.

이런 일에는 남자보다도 여자들이 더 결단력이 있어야 하는 것이며 남들이 그리하거든 나는 맨 나중에 뒤따라 하겠다고 해서는 안 됩니다. 좋은 일이면 아무라도 먼저 실행하면 차차로 남들도 다 따라나서게 되는 것입니다.

셋째, 위생상 안 된 점이 있다 하는 것은 조선 의복이 남자복이나 여자복이나 모두 허리나 가슴을 졸라매게 된 것이 나쁘다는 것입니다. 남자는 허리띠 하나만 매지만 여자는 네 가지, 다섯 가지 퉁퉁한 옷을 가슴에다 졸라매는데 가슴은 사람의 생명에 가장 중요한 기관이 제일 많이 있는 곳입니다.

그런데 그 중요하고 그중 잘 발달되게 하여야 할 가슴을 자꾸자꾸 졸라매고 사는 것은 어떻게 어리석은 일이요 위험한 짓인지 모릅니다. 이 까닭으로 지금 각 여학교에서는 여학생들의 옷에 끈을 못 달게 하고 모

● **가든하다** 다루기에 가볍고 간편하거나 손쉽다.
● **웃치마** 겉치마. 치마를 껴입을 때 맨 겉에 입는 치마.
● **둘매기** '두루마기'의 사투리.

두 어깨를 달게 하여 어깨에 걸게 하고 있습니다.

그렇다고 여학생 아닌 사람의 가슴은 졸라매어도 좋다는 것은 아니니 일반 의복도 여학생의 의복을 따라 모두 개량해야 합니다. 자라나는 어린 사람들의 의복을 어깨에 걸도록 더 급히 개량해야 할 것은 다시 말할 것도 없는 일입니다.

어쩐 일인지 이때까지의 부인네들은 궁리가 적어서 응용 지식이 적습니다. 아무 일에도 활동이란 것을 모르고 집만 지키고 있었던 까닭인 듯싶습니다마는 천년만년이 가도 한 번 배운 것 고대로만 하면 그만이지, 그것을 조금 궁리하여 좀 다르게 해 볼 의사를 먹지 않는 것 같습니다. 의복으로 말씀하더라도 한 번 해서 평생 입을 것이 아니요, 늘 새로 짓고 또 뜯어서 다시 지을 것이니 한번쯤 실패할 셈 치고 한번쯤 다른 주변*을 피워 보아도 좋을 터인데, 달리 해 볼 생각을 애초부터 아니 하니 갑갑하고 어리석은 일이 아니겠습니까? 주변을 내어 보다가 잘못되면 다시 고쳐 버리면 그만이 아니겠습니까. 늘 살림살이에 더 편리하도록 궁리를 부지런히 해 보시기를 간절히 바라고 있습니다.

식사 편

음식이 맛있게 먹히고 못 먹히는 것은 음식 그것에만 있는 것이 아닙니다. 먹는 사람이 시장한 때는 같은 음식도 더 맛있고, 배부른 때에는

● **주변** 일을 주선하거나 변통함. 또는 그런 재주.

맛이 적은 것과 같이 맛도 여러 가지에 관련되는 것입니다.

정다운 친구와 반가이 만나 즐거운 마음으로 먹을 때와 얼굴도 보기 싫은 사람과 마주 앉아서 먹게 될 때와는 같은 음식이건만 맛이 딴판입니다. 맛은 있건마는 빛깔이 흉해서 정이 떨어지기도 하고, 별로 좋은 것은 아니건마는 빛깔이 좋아서 유난히 식욕을 자아내기도 합니다. 그러니 음식 맛은 그때의 기분에 큰 관계가 있는 것이므로 음식 제맛도 좋게 하려니와 먹는 사람의 기분을 잘 가리기에 마음을 써야 합니다.

아츰*에 고단한 잠을 깨고 일어나서 일하러 갈 시간을 앞에 놓고는 마음에 여유가 많지 못하여 음식 맛이 그리 생색나지 않는 것이 보통인 까닭으로, 외국 사람들은 대개 아츰밥에는 정성을 쓰지 않고 간단히 요기만 해치우고, 점심이나 저녁 배도 상당히 시장하고 몸도 적이 피곤하고 마음에도 여유가 있을 때를 가리어, 그때에 음식도 정성 들여 차리고 가족이 다 모여 앉아서 즐겁게 먹습니다.

이렇게 하로*에 한 번 정성 들여 잘 먹는 끼니를 주식으로 하고 다른 두 차례는 그냥 간단히 요기만 채우는 정도에 그칩니다. 의사들의 말을 들으면 점심때가 하로의 중간이요 오전 오후 일 많이 하는 중간이니까 점심을 주식으로 하여 제일 잘 먹는 것이 유익하다고 그럽니다. 그런데 조선서는 이 반대로 점심에는 찬밥으로 아무렇게나 먹고 아츰을 주식으로 하여 제일 힘들여 먹고 있습니다.

제일 잘 안 먹히는 시간에 헛애*를 쓰노라고 부인네는 어두운 새벽부터 고생을 하고, 결국은 잘 맛있게 먹지도 못하면서 시간만 더디어 학

●아츰 '아침'의 사투리.
●하로 '하루'의 사투리.
●헛애 아무 보람 없이 쓰는 애.

교나 사무소나에 지참*을 합니다. 원칙적으로도 아츰을 주식으로 삼는 것을 변경해야겠고, 시대가 바빠지게 변하였으니 그 까닭으로도 변해야 하겠습니다.

농촌에서 농사일하는 이들은 점심을 잘 먹습니다. 그러나 도회지에서 회사나 공장에 다니는 이들은 그리할 수 없어도 찬밥이라도 벤또*를 크게 싸고 반찬도 풍부히 하여 느긋이 먹도록 해야 하고, 그 대신 아츰은 찬밥만 데워 먹거나 되도록 간단히 맞추도록 하고, 그 대신 일들을 마치고 아기들은 학교에서 오고 어른들은 사무소에서 돌아와서 모인 때, 저녁을 주식 삼아 있는 대로는 정성을 써서 먹는 것이 경위*에 옳고 몸에 좋을 것이 분명합니다.

그리고 반찬의 선택에 마음을 써야 할 것이니 아무리 맛있는 반찬이라도 날마다 끼니마다 한 가지만 계속 해 먹으면 아무래도 염증이 날 것입니다. 위에도 말씀한 것처럼 음식은 제맛도 귀중하지만 기분에도 크게 관계되는 것이니, 한 상에 있는 음식이라고 끼니마다 다 늘어놓을 것이 아니라 오늘 상에는 무엇무엇, 내일 상에는 무엇무엇 이렇게 엇바꾸어서 항상 먹는 사람의 기분을 새롭게 하여야 합니다.

광 속에 많이 쌓여 있는 것도 며칠 동안 끊쳤다가* 새로 놓으면 새로운 구미가 있을 것이요, 같은 제철 생선도 두어 번 구워 먹었으면 한번쯤은 지지기도 하고 조리기도 하면 항상 새로운 반찬일 것이 아니겠습니까.

● **지참** 정하여진 시각보다 늦게 참석함.
● **벤또** '도시락'의 일본어.
● **경위** 사람의 옳고 그름이나 이러하고 저러함에 대한 분별.
● **끊치다** 그치다. 끊어지다.

그다음에는 조선 풍습에 있는 음식은 미리 한꺼번에 다 늘어놓아 들여오느라고, 정말 먹을 때에는 다 식어서 차디찬 것을 먹게 하는 습관을 고쳐야 합니다. 식사가 절반쯤 진행되었을 때에 새로이 더운 반찬을 들여다가 놓으면 따뜻하기도 하거니와 식욕도 다시 새로워질 것입니다. 결코 미리 다 늘어놓느라고 고집하고 애를 쓸 것이 아닙니다.

다음에 이것은 얼른 안 될 소망이기 쉽습니다마는 부인으로서 꼭 가져야 할 지식이니, 그것은 식료품의 영양 가치에 관한 지식입니다. 영양 가치란 무언고 하면, 그 음식물이 몸에 얼마나 유익한지 얼마만치 유익한지 그 무게를 말하는 것이니, 이것은 가장 중요한 근본 지식입니다.

얼른 쉬운 예를 들어 말씀하면 이때까지는 돈만 많은 것이면 좋고 값이 싼 것은 덮어놓고 다 소홀히 여겨 왔지마는 결코 그렇지 아니한 것이니, 고기나 닭의 알, 도미, 잉어 같은 비싼 것에 비하면 시금치, 우엉 뿌리 같은 것은 한이 없이 싼 것이지마는, 그 시금치나 우엉 뿌리 같은 것이 사람의 몸에는 몹시 유익한 것입니다.

이런 것에 대한 지식이 있으면 돈 많이 안 들이고 몸에 유익한 것을 택할 수 있는 것이니 얼마나 귀중한 지식입니까. 그런데 조선의 학자 중에는 조선 사람이 항용 먹고 있는 음식물의 영양 가치를 연구하는 이가 아직 한 분도 없으니 섭섭한 일입니다. 이 글 끝에 몇 가지 연구 발표된 것만을 기록하겠습니다마는 이것들도 대개 외국 사람의 연구로 된 것입니다.

그다음 또 한 가지 또 주의해야 할 것은 소위 음식 상극으로, 먹고 중독되는 것이 있는 그것입니다. 가령 게장에 꿀을 부어 먹으면 죽는다 하는 일이 있는 따위 말씀입니다. 이것도 그 대강을 이 글 끝에 기록하겠습니다마는 이것은 꼭 누구든지 으레 중독된다는 것이 아니라 몸이 튼튼하고 위장에 딴 병이 없는 사람은 먹어도 중독되지 않는 경우가 있고, 대수롭지 않은 것도 몸이 약하거나 병 있는 사람이 먹으면 당장 중독되기도 하고 안 되기도 하는 것입니다.

끝으로 식사에 관하여 말씀해 둘 것은 음식과 기분 문제입니다. 위에도 말씀하였거니와 먹는 사람의 기분에 따라 맛이 더하고 덜할 수 있는 것인즉 같은 음식도 되도록 깨끗하고 보기 좋은 그릇에 보기 좋게 소담스럽게 담을 것, 양념 고명도 될 수 있는 데까지 보기 좋게 얹어서 조금이라도 더 식욕을 자아내도록 해야 할 것은 물론이거니와 음식상 앞에서 불쾌한 이야기를 내지 말아야 할 것입니다.

가령 애기가 똥 싼 이야기, 빚쟁이가 돈 조르러 왔다 간 이야기, 창피당한 이야기, 양식 떨어진 걱정 같은 것을 일체로 식사하는 때는 내지 말고 재미있던 이야기, 기쁜 소식, 우스운 이야기를 반찬 삼아 자꾸 내어놓아서 식사하는 이들의 기분을 즐겁게 인도하기에 힘써야 합니다. 조선의 가정 가정마다에서 얼마나 밥상 옆에서 어린 아기를 울리고, 화나는 소리를 내며 주부가 얼굴을 찡그립니까. 이런 것은 다 주의하여서 피하여야 합니다. 식사 시간을 피하여서 얼마든지 따로 이야기할 시간이 있지 않습니까.

비타민 이야기

이때까지는 음식물 중에 수분, 염분, 단백질, 지방, 함수탄소* 이 다섯 가지가 많고 적은 것만 연구하였었는데 최근 몇 해 전부터 이 다섯 가지 외에 더 근본적으로 우리가 살아가는 데 없어서 안 될 영양소로 비타민이라는 것이 있는 것을 발견하였습니다. 그래서 지금은 음식물을 선택할 때에 반드시 비타민이 많은 것을 먼저 가리게 되었는데, 비타민에는 다섯 가지 종류가 있으니 이제 그 차례대로 간단히 기록하겠습니다.

A

비타민 에이. 사람의 몸에 이것이 부족하면 밤눈 어두운 야맹증, 건조 안염* 기타 모든 안질이 나기 쉽고 뼈가 연해지는 병(골연화병), 꼽추병 (구루병)에 걸리기 쉽고 방광, 신장, 간장 등의 결석을 일으키기 쉽고 또 감기, 티푸스, 폐렴, 폐결핵 등 세균으로 인해 생기는 병에 걸리기 쉬우며, 그뿐 아니라 피부에 변조가 생기어 머리가 빠지고 어린 사람들은 완전한 발육을 못 하게 되니 무서운 일입니다. 이 비타민 에이가 제일 많이 들어 있는 식료품은 우유, 버터, 간유,* 엿기름, 시금치, 호배추,* 배추, 수수, 달걀, 생선 기름, 고래기름, 소기름 등입니다. 그런데 이 비타민 에이는 뜨거운 불에 두 시간 이상 끓이면 다 사라져 버립니다.

B

비타민 비. 이것이 우리의 몸에 부족하면 빈혈증, 설사, 소화 장애, 각기,* 임신 못 하는 병(불임병)이 생기기 쉽고, 또 양기(생식력)가 줄고 생장력이 감쇠합니다. 쌀겨(미강), 엿기름(소맥아), 콩기름(두유), 콩, 팥, 달걀 노른자(난황), 수수, 감자 같은 것에 제일 많이 들어 있는데, 이것도 백 도 이상의 열로 두 시간 이상 너무 오래 끓이면 저절로 사라져 없어집니다.

● **함수탄소** 탄수화물.
● **건조안염** 안구 건조. 눈에 생기는 염증.
● **간유** 명태, 대구, 상어 따위 물고기의 간장에서 뽑아낸 지방유.
● **호배추** 중국에서 들여와서 기르기 시작한 속이 꽉 찬 배추.
● **각기** 말초 신경에 장애가 생겨 다리가 붓고 마비되며 전신 권태의 증상이 나타남.

칸즈메* 통에 들어 있는 음식은 전혀 이 효능이 없습니다.

C

비타민 시. 이것이 사람의 몸에 부족하면 괴혈병*이 생기고 식욕이 적어지고 피하출혈*이 되고 이가 빠지고 사지에 종창*이 생깁니다. 이 비타민 시는 호배추, 배추, 다마네기,* 일년감,* 귤, 사과, 배 들의 신선한 과실 속에 많이 있는데 이것은 조금쯤 따끈한 열에도 견디지 못하는 고로 대개 익히지 말고 생으로 먹는 것이 좋습니다.

D

비타민 디. 이것은 여간 뜨거워도 없어지지 않는 것입니다. 이것은 대개 비타민 에이(A)와 함께 있는 것입니다. 이것이 부족하면 꼽추병이 생기기 쉽고 여러 가지 치통이 생깁니다.

E

비타민 이. 이것은 번식 비타민이라고도 하고 비타민 엑스(X)라고도 하는데 밀로 짜는 기름(소맥유) 속에 제일 많이 있으며 쌀, 옥수수, 연맥,* 달걀 노른자, 조리한 수육(조리육)에도 있다 합니다. 이것이 사람의 몸에

●**칸즈메** '통조림'의 일본어.
●**괴혈병** 비타민 시(C)가 모자라 생기는 병. 기운이 없고 잇몸, 점막과 피부에서 피가 나며 빈혈을 일으키고, 심하면 심장 쇠약을 일으키기도 한다.
●**피하출혈** 피부밑 출혈.
●**종창** 피부가 곪거나 부어오른 상태.
●**다마네기** '양파'의 일본어.
●**일년감** 토마토.
●**연맥** 귀리.

부족하면 아기 못 낳는 병에 걸립니다.

이러니 되도록은 체질에 맞추어 거기 필요한 비타민 많은 것을 많이 먹도록 마음을 써야 합니다.

상극되는 음식

음식 중에는 서로 상극되는 것이 있어서 상극되는 것을 함께 섞어 먹으면 생명을 잃어버린다는 말이 있습니다. 그러나 이 위에 미리 말씀한 바와 같이 생명 잃는 사람도 있고 아무렇지도 않은 사람도 있습니다. 그것은 그 사람의 건강과 체질, 병이 있고 없는 관계, 장·위가 튼튼하고 못한 관계에 따르는 것입니다. 대개 상극된다는 음식은 별별 것이 많다고 하나 다 믿기 어려운 말이요, 그중 믿을 만한 것만 골라 적으면 대개 이러합니다.

뱀장어와 은행, 오리고기와 호두, 게장과 꿀, 미꾸라지와 참외, 토끼고기와 자라 고기, 낙지와 비웃(청어), 조개와 송이, 버섯과 시금치, 마늘과 달걀, 고구마와 젓갈, 고등어와 수박, 게와 팥, 게와 얼음물, 송이와 생쌀, 대추와 밀국수, 돼지고기와 우렁이, 산돼지고기와 잉어, 산돼지고기와 메밀국수, 미꾸라지와 호박, 낙지와 고사리, 감자와 박하, 고구마와 석류, 건대구와 수박, 버섯과 새우, 조개와 귤, 게와 볶은 콩, 게와 감, 죽순과 웅담.

주택 편

주택이란 것은 바람과 비(풍우)를 막고 추위와 더위를 막기 위하여 생기기 시작한 것입니다. 그러나 인문이 개화됨에 따라서 그 원칙 위에 위생과 편리를 중요하게 생각하지 않으면 안 되게 되었으니, 병들어 몸을 망치게 되면 풍우를 막아 무슨 소용이며 한서*를 가릴 필요는 어데 있겠습니까?

그런데 조선의 재래의 주택은 대단히 위생에 해롭고 대단히 편리치 못하게 되었습니다.

첫째, 사람이 거처하는 처소에는 햇볕이 잘 들고 공기 유통이 되어야 하는데 조선집의 안방, 건넌방은 대개 우중충하고 창문이 적어서 이 두 가지가 다 잘되지 못합니다.

안방의 한편도 마루에 가리어 있고 건넌방 한편도 마루가 가리어 있는 데다가 겨울에 치울 것이 겁이 나서 들창*을 되도록은 조금만 내이니 사람에게 제일 유익한 햇볕이 많이 들어올 재주가 없으며, 공기가 밤낮 묵은 것이 있을 뿐이지 항상 신선한 공기가 방 속에 있을 수 없습니다. 이것은 물고기가 썩은 물 속에 살고 있는 셈입니다.

생각해 보십시오. 가뜩이나 좁고 천장이 얕은 방에 햇볕도 잘 안 들고 케케묵은 공기 속에서 방 속에는 또 둘매기, 치마, 외투, 세수 수건 등을 너저분하게 걸어 놓고 고 속에서 전 가족이 와글와글하고 있게 되니, 생각만 하여도 얼마나 너저분하고 깨끗지 못한 생활인가. 게다가 어린 아기가 똥오줌을 싸고, 어른이 요강, 타구를 늘어놓고 담배 연기를 피우고 있고……. 숨이 탁 막힐 지경이 아닙니까.

사람이 거처하는 방은 첫째, 햇볕과 공기를 잘 받게 하고 그다음에는 방 속을 너저분하게 하지 말아야 합니다. 고물 상점처럼 재봉틀이 거기

● 한서 추위와 더위를 아울러 이르는 말.
● 들창 들어서 여는 창. 벽의 위쪽에 조그맣게 만든 창.

놓이고 반짇고리가 있고 화로가 놓이고 다듬잇돌이 있고 요강, 재떨이, 퇴침* 들이 흩어져 있고 벽에는 별별 의복이 정신 쓰라리게 걸려 있어서 도무지 사람의 머리가 가든해지지를 아니합니다.

의복 등류는 금방 입을 것이라도 장속이나 괴* 속에, 그렇지 않으면 한 구석을 따로 정하여 걸어 두어, 거처하는 방 안은 늘 네모반듯하고 말쑥하게 하여야 그 안에 거처하는 사람이 성질이 가지런하고 늘 머리가 깨끗하여질 것입니다.

외국 사람 중에는 '조선은 지붕 하나 꼿꼿한 것이 없고 굴뚝, 심지어 장독 항아리에 이르기까지 모두 구부정하게 되어서 어려서부터 구부정한 것만 보고 자란 까닭으로 성질이 꼿꼿하지 않고 구부정한 것이 많다.'고 한 사람이 있습니다. 이 말이 꼭 옳은 말이라고는 못 하더라도 우리로는 스스로 생각할 문제가 아니겠습니까?

햇볕이 잘 안 들고 공기의 유통이 잘 못 되는 것도 위생에만 좋지 못할 뿐 아니라 그 속에서 사는 사람, 또 자라나는 사람의 성질이 밝고 깨끗하고 쾌활하지를 못하고, 음울하고 매사에 명쾌하지 못한 성질이 길러지는 것입니다.

마루도 단가살림*은 그다지 필요한 것이 아니니 개량을 곧 해야 하지마는 먼저 급한 것은 부엌입니다. 부엌은 음식 만드는 요릿간이니 여기야말로 밝게 하여야 하고 공기 유통이 잘되어야 할 것은 물론입니다. 그런데 지금 부엌은 변소 빼어놓고는 제일 불결하다 할 만큼 밝지도 못하고 공기 유통도 안 되고 아궁이에서 나오는 연기와 끄림* 때문에 대

● 퇴침 서랍이 있는 목침.
● 괴 궤. 물건을 넣도록 나무로 네모나게 만든 그릇.
● 단가살림 식구가 적어 단출한 살림.

단히 불결합니다. 언제든지 부엌은 밝게, 깨끗하게, 바람이 잘 통하게 하도록 부엌에서 사는 부인네들이 궁리를 많이 하셔야 하고, 혹 집을 새로 건축할 때는 제일 부엌을 잘 만들도록 먼저 생각하여야 할 것입니다.

그리고 지금 부엌은 불결한 것뿐만 아니라 위치가 잘 잡히지 못하였습니다. 대문, 중문 들어서면 부엌이 마당 정면을 향하여 마주 나 있으니, 요릿간이나 종로 네거리에 나앉았던 셈이라 모양도 안되었거니와 음식 장만하는 모든 냄새가 온 집 안에 퍼지게 되어 아주 재미 적습니다.

부엌은 되도록 남의 눈에 띄기 덜하는 곳에 위치를 잡아야 할 것이니, 요사이 서울 개량 주택에는 많이 부엌이 안방 뒤로 붙어서 뒤꼍 마당에 있는바 이런 것은 좋은 일이라고 생각됩니다. 이러한 집에 살아 보면서 특별한 이유 없이 '부엌이 뒤에 있는 것이 어쩐지 안되었다.' 하는 이가 있다면 그것은 오래 묵은 습관이 그러는 것이니까 새로 습관이 지어지면 그만입니다.

부엌 문제에 관해서 또 한 가지 문제 되는 것은 부엌 문지방과 찬장 문제입니다. 부엌 문지방을 아주 없이 하든지 있더라도 되도록 있는 듯 없는 듯이 얕게 해야겠습니다. 가정에서 살림하는 부인은 하로에 적어도 오륙십 번씩, 심하면 수백 번씩 부엌에를 드나드는데 한 번 출입에 두 번씩, 아무리 적어도 백 번 이상을 문지방을 넘어 다니게 되는 고로 이 문지방 넘기에 피곤해 버립니다.

부엌 문지방만 없애 버려도 부인의 하로 피곤을 얼마나 덜 수 있을지 모릅니다. 그리고 문지방을 자주 넘어 다니는 까닭은 수채에 드나들랴 장독대에 드나들랴 마루 위에 있는 찬장에 드나들랴 하는 까닭이니 장

●끄림 '그을음'의 사투리.

같은 것은 미리 얼마큼씩 떠다가 두고 쓸 수 있는 것이요, 찬장은 부엌만 깨끗하면 부엌이나 부엌 옆에 가져다 둘 수 있는 것입니다.

이리하여 부인의 노력을 조금씩이라도 절약할 궁리를 해야 합니다. 이렇게나 저렇게나 개량을 하라면 도리어 불편을 느끼는 것은 습관을 못 이기는 까닭입니다. 거북한 일에도 습관 되어 버리면 거북한 줄 모르게 되는데, 이롭고 편한 일에야 습관이 새로 되기도 쉬울 것은 물론입니다.

그리고 주택 문제에 한 말씀 더 달아 둘 것은 아기들의 방 하나를 따로 치워 주라는 말입니다. 집안 식구 아닌 손님을 위하여 사랑을 짓는 것보다도 먼저, 집안의 어린 사람들을 위하여 방 하나를 따로 치워 주고 거기는 어른이 참견을 말고 내버려 두어 소제●와 정리도 저희의 손으로 하는 대신에 그 방에 대해서는 아무도 딴 사람이 참견을 못 하게 저희들에게 권리를 주어야 합니다.

이것은 어린 사람들로 하여금 남을 의뢰하거나 남에 딸려만 가는 버릇을 없애고 언제든지 제 일은 제가 한다는 자주의 정신을 길러 주는 데에 큰 효과가 있고, 이 아래 육아 편에서도 말씀하겠지만 어린 사람들이 어른들 때문에 놀리고 개이고 하지 않고 제 풀●대로 모든 것이 잘 커 가게, 잘 자라게 하는 데에 크게 유익한 일입니다.

육아 편

어린 사람 양육 문제에 관하여는 이만큼 알기 쉬운 정도로 쉽게 하여

●소제 청소.
●풀 세찬 기세나 활발한 기운.

도 수십 권 책이 되고도 오히려 남을 것입니다. 이 짤막한 2, 3페이지에는 어데서 시작하여 어떤 부분만 말씀해야 할지 도무지 두서가 잡히지 아니하는 지경이니 모든 것을 이다음 기회로 미루어 두고 여기에는 근본 되는 것으로 일상에 주의하실 것 몇 가지만, 그것도 제목만 표해 놓기로 하겠습니다.

첫째로 어린 사람에 대한 근본 생각과 대우를 고쳐야 합니다. 이때까지의 부모들은 아들이나 딸이나 '내가 낳은 자식이니까 내 마음대로 할 수 있는 것이거니.' 하여 왔고 그중에도 부인들이 더 그렇게 생각하여 왔습니다. 그래서 '내가 낳은 자식을 내 마음대로 못 한단 말요?' 하는 말이 가끔 튀어나왔습니다. 이것은 아주 크게 잘못된 생각이니 이 생각이 한 집안에나 한 사회나 민족에 크게 화근 되는 지극히 못된 생각입니다.

어린이는 사람의 한몫으로 이 세상에 태어나오기 위하여 어머니 아버지라는 한 부부의 몸을 거치어 나왔지 결코결코 부모의 마음대로 이러고저러고 할 한 소유물이 아닙니다. 부모가 나쁘다고 어린 사람도 반드시 나쁘란 법이 없는 것이요, 아버지가 의사라고 아들도 반드시 의사 질을 하라고 태어난 것이 아니요, 아버지가 변호사라고 그 아들이 반드시 법률을 배우려고 태어난 것이 아닙니다.

아직 코를 흘리고 아버지가 벌어다 주는 것으로 입고 어머니가 먹여 주어야 받아먹고 있지마는 그 아기가 자라서 천 냥어치 인물이 될는지 만 냥어치 인물이 될는지 모르는 것이 아니겠습니까? 아버지는 한 달에 백 원 벌이를 한다면 벌써 백 원짜리로 값이 정해졌고 정가표가 달렸지만, 지금 코를 흘리고 있는 어린이는 자라서 천 원을 벌어들일지 만 원을 벌어들일지 또는 세상을 한 손에 쥐고 마음대로 들먹거리는 인물이 될는지는 모르는 것입니다. 어떻게 부모라 해서 어린 사람을 자기 물건처럼 소홀히 여길 수가 있겠습니까.

시대는 나날이 변해 가는 것이니 작년보다도 금년이 딴 세상이요, 금년보다 명년*은 또 딴 세상이 되는 판이라 서른에 아기를 낳았으면 그이는 벌써 아기보다 30년 묵은 낡은 사람이요, 아기는 어른보다 30년 앞세상을 살 사람입니다. 30년 묵은 옛날 사람이 어떻게 30년 새 세상 사람보고 이래라저래라 내 말만 들어야 할 자격이 있습니까? 묵은 사람이 새 사람을 앞세우고 따라가야지 그 집안에 새로운 복이 있지, 30년 40년 묵은 사람이 앞장서서 새 사람을 끌고 가면 가는 곳은 공동묘지밖에 없습니다.

어린 사람을 위하자! 어린 사람의 뜻을 억제하지 말자! 묵은 옛것이 새로운 새것을 눌러서는 안 됩니다. 어린 사람을 위하고 어린 사람에게 있는 정성을 다 바쳐야 잘살게 되는 것이니, 잘살고 싶으면 어린 사람에게 정성을 바치십시오. 하나님께 야소* 씨께 부처님께 성제님*께 신령님께 터줏대감께 바치는 그 정성을 어린 사람에게 바치십시오. 정말 거짓말 없이 당신 생전에 복을 가져다줄 사람은 당신네 어린 사람밖에 다시없는 것입니다.

어린 사람에게 정성을 바치는 방법은, 먼저 어린 사람을 한 집안 주인으로 모시는 데에 있습니다. 이 집에 임자가 누구냐, 그것은 자기 평생을 다 사시고 돌아가실 날을 기다리고 앉아 있는 늙으신 이도 아니요, 벌써 정가표가 달려 버린 수염 난 아버지도 아니요, 코를 흘리고 기어

●**명년** 내년. 다음 해.
●**야소** '예수'의 음역어.
●**성제님** 성제. 무당이나 전내(신위를 모시고 기도를 올리고 길흉을 점치는 여자) 따위
　가 위하는 관우의 혼.

다니는 어린 사람 그가 임자입니다.

그가 제일 이 집에 오래 살 사람이요 제일 복을 많이 가져올 사람인 까닭입니다. 법률상으로는 어쨌든지 속용으로는 어린 사람을 호주로 대접해야 하고, 구식으로 말하면 터주 귀신으로 모시어야 합니다. 터줏 님으로 생각하게 되면 결코 부엌 바닥에서 밥을 먹으라고 할 것도 못 되고, '애 녀석이 어른 먹고 남저지°나 먹지, 무슨 반찬 투정이냐.' 하고 구박하는 버릇도 없어질 것이요, '애 녀석이 아무러면 어떠냐.' 하고 내리누르기만 하던 습관도 없어질 것입니다.

사실 말이지 조선의 부모들처럼 아들딸 길러서 덕도 보고 재미도 보겠다고 욕심부리는 사람도 없으면서, 그 덕을 보려는 그 당자°를 조선 사람같이 함부로 길러 먹는 사람도 없습니다.

어린 사람을 충실히 튼튼하게 남보다 뛰어나게 현명하게 자라게 해 주는 방법은 단 한 가지가 있으니, 그것은 오직 어린 사람을 항상 기껍게 해 주는 것뿐입니다. 어린 사람은 기뻐할 때에만 키가 우쭐우쭐 크고, 기운이 부쩍부쩍 자라고, 눈에 보이지 않는 속생각이 자라는 것입니다. 어른도 그렇지만 어린 사람은 칭찬만 해 주면 점점 더 잘하고 그보다 더 어려운 것도 용이히 해 놓고 우쭐거립니다. 그것은 칭찬 듣는 바람에 기쁨이 생겨서 없던 용기가 뻗치는 까닭입니다. 그렇게 좋아서 용기가 뻗치고 어깨가 우쭐거릴 때 키가 커지고 기운이 늘고 생각이 자라는 것입니다.

그런데 조선서는 아기를 가장 잘 길러 보겠다고 하는 꼴이 그와는 반대로 '미운 애기는 떡 하나 더 주고 이쁜 애일수록 매를 한 개 더 준다

●남저지 '나머지'의 사투리.
●당자 당사자.

432

오.' 하고 칭찬은커녕 꾸짖고 매 때리고 하여 윽박질러 길렀으니 그 결과가 어찌 되었겠습니까? 있던 용기도 다 없어지고 고양이 만난 쥐 모양으로 숨도 크게 못 쉬는 송장같이 얌전한 샌님이 모두 되고 말지 않았습니까?

애기가 귀엽거든 칭찬을 자꾸 해 주십시오. 정히* 용서할 수 없이 잘못한 일이었거든 조용한 때 넌지시 다정하게 꾸짖고 칭찬은 큰 소리로 자주 하셔야 합니다. 넌지시 꾸짖고 다정하게 꾸짖으란 말은 남이 보는 데서 요란히 꾸짖으면 어린 사람의 자존심을 상해 주게 되는 고로 넌지시 꾸짖으란 말이요, 다정하게 꾸짖으란 것은 아기의 잘못은 꾸짖되 아기의 기운은 꺾어 주지 말라는 말입니다. 쥐 잡다가 독 깨뜨리는 격으로 잘못한 것을 타이르려다가 아기의 기운까지 꺾어 놓으면 그런 손해가 또 있습니까.

어떤 분은 '자라 가는 아이들을 너무 칭찬만 해 주면, 주제넘고 건방져서 못쓴다.'고 걱정을 하지만 그것도 잘못 생각입니다. 무엇 때문에 건방지다는 말입니까? 어른, 삼사십 년 묵은 어른이 보기에 새 시대 사람은 다 건방져 보이는 법입니다. 어른의 비위에 안 맞는다고 건방지다고 하는 것은 욕심 많은 말이요, 함부로 하는 말입니다.

아버지보다 새롭고 아버지보다 더 훌륭한 인물이 되자니까 아버지 눈에는 건방지게 보이기 쉬운 것입니다. 만일 아버지 말만 고대로 듣고 아버지 비위에만 꼭 들어맞는 인물이 된다면, 그 집에는 더 새로운 운수가 올 길이 없습니다. 그러니 마땅히 건방진 사람이 되어야 합니다. 주제넘는 사람이 많아져야 합니다.

● 정히 진정으로 꼭.

지금 조선 사람들은 너무 주제넘지 못하고 건방지지 못해서 아무 짓도, 신기한 짓도 없어서 탈입니다. 하다가 못 할망정 내가 나서서 이렇게 이렇게 하면 된다!고 외치고 용감히 나설 수 있는 건방진 조선 사람이 더 많이 생겨야 합니다. 칭찬하십시오. 그저 칭찬해 주어서 용기를 길러 주고 자신력을 길러 주어야 합니다.

어린 사람을 기쁘게 해 주는 데에 더 근본적인 조건이 있습니다. 어린 사람은 꿈적거리는 것이 그 생명인 고로 어른이 그것을 방해하지 않고 제 마음껏 자유로 실컷 꿈지럭거리게 하면, 아무 때보다도 제일 많이 기뻐하는 것입니다. 꿈적거린다는 것을 글자로 쓰자면 '활동'이라고 쓰는데, 어린 사람은 꿈적거리는 것이 밥벌이요 직업입니다. 부지런히 꿈지럭거려야 부지런히 자라는 까닭입니다. 그러니까 어린 사람이 꿈지럭거리는 것은 속히 튼튼하게 남보다 더 잘 크려고 그러는 것입니다.

보십시오. 어린 아기가 병들었거나 잠들었거나 한 외에는 한시잠시인들 한곳에 가만히 앉았는 때가 있는가. 잠들지 않고 눈 뜨고도 꿈지럭거리지 않고 있는 때가 있으면 그 아기는 병이 든 것입니다.

그런데 조선의 부모들은 그것을 모르고 '아이그, 어쩌면 그렇게 한시잠시를 가만히 앉았지 못하고 바시락대기도 한다.'고 꾸짖으면서 병든 사람처럼 가만히 있으라고 야단을 칩니다. 이 말은 '왜 그렇게 살아 있느냐! 좀 송장이 되려무나.' 하고 꾸짖는 셈이니 기막히는 노릇이 아닙니까?

결단코 어린 사람이 꿈적거리는 것을 방해하지 마십시오. 방해 아니 할 뿐 아니라 더 나아가 그 꿈적거리는 것을 옆에서 조력해 주어서 점점 더 잘 꿈적거리게 해 주어야 합니다. 한시잠시도 가만히 앉았지 못하게 꾸지람해 가면서 부지런히 꿈적거리게 하여야 합니다.

아기들에게 장난감을 사다가 주는 것은 더 잘 꿈적거리라고 사다 주는 것입니다. 공연히 어여뻐서 귀여워서 사탕이나 과자처럼 사다 주는 것이 아니라, 심심증* 나지 말고 장난감에 재미 붙여서 잠시도 쉬지 말라고, 가만있지 말라고 사다가 주는 것입니다. 어린 사람은 이렇게 제 맘껏 꿈적거리는 때 제일 기쁘고, 제일 기쁘니까 기운이 뻗치고 키가 크고 생각이 자라는 것입니다.

이만큼 말씀하면 결코 어린 사람의 꿈적거리는 것을 방해하지 말아야 하고 도리어 가만히 있는 것을 꾸짖어야 할 것을 아셨거니와, 여기서 또 한 말씀 해 둘 것은 어린 아기들에게 비단옷 입히는 것이 절대로 나쁜 일이란 것입니다.

포대기 위와 어머니 젖가슴에서만 사는 젖먹이 아기는 모르지만, 유치원에 가기 시작하고 보통학교에 다니기 시작한 아기들은 달음박질하고 씨름하고 공 치고 술래잡기하고 나무에 기어 올라가고 가장 부지런히 활동하는 때인데, 비단옷 고운 옷은 그 활동에 방해가 되는 까닭입니다. 게다가 비단옷을 입혀 놓고 '이 녀석아! 이 옷 입고 장난하지 말아! 이 옷에 흙을 묻히든지 찢든지 하면 저녁밥도 안 먹이고 내어쫓을 터이다.' 하여 무서운 얼굴로 을러대는 것은 어리석기 한이 없는 짓입니다. 결국 옷만 성했으면 그만이지 '아기는 장난도 못 하는 송장이 되어도 좋다.' 하는 말이 아닙니까?

비단옷 입히면 아기가 못난이가 되고, 호주가 못난이가 되면 집안이 쇠하고, 크게는 그 사회가 못난 사회가 될 것이니 행여 비단옷 입히지 마십시오.

●**심심증** 심심하여 잠시도 못 견디는 마음의 증세.

처음에는 몸뚱이만 꿈지럭거리던 아기가 차차 커서 유치원에 다닐 때쯤 되면, 눈에 보이지 않는 속마음까지 꿈지럭거리기를 시작합니다. 그래서 무엇이든지 눈에 뜨이는 것 귀에 들리는 것을 일일이 붙잡아 가지고 그것을 밑천 삼아 생각을 꿈지럭거리고자 합니다. 바느질하는 어머니 옆에 앉아서,

"엄마! 나는 엄마가 낳았지, 엄마는 누가 낳았나?"

하고 묻기 시작하면,

"엄마는 외할머니가 낳으셨지."

하고 대답해 주어도,

"그럼 외할머니는 누가 낳았나?"

"외할머니의 엄마가 낳았지."

"그럼 그 외할머니의 엄마는 누가 낳았나?"

하여 한이 없이 끝의 끝까지 묻습니다.

"팥은 왜 빨갛고, 콩은 왜 노란가?"

"참새도 할머니가 있나?"

하고 자꾸 묻는 것은 그 속생각이 부지런히 쉴 새 없이 꿈지럭거리려 하는 까닭입니다. 몸뚱이가 꿈적거리는 데에 장난감을 주는 것처럼 속생각이 활동하는 데에도 도와줄 것이 있어야겠는데, 무엇을 주면 좋을까? 그런 때에 이야기(동화)를 주어야 하는 것입니다. 동화라는 것은 마음의 장난감입니다. 어릴 때의 속마음은 동화라 하는 장난감을 주무르면서 쉬지 않고 부지런히 꿈지럭거리면서 부쩍부쩍 커 가는 것입니다.

_『신여성』 1931년 3월호

정조와 그의 죽음

그들의 죽음은 참으로 안타까운 죽음입니다. 그들이 청춘이었으니만큼 그렇고, 그들이 교육받은 이들이었으니 더욱 그렇고, 그들이 아름다웠다니만큼 더욱 그러합니다.

그러나 그들이 죽지 않아서는 안 되겠다는 막다른 골목을 다닥뜨려* 어쩔 수 없이 죽은 것인가 하고 생각해 보면, 그것은 그렇지 않습니다. '김'이라는 이의 결혼 생활이 불행하였으면 그 불행한 것을 쳐 이길 능력이 왜 그에게 없었던가 하는 것이 나로서는 한 의문입니다.

그렇게 된 데는 필연코 김에게 있어서 재래의 정조 관념에 지배되어 정조의 절대성을 숭봉하여* 이왕 이렇게 된 바에야 살아 무엇 하겠느냐는 생각으로 무서운 죽음의 길을 밟게 된 것이 아닌가 하고 생각합니다.

그러면 정조라는 것은 그렇게 절대한 것이냐고 하면, 그렇다고 할 수는 없습니다. 불행히 정조가 깨어졌다고 하여 그것을 목숨으로 바꿀 것이냐 하면 그렇다고 할 수는 참으로 없습니다. 그것은 한때의 과실 또는

---

* 기획 '청춘 두 여성의 철도 자살 사건과 그 비판'에 포함된 글이다. 김기전, 이광수, 임효정, 김창제, 이만규, 방정환의 글이 실렸다.
● **다닥뜨리다** 서로 닿아서 마주치다.
● **숭봉하다** 우러러 공경하며 받들다.

자기의 불운입니다. 과실이 있은 뒤에는 그 과실을 고치고 다시 자기의 밟을 길을 밟는 것이 당연한 것이며, 자기의 불운이면 그 불운을 불운으로 돌려보내고 다시 자기의 걸어갈 길을 찾을 것이 당연할 것입니다.

내가 이 집에 시집을 왔으니 나는 언제고 이 집 사람이다. 그러나 이 집에서 살 수는 없으니 죽어 버려야겠다 하는 생각은 한심한 생각이라고밖에 더 생각 안 됩니다.

정조를 너무 절대한 것으로 생각해서 생겨나는 비극은, 금일에 있어 결혼으로 인한 비극보다 그 수효가 크다고 생각합니다. 이것은 한 관념으로부터 생겨나는 비극입니다. 한 오해에서 생겨나는 비극으로밖에 더 볼 것이 없습니다.

처녀성을 남자가 존중하는 것은 일리가 있는 것이라고 합니다. 그렇다고 해서 정조는 생명과 바꿀 것이라는 것은 아니올시다. 정조를 어데까지 고수할 것을 다시 말할 것이 아니나, 그렇지 못한 것은 한때의 불행 또는 과실입니다. 묵은 관념에 지배되어 일생을 그르치거나 또는 생명을 끊는다는 것은 너무 지각없는 일이라고 믿습니다.

이번 사건을 가만히 볼 때 여러 가지 미묘한 관계가 눈에 띕니다마는 그들이 죽음을 택하게 된 원인은, 정조는 다시 바꿀 수 없는 것, 죽음이 아니면 다시 구해 내지 못할 것으로 생각하는 한낱 관념이 그들로 그렇게 한 것이 아닌가 생각합니다.

_『신여성』 1931년 4월호

살림살이 신(新)강의

── 「살림살이 대검토」*의 기(其) 이(二): 주부 계몽 편

가계 편

하로*에 서너 가지 물건 흥정을 하는 사람이 물건값을 정해 놓고 돈 주머니를 내어 본즉, 있으려니 하던 만큼 돈이 남아 있지를 않아서 물건을 사지 못하고 망신만 하고 돌아섰다 하는 일이 종종 있습니다. 이것은 누가 듣던지 우스운 일이라 할 것입니다. '자기 주머니에 있는 돈이 얼마나 되는지 모르고 물건 흥정을 하는 사람이 어데 있느냐?'고요. 그러나 지금까지의 우리들 가정의 거의 전부가 한평생 살림을 이따위 우스운 투로 하여 왔으니 기막히게 한탄할 일이 아닙니까?

한 달이면 한 달, 일 년이면 일 년 간의 자기 집 수입이 얼마이니까 쓰기는 무엇에 얼마, 무엇에 얼마 이렇게 분간하여서 모자라지 않게 써야 겠다고 계산을 밝게 하고 있는 부인이 얼마 되지 못하는 것이 사실입니다. 그러니 이러한 생활이야말로 밑 빠진 그릇에 물 길어 붓기와 마찬가지라, 아무리 부지런히 벌고 아무리 수입이 늘어도 생활이 느긋하게 자리 잡힐 날이 없이 한평생 군색할 것은 정한 이치입니다.

● 「살림살이 대검토」『신여성』1931년 3월호에 수록된 글이다.
● 하로 '하루'의 사투리.

가령 한 달에 70원 월급을 받는 집이라 하면, 쓰기에 있어서 70원 이상을 넘겨 쓰기는 쉬워도 70원 이상을 한 푼도 더 벌어들일 재주는 없지 않습니까? 그러니까 어떠한 일이 있던지 70원 안짝에서 별러* 써야만 하겠은즉 미리미리 예산을 세워서 무엇에 얼마, 무엇에 얼마 쪼개 놓고 써 나가야지, 그 예산이 없이 닥치는 대로 써 나가다가는 아무 때라도 넘겨 쓰게 되지 남도록 쓸 재주는 없는 것입니다.

한 달 수입이 70원이면 그 70원으로 우선 한 달 먹을 쌀값, 반찬값, 나뭇값을 떼어 놓아야 하고, 그다음 전등값(서울이면 물값도 있지요), 아들의 학교 월사금과 지필* 값, 남편의 교제비를 떼어 놓고, 혹시 병나는 사람이 있을까 하여 약값 얼마를 마련해 두어야 하고, 한 달에 얼마씩 모았다가 세납* 내고, 의복 해 입을 것을 요량하여 매달 얼마씩 모았다가 쓰게 할 것을 제하고, 그리고 잡비로 얼마를 떼어서 그중에서 편지할 일이 생기면 우푯값, 친척의 집에 일이 있는 때는 술 한 병이라도 사 갈 것, 급한 때 전차삯들을 써 가야 할 것이니, 이런 것들을 미리 예산해 놓고 그리고 그 예산에 어그러지지 않도록 써 나가기 위하여 매일매일 쓰는 돈을 치부책*에 적어 가면서 항상 예산과 맞추어 가야 합니다. 이것을 가계라고 하고, 이것을 적는 책을 가계부라고 합니다.

음식 솜씨는 조금 서투른 구석이 있을망정 바느질은 그다지 잘하지 못할망정, 살림살이에 먼저 급한 것은 이 가계에 대한 지식입니다. 음식이나 의복은 조금 서투른 그대로라도 지낼 수 있을망정 돈을 넘겨 써 놓

● **벼르다** 일정한 비례에 맞추어서 여러 몫으로 나누다.
● **지필** 종이와 붓을 아울러 이르는 말.
● **세납** 납세. 세금을 냄.
● **치부책** 돈이나 물건이 들고 나고 하는 것을 기록하는 책.

고는 그냥 지내고 싶어도 지내지지를 못하는 것인 까닭입니다.

그런 까닭으로 지금 각 여학교에서는 가계에 대한 지식을 힘써 가르치고, 여학교 출신은 대개 가계부라는 책을 꾸며 가지고 있습니다. 그런데 아직 그것을 모르는 부인은 옆에서 보기에도 갑갑하고 딱한 살림을 하고 있습니다.

첫째, 자기 집 한 달 계산이 얼마인지 모르고 있는 사람처럼 남편의 주머니를 화수분처럼 알고 조릅니다. 그래서 다달이 살림이 꿀리면서도● 행랑을 두고, 안잠자기●를 두고, 불놀이 구경을 가고, 생일잔치를 하고……. 이래서 빚을 키워 가지고 있습니다.

가령 쉬운 예를 들면 식구가 다섯 식구면 일 년에 다섯 번은 생일잔치를 하게 되는데, 생일 있는 달이라고 남편의 회사에서 결코 월급을 더 주는 법은 없습니다. 그러면 생일잔치에 단 2, 3원을 쓰더라도 그 2, 3원 돈이 한 달 예산에서 넘어가는 것인즉 생일잔치를 해 먹을 수 있는 데는 두 가지 조건이 미리 있어야 합니다. 어데서 월급 외에 턱없는 공돈이 생기든지, 그렇지 못하면 미리미리 쓸 돈을 줄여 써서 따로 남겨 모은 돈이 있든지…….

그런데 불구하고 주부 되는 부인은 남편을 조르고 동리 가게에서 외상 물건을 들이고 뒤주에서 쌀을 떠내이고 하여 음식을 차리고 친척과 동리 사람을 청합니다. 남편의 주머니에서 나온 돈도 한울●에서 떨어졌거나 꿈꾸다가 얻은 것이 아닌 바에는 어데든지 쓸 소용이 있는 돈일 터이니 나중에 빚을 얻어서라도 그 소용에 써야 할 것이요, 뒤주에 있는

● 꿀리다 기세나 형세가 줄거나 꺾이다.
● 안잠자기 남의 집에서 먹고 자며 그 집의 일을 도와주는 여자.
● 한울 천도교에서 '하늘'을 달리 이르는 말.

쌀도 소용없이 남아 있는 쌀이 아니니 그믐께 먹어야 할 쌀을 빚내어서 생일 해 먹는 것이 아니고 무엇입니까?

부득이 그렇게라도 아니 할 수 없어서 했으면 생일 차려 먹은 후라도 '이달은 생일 해 먹노라고 예산을 넘겨 쓰게 되었으니 이 며칠 동안은 반찬을 한 가지씩 줄이고 쌀도 조금씩 내어서 찬밥도 남기지 않도록 하여 생일날 많이 쓴 보충을 해야겠다.'고 하여야겠는데, 그것이 도무지 없이 그저 여전히 쓰는 대로 쓰고 앉아 있으니, 월종*에 가서 그 보충은 누가 하여 줍니까.

이것 한 가지면 그리 큰일이 아닐 것 같아도 우리의 살림살이에는 결코 이런 일이 한두 가지가 아닙니다. 식구의 생일 외에 불시에 달겨드는 손님이 얼마나 자주 있으며, 죽은 이의 제사가 얼마며, 친척의 집 생일과 제사며 불시에 생기는 초상집, 환갑집, 혼인집이 얼마며, 정월 대보름, 이삼월 한식, 사월 파일, 오월 단오, 복놀이, 추석놀이, 춘추 고사*며, 이웃집 굿 놀이, 조기 때 굴비 장만, 젓 담그기, 간장, 된장, 새우젓, 첫겨울 김장 이런 것들이 있을 때마다 월급이 올라가거나 상여금이 생기거나 하지 않으니 미리미리 예산이 없으면 늘 빚으로 하게 되니, 우리들 살림에는 일 년 열두 달 빚 아니 질 달이 한 달도 없지 않습니까?

"아이고 내일이 아무 아주머니 댁 회갑인데 색떡*이라도 한 그릇 해 가지고 가야 할 터인데."

"아무개 혼인이 사흘 남았는데 어떻게 하나."

●**월종** 월말.
●**고사** 집안에서 섬기는 집터 신에게 액운은 없어지고 풍요와 행운이 오도록 음식을 차려 놓고 비는 제사.
●**색떡** 여러 가지 색으로 물들여서 만든 떡.

이런 말을 할 때마다 우리 살림 예산이 얼마인데 하는 생각을 해 보는 일이 없습니다. 돈을 누구든지 취해 주기만 한다면 한 푼이라도 더 얻어 쓰려고만 합니다. 마치 그 돈은 갚지 않아도 좋은 돈인 것같이요. 그리고 또 그 후로는 "이달에는 더 쓴 돈이 얼마니까 다른 것을 절약해 써야겠다." 하는 법이 없습니다.

조선 사람의 살림살이가 모두 이러한지라 전당국*이 이*를 많이 남기고 도회지에 사는 집치고 전당표* 없는 집이 거의 없게 되는 것입니다.

전당표라는 것은 급한 때 돈을 돌려쓰기* 좋게 생긴 것입니다. 그러니 위급한 병이 있을 때, 급한 일로 길을 떠날 때, 좌우간 급한 때 돌려쓸 것입니다. 그런데 서울서는 동물원 꽃구경을 가기 위해서도 전당국에 가는 사람이 있는 판이니 더 말씀할 것이 있겠습니까마는, 생일날이나 명절 차리기에 전당질*을 하거나 남의 집 환갑이나 혼인에 전당질을 하는 것은 전혀 무식한 짓입니다. 인사로 하는 부조는 자기 정도에 맞추어 가계에 따라서 정성을 표하면 족하지 결코 빚을 내어서 정성이 되는 것이 아닙니다. 가난한 사람의 술 한 병이나 담배 한 갑이 넉넉한 사람의 많은 물건보다도 더 정들고 진정으로 고마울 것은 누구나 마찬가지일 것입니다.

요컨대 한 집안 살림살이가 자리가 잡히고 못 하는 것은 전혀 가계가 서고 못 서는 데에 있습니다. 천 원 돈도 예산 없이 쓰면 늘 부족이 생길 것이요, 단 삼사십 원 돈도 미리미리 예산하여 별러 쓰면 오히려 남겨

● **전당국** 전당포.
● **이** 이익이나 이득.
● **전당표** 전당포에 물건을 맡긴 후 받는 표.
● **돌려쓰다** 필요한 돈이나 물건 따위를 다른 곳에서 빌리거나 구하여 쓰다.
● **전당질** 전당포에 물건을 맡기고 돈을 빌리는 일.

모을 수가 있을 것이니, 일본 사람 중에는 세 식구가 30원 월급을 가지고 10년 동안에 천여 원 저금을 하는 사람을 종종 봅니다. 그것은 전혀 가계부 하나에 충실한 덕택입니다.

이제 그 사람의 가계의 한끝을 소개하면 이러합니다.

그는 먼저 이러한 가헌*을 세웠다고 합니다.

1. 월급은 20원이라고 생각한 것.(나머지는 저금)

2. 가구류는 필요한 것 외에 일절 사지 않은 것.

3. 의복은 다 떨어질 때까지 새 장만 안 한 것.

4. 반찬을 자작자급한* 것.

이러한 계획 밑에 그들이 실행한 가계는 아래와 같습니다.

1. 집세 4원

1. 전등 65전

1. 촌비* 10전

1. 직업비(다화회*비, 위조금*) 50전

1. 수양비와 통신비 1원 80전

1. 임시비(품삯, 그 외 가구값) 50전

1. 취사비 6원 80전

● **가헌** 한 집안의 법도나 규율.
● **자작자급하다** 필요한 물건을 자기 스스로 만들어 모자람이 없이 지내다.
● **촌비** 일본 농민이 자신이 소유한 땅의 값의 1퍼센트를 세금으로 낸 것.
● **다화회** 차를 마시며 이야기를 나누는 모임.
● **위조금** 위로금.

1. 피복비(수건, 버선, 신발 기타) 1원

1. 반찬값 3원

1. 화장품값 30전

1. 학교 의무 저금 1원 25전

지출 합계 20원정*

대강 이런 계획 밑에서 절약을 주로 하고 집 안에서 소채* 같은 것을 길러 10년 동안에 천 원 이상의 돈을 모았다고 하는 것입니다.

일본 사람이나 서양 사람 들을 보면 여러 친구가 한 전차를 타고도 차표를 한 사람이 몰아 내는 법이 없이 제각각 따로따로 내입니다. 혹 조선 사람이 그들과 함께 탔다가 차창 가까이 섰던 관계로 이편에서 먼저 차표를 몰아 내면 나중에라도 반드시 자기 모가치* 차표를 갚습니다. 그것은 이편의 가계에 변동을 일으켜 주지 않으려는 것입니다. 아무라도 한 달에 전차표 몇 권이라는 것이 가계부에 올라 있고 그 차표를 한 달 동안 별러 써야 가계부의 예산에 별 변동이 일어나지 않고 넘어가게 되는 것이므로 돈을 위함보다도 남의 집 가계를 존중하는 것입니다.

그와 마찬가지로 산보하다가 친구를 만났거나 하여 저녁을 같이 먹자 하고 음식집에 가서 먹고도 음식값은 반드시 제각각 냅니다. 남의 집에 방문을 갔다가도 끼니때가 되면 집에 가서 저녁을 먹고 또다시 올망정 남의 집에서 저녁을 먹지 않고, 그 집에서도 저녁을 낼 생각도 아니 합니다. 이것도 물론 남의 집 가계를 존중하는 까닭입니다.

● —정 '그 금액에 한정됨'의 뜻을 더하는 접미사.
● 소채 '채소'의 일본식 한자말.
● 모가치 몫으로 돌아오는 물건.

아무 날 아무 시에 저녁을 대접할 터이니 와 달라고 미리미리 청첩을 받은 때는 그 집에서 미리 손님 대접할 딴 예산이 있어서 하는 것이니까 가계에 관계있을 염려가 필요 없는 고로 불안한 마음 없이 모여서 대접을 받습니다. 이렇게 저마다 가계에 밝고 서로서로 남의 가계를 존중하는 고로 그들은 노름을 하거나 큰 천재*가 없는 한 살림이 늘면 늘었지 줄어들지를 아니합니다.

조선 사람이 남녀가 없이 무상시*로 남의 집에 놀러 가서 그 집 식구 수보다도 더 많은 손님이 저녁을 시켜 먹고 앉았고, 또 저녁을 대접 못 해 보내면 섭섭해서 못 견디어하는 것은 말할 것도 없이 남의 집 시간과 경제를 무시하는 짓이요, 피차에 가계라는 것을 모르고 사는 증거입니다.

한 달 동안에 찾아오는 손님이 한두 사람이 아니요 한두 번이 아닌 터에 늘 이런 투로 나가면, 첫째 집집마다 한 달 양식을 얼마나 잡아야 할지 요량부터 못 하게 되지 않습니까? 숫자를 모르고 사는 백성, 예산이 없이 사는 민족, 세상에 이보다 어리석고 딱한 인간이 또 있겠습니까? 그러다가 다 못 살게 되고도 그래도 후회할 줄을 모르고 고칠 줄을 모르고 있으니, 이보다 더 가련하고 한심할 데가 또 있겠습니까?

적은 살림 큰 살림이 없습니다. 있고 없고가 없습니다. 오늘 이 시간부터 가계를 세우십시다. 집집마다 가계부를 가지십시다. 공부한 사람은 완전한 가계부를 가질 것이지마는 공부 부족한 이는 불완전한 대로라도 살림 치부책을 가지십시다. 자기 손으로 적을 재주가 없는 이는 조카나 아들, 그도 없으면 남편, 남편도 없으면 시아버지께라도 적어 달라

●**천재** 풍수해, 지진, 가뭄 따위와 같이 자연의 변화로 일어나는 재앙.
●**무상시** 일정한 때가 없이. 아무 때나.

하십시다. 하로에 한 번, 그날그날 저녁마다 그날 쓴 것을 우선 일일이 적어 두기로 하십시다.

그리하여 사흘에 한 번, 나흘에 한 번 합계를 맞춰 보아 가면 우선 아쉬운 대로 벌써 며칠 동*에 얼마를 썼고 이달 치로 더 쓸 수 있는 것이 얼마밖에 안 남은 것을 알 것입니다. 그리고 기왕 쓴 것 중에도 무엇무엇은 안 사고도 되었을 것을 공연히 샀던 줄도 알 것입니다. 먼저 한 달만 이렇게 지내 보면 그다음 달에는 살 것 안 살 것이 분간이 될 것이 아니겠습니까?

이렇게 해 나가면 자기 집 살림살이가 자기 머릿속에 환하게 들어와 있어서, 첫째 까닭 없는 공상이 없어질 것이요, 물건에 대한 헛된 욕심도 나지 않을 것이요, 공연히 남편에게 대해서 안 될 일을 헛되이 조르다가 마는 수고도 없어질 것입니다.

그리고 다시 한 걸음 나아가 자기 집 수입을 보태 보고 싶은 욕심과 의견도 생길 것입니다. 예산을 뽑아 보면 신문값 한 달 1원씩이 나올 데가 없어서 신문을 못 보는데, 월급이 올라가기를 바라고 있을 수는 없고, 어떻게 한 달에 1원씩만 뜯어 쓸 도리가 없을까 —뒤꼍 마당에 닭을 네 마리만 쳐서 계란을 사지 말고 집에서 낳는 것으로 쓸 수 있으면 가계부에 계란값 1원이 신문값 1원으로 변할 수 있지 않겠나.

재봉틀을 월부로 샀으면 좋겠는데, 행랑을 내어보내고 그 방에 학생을 두 사람만 두면 쌀값, 반찬값이 늘 것 없이 행랑 식구 먹이던 그 분수로 밥값 20여 원만 더 수입될 터이니, 그중에서 행랑 대신 물장사 대이고도 얼마 남으니 넉넉히 재봉틀을 살 수 있지 않은가.

*동 동안. 사이.

가지가지의 연구와 계획이 큰 일 적은 일에 많이 나타날 것입니다. 이러한 것은 가계가 확실히 되어 숫자가 분명하지 않고는 늘 흐리멍딩하여, 될 것 같으면서도 되지 않는 일입니다.

우리들의 집집에 가계가 분명하여지고 가계부가 실시만 되는 날이면, 우선 우리들의 살림 — 세간에서 음식에서 의식[●]에서 모든 것에서 생략되고 개량될 것이 얼마나 많은지 모릅니다. 그리하면 저절로 저절로 생활개선이 될 것이니 집집의 호주와 주부에게 이 지식을 넣고 또 즉시 실시하게 하는 일이, 지금 파멸해 가는 우리 조선 살림에 여간 중대하고 급한 일이 아닙니다.

여기에 쓰기는 구식 가정부인을 상대하여 가장 평이하게, 가장 정도가 얕게 하노라고 가계부를 꾸미는 양식 같은 것도 설명을 빼었고, 또 좀 어려운 것을 일체 피하였으며, 또 월급 받는 집안만 표준하였습니다마는 농사하는 집이나 장사하는 집이나 다 마찬가지이니, 탈은 구식 부인들이 '예전에는 그런 것 안 하고도 편안히 살았는데.' 하고 새 일을 시작 안 하시는 데에 있는 것입니다.

제발 가장 소중한 일로 아시고 손수 못 하면 남의 손을 빌어서라도 반찬 가게 치부책 모양으로라도 반드시 반드시 시작하시기를 간절히 간절히 권고합니다. (차호 의식·연회 편)[●]

_『신여성』 1931년 6월호

● 의식 의례. 행사를 치르는 일정한 법식. 또는 정하여진 방식에 따라 치르는 행사.
● 다음 호를 예고했으나 미완에 그쳤다.

학부형끼리의 여학생 문제 좌담회

방:● 유 선생●께서 오신다고 하셨는데 애기를 재우신다고 하시더니 오실는지 모르겠습니다. 단야●에 더 오래 기다리기가 어렵고 하니 그대로 시작할밖에 없습니다. 저희『신여성』을 통하여 학부형으로서 학생의 지도에 대하여 의견을 이야기해 보았으면 좋겠다 하는 생각으로 여러분을 청한 바올시다. 이 문제는 다른 문제와 달라 대개 몇 분만이 모이시더라도 충분히 논의되리라고 생각하여, 여러 분을 청치 아니하였습니다. 직접 댁의 여학생에 대하여 실제로 느끼신 느낌과 희망을 아무 데서나 생각나는 대로, 떨어진 이야기를 해 주셨으면 좋겠습니다. 대체로 자기 개인으로서의 희망이나 권고하고 싶은 것을 아무리 친한 터이라고 하더라도 면접하여● 이야기하는 것보다 공공연하게 신문이나 잡지 같은 데 발표하는 것이 효과가 있어요. 이것을 기회 해서 여러분께서 하고 싶은 말씀을 모두 해 주시면 이것은 그 어떠한 학교뿐만이 아니라 전 조선 여러 학교와 아울러 그 학부형에 대하여 말씀하시는 권고요, 희망

● **방** 방정환.
● **유 선생** 기독교 여성 사회운동가 유각경(1892~1966).
● **단야** 여름날의 짧은 밤.
● **면접하다** 서로 대면하여 만나 보다.

이 되겠습니다.

가령 첫째로 여학교의 학부형으로서 일반의 유행 또는 풍기* 같은 문제에 대하여 학부형으로서의 걱정이 더욱 많으리라고 생각되는데…….

이익상:* 아니, 참말 걱정됩니다. 올해 처음으로 딸자식 하나를 여고에 입학시켰습니다. 그런데 보통학교까지는 무관심했으나 여학교를 보내 놓고 본즉 여간 관심되는 바가 아니던데요. 가령 한 가지로, 내가 소설을 쓸 때에 어떤 특수한 개성을 가진 여성 하나를 생각해 가지고 그 소설에다 살려 내려고 하는데, 그와 같은 생각으로 내 딸을 그 어느 소설의 주인공 같은 것을 삼아 놓기는 어려울 것 같아요. 말하자면 곱게 키워 보려고 하는 욕망에 지배가 될 뿐이여요. 그리고 보니까 걱정 쓰이는 것이 여러 방면에서부터 생겨지더군요.

김은재(문일평* 씨 부인): 저는 딸을 셋이나 두었습니다. 옛날 여자 교육이 없었을 때는 그저 방 안에서 감추어 길러 가지고 출가를 시키면 그만이었지만, 지금은 남녀가 같이 꼭 같은 교육을 시키게 되므로 해서 그 부담이 사내아이 열 명 기르기보다 딸 하나 기르기가 더 어렵습니다. 그 어렵다는 게 풍기 문제에 대하여 더 그렇습니다. 암만 부모라고 하더라도 이루 따라다니며 보아줄 수도 없는 일이라 대단 곤란합니다. 당자*들도 주의를 해서 혹시 길가에서 남자들이 희롱지거리를 하거나 하면 몹시 분해하고 펄펄 뜁니다마는 아직 남녀 관계가 남의 나라처럼 자연하게 되어지지 못한 처지이니, 그저 참고 견디는 수밖에 없다고 그럴

- **풍기** 풍속이나 풍습에 대한 기율. 특히 남녀가 교제할 때의 절도를 이른다.
- **이익상(1895~1935)** 소설가, 언론인.
- **문일평(1888~1939)** 언론인, 민족사학자.
- **당자** 당사자.

때는 타일러 줍니다. 지금 한길에 다니는데 서로 말하지 않는 게 그게 내외올시다그려. 하여간 옛날보다 개방이 된 만치 딸 둔 부모는 옛날 부모보다 더 걱정이 많은 것이 사실이겠습니다.

방: 강 선생의 동생께서는 이미 졸업을 하셨지만, 그동안 지내시던 중에 제일 곤란하던 경우가 대개 어떤 어떤 때였었습니까?

강우: 시방 그 화장품 같은 것을 사게 되는데 그것이 없어서는 안 되겠지만 어떤 때는 과분하게 사는 경우가 있습니다. 그것은 경제보담도 화장에 맘을 쓴다는 것은 자연히 공부를 등한히 하게 되는 것이므로 해서 그럴 때는 주의를 시켰었습니다. 그리고 항용 학교를 가다가 도로 오는 수가 흔히 있었습니다. 그럴 때는 '네 오늘 무슨 일이 있어서 도로 왔느냐.'고 물어보면 남학생 녀석들이 어깨를 밀고 등을 치고 해서 그것이 분해서 도로 왔다고 하는 대답을 합니다. 대개 그런 때 볼 것 같으면, 집에 들어오는 길로 책보를 팽개치고 죽일 놈들이라고 분해하면서 약 한 점* 동안씩은 꼼짝 않고 앉아서 색색거립디다. 그래 여러 가지 말로 타일러 주어야 간신히 분을 가라앉히는 모양입디다. 자기가 분해하는 것이 어떻게 보면 불쌍한 생각도 들습디다. 하여튼 여러 가지로 안심할 수는 없습디다.

방: 이외에 또 꼬여 내는 일도 있을 것이지요. 실례*도 많을 것이겠습니다. 하여튼 세상이 그렇다고 해서 학교에 안 보낼 수는 없겠지요. 그저 집안에서 그 대책을 자기 재주껏 생각을 해서 밖에 내보낼 텐데, 그저 피해라! 그런 때는 잠자코 피해라! 하고 할까 혹은 그 반대로 이편에서도 좀 씩씩하게 그러한 희롱을 이기도록 하는 게 좋을까요? 피해라

●점 시각을 세던 단위로 괘종시계의 종 치는 횟수로 세었다.
●실례 실제의 보기.

피해라 하는 것이 어찌 생각하면 재미가 없지 않을까요? 왈패*가 될지 모르겠지만 이겨 가는 여자가 되는 편이 좋지 않아요.

강: 글쎄요. 좀 대항을 해 보라고 시켜 보았지요. 그들에게 왜 그러느냐고 그 이유를 묻고 항의를 해라, 감정적이 아니요 정연한 빛으로 그들 자신의 잘못을 깨달을 만큼 항의하는 것이 좋겠다고 시켜도 보았습니다. 언젠가 동무 집에 갔다 오는 길에 앞에서 오던 전문학교 학생 하나이 별안간 술 취한 척을 하고 그의 앞으로 덤비어드는 걸 그 학생의 얼굴에다 침을 뱉고 교육받은 사람으로 이럴 수가 있겠느냐고 정색을 하였더니 할 수가 없던지 웃으면서 피해 가더라고 합디다. 다소간이고 특별한 경우에는 이편에서 강경한 태도를 갖는 것이 유리한 때도 있습니다.

방: 지난 『신여성』에도 그런 것을 썼지만 조선의 부모들은 따님을 놓고서 좋은 이야기만 해 줄 뿐이지, 만일 불행한 일이 닥쳐오면 어떻게 어떻게 하라고 하는 것은 가르쳐 주지 않는 모양입니다. 그러기 때문에 뜻 아니 하고 있다가 불행한 일을 맞닥뜨리면 어쩔 줄 모르게 되어 버리는 폐단이 있는 모양입니다.

김: 저는 거기까지도 이야기해 줍니다. 좋고 그르고 간에 그것을 가리지 않고, 알아야 할 것은 모두 이야기해 줍니다. 그러나 나이가 찬 뒤가 아니면 이야기를 않기로 하고 있습니다. 아직 나이 어린 아이에게 그런 이야기를 들려주면 도리어 세상을 곡해할 것 같아서 큰 아이에게만 이야기를 해 주고 있습니다. 여학생에게 대해서 불행한 봉변은 퍽 많게 됩니다. 우리 집 애가 지금 3학년에를 다니는데 1학년 적부터 ○성 다니는 남학생 하나가 길에서 모자를 벗고 인사를 하고 말을 건네려고 하는 것

● **왈패** 말이나 행동이 단정하지 못하고 수선스럽고 거친 사람.

을 입도 떼이지 않고 3년을 다녔습니다. 그 학생은 금년에 졸업을 한 모양인데 언젠가는 동무끼리 지나가면서 명함도 못 드려 보겠다고 이야기를 하더라고 하여요. 그러기 때문에 아츰*이 되면 그런 지분지분한* 자들 때문에 몸이 무거워서 대문을 나서 가요.

이: 만일 그런 경우에 상대자를 호의로 해석한 때는 어떻게 되느냐 말이요?

방: 그렇게 되면 거기는 딴 문제가 생기지요. 그 남자가 그렇게 추해 보이지도 않고 맘에 맞음 직한 학생이 자기를 좋아한다는 것을 알게 되면 그거야 손쉽게 꾐에 빠져들어 가지요.

김: 그렇습니다. 더구나 여자는 맘이 약하니까요.

이: 여자만 약한 게 아니지요. 하여간 폐단이라고 생각합니다. 어떤 주의 아래서 길러야 할지, 혹은 그렇지 않아야 할지 크게 생각됩니다. 그런 중에 적어도 어려서부터 어떻게 해서든지 자기 손으로 살아가야 한다는 의식 하나는 길러 주어야겠다고 생각합니다. 그래서 나는 나의 딸에게 내가 돈이라도 많으면 모르겠다. 그러나 그렇지 못하니까 너는 네 살아갈 준비를 해 놓지 않으면 안 된다. 사범을 다니든지 실업을 배워 취직을 하든지 해야지 시집가서 남편에게 얻어먹을 생각도 말고, 시부모의 도움으로 살아갈 생각도 말고, 네 손으로 네 몸을 살려 갈 방도를 세워야 한다고 늘 말해 줍니다. 그랬더니 요새는 장차 학교 선생이 되겠다고 그것을 큰 희망으로 삼는 모양입니다. 그래 "예끼 이년, 선생은 아무나 되는 거라든. '버스 걸'*이라도 할 작정을 해야 한다."고 해

● 아츰 '아침'의 사투리.
● 지분지분하다 자꾸 짓궂은 말이나 행동으로 남을 귀찮게 하다.
● 버스 걸 버스 여차장.

둔 적도 있었습니다.

채:* 이 선생, 어떠세요?

이을: 숙명 다닙니다. 올해 열여섯 살인가…….

방: 열여섯 살이면 걱정 없겠쇠다그려.

을: 제게는 걱정이 없는 듯하지만 부모로서는 그렇지 않습되다. 늘 방심 않고 단속하지 않으면 마음이 안 놓이는구료.

방: 부모의 걱정이란 한이 없습네다.

을: 물론이지요. 더구나 요새 여학생의 기풍이 사치한 데 흐르는 편이 많으므로 해서 그것을 제어하도록 알아들을 만큼 지시를 하여 이제는 꽤 검소한 축에 들었습니다. 그러나 학교에서도 생각할 것이 남학생은 그렇지 않지만 여학생들의 교복만 하더라도 모양과 빛깔만 제정해 놓고 옷감은 일정하게 하지를 않아서 제각각 해 입게 하는 것은 재미없는 일이 아닌가 생각합니다. 지금 옷감의 층하*를 보면 4원에서 16원까지 있으니 그 차이를 두는 게 좋지 못하다고 생각합니다. 하여간 나는 나의 딸에게 '검소한 것이 제일이다. 검소해라. 사치한 사람치고 공부 잘하는 사람이 적다.' 하는 것을 실증도 보여 주고 하여 지금까지 아무 지장 없이 원만하게 공부를 하는 중에 있습니다.

방: 이 선생은 따님을 어떻게 지도하십니까?

이: '현모양처주의를 가르쳐서는 안 된다.' 사회인으로서는 그런데, 가정인으로서는 암만해도 그럴 수는 없습니다. 그렇다고 해서 현모양처가 되자고만 격려하기도 문제올시다. 지금 조선 사회 제일선*상에 나

● **채** 소설가 채만식(1902~1950).
● **층하** 차별.
● **제일선** 일을 실행하는 데에서 맨 앞장.

선 여성들이 현모양처이면서 사회 일을 하느냐 하면, 그렇지가 않습니다. 같은 예로 콜론타이* 연애관을 사인*으로서는 물론 인정을 해요. 그렇지만 내 딸이 그렇게 된다면 어떻겠느냐 하는 것은 문제예요. 그러므로 해서 아직 나의 딸은 나이가 어리니까 깊이 들어가서 이렇게 지도하리라 하는 일정한 방침을 세우지 못하고 있습니다. 대략 재래 여성과 똑같은 생활을 반복하라고는 할 수 없고, 여자의 경제적 독립이라고 할지 인제는 너 벌어먹을 것 네가 벌어먹으라고 지도를 해 올 뿐입니다.

강: 나는 거기 대해서 역시 일요일이고 토요일 같은 때 강좌식으로 현대 사조가 어떻다거나 자본주의 사회가 일어나기까지의 이야기라거나, 또는 노동운동의 이야기라거나 하는 따위의 이야기도 들려주고 신문 같은 것을 보다가 새로운 술어* 같은 것을 이야기해 주기도 합니다. 그러나 언제든지 그 비판은 자기에게 맡기고 말고, 사실만을 들어 이야기해 줍니다. 그와 동시에 자립할 길을 알려 주는 것이 좋겠다고 해서 그 방면의 이야기도 해 줍니다. 그런데 가만히 보니까 사회운동 선상에 나가는 것을 몹시 비웃습디다. 여자로서 사회운동 선상에 나서서 일하는 것은 좋지 못한 것으로 여깁디다.

방: 사회운동, 그것은 모르고, 지목받는 사람들의 신상 문제로 해서 그런 게로군요. 그 방면에 나온 사람들이 그렇지 않았다면 생각을 다르게 가질 것이었겠지요?

을: 이야기가 딴 이야깁니다마는 지금 생각이 나므로 하는 것입니다.

---

* **콜론타이**(1872~1952) 러시아 제국과 소비에트 연방의 노동운동가, 페미니스트 운동가, 정치인, 외교관, 소설가, 사회주의자.
* **사인** 개인 자격으로서의 사람.
* **술어** 학술어.

대체로 풍기 문제에 대해서는 아이들에게 한가한 시간을 줄 까닭이 없다고 생각합니다. 한가한 데서 심심해지고 자연 그런 데 유인되게 되는 것이 아닌가 생각합니다.

방: 그러나 그것은 나이 어릴 때 이야기지요.

을: 그렇지요. 어데 길게야 갑니까. 그러므로 해서 좋은 동무를 사귀게 하여 줍니다.

방: 좋은 이야기가 나왔는데, 여학생 동무가 동무끼리 자주 찾아오는 것은 간섭기는 어렵습니다. 그러나 규칙적으로 생활하는 사람으로 상당한 사람과 교제하는 것은 옳지만, 그러나 어데 서울 여학생이라고 해서 일반적으로 좋다고만 보기는 어렵습니다.

김: 그렇습니다. 주의할 필요가 있습니다. 우리 딸은 언젠가 동무 집에 갔다가 그 집의 일가 남학생이라는 아까 말씀한 ○성 학생을 잠깐 보았었는데, 그 뒤부터 그렇게 3년 동안이나 끈적끈적하게 따라다니며 인사를 붙이고 놀리고 하였답니다.

방: 그중에도 객지에 나와 있는 학생들은 유혹에 걸리기가 퍽 쉽습니다. 가령 고향 학생들이 친목회니 음악회니 하고 찾아오는 것을 시작하여…….

이: 그런 찬스를 만드는 것은 피할 수도 없지요.

방: 그러나 근본 문제는 자신에 있지요.

이: 이지적으로 나가게 하는 것이 좋겠지요.

을: 독서도 좋을 것입니다. 그리고 지방 학생들을 위해서는 학교에 기숙사 두는 것이 가장 좋은 방법이 아닐까요?

방: 그것은 좋다뿐입니까! 그리고 여학생의 취미를 지도한다면 어떤 것을 지적할 수 있을까요?

이: 그야 가정 형편 따라 다르겠지요. 부르주아*적이라면 피아노, 오

르간 같은 것을 장난시키는 것이겠지만 근본으로 무취미한 생활을 하는 가정에서 취미라고 하여 별것 없지요. 문학 방면에 대한 것은 소년 시대에는 어느 정도까지 경계할 필요가 있겠습니다.

방: 운동 방면으로는?

이: 일반화한 운동 말고 선수에 한한 운동이라면 좀처럼 그 방면에 취미를 갖기 어려울 것입니다. 근본으로 선수 양성이 문제올시다. 하여튼 지금 조선의 형편으로는 취미 양성이란 문제며 동시에 조선의 가정교육이라는 것은 한 딜레마에 빠져 있습니다.

을: 자기 특성을 존중해서 그 방면으로 인도하는 것밖에 더 없겠지요.

강: 취미는 동무와의 영향에 지배되는 모양입디다. 그 사귀는 동무들과 의사가 합하는 데로 몰리는 경향이 보입디다.

방: 독서에 관하여 학교에서 가르치는 교과서는 너무 건조무미하여 다만 상급 학교 가는 준비밖에 더 안 되는 형편이니, 학교에서 가르치는 이외에 좋은 책을 읽히도록 하는 것이 어떨까요? 좋은 책이 조선에는 없다고 안 읽히겠느냐 하면 그것은 문제겠으니까, 일본에서 만든 책이라도 읽히는 것이 좋지 않겠습니까? 지금 그 책 이름까지 세일 수는 없으나 어떤 방면의 책을 읽었으면 하시는 생각이 없으십니까?

채: 『테스』가 『여자의 일생』보다 더 좋아요. 그중에도 제일 끝에 가서 그 딸이 어머니에게 남성이라는 것은 주의할 것이라고 왜 안 일러 주었느냐고 원망하는 것 같은 것은 참 좋습디다.

방: 하여튼 여자라면 남자와 한평생 같이 지낼 터이면서 남자의 정체를 안 가르쳐 준다는 것은 말 못 하는 외국 사람에게 시집보내는 것과

●**부르주아** 근대 사회에서 자본가 계급에 속하는 사람. '부자'를 속되게 이르는 말.

다를 것이 없겠습니다. 남자의 성격, 심리 이런 것을 알자면 소설을 읽히는 것밖에 없지요, 아마?

이(星):* 다소간 그렇겠지만 조선 가정에서 거기까지 생각할 가정은 아마 몇밖에 없겠습니다. 상당한 나이가 찬 뒤면 모르지만 어린 사람에게는 소설이 문제지요.

방: 일문*이나 일문으로 번역된 중에.

이(星): 읽지 말래도 읽게 되는 모양입디다.

방: 무슨 소설을 읽어라 하기까지는 어려울 것입니다. 송* 선생은 어떠십니까?

송: 학교에서는 없습니다. 집에서는 사상적으로 된 책을 권해 주셨습니다.

방: 남자를 알겠다는 여자가 있습니까?

송: 그럼은요.

이(星): 그러나 경험이 없기 전에는 알기 어려울 것입니다. 개념적으로야 알 수 있겠지만…… 결국 부녀 잡지 같은 것을 보면 남자에게 이러 하면 된다 저렇게 하면 된다 하는 조종술이니 하는 것이 있지 않습니까? 그런 것도 얼마쯤 효과가 있을 게에요.

방: 인제 학교 선택 문제에 대하여 말씀을 하여 주셨으면 좋겠습니다. 시간이 몹시 늦어서 대강대강 넘어가기로 하고요.

강: 여고 2년까지 다니던 것을 여상*으로 보냈는데 여상으로 보낼 때

● 이 『개벽』의 편집인이었던 '이두성'으로 보인다.
● 일문 일본어로 쓴 글.
● 송 1931년 3월경부터 개벽사에 입사한 기자 송계월로 보인다. 송계월은 송적성(宋赤誠), 송(宋) 같은 필명도 썼다.
● 여상 '여자상업학교'의 줄임말.

내 생각은 여자농업학교라도 있다면 거기다 보내려는 생각이 있었습니다. 양잠, 농사 실습, 원예 같은 것을 가르치는 학교가 있었으면 하였습니다.

방: 함경도라 그렇구료.

강: 함경도라도 밭일은 모르지. 내가 여학교를 경영한다면 반드시 가정과·상과와 농과를 두겠는데, 특별히 농과에 주력해 보겠습니다.

방: (김 부인께) 댁에서는 어째서 상업에 보내셨습니까?

김: 제 어른이 보냈습니다. 제 자신의 힘을 얻자면 이곳이 첩경이겠으니까 보낸 모양 같습니다.

방: 졸업한 뒤에 실사회에 나가는 데 말씀이지요?

김: 아니지요. 출가한다손• 치더라도 그렇습니다.

방: 이 선생은 어떠시오?

이(益): 아직은 모르지요.

방: 아버지 하라는 대로 그가 한다면?

이(益): 글쎄요. 이상적 학교라는 것은 논의가 있지만…… 하여간 자기의 의사를 표준하렵니다. 이번 입학하는 데도 여고 한 곳만 보라고 배수진을 쳐 주었습니다.

방: 이을 씨는 어떠하십니까?

을: 막연하나 공부를 더 하겠다니까요. 어떤 학교라고는 지적해 말이 없습디다.

방: 어린이 문제와 여성 문제는 떨어질 수가 없다고 나는 생각되는데, 지금 완전한 곳이 없어 그렇지 보육학교 교육을 시켰으면 하고 생각합니다. 기한이 짧고 집에 들어 살림을 하든지 밖에 나가 취업을 하든지

• 출가하다 일정 기간 타향에서 돈벌이를 하다.

퍽 긴절하다고* 생각합니다.

강: 보육학교라고 할 것이 아니라 여학교에서 가사 과목을 더 철저히 가르치는 것이 좋겠지요.

이(星): 육아과를 두는 것도 좋다고 생각합니다.

방: 하여간 어머니의 무식같이 무서운 것은 또 없다고 생각합니다. 현재 조선에도 이로 인한 비참한 실례가 퍽 많으니까요.

이(星): 내가 걱정 안 할 것도 걱정하게 됩니다. 하여간 무식한 것은 큰 두통이지요.

방: 벌써 자정 가까이 되었습니다그려. 그러면 그 이야기는 거기서 중단하고 학부형의 입장으로서 학교의 희망하는 것이 계시다면…… 가령 월사금 문제 같은.

이(星): 월사금은 안 내면 좋지요.

방: 어떻습니까? 여학생하고 남학생하고 누가 돈을 더 씁니까?

이(星): 여학생이라고 해요.

김: 남학생은 큰돈이 뭉턱 들 때 들지만 여학생은 조조러한 잔돈이 꾸준히 많이 들어요.

이(星): 편물*·재봉·가사에 돈이 퍽 드는 모양이지요?

방: 학교 당사자가 정신을 차려 한다면 학부형의 부담에 어려운 것을 모르겠는데, 각 선생이 제각각 생각되는 대로 이번에는 이것을 사 오너라 저것을 사 오너라 해서 한목*에 밀릴 때는 여간 큰 부담이 되는 게 아닙니다. 가령 매월 5원가량이고 4원가량이고 작정을 하여 거기서 초과

● **긴절하다** 매우 필요하고 절실하다.
● **편물** 뜨개질.
● **한목** 한꺼번에 몰아서 함을 나타내는 말.

460

안 되도록 교무주임이고 누군가 조절을 시켰으면 좋겠더군요. 그중에도 제일 곤란한 것은 창립 기념 성적품 전람회 같은 것이 있으면 큰일 나지.

이(星): 나는 경험이 없으니까 모르겠으나, 이것 한 가지는 좀 학교서 시켰으면 좋겠습니다. 집에 가서 일 좀 자꾸 하라고, 밥도 좀 짓고 애도 좀 보라고 해 주었으면 좋겠습니다. 대체로 학교 다니는 학생들은 일하기를 싫어합디다.

채: 그런데 여학생들의 10명 중 7, 8명은 음악가 지망이니 그게 학교의 지도 관계로 그렇게 되는 것일까요?

이(星): 그렇지야 않겠지요. 여자들의 자연스러운 심적 발로라고 볼까? 하하.

김: 저는 학교서 편물이고 재봉 가르치는 것이 대단 좋다고 생각을 하여요. 그리고 내의를 만들어 입게 하거나 털실로 재킷을 짜게 한다거나 하는 것은 모두 좋은데, 조선 옷을 해 오라는 것은 재미없다고 생각합니다. 학생들이 모두 고아가 아닌 다음 그런 것은 부모가 다 가르쳐 줄 것을 해 오라고 하는 것은 재미없으며, 더군다나 그것으로 점수를 매긴다고 해서 삯을 주어서 다른 사람을 시켜 곱게 지어다 바치고 점수를 받는 것은 여러 가지로 재미없다고 생각하여요.

방: 고아원이 아닌 다음에야 집에서 할 수 있는 것까지 가르쳐 줄 거야 없겠지요. 학교서 잠깐 배운 것쯤은 아무 소용도 없겠으니까요.

이(星): 조선 옷 같은 것은 자기 입을 것을 선생이 개인적으로 가르쳤으면 좋을 것입니다. 특별히 따로 재료가 들지도 않고, 될 수 있을 것이 아닙니까?

방: 학부형회를 학교에다 맡겨 둘 것이 아니라 학부형끼리 학교를 견제해 가며 해 나가는 것이 좋을 것 아닙니까?

이(益): 그러나 그리할 만한 학부형이 얼마나 됩니까? 나부터도 학교에를 가 보는 일이 없습니다.

방: 똑똑한 사람 몇이서 나서면 되지 않겠습니까?

이(益): 그런 사람은 시간이 없지요.

강: 학부형회는 학교에서 발기시켜서 되는 것이 아닙니다.

방: 학부형이 방임하니까 그렇게 된 것이지, 꼭 그리 해야 할 까닭은 없지.

강: 그렇다면 학교가 싫어할 것이지요.

방: 학부형회가 기능이 세지면 자기들이 괴로울 테니까 그럴 것이겠지만 그러나 할 수 없지요.

이(益): 어떻습니까, 사립과 관립의 학생 지도하는 것이?

강: 학생 지도와 교수는 관립이 낫지만, 그러나 정신적 지도는 그 반대지요.

이(益): 그런데 나는 학교에 이런 제의를 하렵니다. 학교를 졸업하고서 일본 말로는 러브 레터라도 쓰건만 조선말로는 못 쓰니 그것을 좀 고치라고 말하렵니다. 우리 집 계집애를 보아도 일본 말로 쓰는 것이 조선말로 지은 것보다 훨씬 낫습니다. 그것은 참으로 문제 삼을 만한 게라고 생각합니다.

방: 너무 늦어서 미안합니다. 좀 더 이야기를 하였으면 좋겠습니다마는 시간이 허락 안 하므로 이만 그치기로 하겠습니다. (문책재기자)•

_方定煥 外, 『신여성』 1931년 6월호

•문책재기자 '문장에 대한 책임은 기자에게 있다'는 뜻.

남은 말씀

오래 막혔던 인사도 이제야 하게 되고, 설 문안도 이제야 드리게 되니 무어라 할지 어리뻥뻥합니다.

어쨌든 오래간만이올시다. 안녕들 하십니까. 환세*도 잘하시구요. 저희 『신여성』은 그동안 여러 가지 사정 아래에서 지난 12월과 1월 즉, 두 달이나 넘어 여러분을 보입지 못하였습니다. 못 뵈온 여러 가지 미안쩍은 말은 그만두고요.

그런데 이로부터는 기어코 거짓말 없이 달마다 여러분 앞에 찾아보입기로 작정합니다. 지난 일은 눌러 용서하시고, 앞을 위하여 많은 사랑을 주십시오.

이번 호에는 특히 여학생 여러분이 의복 문제로 인하여 화류계 여자의 혐의로 여러 가지 악희*를 당하던 사실담을 많이 늘어놓았습니다. 그것은 우리 『신여성』 제2호에 여학생의 의복 문제를 떠들어 놓았기 때문이외다.

그리고 현하* 우리 조선의 신여자라는 누구누구를 소개하였습니다.

● 환세 설을 쉼.
● 악희 못된 장난.
● 현하 현재의 형편 아래.

오는 호에도 내오는● 호에도 누구누구를 이어 소개하겠습니다. 어떤 이가 나오시나 기다려 주십시오.

　지난번 평양 숭의학교의 분규 사건이 있자 우리는 곧 기자를 특파하여 전후 전말을 들어 왔습니다. 그러나 12월 말과 1월을 그냥 넘게 됨에 때가 지난 탓으로 발표를 그만두게 되었습니다. 그리고 서울 배화학교로부터 보내신 두 편의 기행문도 때의 탓으로 못 넣게 되오매 미안합니다.

_무기명,●『신여성』 1924년 2월호

●내오다 다음에 오다.
●1924년 2월호부터 『신여성』 편집인 겸 발행인이 박달성에서 방정환으로 바뀌었다.

편집을 마치고

● 이전에라고 『신여성』 편집에 전연 관계 안 한 것은 아니나, 그 책임을 도맡아 나 혼자 편집하기는 이번이 처음입니다.

● 『어린이』를 혼자 맡은 내가 『어린이』 한 가지에도 힘이 부족한 터에 『신여성』까지 책임을 지기는 너무도 힘에 넘치는 일이요 안 될 일이나, 그러나 사내의 여러 가지 형편상 내가 맡지 아니치 못하게 되어, 어느 시기에 이르기까지 그동안 내 손으로 꾸미게 된 것입니다.

● 많이 도와주십시오. 그리고 많이 채쭉질해* 주십시오. 잘잘못을 늘 말씀해 주시고 생각하시는 바를 늘 가르쳐 주셔서, 이 『신여성』이 당신들의 마음에 맞는 것이 되도록 해 주십시오. 그것을 여러분께 바랍니다.

● 편집 내용은 전의 방침대로 두고 변하지 않으려고 했습니다마는, 그래도 다소 변해진 것이 있습니다. 여러분 뜻에 맞는지 그것이 궁금합니다.

● 「노처녀 40년사」라는 것을 넣으려다가 뜻밖의 사정으로 못 넣게 되었습니다. 다시 손질을 하여서 넣게 되면 다음에 넣겠고, 여학교 통신과 여학교 참관기는 이번 한 번 쉬고 다음 호에 넣겠습니다. 엘렌 케이*

● **채쭉질하다** '채찍질하다'의 사투리.

사상 소개도 다른 기사 때문에 밀려서 빼어놓았습니다. 그것도 다음 호
에 넣겠습니다.

　● 여러분의 원고를 많이 보내 주십시오. 나는 그것을 제일 환영합
니다.

_方, 『신여성』 1924년 4월호

● 엘렌 케이(1849~1926) 스웨덴의 사상가, 교육자.

편집을 마치고

● 2층 편집실 유리창 밖으로 멀리 보이는 버드나무에 새잎이 돋아서 꽃보다도 더 아름답게 파랗게 빛나고 그 위에 소리도 없는 가는 비가 살살 내리고 있습니다.

벌써 봄비가 내립니다. 이렇게 살살 내리는 봄비에 자연의 온갖 것이 부쩍부쩍 커 갈 것입니다. 버들가지도 어제와 오늘이 다르게 나날이 더 파래 갑니다. 아아, 봄! 새 생명이 약동하는 봄입니다.

● 어떻게 곱게 봄비가 내리는지 뛰어나가서 맞고 다녀 보고 싶건마는, 여러분이 고대하시는 이 책의 편집을 오늘로 마치노라고 이렇게 쓰다가는 내다보고, 쓰다가는 내다보고 하고 앉았습니다.

● 편집은 간신히 마치었습니다. 시작할 때는 굉장히 많을 것 같더니 마쳐 놓고 보니 이번에야말로 못 들어간 것이 더 많습니다. 결혼 문제를 의논하는 난이니 되도록 각 방면의 의견을 골고루 모아 여러분 앞에 내여놓을 요량이었는데, 논문 한 가지만 책으로 삼사십 페이지가 되니 80페이지 잡지로 되는 수 있습니까? 그래서 추리고 추리더라도 이번 호는 특별호로 책장을 늘리고 책값도 올리려고 했으나, 지금 30전 이상으로 올릴 수도 없고 하여 그냥 이만큼만 추려 놓았습니다.

● 또 한 가지 논의를 하자면, 복잡한 문제여서 글이 어렵고 빡빡해지

기만 합니다. 그러니 우리『신여성』독자께 너무 빡빡하고 복잡하기만 한 논문은 소용이 없겠어서, 여러 가지 점으로 생각하여 우선 이만큼만 추린 것입니다. 그런 사정도 짐작해 주시기 바랍니다.

● 그리고 아무리 결혼 문제호이기로, 처음부터 끝까지 모조리 결혼 이야기뿐인 것은 편집상 잘한 일이라 할 수 없는 줄로 아오나, 그러나 공연한 문젯거리만 삼으려면 모르거니와 논의하는 기회에 좀 더 자상히 하기 위하여 다른 종류의 기사는 넣지 않았고, 그런 것은 모두 다음 호에 넣겠습니다.

독자 여러분께서 응모하신 중에 여자의 글이 몹시 적었음은 섭섭한 일이었습니다. 모두 현상에 만족하고 계신지, 아무 말씀하실 것이 없는지, 퍽 섭섭한 일이었습니다.

● 마음에 흡족하지 못한 100페이지 미만의 책이나마 그래도 다소간 우리들의 결혼에 대한 생각에 영향하는 것이 있을 줄 믿고 있습니다.

오월! 좋은 봄철이오니 이 책의 애독자 여러분께 많은 행복이 있으십시오.

_方,『신여성』1924년 5월호

편집을 마치고

● 이번처럼 바쁘게 편집하기도 처음입니다. 4월 하순부터 5월 상순까지 어린이운동 간섭하기에 골몰하노라고 피곤한 몸이 늦어진 편집을 급히 하노라고 어떻게 바쁘게 굴었던지, 편집을 오늘 마쳐 놓고 나니 머리가 얻어맞은 것처럼 땅합니다.

● 인제 편집을 마치고 나니 시원하기도 합니다. 5월 달 갠 한울*이 이렇게도 다정하고 좋은데 나 혼자 한동안 방 속에서 고생을 하고 난 것 같습니다.

● 그러나 인제 끝난 것이 당국에 들어가서 허가를 맡아 나와서 인쇄가 되어서 여러분의 앞에 가기는 언제나 될는지 그것을 생각하면 몹시도 안타깝습니다.

● 그런데 요전번 결혼 문제호는 참으로 굉장히 팔려 갔습니다. 그런데 그 책에 넣어야 할 것을 종이 수효 관계로 넣지 못했던 것이 많았던 관계로 이번 호에도 결혼 문제에 관계한 것이 몇 개나 들었습니다.

● 특별히 한 말씀 할 것이 있습니다. '왜 다른 데 났던 원고를 『신여성』에 싣느냐?'고 하시는 이가, 나 시골 간 사이에 신문사 편으로 물었

●한울 천도교에서 '하늘'을 달리 이르는 말.

었다는 이가 있다고 합니다. 『시대일보』 창간호에 났던 동화 「나비와 장사꽃」은 작자 고한승 씨가 『어린이』 잡지를 생각하고 썼던 것을 먼저 신문에 게재케 했던 것인데, 어린 사람들이 신문을 모두 읽으면 좋지만 아시는 바와 같이 어린 사람들은 신문을 전혀 모르고 사는 고로 다시 『어린이』 잡지에 내어서 어린 사람들께 읽힌 것입니다.

● 또 한 가지 동화 「삼태성」도 신문에 게재된 것을 전번 『신여성』에 내었습니다. 그것은 내가 쓴 것인데, 역시 위에 것과 똑같은 이유로 『신여성』에 실었는데 신문에 났을 때 식자* 잘못으로 빠진 줄이 많은 것을 원 원고대로 『신여성』에 실었습니다.

● 새 문제와 새 글을 낼 것은 물론이나, 문제만 늘어놓기 위해서의 잡지라면 모르거니와 좋은 것을 더 많은 이에게 소개하기 위해서 작자의 양해를 얻어 다른 방면의 독자를 가진 잡지에 게재하는 것이 그리 잘못이라고는 생각되지 않습니다.

● 위에 말씀한 그러한 생각으로 간혹 특별한 경우에 옮겨 넣는 것인즉 이 뜻을 짐작해 주시고, 혹시 한 잡지에서 전에 읽은 것을 다시 보시는 이가 계시면 다른 많은 못 읽은 이를 위하여 눌러보아* 주시기 바랍니다.

_方, 『신여성』 1924년 6월호

●식자 활판 또는 전산 인쇄에서 문선공이 골라 뽑은 활자를 원고대로 조판함. 또는 그런 일.
●눌러보다 잘못을 탓하지 않고 너그럽게 보다.

편집을 마치고서

● 퍽 더워졌습니다. 아츰* 음식이 저녁에 상하는 더위입니다. 독자 여러분, 안녕들 하십니까. 편집실에는 유리창을 아무리 열어 놓아도 바람 한 점 들어오지 않고 여자고보의 풍금 소리만 아츰마다 넘어 들어와서 붓을 던지고 뛰어나가고 싶게 합니다.

● 이 책이 여러분의 손에 쥐어지게 될 때는 아마도 아츰 음식이 점심 때 상하기 쉬울 만치 더울 것이라 8월호가 납량 특집호건마는 이번 치도 서늘하게 편집해 보느라고 꽤 힘을 들였습니다.

● 보시는 바와 같이 내용은 물론이지만 편집 체제까지, 하다못해 이 '편집 여언*'까지 전보다는 몹시도 서늘하게 변하노라고 하였습니다. 더운 날 가만히 앉아서도 땀이 줄줄 흐르는 날 읽으실 것은 이렇게 해야 할 것이니까요. 어떻습니까? 여러분 마음에는 어떠하신지 많이 말씀해 주시기 바랍니다. 잘잘못을 많이 말해 주십시오.

● 전선*여자정구대회에 관한 기사는 연학년 씨가 쓰기로 되었던 것을 여행 중이어서 졸지에 이 씨*에게 써 주십사 하였습니다. 골고루 보

● **아츰** '아침'의 사투리.
● **여언** 후기.
● **전선** 전 조선.

시지 못한 까닭에 몇 군데 빠진 학교도 있으나, 간단하면서도 여러분께 퍽 참고될 것이 많고 유익한 말씀이 많이 있는가 합니다. 바쁘신 중에 써 주신 이 씨에게 감사한 뜻을 여기에 표합니다. 그리고 빠진 것은 다음 호에라도 또 내이겠습니다. 섭섭히 아시지 말고 기다려 주시기 바랍니다.

● 요다음 달 첫가을 9월호는 『신여성』 창간 1주년 기념호입니다. 이것 역시 훌륭한 준비를 할 것이라 특별히 여러분께도 투서*를 모집하오니, 목차 겉장의 광고를 자세 보시고 많이 써 보내 주시기 바랍니다.

여름은 더울 때 나쁜 병 많으니, 독자 여러분의 건강을 빌기 마지아니합니다.

_『신여성』 1924년 7월호

●이 씨 이세정. 당시 대회 주심.「제2회 전선여자정구대회의 잡감」이란 제목으로 정구 대회 기사를 썼다.
●투서 '투고'를 이르던 말.

편집을 마치고

● 근년에 다시없는 푹푹 삶는 더위! 그래도 그간에 이 특별호 편집이 되었습니다. 참으로 그냥 '덥다' 하는 말뿐으로는 도저히 안 될 무서운 더위였습니다. '8월뿐만은 잡지도 쉬었으면 좋겠다.' 하는 소리가 여러 사람의 입에서 웃음의 말 같지 않게 자주 나왔습니다.

● 그렇게 몹시 더운 때건마는 전번 책 여름 특별호가 굉장하게 팔려서 한 책도 남지 않고 없어진 것은 참으로 의외의 호황이었습니다. 그래 이번 창간 기념호는 그보다도 더 굉장한 호평을 얻으리라 하여 가만히 누워서도 못 견디는 더위를 견디어 가면서 일하였습니다.

● 보시는 바와 같이 이번 호는 전번보다도 달라진 것이 적지 않습니다. 그리고 페이지 수도 110페이지쯤 하려던 것이 124페이지까지 늘었습니다. 그러나 그래도 계획대로 못 한 것이 많습니다. '독자와 기자'와 '처녀 논단' 등 여러 가지가 이번에 넣으려다가 못 넣은 것입니다.

● 그러나 그것보다도 안석주* 씨의 「화가 평전」과 류지영 씨의 「여학생 애화*」 신알베트 씨의 「소감」을 이번 호에 싣지 못한 것은 페이지 관계상 어쩔 수 없는 사정이었으나, 고열에 특별히 써 주신 것을 너무도

● 안석주(1901~1950) 소설가, 영화인, 삽화가.
● 애화 슬픈 이야기.

미안하고 섭섭합니다. 다음 호에 넣을밖에 없이 되었습니다.

● 이번에 넣은 「리어왕과 그 딸들」은 특별히 여학교에서 여학생들이 하기에 쉽고 흉허물 없는 것임을 취하여 넣은 것이니 학예회나 클라쓰회* 같은 때 실연해 보시면 좋겠습니다.

「결혼 후 일주년」과 「졸업 후 일주년」은 미리 광고를 내지 못했던 까닭으로 널리 구하지 못하고 이 사람 저 사람 지정하여 써 달라 한 것인 고로 몹시 수효가 적고, 더더구나 「결혼 후 일주년」은 몹시 힘들여 모은 것입니다. 이다음 기회에 다시 널리 구해 보겠고, 그때는 남자 측의 감상도 구해 보는 것이 좋을까 합니다.

● 호호평을 얻는 「은파리」는 이번에 풍자물이 많은 고로 빼어 두었습니다. 요다음 호에 넣겠습니다.

● 늘 하는 말씀이지마는 이 책을 읽으시고 잘잘못을 자상히 말씀해 주시기 바랍니다. 편지나 엽서에 써 보내 주시면 참고하여서 당신의 뜻에 맞게 하도록 하겠습니다.

_『신여성』 1924년 9월호

● 클라쓰회 학급회.

편집을 마치고

● 가을, 가을 하여도 지금은 첫가을일 뿐이고 정말 가을이기는 이 책이 여러분의 손에 가서 읽혀질 때일 것입니다. 때는 정히* 환절기인데 독자 여러분 건강하게 계십니까?

● 보시고 이미 짐작하셨으려니와 이번 것은 가을호라고 수필, 애화,* 서정문 같은 것을 많이 추렸습니다. 달 밝은 밤, 버레* 우는 밤, 쓸쓸히 깊어 가는 가을밤에는 그러한 것이 다 좋으리라고 생각한 까닭입니다.

● '독자와 기자'란은 오는 호에 넣겠고 많이 써 보내신 공개장도 11월호에 넣겠습니다. 11월호는 의복 문제와 공개장호, 12월호는 연말 송년의 특별호 이렇게 금년은 매듭지어 넘어가겠습니다.

● 다행히 금년에 『신여성』은 호마다 발매 부수가 늘어 가서 우리 입으로 이런 말씀은 우습습니다마는 참말 호호* 대호평이어서 우리들이 미리 기대하던 그 선을 넘어선 지 오래였습니다,

● **정히** 진정으로 꼭.
● **애화** 슬픈 이야기.
● **버레** '벌레'의 사투리.
● **호호** 뜻밖이어서 놀라거나 감탄할 때 나는 소리 '호'를 거듭해서 내는 소리.

● 그래 우리는 벌써 지면을 혁신할 일을 계획합니다. 금년 1년의 노력은 먼저 젊은 여자에게 독서 취미를 길러 드리는 것에만 쏠리어 왔습니다. 그래서 뜻한 대로를 어느 정도까지 이룬 우리는, 이제는 어떤 자신을 가지고 내용을 조끔 더 고쳐 하여도 좋으리라는 생각으로 혁신을 획하는* 것입니다.

● 혁신하는 내용에 있어서는 미리 말씀하지 않거니와 다만 여러분의 사랑하시는 『신여성』이 그만큼 잘되어서 한 걸음 더 나가려 하게 된 것을 기뻐해 주십시오. 그러나 이때에 좀 더 좀 더 속히 잘되게 하기 위하여, 여자 한 분에게라도 이 책을 소개하고 권고해 주십시오. 독자가 늘지 않고는 잡지가 더 잘될 길이 없는 까닭입니다.

_方, 『신여성』 1924년 10월호

● 획하다 계획하다. 꾀하다.

편집을 마치고

● 지난달 치가 너무 늦게 발행되어서 이달 치는 속히 한다는 것이 역시 조금 늦었습니다. 허가나 속히 나왔으면 좀 속하여지련마는* 그것은 우리로서는 어쩔 수가 없는 일이니까 어쩌는 수 없고, 독자 여러분께만 자꾸 미안하게 됩니다.

● 지난달 치는 표지를 인쇄하는 석판인쇄소가 급자기* 변하여지는 통에 표지 인쇄가 늦어져서 내용은 제책한* 지 오래면서도 발행이 늦어졌습니다. 이번에는 석판인쇄를 다시 전처*로 옮기고 인쇄도 속히 착수하였습니다. 좀 일찍 될 수 있을 것 같습니다.

● 전달 치가 그믐 가깝게 발행되면서도 팔리기는 비상히 잘 팔려서 의외의 호황이었습니다. 우리는 지금 한 책이라도 더 많은 사람에게 읽혀지기만 바라는 터인 고로 이렇게 몹시 잘 팔려 가는 것을 볼 때에 적지 아니한 기쁨을 느낍니다. 이렇게 이렇게 기세 좋게 많이 팔려서 널리 퍼져야 하로바삐*『신여성』내용을 좋게 고칠 수 있게 되는 까닭입니다.

● **속하다** 꽤 빠르다.
● **급자기** 미처 생각할 겨를도 없이 매우 급히.
● **제책하다** 제본하다.
● **전처** 이전 장소.
● **하로바삐** 하루바삐. '하로'는 '하루'의 사투리.

● 이달 치는 보시는 바와 같이 의복 문제와 공개장 호입니다. 의복 문제만 한테* 모아 놓기는 독자를 위하여 미안한 일이나 사실상 중요히 생각할 문제인 고로, 힘을 내이고 더한 주변을 이끌기 위하여 한테 모아 놓은 것입니다. 그러나 그렇다고 이 중대한 문제가 이번 한 번으로 논의될 수 있으리라고는 믿지 아니합니다. 이렇게 시작하여서 자꾸 한동안 계속하여 논의를 바꾸어야 되리라고 생각합니다. 그러니 이제부터라고 의복 문제에 관하여 많이 생각하시고, 또 생각하신 바를 보내 주시면 언제든지 반갑게 받아서 게재하겠습니다.

● 공개장은 벌써 여러 차례 말씀한 것과 같이 좋은 뜻으로 서로의 희망과 요구와 충고를 바꾸자는 뜻으로 기회를 지어 모은 것뿐이고, 편집자나 써 준 이나 다른 뜻이 있는 것이 아닙니다. 넓은 도량으로 읽어 주시기 바랍니다.

● 가을도 늦었고 벌써 눈 소식이 사처*에서 전해 옵니다. 없는 사람에게 어려운 때가 정히* 닥들여오는 것입니다. 우리 중에 누가 더 있고 더 없는 사람이겠습니까. 떨리는 마음으로 우리들 모두의 건전을 빌고 바랄 뿐입니다.

_『신여성』 1924년 11월호

● 한테 '한데'(한곳이나 한군데)의 사투리.
● 사처 사방.
● 정히 진정으로 꼭.

편집을 마치고

● 금년 마지막 호도 인제 끝이 났습니다. 편집 책상에 앉아서는 지금 (11월 말)에 과세*를 하는 셈입니다. 금년으로는 다시 만날 새 없으니 '과세나 안녕히 하십시오.'라는 인사를 여러분께 드려 둡니다.

● 지난달 치(11월호)의 의복 문제에 관한 것은 다소의 참고가 되는 듯하여, 각 지방에서 견본과 또 정가 같은 것을 물으신 이가 많이 계셔서 즉시즉시로 알아 보내 드렸습니다. 그러나 의복 본은 태화여자관 재봉부에서 청구에 의하여 양지*(백로지*)로 내어주는데, 한 벌에 15전씩 받습니다. 이후로 청구하실 이는 요량해* 주시기 바랍니다.

● 공개장에 관하여는 최승일 씨의 것이 전부 삭제를 당하여 인쇄하지 못했고, 김기진 씨의 것에 대하여는 다소의 물론*도 있는 외에, 김명순 씨로부터 사실이 전부 틀리어 없는 말을 조작한 것이 많고, 전부 앞뒤 말이 맞지 않아 모순들인 것을 들어 부인하는 말씀이 있고, 또 변명과 반박에 관한 원고도 왔습니다.

●**과세** 설을 쇰.
●**양지** 서양에서 들여온 종이. 또는 서양식으로 만든 종이.
●**백로지** '갱지'를 속되게 이르는 말.
●**요량하다** 앞일을 잘 헤아려 생각하다.
●**물론** 많은 사람이 이러쿵저러쿵 논평하는 상태.

● 우리의 본의는 결코 편파하거나, 별다른 뜻으로 공연한 물론을 일으키거나, 부질없는 비방을 위한 것이 아님은 전 호와 전전 호에서 말씀한 바가 있었거니와, 하여튼 일부에라도 본의 아닌 물론이 있게 한 것은 우리로서 그윽히 미안한 마음을 금치 못합니다.

● 주의 주장으로서의 논란이 아니고 흥분된 감정으로 이런 일의 시비를 길게 끄는 일은 반갑지 아니한 일이고, 또 본의에 있는 바도 아닙니다. 감히 지상으로 미안한 말씀뿐을 드리고 그치오니 양찰하시는● 바 있기를 바랍니다.

다사하던 갑자년도 이제 마지막 저뭅니다. 편집실에 앉아서 생각할 때에 다달이 초순에도 발행하지 못하고 근근히 월종●에 되는 것이 그나마 1년에 열 권밖에 내이지 못한 생각을 하니 특별히 괴롭던 1년이라 하겠습니다. 그러나 낙망할 것은 없습니다. 신년호부터는 손을 더하여 내용까지 혁신하기로 되어, 지금부터 준비 중에 있습니다. 사랑하시는 여러분 과세나 잘하시고 기다려 주십시오.

_『신여성』 1924년 12월호

● **양찰하다** 다른 사람의 사정 따위를 잘 헤아려 살피다.
● **월종** 월말.

신년호 편집을 마치고

신년호 편집을 마치고 나니까 때는 섣달 중순이건마는 날은 풀리긴 정월 그믐이나 당한 것 같습니다.

하여튼 이번 책은 속히 편집되었으니까 잘하면 1월 1일에는 여러분의 손에 쥐어질 것이니까 새해 인사를 안 드릴 수 없습니다.

여러분 과세*나 안녕히 하셨습니까? 새해의 첫날 아츰* 해와 약속한 바가 많으셨을 것을 믿고 또 새로 오는 일 년이 여러분의 그 약속에 맞는 날이 되기 간절히 바랍니다.

전부터도 말씀한 바이지만 『신여성』 독자는 작년 일 년에 퍽 많이 늘어서 이번 신년호 같은 것은 굉장히 많은 수효를 인쇄하기로 하였습니다. 그러나 지금 기세 같아서는 그것도 또 절판될 것 같습니다.

독자가 그만큼 는 것을 자랑으로뿐 말씀하는 것이 아니라 그만큼 커진 힘으로 얼마만큼쯤은 내용을 고칠 수 있게 된 것을 기뻐하는 것입니다. 보시는 바와 같이 이번 신년호로부터 편집 방책이 변한 것이 많고 지질까지 전보다는 좋은 것을 썼습니다.

이번 치가 보시기에는 어떻습니까…….

● 과세 설을 쉼.
● 아츰 '아침'의 사투리.

생각대로 하려면 고치는 판에 좀 더 정도를 높이고 무게 있는 잡지를 만들고 싶었습니다. 읽으시는 이도 좀 부족하게 생각하시는 이가 계실 줄 압니다.

그러나 지금 형편으로는 더 많은 독자 더 많은 여성 동무를 생각할 때에 우리들 고집대로만은 도저히 할 수 없는 줄로 생각합니다. 부족하게 생각하시는 이는 좀 더 참아 주시면서 『신여성』을 잘 이용해 주시기 바랍니다.

넣으려 하였으나 기일 안에 미치지 못하여 못 넣은 것으로는 '여성 강좌'와 '독자 과제란'이 제일 섭섭한 것입니다. 두 가지는 다음 호부터 꼭 넣으려 합니다.

보내 주신 원고로 못 넣은 것 김선 여사의 원고와 신알베르트 씨의 원고와 최승일 씨의 소설이 늦게 온 탓으로 페이지 수가 넘쳐서 못 넣게 되었습니다. 분망하신* 중에 무리로 청하여 써 주신 것을 넣지 못하게 된 것을 미안하고 섭섭하기 그지없습니다.

고치기는 신년뿐이 아니오니 신년호 보시고 잘잘못을 많이 말씀해 주시기 바랍니다.

마지막 한 말씀 할 것은 다음 2월호부터는 나는 『어린이』에 전력하게 되어 『신여성』의 편집은 주로 하게 못 되고 다른 이의 힘을 많이 빌게 되었습니다. 그렇게 짐작해 주십시오.

_方, 『신여성』 1925년 1월호

● **분망하다** 매우 바쁘다.

편집을 마치고

● 퍽 바쁘게 이 2월호 편집이 끝났습니다. 이번에도 검열과 인쇄만 과히 늦지 않으면 초하로* 발행이 될 것입니다.

● 신년호는 꼭 섣달그믐날 발행되게 된 것인데, 인쇄가 더디자 1월 1일로부터 며칠은 인쇄소에서 놀게 된 고로 뜻밖에 늦어졌습니다. 늦어지는 고동안 우리는 어떻게 안타깝게 졸리었는지 모릅니다.

● 그러나 이번 신년호처럼 놀랍게 속히 많이 팔리기도 처음 일이었습니다. 처음 인쇄할 때부터 전보다 몹시 많이 인쇄한 것이 신문지상에 광고할 사이도 없이 다 팔려 버리고, 책사*에 있는 것까지 다시 모아다가 팔아도 그래도 부족되고 주문만 답지하여서 하는 수없이 다시 또 박혀서 보내기로 하여 그 재판 인쇄에 바쁜 중입니다.

● 『신여성』뿐이 아니고 『개벽』 잡지와 『어린이』도 다른 때보다 퍽 많은 부수를 팔고 똑같이 일시에 재판을 내었습니다. 사원 일동이 원기 백배되어 기세가 대단합니다.

● 변장 사진 찾기는 무척 흥미를 끌 것 같습니다. 답안이 날마다 몰려 들어오는데 맞힌 것보다도 틀린 것이 더 많았습니다. 이것도 재판 새

● **초하로** 초하루. '하로'는 '하루'의 사투리.
● **책사** 서점.

책이 늦게 나간 관계로 부득이 기한을 연기하였으나, 발표는 예정대로 이번 호에 하게 되었습니다.

● 이번에는 '여성 강좌'를 시작하였습니다. 좀 뻑뻑할는지 모르나, 이번 '남존여비냐 여존남비냐' 같은 것도 생리학적으로 연구한 것임으로 보아 두실 만한 것이라고 믿습니다. 그리고 이 강좌는 매호 계속할 것이니, 문제는 여러분 중에서 제공해 주셔도 좋겠습니다.

'독자 논단'을 내인 후로 여성 동무의 글로 상당한 것이 나타나기 시작한 것을 기뻐합니다. 좀 더 계속해 가면 훌륭한 동무를 많이 추장하게° 될 것도 같습니다. 독자 여러분도 논단을 주시해 주시기 바랍니다. 그리고 논단에 남자의 투서°가 많으나 아직은 독자 논단에는 남자의 투서를 신지 아니하겠습니다.

● 이번 2월호야말로 신년호 뒤끝이라 그러한지 모여 온 원고는 많은데 페이지가 너무 적어서 넣으려다 빼인 것이 많을 뿐 아니라, 넣은 것도 반씩 반씩 자른 것이 많습니다. 다름 호에나 이번에 못 넣은 것을 넣게 될는지요…….

● 독자들께서 순 언문으로 해 달라는 편지가 많이 옵니다. 원고를 보내 주실 이는 반드시 순 언문으로 써 주십시오. 한문자 섞인 것은 받지 않겠습니다.

_『신여성』 1925년 2월호

●**추장하다** 여럿 가운데에서 뽑아 올려 쓰다.
●**투서** '투고'를 이르던 말.

편집을 마치고

*

항상 하는 말이요 으레 하는 말이 되어서 별로 신기할 것도 없지만 이번 3월호 편집도 한다고 한 것이 할 수 없이 또 늦어졌습니다. 그러나 검열과 인쇄만 속히 된다면 역시 3월 1일에 꼭 여러분의 손에 들어갈 수도 있으련마는 하도 무엇이 뜻같이 되지 아니하니 정말 기필하기는 어렵습니다.

*

그리고 내용으로도 좀 고치도록 고쳐서 잡지다운 잡지를 만들려고 애는 쓰건마는 온갖 사정은 꼭 우리의 뜻대로 허락지 않습니다. 그것은 말하지 아니하여도 여러 독자 제씨가 먼저 아실 것 같습니다. 그러나 우리 조선에서 오직 하나인 이것이 이렇게까지 놀랄 만한 발전을 하여 온 것을 다같이 기뻐해 주십시오. 달마다 늘어가는 독자의 수효 이것이 우리 여자의 정도가 진보되어 가는 표적이라고 생각하면 아무리 괴롬이 있어도 우리는 기쁩니다.

*

이번 3월은 경향● 각지 여학교의 졸업생이나 오게 된 때이므로 그를 기념키 위하여 편집에 힘은 들인다고 하였습니다. 시간은 바쁘고 손은

적고 참말 한참 야단을 피었습니다마는 그만큼 졸업생에 대한 특색도
나타났을 줄 믿습니다.

*

「남자로서 여학교를 졸업한다면」「독일 여자의 향상과 번민」「여학
교 졸업생의 희망과 감상」 이 세 가지는 친히 써 주신 분도 많지만 대부
분은 여러분의 말씀을 들어다가 기록한 것입니다. 바쁘신 중에 써 주시
고 말씀하여 주신 데 무한히 감사한 뜻을 올리오니 기록이 잘못된 것은
책임이 기자에게 있사오니 용서하시기를 바랍니다. 그러나 여러 방면
으로 많은 참고가 되실 줄을 자신합니다.

*

요전에도 말씀했지만 독자 논단의 성적이 자꾸 향상해 오는 것이 제
일 믿음직합니다. 될 수 있으면 이것이 여자들 자신의 부르짖고 논란하
는 소리로 지면을 많이 채우게 된다면 우리 사원은 더욱이 기뻐할 바외
다. 많이 힘써 주십시오. 그리고 많은 의견을 들려주시기도 원합니다.
이것이 다만 본사의 일개 사유물이 아니요 여러분 조선 여성 전체의 것
이라는 생각 아래서.

_『신여성』 1925년 3월호

● **경향** 서울과 시골을 아울러 이르는 말.

편집을 마치고

● 어느 사이에 봄철이 왔다고 가는 바람이 따뜻한 봄 소리를 속살거리게 되었습니다. 정말 사람의 마음도 해이해지기 쉬운 때가 아닙니까. 그러나 우리는 제법 긴장한 마음을 가지고 하로*라도 여러분에게 얼른 이것을 읽혀 드리려고 편집하기에 이를 악물고 애를 써 보았습니다. 그런 것이 인제야 끝났습니다.

● 이번 호에는 특별히 봄철이 된 것을 기회로 하여 여러 문사의 감회 많은 문장을 넣게 되고, 다음으로는 직업 부인에 관한 기사를 많이 싣게 된 것이 특색의 특색이겠습니다. 그중에도 직업 부인계의 총평과 직업 부인들의 경험과 감상은 더욱이 많은 참고가 될 줄을 믿으며, 아울러 거기에 많은 말씀과 글을 주신 여러분께 특별히 감사한 뜻을 표합니다.

● 전부터 해 오던 '생활개선 문제'와 '독자 논단' '모를 말 사전'은 어쩔 수 없이 이 위에서 말씀한 두 기사 때문에 모두 빼게 되었습니다. 그 외에도 좋은 글이 많이 와 있지만 다음으로 미루게 되었사오니, 글 보내 주신 여러분께는 퍽이나 미안하지만 서량해* 주시기를 바랍니다.

● 은파리 — 도처에서 평판이 굉장한 은파리도 신년호에 「셈 치르

● **하로** '하루'의 사투리.
● **서량하다** 사정을 헤아려 용서하다.

기」와 2월, 3월 두 호에는 색마의 탐정을 하느라고 나래가 거의 상하여 피곤하던 차, 이것저것 기사가 많다니까 그러면 게재 좋게 미끄러진 김에 쉬어 가겠다고 두 발을 싹싹 비비며 애걸복걸함으로 할 수 없이 그리 허락을 했으나, 그 대신 요다음은 왕성한 원기로 한번 굉장한 거리를 잡아내겠다고 지금부터 기고만장이외다.

● 한 가지 끝으로 독자 제씨께 부탁할 말씀은 서로 돕고 서로 사랑하자는 정신으로 항상 비평과 많은 재료를 주시어 가장 재미있고 유익한 잡지가 되게 해 주시고, 학교에서 배우는 여가나 가정에서 일하고 남은 틈에 좋은 동무가 되도록 많이 읽어 주시고, 알지 못하는 여성에게 다만 한 분씩이라도 더 읽게 하여 무슨 생각과 각성이 일어나도록 해 주시면 퍽이나 영광스러웁겠습니다.

그러면 양춘가절*에 여러분의 건강과 행복을 빌고 이다음 호에 뵈옵기로 하겠습니다.

_『신여성』 1925년 4월호

● 양춘가절 따뜻하고 좋은 봄철.

편집을 마치고

● 봄이 된다, 봄이 된다 하더니 과연 복숭아꽃, 오얏꽃이 피고 노란 버들개지가 사면에 흐트러졌습니다. 그러나 이것도 얼마 아니 가서 변해 버리고 말 것입니다. 이 책이 여러분의 손에 들어가게 되는 때는 녹음과 방초°가 무르녹고° 말 것입니다.

그러나 여러분! 이번만은 용서해 주십시오. 항상 기한 안에 꼭꼭 내도록 한다고 한다고 하면서도 어쩔 수 없는 사정이 늦어지게 하고, 늦어지게 하고야 맙니다. 우리의 무성의라면 우리는 달게 그 꾸지람을 듣겠습니다마는, 만일 부득이한 사정이라면 여러분도 용서해 주실 줄 믿습니다.

● 이번의 편집이 늦은 것은 여러분도 아시는 바와 같이, 본사의 차상찬 군이 『개벽』 다음 호 준비차로 황해도에 갔다가 중도에서 친상°을 만나 시골에 돌아가고, 그 후에 박달성 군이 그 대신으로 떠나고, 본사와 같이 있는 천도교 기념관 안에 기자대회가 열리고, 또 게다가 기자 한 분이 병으로 한 열흘이나 결근하고. 그뿐입니까? 어린이날의 기념

● **방초** 향기롭고 꽃다운 풀.
● **무르녹다** 일이나 상태가 한창 이루어지려는 단계에 이르다.
● **친상** 부모상. 부모가 돌아가심.

준비가 있고 보니 어떻겠습니까. 불이야, 불이야 몰아쳐 한다는 것이 겨우 인제야 끝났습니다.

● 잘생기나 못생기나 눈코 뜰 새 없이 바쁜 중에도 여러분을 위하여 만든 이것이라 하면 여러분도 반드시 사랑하여 읽어 주실 줄을 믿으며, 혹 부족한 곳이 있다면 그는 위에서 말씀한 야단법석 중에서 못 미처 생각한 것으로 눌러보시기를[●] 바랍니다.

● 이번에는 물론 보시는 바와 같이 논문이 많이 실리고 취미 기사가 좀 적게 되었습니다. 게다가 은파리조차 벼르고 벼른 것이 그 법석 통에 그만 정신이 현황하여서[●] 아무 거리고 못 붙들고 그 대신 「일찍이 첩되었던 몸으로」라는 어느 여성의 고백문이 들어와서 흥미를 주는 동시에 많은 경고도 주리라고 생각합니다.

● 그리고 이번 호에는 전선[●] 각 여학교에 서신으로 물어서 「여학생 유혹에 대한 대책 여하」라는 것을 소개하여 다 각기 참고를 삼아 드리려 하였더니, 다 각기 바쁘신 탓인지 한 학교도 대답해 주신 곳이 없음으로 유감이지만 그대로 마쳤으며, 멀리 해외에서까지 글을 보내 주신 김승식 씨와 기타 글 보내신 여러분께 감사한 뜻을 올립니다.

_『신여성』1925년 5월호

● **눌러보다** 잘못을 탓하지 않고 너그럽게 보다.
● **현황하다** 정신이 어지럽고 황망하다.
● **전선** 전 조선.

490

편집을 마치고

● 4개월 동안이나 이 편집을 맡아 해 주시던 신 씨*가 돌연히 다른 지방에 가시게 되어 이번 6월호는 몹시 창황하게* 몰아쳐 편집되었습니다.

● 그런데 급히 하노라고 해놓은 것이 페이지에 몹시 넘치게 되어 모아 놓고 다시 뺀 것이 많게 되었습니다. 더구나 미리 광고한 중에서 빼게 된 것이 있는 중에 허정숙 씨의 「여름과 여자」와 손진태 씨의 「각 민족의 결혼 풍속」은 다음 호에 넣게 되었고 성서인*의 「애(愛)의 결혼에서 결혼애(結婚愛)로」는 어쩔 수 없는 사정으로 하여 아주 싣지 못하게 되는 것은 써 주신 이와 또 독자께 미안하기 그지없습니다.

자꾸 하는 말씀이나 원래 정해진 지면이 좁아서 풍기 문제에 관한 몇 가지를 넣게 되니까 남는 지면이 많지 못하여 내용이 골고루 짜여지지 못한 것은 이번 호의 흠점*일 것입니다. 그러나 그것은 어쩔 수 없는 일이고 돌이켜 다른 호와 특별한 점이라고 생각할 수 있으면 다행이겠습

● 신 씨 신영철. 아동문학가, 언론인.
● 창황하다 미처 어찌할 사이 없이 매우 급작스럽다.
● 성서인 방정환의 필명.
● 흠점 부족하거나 잘못된 점.

니다.

● 별로이 이 책에 광고한 바가 있으니까 보시고 아시려니와 금년에도 음력 5월 단오일에 서울 동대문 밖 상춘원에 부녀 원유회를 열기로 하였습니다. 녹음 돋는 여름 동산에 가지가지의 유흥거리를 준비하여 『신여성』애독자이신 부인과 여학생께 하로●의 위안을 충분히 드릴 일을 힘써 장만하겠습니다. 물론 입장은『신여성』독자이신 부인과 여학생께만 합니다.

● 살림에 쫓기고 또 붙잡히어 1년의 세월이 다가도 하로 한 날 마음을 쉬지 못하는 부녀께 이날 하로라도 부인뿐만의 유쾌한 회합과 즐거운 시간을 지어 드리자 하는 것이니, 되도록 아시는 분께 광고해 주셔서 한 분이라도 더 동행해 오시기 바랍니다.

끝으로는 지방 독자를 위하여서도 이러한 일을 계획할 수 있을 때가 오기를 바랍니다.

_『신여성』1925년 6·7월호

●하로 '하루'의 사투리.

편집을 마치고 나서

● 이럭저럭하다 가나니 벌써 7월 달이 반이나 갔습니다. 전년보다 철이 늦은 까닭인지 벌써 7월 달!

매아미*도 요란히 울 듯한 시절입니다마는 아직껏은 그리 많이 들리지 않습니다. 아니 별반 듣지 못했습니다. 아마 이 책이 여러분의 손에 쥐이게 되는 때는 요란한 매아미의 노래가 여러분의 고막에 부딪혀 울 줄 압니다.

● 이번 호는 될 수 있는 데까지 전심전력을 다하여 여러분의 마음에 들게 하노라고 어지간히 애는 썼습니다. 그러나 어떠할는지는 모르겠습니다. 그런데 여러분이 보시는 바와 같이 이번 호는 여자 단발 문제를 중심 삼아 가지고 이제까지 몇 천 년 동안 아무 의의 없이 긴 머리를 가지고, 남자가 보기 좋게 남자의 노리개의 장식품으로, 미가 아닌 미에 여자의 전 노력을 다하여 왔던 그 머리! 그 머리가 과연 앞으로도 그대로 계속할는지? 또 이제 그 머리를 잡는다면 어떻게 될는지는 적어도 우리 부인에의 큰 문제이요, 따라서 지금까지의 우리 생활의 큰 변천이라고 생각합니다.

● 매아미 '매미'의 사투리.

그래서 이 문제로 많은 여학생을 지도하시는 각 여학교 책임자 제씨와 사회 각 유지 제씨의 여러 가지 각각 다른 의견을 듣게 되었습니다. 여러분께서도 물론 많은 흥미를 가지시고 보실 줄 압니다. 또 앞으로는 우리 살림에 새로운 변화가 있으리라고 믿습니다.

● 또 한 가지 하기방학에 대한 것이 있습니다. 서울 안에 있는 일곱 여학교의 일곱 학생이 고향에 돌아가 사랑하는 고향에 끝없는 환희와 어여쁜 포부를 가지고, 우리 여자계와 우리 모든 살림에 어떤 큰 선물을 줄는지? 하는 생각으로 그들의 새로운 이상을 들어 여러분께 소개합니다.

이 책이 여러분의 손에 들어가는 때에는 그분들은 자기의 포부를 다 좇아 가지고 여러분의 고향을 위하여 큰 노력을 하시고 있을 줄 압니다. 그분들 위에 큰 성공이 있기를 빕니다.

● 또 될 수 있는 대로 더운 때 보시는 것이기 때문에 납량 호로 하여 보려고 취미 기사를 많이 넣노라고, 몇몇의 지나간 여름의 추억과 그 외에 여러 가지를 넣었습니다. 또 세계적 맹시인* 예로센코*(로서아*)의 지나간 생활을 기록한 것을 넣었습니다.

더우신데 서늘한 나무 밑에서 재미있게 보실 줄 믿습니다.

여러분! 더위에 부대* 안녕히 계시기를 바랍니다. 또 앞으로 많이 사랑하여 주시기를 빕니다.

_『신여성』 1925년 8월호

● **맹시인** 맹인 시인.
● **예로센코** 러시아의 동화작가, 맹인 시인, 아나키스트 바실리 예로센코(1890~1952).
● **로서아** '러시아'의 음역어.
● **부대** '부디'의 사투리.

편집이 끝난 뒤에

● 서늘한 가을바람이 창으로 쏟아져 들어옵니다. 모시옷도 집어넣고 백이옷 입는 때가 왔습니다. 세월은 시냇물 흐르는 것보다도 빨리 잘도 흘러갑니다. 철이 바뀌는 시절에 있어서 여러분의 건강을 빕니다.

● 글자와 글자가 모이고 종이와 종이가 합하여 이 사람 글 저 사람 글 모이고 나서 한 껍질을 쓰고 나가는 것이 잡지입니다. 그 잡지라는 그것이 여러분 앞에 나아갈 때는 쉽살스러운● 물건 같으나 사실 여러 사람의 손을 거치는 것이기 때문에 그리 쉽게 곧 못 나가는 것만이 심히 유감입니다.

그러나 이 『신여성』을 위하여 붓대를 들어 주시는 여러 선생님께서는 독자 여러분께 다소간의 이익이라도 끼쳐 드릴까 하여 무한히 애를 쓰십니다. 이 책이 여러분 앞에 나아갈 때 비록 진, 선, 미 한 책이 못 되더라도 그 성의의 열매가 꼭 여러분에게 얼마간이라도 이익을 끼쳐 드릴 줄 압니다.

또 글 써 주신 여러 선생님께 감사를 드립니다. 언제나 온갖 성력●을 다하여 잘 만들어서 여러분 앞에 내어놓으려고 하나 어쩐지 하여 놓고 보

● **쉽살다** 매우 쉽다.
● **성력** 정성과 힘을 아울러 이르는 말.

니 또 미비한 점도 없지 않아 있는 듯합니다.

많이 사랑하여 주시고 앞으로 많이 지도하여 주시기를 바랍니다.

_『신여성』 1925년 10월호

편집을 마치고 나서

● 편집을 겨우 끝내고 다시 여언[●]을 쓰게 되니 또 무슨 말씀을 드릴는지 알 수 없습니다.

그런데 신년에 과세[●] 안녕히 하셨습니까? 사[●] 일동은 독자 여러분의 축수[●] 가운데에서 잘 지냈습니다. 또 하던 말씀을 되풀이하게 됩니다마는, 신년부터는 『신여성』을 더욱이 사랑하여 줍시사고 하는 이 말씀입니다.

● 사랑해 줍시사는 것은 그저 무턱대고 드리는 말씀이 아니옵고, 신년부터는 『신여성』에 더욱 편달을 더하여 달라는 말씀입니다.

잘못이 있거든 책망하여 주시고, 또 잘하는 것이 있으면 추어 주셔서 더욱더욱 장려하여 주십사 하는 말씀입니다.

● 그리고 여가 계신 대로 틈틈이 투고를 많이 하여 주십시오. '독자문단'에 많이 기고하여 주시되, 될 수 있는 대로 꼭 언문으로 하여 주시되, 여성에게 유익한 글과 문예를 많이 써 보내 주시기를 바랍니다. 그

● **여언** 후기.
● **과세** 설을 쇰.
● **사** 회사. 여기서는 '개벽사'를 가리킨다.
● **축수** 두 손바닥을 마주 대고 빎.

리고 본사 원고용지를 써 주십시오. 편집상 관계로 인하여 그리하오니 꼭 원고지에 써 주십시오.

● 그러시고 지방에서 일어나는 여성에게 관한 유익하고 취미 있는 소식을 많이 보내 주십시오. 그리하여 우리 여성끼리 서로서로 멀리서 소식을 듣고 이야기하도록 하여 주십시오. 우리는 이 '지방 통신'란을 존중히 알고 여러분 계신 곳에 좋은 소식을 자주자주 전하여 주시기를 바랍니다.

● 마지막으로 또 부탁 비스름한 말씀을 드립니다. 올해부터는 더욱 많이 독서하시기를 바란다는 그 말씀입니다. 마음에 굳게굳게 작정하시고 책을 많이 읽어 주십시오. 그리하여 여러분의 머리 가운데 더욱 많이 지식을 길러 넣으시기를 빕니다.

_『신여성』 1926년 2월호

편집을 마치고 나서

● 이번 3월호의 편집은 매우 바빴습니다. 적은 사람으로 많은 일을 하려니까 언제든지 바쁜 것이 사실입니다. 그런 중에도 3월호를 편집하는 2월 달은 특히 다른 달보다 사흘이나 적고 음력 명절이 끼인 까닭에 더구나 바빴습니다. 그러므로 기사의 내용도 다소 만족치 못한 느낌이 없지 않습니다.

● 4월호부터는 내용을 전부 혁신하게 되었습니다. 기사의 선택은 물론이거니와 재료도 풍부하게 하고 문법도 평이하게 하며 또 조선문을 본위로 하여, 누구든지 다 재미있게 읽을 만하게 되겠습니다. 여러분 독자는 더욱 애독하여 주시려니와 널리 선전하여 주기를 바랍니다.

● 전에도 항상 하던 말씀이올시다마는 여러분은 틈이 계시고 기회가 계신 대로 투고를 많이 하여 주십시오. 문법은 아무쪼록 평이하고 또 전부 조선문으로 써 주십시오. 한문을 섞어서 써 주시는 글은 대단 미안하고 유감이지마는 기재치 아니하겠습니다. 더욱이 '독자 문단'과 '지방 통신'에 많이 투고하여 주십시오.

● 신년호도 일반의 대호평으로 절판이 되었지마는 2월호는 발행한 지 불과 7일에 아주 절판이 되어 주문하시는 이가 날마다 쇄도하되 수응치* 못하였습니다. 편집자는 일방으로 반가워하는 동시에 또 미안한

생각이 없지 않습니다.

● 붓을 던지고 창밖을 바라보니 벌써 버들 빛이 누릇누릇합니다. 참 빠른 것은 세월이올시다. 얼마 아니 하면 또 꽃이 피고 새가 노래하겠습니다. 여러분은 무슨 준비를 가지고 이 양춘가절*을 맞으시렵니까? 옛 3월을 생각하고 이 3월을 맞이하니 참으로 감개무량합니다.

_『신여성』 1926년 3월호

● **수응하다** 요구에 응하다.
● **양춘가절** 따뜻하고 좋은 봄철.

편집을 마치고서

● 꽃은 웃고 새는 노래합니다. 우리 『신여성』 잡지는 이 양춘가절[●]인 4월을 기회로 하여 내용을 일신하게 쇄신하고 확장하는 동시에, 특히 여학생 여러분을 위하여 '여학생 호'를 발행하게 되었습니다.

● 예정하기에는 남이 한 번을 놀랄 만하게 잘하여 보려고 하였습니다마는, 세상의 일이란 원래에 다 여의하게[●] 되는 것은 아닙니다. 본지의 책임 기자로 새로 오시는 신영철 씨와 박경식 씨 두 분이, 보시던 학교의 일을 아직까지 마치지 못한 까닭에 본래에 있던 그 사람뿐으로 전과 같이 총총히 편집을 하게 되니 여러 가지의 불만족을 느끼게 되었습니다.

● 그러나 이번 호는 여학생 호이요 따라서 여학생 여러분의 생활 만반을 글로 그림으로 사진으로 유루[●] 없이 기재한 까닭에, 비교적 내용이 풍부하고 재미가 오글오글합니다.

● 그중에도 「학교 당국자의 가정에 대한 희망」과 조백추 씨의 「기숙사 생활의 내막」과 신식 씨의 「시골 아버지를 대신하여 서울 유학하는

● **양춘가절** 따뜻하고 좋은 봄철.
● **여의하다** 일이 마음먹은 대로 되다.
● **유루** 빠짐. 빠져나가거나 새어 나감.

딸에게」라는 글과 또 「외국 여학생의 생활 상태」「경성 여류 선생의 학생 시대」라는 기사는 참으로 참고거리가 많고 흥미가 진진합니다.

● 어찌하였든 이번 호는 누구나 한번 볼만합니다. 여학생이나 남학생은 물론이고, 학부형과 학교 당국자의 큰 참고거리가 많고 구가정의 부인까지라도 한번 읽을 만합니다.

● 이번 호도 그러하거니와 내월 호부터는 새로운 기자의 새로운 활동과 새로운 필법과 새로운 편집으로 내용이 일층 더 재미있고 풍부하여 여러분도 재미 많은 환영을 받을 줄로 믿습니다. 많이만 보아 주시옵소서.

● 이번 호에 기재하기로 예정하였던 「경성 명물인 탑골공원 돌탑의 신세타령」과 박달성* 씨의 「팔도강산을 돌아다니고 와서」의 계속문*은 페이지 수의 관계로 기재치 못하고 이다음으로 밀게 되었습니다. 최후로 인사의 말씀을 드립니다.

_『신여성』 1926년 4월호

● 박달성(1895~1934) 천도교인, 『부인』『신여성』 편집인 겸 발행인.
● 계속문 시리즈.

편집을 마치고서

● 만산[*]에 어린 잎사귀는 제멋대로 제힘대로 자라나고 푸르러 갑니다. 따라서 우리 사람에게도 무슨 힘이 나는 듯, 기운이 나는 듯 한 이때입니다. 우리 사원 일동도 가장 왕성한 원기와 새로운 기분을 가지고 이번 6월호를 가장 재미있게 편집하여 본다고는 하였건만, 세상에는 일이 많고 기자 중에는 여행 간 이, 병든 이가 있어서 역시 뜻대로는 못 되었습니다.

● 그러나 이번 호 기사 중에 여러분에게 가장 유익하고 흥미 있고 참고가 될 것은 「자녀에서 연애 관계가 생긴 때 부모로서 취할 태도」라는 것과 「남편에게 대하여 사모하는 점」이라는 이 두 문제인가 합니다. 위 문제는 신구 가정의 부모 되시는 이와 일반 사회 유지의 높으신 의견을 실지로 들은 것이오, 아래 문제는 지명할[*] 만한 신식 가정의 부인들에게 실지로 말을 듣고 직접으로 붓을 잡아 얻은 것입니다. 여러분에게 잘 읽어 주시기를 바라며 아울러 바쁘신 중에도 말씀해 주시고 글 써 주신 여러분께 깊은 감사를 드리어 둡니다.

● 그 외에 '독자 회화실'과 '여성계 소식'의 두 가지는 이번이 첫 번

● **만산** 온 산에 가득함. 또는 그런 산.
● **지명하다** 이름이 널리 알려진 상태이다.

인 만큼 퍽 흥미가 있으며, 문예란으로 가서 「사랑의 왕국으로」라는 그림 이야기도 이것이 우리 잡지계에서 첫 시험인바 그림이 아주 곱고 이야기가 퍽이나 깨끗하여, 누구나 한번 읽을 가치가 있다고 생각합니다.

● 그러나 한 가지 미안한 것은 그 역시 이번부터 시작한다는 '지상 강좌'와 '독자 문예'를 게재하지 못하게 된 것입니다. 강좌는 그것을 써 주시려던 어느 선생이 부득이한 사고로 인하여 연기케 되었고, '독자 문예'는 모든 기한을 10일로 하였기 때문에 5월호 본지가 나간 후 일주일도 채 못 되어서 여러분으로 별로 응모할 틈도 없었고, 다소 투고하신 분이 있었으나 편집실에서 그를 고선할* 사이가 없어서 역시 이다음 호로 밀게 되었습니다. 이다음 호에는 강좌도 반드시 게재할 것이요, '독자 문예'도 꼭 실어 드리겠사오니 많이 투고하여 주시기를 간절히 바랍니다.

● 끝으로 여름 동안에 여러분의 건강을 빌며 더욱 애호하여 주시기를 아울러 바라고 이만 그칩니다.

_『신여성』 1926년 6월호

● **고선하다** 여럿 가운데에서 자세히 검사하여 골라 뽑다.

편집을 마치고

● 단오가절[*]도 이미 지나가고 녹음이 무르녹은[*] 여름철이 왔습니다. 농가에는 일이 바쁘고 학교에는 시험이 바빠 오는 때가 왔습니다. 아무려나 인생은 바쁜 가운데에 살맛이 있는 것도 같습니다. 7월호의 편집도 마치기는 6월 중순의 이때이지만 이 책이 세상에 나오게 되기는 한창 더위가 사람을 못 견디게 굴 때가 될 것 같습니다.

● 이번 일은 말씀 아니 해도 다 알으시겠지만 □□때 천도교당 안에서 ○○선언서[*] 발견으로 본사 사원까지 거의 전부가 경찰서에 신세를 끼치게 되고, 본지 담임 기자 한 분은 마침 시골에 내려가고, 한 분은 앓아누우시어, 한참은 잡지 편집이고 무어고 될 것 같지를 아니하더니 그래도 원래 엉터리없는[*] 검거라 무사히 나와서 일을 하게 되었고, 본지 담임 기자도 역시 모여서 이번 호를 편집하게 된 것입니다. 여러분은 험난 중에 출생한 이번 호를 더 사랑하는 뜻으로 읽어 주십시오.

● 이번 호는 될 수 있는 대로 여름 기분을 좀 나타내 보려고 애썼으

● **단오가절** 단오 명절.
● **무르녹다** 일어나 상태가 한창 이루어지려는 단계에 이르다.
● **○○선언서** 3·1운동 때 읽은 '독립선언서'.
● **엉터리없다** 정도나 내용이 전혀 이치에 맞지 않다.

나 원래가 그 시끄럽고 바쁜 중에 편집한 것이라, 애는 쓴다고 썼지만 어찌나 되었는지 모르겠습니다. 아무러나 「외국의 여름」, '평론' 중의 두어 문제, '녹창 토론' 같은 것은 서늘한 그늘 밑에서 시원한 맛을 느껴 가며 읽을 만하리라고 생각합니다.

그리고 연다 연다 하던 '지상 강좌'도 이번부터 시작하게 되었습니다. 처음에는 좀 재미없을 것 같지만 읽어 내려갈수록 재밌고 유익한 것이 많게 되어 갑니다. 끝까지 읽어 주시며, '독자 문예'는 그 난리 통에 도무지 고선할* 여가가 없어서 미안하기가 여간이 아니지만, 또다시 이 다음 호로 밀어, 오는 8월호에는 특별히 훌륭한 독자의 문예를 한번 많이 실어 볼 작정입니다. 염려 마시고 많이많이 투고하시기를 다시 원하여 둡니다.

● 그리고 이번 호부터는 오래 본지를 위하여 활동하다가 시기가 차고 여러 가지 사정이 있어서 결근 상태에 있던 '은파리'도 때 만난 이 여름철부터 다시 대활동을 하게 되었습니다. 그의 성적이 어떤가 기다려 보십시오.

끝으로는 이 덥고 더운 여름철에 여러분은 오직 건강을 보중하시며 시원하고 재미있이 별별스럽게 꾸미려는 8월호나 기뻐히 기다려 주시기를 바랍니다.

_『신여성』 1926년 7월호

● 고선하다 여러 가운데에서 자세히 검사하여 골라 뽑다.

편집을 마치고

● 조선에서 음력으로 6, 7월이 되면 해마다 장맛비가 와서 큰물이 나는 것은 거의 예사가 되어 있습니다. 편집을 마치는 오늘도 끊일 새 없는 큰비는 함박*으로 퍼붓는 듯이 자꾸만 내립니다. 작년 이때, 전에 없던 큰물로 연강* 일대의 남녀 동포들이 참혹한 재앙을 당하던 옛 광경을 다시 기억하며, 한편으로는 오늘 오는 큰비를 걱정하며 이번 호의 편집을 마치게 되었습니다.

● 한 열흘만 지나면 그때에는 이 장마도 끝을 짓고 깨끗한 몬지*와 진흙을 씻쳐 내려간 산천에는 새 빛 새 기운이 돌아 오고, 푸른 나무 짙은 그늘에는 매암이 소리가 요란할 것입니다. 그때이면 본지도 틀림없이 여러분의 손에 들어가게 되는 동시에, 이것을 읽으심으로 인하여 다소라도 더위를 잊으실 수가 있으리라고 믿습니다.

● 이번 호는 예고와 같이 '여학생 방학 호 겸 농촌 부인 호'로 하게 되어 모든 기사도 그 양쪽에 힘을 들여 모은다고 모았으나 더운 관계, 비 온 관계, 바쁜 관계, 손이 적은 관계로 하여서 반드시 여러분의 마음

● **함박** 함지박. 통나무의 속을 파서 큰 바가지같이 만든 그릇.
● **연강** 강가를 따라서 벌여 있는 땅.
● **몬지** '먼지'의 사투리.

에 맞게 되었으리라고는 믿기가 어렵습니다. 그러나 우리는 항상 자기의 힘과 정성 있는 대로 다 기울여서 바치는 것만을 속임 없이 자백하오니 여러분도 그 뜻을 양해하시고 끝끝내 사랑하여 읽어 주시기를 바랍니다.

● 특별히 '농촌 부인 선도책'에 대한 의견을 신흥우* 씨 외 여러분께 바쁘심도 불고하고* 말씀해 주신 것을 들어 왔으나, 페이지상 관계로 넣지 못하게 되었으며, '하기방학의 외국 여학생 생활'도 그렇고, 유영준 씨의 주신 원고도 그랬사오니 무엇이라고 미안한 뜻을 표할 수가 없으며, '독자 문예'도 너무나 발표한 것이 빈약하게 되었으나 모두 부득이한 사정이오니 그리 알아주시기를 바랍니다.

● 요다음 9월호는 '신추 특별호'요, 겸하여 '4주년 기념호'로 여러분께 만족을 드릴까 하오니, 이 방학 시기를 이용하시어 산과 바다에서 고향과 명지에서 얻은 생활기와 감상, 기타 여러 가지 투고를 많이 하여 주시고, 다음 호가 나올 때까지 여러분의 건강만 심축하나이다.*

_『신여성』 1926년 8월호

● 신흥우(1883~1959) 기독교인, 독립운동가, 사회운동가, 정치가.
● 불고하다 돌아보지 아니하다. 무릅쓰다.
● 심축하다 진심으로 축복하다.

편집을 마치고

● 때는 고요하여 오고 침착하여 올 가을철이언만 우리 개벽사에는 한바탕의 폭풍 폭우가 지나간 듯 일시에 소요하고* 말았습니다. 그것은 지금까지 본지와 자매같이 한곳에서 커 나오던 『개벽』 잡지가 발행금지라는 참혹한 운명을 만나게 된 것이었습니다. 아무려나 혼란한 심리에 가라앉은 마음으로 일할 수 없는 것만은 사실이었습니다.

● 게다가 지리하던 장마에 또다시 폭폭 찌는 더위! 팔자 좋은 친구들은 절로 바다로 피서를 가네, 강으로 들로 산보를 나가네 하지만 우리는 그 폭풍의 끝, 그 장맛비 속 더위 속에도 분함을 참으며, 빈대와 모기와 비와 더위와 싸워 가며 일을 하지 아니하면 안 되게 되었습니다.

● 그래 죽도록 이를 악물고 한다고 한 것이 그래도 이런 사정, 저런 사정 해서 지난 8월호도 인쇄가 좀 늦게 되고, 이번 9월호도 3주년 기념호로 좀 면목이 한번 번뜻하게 꾸며 보겠다고 미리 예산했던 것이 그만 또다시 본의대로 아니 되고, 편집도 그동안보다는 좀 늦게 되었습니다. 모든 사정을 용서해 주시오, 할 수밖에 없습니다. 앞으로는 있는 힘을 더 짜내어 기어코 그럴듯한 잡지를 만들어 놓고야 말 터이니, 오직 여러

● 소요하다 여럿이 떠들썩하게 들고일어나다.

분의 사랑하심과 도와주심이나 끝끝내 바랄 뿐입니다.

● 요전 호에 대하여 한마디 더 사과하여 둘 말씀은, 추천 씨의 「약한 여자와 노동계급의 기원」이라는 계속문*이 날 것인데 당국의 저촉에 당하여 삭제된 것을 총망* 중에 사고*도 못 하여 드리고 만 것은 오직 섭섭하고 미안할 뿐입니다.

● 이번 호는 기념호이기 때문에 내용을 좀 너저부러하게* 재미있게 해 보려고 하여 취미 기사를 좀 많이 싣게 되었습니다. 그러나 실익의 기사도 보통 때보다는 더 많이 실었사오니 그리 아시고 보아 주소서. 또 다시 유감인 것은 '독자 문예'를 부득이 또 싣지 못하게 된 것입니다. 좀 더 많은 투고와 좋은 투고를 하셨으면 하고, 펜을 놓으며 서늘하여 오는 가을철에 여러분 독자의 건강을 다시 비나이다.

_『신여성』 1926년 9월호

● 계속문 시리즈.
● 총망 매우 급하고 바쁨.
● 사고 회사에서 내는 광고.
● 너저부러하다 너저분하다. 질서가 없이 마구 널려 있어 어지럽고 깨끗하지 않다.

편집을 마치고

여러분! 과세[*] 안녕히 하셨습니까? 이 기꺼운 새해 인사를 나는 『신여성』 잡지에서 여러분께 드리게 된 것을 한이 없이 기뻐하고 있습니다.

여러분! 이렇게 여러분! 하고 불러 보는 소리에도 자별한 정이 넘치는 것을 스스로 금하지 못합니다. 지나간 날에 그렇듯 열렬히 성원해 주시던 여러분 휴간 중에도 그치지 않고 재간[*]을 재촉해 주시던 그 열렬한 지지자인 여러분의 두터운 사랑을 생각할 때 우리는 이제 이 속간호를 밤새워 준비하고 이렇게 여러분에게 오래간만에 참말로 오래간만에 인사를 드리게 되는 것이 남이 못 할 큰일을 하고 나서는 것처럼 마음이 그뜩한 것을 느낍니다.

아무렇거나 우리와 여러분의 『신여성』은 다시 살아났습니다. 이제는 이 잡지를 어떻게 좋은 것을 만들어 가겠느냐 하는 것이 여러분과 우리의 일입니다. 잡지를 좋은 잡지로[*] 서에 적어서 편집자에게 보내 주시는 것하고 또 하나는 동무에게 소개해 주시고 권고해 주셔서 독자를 늘

● **과세** 설을 쉼.
● **재간** 두 번째로 간행함.
● 잡지의 훼손으로 "잡지로"에서 "서에" 사이 2행 정도(떼어쓰기 포함 28자 정도)의 글을 확인할 수 없다.

려 주시는 것입니다.

잡지의 잘잘못을 편집자에게 말하기를 미안하게 아시는 이가 많으나 실상 편집자는 항상 그것을 듣기 원하고 있습니다. 독자의 요구가 없으면 언제까지든지 편집자의 비위에만 맞는 잡지대로 있게 되는 것입니다. 아무쪼록 좋고 그른 점 즉 독후감을 많이 적어 보내 주시기를 간절히 바랍니다.

잡지뿐 아니라 무슨 인쇄물이든지 수가 많을수록 인쇄 비용이 싸집니다. 독자가 늘면 인쇄 비용이 싸지는 고로 싸지는 그만큼 잡지를 더 크게 더 좋게 더 싸게 할 수 있습니다. 잡지를 사랑하시면 물질적 응원보다도 독자를 한 사람이라도 늘려 주십시오. 간절히 이 두 가지를 원해 둡니다.

_方, 『신여성』 1931년 1월호

편집을 마치고

● '『신여성』이 없어서'·'『신여성』이 모자라서' 주문은 밀려들고 책은 없어진 지 오래고……. 영업국은 1월 상순부터 볶이어졌습니다.

● 경성 시내 각 책점*을 모조리 훑어 들여도 겨우 80여 부, 전선* 각 지사 분사에 통지하여 아직 안 팔리는 책을 걷어 들여도 겨우 40여 부, 그래도 주문은 자꾸 밀려들어서 '이 형세면 재판 인쇄하라.'고 인쇄소로 쫓아가니, 벌써 죄다 판을 헐어 버린 후여서 그것도 못 되고……. 하는 수 없이 1월 ○일 이후에 주문에는 두었다가 2월호를 보내기로 하였습니다. 이 사정을 짐작하시고 주문해 놓고 책 못 받으신 분은 용서하십시오.

● 책이 다 팔리는 때가 한두 번이 아니나, 미리 많이 박은 그 많은 부수가 단 7일 만에 없어져서 20여 일을 주문에 졸려 지내기는 우리로도 참말 예상 밖이었습니다. '신여성부'의 사람들은 원기 백배 가지가지의 묘안이 제출됩니다. 그리고 기자를 더 증원하여 큰 활약을 기하고* 있습니다. 독자 제씨도 이때에 한층 더 힘 있게 응원하여 주시기를 바라고

● **책점** 서점.
● **전선** 전 조선.
● **기하다** 이루어지도록 기약하다.

있습니다.

● 잡지가 많이 팔리는 것을 기뻐하는 것은 한때의 정*으로만이 아니요, 잡지를 많이 팔도록 애쓰는 것은 결코 상업 심리로만 그러는 것이 아닙니다. 유익한 잡지면 한 사람에게라도 더 읽히자는 것과 동시에 같은 책값으로 책 그것을 더 크게 더 좋게 하자는 것이니, 잡지는 많이 박을수록 인쇄비가 싸지는 까닭입니다. 일본 잡지보다 조선 잡지는 비싸다고 하지마는 그것은 독자가 많은 그만큼 인쇄비가 싸게 먹고, 우리 것은 독자가 적어서 비싸게 먹는 까닭입니다.

● 독자를 늘려 주십시오. 아시는 분에게 만나시는 족족, 또 편지로라도『신여성』을 권해 주십시오. 그리하여 부수가 늘어 가며 정가를 올리지 않고, 페이지를 늘릴 수도 있고 더 좋은 계획을 할 수도 있어서, 여러분의『신여성』이 여러분을 위하여 더 좋은 책이 될 것입니다.

● 그리고 읽고 싶으신 기사가 있으면 이러이런 기사를 실어 달라고 적어 보내 주십시오. 어떤 어떤 기사는 재미 적다고 일러 주십시오. 기자들은 제일 그것을 바라고 기다리고 있습니다. 그래야 여러분의 비위에 꼭 맞는 잡지를 만들 수 있는 것입니다. 이것은 예사 투로가 아니라 간절히 바라는 것입니다.

_方,『신여성』1931년 2월호

●정 마음.

편집을 마치고

●『신여성』은 2월호도 다 팔리고 또 모자라서 늦게 주문하신 분에게 미안하였습니다. 이렇게 늘려 박아도 자꾸 모자라는 잡지를 또 값을 내려서 이달 치부터 20전으로 내렸으니 뛰는 용마*에 채찍을 더한 폭입니다.

●『신여성』을 값을 내린 것은 신여성이 부수가 많아지는 까닭하고, 『혜성』이란 잡지를 160페이지나 되는 큰 책을 단 30전에 발매하게 되어, 그것과 균형이 잡히게 할 필요로 그리한 것입니다. 그래도 아직 그리 싼 것이 아닙니다. 여러분이 더 널리 아는 이에게 권고해 주셔서 책이 이 기세로 점점 늘어 가면 100페이지 15전에 할 수가 있겠습니다. 좀 더 한 사람씩에게라도 권해 주시기 바랍니다.

이것은 억지로 책 수만 늘리자는 것이 아니라 자기가 읽어 유익한 책은 남에게 권고하는 것이 한 가지의 의무인 까닭입니다.

●『신여성』이 20전으로 내리는 통에 재미있기로 천하에 제일인 『별건곤』 잡지 50전이던 것이, 놀라지 마십시오. 단 5전으로 내리었습니다. 값이 변할 뿐 아니라 책 맵시가 온통 변하고 내용이 몹시 쉬워서 아무라

●**용마** 매우 잘 달리는 훌륭한 말.

도 재미 붙여 읽고 세상을 알 수 있게 되었습니다. 독특한 편집, 추리고 골라서 30여 가지 기사를 싣고 단 5전이니 이것이야말로 개벽사가 아니면 꿈도 꾸지 못할 일입니다. 좌우간 20전에 종전대로 5전만 디하여 『별건곤』도 보내라 하셔서 우선 한번 구경을 해 보십시오. 이렇게 훌륭한 것이 어떻게 5전 값에 할 수 있느냐고 놀래실 것입니다.

● 개벽사에서 『혜성』 잡지가 새로 또 나왔습니다. 이 책에 있는 광고를 보아 주십시오. 기다린 지 오래된 것인 만큼 인기가 굉장한 것입니다. 집안 집안에 한 권씩 반드시 대여 보셔야 할 것인 것을 단언할 수 있습니다.

_方, 『신여성』 1931년 3월호

편집을 마치고

● 이 책이 여러분의 손에 쥐어질 때는 벌써 꽃이 만발한 때겠습니다. 꽃밭까지 찬란하게 꾸며 놓으려는 것이 이 책 꾸밀 때의 생각이었습니다마는 날짜가 늦어지게 되어 뜻대로 못 되었을 것을 미리 말씀해 둘밖에 없습니다.

● 이렇게 말은 하지만 실상은 이번 책 내용을 전혀 모를 만큼 나는 병으로 누워서 아무 노력도 하지 못하였습니다. 전 호에 쓰기 시작한 것의 계속도 쓰지 못하여서[*] 미안하기 한이 없습니다. 일간 어데로 쉬러 갈 요량이매 쉬는 동안에 계속 원고는 좀 써질 것 같습니다.

● 미안한 말씀을 한 대신 반가운 소식을 말씀하지요. 신여성부에 새로이 송계월 씨가 입사하였습니다. 여학생 시대부터 씩씩한 활동이 많아서 신문지상으로 이미 여러 번째의 기억이 여러분께도 있을 줄 압니다마는, 이 새로운 일꾼을 더 맞이하여 『신여성』의 활약이 더한층 새로워질 것을 여러분과 함께 기뻐하여 마지않습니다. 5월호! 5월호! 금상에 또 첨화 5월호를 즐거이 기다려 주십시오.

_方, 『신여성』 1931년 4월호

● 「살림살이 대검토 1」(『신여성』 1931년 3월호)에 이어서 2편을 쓰지 못했다. 2편은 『신여성』 1931년 6월호에 실렸다.

편집을 마치고

● 온갖 지저분한 것을 다 씻어 흘려 버리고 목욕하고 나오는 미소년 같이 어여쁘고 씩씩한 5월이 우리를 찾아왔습니다. 구름 한 점 없이 깨끗한 한울* 그것은 5월 한울입니다. 이 깨끗한 한울에 행복이 가득 차 있는 것처럼, 거룩하고 찬란한 햇볕 그것은 5월 햇볕입니다. 그리고 눈이 부시는 신록, 신생*의 기쁨을 노래하는 축복된 신록, 그것도 이 5월 달이 가져오는 감사한 선물입니다.

그러나 건강을 잃고서 조용히 쉬일 곳을 찾으면서 붓으로만 이런 5월의 기쁨을 쓰고 앉았는 마음은 한이 없이 쓸쓸합니다. 행여 동정해 주시는 마음으로 잡지 집필에 게으름을 용서하여 주시면 할 뿐입니다.

● 5월호 또 늦어져서 미안합니다. 그러나 한 달 치만이라도 아무렇게나 속히만 몰아치려도 마음이 미안하여 못 그러는 고로 더 속히 되지를 못합니다.

_方,『신여성』1931년 6월호

● 한울 천도교에서 '하늘'을 달리 이르는 말.
● 신생 새 생명. 새로 태어남.

편집을 마치고

● 벌써 하기방학이외다. 이 책이 여학생들의 손에 쥐어질 때는 벌써 귀향할 봇짐을 꾸릴 때겠습니다. 하기방학을 당할 때마다 우리의 안타까워지는 마음 그것은 이 하기방학 40일 동안이 조금이라도 더 조선에 유익하게 쓰여지기를 바라는 한 가지뿐입니다.

● 조선의 새로운 일꾼이 누구냐? 그것은 이 어려운 처지에서도 선발되어 공부하고 있는 학생들이요, 그 학생들이 고향의 민중과 접촉할 수 있는 기회라고는 이 방학 동안밖에 다시없는 까닭입니다. 방학 때에 흩어져 돌아가는 학생들의 발자취는 전 조선 방방곡곡 조선 사람이 사는 곳치고 아니 미치는 곳이 없으며 만나지 못할 사람이 없습니다. 그러니 이들이 가는 곳마다 만나는 이마다 한뜻을 전하고 한 일을 하고 온다면 그 힘이 어떻게 클 것이겠습니까?

● 고향에 돌아가는 남녀 학생들의 단 한 사람이라도 이 노력에 빠지지 말자, 게으르지 말자, 그리하는 데에 조금이라도 필요한 물건이 되도록 꾸미노라고 한 것이 이 책입니다. 여름은 괴로운 때나 그러나 우리가 이 사명을 잊을 수 없는 몸이매 한시도 게으를 수 없습니다.

● 결코 큰일만이 일이 아닙니다. 억지로 크게 벼르지 마십시오. 자기 힘으로 할 수 있는 조고만 일에 충실히 노력하는 것이 가장 효과 있는 일이요 큰일입니다.

_方, 『신여성』 1931년 7월호

3부

『별건곤』

대경성 백주* 암행기 (1)

─제1회 1시간 사회 탐방

사회는 움직인다. 시시각각으로 움직인다. '대경성의 움직이는 현상을 박혀 모으라!' 동원령 일하!* 기자 일단은 5대로 흩어졌다.

때는 11월 15일의 오후 2시에서 3시까지.

기자: 송작(松雀), 춘파(春坡), 석계(石溪), 파영(波影), 기암(磯岩).

1일의 사회상을 앉아서 보고 온 신문사의 1시간

어데를 가면 힘 덜 들이고 좋은 기사를 얻어 올까. 외투에 단장을 끌고, 여럿 틈에 끼어서 사문*을 나설 때,

'옳다! 애쓰고 길거리로 다닐 것 없이 가까운 신문사에 가서 신문 짜는 구경을 하고 오면, 편하고도 칭찬받을 만한 기사가 되리라.'고 마음에 작정을 하니 "어데를 간담─." 하고 사문 앞에서 남으로! 북으로! 하

---

* 기획 '기자 총출동 대경성 백주 암행기'에 포함된 글이다.
- 백주 대낮.
- 일하 명령이나 분부 따위가 한 번 떨어짐.
- 사문 회사 문.

고 망설거리는 패에게 내가 갈 곳을 빼앗길까 겁이 나서, "나는 신문사로 가겠네." 방어선을 먼저 쳐 두고 북으로 북으로 걸었다.

"여러분, 동아일보사 문패에 글씨가 있는 줄 압니까?" 하고 물어도 좋을 만치 오랜 풍상에 부대끼어 간신히 글씨 자죽●만 남은 문패는 동아일보의 역사를 홀로 지녀 가지고 있는 것 같아서 볼 때마다 이 집의 보물의 한 가지처럼 생각된다. 새로 지은 벽돌집으로 옮기면 이 보물을 어찌할 셈인지…….

편집실 문을 열고 들어서니까, 여전하지. 휴지통같이 휴지로 가득한 속에 앉아서 휴지가 될지, 원고가 될지 모르는 것을 부지런히 쓰고들 있다.

책상 밑은 물론이요, 사람 다니는 마룻바닥까지 허옇게 종이로 덮여 있는 것이 모두 휴지다. 휴지 위에 책이 놓였고 휴지를 밟고 다닌다. 기자들의 양복 무릎에도 휴지들이 걸쳐 있고, 기사 쓰는 책상 위에도 휴지로 허옇게 덮였다. 그러나 가끔가끔 기자들이 그 어수선한 휴지 속에서 한 가지 두 가지 찾아내어서 읽기도 하고, 번역도 하는 것을 보면, 책상 위의 것만은 휴지뿐만은 아닌 것도 같다.

시계를 쳐다보니 2시 30분! 딴은 신문사로는 한창 바쁜 시간이니 휴지도 한창 많아질 때다.

폐롭겠지만● 가깝게 가서 들여다보니까, 앉지도 못하고 엉거주춤하고 서서 쓰는 이의 원고, 뻘건 글씨로 '권총 가진 청년, 심야에 부호 협박'이라고 갈겨쓴다. "또 생겼습니까?"고 물으니까 "저 시골서 생겼답니다." 대단치도 못한 사건이라는 드키 가볍게 대답하면서 벌써 그동안에 일고여덟 줄 기사를 쓰고 있고, 저편 책상에 꼬부리고 앉았는 이는

●자죽 '자국'의 사투리.
●폐롭다 성가시고 귀찮다. 폐가 되는 듯하다.

'부녀의 침실에 뛰어들어', 또 그 옆에서는 '대소 공장 등 700여 호 전소'라고 놀라운 소식을 쓰고 있다. "어데서 그렇게 큰불이 났습니까?" 물으니까, 홍 하면서 "동경이랍니다." "옜다! 권동아." 영리지게 생긴 소년이 서너 매의 원고지를 받아 들고 공장으로 들어갔다. 금방 쓴 화재 기사가 활자로 짜여지려 문선* 공장으로 넘어간 것이다.

시계 달린 기둥 밑에 이때까지 쭈그리고 앉아서 무언지 쓰고 있다가 고개를 번쩍 들고, 맞은쪽에 앉은 이를 보고, "여보, 당신 오늘 몇 줄 썼소?" 하는 것은 사회부장이다. "200줄 썼어요." "당신은?" "나는 80줄밖에 못 쓴걸요." "탈났구료. ○씨는 지금 쓰는 것이 무엇이요?" "구세군 싸움이여요." "몇 줄이나 되겠소?" "한 70줄 될걸요." 부장 각하, 종이쪽에다 무언지 끄적이더니 벌떡 일어서면서, "큰일 났소. 300줄이 부족이요, 300줄!" 요사이는 별 사건이 없으니까 기삿거리가 모자라는 모양이다. "누구든지 300줄은 더 만들어야겠소. ○씨 아무거나 좀 더 쓰시오." "나는 쓸 게 없는걸요." "허허, 큰일 났군." 입맛이 없는 모양이다. "광고나 커다랗게 넣어 버리지." 하고 내가 빈정거리니까, 부장 각하 픽 웃고 나서, "여보, 연예란은 몇 줄이오?" "오늘은 80줄이오." "좀 더 쓸 것 없소?" "없는걸요." "사진도 없소? 사진으로 채우지." "사진도 안 맨들었는걸요. 축구 사고나 넣지요." "그거야 넣지만, 그래도 부족인걸. 자 당신이 휴지통이나 쓰시오." "내가 써요? 쓸거리가 없는걸." "아무거나 쓰시오." 그때에 전화가 따르릉, "네, 동아일보사입니다." 하면서 부리나케 받는다.

이렇게 기삿거리가 부족한 때 어데서 돌발 사건이나 생겼다는 전화

---

* 문선 활판인쇄에서 원고 내용대로 활자를 골라 뽑는 일.

나 와 주었으면 고마워할 것이다. 그러기에 어느 때든지 친구가 찾아와서 등을 두들겨도 돌아다보도 못하고 원고 쓰기가 바쁜 사람이, 전화가 따르릉 하면 만사 제폐하고,*"네, 동아일보올시다." 하면서 달겨들지…….

전화로도 기삿거리를 못 얻고, 연예가 가리* 기자가 □원고지에다가 '휴지통'이라 써 놓고, "무엇을 쓴다?" 하고, 머리를 긁고 앉았다. 저편 경제부에서는, 쓸 것은 많은데 채 쓰지 못하는지 한 손에 전화통을 들고 떠들면서 한 손으로는 원고를 쓰고들 앉았다.

"점심 왔습니다." 그제야 떡국 그릇이 책상 위 휴지 위에 널려 놓였다. "에라, 나는 먹고 쓰겠다." 한 분이 엉거주춤 앉지도 못하고 떡국을 먹는 것을 보았더니, 잠깐 있다 보니까 어느 틈에 숟가락을 놓고 입도 못 씻고 또 원고를 쓰고 앉았다. 대체 바쁜 사무였다.

'휴지통' 기자는 아직도 머리만 긁고 앉았는데, 한구석에서는 맹자 읽드키 큰 소리로 책 읽는 소리가 요란히 일어난다. 장작림*이 어떻고, 천진정객(天津政客)이 어떻다고 낭독하는 것을 보니 외전* 기사를 교정하는 모양이었다. 휴지통 기자는 그때까지도 머리를 긁고 있더니 두어 줄 썼다. 무언가 하고 보니까 구세군 싸움을 한마디 빈정거리는 모양이더니, "에엣, 그까짓 것들 불쌍하니 그만두어라." 하고 원고를 뜯어서 책상 밖으로 던져 버렸다. 휴지가 또 한 장 는 것이었다.

"경성부협의회* 선거나 씹어 볼까?" 철필이 곤두박질을 치니 협의원

* **제폐하다** 돌보지 않고 제쳐 놓다.
* **가리** 임시.
* **장작림** 중국의 군인, 정치가 장쭤린(1875~1928).
* **외전** 외신.
* **경성부협의회** 경성부 행정에 대해 자문기구 역할을 했던 단체.

후보자가 걸리는 모양이었다.

‘휴지통’을 쓰는 것까지 보고 부장이 공장으로 들어가는 것을 보니 판을 짜는 모양이라, 바쁜 일에 폐로울 줄 알면서 따라 들어갔다.

놀라지 마시오. 오후 3시 햇볕이 쨍쨍하건만 여기는 딴 세상, 전기등이 켜 있소. 얄디얄은 조선 고옥*에 활자판이 겹겹이 섰으니, 캄캄한 지하실 같아서 딴은 전등만 꺼지면 코가 맞닥뜨릴 것 같다.

판 짜는 모양을 보니, 지금 편집실에서 쓰고 있던 원고들이 벌써 활자로 차곡차곡 짜여서 위에 놓일는지 아래에 놓일는지 부장의 지시만을 기다리고 있다. 향토 예찬 ‘내 고을 명물’과 1면의 ‘조선 민족 갱생의 도’ 같은 것은 그날그날의 기사가 아닌지라 상계*의 광고들과 함께 ‘여기는 내 자리다.’ 하고 미리부터 자리 잡고 앉아 있는 것도 딴은 그럴듯.

“저 핑핑 돌아가는 소리는 윤전기 아니오? 판도 짜기 전에 벌써 무얼 박히나요?”

“부록 어린이란과 지방난 두 페이지는 미리 짜서 박힌다오.”

“하하 속한데?*” “속하고 무어고, 이 300줄 모자라서 큰일 났소. 요새는 사회가 고요하니까, 무에 있어야지.”

아차차, 3시 15분! 사에서 정해 준 시간이 15분이나 늦었으니 돌아가야 하겠다고 윤전기 구경을 못 하고 나서니, 그때 벌써 동아의 핫비*를 입은 배달부가 두 사람씩, 세 사람씩 모여드는 중이었다.

_波影, 『별건곤』 1926년 12월호

● **고옥** 오래된 집.
● **상계** 상업계.
● **속하다** 꽤 빠르다.
● **핫비** ‘작업복’(직공들이 입는 상호 찍힌 겉옷)의 일본어.

민중 오락 활동사진 이야기

현대는 활동사진*의 세상이라는데, 조선에는 그것이 언제 들어왔었나.

'맥도널드*가 누군 줄 아느냐?'고 물으면 영국 노동당의 수령이라고 대답할 사람이 대중의 속에는 몇 사람이 못 되지만, 메리 픽퍼드*가 누구냐고 물으면 누구든지 자기 친구의 이름이나 들은 것처럼 미국 활동사진의 명여우*라고 반가워한다. 정치로 세계적 인물보다는 활동사진으로 세계에 이름이 알려진 사람이 더 많게 된 것이 사실이니, 묻지 않아도 활동사진이 더 대중과의 친밀성을 가진 까닭이다.

여기서도 활동사진 저기서도 활동사진, 이 일도 활동사진 저 일도 활동사진, 위생 선전도 활동사진, 교육 선전도 활동사진, 정치에도 활동사진, 기어코 서양에서는 정부에서 들이덤벼 국고금으로 전쟁의 필요를 알리는 활동사진을 박아 내기 시작하고, 조선의 총독부까지 조선 통치 잘한다고 활동사진으로 자랑을 하며 돌아다니게까지 세상은 활동사진

● 활동사진 '영화'의 옛 용어.
● 맥도널드(1866~1937) 영국의 총리.
● 메리 픽퍼드(1892~1979) 캐나다 출신의 미국 배우.
● 명여우 연기를 잘하여 이름난 여배우.

의 세상이 되고 말았다. '놀이'라고 우습게만 여기던 오락이, 대중의 생각을 지배하는 데에 아무것보다도 큰 힘을 가진 것을 알게 된 까닭이다.

*

조선의 대중과 활동사진! 우스운 일 같아도 등한히 생각해 버릴 일은 못 된다. 남보다 더 오락도 가지지 못한 조선의 대중, 상설관(혹 연극장)도 몇 낱이 없지만 사진도 친밀성 적은 남의 것만 가지고 웃어 오던 불쌍한 대중에게 이마적*은 조선 영화가 나타나기 시작하였다. 이 기쁜 현상이 나타나는 때, 조선에 맨 처음 활동사진이 상영되던 때를 돌아다보는 것도 결코, 무의미한 일은 아닐 것이다.

광무대*에서 처음 영화

조선에 활동사진이란 것이 처음 오기는 (내가 알기까지는) 지금으로부터 약 20년 전이었다. 서울 동대문 턱, 전기회사 터 안에 있던 목제 집, 광무대에서 담뱃갑(빈 것) 열 장만 가지고 가면 입장을 시켰었으니, 중국에서 미국인이 처음 활동사진관을 경영할 때에 구경꾼에게 돈 5전씩을 주어 가면서, 입장을 애걸하였다는 데 비하여 도리어 호황이라 할 것이었다.

전기회사의 임자인 미인* 콜브랜* 씨가 서대문 외(外)에서 호텔을 경영하는 마텔 씨의 기계를 빌려서 광무대에서 영사*를 시작한 것인데,

● 이마적 지나간 얼마 동안의 가까운 때.
● 광무대 1912년 세워진 극장.
● 미인 미국인.
● 콜브랜 대한제국 시절에 미국의 기술을 도입해 설립된 최초의 전기회사 '한성전기회사'의 대표.
● 영사 영화나 환등 따위의 필름에 있는 상을 영사막에 비추어 나타냄.

지금 그때의 일을 생각하면, 참으로 딴 세상 일 같은 느낌이 많다.

호적*과 장구 소리에 끌려서 '사진이 나와 논다지?' '사진이 나와 논대.' 하고 떠드는 틈에 끼어 담뱃갑(궐련) 열 장을 들고 들어가니, 무대에는 미국기와 조선기를 그린 휘장을 쳐 놓고 그 휘장 앞에 굵은 줄을 가로 매어 놓고, 맨 먼저는 소녀 광대가 나와서 줄을 타고 그다음에 휘장을 걷어치우더니 조선 여자가 춤(승무 등)을 몇 가지 추고, 그리고 불이 꺼지는 고로 "이크, 활동사진이 나온다." 하고 기다렸더니, 한참이나 캄캄한 대로 있다가 시커먼 외투를 입은 서양 사람 한 떼가 우뚝우뚝 서 있는 것이 환하게 비치었다.

"나와 논다더니 어데 노나?" "밤낮 고대로 섰기만 하네그려." 이렇게 수군수군하는 중에 아는 체하는 한 분이, "아니야. 저 허연 것은 눈이 와서 쌓인 것이고, 추워서 얼어 죽은 사람들이라오." 하였다. "옳지, 그렇길래 저렇게 꼼짝도 못 하고 섰지……."

누구든지 이것은 환등*이라고 설명해 주었다면 좋았을 것을, 설명도 안 하고 환등을 비추니까—나오는 것마다 얼어 죽은 사람이라고만 보고 있었다. 몇 번인지 그 얼어 죽은 사람이 바뀌어 나오고 나서, 아무 인사도 없이, 설명도 없이, 통지도 없이, 광고도 없이 그냥 환등 뒤끝에 활동사진이 나왔다.

자막도 없고, 다짜고짜로 서양 부인 하나가 방 속에서 빨래를 하는데 강아지가 들어와서 빨래를 더럽혀 놓는 고로 부인이 강아지를 내어쫓으니까, 어떤 키 큰 남자 하나가 길다란 사냥총을 들고 들어와서 총을

● 호적 태평소.
● 환등 환등기. 그림, 사진, 실물 따위에 강한 불빛을 비춰 그 반사광을 렌즈로 확대해 보여 주는 조명 기구.

530

놓으니까, 부인이 이리저리 쫓겨 다니느라고 발광을 하다가 호각 소리가 후루룩 나고, 불이 다시 켜지고 그만 그뿐이었다.

그나마 사진기사는 조선 사람이었는데, 기계를 들고 장난을 하는지 사진이 이 귀퉁이로 달아났다가 저 끝으로 쏠려 갔다가 야단법석이었다. 다만 그뿐이었다. 설명도 없이, 소개도 없이, 음악도 없이……. 지금 생각하면 어느 희극 사진이 못 쓰게 되어 내버린 것을 한 토막 끊어 가지고 나왔던 것이었다.

_波影, 『별건곤』 1926년 12월호

심부름하는 사람과 어린 사람에게도 존대를 합니다

아무에게라도 같은 말을 쓰자고 몇 사람이 이야기하고 5년 전부터 나는 누구에게든지 '하게' '해라'를 쓰지 아니합니다.

나이가 나보다 어리다는 이유로 남에게는 '하십시오' '하였습니까' 하는 말을 그 사람에게는 하여라, 했느냐 하는 것은 아무 까닭 없는 차별이요, 지난날의 나쁜 윤리가 시킨 가장 큰 잘못입니다. 더구나 지식이 자기만큼 없다거나 돈이 자기만큼 없다는 이유로 젊은 사람이 늙은 사람을 보고 '해라' '하게'를 하는 일은 말할 여지도 없는 잘못입니다. 새로운 윤리를 세우는 한 가지로 우리는 누구에게나 같은 말을 쓰자, 더욱이 어린 사람에게 하대를 하지 말자고 결심하고 결심하던 5년 전 그날부터 실행하여 오느라고 힘을 썼습니다.

물론 처음에는 대단한 거북을 느꼈습니다. 어제까지 '하게' '해라' 하여 오던 심부름꾼이나 어린 사람을 보고 별안간에 '하시오' '하셨소?' 소리가 부드럽게 나오지도 않고, 하면서도 자기 마음에 몹시도 어색하였습니다. 그러나 그것보다도 그 말을 듣는 그가 얼굴이 발개지는 것을 처음에는 자주 보았습니다. 그리고 길거리에 지나가는 어린 사람이나

---

* 기획 '인습 타파 실생활 창조의 제일보 "내가 새로 실행하는 일"'에 포함된 글이다.

심부름꾼을 부를 때에 '여보, 여보' 하고 부른즉 자기를 부르는 소리인 줄 모르고 "이 애야. 이 애야!" 하거나 "여보게, 여보게!" 하여야 비로소 "네." 하고 돌아서는 고로 그러는 때마다 까딱하면 변절이 될 뻔하였습니다. 하게를 하려도 잘 나가지 아니합니다.

그런데 나는 아직까지도 우리 집에서 자라는 어린 사람 중에 학교에 다니는 사람에게는 '하오'를 쓰나 아직 말 배우는 아기에게는 '하오'를 쓰기가 힘이 들어 걱정입니다. 가족이 모두 다 경어를 쓰지 않는 고로 나 혼자의 노력이 더 힘드는 것도 사실입니다.

이 점에 있어서 사*에 같이 있는 김기전* 씨는 나보다 훨씬 먼저 경어 쓰기에 자리가 잡혔습니다. 시작은 같이 하였는데 김 씨는 자기 집 어린 사람(아들)에게도 조금도 거북거림을 느끼지 않고 경어를 편히 쓰고 있습니다.

'자기 아들보고도 해라를 못 하면 누구에게 하느냐.'고 우리의 이야기를 듣고 웃는 이가 많지마는 그런 이일수록 정해 놓고 '내가 낳은 자식을 내 마음대로 못 하고 무얼 한단 말이냐.' 하는 아주 괴악한 망할 생각을 가진 이입니다. 재앙받을 일이지요.

_『별건곤』 1927년 2월호

●사 회사. 여기서는 '개벽사'를 가리킨다.
●김기전(1894~1948) 천도교인, 개벽사 주간.

아홉 여학교 바자회 구경

　조선일보가 자기네 주최라고 하도 수선을 피면서 선전을 하던 아홉 학교 연합 바자회가 오늘이니, 어데 얼마나 굉장한가 구경을 해 보자고 '돌기자˙를' 추겨 들고 나서니 대한˙ 전날의 매서운 바람이 귀와 뺨에 잔칼질을 한다.

　"에힉, 치워!˙ 여학교 놀음 아니면 구경 나설 바사기˙ 없겠네."

　돌아다보니까 영업국의 키 큰 선생도 대어 섰다. 오후 1시 30분!

이화

　고다음 동남 구석을 차지하고 유리창 앞에 진열한 곳이 이화학교이다. 10년 전부터 하이칼라˙ 학교라고 소문 많던 학교니만큼 주목을 더

＊ 돌이가 경성·정신·송고·루씨 여학교를 취재했고, 쌍S(방정환)가 이화·숙명·진명·
　근화·동덕 여학교를 취재했다. 『신여성』에 '여학교 방문기'를 방정환과 차상찬이 주
　로 썼다. 차상찬과 박달성 모두 '돌이'라는 필명을 썼는데 이 글을 쓴 '돌이'는 차상
　찬으로 보인다.
● 돌기자 함께 취재를 간 '돌이'를 가리킨다.
● 대한 24절기의 하나. 한 해의 가장 추운 때.
● 칩다 '춥다'의 사투리.
● 바사기 사물에 어두워 아는 것이 없고 똑똑하지 못한 사람을 놀림조로 이르는 말.
● 하이칼라 서양식 유행을 따르던 멋쟁이를 이르던 말.

끈다. 털실 편물로 된 재킷, 모자 같은 것을 힘써 많이 내인 것이 눈에 뜨이고, 깨끗한 에이프런*과 손수건도 많이 있으나 아무것보다도 남자의 자리옷*과 어린이들의 내의를 불소히* 내어놓은 것은 좋은 생각이다.

더구나 남자의 자리옷 같은 것은 개량에 또 개량을 더한 것이라는데 작년에는 바지저고리를 한데 붙여 지었더니 잘 때에 바지가 기어올라서 불편하다고 금년에는 따로 떼어 만들었다 하니, 남자 금접*의 처녀나라인 이 학교에서 무던히 마음을 써 준 것을 세상 남자들은 감사해야 할 것이다. 팔리기도 남자의 자리옷이 많이 팔리었다고……. 내 옆에 서서 듣고 있던 양복쟁이 한 분이 흥! 하고 돌아서면서 "이화학당 처녀가 만들어 준 것이니 하고 입고 자면 더 따뜻할 줄 아는 게지……." 하는 것은 지나친 말이다. 값은 상하 2원 50전. 좋은 필요한 물건이다.

숙명

이 방에는 세 학교뿐이고 대강당이 본 회장인 모양인데 구경 온 여학생들과 마주치면서 좁은 문을 비집고 대강당으로 건너서니까 동편 벽을 길게 차지한 곳이 숙명학교이다. 출품한 물건을 보기 전에 먼저 칭찬할 것이 있다. 분홍 바탕에 푸른빛 흰빛으로 고 어여쁜 방울꽃을 그린 숙명다운 숙명의 마크 위에 학교 이름을 한 자씩 한 자씩 써 붙인 것이 어떻게 정답고도 부드럽고도 강하게 사람의 마음을 끄는지……. 한때 임시일망정 물건 파는 이의 맵시 있는 솜씨로나, 이렇게 각 여학교가 모

● 에이프런 앞치마.
● 자리옷 잠옷.
● 불소하다 적지 아니하다.
● 금접 접근이 금지됨.

두 한자리에 모이고 시민이 가장 많이 꼬이는 기회를 이용하는 학교 선전으로나, 누구나 해야 할 것을 아무도 못 하였는데 숙명의 엽렵한* 사무실은 그것을 잊지 않았다. 분명히 칭찬받을 만한 일이다.

그리고 또 한 가지, 그리 대단한 것은 아니나 조꼼쯤은 칭찬해도 좋을 일이 있다. 출품한 물건으로 보아 작년에 가장 많이 팔은 경험도 있었겠지마는 손쉽게 팔릴 실용품만 힘써 출품한 것이 잘 생각한 일이요, 타래버선,* 턱받이도 많지마는 편물 중심인 것이 한 특색이라 하겠는데 따로이 조꼼쯤 칭찬해 주어도 좋다 할 일은, 그리 눈에 뜨이는 일은 아니나 넥타이 거는 것 전에 그리 흔히 보이지 않던 것을 걸어 놓고 그 옆에 '넥타이 거는 것'이라고 써 붙여서 손의 눈을 끄는 것이다. 그닥지* 신통할 것은 못 되나 그러나 이번 바자회에서는 아홉 학교를 통하여 이것이 단 한 장뿐인 점으로 보아 그냥 지나쳐 버릴 것이 아니라고 생각한다. 이상하게 숙명 치가 내 차례가 되어서 '너는 어째 그리 숙명을 몹시 칭찬하느냐.'겠으니 고만두자. 설명 써 붙이는 가부는 이따가 다시 이야기할 셈 하고.

진명

숙명의 맞은짝 강당의 복판에 길게 자리 잡은 곳이 얌전스런 며느리 양성소로 이름이 있는 진명여학교. 첫 대에 느껴지는 것이 어데보다도 조선 맛이 풍부한 것이 구수하다. '들떠서는 못쓴다, 들떠서는 못쓴다.'고 정성을 다하여 차근차근한 개량을 힘쓰는 이 학교 선생님들의 날마

●엽렵하다 슬기롭고 민첩하다. 분별 있고 의젓하다.
●타래버선 돌 전후의 어린이가 신는 누비버선의 하나.
●그닥지 '그다지'의 사투리.

다 하는 소리가 거기 출품된 가지가지에서 흘러나오는 것 같다. 보기에도 아름다운 조바위, 금방 집어 꿰차고 싶은 괴불,* 빛 고운 아가의 조끼, 조선 것이다. 조선의 훌륭한 것들이다. 아무것보다도 우리에게 친하고 정다운 조선 맛이 솟는다. 찬란한 괴불, 타래버선에 수놓은 꽃에서 조선의 흙내가 나는 것 같다. 아무 데서도 못 들을 조선의 노래가 그 빛 그 꽃에서 흘러나오는 것 같다.

털실로 짠 둥구미* 같은 벙거지만 많이 출품한 틈에 이 학교에는 깜장 천으로 만든 소학생 모자가 출품되어 있는 것이 어떻게 순박한 맛이 있는지 모르겠다. 2학년 학생들이 만든 것이라는데 이런 것들을 배우는 것이 전기등 덮개나 접시받침 같은 것보다 몇 갑절 더 유익할 것이다. 이것을 읽는 여러분! 진명은 너무 구식이라고만 여기지 마시오. '남편이 양복을 입는다면!' 하고 훌륭히 잘 만든 와이셔츠도 많이 출품되었고, 아기에게 입힐 깨끗한 에이프런도 많이 있소이다. 무엇? 또 너무 칭찬하였다고? 하하, 잘한 거야 누가 보든지 잘했지…….

근화

서북쪽 구석에 꺾인 골목을 끼고 'ㄱ'자로 근화학교가 자리를 잡고 있다. 수선쟁이 학교라는 별명을 짓는 사람은 너무도 딴청의 말이지……. 연극입네 음악입네 무업네 무업네 하고 늘 수선스런 짓을 한다고 수선쟁이 학교라고 그러지만, 그것은 경비 부족한 이 학교로서는 어쩔 수 없는 일이고……. 여기 출품한 것을 보면 수선은커녕 얌전하기도 상당히 얌전하다. 어느 틈에 그렇게 수를 가르칠 새가 있었던지 대나무

●**괴불** 괴불주머니. 어린아이가 주머니 끈 끝에 차는 세모 모양의 조그만 노리개.
●**둥구미** 볏짚으로 짠 둥그스름한 그릇.

액자 같은 것, 송학 같은 것을 보면 누구든지 놀랄 솜씨다. 베갯모 퇴침에 놓은 수도 좋거니와 수저집 같은 것은 조선 맛 있는 것으로 칭찬받을 물건이다. 털실로 짠 어린이 벙거지, 티래버선도 많이 있는데 여자의 손가방 빛 붉은 수놓은 방석 같은 것은 실용적임보다도 너무 화려한 것이 많았다.

이 학교 교장이신 쾌사[●] 김 부인. 무엇이 많이 팔리느냐고 옆에 선 이가 물으니까 "잔 것이 많이 팔립니다. 그저 돈 문제여요. 돈이 있어야지…… . 10원짜리 같은 것은 꿈에도."

하면서 뚱그렇게 돈 형상을 하였던 손을 높이 들어 옆으로 휘휘 젓는다.

동덕

한복판 진명과 등을 마주 대고 길게 자리 잡은 동덕학교는 학생이 많으니만큼 출품한 물건도 풍부하거니와 남녀 손님도 제일 이 앞에 많이 몰켜[●] 있다.

털로 짠 벙거지도 많고 수놓은 방석도 많고 수저집과 수놓은 주머니도 많고 재킷, 가방도 많고 버선, 에이프런도 듬뿍이 많다. 많되 색도 각가지 색이 울긋불긋 뒤섞여 있고, 제도도 각가지 제도로 된 것이 구비해 있는 것이 특색이다. 살 사람이 제각각 제 마음대로 찾을 것을 생각하고 그리했는지, 평상시에 학교에서 가르칠 때에 색깔에 대한 암시를 주는 것이 없이 절대로 제 마음대로 내 버리었는지 그것은 모르거니와 어쨌든지 남다른 특색의 한 가지이다.

액자에 넣어 걸은 수놓은 그림도 다른 학교와 달라서 풍경화를 재료

● 쾌사 익살을 부리며 엇가는 말이나 짓. 익살꾼. 어릿광대.
● 몰키다 한곳에 빽빽하게 모이다.

로 하기에 힘쓴 것이 특색인데, 색을 잘 골라 쓰지 못한 것으로든지 수놓은 솜씨로든지 서투른 점이 많다. 배우는 학생들의 솜씨 같아서 도리어 구수해 보였다. 이 학교의 선생님 그 투로 나가되 좋은 그림 재주를 학생들께 제공하기에 힘을 더 쓰기 바란다. 그리고 색의 조화에 대한 지식을 넣어 주기에 용념하기를* 바란다.

그리고 이 학교도 진명학교와 같이 조선 맛이 가장 풍부한 것이 좋은 특색이다. '새로운 여성이 돼라. 되되 조선적 새 여성이 돼라.'고 남다른 정성으로 하로*같이 힘들여 교훈하는, 이 학교 교장 이하 직원 여러분의 평시 노력이 이러한 때에도 숨김없이 저절로 나타나는 것이라 할 것이다. 조선의 좋은 어머니가 될 좋은 처녀들을 오늘은 더 축복하고 싶었다.

잡관

"재킷을 하나 살까."

"장갑을 하나 살까."

"옳지, 이놈! 여기서 사 가지고 바로 애인이 해 보낸 것이라고 뽐내려고 그러는구나!"

"쉿! 듣는다, 들어."

"잔말들 말게. 나는 꼭 ○화학교에 가서 손수건 하나 사 가지겠네."

딴은 여학교 바자회는 정해 놓고 잘 팔릴 일이지.

소위 제1회장에서 제2회장으로 가는 길이 원래 문이 좁으니까 할 수 없는 일이지마는 제2회장의 송고직* 늘어놓은 모퉁이는 왜 그리 좁게

● **용념하다** 마음을 쓰다.
● **하로** '하루'의 사투리.
● **송고직** 색깔이 서로 다른 섬유들을 섞어 뽑은 실이나 서로 다른 색의 실들을 꼬아 짠

내놓았는지……. 여학생 궁둥이에 남학생이 다가서서 기름을 짜는 것은 오히려 그만두고라도, 여드름 남녀가 얼굴을 마주 대고 코를 마주 비비면서도 한 걸음은새로에[•] 반의반 걸음도 꼼짝을 못 하고 밀려 나왔다 밀려들었다 하니, 작년 경험을 가지고도 이 점에 대한 변통이 없이 또 이 꼴을 지은 것은 무어라 하거나 주최자 측의 큰 잘못이다.

여언[•]

이것은 공연한 말인지 모르나 여기 와 보니 생각키여서[•] 한마디 한다. 『조선일보』에는 어느 학교의 출품이 몇 점이요, 어느 학교에서는 몇 가지를 내어놓았다고 경쟁적 출품이라고 떠들어 놓지마는 그런 자랑거리 되는 일을 하게 되는 반면에는 퍽 많은 눈물이 숨겨 있는 것이다.

"어머니 재봉감 살 돈 주세요."

책보를 싸 들고 마루턱에 내려서면서 가난한 어머니의 눈치를 보면서 소녀는 조른다.

"엊그제 샀는데 또 무슨 재봉이냐. 돈이 있어야 안 하니."

헐벗고 떼쓰는 어린애를 달래면서 가난에 쪼들린 어머니는 상을 찡그린다.

"이번에는 베갯모를 만들라고, 제병[•]을 사 가지고 오라고 선생님이 그러세요."

혼합 색실천. 개성에서 처음으로 짠 것이라 해서 지은 이름이다. 여기서는 바자회에
  참여한 '송고'에서 출품한 직조물을 가리킨다.
- 새로에 '고사하고' '그만두고' '커녕'의 뜻을 나타내는 보조사.
- 여언 덧붙이는 말.
- 생각키여서 생각이 되어서
- 제병 전병만 한 큰 무늬가 있는 비단.

"밤낮 재봉을 한다고 없는 돈을 가져가도 한 번도 만들어 가지고 오는 것은 없으면서 또 무슨 돈이란 말이냐."

"바자회에 내보낸다고 학교에 모아 둔대요. 다른 학교보다 더 잘하고 많이 해야 한다구요."

가난한 어머니의 가슴이 찐하여° 될 수만 있으면 구해 주려고 이웃집에 가서 취해 보려다가 그것도 못 얻고 빚진 죄인같이 우는 듯한 소리로

"이 애야, 시간 늦겠으니 오늘은 그냥 가려무나. 이따가라도 얻어 보아서 내일 가지고 가려무나."

"아이, 오늘이 재봉 시간이여요. 오늘 안 가지고 오는 사람은 점수를 깎는다는데, 그냥 가면 어떻게 해요."

시간은 늦어지고 그냥 갈 수는 없고 소녀의 눈에는 눈물이 글썽글썽하고, 그것을 보는 가난한 어머니도 돌아서서 눈물을 씻는다. 이것은 사실담이다.

그러지 않아도 생각 적은 여선생님은 같은 학생도 무명감보다는 비단이라야 먼저 본을 그려 주는 고로 가난한 어머니와 불쌍한 소녀 들이 눈물을 짓는데, 월사금도 못 내서 학교에 못 갈 지경인 학생에게 얼마나 못 할 짓인 것을 간혹 가다가라도 생각하는 때가 있어야 한다. 돈으로 괴롭게 사는 사람에게 학교에서쯤은 돈으로 덜 울려도 좋지 않으냐.

끝으로 각 학교에 한 말씀 할 말이 있다. 아까도 잠깐 말하다가 말았지마는, 새로운 물건 옆에 간단한 소개의 말을 써서 붙이는 것은 대단히 중요한 일이다.

●**찐하다** 마음이 언짢고 아프다.

새로운 물건을 소개하여 알리는 데에도 물론 필요한 일이지마는 설사 다 아는 것이라 하더라도 이것은 무엇으로 어떻게 만든 것이라든지, 어느 점을 개량하여 어데에 필요한 것이라든지, 간단하게 좋은 말로 소개하는 것은 그 물건과 보는 이의 사이에 친밀성을 더 도탑게 하고 사고 싶은 마음을 충동하는 데에도 대단히 효과 있는 일이다.

그다음에 한 가지 할 말은 편물, 전등 덮개, 장갑 같은 것은 원래 전에 조선 가정에 없던 것이니까 문제가 아니지마는 수저집, 방석, 타래버선, 주머니, 베갯모 같은 것은 30, 20년 전 옛날 색시가 만든 것이니 지금 월사금 내고 학교에 가서 배운 것이나 조금도 다른 것 새로운 것이 없다는 것이다.

타래버선에 수놓은 것은 아가의 버선으로는 대단히 좋은 것이다. 그러나 지금 여학교에서 만든 꽃 모양이나 10년 전 것이나 밤낮 그 모양 그 본이요, 베갯모 괴불도 밤낮 그 모양 그 본인 것은 여학교의 자수 선생님이 너무도 이 점에 무심한 것을 폭로시킨 것이라 할 것이다. 다행히 배화여학교 출품 중에 베갯모에 사슴 봉황을 안 놓고 그 대신 지구 동반구 서반구를 그리고 세계지도를 수놓은 것 하나를 본 것 외에는 하나도 예전 것을 예전 것 본틀*대로 그대로 두면서 더 좋게 고쳐 보느라고 마음 쓴 것을 보지 못한 것은 섭섭한 일이다. 좀 더 손재주 외에 머리를 쓰는 재봉·자수 선생님이 생겨 주기를 바란다.

_雙S,『별건곤』1927년 2월호

● **본틀** 무엇을 만들 때 본을 뜨기 위한 틀.

대경성 백주 암행기 (2) — 제2회 1시간 사회 탐방

지난 1월 24일(월요)의 오후 1시로부터 2시까지, 1시간의 대경성은 이렇게 움직이고 있었다!!

야릇한 빛 졸림, 도깨비 불구경

이번에도 나는 가깝고 편한 곳을 골라서 한성도서*의 인쇄소를 찾아 가는데, 공교하게도* 안동* 마루턱에서 ○○일보의 ○ 씨(미안하여 씨 명은 숨긴다)를 만났다.

"지금 뵈러 가는 길인데 잘 만났습니다." 하고 약속 원고 독촉을 꺼내 는 것은 마치 대금업자가 피해 다니는 빚쟁이를 만나서 하는 투와 조금 도 틀리지 않는다.

"이거 너무 참 미안합니다. 또 못 썼습니다. 제발 이번에는 용서해 주 시지요. 한 일주일 후면 틈이 나겠으니 그때에나 하나 써 드리지요." 나

---

* 기획 '기자 총출동 대경성 백주 암행기'에 포함된 글이다. 송작, 파영, 기암, 춘파, 미 소생의 글이 실렸다.
● **한성도서** 1920년 세워진 출판사.
● **공교하다** 공교롭다.
● **안동** 서울 종로구 안국동의 일제강점기 명칭.

는 애걸애걸 연기해 주기를 빌었다. 원고 거리를 얻으러 가는 길에서 원고 빚에 졸리우고 섰다니…… 요다음에 내가 그에게 원고를 구걸할 때가 있겠으니까 딱 잘라 거절도 못 하고…… 길거리에서 졸리우는 꼴이야…… 피차에 기자란 직업이 편편한* 짓이라고는 못 할 것이다.

성화 났다. 2시까지 꼭 한 시간 동안의 탐방에 좋은 기사를 얻어 내야겠는데 ○ 씨가 용이히 놓아주지 않는다. "좌우간 이따가 만나십시다. 지금 좀 바쁩니다." 하니까 "네, 어데로 가시는지 같이 가면서 이야기하지요." 하면서 오늘 저녁으로 꼭 써 내라고 졸라 댄다. 이렇게 승강*을 하고 있다가는 길에서 한 시간이 다 없어지겠다 싶어서 이따가는 또 어쨌든지 당장에 도망을 해야겠다고 "네 네, 네 네, 저녁에 써 보내 드리지요." 하니까 "네, 꼭 믿겠습니다. 저녁에 어데 계실 터입니까?"고 또 안 놓는다. "네 네, 밤중까지 사*에 있겠습니다." "그럼 저녁에 사로 가겠습니다." 간신히 방면을 얻었다.

늦어서 안 되었다고 급한 걸음으로 안국동 네거리로 걸어 나가니까 전차 종점 근처의 동덕여학교 판장* 앞 큰길에서 잘 목도리 대인 외투입은 중산모자* 신사 한 분과 인력거꾼 한 분이 말다툼을 하고 있다. '이것도 기삿거리' 하고 반가이 달려가서 들어 보노란즉 이거야말로 아까 내가 졸리던 원고 빚보다도 더 야릇한 빚을 졸리고 있다.

"오늘은 주셔야 합니다. 전당 잡힐 것이 없어서 인력거 겟도*까지 잡

● 편편하다 아무 불편 없이 편안하다.
● 승강 승강이. 실랑이.
● 사 회사.
● 판장 널빤지로 친 울타리.
● 중산모자 꼭대기가 둥글고 높은 서양 모자.
● 겟도 인력거를 탈 때 손님 무릎에 덮어 주던 빨간색 모포의 약칭.

혀 먹고 벌이를 못 할 지경이여요." "이 넓은 세상에 누구를 못 속이셔서 저 같은 인력거꾼을 다 속이십니까. 오늘은 단 반의반이라도 주셔야 합니다." 그렇게 점잖게 생긴 중산모 신사가 인력거 빚을 진 모양이니 적지 아니 뻔뻔한 친구이다. 그래도 남이 부끄러운지 얼굴이 감홍로(소주)같이 발개져 가지고 "이 사람아! 노상에서 이게 무슨 짓인가. 이따가 집으로 오라는데 왜 듣지 않고 이래여. 집으로 오게. 집으로 오면 더러도 줌세." 하면서 동덕학교 담 옆 좁은 길로 빠져나가려고 애를 쓴다. 인력거꾼은 신사의 외투 소매를 잡았다. "댁으로 갔다가 허탕을 치기도 하도 여러 번이니까 인제는 너무 지쳐서 싫어요." 소리가 높아 갈수록 신사의 감홍로 빛이 점점 짙어진다. "무슨 빚을 못 져서 우리같이 불쌍한 인생을 굶겨 가면서 인력거 값을 18원씩이나 지워요? 나으리 같은 이는 18원이 하로* 저녁 술값도 못 되지만 우리 같은 인생에게는 한 달 양식이여요. 한 달!" 사람이 자꾸 꼬여 드니까 감홍로 선생 참말 견딜 수가 없던지 목소리까지 애걸하는 듯싶은 불쌍한 소리로 "가세, 가. 못 믿겠으면 지금 같이 가세. 집에 가서 돈을 줄 것이니……." 하고 살살 살살 팔자수염을 채신없이* 까불면서 계집 달래듯 달래어 가지고는 좁다란 골목으로 가 버리고 말았다. 대체 야릇한 빚이지, 무엇 때문에 돈 없이 인력거를 타고 돌아다녔으며, 몇 번이나 탔으면 18원이나 되었느냐 말이다. 그러고도 타고 다닐 때에는 큰길이 오히려 좁다고 곤댓짓*을 하였겠지……. 세상에는 참말로 별별 별의별 것이 다아 움직이고 있다.

● 하로 '하루'의 사투리.
● 채신없다 말이나 행동이 경솔하여 위엄이나 신망이 없다. '채신'은 '처신'을 낮잡아 이르는 말이다.
● 곤댓짓 뽐내어 우쭐거리며 하는 고갯짓.

애초의 목적처인 인쇄소에는 들어갔으나 아무 기삿거리도 얻지 못하고 도로 내려오려 할 때에 큰길 거리로서 들려오는 놀라운 소리…… 호외? 아니다. 소방대의 자동차 소리! "익크 불났다! 불났다!" 하고 수선히 유리창 옆으로 몰려온 틈에 끼여 내다보니까 바로 고 앞에 눈앞이라 하여도 좋고 코앞이라 하여도 좋을 가까운 앞에 소방자동차가 와서 소방부가 우르르 몰려 내리고, 또 종로 쪽에서도 한 대의 자동자전거가 그야말로 비조*같이 날아오더니 역시 거기에 우뚝 서자, 섰기보다도 사람이 먼저 뛰어내린다.

"기삿거리다!" 하고 쿵쾅거리고 뛰어 내려가 쫓아가 보니 '신통사(申通社)'니 '부녀세계사(婦女世界社)'니 하고 써 붙인 골목인데 어느 틈에 모여들었는지 빨강 테 칼잡이 5, 6인이 좁은 골목에서 바쁘게 갈팡질팡하고 있다. 중국요리 '영해루' 골목, 쑥 들어가서 전 민충정공* 집 대문 앞에 있는 납작한 초가집(견지동 42번지 학생 하숙옥)인데 어데가 탔었는지 불도 없고 연기도 없고 쓱싹 고요하기가 짝이 없으니, 쫓아간 나로서는 쑥스럽기가 짝이 없다. 왔던 길이니 하고 그 앞집 사람을 붙잡아 물으니 "저것 보십시오, 저것. 저 대문 위 새로 이은 지붕 위가 타지 않았습니까? 암만해도 이상한 불이여요."

딴은 쳐다보니까 참말 이상한 일이다. 지붕 용마루(밑은 까딱없고) 위만 타다가 말았다. 끄기는 다행히 속히 껐거니와 한울*에서 떨어진 불인가 지붕 위에서 저절로 생긴 불이란 말인가…… 가까운 데에 2층 집이나 있으면 혹시 담뱃불을 던졌을까 하는 의심도 나지만 2층집도 없

● **비조** 날아다니는 새.
● **민충정공** 조선 말기의 문신 민영환(1861~1905).
● **한울** 천도교에서 '하늘'을 달리 이르는 말.

고, 조석 때 같으면 가까운 굴뚝에서 불똥이 튀었나 하지마는 늦은 점심 때이라 연기 한 점 나온 일 없었다는데, 까닭 모를 불이 지붕 꼭대기에서 일어났다 한다.

"소방부들이 올라가 헤쳐 보았을 터인데 아무것도 없더랍디까?"

"있기는 무엇이 있어요. 아무것도 없으니까 순사들도 불난 까닭을 몰라서 저렇게 앞뒷집으로 빙빙 돌아다니기만 하지요."

딴은 이상한 일이다. 이때까지 순사에게 끌리어 다니던 젊은 주인이 와서 연설하듯이 "여러 해를 살아도 이웃 간에 거북한 말 한마디 들은 법이 없이 사는 터에 누가 원혐*을 먹을 리도 없는데, 이게 웬일인지 모르겠습니다." 한다. 그런데 이상한 일로는 단 10일 전에 또 한 번 원인 없는 불이 났었다는데, 그때는 저녁 먹은 후 9시 때에 역시 저편 끝 지붕 위에서 불이 일어났었다 한다. "이상한 불이여요. 보통 범상한 불이 아니여요."

동리 사람들의 말을 나는 도깨비불이라 하는 의미로 들었다. 백주 대낮에 까닭 없는 불이 사람의 가슴을 놀래어…… 정말 도깨비불 같으면 나의 이 기사는 값이 더 나가련마는 어쨌든지 이웃에서도 모르고 있는 그 적은 불을 보고 자동차로 달려드는 소방부들의 민활한 활동에는 놀래지 않을 수 없다. 움직이는 경성! 그중에도 제일 바삐 움직이는 소방대! 벌써 2시가 10분이나 지났다.

_波影, 『별건곤』 1927년 2월호

● **원혐** 못마땅하게 여겨 싫어하고 미워함.

은파리! 풍자기!

1

'은파리'의 소개, 그것은 고만두겠습니다. 그가 언제 나서 어떤 성질을 가지고 어떤 생각과 어떤 재주를 가지고 어떻게 세상을 놀래어 왔는가, 그것도 소개하지 않겠습니다. 그것은 독자가 더 잘 아시는 이도 있겠으니까……. 그가 『개벽』에서 자취를 감춘 후 독자의 권고가 많아 『신여성』에 나타났다가 『신여성』이 다시 휴간되자 독자 여러분의 권고 편지가 너무도 많아 이제 『별건곤』 지상에 다시 활동하여 주기를 다시 청한 것만을 말씀하고 말겠습니다. 일기자(一記者)

은파리 또 나왔소이다.

신년 새해 복 많이 못 받을 사람들이 지어 놓은 죄가 있어 가슴이 뜨끔, 얼굴을 찡그릴 터이지만 할 수 없는 일이지……. 하도 성화같이 또 나오라고 졸라 대니까 이기지 못해서 끌려 나오기는 하였으나, 나온 이상에는 뜨끔하고 얼굴을 찡그리는 이에게 차례차례 문안을 드리는 영광을 골고루 드릴 것이니까 안심하고 기다리고 있으면 될 것이다.

먼저 '나오라' '나와 달라'고 편지해 준 수많은 독자 여러분께 답장 대신으로 감사한 인사를 여기에 표해 두기로 하자. 그러나 내가 개벽사 사람들께는 몸 괴로운 일이라 그렇게 반갑고 감사만 하지도 못한 일이다.

거짓 없이는 살지 못하는 사람 놈의 세상. 죄 없이보다도 죄짓고 감추어 가면서 사는 데에 더 흥미를 느끼는 사람의 연놈들. 아무리 비집어 내인들 한이 있고 끝이 있으랴 싶어서 사람의 세상과는 인연을 끊으려고 날개를 죽치고 들어앉은 지 오래였는데, 하도 개벽사 기자들이 지방에서 모여 온 편지 뭉치까지 가지고 와서 '이렇게 몹시 독자들이 청구를 하니 아무리 귀찮아도 다시 나와 달라.'고 성화를 대는 통에 개벽사와 나와는 무슨 인연인지 거절을 하다가 못 하고 끌리어 나오기는 나왔다.

그러나 실상 바른대로 말하면 『별건곤』이라는 이름부터 괴상스런 이번 새 잡지가 전에 잡지보다 세 갑절이나 더 많이 팔린다는 말을 두어 곳 책방에서 들은 것이 은근히 내 마음을 충동였던 것이 사실이다. 더구나 이번 『별건곤』은 취미 잡지인 만큼 더 은파리가 나와 주기를 누구든지 기다린다고 하는 말에, '그러지, 나가지. 나가서 이번에는 톡톡히 잡아낼 놈을 잡아내지.' 하고 스스로 흥 있는 대답을 한 것이 그 까닭이다.

'은파리' 나옵신다고 뜨끔하는 것을 안 느끼지 못할 수상한 남녀들이 욕을 하거나 말거나, 내 눈에 걸리어 심판을 받을 남녀가 소리 없는 총을 노려 하거나 말거나, 은파리 각하 조금도 계관* 안 하신다. 그러나 딱하기는 개벽사의 편집장이 딱해서 하는 말이다. 하기야 나도 싫다 하

● 계관 관계.

는 일을 자기가 억지로 강권하여 한 일이니까 원통할 것은 없겠지마는 좌우간 나로서 보면 분명히 딱하기는 딱한 일이다.

무엇이 딱한 일이냐고 독자들은 궁금해하겠지……. 은파리 기사가 나기만 하면 읽는 이들은 통쾌해하지마는 독자들이 그것을 읽고 있을 때쯤은 정해 놓고 개벽사 편집실에는 재미스런 연극이 일어나는 것을 말이다.

제가 지은 죄가 있어서 은파리 각하께 들리운 것은 생각 못 하고 쪼루루 튀어나와서는 편집장에게 몸부림을 하니까 연극이 생긴다는 것이다.

*

언제인가 한번은 처녀 시인이라구 해뜩거리고● 돌아다니는 주근깨 마마님을 붙잡아 처녀 아닌 짓을 하는 사람이라고 정직하게 기재하였더니, 쪼르르 쫓아와서 '왜 그렇게 정직하게 내었느냐.'고, '나는 이 세상에 행세를 못 하게 되었다.'고 울며불며하다가 나중에는 목도리로 목을 매고 죽는 형용●까지 하였었다는 말을 나는 잊지 않고 있다.

'왜 그렇게 정직하게 내었느냐.'고 이만큼 뻔뻔하면 남편을 다섯 번째씩 갈고도 처녀 시인이라고 할 뱃심은 있을 것이다.

그러나 개벽사에 가서 목매는 연극을 하니 어쨌단 말이냐. 눈 하나 깜짝을 해야 말이지……. 기사만 읽고 얼굴을 모를 사람까지 "어데 이번 「은파리」에 났던 계집애가 왔다지. 어데 어떻게 생겼나 볼까?" 하고 이 방 저 방에서 우루루 몰려들어 얼굴 구경만 하는 것을…….

*

그따위 정직하지 말아 달라고 애걸복걸 질문·몸부림 하는 것들이 하

● **해뜩거리다** 눈알을 깜찍하게 뒤집으며 살짝살짝 자꾸 곁눈질을 하다.
● **형용** 말이나 글, 몸짓 따위로 사물이나 사람의 모양을 나타냄.

나둘 아니었으니까 이로 이야기할 맛도 없거니와 어떤 놈은 제 욕을 썼다고 편지에 육혈포를 그려 보내는 놈, 어떤 놈은 변명서라는 장편소설을 지어 보내는 놈, 가지각색 놈이 멋대로 노는 꼴이야 날더러 잡지 편집을 하라면 그야말로 정직하게 발표해야 할 기삿거리지.

*

그런 이야기들은 그만두고.

요전번 『신여성』 10월호에 『신여성』 치고는 마지막 「은파리」가 났을 때에 그때에 서울 어느 전문학교의 강사요, 돈 많은 부자의 아들이요, 미국 유학 졸업생이요, 영어 잘하는 유명한 색마인 배상규 씨께서 신사입네, 기독신자입네, 전문학교 강사입네 하는 탈을 뒤집어쓰고 처녀거나 부인이거나 정조 낚구기에 전문하는 참으로 놀라운 악마인 것을 적어 내어 그의 반성도 반성이거니와 일반의 경계와 주의를 일으키었겠다.

그때의 『신여성』을 읽은 이는 알려니와 그가 전일에 미국으로 약혼한 남자에게 가려는 이화학교 3미인 중에 하나인 강필순이란 여자를 중간에서 꼬여 정조를 빼앗고 이내 감추어 첩으로 데리고 살면서, 지금은 또 어느 남편 있는 음악가를 후려내어 가정교사라는 이름으로 자기 집사람을 만드는 데서 이야기를 그치고, 그 뒤를 다음 11월호에 계속해 내기로 하고 그 음악가의 이름까지 발표하기로 하였었다.

*

아니나 다를까 그 책이 발행되자 트레머리● 귀부인 한 분이 개벽사 편집실을 찾아왔더란다. "내가 그 「은파리」에 났던 그 ○○○이여요." 하더라니 이만큼 천진난만하면 도리어 귀여운 일이지……. 가만히 있

● 트레머리 신여성을 상징하는 머리 스타일로, 옆 가르마를 타서 갈라 빗어 머리 뒤에 다 넓적하게 틀어 붙인 머리.

었으면 좋았을 것을 일부러 찾아와서 '내가 그 ○○여요.' 해 놓은 까닭에 여기서 저기서 '어데 이화학당 3미인 중의 하나라던 미인 좀 보자.' '어데 배 씨의 작은마누라 좀 보자.'고 몰려들었지…….

그 귀부인이 하시는 말씀은, 책에 난 것이 사실은 사실입니다. 그러나 그렇게 정직하게는 내지 말아 주십사 한다. 또 계속해 낸다 하니, 계속해 내시더래도 정직하게만 내지 말아 달란다. 당자[*](배 씨)도 그것을 보고는 후회를 하는 터인데 계속해 내는 것까지는 그만큼 용서를 해 달라는 말이다. 천진난만 퍽 귀여운 마음성이시지.

*

그 후에도 그 일로 어떤 여자 음악가가 개벽사 사원의 집으로 찾아오고, 또 어떤 직업 부인들이 개벽사의 이 사람 저 사람을 찾아보고 자기 일같이 안타깝게 '과히 정직하게는 내지 말아 주는 것이었더냐.'고, 그 남자는 많이 뉘우치어 다시는 그런 마음을 갖지 않겠다고 맹서하는 터이니 더 계속하게는 내지 말아 달라고 한다 하더란다.

배 씨의 집사람이 되어 버린 어떤 남편 있는 음악가라고만 하고 누구라고는 아직 발표 안 되었는데 스스로 불안하던지, 남이 의심할 것도 모르고 자진하여 나는 상관없는 사람이라고 '실상은 누구누구가 상관이 있는데……. 왜.' 하는 것도 우스운 일이거니와 상당하다는 직업 부인까지 너무 정직하게는 하지 말라 하는 말은 암만해도 속을 알 수 없는 말이다.

사실무근한 말이니 너무 억울하다는 말과 사실은 사실이지만 너무 정직하게는 내지 말라는 말과는 거리가 아마 꽤 먼 것 같은데……. 그렇

● 당자 당사자.

지 않습니까? 독자 여러분…….

*

공연한 말이 길어지는 것 같으나 『별건곤』에는 처음 나오는 길이요, 또 은파리로서는 『신여성』에 쓰던 것을 『신여성』이 당분간 이 책과 합쳐 한다는 통에 계속을 쓰지 못하여 나 혼자 신용 없는 꼴이 되었으니까, 여기에 이렇게 한마디 안 할 재주 없는 것이다. 어느 때든지 압수를 맞아서 내지 못해도 독자는 내가 게으른 줄만 알고 있고, 쓴 것을 편집장*이 '너무 심하다.'고 중간을 지워 버리는 것도 독자는 은파리가 애초에 쓰기를 그렇게 쓴 줄 알아서, 언제든지 섭섭해하는 각하의 심정을 더러 짐작해 주어야 한다.

*

은파리가 다시 나와 달라고 졸라 대인 편지들을 보면 제발 『신여성』에 나다가 만 것을 끝을 내어 달라고 누구든지 그 말을 많이 썼다. 그러나 『신여성』은 『신여성』이고 『별건곤』은 『별건곤』이니 작년 가을 『신여성』에 나던 뒤끝을 어떻게 어두운 밤에 홍두깨 내밀기로 『별건곤』에 계속할 재주가 있는가 말이다.

그 후 배 씨는 그 음악가를 다시 강 씨 옆에 데리고 있다. 가증한 일이나 그 음악가까지는 기왕 버려진 사람이니 그냥 덮어 주고라도, 저의 말처럼 이후에는 개과천선을 하는가 안 하는가를 좀 두고 보련다. 보아서 만일에 밤낮 그 모양이면 윤(尹) 사건, ○ 사건, 이(李)를 호리다가 실패한 사건, 조금도 용서 없이 심판을 할 것이다.

● 편집장 『신여성』에 연재했던 '은파리' 이야기로, 당시 『신여성』 편집장은 방정환이다.

무서운 일이다. 참말로 무서운 일이다. 여학교 교사입네, 종교가입네, 대학교수입네, 미국 철학가입네 하고 점잖은 탈을 쓰고 이 집 저 집의 평화를 돌아가며 깨트리고, 사회의 풍기를 어지럽게 하는 것처럼 무서운 일은 없다.

아아, 얼마나 많이, 얼마나 많이 명망 있다는 명사의 손에 얼마나 많은 사람이 더럽혀졌고 또 지금도 더럽혀지고 있는 줄을 아느냐. 얼마나 많은 죄악이 그들의 손으로 지어지고 있는 줄을 아느냐.

그들은 명사다! 그들은 교제가이다. 명사라는 특전으로 그들의 죄악은 용서를 받는다. 신문이 내버려 둔다. 잡지가 내버려 둔다. 죄악의 씨는 날로 새끼를 쳐 간다.

돈 주고 술집에 갔던 무명 청년은 부랑 청년이라고 혹독한 형벌을 받는다. 누구에게 받는고 하니 배 씨와 같은 명사, 신사에게 받는다. 유부녀 농락, 여학생 희롱, 아무런 짓이라도 명사인 덕으로 문제 되지 않고, 한 번쯤 기생 소리 들었다고 무명 청년인 설움에 혹형을 받는다.

'그가 그래도 남의 학교의 교수요 사회적으로 명망 있는 명사이신데, 체면을 보아서라도 못 본 체해 줄 일이지.'

거꾸로이다. 세상은 거꾸로이다. 2에 2를 가하면 4가 된다 하면 야단날 세상이다. 2에서 2를 감하면 4가 남는다 해야 출세할 갸륵한 세상이다.

불민*은 하나마 은파리! 거꾸로 된 세상을 또 한 번 다시 거꾸로 날으

●불민하다 어리석고 둔하여 재빠르지 못하다.

런다. 사회적으로 이름 있는 이의 짓인 까닭에 영향하는 바가 크다! 명사의 행동인 까닭에 더 밝히 검토할 필요가 있다!

횡설수설이었으나 이렇게 『별건곤』에는 처음 나온 인사 대신으로 몇 말 해 두고 인제 날아 나가런다. 어데로 가서 누구를 잡아오는지……. 날아가시는 맵시를 볼 수 있는 사람은 보아 두어도 좋다. 어쨌든지 3월호에는 발표하게 될 것이니까…….

2

제법 봄날이다.

저녁 후의 산보 격으로 천천히 날아 나서니 어두워 가는 서울 장안의 길거리 길거리에는 사람 놈들의 왕래가 자못 복잡스럽다.

속이기 잘해야 잘살고 거짓말 잘해야 출세를 하는 놈들의 세상에서 어데서 얼마나 마음에 없는 거짓말을 잘 발라맞췄던지● 돈푼 감추어 둔 덕에 저녁밥 한 그릇 일찍이 먹고 나선 놈들은 "내가 거짓말 선수다." 하고 점잔을 뽐내면서 걸어가는 곳이 물어볼 것 없이 감추어 둔 계집의 집이 아니면 술집일 것이요, 허술한 허리를 부지런히 꼬부리고 북촌으로 북촌으로 곱●이 끼여 올라가는 놈들은 어쩌다가 거짓말 솜씨를 남만큼 못 배워서 착하게 낳아 논 부모만 원망하면서 벤또● 끼고 밥 얻으러 다니는 패들이니, 묻지 않아도 저녁밥 먹으려고 집으로 기어드는

● **발라맞추다** 말이나 행동을 남의 비위에 맞게 하다.
● **곱** 부스럼이나 헌데에 끼는 고름 모양의 물질. 눈곱.
● **벤또** '도시락'의 일본어.

것이다.

그중에도 그 오고 가는 복잡한 틈에 간간이 이름 높은 유명한 선수들이 지나갈 때마다 모든 사람들이 넋을 잃고 부럽게 바라보고 우러러보고 하는 것은, 그가 치마라 하는 굉장한 옷을 입고 마음에 없는 웃음을 잘 웃는 재주 덕으로 누구보다도 훌륭한 팔자를 누리게 된—사람 놈들의 세상치고는 가장 유명한 선수인 까닭이다.

그렇게 유명한 선수가 팔다가 남은 고기를 털외투에 싸 가지고 송곳 같은 구두를 신고 갸우뚱갸우뚱 지나가시는 그 옆에서는 이틀을 팔고도 못 다 팔고 남은 썩은 비웃(청어)을 어떻게든지 아무에게나 속여 넘기려고 "비웃이 싸구료, 비웃이 싸요. 갓 잡은 비웃이 싸구료!" 하고 눈이 벌게 가지고 외치고 있다. 냄새는 날망정 바로 펄펄 뛰는 비웃이라고 악을 쓰고 떠드는 꼴이야 제법 장래 유망한 성공가 될 자격이 있다 할 것이다. 대체 사람 놈들의 세상처럼 거꾸로만 된 놈의 세상이 또 어데 있으랴. 바른말만 해 보겠다는 내가 도리어 어리석은 짓이지······.

앗차차, 여기가 어데냐! 하하, 이것이 서울 복판에 새로 뚫렸다는 신작로구나. 신작로는 으레이˙ 이렇게 쓸쓸스런 법인가? 하하, 이것이 말썽 많던 축동 그러나 지금은 조선 제일의 문 부호 문 대감댁이 되었다지······. 원래 문 씨의 집이던 것이 같은 문 씨의 집이 되었구면······. 사람만 바뀌었을 뿐이지! 익크! 저 큰 대문에서 인력거가 나온다. 앞에서 한 놈이 끄는 것은 보통이지만 또 한 놈이 뒤를 밀고 오는 것은 특별이다.

대체 누가 탔는가 하고 골목 옆에 기다리고 있다가 후루룩 날아서 인력거의 우비 창살˙에 앉아 보니까 익크, 바로 훼당(毁堂) 대감 문 대감

● 으레이 '으레'의 사투리.
● 인력거의 우비 창살 날씨에 따라 접었다 펼 수 있는 인력거 휘장 부분의 창살.

이시다.

이 거룩하신 성공가, 이 위대하신 당대 제일의 선수이신 문 대감께서 어찌하여 자동차를 타지 아니하시고 76이 되신 귀체를 홀홀한* 인력거 위에서 흔들리시면서 어데를 행차하시는가 싶어서 나는 오늘 저녁 내처 이 거룩한 행차의 뒤를 따르기로 하였다.

샛골 꼭대기 댕현 밑 첩의 아들일망정 애지중지 길러 놓으신 아드님, 재식이 집에를 가시는가. 그렇지 않으면 교동 양아드님 경식이 집에를 가시는가……. 어쨌든지 그 두 집 중에 한 집이겠지 하였더니, 웬걸 웬걸 이 하연 노대감이 인력거를 내리신 곳은 샛골도 아니요 교동도 아니요, 축동○과는 바로 아래윗집같이 가까운 ○○동의 그리 크지 않은 기와집이다.

야야, 이거야말로 대감의 비밀 출입인가 보다! 하고 눈치채인 나는 우비 창살에서 후두룩 날아 대감의 그 부드러운 인버네스(외투) 위에 옮겨 앉았다.

중문에서부터 행랑 사람들이 두 손을 마주 잡고 허리를 굽히고, 안에서 침모,* 식모 같은 계집들이 후다닥! 그러나 몹시도 얌전히 내려와 양수거지*를 하고 섰고…… 조고만 집안에서일망정 대감의 위엄이 어찌 대단한지 그의 어깨 위에 앉은 나까지 어깨가 으쓱하여 에헴! 하고 나 혼자 큰기침을 해 보았다.

대감이 마루 끝에 올라설 때에 그때에 안방 방문이 부스스 열리면서 톡 튀어나와 쌩긋! 웃는 어린 여자 한 사람! 대감도 히히히 치신없이*

● **홀홀하다** 가볍다.
● **침모** 남의 집에 매여 바느질을 맡아 하고 일정한 품삯을 받는 여자.
● **양수거지** 두 손을 마주 잡고 서 있음.

웃는다.

얼른 보아도 그 어린 여자가 이 집의 주인 같은데, 그가 누구일고……. 잘되었어도 간신히 20살밖에 못 되었을 어린 여자가 팔십 가까운 뼈다귀를 보고 쌩긋 웃는 맵시를 보면 그 역시 장래 유망한 어린 선수인 것은 사실이다. 그러나 눈 뜬 사람의 것을 마음대로 휘몰아다가 제 것을 삼고, 그리고 그걸로 온갖 영화를 누리고 있는 이 훼당 대감 앞에야 태산의 앞에 한 좁쌀알에 지날 것이었다.

그러면 대체 이 어여쁜 어린 여자가 대감의 무엇일고……. 손녀, 증손녀? 그렇다. 근 80에 20이면 넉넉히 증손녀는 될 것이었다.

그러나 웬일인지 그의 입으로서 할아버지라는 소리는 나오지 않는다. 그 고운 손으로 대감의 인버네스를 곱게 벗겨서는 벽에 걸어 놓고, 대감 아니 증조할아버지일 대감의 무릎 옆에 엉거주춤하고 앉으면서 "아이고, 저는 오늘은 집에 오셔서 저녁 진지를 잡수실 줄 알았어요." 하고 어리광을 부리면서, 아이그 망측해라. 자기 뺨을 증조할아버지의 핏기 없는 뺨에다가 갖다 대인다.

"히히, 꽤 기다리고 있었고나." 하고 말소리를 흘리면서 떨리는 듯한 손을 가져다가 증손일 듯한 그 어린 여자의 턱을 쥐여 자기의 턱 밑에 가져다가 입 맞출 듯이 흔들면서 어루만지십신다.

이 치신없는 망측스러운 꼴! 그까짓 것은 말 말기로 하고, 대체 그 여자의 동그스럼하고 갈쯤해 보이는 귀여운 얼굴이 차차 볼수록 어데서인지 전에도 보던 얼굴 같다.

조 시시대고 해죽거리는 얄밉게 귀여운 얼굴! 근 80의 해골을 얼싸안

●**치신없이** 채신없이. 말이나 행동이 경솔하여 위엄이나 신망이 없이.

고 녹여 죽일 듯이 대담스럽게 아양을 떠는 맵시. 옳지, 옳지! 나는 그것
이 누구라고 하하! 조 계집애가 어느 틈에 근 80 해골의 장난감이 되어
와 있고나.

그는 성을 김가라 하고 이름을 '곡자'라 하는 금년 스물한 살 된 여자
이다. 그러나 김곡자라 하면 모를 이가 많지만, 수년 전까지 ○○동 목욕
탕 주인석에 앉아서 벌거숭이 남자를 이 사람 보고 웃어 주고, 저 사람
보고 웃어 주던 일본 여자인지 조선 여자인지 모를 어여쁜 여자라 하면
아는 사람이 많기는커녕, 한때씩일망정 그의 남편이었던 사람도 많을
것이다.

그는 서울 사는 김○○의 딸로 ○○동 목욕탕 주인인 일본 사람의 양
딸이 되어 어려서부터 벌거숭이 남자들만 보고 자라났는데 열여덟, 열
아홉 때에는 그러지 않아도 곱던 얼굴이 한창 피어서 공연히 목욕 오는
남학생들의 속을 태워 주었었다. 그러나 원래 선수 될 만한 자격을 타고
난 사람이라 이 사람과도 사랑을 받고 저 사람과도 정을 바꾸어 오다가
급기 장희○이라는 청년에게 몸을 맡기어, 장과 함께 명치정*에서 '○
케노야'라 하는 일본 여관을 경영하면서 부부의 단 살림을 하고 있었다.

그 후에 들으니까 작년 11월에 공교히 장이 병이 나서 병원에 입원한
사이에 그 친아비가 어느 부자의 첩으로 팔려고 딸을 꾀어 가지고 장에
게 생트집을 잡아 박차 버리고, 임시 수단으로 진고개* 본정* 오정목
어느 카페에 술심부름꾼으로 갖다 둔 체하여서 완전히 장을 떼어 버리
고 어느 부자의 첩으로 들어갔고, 아비는 돈 천 원 집 한 채를 얻었다더

● **명치정** 서울 중구 명동의 일제강점기 명칭.
● **진고개** 서울 중구 충무로2가의 고개.
● **본정** 서울 중구 충무로 일대의 일제강점기 명칭.

니 오늘 지금 보니까 부자치고도 굉장한 부자 저 80 해골 훼당 문 대감의 첩이 되어 와서, 밑천 안 드는 고기 장사를 하고 있고나.

대감도 대감이지 돈이라면 ○○질도 사양하지 않고, 계집이라면 ○피 창피도 가리지 아니하여 온 성공가이기로 나이가 칠십 하고도 또 여섯 살이 아닌가 말이다. 아들 재식이의 집(잿골) 침모의 딸 '선희'(함선희)가 그 집에서 자라난 어린것임에도 불구하고 팔십 대감이 침을 삼키고 지내다가, 작년 가을(선희는 작년에 열아홉 살이었다.)에 일부러 앓는다고 핑계하고 누워서 하필 자기가 길러 낸 것이나 다름없는 선희를—(아들의 집 침모의 딸을)—불러오라 하여 간호를 시킴네 하고 강간을 하지 않았느냐 말이다. 저 팔십 대가리로 말이야.

그러나 그때 선희가 분한 것을 참지 못하고 냅다 떠들고 야단을 하고 자기 집으로 도망을 해 가 버려 놓아서 집안에는 해주집(재식의 생모)의 늙은 강짜*에 큰 풍파가 일어나고, 대감의 위신은 개밥같이 땅에 떨어졌을 뿐 아니라 선희의 생부가 고소를 제기한 것을 돈 2천 원을 주고 빌고 빌어서 중재를 시켰더니, 지금 와서 또 1만 8천 원을 내라고 고소를 제기하고 있는 중이 아니냐 말이다.

색마의 집이다. 부자의 집이다. 죄악의 대궐이다. 그 안에서 너의 어느 아들이 어느 손자가 또 선희를 침범하였었는지 알 길이 있느냐. 아비에게나 할아비에게나 계집을 빼앗기고 혼자 주먹을 어루만지고 있는 놈이 꼭 없다고 어떻게 보증을 할 재주가 너에게 있느냐 말이다.

아아, 보기에도 더러운 집에 내가 왜 한시인들 더 오래 있으랴. 이놈의 집의 우스운 이야기를 하나만 더 하고 고만두자.

● **강짜** '강샘'(질투)을 속되게 이르는 말.

작년 봄에 연당집이라는 첩년이 죽어 간 후로 75세 대색마 대감이 기어코 아들의 집 침모의 딸을 강간까지 하고 나서, 다시 젊은 계집을 얻을 일을 이야기하고 재식이에게 주선을 시켰더니 대감의 사랑을 혼자 받던 재식이가 철이 나서 그랬던지 어머니(해주집)의 시앗* 볼 설움을 생각하고 그랬던지, "칠순이 넘으신 몸에 체면상으로라도 그러실 수가 있습니까." 하고 불효막심하게도 영영 듣지를 않았다.

아들놈에게 창피한 핀잔을 받고도 80 색마가 타오르는 더러운 욕심을 주체할 길이 없어서 늘 구박만 해 오던 양아들 경식이에게 계집애를 얻어 달라고 애걸을 하였다.

이때까지 구박 푸대접만 받으면서 돈 한 푼 마음대로 써 보지 못하고 울고만 있던 경식 나으리가 이게 웬 떡이냐 하고 바짝 긴하게* 굴면서 주선주선하여 일본 계집애 스물한 살 먹은 것을 어느 목욕탕 집에서 데려다가 진상을 하였더니, 대감이 그만 뼈가 녹는 맛에 어찌도 양아들이 별안간에 어여쁘던지 한 달 생활비를 200원씩 가해 주고, 볼 적마다 들으니 "네가 남의 채무가 있다 하니 그래서야 쓰겠느냐." 하면서 돈 뭉텅이를 집어 준단다. 그것도 오늘 지금 아니까 이 김곡자의 이야기인 것을 알았다.

아아, 저 꼴을 보아라. 자리에 누워서 허리 옆에 계집애를 앉히고 침을 흘리는 저 꼴을 보아라. 죄로써 지은 생활이 호화로운들 몇 날이나 더 호화로우랴 하여 마지막을 기다리는 짓이라 하면 오히려 가긍타* 하려니와, 이제 재미있는 문제가 남는 것은 어미를 생각한 재식이에게

● 시앗 남편의 첩.
● 긴하다 긴요하다. 꼭 필요하다.
● 가긍하다 불쌍하고 가엾다.

효자 가락지를 줄 것이랴, 아비의 욕심을 생각한 경식에게 가락지를 줄 것이랴 하는 것이다.

　이것도 네가 저 꼴을 히면서도 톡하면 열녀니 효자니 하고, 긴치 않게 반지를 잘 만들어 준다니 말이다.

_은파리, 『별건곤』 1927년 2~3월호

여학생 유인단 본굴 탐사기

—그들의 독수는 집마다 노린다! 가정마다 읽으라! 학교 당국도 읽으라!

노심 삼주야[*]에

명예로운 일이랄까 괴로운 일이랄까, 여러 사람 사원 중에 내가 북대기자[*]로 뽑혀 나서 동원령을 받기는 1월 어느 날의 저녁때였었다.

눈도 안 오고 등산도 틀렸으니 아무 곳에나 너의 재주껏 활동하여 흥미 있는 탐사기를 내어놓으라는 명령이지만, 경찰서 형사와 같은 직권도 없고 아무 사건이나 기재할 수 있는 자유도 없으니 아무런 재주를 피운대도 독자를 놀랠 만한 '거리'가 없겠어서 꽤 고심하였다.

어데로 가서 무엇을 탐사할까……. 모처럼 얻어 가진 기회에 남다른 수완도 뽐내 뵈어야겠으나, 그러나 아무리 흥미 있는 기사라도 독자에게 유익한 기사가 아니면 한때의 심심파적[*]에만 그치고 말 것이니 흥미 있는 탐사기이면서 유익한 기사라야만 될 것이라 남모르는 혼자 고

---

* 원제목은 「전율할 대악마굴 여학생 유인단 본굴 탐사기」이다. '현상 독물(읽을거리) 남·북대 경쟁 기사'였다.
● **노심 삼주야** 사흘 밤낮을 마음으로 애를 씀.
● **북대기자** 남대(남쪽 무리) 북대(북쪽 무리)로 기자를 두 팀으로 나누어 취재하고 탐사보도를 씀.
● **심심파적** 심심풀이.

심이 몇 배나 더하였다.

옳다!! 노심 삼주야에 고르고 골라 추려 잡은 것이 여학생 유인단의 본굴 탐사였다.

이사이의 여학생계 그 일부의 말 못 할 괴현상은 이 탐사기가 자세히 설명하려니와, '요사이 머리 큰 여학생치고 행실 얌전한 것 있는 줄 아나?' 하는 항간의 소리는 결코 지나친 말이라고만 단언하기 어려운 점이 있다.

당자●의 가정에서와 학교의 당국자가 '설마' '설마' 하고 있는 동안에 나어린 처녀, 자신은 무엇을 듣고 무엇을 배우고 무엇을 사귀어 어떤 길을 걷고 있는지 항간의 사람들은 역력히 알고 있는 것이다.

갈수록 번화해 가는 물질문명은 나 젊은 여자의 허영심을 한없이 충동이는데 그들의 가정경제는 날마다 더 파멸되어 가는지라, 불타듯 하는 젊은 욕심이 가난 때문에 채워지지 못하여 바동대고 있는 여학생들의 귀에 '자유연애는 절대 신성한 것이요.' '정조란 것은 새 남자를 맞을 때마다 몇 번이든지 새로워지는 것이라.'는 소위 신진 여인들의 고려 없는 소리가 자주 들릴 때에 이지●의 힘을 가지지 못한 어린 그들의 가슴에 무엇이 길러졌을 것이냐.

자유연애란 것은 성에 대한 만족을 주는 것인 동시에, 물질적 허영심에 대한 만족까지 얻을 수 있는 것인 줄을 부모나 교사가 공상하는 것보다는 몇 십 배 몇 백 배 더 잘 알고들 있다.

그것을 알고 그 급소 약소를 이용하여 팔을 벌리고 달려드는 무리가 지금 세상에는 실로 수없이 많이 있으니, 아아 그들의 마수에 걸리어 순

●당자 당사자.
●이지 이성과 지혜.

결무구의 양가 처녀가 얼마나 많이 버려졌을 것이며 또 앞으로 얼마나 많이 버려질 것이냐.

그리하여 신시대의 아내요, 어머니일 여학생들이 그들로 말미암아 자꾸 뒤이어 더럽혀지고 또 타락된다 하면 어찌 될 것이냐……. 세상에 이보다 더 두렵고 큰 문제는 없을 것이다.

짧은 시간 서투른 활동으로 어찌 그들의 비밀굴의 완전 탐사를 기할 수 있으리요마는, 나는 이 기회에 그들의 비밀한 유롱* 수단의 일례라도 적발 공개하여서 세상의 많은 여학생의 자경자계*를 바라는 동시에, 학교 당국과 일반 가정에 경고함이 있으려 하는 것이니. 이만하면 고르기는 상당히 골랐다 하는 자신이 생긴다.

내가 여자였다면!

삼주야나 고심하다가 방면을 잡아 놓고 보니 불량소녀단이 어데 있는지, 여학생 전문의 뚜쟁이가 어느 곳에 출몰을 하는지 알 수가 없었고, 또 알아낸다 치고라도 어떻게 수작을 붙이고 어떻게 낚구어야 그들의 비밀 술책까지 순서 있게 알아낼 수가 있을까 하여 고심 또 고심, 책전* 계획을 세우느라고 나흘 날째의 밤은 꼬박이 새웠다.

섣불리 덤볐다가는 여학생 아닌 가(假)여학생에게 걸릴 것이요, 또 뚜쟁이 소개를 놓으면 매음 여학생은 볼 수 있을는지 몰라도 나의 목적

● **유롱** 농락. 기만.
● **자경자계** 잘못을 저지르지 않도록 스스로 경계하여 조심함.
● **책전** 전투 작전.

은 그들이 어떻게 남자를 후리느냐 하는 것이 아니요 어떻게 처음 여학생을 꼬여 내느냐 하는 것이라, 내가 여자 몸이 되어서 꼬임에 빠져 본다면 좋겠건마는 여자 아닌 나로서 그것을 알 길이 망연하였다.

쌍말이지만 '개똥도 약에 쓰려면 귀하다'는 격으로 평°에 보면 웬만큼 모양을 내고 해뜩거리고° 다니는 것이 모두 불량 여학생으로 보이고, 젊은 남녀의 쑥덕거리며 지나가는 것이 대개 그따위 축으로 보였었으니 그 폭으로 치면 가만히 한곳에서라도 몇 못°씩 추려 낼 것인데, 이렇게 딱 당하고 앉아서 '자, 어느 것이 그것이냐.'고 찾아내련즉 분명히 그것이라고 하나도 지적할 재주가 없었다.

이런 일이 있을 줄 알았다면 더러 여학생 꽁무니도 따라다녀 보아 두거나 연애 오입이라도 해 보아 두었다면 좋았을 것을……. 아는 사람 중에도 그따위 오입하는 놈은 사귀어 두지를 못했으니……. 요렇게도 깨끗한 안방샌님°을 북대기자로 뽑아낸 편집장°의 심사가 미웁지…….

첫날에 걸린 남녀

누구에게 의논할 수도 없고 병정을 늘어세울 재주도 없고 5일째 되는 날 나는 인사동의 조선극장° 2층에 초진°을 벌였다. 활동사진°의 재미

●평 평소.
●해뜩거리다 눈알을 깜찍하게 뒤집으며 살짝살짝 자꾸 곁눈질을 하다.
●못 짚, 장작, 채소, 볏단 따위 묶음을 세는 단위.
●안방샌님 안방에만 틀어박혀 있는 사내를 놀림투로 이르는 말.
●당시 『별건곤』의 편집 겸 발행인은 이을이었다.

566

를 몰라 3년 만엔가 처음 들어가 놓아서 적지 아니 서먹서먹하였다.

들어가는 길로 우선 먼저 여자석부터 훑어보니 예산에 들어맞아 그 럴듯 그럴듯 한 앞 이마머리 풀고 분 바르고 외투 입은 여자가 기생들 틈에 섞이어 두 패 세 패 늘어앉아서 남자석을 힐끔힐끔 연해 거미줄을 늘어놓는다.

여자 출구 여자 변소 등이 어데어데 있는 것을 주의해 보아 두고 될 수 있는 대로(활동사진은 잘 뵈거나 말거나) 높은 곳에 자리를 잡고 앉았다.

사진은 '백장미'라든가 '대백장미'라는 것이었었는데 영사● 중에 부녀석을 주의해 보아도 별일은 없었다.

11시 20분이나 되어 사진이 끝났다. 사진이 채 끝나기도 전에 우렁우렁 일어나는 패는 여자석치고는 그 외투 여학생 패들이었다.

잃어버려서는 큰일이라!고 부지런히 쫓아 나아가니까 이것 보시오. 벌써 문어귀에 미리 나와 기다리고 있는 캡 벙거지 남자가 두 사람이나 있어 "좋지요?" 하니까 "무얼 싱거워요." 하고 여학생들이 받는다.

길이 열리는가 싶어 다른 패는 돌아보지도 않고 바짝 대어서니까● 여학생 세 사람 남자 두 사람이 바람에 쫓기는지 종종걸음을 걸어 탑동 공원● 뒷길로 가면서

"최 선생님은 그 사진이 재미있으셔요?"

● **조선극장** 1922년 세워진 극장.
● **초진** 첫 출전. 처음 전쟁에 나감.
● **활동사진** '영화'의 옛 용어.
● **영사** 영화나 환등 따위의 필름에 있는 상을 영사막에 비추어 나타냄.
● **대어서다** 바짝 가까이 서거나 뒤를 잇대어 서다.
● **탑동 공원** 탑골공원.

"좋지 않아요? 잘 만들었던데요."

키가 조금 큰 남자가 최가인 모양이다. 이번에는 여자끼리

"아이그, 이 애! 순복이 분 바르고 온 것 보았니? 어쩌면 학교에 올 제는 얌전한 체하고 분도 안 바르고 오고, 밤에는 모양만 내고 다녀요."

"아마 그 애두 고이비토(연인)가 있는 게야."

"그럼! 연극장에 혼자 왔을 듯싶으냐?"

"요새 연인 없는 여학생도 있나요?"

하고 최가 아닌 남자가 크게 호걸웃음을 웃는다.

"그러게 말여요."

하고 여자가 받고는 모두들 웃었다. 하는 짓으로 보아 초기생* 아닌 것이 분명하였다.

그들은 교동 한양탕 아래 돈의동 골목으로 들어섰다. 자정이 가까웠는데 이들 수상한 남녀가 한데 몰켜서* 가는 곳이 어데일지 대어서기는 하였으나 이 골목에 들어서면서부터 내 가슴은 자못 조용치 못하였다. 가깝게 따라섰다가는 의심을 받겠고, 의심을 받으면 무슨 망신을 당할는지도 모르겠고, 멀리 떨어져 가자니 소삽한* 골목에서 놓쳐 버리기가 쉽겠고, 처음 해 보는 일이라 남의 뒤밟기가 생각던 이보다는 몹시 힘드는 것을 알았다.

이만큼 간격을 두고 떨어져 서면 될까, 더 멀리 떨어져 갈까 하는 중에 그들은 열빈루* 가깝게까지 가서 얌전한 기와집 뒷문으로 들어갔다.

●**초기생** 초짜. 시작한 지 얼마 안 된 학생.
●**몰키다** 한곳에 빽빽하게 모이다.
●**소삽하다** 길이 낯설고 막막하다.
●**열빈루** 서울 종로구 낙원동에 있던 최고급 중국요릿집.

한 사람만 들어가는 것도 아니고 여학생들만 들어가는 것도 아니요, 남녀 다섯 사람이 조꼬만 문으로 모두 기어들어 가 버렸다. 남녀가 기탄없이 몰려 들어가는 것을 보니 하숙집인가 하였더니 하숙옥 패도 붙지 않은 여염집이었다.

변장하고 내정* 돌입

낮이나 같으면 동리 사람에게 물어서라도 알겠는데 밤 깊은 열두 시라 물어볼 곳도 없고, 남의 집 대문을 열고 들어갈 수도 없고, 여기까지 쫓아와서 그냥 돌아설 수도 없는 일이라……. '에엣 기왕이면 철저히 한다!' 하고 나는 그길로 곧 ○○○설렁탕집에 가서 설렁탕 두 그릇을 시켰다.

설렁탕 두 그릇을 "우리 집까지 갖다주시오." 하여 배달인에게 들려 가지고 다시 돈의동 골목 안 나무장(시탄장)* 넓은 마당으로 가서 "설렁탕을 거기 내려놓고 당신 옷을 좀 벗으시오." 하니까 배달 선생이 깜짝 놀랜다. 자세한 이야기를 하여 드리고 "아무 염려 말고 한 5분 동안만 내 외투와 당신 외투를 바꾸어 입읍시다." 하고 돈 1원짜리 한 장을 쥐여 주니까 머리는 긁기는 긁으면서 입맛을 다시기는 하면서, 그래도 그 냄새나는 벙거지와 땟기름 흐르는 외투를 벗어 주었다.

나는 내 중절모자와 외투를 벗어 맡기고 설렁탕집 더부살이로 변장

● 내정 안뜰.
● 나무장(시탄장) 땔감을 팔고 사는 시장. 또는 그 장터. 시탄은 땔나무와 숯, 또는 석탄 따위를 이르는 말이다.

해 가지고 다 식은 설렁탕 두 그릇을 목판[*]에 받쳐 들고 아까 보아 둔 그 기와집 문을 후닥닥 열어젖히고 들어가면서 "시키신 것 가져왔습니다!" 하고 소리쳤다.

요란하던 웃음소리와 바이올린 소리가 뚝! 그치고 아랫방과 안방 문이 한꺼번에 벌컥 열리면서 내다보는데, 안방에서는 주인인 듯싶은 이십칠팔 됨 직한 남자가 내어다보고, 아랫방에서는 아까 그 남녀 다섯 사람이 고개만 틀어 내어다본다.

"무어요?"

"설렁탕 두 그릇 시키신 것 가지고 왔어요."

"아이그, 우리는 설렁탕 시킨 일이 없는데 안방에서 시키셨어요?"

"아니, 우리도 안 시켰는데."

"분명히 이 댁인데요."

하면서 나는 그동안에 아랫방 속을 노려보았다.

방이 얼마나 더운지는 모르겠으나 트레머리[*] 한 여자는 저고리를 벗고 치마 질빵[*]만 메고 앉아서 책상 위에 거울을 버티어 놓고 가루분을 바르고 앉았고, 그 옆에 최가란 남자는 학생 양복을 입은 채로 바이올린을 턱 밑에 끼고 앉아 있다.

단 한 칸 방에 책상까지 놓고 다섯 남녀가 앉아 있으니까 무릎과 다리가 어지럽게 엇갈려 있는 것은 물론이다. 오늘은 이만큼 보아 두리라! 하고 "그럼 이 옆집인가요? 정말 이 댁에서는 시킨 일 없습니까?" 하고

● **목판** 음식을 담아 나르는 나무 그릇.
● **트레머리** 신여성을 상징하는 머리 스타일로, 옆 가르마를 타서 갈라 빗어 머리 뒤에 다 넓적하게 틀어 붙인 머리.
● **질빵** 멜빵.

나는 도로 나왔다.

그것들이 분명한 불량 여학생들이요, 그렇다면 그 집은 분명히 내가 찾던바 여학생 유인단의 본굴이다 싶어서 나는 벌써 반성공이나 한 듯이 쉽게 단서를 잡을 수 있게 된 것을 기뻐하였다.

"그 집에는 왜 들어가셨어요?"

밖에서 기다리던 설렁탕 본배달이 묻는 고로

"그 집이 여학생 하숙이요, 남학생 하숙이요?"

하고 되물으니까 흥! 하고서 의미 있는 웃음을 웃고 나서

"그 집이 유명한 집이랍니다. 그 집에 있는 여학생 셋이 모두 그렇구 그런 것들이여요."

"응? 그런 모양 같더군. 그런데 지금은 남학생도 둘이나 있습데다."

하니까

"그 집에 남자 안 오는 날이 없어요. 밤낮 몰켜서 활동사진 구경이나 다니구요."

옳다구나! 하고 나는 그 설렁탕집 친구를 교동 복해헌(중국 만두집)으로 들이모시었다.

김 부호 아들로 변신하여

호랑이 굴에 들어가지 않고는 호랑이를 얻을 수 없다는 말을 나는 믿는다. 내가 설렁탕집 친구를 중국요릿집으로 모신 것은 나를 '경성 시외에서 소학교를 경영하는 모 부자의 아들 김용섭이라 하고 일본 유학하고 나와서 여학생 오입하느라고 돈 쓰는 자라 하고 그 집 주인에게 소

개해 보라.'는 청을 대이려는 까닭이었었다.

독자는 나의 이 짓을 심한 장난이라고 책하지 말라! 이렇게 아니 하고는 그들이 어떻게 순결한 여학생을 유인해 내는지 그 악독하고 음험한 술책을 알아낼 길이 없는 까닭이다.

6일째의 저녁때 설렁탕 더부살이를 찾아가니까 '오늘 아츰*에도 이야기해 두었고 이따가 또 한 번 이야기해 두마.' 하면서 그렇게 급하게 굴면 틀린다고 한다.

7일날 저녁때 설렁탕집에 찾아갔을 때 그는 "되었습니다. 내일 아츰 11시에 모시고 오라고 하니 내일 같이 가시지요." 한다.

여드레째 되는 날 그날은 목요일이었다. 팔자에 없는 부랑 청년이 되느라고 이발을 하시고 향수를 뿌리고 사내 이 군의 금시계까지 얻어서 양복 조끼에 늘이고 김 군의 안경까지 빌려서 쓰고 부잣집 난봉 자식연하고 나서서, 더부살이 친구를 앞세우고 문제의 기와집을 가시니 그때 안방에서 내어다보던 이십칠팔의 청년 주인이 굽실굽실 대우가 대단스럽다.

놈은 장○○이라 하면서 내가 단 다섯 장 박혀 가지고 가서 한 장 내어준 '김용섭'이라는 명함을 두 손으로 받쳐 들고 앉아서 술술 늘어놓는 이야기가 모두 듣기도 창피한 말이건마는, 원래 직업화한지라 노상의 매약상*처럼 순하게 차서* 있게 늘어놓는다.

"우선 이 집에 세 사람이 있으니 이따가 학교에서 돌아들 오거든 인사나 하시고 내일쯤 산보나 데리고 가시지요. 가서서 그중에 마음에 계

● 아츰 '아침'의 사투리.
● 매약상 약장수.
● 차서 차례.

신 애만 보고 '친구로 대접하겠다.' 하시고 다른 애는 모두 '누이로 정하겠다.'고 하세요. 그러면 저희들도 다 알아채입니다."

고 괴상한 수작을 자못 친절히 가르쳐 준다.

"점심은?" 하고 제가 스스로 나아가 중국 음식을 시켜다가 대접하나 결국 부자의 아들의 체면상 내 주머니의 돈이 일금 1원 35전야*가 지불되었다.

3시가 가까워서 세 사람이라는 여학생 중의 두 사람이 먼저 돌아오더니 자기 방으로 들어갔다. 시시대고 웃고 가끔 아야야 소리가 나더니 한참 만에 또 한 사람이 돌아오자 기탄없는 큰 소리로 "오늘도 너희가 먼저 왔구나!?" 하고 던져 놓고 다시 "편지 안 왔니?" 하고 묻는다.

"아무한테서도 안 왔어!" 하는 소리를 듣고, 이번에는 안방으로 향하여 "오늘 양가 안 찾아왔습데까?" 하니까 방에 있던 주인이 내어다보면서 "아니 왔다." 한다.

"그 녀석은 한 번도 온다는 날 오는 법이 없지. 이번에 오거든 골을 좀 먹여 주어야지……."

하기에 방문 틈으로 내어다보니까 일전 밤에 웃통 벗고 분칠하던 트레머리인데, 저고리 가슴에는 ○○학교 마크가 달려 있었다.

저희끼리 내 이야기를 하는지 한참 또 깔깔거리고 꼬집어 뜯기는 아야야 소리가 나더니 이윽고 주인의 "이 애들아, 이리 좀 올라오너라." 하는 소리에 세 여자가 안방으로 올라왔다. 나는 얼굴이 몹시 더웠다. 이런 일은 일생 처음 당하는 일이니까 내 스스로 내 정신을 태연히 가지기가 어려웠다. 보니까 어느 틈에인지 그들은 모두 분세수*를 새로 하

● ―야 '그 금액에 한정됨'의 뜻을 더하는 접미사.
● 분세수 세수하고 분을 바름. 덩어리 분을 개어 바르고 하는 세수.

였고 뺨에 분홍칠까지 곱게 하였다.

장가* 주인은 서슴지 않고 그들을 자기의 의매*라 하고 나를 저의 친구라고 그들에게 소개하면서 자주 와서 영어도 좀 가르쳐 주어 달라 한다.

놈은 놈이려니와 여자들의 행동이 놀라웠다. '댁이 어데시냐.'고 물으면서 동대문 밖이라 하니까 다짜고짜로 '영도사(永導寺) 근처냐.'고 묻는다. 그러면서 '홍수동은 경치가 좋다는데 한번 가 보았으면 좋겠다.'고 수작을 치는 것을 지켜보면 기생 투요, 내리보면 색주가 계집의 투나 다를 것이 없었다.

이순영이라는 것이 웃통 벗었던 것이요, 김의순이라는 것이 머리 땋은 제일 어린 것이요, 홍정례란 것이 그중 의젓해 보이는 트레머리였다.

탑골 승방*의 하로*

9일째이다. 이날은 장가가 시키는 대로 탑골 승방에를 나갔었다. 점심 먹는다는 것이 저녁이 되었는데 나는 그중에서 어느 사람을 친히 하여야 그들의 비밀 내막을 잘 알게 될까 하고……. 조끔쯤 바로 타이르면 바른말을 잘 쏟을 듯싶은 사람을 물색하기가 바빴다.

술을 한 잔 먹는 체하다가 억지로 용기를 내어 가지고 취한 어조를 만

● 장가 장씨.
● 의매 의로 맺은 누이동생.
● 탑골 승방 여승들의 거처인 보문사의 별칭.
● 하로 '하루'의 사투리.

들어 가지고 억지로 억지로 말을 내었다.

"우리가 이같이 좋고 유쾌한 날 서로 남매의 의를 맺는 것이 어떻소. 홍 선생은 내가 일로부터 누님으로 모시고 이 선생도 누님으로 모시겠고 김의순 씨는 제일 어리니까 내가 누님이라기는 무엇하고 일로부터 친구로 대접하겠소이다."

억지로 이 말을 마쳤는데 그동안 그들은 내가 누구를 '누이'라 하고, 누구를 '친구'라 하는가 퍽 주의해 듣는 눈치였었다. 자아, 그 후부터는 술 한 잔을 따르면서도 "제가 따르는 것은 맛이 없으시겠지요. 정다운 친구로 아는 이가 따라야 할 텐데……." 하고 비꼰다. 아아, 실로 탐사기를 써 내는 직무만 없으면 구역이 나서 보지 못할 언행이었다.

저녁상을 물리고 그들의 독창 소리를 두어 번 듣고, 일본 유학생이 독창 하나 못 하느냐고 한참 졸리우다가 그곳을 떠나 들어왔다.

그러나 동대문 턱까지도 채 오지 못하여 장가가 나를 꾹 찔러 세우고 '돈 10원만 달라.' 한다. 영문도 모르고 내어주니까 이번에는 홍과 이와 쑥덕이더니 잠깐 다녀갈 곳이 있다고 실례한다 하고 저희끼리만 딴 길로 가 버리고 김과 나만 남았다.

옳지, 이것이 너희들의 예투*로구나! 생각하고 나는 얼굴이 간지러움을 느끼면서 김 하나만을 동행하여 동대문 길을 걸었다.

나에게 마음에 드는 것을 골라 '친구로 대접한다'는 말로 표시하라 해 놓고 이번에는 김만 나에게 맡기고 네 마음껏 하라고 피해 주는 꼴이었다. 그리고 피해 주기 위하여 다른 데로 데리고 가는 값으로 10원을 가져간 모양이었다.

● **예투** 상례가 된 버릇.

내가 김을 고른 것은 나이가 어린 만큼 조꼼쯤 환심을 사 주면 비밀 이야기라도 잘할까 함이였었는지라, 그들이 피해 준 것을 다행히 알고 김을 동반하여 진고개*로 들어섰다.

일본 팥죽 두 그릇, 비단 장갑 하나를 사 준 것과 '망토는 지다이오쿠레*이니 벗어 버리고 돌아오는 토요일 오후에 정자옥*에 가서 외투를 맞추자!' 하는 말은 그의 허영심을 흠뻑 만족시킨 모양이었다. 그러나 팥죽집도 제가 들어가자 하고 시계포 앞에 가서 팔뚝시계를 사 달라는 것을 보면 머리만 땋았을 뿐이고, 그 길에는 벌써 졸업생인 것을 알 수 있었다.

어저께 사권 삼십 가까운 남자를 추켜들고 주물러 보려는 그가 어찌 엊그제 처음 유인되어 나온 초기생일까 보냐 말이다.

놀라운 유인 수단

어찌 갔든 일간 외투 사 주고 팔뚝시계 사자는 말로 그가 흠뻑 만족한 것을 보고 안심하고 나는 일본 사람의 조용한 음식집으로 데리고 들어갔었다.

"나는 결코 한때 장난으로 당신 상종을 하려는 사람이 아니요, 당신만 진정으로 나를 알아준다 하면 한평생 맹세하고 도와드릴 결심이요." 하고 우선 그의 들뜬 마음을 조용히 가라앉히기에 노력하였다.

● **진고개** 서울 중구 충무로2가의 고개.
● **지다이오쿠레** '시대에 뒤떨어짐'을 뜻하는 일본어.
● **정자옥** 1921년 세워진 백화점.

"당신같이 좋은 인물이요, 또 장래까지 유망한 이가 어쩌다가 그런 사람들과 섞여서 남의 눈에 불량소녀처럼 보이게 되었단 말이요. 나는 내가 사랑하는 당신이 그따위 잡사람들 틈에 섞여 있는 것을 생각하면 울고 싶게 마음이 언짢아집니다."

이런 말은 비록 잠시일망정 그의 양심을 다시 살리고 그의 마음을 그들의 생활에서 따로 떼어 낼 수 있는 효과 있는 말이었다. 그는 비록 그때뿐일망정 마음이 조용히 가라앉는 모양 같고 자기의 현재를 뉘우치게까지 될 듯하였다.

내가 그런 말을 내인 목적은 물론 그들의 내막 술책을 듣자는 데에 있었지마는 이런 기회에라도 그가 만일 개심*을 한다고만 하면 오죽이나 기쁜 일이랴. 나는 그때에 그가 개심하는 태도만 있다면 어떻게든지 그를 도와주기에 힘을 아끼지 않으리라고 내심에 생각하였다.

그는 잠잠히 고개를 숙이고 저고리 고름을 주무르고 있었다. 나는 기회를 놓치지 않고 묻기를 시작하였다. 적이 고요히 가라앉은 심경에서 차근차근 대답하여 나온 그의 이야기는 이러하였다.

홍은 19세 평북 정주 여자요, 이도 19세 선천 여자요, 자기는 17세 역시 선천 여자인데, 작년 봄에 다 같이 상경하여 홍과 자기는 ○○학교에, 이는 ○○학교에 입학하여 매월 25원씩의 학비를 갖다 쓰고 있는데, 이의 아주머니 되는 장○○이라는 21세 된 여자가 ○○유치원 사범과에 다닌다 하고 가끔 세 사람의 숙소를 찾아오더니, 지나간 첫여름에는 '방도 깨끗하고 자취해 먹기 좋은 집이 있으니 그리로 옮기라.'고 자꾸 권고하는 고로 아주머니의 말인 고로 그렇게 믿고 그리로 옮겼더니 그것

● 개심 잘못된 마음을 바르게 고침.

이 지금 있는 그 돈의동 기와집이었다 한다. 주인 남자가 젊은 고로 누이니 오라비니 하고 지내게 되었는데, 여름에 하로는 저녁때 장가가 '너무 더우니 한강에 바람이나 쏘이러 가자고.' 하는 고로 3인이 다 따라나서서 한강에 나아가 보트를 타는데, 장의 친구라 하고 양복한 청년이 함께 타면서 장의 말이 '그가 있어야 배를 잘 젓는다.' 하더란다. 그래 여자들은 싫다 하지도 않고 또는 거짓 오라비일망정 장가가 옆에 있고 또 자기네도 세 사람이 있는 고로 염려 없이 같이 인사하고 놀았었는데, 그는 시내 ○○이라는 일인*의 양복점에 회계원으로 있는 양○○이라는 자였다 한다.

그날 같이 놀고 돌아오는 길에 양가는 홍을 선생으로 뫼시고, 자기는 누이로 뫼시고, 이는 친구로 대접하겠다 하더니, 그날부터 유난히 더 이와 친히 이야기를 하더란다.

그 후부터 양가가 집에 찾아올 때마다 장가는 자기와 홍을 안방으로 불러올리거나 보통은 활동사진관에를 데리고 가는데, 그때부터 이하고 양하고 연애하는 것인 줄을 알았다 한다. 그 후 똑같은 수단으로 한강에서 배를 타다가 ○○고보 학생과 ○○고보 학생을 만났는데, 두 남자가 모두 이와 자기는 누이로 모시고, 홍을 친구로 대접하겠다 하더니, 그 후부터 자꾸 집으로 놀러 오고 또 올 때마다 물건을 사다가 홍에게 주는데, 아마 그것이 누구나 하는 연애인가 보다 하였지 이상하게 알지도 않았다 한다. 그러자 그 후로는 양이 찾아오면 홍과 자기가 방에서 나와야하게 되고, 고보 학생들이 오면 자기와 이가 방에서 나와야 하는데, 홍은 두 남학생 중에 ○○의 최가 바이올린을 잘하니까 그와 연애를 하겠

● 일인 일본 사람.

다 하더란다.

그러는 중에 장이라는, 이(李)의 아주머니라는 여자가 시시로 이 집에 와서는 주인 장가의 방에서 묵고 가는 것을 보아 그들이 전부터 연애하는 사이인 것을 알았다 하며, 그가 자기 3인을 이 집으로 옮겨 오게 한 것은 주인 장가의 계교인 줄을 알았으나, 그것을 알았을 때는 벌써 자기네도 그를 원망하지 않을 만큼 졸업이 되었다 한다.

놀라운 소위 연애전●

놀라지 말라, 그 후로 이와 연애하던 양가는 선생으로 뫼시겠다던 홍과 연애를 하게 되어 이에게 매월 20원씩 보내던 돈도 아니 보내고, 매월 3회씩 열빈루에 데리고 가던 것도 끊어 버리자, 홍과 이가 머리를 맞붙잡고 싸웠다 한다. 그리고 바이올린 최와 ○○고보 학생은 여전히 한 옆으로 홍과 연애를 하고 있다 한다.

그가 조꼼도 거리낌 없이 연애, 연애 하는 그 신성한 연애도 차마 더들을 용기가 없었다.

"그래, 그 집에 드나드는 여자는 당신들과 장가라는 유치원 사범과 생과 모두 네 분뿐인가요?" 하고 내가 중간을 잘라서 물으니까, "왜 우리뿐이겠어요? 그걸로 밥을 먹고사는 집에서 단 네 사람만 믿고 살 수가 있나요? 찾아오는 남자마다 자꾸 새 사람을 찾아요. 그러니까 아무하고 연애를 하더라도 석 달 동안 계속하는 사람도 없어요. 으레 두 달

● 연애전 연애 전쟁.

도 못 가서 싫다고 하고 새 사람을 못 구해 오느냐고 재주가 그뿐이냐고 그래요. 새 사람은 처음 연애하는 여학생 말이여요. 그런 것을 '나아쨩'이라고 그런답니다. 찾아오는 사람마다 으레 나아쨩, 나아쨩 하고 나아쨩 없느냐고 하니, 이로 그렇게 새 사람이 어데 있나요? 그래 장가가 우리보고도 동무를 좀 데리고 오라고 조른답니다. 그래 나아쨩(새 사람)을 데려와서 그것이 말만 잘 듣게 되면 데려온 사람이 구두가 한 켤레 생겨요. '다이상'을 만나면 더 좋은 것이 생기구요."

"다이상이란 무슨 말인가요?"

"돈 많고 어수룩한 손님 말이여요."

"어째서 다이상인가요? 나아쨩은 무슨 뜻이고?"

"그건 몰라요. 그렇게 부르니까 부르지요."

"그렇게 아무 여학생이나 꼬인다고 얼른 오나요? 어떻게 꼬이나요?"

"내용을 알면 아무도 아니 오지만, 내용은 모르고 한반에 있는 동무가 놀러 오라는데 왜 안 옵니까. 으레 오지요. 한 댓 번 다니는 동안에 장가와도 인사를 하게 되거든요. 그러다가 연극장에도 거저 구경 가고, 팔뚝시계도 생기고 연애편지도 생기게 되니까 웬만한 사람은 저의 집에 혼자 갇혀 있는 것보다 재미있어한답니다. 그러다가 아주 연애만 아주 해 놓으면 그다음부터는 부끄러워서 말은 못 하고 아주 이왕 버려졌으니…… 하게 되거든요. 그때는 벌써 나아쨩이 아니고 졸업생이지요."

아아, 독자여! 독자는 더 들을 용기가 있는가.

아기를 낳게 되면?

"그러면 말이여요, 아주 정식으로 결혼해 볼 생각은 꿈에도 안 하겠
군요."

"왜요?"

"그 지경을 하고 어떻게 여염 가정에 시집을 가나요?"

"누가 아나요? 아무 때라도 시집을 가면 그만이지요. 벌써 우리가 알
기에만 세 사람이나 가서 잘 사는데요. 나도 그때 들러리를 섰었어요."

"시집간 후에는 아니 나오나요?"

"별로 아니 오지요. 무슨 얼굴로 오겠어요. 그렇지만 이혼만 하게 되
면 오겠지요."

"대체 당신들이 학교에 다니면서 그렇게 연애를 하다가 아기를 배게
되면 어쩌나요?"

나는• 고개를 조금 숙이면서

"그것은 염려 없어요. 조금도 염려 없어요. 그것은 다 미리 준비해 둔
약이 있으니까요."

"그렇게 쉽게 구할 수 있나요?"

"있고말고요."

아아, 더 물을 말이 없었다. 이 놀라운 말을 듣고 나는 더 물을 말이
없었다.

"당신네와 그 집 외에도 그러한 곳이 많이 있을 터인데, 더러 서로 연
락이 있나요?"

● 나는 '김은'의 오기로 보임.

"연락은 없어요. 서로 그런 데서 만나기 전엔 모르지요. 그래도 더러 알기는 알아요."

"어데 또 있나요?"

"나는 청진동 있는 것밖에는 몰라요."

"청진동? 몇 번지인가요? 꼭 갈 필요는 없어도 알아나 두게요." 하고 묻다가 의심을 살까 봐 겁이 나서 얼른,

"일간 정자옥에 같이 갈 때에 한번 가르쳐 주구료. 어데쯤인가요?" 하니까 아주 안심하는지 당장에 이야기해 준다.

청진동의 제2굴 대!!●

10일째 되는 날! 저녁때 바람 몹시 불던 때였다. 이번에는 만주● 장사로 변장하고 (만주 장사는 제1회 변장 기자 출동 때에 설웅(雪熊) 군이 해 본 경험이 있어 그 방법으로) "만주노 호야호야."●를 부르면서 청진동 소굴을 들어가 보았으나 마당에서만 보기에는 아무것도 없었다.

11일째 되던 날 돈의동 장가를 만나려다가 못 만나고, 그날 밤에야 만나서 청진동 집에 소개를 하여 달라 하였으나 '그 집에 오는 여자를 이리로 불러다 달라면 불러 줄 수는 있어도 그 집에 소개하는 법은 없다.' 하여 실패하였다.

이래서는 안 되겠다 하고 나는 12일째 날 오후 3시부터 청진동 소굴

● 대 대하다. 마주하다.
● 만주 밀가루나 쌀가루로 만든 반죽에 팥소를 넣고 싸서 찌거나 구운 과자.
● 만주노 호야호야 '이제 막 나온 따끈따끈한 만주'라는 뜻의 일본어.

의 문어귀를 수직하고° 있었다. 어느 놈이 들어가고 어느 놈이 나오고 하는 것을 조사하면 되리라 하고…….

오후 4시 50분 중산모° 쓴 인버네스° 신사가 한 사람 들어가서는 이내 아니 나오고 잡지사에마다 거짓말 잘하고 돌아다니는 자칭 시인인 ○군이 해죽해죽 들어가더니 곧 도로 나오고, 그 외에는 별것이 없었다.

또 실패인가 보다! 할 때에 트레머리에 감장° 둘매기° 날씬하게 입은 여학생 한 분, 십칠팔쯤일까? 책보를 들고 노랑 깃도구두° 자박자박 걸어오더니 그 집 대문으로 쏙 들어갔다. 때는 6시 15분!

6시 15분에 아까 그 여자하고 그보다 조금 나이 들어 보이는 망토 입은 여자와 둘이 나왔다. 아까 그 여자, 책보는 여전히 들고……. 뒤를 대어 서니까 종로 일정목에서 동대문 가는 전차를 타고 동구 안에서 내려서 단성사°로 쏙 들어갔다. 입장권을 사지는 않고 내기는 내니 미리 사 두었었거나 누가 사 보낸 모양이었다.

마음에 당기지 않는 활동사진을 다 구경하고 나서 또 뒤를 대어서니 아니나 다를까 남학생 하나가 두 여자를 달고 돈화문° 앞으로 급히 걸어가더니 권농동 길가의 청요리○○○으로 쏙 들어갔다.

쫓아 들어가기는 수상스럽겠고 한참 망설거리다가 그 건너편 이발소에 들어앉아 요릿집 문을 지키다가 새로° 반 시가 5분 더 넘었을 때에

● **수직하다** 건물이나 물건 따위를 맡아서 지키다.
● **중산모** 꼭대기가 둥글고 높은 서양 모자.
● **인버네스** 소매 대신에 망토가 달린 남자용 외투.
● **감장** 감은 빛깔이나 물감.
● **둘매기** '두루마기'의 사투리.
● **깃도구두** 어린 양 가죽으로 만든 구두.
● **단성사** 1907년 세워진 영화관.
● **돈화문** 창덕궁의 정문.

다시 나온 것을 대어서니까, 하나는 작별하고 큰길로 내려가고 하나는 학생을 따라 계동 골목으로 올라갔다.

이 천연한 대답을 보라

어젯밤에 수상한 남녀의 뒤를 따라 그들이 새로 1시가 된 때에 남학생 하숙으로 들어가서 대문을 잠그는 것을 보고 나는 더 확실한 증거를 잡아낼 꾀를 생각하노라고 밝기까지 자지 못하였다.

새벽 4시 나는 뛰어 일어나서 세수만 하고 곧 ○○세탁소 문을 두드리고, 내 단골 세탁장이를 깨웠다.

나는 거기서 세탁점 점원으로 변장을 하고 세탁물 주문받는 큰 농[•]을 둘러메고 나서서 계동의 엊저녁 그 하숙집을 뛰어갔다. 새벽 하숙 돌입은 세탁장이 노릇밖에 수가 없는 까닭이다.

중문을 지난 즉 때가 5시 반이건마는 아직도 학생들의 방은 꿈나라이다. 내청[•]을 들여다보고 "세탁 가지러 왔습니다." 하고 한번 일러두고 다시 돌아서서 사랑방 문을 두드리려 하니까, 저편 뒤채 따로 떨어진 방에서 어제 보던 그 여자가 책보를 들고 나왔다. 뒤에서 남학생이 셔츠 바람으로 상신[•]만 내밀고 "사요나라!"[•] 하고 인사를 던지고 문을 덜컥 닫는다. 세탁롱을 둘러멘 채로 얼른 안채로 뛰어들어 숨었다가 서서히

●**새로** (12시를 넘긴 시각 앞에 쓰여) 시각이 시작됨을 이르는 말.
●**농** 버들채나 싸리채 따위로 함같이 만들어 종이로 바른 상자.
●**내청** 집의 안쪽에 있는 큰 마루.
●**상신** 상체. 위통.
●**사요나라!** '안녕!'이라는 뜻의 일본어.

미인의 뒤를 따라서니, 이 책보 들고 밤 사무 보는 여자가 간다 간다 하는 곳이 청진동 그 집이었다.

잠깐 후에 또 어저께 동행하던 그와 함께 다시 나오더니 이번에는 가는 곳이 숙명학교 앞으로 중학동으로 들어섰다. 개천 왼편가의 좁다란 골목 안으로 들어가서 문패 커다란 초가집 얼른 대어서 중문 옆에 귀를 기울이고 듣노라니까

"아이그, 이 애야! 어데서 자고 인제 오느냐? 네가 이게 웬 짓이냐!"

그의 어머니인 듯싶다.

"공부하다가 새로 2시가 되니까 혼자 올 수가 있어야지요……. 그 집 아주머니도 자고 가라고 하시기에 그래 3시까지 공부하다가 거기서 저 언니하고 자고 왔어요."

"시험공부도 시험공부지만 처녀 애가 나가서 자고 오는 법이 어데 있니!"

"아이그, 아주머니께서 꾸지람하실까 봐 제가 같이 왔어요. 공부하다가 보니까 새로 2시가 되었으니 어떻게 보냅니까. 그래 저하고 같이 잤답니다. 꾸중하실까 봐 같이 왔지요." 하고 같이 간 여자가 증명을 한다. 그러니까 어머니도 안심하는 듯이

"아이그, 하기는 잘했소마는 그런 줄은 모르고 밤이 새도록 대문을 열어 놓고 새벽이 다 되도록 기다렸구려. 딴 일이야 있겠소만 어미 생각이야 어데 그런가. 자고 오려면 자고 온다고 미리 말을 해야지……."

아아, 그만이다. 탐사도 그만이다. 무엇을 더 쓰랴. 독자는 이것을 읽고 어떻다 하느냐!? 지저분한 기록이다. 이 탐사기는 지저분한 기록이다! 그러나 우리는 이 지저분한 기록을 한 사람에게라도 더 가정 부형과 또 학교 당국에게 읽혀야 할 것을 믿는다. 결코 남의 일이 아니다. 먼

데 붙은 불이 아니다. 이 기록에 나온 인물의 친부 친모도 이 기록을 읽고 남의 일같이 웃고만 말 것을 생각하면 몸이 떨리는 일이다. 논 팔고 밭 팔아 공부 보낸 내 딸이 이렇게 버려져 가는 것을 누구인들 짐작이나 할 것이랴…….

우리 각자의 이웃에 그 그물이 쳐 있고 우리의 누이와 조카가 다니는 곳에 이 마수가 퍼져 있는 것을 생각하라. 어떻게 스스로 마음이 편할 것이랴…….

여학생 당자들에게 이 무서운 사실을 알릴 필요가 있다. 똑똑히 자상히* 알려 둘 필요가 있다. 그리고 학교가 이 사실을 알아야 할 것이요, 부모가 이 사실을 잘 알아야 한다. 그리하여 가정에서는 학교의 일을 잘 알고 있고, 학교에서는 더 가정의 일을 알아야 할 것이다. 그리하여 중간의 딴 세상 하나를 감시할 자격을 길러야 할 것이다. 이 점에서 나는 이 기록이 결코 지저분한 데만 그치는 것이 아닌 것을 믿는다.

부기

이 원고를 정리할 때에 그 김의순이란 여학생은 매월 80원씩 준다는 말에 팔리어 새 연애를 장만하여 멀리 경남 진주로 갔다는 소식을 들었다.

_双S, 『별건곤』 1927년 3월호

●**자상하다** 찬찬하고 자세하다.

외삼촌 대접

2, 3년째 찾아가지도 못하고 만나 보지도 못한 시골 외삼촌이 나에게 전화를 하실 줄이야 꿈에나 생각하였으리.

*

전화 받던 사람이 "방 선생, 전화 받으십시오." 하기에 수화기를 받아 들면서 "네, 누구십니까?" 하니까 "으, 정환이냐?" 한다.

나에게 농담을 하는 친구는 단 한 사람, 꼭 단 한 사람 ○○일보사에 있는 류 군*이 있을 뿐이라 꼭 류 군으로만 알고,

"이놈아, 이게 무슨 버릇이냐!" 하고 점잖게 꾸짖는 소리로 응하였겠다. 저편은 나의 외숙이라 어려서부터 귀애하던* 생질*을 하도 오래 못 보아 경성 온 길에 전화를 걸었더니, 다짜고짜로 이놈아 무슨 버릇이냐고 꾸짖어 놓는지라 어이가 없던지 다시 한번 "이 애야, 정환이냐?" 하신다. 나는 여전히 류 군으로만 여기고

"이놈아, 이게 무슨 말버릇이냐? 밤낮 가르쳐도 밤낮 그 모양이란 말

---

* 기획 '편집국원 총출 내가 제일 창피하였던 일―기자 1인 1화'에 포함된 글이다. 이돈화, 이두성, 신영철, 박달성, 김기전, 방정환, 안석주, 차상찬의 글이 실렸다.
● 류 군 언론인, 정치인 유광렬(1898~1981).
● 귀애하다 귀엽게 여겨 사랑하다.
● 생질 누이의 아들을 이르는 말.

이야?" 하였더니

"너 정환이 아니냐?" 하기에

"그래도 그놈이……너 이놈아, 매 좀 맞아 보려?" 하였다.

"너 내 목소리를 모르겠니? 나다, 나야." 하기에

"그래도 그러는구나. 암만하여도 종아리를 좀 맞아야겠니?" 했더니
또 한 번

"너 정환이지?" 한다.

"그렇게 어른의 이름을 함부로 부르면 매 맞는다. 신문은 다 짠 모양
이냐? 나는 지금 한창 바쁘니 할 말 있으면 얼른 하고 이따가 만나자."
하니까 그때에야

"네가 나를 모르는구나. 무네미 너의 외숙이다. 그렇기루 그렇게도
몰른단 말이냐?" 하는지라, 그제에야 외삼촌인 것을 알아채고

"네 네." 하고 네 소리를 길다랗게 몇 번 연거푸하였을 뿐이고, 한참
동안 얼굴만 뜨거워지면서 아무 변명도 못 하였다.

_『별건곤』 1927년 7월호

신일선 양과의 문답기

—이력·출연 경험·결혼 문제·희망

시: 6월 20일 석[●]

소: 경성 관훈동

인: 신일선과 기자

기(기자): 퍽 쑥스러운 말을 묻겠으니까 미리 그렇게 알고 잘 대답해 주어야 합니다.

선(일선): 네.

기: 묻는 나 자신이나 또는 잡지사에서 알고 싶은 것을 묻는 것이 아니라, 당신의 영화를 사랑하는 이들이 알고 싶어 할 듯한 것을 내가 대신 묻는 것이니까 나중에는 엉뚱한 말도 묻게 됩니다.

선: (웃기만 한다.)

기: 자아, 그럼 당신의 정말 연령이 몇 살입니까?

선: 열여섯 살이여요.

---

* 원제목은 「조선 영화계 유일의 화형 여우 신일선 양과의 문답기」이다. '화형 여우'는 일본 전통극 가부키에서 인기 좋은 배우를 가리키는 '화형역자(花刑役者)'라는 말에서 나온 것으로, 인기 좋은 여배우를 뜻한다. 원문에 사진 2점이 실렸으나 화질이 좋지 않아 싣지 못했다.

● 석 저녁때.

기: 출생지는 어데인가요?

선: 서울요. 서울 견지동서 났어요.

기: 극계에 나서기까지는 무엇을 하였나요?

선: ○덕여자보통학교*에 다녔지요. 열 살에 1년급*에 입학하여 열세 살에 4년급 1학기까지 마치고 하기방학 동안에 극계에 딸려 가게 되어 학교는 저절로 그만두게 되었어요.

기: 극계에는 어떠한 인연과 동기로 발을 내딛게 되었나요?

선: 지금으로부터 3년 전에 조선예술단이란 것이 생기지 않았습니까? 왜 그때 마술하는 김문필 씨가 나왔을 때 조직된 것 말씀이여요. 그때 저의 오빠가 그 조선예술단에 간부로 있었어요.

기: 네에, 그럼 알겠습니다. 그래서요?

선: 그런데 그해 여름에 예술단의 배우들이 간부들과 뜻이 안 맞는다고 스트라이크*를 했대요. 그래 오빠는 간부의 한 사람으로서 여러 가지 임시 수습책으로 저를 거기 여배우로 넣었답니다.

기: 그때가 몇 살 때던가요?

선: 열세 살이지요. 열세 살에 조선예술단에 들어 가지고 전선* 순업*을 나가는데 따라다녔습니다.

기: 따라다니면서 무엇을 했습니까?

선: 연극에도 참례하였지만* 연극 외에 가는 곳마다 독창을 하여서

● 동덕여자보통학교.
● **연급** 학년. 학생의 학력에 따라 학년별로 갈라놓은 등급.
● **스트라이크** 동맹파업.
● **전선** 전 조선.
● **순업** 여러 곳으로 돌아다니며 연극 따위를 함. 순회 공연.
● **참례하다** 예식, 제사, 전쟁 따위에 참여하다.

환영을 받았어요. 학교에 다닐 적부터 창가*를 제일 잘하였으니까요.

기: 예술단에 들어가서 제일 처음 무슨 연극에 무엇을 하였었나요?

선: 「살쾡이와 토끼」라는 가극에 살쾡이 노릇을 하였습니다.

기: 그래 그 후에 어떻게 되어 영화계로 옮겨 나서게 되었습니까?

선: 조선예술단이 전 조선 순업을 마치고 돌아오자 또 스트라이크가 일어나서 오빠가 따로 나와 반도예술단을 조직한 고로 저는 반도예술단이 되어 이번에는 서선* 지방을 순회를 하였습니다. 서선 순업을 마치고 돌아와서 반도예술단은 해산되고 새로 동반예술단이 되고 그것이 나중에 해동예술단이 되어 저는 해동예술단원이 되었습니다.

기: 퍽도 많이 변하였습니다그려.

선: 네, 퍽 자주 변하였어요. 그러노라니 저의 오빠가 대단한 고생을 하였지요.

기: 영화계로 옮겨 나서게 된 동기는?

선: 해동예술단이 함경도 함흥에 가서 흥행을 할 때에 거기서 토월회 회원들의 일행을 만났는데, 그때 그중에 이경손 씨가 있어서 저를 처음 보고 저의 일을 오빠와 의논한 후에 서울 와서 조선키네마* 회사에 소개를 해 주셔서 즉시 「아리랑」에 출연하게 된 것이랍니다.

기: 하하, 그러면 영화로는 「아리랑」이 처음이로군요. 「아리랑」은 참 좋습데다.

선: (잠잠 고개를 숙이고 웃는다.)

기: 「아리랑」으로 시작해 가지고 이때까지 몇 가지 사진에 출연했습

●**창가** 근대 음악 형식의 하나. 서양 악곡의 형식을 빌려 지은 노래.
●**서선** 평안도, 황해도 등 조선의 서북 지방.
●**조선키네마** 1924년 설립된 영화사.

니까?

선: 「아리랑」 다음에 「봉황의 면류관」하고요, 「괴인의 정체」하고요, 그다음에 「들쥐」하고요 그리고 지금 박히는 중인 「금붕어」여요.

기: 연극도 해 보고 영화 출연도 해 보았으니 연극과 영화와 어느 출연이 재미있습데까?

선: 당장 출연하여 재미있기는 연극이 더 재미있어요. 그러나 활동사진*도 다 박아 놓고 처음 시사*를 볼 때에는 퍽 기쁘고 좋아요.

기: 당신의 마음에 연극과 활동사진과 어느 편에 더 성공할 것같이 생각됩니까?

선: 활동사진 편이여요.

기: 활동사진을 박히는 중에 어느 때―무슨 노릇을 할 때―가 제일 마음에 좋습니까?

선: 헤헤, 그런 것을 다 물으십니까? (웃는다.)

기: 팬들은 그런 것을 듣고 싶어 하는 것이니까 거북하여도 묻는 것입니다.

선: 제일 좋은 때는요, 가령 멀리 떨어져 있던 오라버니를 오래간만에 만나는 때 같은 것, 그런 것을 할 때가 마음에도 제일 좋습니다.

기: 활동사진에는 연인과 애인이 만나는 때가 더 많으니까 그런 것을 할 때가 마음이 좋단 말과 마찬가지 말이지요…… 그런 의미지요?

선: (고개를 숙이면서) 그렇지요.

기: 제일 싫은 때는요.

●활동사진 '영화'의 옛 용어.
●시사 영화나 광고 따위를 일반에게 공개하기 전에 심사원, 비평가, 제작 관계자 등의 특정인에게 시험적으로 보이는 일.

선: 가령 처녀로 혼자 있을 때 같은 때에 애인 아닌 남자가 달겨드는 장면 같은 것을 할 때가 제일 마음에 싫여요.

기: 활동사진으로만 나쁜 사람이지 실상은 늘 함께 지내는 친한 사람인데, 그렇게 특별히 더 싫을 까닭이 무언가요?

선: 그렇긴 그래도 연극을 하는 고동안은 실감을 자아내게 되니까요. 그래서 그런 것 같애요.

기: 제일 힘이 드는 것은 어느 때인가요?

선: 못된 사람에게 붙들려 가지고 뿌리치고 달아나려 하는 것을 할 때가 제일 힘이 들고 고생되어요. 가령 「아리랑」 중 지주의 집 마름 녀석(주인규 씨 연)이 덤벼드는 때가 있지 않습니까? 그런 것을 뿌리치려고 애쓰는 것을 박힐 때가 제일 고생되어요.

기: 하다가 싫증이 나는 때는 없습니까?

선: 왜 없겠습니까. 첫째 박히다가도 날이 흐려지면 사진이 선명하게 못 될 생각하고 흥이 나지 않습니다. 그러고 공연히 딴 일로라도 마음이 상하거나 기분이 달라질 때는 죽어라 하고 안 되어요.

기: 그렇겠습니다. 당신이 제일 잘하는 표정은 기뻐서 웃는 표정이라 합데다마는 제일 힘든 표정은 무엇인가요?

선: 놀래는 거여요. 그러나 미리 거울을 들여다보고 앉아서 전에 실지로 놀래 본 때의 일을 생각해 가면서, 자꾸 연습하면 되기는 됩니다.

기: 당신이 이때까지 출연한 것 중에 당신 마음에 제일 잘되었다고 생각되는 것이 무슨 사진입니까?

선: 「봉황의 면류관」이여요.

기: 「봉황의 면류관」은 잘된 사진이 아니라는 평판이 있던데요.

선: 사진은 전체로 잘된 사진이 못 되어요. 그렇지만 저는 저 한 사람

의 연출 성적으로 보아 하는 말씀이여요.

기: 이때까지 출연한 중에도 당신 마음에 제일 표정이 잘된 깃이 무슨 사진의 어느 장면입니까?

선: 별로 잘된 것이 어데 있습니까마는 제 마음에는 「봉황의 면류관」에 혼자서 공상하는 곳이 제일 잘된 것 같애요. 그 사진을 보셨습니까?

기: 그 사진은 못 보았습니다. 당신 마음에 하던 중 제일 실패했다고 생각되는 것은?

선: 「들쥐」에 왜 혼자 울고 섰는 데가 있지 않습니까? 그때 학생을 만날 때의 표정이 제일 못 되었어요.

기: 여러 가지 사진을 박히는 중에는 더러 마음에 싫은 것을 억지로 억지로 하는 때가 있겠지요?

선: 있고말고요. 우선 「괴인의 정체」를 박힐 때에 그랬어요.

기: 왜 어쩐 이유로 싫었습니까?

선: 출연하는 이들이 짝이 안 맞고요. 그런 데다가 그때에 내가 맡은 역이 내게는 맞지도 않는 딴 청의 것이니까 싫은 것을 억지로 박혔지요.

기: 그럼 당신 생각에 당신에게 제일 적합한 노릇은 무엇일까요?

선: 좀 우습지만 까불까불 유쾌하게 뛰노는 인물이 제게는 맞아요. 아마 나이가 어려서 그런가 봐요.

기: 좀 순서가 바뀌었지만, 연애하는 장면을 박히노라고 애인 노릇 하는 남자 배우의 목을 얼싸안고 뺨과 뺨을 마주 대고 눈물짓는 형용*을 할 때에 당신의 마음이 어떻습니까? 좋습니까? 그런 일을 하게 되는 것이 마음에 싫어집니까?

●**형용** 말이나 글, 몸짓 따위로 사물이나 사람의 모양을 나타냄.

선: 그것이 어느 배우의 뺨이거나 그런 분간은 없어요. 속으로 내가 정말 누구와 연애를 하다가 이런 경우를 당하면 어쩌나 하고 생각하게 되고, 그러하니까 저절로 마음이 비창해져요.•

기: 그래 저래 비창한 표정이 저절로 잘되겠네요.

선: 그렇답니다. 저는 무대 위에서 연극을 할 때에도 정말 설워서 눈물을 흘리고 운 때가 많아요.

기: 그건 좋은 일이겠지요. 그런데 이번에는 최근에 구경하신 서양 사진 중에 무엇이 제일 좋던가 말씀해 주십시오.

선: 아이고, 그 사진 이름이 무엇이더라. 시골 처녀가 도회지에 나와서 여배우가 되어 가지고 감독과 연애하는 것 말씀이여요.

기: 단성사•에서 상영한 것 「혜성 운무•를 뚫고」라는 사진 말입니까?

선: 네네! 그것이 제일 좋아요. 내용도 좋고 배우들의 연출도 좋아요.

기: 당신이 제일 좋아하는 사진은 대개 어떤 종류의 것입니까?

선: 희활극•이 제일 좋아요.

기: 당신이 가장 좋아하는 외국 배우는 누구입니까?

선: 여자치고는 「사치한 계집애」 하던 콜린 무어•고요. 남자는 웃지 마세요, 희극배우 레지널드 데니•여요.

기: 활동사진을 박히다가 잘못하여 몸을 다치는 일도 있겠지요.

선: 있고말고요. 그동안에도 벌써 두 번이나 죽을 뻔하였답니다. 「괴

●비창하다 마음이 몹시 상하고 슬프다.
●단성사 1907년 세워진 영화관.
●운무 구름과 안개를 아울러 이르는 말.
●희활극 코믹 액션 영화.
●콜린 무어(1899~1988) 미국의 영화배우.
●레지널드 데니(1891~1967) 영국의 영화배우.

인의 정체」라는 것을 박힐 때 북악산 도선암까지 기어 올라가서 높다란 바위에서 뛰어내리다가 잘못되어 머리가 터지고 인사불성이 되었었습니다. 그때에 흠집이 지금껏 이마 위에 남아 있어요. 그리고 이번 「금붕어」를 박힐 때에 한강에 나갔다가 물에 빠져서 한동안 죽었다가 요행으로 살아났지요.

기: 어쩌다가 빠졌습니까? 세상에는 당신이 자살하려고 일부러 빠졌다는 당치도 않은 소문까지 있으니요.

선: 그까짓 허풍선이 소문이야 종잡을 것 있습니까. 애인과 애인이 강가에서 이야기하는 장면이라나요. 강가에 바위 위에 앉았는데 발을 헛디디어서 그만 아이그머니 소리 한 마디밖에 못 하고 풍덩 빠져 들어갔습니다그려. 그래도 이제는 죽었고나 하는 생각까지는 났어요. 그리고 지금도 물속에서 두 팔을 휘젓던 생각까지는 납니다.

기: 참말 위태한 일이외다. 그런데 인제는 사진에 관한 이야기는 그만두고요 다른 일을 좀 거북한 것을 묻겠습니다.

선: 무슨 말씀이셔요.

기: 아직 열여섯 살이시라니까 이르기도 하지마는 결혼 문제에 관해서 어떻게 생각하는 일이 없습니까?

선: 아이그! (하고 고개를 푹 숙이면서 웃는다.)

기: 아무 때 당해도 당하고야 말 문제니까 거기(에) 대해서 아무 생각도 전혀 없지는 않겠지요. 그리고 당신의 영화를 사랑하는 팬들이 제일 알고 싶어 하는 말입니다.

선: 스무 살까지만 배우 노릇을 할 테여요.

기: 그리고 스무 살부터는 어쩐단 말입니까? 시집을 간단 말씀인가요?

선: 그렇지요.

기: 결혼을 한다면 어떤 남자와 결혼을 하게 될까요?

선: 아이그, (또 고개를 숙이고 웃는다.) 참.

기: 우스운 말 같애도 그런 말을 들어다가 써야 팬들에게 내가 칭찬을 듣지요. 어떤 남자와 결혼을 하게 될 것 같습니까? 꼭 그렇게 안 되더라도 지금 생각에만 말입니다. 가령 간단하게 말하면 예술가 같은 이와 하게 될 것 같습니까, 예술가와는 전혀 인연을 끊고 다른 방면의 남자와 하게 될 것 같습니까?

선: (고개를 폭 숙이고) 예술가요.

기: 그러시겠지요. 물론······.

선: (고개가 더 수그러진다.)

기: 원래 성악 재주가 좋다니 음악 공부할 생각은 없습니까?

선: 왜 없어요? 음악 공부는 꼭 하고 말걸요.

기: 당신을 진정으로 위해 주고 진정으로 잘 지도해 주려는 후원사는 누가 있습니까?

선: 저의 오빠뿐이지요. 그리고 이경손● 씨하고 나운규● 씨지요.

기: 당신에게 편지는 더러 오지 않습니까?

선: 와요.

기: 얼마나 옵니까. 대개 어떤 편지구요?

선: 벌써 온 것만 해도 300여 장이 넘어요. 편지는 모두 오빠가 맡아서 보시는데요. 여자들에게서 감사한 편지가 오고요, 남자에게서 오는 것은 대개 지저분한 연애 문구뿐이래요.

기: 답장을 해 줍니까?

● 이경손(1905~1978) 영화감독, 배우, 시나리오 작가.
● 나운규(1902~1937) 영화감독, 배우.

선: 답장은 무슨 답장이여요.

기: 조선서는 여배우라 하면 정조 관념도 없고 아무것도 볼모* 없는, 아주 천하고 더러운 사람으로만 여겨 주는데, 거기 대해서 어떻게 생각하시나요?

선: 그거야 모르고 그러는 것이니까 저만 안 그러면 그만이지요. 그러기에 저는 극장에를 가도 오빠와 꼭 동행을 하고 다른 동무와는 같이 다니지도 않아요.

기: 당신이 즐겨 하는 운동이 무업니까? 테니스인가요, 무언가요?

선: 철봉이여요.

기: 처녀가 철봉이 웬일인가요?

선: 그래도 그것이 좋아요.

기: 댁에서라도 책은 무슨 책을 봅니까?

선: 예술 잡지, 조선 역사 이 두 가지를 오빠에게 배워 가면서 읽습니다.

기: 극장에는 자주 가실 것이니, 지금 변사 중에는 누구의 설명이 제일 좋다고 생각합니까?

선: 글쎄요, 아직은 김영환이라는 이가 나은 것 같애요.

기: 음식은 세 끼입니까, 간식을 합니까?

선: 세 끼입니다. 간식은 더러 합니다.

기: 특별히 좋아하는 것은?

선: 은행과 바나나. (또 웃는다.)

기: 어이고, 너무 오래 괴롭게 굴었습니다. 인제는 그만두기로 하지

●**볼모** 원문 그대로이다. '볼품'의 뜻으로 보인다.

요. 더 하고 싶은 말은 없습니까?

선: 별로 더 하고 싶은 말씀은 없습니다. 다만 한 가지 여러분께 바라는 일은 저의 출연한 영화를 보시고 잘잘못을 평을 해 주시면, 직접 편지로 해 주셔도 감사히 읽겠습니다.

활동배우 같지 않게 너무 얌전하여서 더 묻기도 미안하였다.

그의 오빠는 신창운 씨.

_雙S生, 『별건곤』 1927년 7월호

'웃음'의 철학

웃음에도 칼을 품은 웃음이 있다 하지마는 칼도 웃음 속에 섞여 온다면 애교 있는 귀여운 칼이라 할 것이다. 참지 못하고 터져 나오는 웃음, 그것이 어떻게 사람들의 빡빡하고 팽팽한 생활을 늦추어 주고 또 축여 주는 힘을 가졌는가. 그것은 밥 먹은 후에 숭늉이나 차를 마시는 것이나 인단*이나 영신환*을 먹는 것보다 지지 않는, 아니 그보다도 더한 효과가 있는 것이다.

*

웃음의 필요, 웃음의 효과, 그런 것을 길다랗게 말할 필요는 없겠다. '말보다 증거'라니 아무래도 아니 웃지 못할, 우스운 이야기를 두어 가지 하기로 하자.

틀어진 꾀

연설 잘하는 목사님 한 분이 수많은 신남신녀*를 모아 놓고 예배당

● **인단** 은단.
● **영신환** 계피나무 껍질, 박하유, 대황, 삽주 따위로 만드는 환약.

에서 설교를 한창 하시는 중에 지각없는 '방귀'가 자꾸 나오려 해서 큰일 났겠다. 암만 참으려 해도 참을 수는 없고, 설교를 하다가 방귀를 뀌면 앞턱에 앉은 여자들 앞에 그런 망신이 없겠는지라 입으로는 설교를 하면서 머리로는 열심으로 연구연구하다가,

'옳지, 주먹으로 연탁*을 크게 치면서 그 통에 방귀를 뀌면 아무도 모르리라.' 하고 대단치도 않은 말끝에 공연히 주먹을 들어 힘껏 연탁을 치면서 마음 놓고 방귀를 뀌었겠다.

그러나 예수 씨가 도웁지를 않으셔서 책상을 몹시 치느라고 힘을 주는 바람에 방귀라는 놈이 옴칫! 하고 쑥! 들어갔다가 다시 나오느라고 책상을 다 친 후에야 몹시도 크게 "빵○" 하고 나왔구료…….

철없는 트레머리*들도 허리가 아프게 우스운 것을 억지로 참고 앉았건마는 목사님이 스스로 홍당무가 되어 설교도 횡설수설하더란다.

빨간 볼기

북쪽으로 달아나는 기차.

차 속에서 일 보는 역부 한 사람이 이등차실에 들어가 보니까 손님은 탄 이가 한 사람도 없는데 한편 자리에 동관* 한 사람이 철도국 외투를

● **신남신녀** 종교를 믿는 남녀를 통틀어 이르는 말.
● **연탁** 연단에 놓는 책상.
● **트레머리** 신여성을 상징하는 머리 스타일로, 옆 가르마를 타서 갈라 빗어 머리 뒤에 다 넓적하게 틀어 붙인 머리.
● **동관** 한 관아에서 일하는 같은 등급의 관리나 벼슬아치. 한 직장에서 일하는 같은 직위의 동료.

벗어서 이불 삼아 덮고 꼬부리고 누워서 코를 드르렁드르렁 고는데, 외투 자락 밑으로 빨간 볼기짝이 내다보이는지라.

"이 사람아, 아무리 고단하기로 볼기짝을 내놓고 잔단 말인가. 그렇게 내놓고 자면 볼기를 맞는 법일세."

하고 장난 삼아 보기 좋게 그 볼기짝을 철썩하고 때려 주었겠다.

하도 몹시 철썩하고 때리는 통에 잠이 깨어 일어나는 것을 보니까, 큰일 났지! 같은 역부인 줄 알았더니 그는 그다음 정거장의 역장 영감이요, 볼기짝인 줄 알고 때린 것은 홀딱 벗겨진 대머리여서 어찌도 아프던지 빤질빤질한 대머리를 두 손으로 쥐고 일어앉아서 입만 크게 벌리고 아무 소리도 못 하더란다.

*

위에 두 가지는 내가 지도하는 깔깔 소학교*의 5년생의 작품을 소개한 것이고 이번에는 내가 새것 한 가지를 이야기하련다. 외국에 있는 유명한 이야기이다.

양초 병정

병정 한 사람이 하도 '내기'를 좋아하여 노름꾼 같아서 못쓰겠다고 그곳 연대장 명령으로 다른 연대로 옮겨 보냈겠다.

하로*는 이곳 연대장 각하가 그 병정을 불러 놓고 "자네는 내기를 즐

● **소학교** 웃음 학교. '깔깔소학교'는 『어린이』의 특정 코너명으로, 독자들이나 기자들의 우스운 이야기를 실은 난이다.
● **하로** '하루'의 사투리.

거하기로 유명하여서 그 연대에서 쫓겨 왔다니, 정말 그렇게 내기를 좋아하는가."

"네!"

"그러면 지금이라도 내기를 해 보고 싶은가?"

"네! 하고 싶고말고요." 하고 서슴지 않고 대답하고 나서는 연대장의 얼굴을 유심히 파고 보면서 "그런데 연대장! 연대장께서는 치질을 앓으십니다그려." 하고 엉뚱한 소리를 하였다.

"그따위 당치 않은 소리를 어데서 하나. 나는 치질이라고는 말만 들었지 어떻게 앓는 병인지 알지도 못하네."

"아니요. 분명히 치질을 앓으십니다."

"분명히 치질을 앓다니, 자네가 암만 그래도 당자[*]가 치질이 없는 것을 어쩌나."

내기 좋아하는 병정은 무슨 생각인지 연대장 각하를 보고 치질을 앓는다 하고 연대장 자신은 하도 어이가 없어 아니라고 자꾸 우기고 하다가, 병정 녀석이

"그러면 이 양초(납촉)를 각하의 밑구녁[*]에 꽂아 보기로 하십시다. 꽂아 보아서 피가 묻어 나오지 않으면 치질이 아니고요. 그러나 분명히 치질이니까 피가 안 묻을 리 없지요. 옳지, 이렇게 하시면 어떻습니까? 피가 만일 안 묻어 나오면 각하의 말씀과 같이 치질이 없는 증거이니까 제가 돈 1만 루블[*]을 드리기로 하고, 만일 제 말과 같이 피가 조금이라도 묻어 나오면 각하께서 1만 루블을 내시기로요."

- 당자 당사자.
- 밑구녁 밑구멍. '구녁'은 '구멍'의 사투리.
- 루블 러시아의 화폐 단위.

연대장은 그 말을 듣고 '옳지, 참말 이놈이 내기를 대단히 좋아하는구나!' 하고 생각하였다.

그러나 암만 생각하여도 자기에게는 꿈에도 치질이 없으니까 저놈이 찔러 보겠다는 저 양초에 피가 반점이라도 묻을 리가 없다! 그러니 꽂아만 보면 1만 루블은 내 것이다! 우습기는 하지만 심심치 않은 내기이다! 하고 차차 마음이 동하였다.

"그래! 하자! 1만 루블 내기로 하자!"

하고 혁대를 끄르고 바지를 벗고 병정을 시켜서 양초를 꽂게 하였다.

웃지 마라, 1만 루블 내기에 팔려서 괴로운 것을 참아 가면서 그 길다란 양초를 무지스럽게 꽂았다 뺀 것을 보니 되었다! 피가 조금도 묻지 않았다!

"어떠냐, 피가 안 묻지 않았니?"

하고 그 유명한 내기 잘하는 병정을 단번에 이긴 것을 기뻐하면서 1만 루블을 맛있게 삼키셨다.

그 후 며칠 후에 그 병정을 쫓아 보냈던 저편 연대장을 만나서

"자네네 연대에서 내기를 너무 좋아한다고 우리 연대로 보낸 병정 말일세. 대체 그놈처럼 어리석은 놈은 없데. 공연히 나를 보고 치질이 있다고 우기더니 양초를 꽂아 보기 내기를 하여 피가 안 묻어서 1만 루블을 나에게 빼앗겼으니 말일세."

하니까 그 말을 듣던 저편 연대장은 깜짝 놀라 얼굴이 파랗게 질려 가지고

"그러면 큰일 났네……. 자네하고 나하고 두 사람이 모두 그놈에게 깜빡 속았네그려……. 그놈이 애초에 여기서 자네네 연대로 넘어갈 때에 나에게 장담을 하기를 '이번에 새 연대로 가면은 가는 길로 그곳 연

대장의 밑구녁에 커다란 양초를 박아 주겠다.' 하기에 '어떻게 같은 동관끼리도 그런 장난은 못 할 터인데 네까짓 녀석이 연대장에게 그런 짓을 한단 말이냐?' 하니까 '아니요, 꼭 박지요. 염려 마십시오. 그 대신 박기만 박거든 3만 루블을 내실 터입니까?' 하기에 하도 우스워서 그러마고 단단히 약속까지 해 두었는데, 자네가 1만 루블 바람에 양초를 꽂았으면 나는 3만 루블을 빼앗기게 되었네." 하고 울가망*을 하더란다.

*

어떤가. 이래도 웃지 않을 사람이 있을까─이렇게 웃는 것이 해로움이 있을까.

우리의 속에서는 때때로 이렇게 웃어 보기를 요구하는 것이다.

_강사 깔깔博士, 『별건곤』 1927년 8월호

● 울가망 근심스럽거나 답답하여 기분이 나지 않는 상태.

여학생과 결혼하면

여학교 동창회

여학교의 동창회! 총각 학생 아닌 수염 난 신사라도 누구나 가 보고 싶어 하는 부러운 회합이다.

거기에는 20 내외의 꽃다운 여자들만 오붓하게 모여드는 까닭이다. 금년 봄에 졸업한 여자, 지난해에 졸업한 여자, 지지난해에 졸업한 여자 까지도 꽃송이같이 젊은 향내 나는 아름다움을 가진 이들만 모여드는 까닭이다. 학교에 다니는 날까지는 공부에 시달리고 남의 눈 꺼리던 몸이 졸업을 하고 나서는 마음대로 활짝활짝 피어나서 일평생에 제일 아름다워지는 때라 자기네들끼리도 졸업 후에 잠깐 못 만난 동안에 딴사람과 같이 아름다워진 데에 깜짝깜짝 놀랜다.

"아이고 어쩌면!"

"어쩌면 저렇게 예뻐졌소?"

"아이고, 자기는……?"

이 어여쁘고 사랑스러운 땅 위의 선녀들이 모여서 무슨 이야기들을

* 발표 당시 제목 앞에 '경고'라고 밝혔다.

서로 하는가……. 하고 들어 보면 남자들은 상상 못 하는 몇 마디의 문답이 어느 동창회에든지 정해 있는 것처럼 일어난다…….

"아이고, 어쩌면……."

"나는 누구라고. 그래 그동안 잘 있었소?"

"아이고, 참 벌써 갔다지."

"가긴 누가 가?"

"그래, 좋습데까?"

"가긴 누가 갔다구 그래……. 참."

"내가 다 들었는데 무얼 속여요. 누가 뺏어 가?"

"뺏어 가 보지."

"으응, 그럼 가기는 참말 갔구먼……. 그래 무얼 하우?"

"누가 무얼 하느냐고 그래!"

"누군 누구야, 애인께서 말야. 서방님!"

"나는 몰라."

이것은 만나는 이마다의 초벌 인사고,

"아이고, 저기 저이가 우리 3년급* 적에 4년급에 반장으로 있던 이지?"

"그런데 어쩌면 쪽을 찌고 왔어. 퍽 예뻐졌는데, 옷도 예쁘게 지어 입구……."

"저이가 신문기자한테루 갔다지?"

"신문기자는 좋겠네!"

"좋기는 무에 좋아. 하인 하나 없이 조석도 자기가 짓는다는데."

"아이고, 어쩌면 신문기자가 그렇게 껄렁껄렁한가?"

● **연급** 학년. 학생의 학력에 따라 학년별로 갈라놓은 등급.

"거기다 시어머니까지 있다는걸."

"아이고, 아주 징역살이로구료."

이것은 한 사람씩 한 사람씩 검사하듯 따져 가면서 여기서 저기서 패패*끼리 속살거리는 말이요

"입때* 안 갔구면. 정말 안 갔소?"

"무에 좋은 거라구 그렇게 급히 굴 것 있소?"

"그래두 갈 것은 가야 해요."

"아, 이이가 결혼 맛이 꽤 좋은가 보이. 나는 시들합데다."

"공연히 겉으로만 저러지. 속으로는 다 치부가 있을 터인데."

"나 같은 것을 누가 쫓아다니겠소. 정말 없어!"

"내가 소문 들으니까 남자들 새에 소문이 야단이라는걸. 우리 집 사람도 그럽데다. 친구들이 어떻게 소개해 달라고 야단들이라구……."

"아이구, 이 능청!"

"아냐, 정말이야. 정말 꼭 없는 줄 알면 좋은 데 소개라두 할 테야……."

"아이그, 다 그만두어요. 듣기 싫어요."

"그렇지, 저렇게 잘생긴 여왕님의 뒤에 왜 시종무관*이 없을 리가 있나. 있지, 응? 있지? 무엇 하는 양반요? 좀 가르쳐 주어요."

"있기는 숭 없게, 무에 있다구 그래요."

"문학가요, 교육가요, 실업가요, 예술가요? 말을 좀 해요."

"몰라, 몰라."

●**패패** 각각의 패. 또는 여러 패.
●**입때** 여태.
●**시종무관** 대한제국 때 임금을 호위하며 따르는 일을 맡아보던 무관.

"물론 문학가나 예술가겠지. 원래 학생 적부터 취미가 많았으니까……. 그런데 제발 월급쟁이나 시어미 있는 데는 연애 아니야 아무거라도 가지를 말아요. 사람이 그냥 썩어요. 썩어!"

"혼자 살면 혼자 살지, 누가 그런 데루 가."

"그럼. 더군다나 ○자 같은 이야 여기저기서 모시어 가겠다는 데가 좀 많아서 그런 데루 가!"

이렇게 동무들의 비행기가 그들의 고무풍선같이 불어 커진 허영심을 한울* 위 구름 위에까지 자라 올라가게 한다.

"그래두 지금 신식 살림이라구 누가 와서 보더라두 피아노나 하나 하고, 라디오나 하나 내놓고, 커피차 한 잔이라도 내놓게 돼야지. 무에 신식이란 말요!"

"그러게 말야. 깊은 산속에 들어가서 혼자 산다면 모르지만 10년 동안이나 학교를 다니고 나서 신식 결혼이라구 해 가지구, 누가 시어미 버선짝이나 꿰매구 아궁이에 불이나 때구 있단말요."

여학교 동창회란 것은 어느 때 어데서든지 이따위 대화가 중심이 되는 것은 사실이다.

그들의 결혼 생활
가련한 것은 시종무관

이렇게 저희들끼리 허영심을 잔뜩 불리어 가지고 길러 가지고 있는

● 한울 천도교에서 '하늘'을 달리 이르는 말.

'여왕님'들이 계신 한편에, 될 수만 있으면 길거리에서 보아도 누구나 부러워할 미인이면 아무런 희생을 바쳐 가면서라도 그의 시종무관이 되겠다고 기를 쓰고 쫓아다니는 상당한 남자들이 많이 있는 것은 조물주의 재주 있는 장난이다.

많은 돈과 시간과 체면과 정력을 희생하여 석 달 또는 반년의 노력을 바치어 간신히 성미 까다로운 여왕님의 총애를 얻게 되면, 이번에는 있는 재주 있는 돈을 다하여 우선 맨 먼저 억지로라도 자기의 교제 넓은 것을 자랑하고 실력(돈) 많은 것을 자랑하여, 여왕님의 마음에 찰 만한 결혼식을 꾸며야 한다.

손님 많고 자동차가 여러 채여서 여왕님의 학우들까지 태워 모시고 축전축문이 많고 피로연회가 성대하고……. 신혼여행은 실상은 별로 의미 있는 것 아니지만 체면상 가기로 하는데, 가되 신혼여행 간다는 것을 여러 사람에게, 더욱 여왕님의 학우들에게 골고루 알려 놓고 가야 한다.

그다음에는? 그다음에는 돌아오는 길로 미리 정해 논 새 기와집에 행랑 두고 찬모* 두고, 방 속에는 기생집 같애서 안 되었지만 자개 의걸이* 놓고, 마루에는 프록코트* 입고 나막신 신는 격이지만 신식이니까 둥근 테이블에 등걸상 둘러놓고, 책장에는 금글씨 있는 책만 골라다 놓고, 그러면은 대강은 살림이 짜여졌다.

그러나 때때로 만나는 친구마다 "사랑의 보금자리가 어떤가 한번 가겠네." 하는 소리가 귀에 처지고 먼 데 있는 친구에게서도 그따위 편지까지 오는 고로 '사랑의 보금자리' 사랑의 보금자리란 말에 자기가 생

●**찬모** 남의 집에 고용되어 주로 반찬 만드는 일을 맡아 하는 여자.
●**의걸이** 위는 옷을 걸 수 있고 아래는 반닫이로 된 장.
●**프록코트** 보통 검은색이며 저고리 길이가 무릎까지 내려오는 남자용 서양식 예복.

각하여도 좀 더 어떻게 꾸며 놓아야 할 것을 느낀다.

그런 때 보금자리의 여왕님이 무언지 짜고 있던 털실 뭉치를 잠깐 놓고 생끗 웃으시면서

"에그, 여보! 내 동무들이 자꾸 살림 구경하러 온다는 데에 어떡허우. 기왕 살 것이면 피아노 먼저 사다 놉시다. 그러구 내가 이 조끼를 얼른 짜고 나서 전등 덮개를 만들고 테이블 덮개를 짤 터이니, 진고개* 가서 사진틀(그림) 몇 개만 사 옵시다. 사랑의 보금자리, 사랑의 보금자리 하는데 이렇게 힌쟈쿠(빈약)해서 어떻게 해."

'어떻게 해애', 하는 '해애' 소리가 콧소리 비슷하고 고개와 어깨를 비트는 몸짓이 어리광 같은 만큼, 결혼 전에 녹다가 남은 점잖은 신사의 간장이 마저 녹아서 한 마디 반 마디 이론이 있을 리 없이 그대로 다령* 을 한다. 더 길다랗게 쓸 필요가 없겠지.

여학생 부인의 위험 시대
무서운 것은 생활 권태

결혼 생활도 반년쯤 지나면 사랑의 보금자리에도 낙엽의 그림자가 날라서 사랑의 여왕님이 하품을 하기 시작하신다. 대체 여왕님이 날마다 하고 지내일 사무가 무어냐? 비극의 씨알은 여기서부터 커 가기 시작하는 것이다.

자고 일어나면 자리를 치우는 것쯤이나 자기 손으로 할까…… 세숫

● 진고개 서울 중구 충무로2가의 고개.
● 다령 궁중에서 '대령'(윗사람의 지시나 명령을 기다리거나 따름)을 달리 이르던 말.

물도 어멈이 떠다 놓아 주어. 밥을 지어 볼까 반찬을 만드는 사람도 따로 있어. 남편은 아츰®을 잡수시면 사무 보러 나아가시어. 바느질은 할 줄도 모르지만 하는 사람이 따로 있어. 피아노가 있으나 연구하는 것이 아니니까 같은 곡조 되풀이기도 할 맛 없어. 유성기를 틀어 놓을까 그것도 혼자서는 귀만 아프시다.

직업을 가지자니 고무 직공이나 부인 양복점에 갈 까닭 없고, 학교 선생이나 신문 잡지사에 보내 보자니 남편의 생각에 위험을 느끼는 바 있어, 부인 운동에 내어세우자니 머리 깎거나 뭇 남자와 손목 잡아 흔들겠으니 그것이 무섭고도 싫은 일이요. 나이 좀 더 먹기 전에는 다른 남자 섞이는 곳에 외따로 내어놓을 수 없는지라, 먹을 것 있고 용돈 넉넉하니 집에 편히 두는 것이 제일 상책이요, 정히 갑갑하면 저녁에 동부인하여® 활동사진®이나 음악회에 가고, 일요일이면 시외 산보나 다니면 그만 아닌가 하여, 남자는 그것이 아내를 위하는 길이요 아끼는 일이라 하여 무관심하고 내버려 두지마는 그것이 큰일이다.

살아서 몸이 움직이고 생각이 움직이는 사람이 하는 것 없이 그냥 살기는 징역 생활보다도 더 괴로운 것이다.

아츰을 먹고 남편을 사무소로 전송하고 혼자서 쓸쓸히 앉아서 신문지나 뒤적거리자니 정치란, 경제란은 애초부터 보아 본 적이 없는지라 상관없는 세상이고, 소설과 기사는 담배 한 대 필 동안에 두 번씩 읽었고, 옆에 앉은 침모®가 있어서 이야기를 걸지만 그것은 연애 이야기나

● 아츰 '아침'의 사투리.
● 동부인하다 아내와 함께 동행하다.
● 활동사진 '영화'의 옛 용어.
● 침모 남의 집에 매여 바느질을 맡아 하고 일정한 품삯을 받는 여자.

활동사진 이야기가 아니니 마음 끌리지 않고…….

동무들이나 찾아왔으면 좋겠건마는 처음 와서 피아노 찬미, 유성기 칭찬이나 몇 번 하고 갔으면 그만이지 무슨 동무가 날마다 학교에 다니듯 와 줄 리 없고, 낮잠을 자지만 일곱 시간 여덟 시간씩 자지지 않고……. 무얼로 오늘 해를 어떻게 지워 보낼까 지루하기 한이 없어서 하품과 기지개가 자주 나오게 되는 것이다.

심심해 못 견디겠다니 책이나 보라 하지만 사상서류나 철학서류는 재미없어서 연애소설밖에 읽을 것이 없으니, 그것 읽으면 읽을수록 소설 같은 풍파를 겪어 보고 싶게 된다. 더러는 실연을 당하여 자꾸자꾸 울어 보는 여자도 되어 보고 싶어지거든, 어찌하여 꼭 이렇게 한 임자에게 매달려 있는 몸을 울타리 밖에 날마다 와서 자기 몸을 그리워해 주는 다른 청년이 있어 보았으면 하는 마음만 생겨 보지 말라는 법이 있을 것이냐……. 염려 많은 남자는 혼자 있는 아내에게 연애소설만도 읽히고 싶지 않아 하는 것이다.

심심하니까, 견디지 못하게 심심하니까 몸은 게을리 앉아서 아무 데도 붙잡아 맬 수 없는 생각이 이리로 저리로 헤매어 나려하는데, 새로운 경역*을 더듬어 볼 힘조차 없으니까 정해 놓고 지나간 날 학생 시대 때의 꿈을 찾아나기 시작한다. 거기에서는 여러 가지의 재미있고 아름다운 추억이 그의 심심하고 고적한 마음을 위로해 주는 까닭이다. 그러나 위험한 일로는 그 하염없는 추억이 한편으로는 그의 지금 마음을 더 쓸쓸하게 더 슬프게 하는 힘을 많이 가진 것이다.

그때에 학교 운동장 구석에서, 또는 눈 내리는 날 난로 둘레에 앉아

●**경역** 경계가 되는 구역. 경계 안의 지역.

서 동무들이 꿈같이 이야기해 주던 결혼 생활은 이보다는 좀 더 재미있는 것이 아니었을까……. 그때의 그 동무들 중에는 나보다 더 좋은 결혼 생활을 하고 있는 사람이 있지 아니할까……. 아니 아니, 돈은 나만 못하고 피아노는 내 것만 못하더라도 정말 어글어글하고 정말 자주 웃겨 주는 남자를 얻은 사람이 있지 아니할까……. 동무의 신상을 알고 싶어서 '이런 동무도 있었거니 어떤 어떤 동무도 있었거니' 하던 끝에는 자기도 모르는 중에 저절로 학교에 다닐 때에 골목 밖에서 반드시 나를 보고 얼굴을 붉히고 지나던 ○○전문학생도 있었거니……. 답장도 안 하는 편지를 어여쁜 글씨로 지성스럽게 하던 시인도 있었거니……. 그이들이 내가 지금 이렇게 살림을 하고 있는 줄 알면 어떻게 생각할고……. 피 하고 웃어 버릴까 부러워해 줄까……. 이런 생각이 반드시 마음이 나빠서 나는 것이 아니라 그의 심심적막한 생활이 저절로 그렇게 시키는 것이다. 세상이 모두 다 예수가 아니거든 어떻게 이런 생각만을 하는 것으로 마음속에 간음을 한 것이라 꾸짖을 수 있을까 보냐.

생각이 여기까지 미쳐도 다른 일거리가 얼른 생기지 않으면 생각은 또 뒤에 뒤를 이어 나간다. 내가 만일 이이와 결혼하지 않고 그렇게 지성으로 조르던 그와 결혼을 하였다면 지금 생활이 이보다 어땠을고……. 내가 이렇게 결혼 생활을 하는 것과 같이 그이도 지금은 누구하고 결혼을 하였겠지……. 하였으면 어떤 여자와 하였을고……. 나보다 나은 여자? 못한 여자? 혹시 그이 내외하고 우리 내외하고 길거리에서나 어느 음악회에서나 만나게 되면 어떻게 될고. 저편이 우리를 부러워하게 될까, 내가 저편을 부러워하게 될까……. 소설 쓰듯 이어 나가는 헤짓는* 생각은 한이 없이 이어 나가다가 저녁때 남편이 돌아오는 발소리에야 막을 닫힌다.

우리들이 간혹 경성을 떠나서 한적한 시골에 가서 쉴 때에 일부러 틈을 지어 쉬러 간 것이면서도 2, 3일 만에씩 배달되는 신문을 볼 때에 경성에서 음악회, 무도회, 남녀 토론회 한다는 소식들을 볼 때마다 갑자기 서울 일이 궁금해지고 그리워지는 것을 느낀다. 경성에 있을 때는 옆집에서 그러한 것이 있다 해도 돌아다보지도 않고 지내던 몸이 시골 와서 신문지로 볼 때에는 이상하게도 그런 것들에 마음이 끌리어 거기에 드나들며 축석거리는● 사람들의 얼굴이 눈앞에 보인다.

여학생, 처녀 학생, 현대적 미인으로 모든 사람들의 주목을 끌면서 번화하게 드나들던 미인 여학생이 갑자기 한 남자뿐의 지키는 사람이 되어, 찾아오는 이도 없는 커다란 집 속에 심심히 혼자 앉았을 때, 꼭 그와 같은 마음의 동요를 보게 된다. 그리하여 그는 햇볕만 공연히 쪼이는 마당에 무료히 지내면서 신문지나 자꾸 들칠 때에 바깥세상의 모든 것을 생각하게 되고 그리워하게 되고, 나중에는 아무 변화 없는 자기 생활에 어떤 파동이 일기를 스스로 바라게 된다.

어떻게 무서운 일이냐. 어떻게 두려운 일이냐. 만일 그의 이러한 심정을 아는 자 있어 틈을 타서 손짓을 한다면 그 집의 행복은 그날부터 무너지기 시작하는 것이다. 파경의 비애! 그것이 남의 일에만 그치지 않을 것 아니겠느냐.

● 헤젓다 일 따위를 파헤치며 분란을 일으키다.
● 축석거리다 원문에는 "축석어리는"으로 되어 있다. '축석하다'(자리를 차고 일어나다)의 뜻으로 보인다.

미연의 방지책!!
권고하고 싶은 여러 가지 일

돈 모으는 과부는 돈 수효 느는 데에 재미를 붙여서 마음에 딴 겨를이 없는 것이다. 무식한 구식 부녀는 세간 장만하기에 마음에 딴 겨를이 없었고, 가난한 집 부녀는 살림에 쫓기어 딴 겨를이 없이 지내는 것이다.

여학생 출신으로 손에 물 안 묻히고 사는 미인은 무엇 때문에 딴 겨를이 없을 것이냐? 머릿속에 연애소설 꾸며 보고, 안 해도 좋은 바깥 생각 하기에, 예전에 만나던 남자 생각하기에 딴 겨를이 없다.

너무도 두려운 일이니 여성 자신도 스스로 일거리를 지어 가지기에 노력할 일이요, 그러한 아내를 가진 이는 그의 일거리를 장만해 주기에 힘써야 할 것이다. 바깥에 내어세우기 싫으면 텅텅 빈 사랑방에 이웃 부녀들의 소규모 강습을 시켜도 좋겠고, 일반 여성의 사회를 위하여 나서도 좋은 것이 아니냐.

―(11행 삭*)―

말하기 거북한 일이라고 아니 하고 덮어 둘 수만도 없어서 내 딴에는 특별한 생각으로 일부의 반성의 자료나 될까 하여 써 본 것이다. 이 변변치 않은 글을 끝까지 읽어 준 이의 너그러운 양해를 바라고 그만둔다.

_双S生,『별건곤』1927년 12월호

● 검열로 삭제된 것으로 보인다.

현대적(모던) 처녀

*

'모던 걸!'

'해방된' 현대적 색시.

그런데 이 말은 두 가지 의미를 가지고 있다.

한 가지 의미로 보면 그들은 온갖 묵은 것으로부터 해방은 되었으나 그렇다고 아무런 새론 것도 갖지 못하고, 다만 양장과 부평초 같은 아주 무정견한 것과 사람 흥분시킬 미를 갖고 있을 뿐이다. 그들은 왈, ○○주의자이고 왈, ○○애호가이고 엄청나게 긴 정강이 소유자이고 교묘한 말본새*를 내고, 초콜릿을 씹고, 두 볼에 곤지 찍고, 두서너 잔 술에는 얼굴이 얼른 붉어지지 아니하고, 문학이나 그림을 경멸히 보고 더구나 시(詩)쯤은 똥오줌 대접이다. 비평은 좋아하나 아무것도 창작은 못하고, 책은 제법 보는 척하지만 변변한 책은 읽지 않는다. 언뜻 보면 영리한 듯하나 때때로 멍청이 짓을 하는 때의 군색한 꼴이란 차마 볼 수가 없다. 식욕이 왕성하고 따라서 배설물도 또 많다. 독신 생활은 곧 주창

---

* 기획 '모던 걸·모던 보이 대논평'에 포함된 글이다. 유광렬, 박팔양, 성서인(방정환), 최학송(최서해)의 글이 실렸다.
● 말본새 말하는 태도나 모양새.

하면서 뒤로는 사나이를 곧잘 사귀고, 임신 조절이니 산아제한이니 굉장히 떠들지만 결혼하자마자 배가 뚱뚱해 가지고 다니게 된다.

　정말 그들은 '모순'으로 틀어 채운 고무주머니다.

*

　또 한 가지 의미로 보면 그들은 온갖 묵은 것으로부터 해방되고 그리고 새로운 창조의 도정에 있는 것이다. 그들은 남자와 평등의 위치에 서고, 성격적 직분으로 부득이한 차이가 있는 외에는 남자와 전연히● 같은 조건 위에 생활하고 노동하고 공부하고 향락하기를 구한다. 한걸음 더 나아가서 그들은 자본주의적 경제 조직을 타파하려는 싸움에 남자와 같이 참가하려 한다. 결혼, 산아, 이혼 같은 데 대해서도 가장 이성적 처치를 강구하려 한다.

　물론 아직까지는 이러한 점에 실행이 있는 '모던 걸'이 없으나 그러나 거의 다수가 그렇게 되려는 도정에 있는 것뿐은 의심할 수 없는 사실이다. 제1 의미로 보는 '모던 걸' 중에도 제2 의미! 그것에 진보될 가능성이 충분한 '모던 걸'이 많으리라 생각한다.

　어쨌든 여자가 남자보다는 아무래도 더 많은 인습적 무거운 짐을 지고 있는 것이 부인할 수 없는 사실인 고로 그 짐을 벗어 집어 내버릴 때에도 여러 가지 곁길에 발을 들여놓게 되는 점에 있어서는 우리들도 얼마큼 관대한 고려가 있어야 할 것이다.

_城西人, 『별건곤』 1927년 12월호

● 전연히 완전히.

벌거숭이 남녀 사진

　근래의 신문지에 일본 상인들의 광고가 많이 나는데 그 중에는 명함 쪽 만한 소광고에 '남녀교유진본'이니 '생식기도해'이니 또 혹은 '늙은 이도 한 번 보면 웃지 않고 못 배길 남녀 진사진*'이니 무어니 하고 춘화류의 문자로 순진한 독자의 호기심을 끄는 것이 너무도 많이 있다. 주문만 하면 남의 눈에 안 뜨이게 밀송한다는* 바람에 멋모르고 조선 사람들이 얼마나 많은 돈을 넌짓 넌지시 빼앗기고 믿는지 모른다. 그래서 일본에서 오래 두고 사기 판매를 하여 먹던 그들은 실로 처녀지(속이기 좋은) 조선 사람의 주머니를 향하여 일제 화살을 향하기 시작하였다.

　나는 한 사람이라도 더 속는 사람이 없기를 바라고 이 일엽 기사 기회에 그들의 사기 광고 내용을 여기에 폭로하기로 하였다. 한 페이지에 제한되었으니까 여러 가지를 일일이 말할 수 없고 그 중에 몇 가지만 들기로 한다.

　'희희낙락 나체남녀교유사진'이란 광고를 보고 금 10원 80전을 남도 모르게 보내 놓고 춘화도 오기를 기다리고 있으면 일주일만에 봉지에

---

* '기자 경쟁 일엽(一頁) 기사'란에 실린 글이다.
● **진사진** 진귀한 사진.
● **밀송하다** 남몰래 보내다.

싸고 싸고 하여 문자대로 밀송하여 온 것을 사랑문 닫아걸고 넌지시 뜯어 보면 여름 해변에서 기생이나 여배우 들이 해수욕복을 입고 헤엄치는 것 3매와 남자 헤엄치는 엽서 3매! 이런 것쯤이야 가까운 진고개˙에 가면 길거리에 내어놓고 파는 사진 1매 4전짜리니 모두 합쳐도 24전의 치인데 나체남녀교유라는 데에 팔려서 2원 80전을 빼앗긴 것이다…….
그다음에는 **'벌거벗은 남녀 야사하는 사진'**이라는 광고가 있고, 90노인이라고 이것 보고 흥분되지 않는 사람이 없는 인생 지락˙의 사진인데 문구까지 달려 있으니 더욱 볼 만한 것이라고 설명까지 붙어 있는 바람에 여드름 학생은 물론이요, 점잖다는 신사도 베갯머리에 감추어 두고 보려고 향내 나지 않는 마음으로 3원 70전을 보내고 고대고대하면 역시 일주일만에 배달된 밀봉을 뜯고 보면 그야말로 굉장한 사진이 나온다.

'가마보꼬'라고 곤냐쿠˙ 같은 생선떡을 만드노라고 국숫집 머슴 같은 장정 고원˙들이 하절˙이라 벌거벗고 땀을 흘리면서 야근, 생선 낚아다 지느라고 바쁜 것을 박힌 사진 4매와 과자 제조 공장에서 여직공들이 웃통을 벗고 화덕 옆에서 과자 만들고 있는 사진 4매인데―이것이 거짓말 없는 벌거숭이 남녀 밤일하는 사진이요, 또 그 옆에 설명 문구에 하였으되 '젊은 기운으로 이렇게 주야 겸근˙으로 직업에 충실한 것이 무엇보다도 인생의 지락이 아니냐고…….' 딴은 그들은 거짓말을 조금도 안 했다.

●**진고개** 서울 중구 충무로2가의 고개.
●**지락** 더할 나위 없는 즐거움.
●**곤냐쿠** '곤약'(구약나물)의 일본어.
●**고원** 사무를 도와주는 임시 직원.
●**하절** 여름철.
●**겸근** 자기가 맡은 본디의 근무 이외에 다른 근무를 겸함.

속은 사람이 마음이 컴컴하였으니 누구에게 호소할 수도 없고 혼자서 입맛만 쩍쩍 다시고 마는 것이다.

결혼 초야*니 무어니 하는 것이 모두 이따위인 즉 속는 이 없도록 이러한 이야기는 우순 말 삼아 널리 전하는 것이 좋겠다.

_波影, 『별건곤』 1927년 12월호

● 초야 첫날밤.

감주와 막걸리

구루마*에 끌고 다니는 '왜국수' 장사가 생긴 것은 오래된 옛이야기
요, 약식 장사가 두부 장사처럼 외치고 다니는 것도 벌써 헌 이야기가
되었지만, 이번 세밑*에는 '뜨끈따끈하구료!' '맛보고 사 잡수시오!' 하
고 밤 깊은 골목을 요란히 외치고 다니는 감주 장사도 생겼다.

딴은, 북촌 일대의 좁은 골목 거리(원동, 계동, 재동, 화동, 간동, 소격
동, 삼청동, 효자동 등)의 학생 하숙촌으로 10시, 11시쯤 하여 이름도 달
큰한 감주를 팔러 다니면, 술맛 모르는 학생들에게나 사랑에 낯 붉히고
앉았는 나어린 애인들에게는 '칼피스'* 이상의 고마운 맛이 있을 것이
니, 눈 내리는 겨울밤 남녀 손목 잡고 '감주 사 먹기'란 분명히 무진 연
두*의 새 유행의 하나일 것이다.

그러나 이 유행이 나는 또 한 가지 유행을 낳아 놓을 것을 예상한다.

---

* 기획 '풍자 해학 신유행 예상기'에 포함된 글이다. 권구현, 쌍S생(방정환), 돌이, 삼
  산인(방정환), 성서인(방정환), 삼각정인(차상찬)의 글이 실렸다.
● **구루마** '수레'의 일본어.
● **세밑** 한 해가 끝날 무렵.
● **칼피스** 우유를 가열하여 살균한 뒤, 이것을 냉각하여 발효하고 당액과 칼슘을 넣어
  만든 음료수.
● **연두** 새해의 첫머리.

그것은 막걸리 행상이다. 손쉽게 말하면 여름날 밤에 아이스크림 팔러 다니듯 추운 밤에 더운 막걸리를 팔러 다니는 것이 유행하리라는 말이다. 약식 장사보다도 야키이모* 장사보다도 어떻게 많은 손님을 가진 장사일 것이냐 말이다. 조고만 짐 구루마에 화덕을 놓고 두어 가지의 안주를 싣고 10시, 11시의 북촌 일대를 천천히 돌아가면, 이 골목 저 골목 사랑방에서 허튼 이야기에 기운 지친 유지* 논객들이 저마다 주머니를 털어 들고 나올 것은 의논해 보지 않고도 짐작할 수 있는 일이다.

요릿집에서 먹든지 선술집에서 먹든지……. 기분 좋게 몇 잔씩 기울이고는 헤어질 때처럼 쓸쓸한 것이 없다. 상당히 얼근한 걸음으로 눈 내리는 골목을 터벅터벅 걸어가다가 좁다란 골목 모퉁이에 밝지도 않은 등불에 더운 김을 연기같이 올리고 있는 술 구루마를 만나서 모자 위에 눈을 툭툭 털면서 한잔 기울이는 멋과 맛. 분명히 이것은 시작만 하면 크게 유행될 것이다.

_城西人, 『별건곤』 1928년 2월호

● 야키이모 '군고구마'의 일본어.
● 유지 어떤 일에 뜻이 있거나 관심이 있는 사람.

신혼살림들의 공동 식당

여학교를 졸업한 여자에게 제일 고생스러운 일이 무어냐? 아기 낳는 일 그보다도 더 괴로운 일이 허리 꼬부리고 화롯불 피우고 조석 지어 먹는 일이다. 그래서 그들의 결혼 제1 조건이 '손끝에 물 안 묻히고 살 수 있는 것'이게 된 것이다.

그러나 천만 미안한 일로 요새의 청년들은 그런 여자에게 염려 없이 실례를 여쭈어 두고 '자기 손으로 밥이라도 짓고 소제˙라도 하려면 할 여자'를 찾게 되어서, 그렇게 손끝에 물 안 묻힌 곳을 찾으려다가는 저도 모르는 중에 독신주의자 행세를 하게 되게 되었으니, 생각하면 조금쯤은 쾌한 일이다.

그러나 실제로 신접살림을 시작해 놓고 보면 시체˙ 사람쯤은 그 일이 어떻게 무의미한 노력이요, 공연한 시간인 것을 깨닫게 된다. 방에서도 허리가 꼬부라지게 추운 날 아무리 연애 생활이라도 방 속에서 밥을 지어 먹을 수는 없는 일이요, 가만히 앉아서도 땀이 흐르는 여름날 아무

---

* 기획 '풍자 해학 신유행 예상기'에 포함된 글이다. 권구현, 쌍S생(방정환), 돌이, 삼산인(방정환), 성서인(방정환), 삼각정인(차상찬)의 글이 실렸다.
● **소제** 청소.
● **시체** 그 시대의 풍습·유행을 따르거나 지식 따위를 받음. 또는 그런 풍습이나 유행.

리 스위트 홈이라도 불을 만지지 않고는 밥을 지을 수 없는 것이라, 어여쁜 여왕님이 장작과 씨름을 하는 꼴을 보고 있을 수도 없거니와 대체 그렇게 아니 하고는 절대로 살아가지 못할 것일까, 그만한 노력과 시간을 달리 더 유효하게 이용하지를 못할까? 간편 생활, 간편 생활, 부엌 찬간만 없어지면 장독대도 없어질 것이요, 김장도 젓갈도 문제가 안 될 것이다. 이 집에서도 간편 생활, 저 집에서도 간편 생활, 건넛집에서도 또 간편 생활.

이때다! 이때를 타서 이러한 소식에 눈치 빠른 청년 문사 K 씨가 일금 700원야*를 가지고 자기 거택을 그대로 새로운 식당 간판을 붙이고 영업을 시작한 것이 안국동의 '신우헌(新友軒)'이다. 때가 때인지라 공장 옆의 선술집처럼 번창 또 번창, 그러나 아무리 번창하여도 손님이 조촐한 손님뿐이라 난잡하거나 시끄럽지 않게 번창하는 것이 영업자에게나 손님에게나 고마운 특색이다.

*

아츰* 8시만 가까워 오면 한 패씩 두 패씩 젊은 부부가 모여든다.

"오늘은 우리가 1등이로군."

"오늘 아츰은 무어요? 대구어 지짐이 하였소?"

우선 여자는 반찬 먼저 물으면서 들어온다.

주인이나 손님이나 전부터 친한 동무인 사이라 모르는 집에 밥 사 먹으러 오는 것이 아니고, 한 기숙사 안에 동거하는 사람끼리 각 방에서 식당으로 모여드는 폭이나 다르지 않게 친근한 맛이 있다.

"아이그, 오늘은 계동 S가 왜 이렇게 늦을까?"

● ─야 '그 금액에 한정됨'의 뜻을 더하는 접미사.
● 아츰 '아침'의 사투리.

"글쎄, 날마다 제일 먼저 오는 사람이······."

"어저께 저녁 먹고 간 것이 거북하다더니 밤새에 병이나 나지 않은 모양일까?"

"아이고, 정말 병이나 나든지 했으면 어쩌나."

이런 이야기를 주고받고 하는 동안에 매일 오는 사람이 대강은 모두 모인다. 그중에는 부부 동반뿐이 아니라, 독신 청년도 두어 사람 섞인다.

주인 부인과 소녀가 아츰상을 날라 오는데, 아츰이라 정해 놓고 간단하다. 국, 장아찌, 김치, 깍두기······.

쭉 둘러앉아서 식사를 하면서의 계통 없는 담화, 저절로 세상일이 자유롭게 토의된다. 신문 기사가 대개는 화제에 올라서 옳거니 그르거니 오늘 저녁에 어데서 무슨 강연이 있는데, 연사가 누구이니 연제*가 무어거니······. 어느 곳에 동맹파업이 생겼는데 회사 측이 나쁘거니 직공 측이 옳거니, 끝에 끝에 끝을 이어 아니 나오는 문제가 없고 그러하는 중간에서 의견 교환이 퍽 부지런히 퍽 원만하게 되어 간다.

아츰을 먹고는 각각 헤어져 자기의 사무소로 흩어져 가고, 저녁밥 시간(여섯 시)이 되면 모조리 모여들어서 생선지짐이, 찌개, 주인댁 솜씨 자랑 될 만한 요리를 먹으면서 오늘 하로* 지내는 중에서 생긴 일을 또 옳거니 그르거니 자유토의를 한다.

*

물론 이러한 것이 방금 어느 곳에 있다!고 소개하는 것이 아니다. 이런 것이 생길 듯도 한 일이고, 생기면 이러하리라고 예상해서 써 본 것이다. 신혼부부의 시부모 없는 가정이 차차로 늘어 가는 때, 더욱 직업

● 연제 연설이나 강연 따위의 제목.
● 하로 '하루'의 사투리.

부인이 날마다 늘어 가는 때라 이런 것이 생기기만 하면 그것 하나쯤 유지해 갈 만큼은 번창할 것을 믿을 수 있고, 금년쯤 누구든지 눈치 빠른 이로 이것을 시작하는 사람이 있을 것을 예상할 수도 있는 일이다.

만일 시작하는 이가 낮에는 점심밥을 사무소에까지 배달해 줄 수 있으면 더욱 좋을 것이요, 신문 잡지 종람실*까지 준비할 수 있으면 더욱 더 좋은 일이겠다.

_雙S生, 『별건곤』 1928년 2월호

● **종람실** 마음대로 구경할 수 있는 방.

여자 청년회 빙수점

　금년에 무엇이 새로 유행할 듯싶으냐? 나 같은 둔한 인물에게 그런 것을 묻는 것은 아무리 해도 실책이다. 그러나 실책은 그의 실책이지 내 잘못이 아니니 인심 좋게 생색이나 내고 딴청이라도 하나 해 본다. 독자께는 미안하지만.

　4월이 되면 야시장이 벌어지고 물건 살 사람 안 살 사람이 쏟아져 나온다. 그런데 야시에 나오는 사람이 반드시 물건 살 필요로만 나오는 것이 아니니, 야시에서 물건을 좀 더 잘 팔 욕심이 있는 사람은 무얼로든지 다른 데에 없는 야시의 명물을 지어야 할 것이다.

　이때까지로 보아서 야시의 명물은 '싸구료' 소리와 뿌럭지* 없는 화초 장사뿐이라 할 것이다. 만일 더 있다면 수박 장사와 깡깡이 켜는 창가*책 장사나 헤일까……. 그런데 금년 여름에는 명물 한 가지가 더 생길 것을 예상할 수가 있다. 무언고 하니 '여자 청년회 빙수점'일 것이다. 야시 군데군데에 포막*을 치고 이름 좋은 트레머리* 여자 회원들이 앙

＊ 기획 '풍자 해학 신유행 예상기'에 포함된 글이다. 권구현, 쌍S생(방정환), 돌이, 삼산인(방정환), 성서인(방정환), 삼각정인(차상찬)의 글이 실렸다.
● 뿌럭지 '뿌리'의 사투리.
● 창가 근대 음악 형식의 하나. 서양 악곡의 형식을 빌려 지은 간단한 노래.
● 포막 천막.

628

증스러운 앞치마를 입고 들락날락 허리를 흔들면서 지나가는 행객을 방긋방긋 웃음으로 끌어들이면서, 간판에 하였으되 '○○여자 청년회 식당'이라고.

이 굉장스러운 꾀는 어데서 출발한 것인고 하니, 지난겨울에 여성단체 ○○회가 어느 바자회에 식당을 열고, 간부 총출* 신문 기사 고대로 대활동을 하여 순이익 160원야*를 얻었다 하는 데서 모범(?)을 하여 온 것이다.

수입을 회의 유지비에 쓴다 하면 그 목적에 있어 다를 것이 없는 것이요, 손님이야 바자회에 오는 손이나 야시에 나다니는 사람이나 다를 것이 없으니 신문사에서도 이것들은 모조리 사진을 백여다가* 대서* 또 특서해* 줄 것이다. 그리되면 회의 선전이 전선*적으로 될 것이요, 회원들에게 상업 지식(?)을 주는 데 겸하여 사회적 대훈련(?)이 되고, 아직 미혼 여자들로서 바람 쏘일 기회도 되고…….

가지가지로 유익 많은 일인데 더욱 매사에 모범을 보이는 큰 단체에서도 한 일이니 결코 결코 결코 체면 상할 일이 아니고, 그래서 한 곳의 여자 청년회에서 야시에 출장을 하여 본 일이 예상 이상으로 수입 성적이 좋고 종업 회원들의 재미도 많아서, 성공 대성공이란 소문이 퍼지자 다른 여자 청년회에서도 긴급회의를 열고 야시에서 빙수점 개업할 건

● **트레머리** 신여성을 상징하는 머리 스타일로, 옆 가르마를 타서 갈라 빗어 머리 뒤에다 넓적하게 틀어 붙인 머리.
● **총출** 구성원 모두가 나옴.
● **—야** '그 금액에 한정됨'의 뜻을 더하는 접미사.
● **백이다** 박다. 찍다.
● **대서** 글씨를 두드러지게 크게 씀. 또는 그 글씨.
● **특서하다** 특별히 두드러지게 적다.
● **전선** 전 조선.

을 만장일치로 결의하여 장난꾼만 많은 야시 바닥에 연애 도사가 늘고
또 는다. 하하하하, 좋아지는 세상이지…….

_三山人, 『별건곤』 1928년 2월호

여학교 다니곤 결혼을 못 하게 되어서

'믿을 수 있는 처녀 여학생을 구하기가 어려워서 지금은 장가도 용이히 들기 어렵다.'고 괴탄*을 하는 젊은이가 한편에는 의외에 많이 있다. 노인이 그러한다면 그것은 젊은 사람들의 생활을 오해하고 하는 말이라 하겠지마는 젊은 사람의 하는 말이라 자기도 여학생 뒤를 따라도 보고 사귀어도 보아서 그들의 숨은 품행을 잘 알고 있는 까닭으로 생기는 괴탄이라 무어라고 안심을 시킬 도리도 없는 것이다.

2, 3년 전까지는 촌에서 올라온 시아버지나 보통학교의 샌님 선생 같은 이가 '고등학교 다닌다고 쏘대던 여학생은 믿기가 어려우니까 보통학교나 졸업하고 집에 들어앉은 신부를 고르겠소.' 하더니, 지금쯤은 새파란 모던 보이(?)들이 대개는 '흥, 머리 큰 여학생에야 하나나 고운 것이 있나. 품행 나쁘면서 입버릇만 건방진 얼치기보다는 그저 보통학교나 졸업해서 신문, 편지나 볼 만큼 되고 살림 공부 잘 배운 여자한테 장가드는 것이 제일이니…….' '그렇고말고 숫처녀 없는 것은 그만두고라도, 첫째 보통학교만 졸업한 여자나 고등학교까지 더 마친 여자나 차이

---

* 기획 '풍자 해학 신유행 예상기'에 포함된 글이다. 권구현, 쌍S생(방정환), 돌이, 삼산인(방정환), 성서인(방정환), 삼각정인(차상찬)의 글이 실렸다.
● 괴탄 괴이하게 여기어 탄식함.

나는 것이 있어야지, 정도가 별로 다른 것이 없는걸……'

'옳지, 옳아! 4년 더 다닌대야 조끼 짜는 것이나 배우고, 연애편지나 더 배우는 것뿐이지 무어 4년 성적이 뛰어나는 게 있는가 말이야. 정도는 별차 없고 엉덩이에 뿔이 안 난 만큼 보통학교 졸업생이 몇 십 층 낫지……' 하게 되어서 미움받을 말 같지만, 이대로 나가면 분명히 여학생의 결혼난(공포?) 시대일 것이다. 그래서 여학생의 어머니마다 중매인보고서

"여보, 아예 고등학교 다녔단 말은 하지 마시우. 그저 보통학교만 졸업하고 들어앉았다구 그래요."

신신히 부탁하는 말이 이 말뿐이요, 집에서도 하인이나 어린애보고도 "이 애, 너희들 밖에 나가서 놀 때라도 아예 누님은 고등보통학교에 다닌다는 말 하지 말아라. 그런 소문나면 큰일 난다." 하고 을러대게 된다.

그리고 간혹 가다가 누가 찾아와서 "혹시 이 댁에 여자고등학교에 다니는 학생이 있습니까?" 하고 물으면 "아이그, 천만에요. 큰일 날 말씀을 하십니다. 남의 집 식구를 그냥 죽이는 게 옳지 그게 무슨 말씀입니까? 어디로 보아서 우리 집 딸을 고등학교에 보낼 것 같습니까?" 하고 바로 전염병 유행 때 순회병원*에서 잡으러 온 것처럼 날뛰게 된다.

이 괴상한 유행이 사실로 한편부터 고개 들 염려가 보이니, 거미줄 치게 될 여학교 당국자 여러분! 어느 때까지 지금대로만 있으면 큰일들 아니겠습니까? 여학교 교원 제씨*의 머리가 좀 더 새로워질 수가 없겠습니까? 급히 급히요.

_三山人, 『별건곤』 1928년 2월호

● 순회병원 의료 혜택을 못 받는 지방을 순회하면서 환자를 진료하는 병원.
● 제씨 여러 사람을 높여 이르는 말.

밤 세상·사랑 세상·죄악 세상

　제1대(隊)는 귤 장사와 고학생 약 장사, 제2대도 귤 장사로 차림을 차리고 나섰는데, 우리●는 '만주● 장사'를 차리노라고 해어진 외투에 해어진 학생모까지 얻어 쓰고 나섰으나 만주 장사를 만나야 만주 궤짝을 얻어 메이지……. 시간은 자꾸 가는데 사●를 나서서 재동 네거리까지 와도 호야호야 소리가 들리지 않고 안국동 골목골목을 돌아다녀도 웬일인지 만주 장사는 지나가지 않는다.

　"오늘은 대실패로군. 낮부터 미리 약속해 얻어 두었어야 할 것을……. 무어 시간만 자꾸 가는데."

　"만주 장사는 단념하고 영신환●이나 몇 갑 사 가지고 고학생으로 개업을 해 봅시다. 그것이 낫겠소."

　실패해 가지고 빈손으로 들어가서 편집 고등계 주임(?)께 몰려 댈 생각을 하니 마음이 초조하여 임시 개업을 결심하고, 약국에 들어가 영신

＊기획 '불량 남녀 일망타진, 변장 기자 야간 탐방기'에 포함된 글이다. 북웅(채만식)과 파영(방정환)은 제3대(隊)로 활약하였다.
●우리 제3대(隊)로 북웅(채만식)과 파영(방정환).
●만주 밀가루나 쌀가루로 만든 반죽에 팥소를 넣고 싸서 찌거나 구운 과자.
●사 회사. 여기서는 '개벽사'를 가리킨다.
●영신환 계피나무 껍질, 박하유, 대황, 삽주 따위로 만드는 환약.

환 일곱 봉을 구해 들고 군자금으로 하사받은 10원 영감 한 장을 내어 댔다가 거스를 돈이 없다고 약을 도로 빼앗기고 쫓겨 나왔다. 이날 운수가 누구를 골리려고 이다지 불길한지…… 10원 돈 거스를 돈이 없어서 팔 것을 팔지 못하는 북촌 상인의 형세도 무던히 가긍한* 것을 알았다.

"여보, 남의 걱정 하지 말고 우리 형세가 더 딱하지 않소. 무기 없이 전장에 나온 격이지. 빈손으로야 수상한 집이 있기로 쫓아 들어갈 수가 있어야지."

"글쎄요, 대낭패외다."

탄식만 주거니 받거니 하면서 안국동 좁은 골목을 휘돌아 화동을 향하고 나가니, 앗!! 들린다 들린다. 안국동 예배당 편에서 만주 장사의 호야호얏 소리! 어찌도 반갑던지 소리소리 질러 부르면서 두달음질*하여 쫓아가니 십칠팔 세 소년이 반가이 궤짝을 내려놓고 "몇 개나 사시렵쇼?" 한다.

길다랗게 우리의 용무를 설명하여 준 후에, "그 궤짝을 빌려주면 우리가 다니면서 팔 터이니 팔리는 돈은 모두 당신이 받아 가지고, 한 시간만 그렇게 한 후에 따로 50전을 더 주리다." 하니까 두말없이 승낙을 해 준다.

인제야 되었다! 하고 얼굴에 먹칠까지 한 웅* 선생이 궤짝을 메고 능청스럽게

"만주노 호야호야!"*

● 가긍하다 불쌍하고 가엾다.
● 두달음질 매우 급한 달음박질.
● 웅 소설가 채만식(1902~1950)의 필명 북웅.
● 만주노 호야호야! '이제 막 나온 따끈따끈한 만주'라는 뜻의 일본어.

"뜨끈뜨끈합니다. 5전에 두 개씩이요, 5전에 두 개씩!"

야시* 장사 모양으로 외치기 시작하니 금방 담배 팔던 가게에서 웃으면서 쳐다본다.

기다리고 있었던 듯이 만주 장사를 크게 부르는 곳이 처음 있기에

"이키, 오늘 저녁 개시다."

"속히 뛰어 들어가서 방 속을 살펴라!"

하였더니 문턱까지도 채 가지 않아서 안에서 중학생 하나가 구두를 끌고 나온다.

"나오실 거 없습니다. 제가 들어가지요."

하고 우겨 들어가려 하였으나 이루지 못하고 20전어치를 문밖에서 팔고 말았는데, 웅 선생의 만주 장사란 참말로 능청하기 짝이 없다. 하숙을 다섯 집이나 속속들이 뒤였으나* 방마다 비었고 가는 집마다 안방 부인이 "학생들이 있어야 팔아 주지. 대문이나 꼭 닫고 나가우." 할 뿐이다. 시험 때 가깝다고 학생들이 얌전히 공부하고 있는 줄 아는 선생님들이 가끔가다 이렇게 순회를 하여 보았으면 참고 될 것이 있을 것이다.

북촌 일대에 유명한 앉은 술집(우리도 자주 가는) 윤주(尹酒)집에 들어가니까 이상하게도 손님은 하나 없고 조꼬만 여학생이 "손님 안 기시우.* 어서 나가요." 쌀쌀한 소리를 지른다.

조금 실망하고 나와서 골목을 돌아서자 ○○번지 조꼬만 기와집에 쑥 들어가면서 "이거 만주 좀 팔아 주십시오." 하니까 아무 대답도 없이 아랫방에서 젊은 여자의 웃음소리가 들린다. 그대로 쑥 들어가니까 아랫

● 야시 야시장.
● 뒤이다 '뒤지다'의 사투리.
● 기시다 '계시다'의 사투리.

방에 남자의 목달이 구두* 하나와 노랑 여자 구두가 두 켤레, "옳지!" 하고 "만주 좀." 하고 방문을 조금 여니까 제일 먼저 눈에 뜨이는 것이 늘어놓은 화투짝이다.

"아주 갓 만든 만주입니다. 몇 개만 팔아 주십시오."

입으로는 외이면서 눈으로는 조사를 게을리 아니 하니 남자는 ○개 학생복 외투는 벗어서 벽에 걸려 있고, 여자는 트레머리* 붉은 털목도리가 책상 위에 얹히어 있다.

"흥, 만주가 무슨 일이 있나." 하고는 남학생이 여자를 보고 "어서 해요. 당신 차례 아니요?" 한다. "만주 좀 사구료." 여자의 애교 돋는 소리. "다 하고 지는 사람이 삽시다." 남학생 녀석 말하는 투가 꽤 장난꾼이다. "그러지 말고 좀 팔아 보내요. 내가 먹겠다는 것이 아니여요. 당신의 응 응, 여기 이 숙자 씨를 대접하란 말이지……."

옆에 어여쁜 여학생을 가리키니까 "에그 이건 무슨 말요!" 하고 얼굴이 발개진다. "당신은 쇠통* 안 잡숫겠구료." 이번엔 또 남학생 소리. 그 말을 받아서 또 그 여자, "안 먹긴 왜 안 먹어, 내가 당신의 어려운 심부름을 해 주고 그까짓 것도 못 얻어먹는단 말요?"

여학생 뚜쟁이(?)치고는 말이 제법 노골적이다. 듣고 있기는 재미있으나 너무 오랫동안 잠자코 섰기도 수상할 것 같아, "어서 조금만 팔아 줍시요. 다른 데 가서도 팔아야 안 합니까." 하고 장단을 맞추었다.

"그래, 이걸 산담."

● **목달이 구두** 부츠.
● **트레머리** 신여성을 상징하는 머리 스타일로, 옆 가르마를 타서 갈라 빗어 머리 뒤에 다 넓적하게 틀어 붙인 머리.
● **쇠통** '전혀'의 사투리.

"픽두 아까워하우. 그러나 나중 턱은 따로 있습니다."

"그래 얼마치만 사리까?"

"흥, 왜 나한테 물어본단 말요. 나 먹으라고 사는 것처럼. 여기 숙자씨한테 물어보지……."

숙자라는 여자는 "아이그 언니두 망했어." 하고 큰 여자의 등덜미에 쓰러지고 남학생은 방문을 덜커덕 열어젖히고, "더운 걸로 30전어치만 내우." 한다. "네에." 하고 12개를 세어 신문지에 받쳐서 방 속으로 쑥 데밀면서* 그 틈에 어여쁜 여학생의 가슴에 붙은 학생 마크를 보니까(바로 기록하기는 안 되었고) 빛깔이 분홍 바탕이었다.

수상한 집의 본체는 추후에 재조사를 하기로 하고 그 골목을 돌아서니, 대문은 어데가 붙었는지 높다란 기와집 들창*이 막 열리면서 조꼬만 소녀가

"만주 하나에 얼마씩이여요?"

"5전에 둘씩이다."

"그럼 10전어치만 주세요."

팔아도 이렇게 귀여운 사람에게 이렇게 파는 것은 마음성에 퍽 좋다.

어떻게 돌아 나온 것이 중국요리 장송루(長松樓) 뒷문 앞으로 나왔다. 거기서 덕제(德濟)병원 뒷골목으로 빠져나가려니까 새로 지은 집 듯싶은 집에 긴 씨라는 문패 달린 집 문 옆방에서 젊은 여자의 소리. 만주 소리도 뚝 그치고 발자취 소리도 없이 서서 듣노라니까

"여보, 임자가 이럴 줄 알았더면 어떤 경을 칠 년이 남의 눈 기여* 가

● **데밀다** 들이밀다. 밖에서 안으로 들어가게 밀다.
● **들창** 들어서 여는 창. 벽의 위쪽에 조그맣게 만든 창.
● **기이다** 어떤 일을 숨기다.

면서 그래 왔단 말이요, 원! 내가 자기 욕심만 부리지 말고 남의 사정도 좀 알아주어야지."

남자는 무슨 책인지 웅얼웅얼 책만 보고 누운 모양이다.

"여보, 글쎄 책만 보면 제일이요? 아무리 남자기로 고렇게 매정할 수가 어데 있어!"

그래도 책 소리만 웅얼웅얼……. 한참 묵묵하더니

"흥 내가 어리석어서 애초에 이럴 줄은 모르고 있는 속은 다 주었지……."

이때에 책 소리가 그치고 남자가 무어라고 한마디 한 모양인데 들리지 않았다.

"뻔뻔도 하우. 공연히 남이 안존히* 있는 것을 놀려내서 나 하나만 몹쓸 사람을 만들어 놓구서 지금 와서는 되레 성화를 내니, 그래 잘하는 짓이요? 어느 때든지 당신은 누구 손에든지 계집의 손에 죽을 테니 그런 줄 알아요."

더 들을 필요도 없겠어서 "만주 좀 사십시오!" 소리치니까 깜짝 놀래는지 죽은 듯이 말소리가 그쳤다.

잠깐 후에 다시 "만주 좀 팔아 주세요." 하니까

"안 산다는데 왜 이래 시끄럽게……." 하고 화풀이를 우리에게 하려 한다.

"아주 뜨끈뜨끈합니다." 하니까

"글쎄 왜 이 성화야! 안 산다면 얼른 가는 것이 아니라."

좀 들창을 열어젖히고 내어다보기를 바라고 이 말 저 말 졸라도 앉은

* 안존히 성품이 얌전하고 조용하게.

638

채 앉아서 말푸념뿐이라,

"에엥, 그만두구료. 만주 좀 팔려다가 화풀이만 당하겠구료." 하고 돌아서니까

"저런 망할 녀석 좀 보아." 한다. 그 말을 탄해서* 욕을 좀 보이려면 보이겠으나 극장에 갈 시간도 많이 못 남았겠고, 싸움이 요란하여 동리 사람이 많이 모이면 이편의 본색이 탄로될 염려도 있어서 그냥 용서하기로 하였다.

그 집의 서편 벽 밑에 나뭇단을 쌓아 놓고 거적으로 가리어 논 것이 있기에 아까부터 참고 오던 소변을 거기다 실례하려 하였더니 천만뜻밖이지 그 거적 속에서 사람의 기침 소리가 나서 가슴을 서늘케 하였다. 의지가지없는 사람이 세상에 쫓기는 고단한 몸을 하룻밤*도 쉬일 곳이 없어서 거적 밑 나무 틈에 끼어서 이 밤을 지내는 이일 것이다.

벽 한 겹 안에는 등 덥고 배부른 계집이 남편 아닌 남자를 달래느라고 여념이 없는 때, 벽 한 겹 밖에는 일 많을 장부의 몸으로 이 불운에 우는 남자가 있으니 이 세상이 어쩐들 편안한 복을 받을 수 있을 것이냐……. 아아, 여기서 하고 싶은 말이 너무도 많은데 붓끝의 자유가 너무도 우리에게는 없구나.

여자고보의 기숙사 뒤를 돌아 나가니 벌써 여기는 재동이라. 제2대의 책임 구역이지마는 내친걸음에 몇몇 집 하숙을 들어가 보니까 활동사진*에 연애 견학 가시고 방에 있는 이가 몇 분 되지 않는데, 한 방에서는 좁은 방에 5, 6인이나 들어앉아 있는지 이야기 소리가 동리를 뒤집는다.

● **탄하다** 남의 말을 탓하여 나무라다.
● **하룻밤** 하룻밤. '하로'는 '하루'의 사투리.
● **활동사진** '영화'의 옛 용어.

"그러니까 이년이 멋이 쿡! 질려서 흘깃 돌아보면서 아이후, 그저 그 멋든 궁둥이를 그저……." 하고는 손뼉들을 치고 깔깔 웃는다. 장난꾼 웅 군이 방문을 덜컥 열고 "여학생도 좋지마는 만주 좀 팔아 주시우그려. 죽겠습니다." 하고 궤짝을 들이미니까 또 깔깔 웃는다.

"이거 만주 장사도 외입쟁이●구료?"

"흥, 나도 연애하다가 학비가 끊어졌답니다. 이게 연애 만주여요." 하니까 또 한 판 웃어 젖히고는 한 놈이

"어데 그 연애하던 이야기나 좀 하구료."

한다. 학생들도 난봉이지. 벽에 걸린 모자는 ○문이 하나 고자가 둘.

팔지도 못하고 노닥거리기만 하다가 나서서 재동 큰길로 나서려다가 큰 대문 집 앞에 좁다란 좁다란 골목이 있고, 마주 보이는 들창에 불그스름한 전등이 비추는지라 웅을 추겨 가지고 들어가 보니까, 재동 ○○번지 이 씨 문패 밑에 명함도 달려 있는데, 어여쁜 조고만 기와집이요 대문을 여니 씻은 듯 깨끗한 문간에 장작 패인 것이 가뜩 나란히 쌓여 있어서 오붓한 재미있는 살림인 것을 설명하는 것 같다.

문 옆방은 여학생 방인지 치장도 그럴듯한데 임자는 없고 중문을 삐걱 흔드니까 안에서 벼락같이 안방 문이 열리고 젊은 학생 같은 남자가 후닥딱 무엇에 쫓기는 것처럼 튀어나와서 신발도 못 신고 아랫방으로 내려간다. 웬일일까 하고

"만주 좀 팔아 주십시오." 하니까 안방에서 어여쁜 여자의 목소리 화가 톡톡이 나 가지고

"안 사요!"

●외입쟁이 오입쟁이. 오입질하는 사람을 낮잡아 이르는 말.

"아니올시다. 고학생이올시다. 특별히 동정 좀 해 주십시오그려. 두어 개라도 팔아 주셔야 얼른 가지 않습니까."

하고 추근히 붙이니까 여자가 마루로 나온다. 경상도 말투인데 이십이 세삼 세가 되었을까? 상당한 미인이요 몸맵시도 깨끗하다.

"고학생이라니 사 주까?"

"네, 감사합니다."

하고 쑥 들어가서 마루 위에 궤짝을 내려놓았다. 여자에게서 향긋한 화장내가 코를 기껍게 한다. 방을 흘깃 들여다보니 이부자리를 깔아 놓은 한끝이 보이고 경대 문갑●이 돈 있는 집 소실 같아 보인다.

"돈이 있어야지. 여봐, 당신 돈 있어?"

하고 아양 부리는 음성으로 아랫방을 향하고 말하니까 아까 튀어 가던 머리 막 깎은 남학생이 다시 기어 나온다.

"그건 무얼 산다고 그래."

하면서 20전을 내어놓으면서 마루로 올라간다. 이러한 반말 짓거리는 어떠한 남녀 사이에 쓰는 것인지……. 만주를 종이에 받쳐 주니까 남자가 받아 들고 아까 튀어나오던 안방으로 다시 들어가면서 "나아가 대문을 잘 보고 들어와요." 한다. 여자보고 한 말이겠지…….

아 아, 밤의 경성. 죄악의 구렁. 날마다 날마다 해 진 후의 어둠은 이렇게도 많은 죄악을 낳아 놓는 것이구나. 그러나 그 죄악이 새삼스러울 것 없다 치고라도 죄를 짓는 자가 학생이 반 넘어 되는 것은 어찌 새삼스러운 일이 아니냐 말이다.

시간이 11시 5분 전. 그길로 급급히 중외일보 앞 추탕● 집에 가서 만

● **문갑** 문서나 문구 따위를 넣어 두는 물건.
● **추탕** 추어탕.

주 궤짝을 원 임자에게 돌려주고, 급급히 조선극장●으로 달려갔다.

_波影, 『별건곤』 1928년 2월호

● **조선극장** 1922년 세워진 극장.

자정 후에 다니는 여학생들

조극*에서 가장 수상한 요시찰인*을 수완* 기자 웅* 군에 위임해 보내 놓고 나는 제2위 두 분 남녀를 따라서는데, 그때 마침 사원 C 군이 구경 왔다 가는 것을 발견하고 즉각 교섭 응원을 얻어 가지고 둘이서 따라섰다. C 군은 임시 임시 변장을 시키기 쉬운 까닭이다.

갈색 망토 입은 목달이 구두* 여학생과 각테* 안경 쓴 양복쟁이, 이 추운 날에 단장까지 들은 것을 보면 얼굴에 분도 발랐을 위인이다. 우미관* 앞으로 휘어서 행랑 뒷골목으로 올라가더니 ○일여관 옆집에서

"무얼, 여러 사람이 있지."

여자가 앙탈을 한다.

"아니야, 어서 들어와."

* 기획 '불량 남녀 일망타진, 변장 기자 야간 탐방기'에 포함된 글이다. 북웅(채만식)과 파영(방정환)은 제3대(隊)로 활약하였다.
● 조극 1922년 세워진 조선극장.
● 요시찰인 사상이나 보안 문제와 관련해 행정 당국이나 경찰이 감시해야 할 사람.
● 수완 일을 꾸미거나 치러 나가는 재간.
● 웅 소설가 채만식(1902~1950)의 필명 북웅.
● 목달이 구두 부츠.
● 각테 뿔테.
● 우미관 1910년 세워진 영화관.

꽤 속이 급한 모양이다.

"아이, 내일 오매도그래!"

"아, 글쎄!"

여기까지밖에 듣지 못하고 그 앞을 지나쳤다. 그러나 몇 걸음 가다가 다시 돌아서서 그 앞을 다시 지날 때는 벌써 대문 닫는 소리가 덜걱덜걱 났었다.

"이리 오너라!"

크게 부르니까 대문을 열지도 않고 "누구요!" 한다. 지금 그 남자의 소리다.

"여기 이 댁에 서산서 올라온 김 주사가 유하지 않소?" 하고 아무렇게나 꾸며서 물으니까

"그런 사람 없소." 해 던지고는 다시 아무 말이 없다.

에라 이번 일은 실패다! 속히 다른 것이나 잡을밖에 없다고 급히 동아부인상회 앞에 가서 목을 지키고 섰으니, 큰일 났다. 헤어진 지가 오래다. 조선극장 앞도 우미관 앞도 죽은 듯이 쓸쓸하고, 길거리에 푸념하고 섰는 취객이 몇 사람 섰을 뿐이다.

이렇게 깨끗하게 실패를 해서 어쩌나 하고 망설거리노라니까, 우미관 골목에서 나온 여학생 하나 자주 저고리 검정 치마에 유록 목도리를 걸고 혼자서 휘적휘적 걸어오더니 조선극장 앞까지 와서, 다 헤지고 문 앞이 적적한 것을 보더니 그만 낙망하는 기색으로 주춤주춤하다가는 다시 도로 큰길로 나와서 탑동 공원* 앞으로 간다. 대단히 수상한 여자라고 우리는 판단하고 뒤를 따랐다. 극장객 전문의 야근 보는 불량녀가

●**탑동 공원** 탑골공원.

아닌가 의심한 까닭이다. 과연 그는 공원 문 앞까지 몇 걸음 안 가는 동안에 몇 번이나 연해 우리를 돌아다보면서 말이라도 걸을 형세다. 나는 도리어 민망하여 뒤로 멀찍이 떨어지고 C가 '어데까지 가느냐'고 물으니까 다소곳이 "동대문 밖 창신동까지 갑니다. 그리로 가십니까?" 하고 되달라붙으려 한다.

하하, 그만하면 본색을 알겠으니 따라까지 가야 더 발견할 것이 없으니 그만두자 하였다. 동대문행 전차를 타면서 그는 자주 돌아다보면서 '싸구려'를 부르는 것을 무정하게도 그냥 혼자 가게 내버려 두었으니 우리 따위 탐사 기자란 쓸데없는 죄도 짓는 것이지……

그때다. 종로 편에서 키가 조고마한 여자 두 사람이 검은 두루매기●에 검은 목도리에 고개를 옴츠리고 속살속살하면서 걸어 내려가고, 그 뒤에 이상한 남자가 그 뒤를 대어 따르는 모양인 것을 발견한 것이. 여학생이야 이 밤중에 길을 걷는다고 덮어놓고 나쁘다 할 일이 못 되나 뒤에 따라가는 듯싶은 양복 외투에 중절모 학생이 괴상한 불량배 같아서 이것을 따라가 보면 기사가 되리라 하여, 뒤를 대어서는● 정체 모를 남학생의 뒤에 우리가 또 대어 섰다.

교동으로 가는가 하였더니 교동으로도 안 가고 단성사● 앞 네거리까지 내려갔다. 여자 둘은 뒤에 따르는 위험한●이 있는 것을 알고 가는 셈인지 도무지 뒤도 돌아보는 법이 없이 그저 그대로 속살거리면서 동관 네거리에서도 더 내려간다. 뒤따르던 남학생은 자기 뒤에 또 따르는 패

● 두루매기 '두루마기'의 사투리.
● 대어서다 바짝 가까이 서거나 뒤를 잇대어 서다.
● 단성사 1907년 세워진 영화관.
● 위험한 위험한 짓을 하는 사람.

(우리)가 있는 것을 보고는 동관 네거리에서 어색하게 우물쭈물하다가 아주 단념하였는지 창덕궁 쪽으로 올라가 버린다.

일이 이렇게 되면 우리가 낭패된 폭이라 우리도 단념을 할까 하고 망설거리다가 그냥 여학생의 뒤를 그냥 따라 보았다. 종묘 앞을 지나서자 일이 재미있어지노라고 저편에서 걸어오던 신사연한 양복 남자가 두 여자의 지나가는 것을 돌아다보더니 우물쭈물하다가 슬금슬금 뒤를 따라간다.

"대체 세상에 흔한 남자가 여자를 보기만 하면 제꺽 대어서는 모양이로군." 하니까 C가 "그야 이 밤중에 나다니는 여자는 대개 그따위 여자니까 안심하고 그러는 것이지요." 한다. 정말 그럴는지…….

좌우간 남자만 나쁜지, 여자도 나쁜 패인지 기삿거리가 재미있어지는 모양이니 더 따라가 봅시다 하니까, 그때 여자들은(동물원 가는 네거리 조금 못 미처에서) 어쩐 일인지 이때까지 그 먼 길을 조용히 얌전히 걸어온 그들이 별안간에 깔깔깔깔 웃더니 서로 난잡하게 어깨를 껴안고 후닥닥 뛰어 길갓집으로 쑥 들어가 버렸다. 그러니까 뒤에 새로 따라서던 양복 신사도 바로 자기 집같이 그 문으로 쑥 들어가 버린다.

우리는 도깨비에게 홀린 것 같았다.

"아니 어찌 된 셈이요."

"그 양복 작자하고 미리 맞추었던 모양이구료."

"글쎄요, 그러면서도 처음 만날 때 인사도 없고 아는 체도 안 할라구요."

"좌우간 일이 이렇게 되면 흥미 기사외다. 어데 조사를 좀 해 보십시다."

하고 그 집 대문에 귀를 대이니까 무슨 이야긴지 배가 아프게 깔깔거리고 웃어 제낀다. C를 거기에 세워서 파수를 보게 하고 나는 곧 비상 조사에 착수하였다. 그 집은 길가의 상점 집 간판에는 '학용품 급[*] 화양제잡화(和洋諸雜貨) ○와 ○인 상회'라 하였다. 그러나 이 상점은 종로로 옮기고 이 집은 폐문한 지가 오래란다. 조금 있다가 십이삼세의 소년이 뛰어나왔다. 뒤를 밟으니까 설렁탕집에 두 그릇을 시키고 돌아간다.

사람은 셋인데 설렁탕은 둘, 점점 수상하여 급급히 그 근처로 뛰어다니며 탐사해 보니 놀라지 말라. 그 집은 남자라고는 십이삼세 소년 심부름꾼뿐이고 여자 두 사람뿐만의 살림이란다. 주인 여자는 시집갔다가 이혼하고 돌아와서 여자로서 독립생활 한다고 상점을 내었고, 그 동생 여자는 지금 시내 ○○여학교에 통학 중이라 한다.

"지금 그 집에 남자 신사가 들어갔는데요, 누구일까요? 혹시 후원자일까요?" 하니까 대답하는 이 의미 있는 듯이 싱글싱글 웃으면서 "그거야 모르지요. 더러 놀러 오는 남자도 없겠습니까. 하여튼 그 집에 남자라고는 없고, 친척도 찾아올 사람이 없는 것은 사실입니다." 한다.

그만하면 독자도 짐작이 될 것이다. 다시 그 집을 보니 30분이 넘도록 대문을 닫지 않는 것을 보면 그 남자가 놀다가 돌아갈 남자인 것이 분명하다. 그런데 그 남자가 아까 왜 길에서 여자와 마주칠 때에 그렇게 아는 체도 안 하였을까. 그것이 그들의 약속 있는 예투[*]가 아닐까? 이렇게 생각하면 점점 더 흥해진다.

아무리 대문을 지켜도 남자는 돌아 나오지 않고 시간은 자정을 치고 또 30분이다.

● 급(及) 및. 와/과.
● 예투 상례가 된 버릇.

딱따기* 따를 시간이 늦어서 거기서 발을 돌려 급한 걸음으로 단성사 앞을 돌아 돈의동, 익선동을 헤저으니 또 큰일 났다. 시간이 늦어서 그런가 아무리 귀를 기울여도 딱따기 소리는 들리지 않는다.

이 골목에 기웃, 저 골목에 기웃, 딱따기 소리를 찾으려고 아무리 기웃거려도 들리지 아니하다가 창덕궁 앞에까지 가니까 멀리서 '딱딱딱' 반가운 소리가 들린다. 두 주먹 불끈 쥐고 쫓아가 보니 거기는 우리 구역이 아닌 원동이다. 원동은 웅이 맡았으니까 웅이 따르겠지 하고 돌아서려다가 그냥 쫓아가 보니, 딴은 만주* 팔던 웅 군이 고개를 웅크리고 딱따기 뒤를 따르고 있다.

"어떻소. 더러 수확이 있소?"

"발만 꽁꽁 얼고 아무것도 없는걸."

"그래도 좀 더러 있겠지……."

"딱따기 뒤에는 아무것도 참말 없는걸……."

아아, 내 발도 얼어서 떨린다.

_波影, 『별건곤』 1928년 2월호

●딱따기 야경꾼이 밤에 야경을 돌 때 서로 마주 쳐서 딱딱 소리를 내게 만든 두 짝의 나무토막. 딱따기꾼.
●만주 밀가루나 쌀가루로 만든 반죽에 팥소를 넣고 싸서 찌거나 구운 과자.

천하 영약* 고려 인삼

일반 특산물의 허튼 자랑

자랑! 자랑! 조선의 자랑! 그 여러 가지 자랑 속에는 특산물도 또한 자랑거리가 많을 것이다. 삼면으로 둘러 있는 바닷속에 풍부한 어족도 자랑할 만하고 3,000리를 뻗쳐 있는 산악 속에 울창한 삼림과 거기에 서식하는 진금기수,* 거기에 장재*하여 있는 금은동철 등도 역시 자랑할 만하다. 조선의 호피가 중국이나 기타 외국 황실의 옥좌를 점령한 것은 이미 역사가 오랬지만은 근일에는 평양의 개가죽까지도 미국 여자의 모가지를 안고 정사하려 한다.(근일에 평양에서 미인이 여자 목도리 소용으로 구피*를 무역하는데 1개 수십 원까지 고귀하게 된 일이 있다.) 관동 관북의 살찌고 굳센 소는 서반아*의 투우사를 능히 찔러 메트릴 만하고 김제 만경의 기름진 쌀은 일본 사람의 주린 창자를 배불리 한다.

---

* 원제목은 「세계적 특산물 천하 영약 고려 인삼」이다. 『별건곤』의 ‘조선 자랑호’ 특집에 실린 글로, 목차에서 ‘특산 자랑’이라 표기했다.
- **영약** 영묘한 효험이 있는 신령스러운 약.
- **진금기수** 진기한 새와 기이한 짐승.
- **장재** 감추어져 있다.
- **구피** 개의 가죽.
- **서반아** ‘에스파냐’의 음역어.

함흥과 평양의 석탄이 무순탄*을 해마다 구축하고 경상, 충청의 견사*는 날로 일본과 법란서*의 견직*을 잠식한다. 전주 태극선*이 서양 코배기의 자염*을 날리게 되고 채운들(재(在) 당진)의 백학의 털이 서양 미인의 모자 위에서 춤을 추게 된 것은 일종 호기심에서 나온 것으로만 볼 것이 아니거니와 통영 순천의 나칠공품과 담양 나주의 죽세공품은 점차 외국인의 가정 기구를 정복한다. 적벽부 작자로 고려 사람을 모욕 잘하던 편견 문장 소동파도 고려 견지*에는 입에 침이 마르게 책책* 칭송하였거든 조선을 동방예의지국이니 동방군자국이니 하는 보통 중국 사람으로서야 조선의 지물*을 여간 칭찬하였을까 보냐. 뿐만 아니라 지금에 와서는 세계 사람이 다 일치하게 조선의 지물을 귀히 여긴다. 천안의 호두는 자래 중국 요리계에서 특별한 회자*를 받았을 뿐 아니라 근래에는 일본 약학계에서 또한 많은 환영을 받는다. 금강산의 실백자*는 이름만 들어도 외국 아동들이 울음을 그치고 충주의 황색 연초는 향취만 맡아도 세계 애연가의 비위가 동한다. 함경도(풍산 부근)의 들죽*과

● **무순탄** 중국 랴오닝성에 있는 무순탄전에서 나오는 석탄.
● **견사** 고려 시대에 닥나무를 원료로 만들었던 종이.
● **법란서** 프랑스의 한자 음차 표기.
● **견직** 명주로 짠 피륙.
● **태극선** 태극 모양을 그린 둥근 부채.
● **자염** 자줏빛 수염.
● **견지** 고려 시대에 닥나무를 원료로 하여 방망이로 두드리고 다듬어서 만들었던 종이. 비단처럼 얇고 매우 질기다.
● **책책** 크게 외치거나 떠드는 소리.
● **지물** 온갖 종이를 통틀어 이르는 말.
● **회자** 회와 구운 고기라는 뜻으로, 칭찬을 받으며 사람의 입에 자주 오르내림을 이르는 말.
● **실백자** 실백잣. 껍데기를 벗긴 알맹이 잣.
● **들죽** 들깨죽.

황해도(장연)의 대두황권*은 이름부터 특별하거니와 강원 함경의 녹용, 웅담은 명약 중 또 명약이다. 관서의 사탕이 미래에 대만산을 능가하겠다는 평도 있지만은 남조선의 면화가 미구에 인도와 백중을 다투겠다는 것은 그리 『정감록』* 같은 허탄한 말은 아닐 것이다. 대구, 진남포, 덕원 등지의 평과*는 구주대전* 시대에 벌써 열국* 군대의 주린 배를 채워 주어 조선 평과를 구세주 이상으로 사모하게 되었고 양주, 평양 등지의 율*은 국제 사교장에 증답물*로 출품을 하게 되었다. 압록강의 목재가 아니면 일중 양국의 사람들이 토굴이나 석굴 속에서 낮잠만 잘 터이오, 강원도의 목탄이 아니면 엄동설한 때에 발가숭이 일인의 수족이 오리발이 되고 말 것이다. 이와 같이 조선의 특산을 들어 자랑하자면 참으로 수가 많지만은 바쁜 시간과 제한이 있는 지면에 어찌 일일이 다 말할 수 있으랴. 여간 것은 이만하여 두고 조선 특산물 중에도 제일 대표적이라 할 만한 인삼을 들어서 자랑삼아 잠깐 소개하려 한다.

인삼은 어떠한 식물인가

그러면 인삼은 과연 어떠한 식물이며 그 명칭의 구별은 또한 어떠한가. 그것은 식물학상에 소위 숙근*성 식물(즉 다년생 식물)로 오가과*

● **대두황권** 말린 콩나물순을 한방에서 이르는 말.
● **『정감록』** 조선 중기 이후 백성들 속에 유포된, 나라의 운명과 백성의 앞날에 대한 예언서.
● **평과** 사과.
● **구주대전** 유럽 대전쟁.
● **열국** 여러 나라.
● **율** 밤.
● **증답물** 선물로 주고받는 물품.
● **숙근** 여러해살이뿌리.

에 속한 자이니 학명은 '파낙스 진셍'(Panaz ginseng)이다. 명칭은 산지, 재배, 제조 등의 어떠한 것을 따라서 종종의 별*이 있으니 심산 중에서 자생자장*한 것을 산삼 또는 야삼이라 하고 전포*에 이종한 것을 포삼 또는 가삼이라 하며 포삼 중에 약토(퇴비)로 관양*한 것을 양삼 혹은 양직(養直)이라 하고 평전*에 직종(直種)한 것을 직삼* 혹은 토직(土直)이라 한다. 그리고 삼의 증조*한 것을 홍삼(포삼)이라 하고 캐서 아직 깍지 않고 말리지 않은 것을 수삼이라 하며 건제*한 것을 백삼이라 하고 삼의 꼬리를 미삼이라 한다. 차외*에 지명을 따라서 개성산을 송삼이라 함과 같이 금산산을 금삼, 강계산을 강삼(남선에서 강삼이라 하면 강원도산을 지칭함이다) 기린산(원춘천 속지로 금[今]에 인제에 이속*함)을 기삼(麒蔘)이라 칭한다. 연이* 제(諸) 삼 중 산삼은 약효가 최신(最神)한 자로 고로 조선 급 중국에서 가장 귀중이 여겼으니 『본초강목』*에 소위 '연심(年深)장성한 자는 근(根)이 인형과 여(如)함으로 차(此)를 인삼이라 위(謂)한다.' 운(云)함이 이것이다.

- ● **오가과** 오갈피나무과.
- ● **별** 보통과 다르게 두드러지거나 특별한 것.
- ● **자생자장** 저절로 나서 자라남.
- ● **전포** 채소밭.
- ● **관양(灌養)** 물을 대어 기름.
- ● **평전** 평야에 있는 좋은 밭.
- ● **직삼** 구부리지 아니하고 곧게 펴서 말린 백삼.
- ● **증조(蒸造)** 쪄서 만듦.
- ● **건제** 물기 없이 만듦.
- ● **차외** 이 이외.
- ● **이속** 옮겨 소속시킴.
- ● **연이(然而)** 그런데
- ●**『본초강목』** 1590년 중국 명나라의 이시진이 지은 본초학(한방에서 약재나 약학에 대하여 연구하는 학문)의 연구서.

인삼의 기원

인삼의 기원은 그 연대가 아직 미상하나●『문헌비고』●에 의하면 '전라도 동복현 여자가 산중에서 삼자(蔘子)를 얻어서 그것을 밭에 심었더니 최씨라는 이가 전하여 파식하니● 이것이 가삼의 시초라' 운하였고 (속전에 동복현의 한 부인이 아들이 없어서 항상 하늘에 기도를 하였더니 하룻밤 꿈에는 어떤 백발노인이 침두●에 와서 말하기를 네가 어느 산으로 오면 반듯이 귀한 아들을 얻으리라 함으로 그 부인이 이상히 여기고 기뻐하여 그 산중에 가서 찾은 즉 아이는 없고 삼딸(삼실〔蔘實〕)이 빨갛게 익은 삼 잎이 뵘으로 그것을 캐서 본 즉 뿌리의 형상이 옥동자와 같음으로 가지고 와서 씨는 심고 뿌리는 약으로 그 남편을 먹이었더니 불과 1년에 아들을 낳고 또 삼도 잘되어서 부자가 되었다 한다.) 또 왈(曰) 하되 '조선의 삼은 천하의 소귀●인 고로 최씨는 그것을 가만히 가지고 청국에 가서 파니 청인●의 아편에 병든 자가 인삼을 약으로 쓰는 고로 우리 조선 인삼을 보고 심히 진보●로 사(思)하였다. 그러나 그것을 먹고는 왕왕히 중독이 됨으로 최씨는 다시 삼을 증조하여 발매한바 그 이(利)가 막대하여 부가 일도(一道)에 관(冠)하였으니 이것이 홍삼의 시초라' 운하였다. 그러나 이보다 선(先)하여 원제●가 고려 조정에 청하여

● **미상하다** 확실하거나 분명하지 아니하다.
● **『문헌비고』**『동국문헌비고』. 조선 영조 46년(1770)에 왕명에 따라 홍봉한 등이 우리나라 고금의 문물 제도를 수록한 책. 100권 40책.
● **파식하다** 씨앗을 뿌리어 심다.
● **침두** 베갯머리.
● **소귀(所貴)** 귀한 것.
● **청인** 청나라 사람. 또는 중국 사람.
● **진보** 진귀한 보배.

인삼을 얻어 간 사실을 보면 고려 당시에 벌써 조선의 인삼이 중국에 저명하였던 것을 알 수 있다. 그리고 개성의 인삼은 그 계통이 또한 동복(同福)에서 래(來)하였는데 그 연대는 또한 미상하나 개성의 상인이 동복에 내왕할 때에 취종한* 것이라 하며 상우* 묘삼*의 종식법은 현금 개성에서 인삼 대왕이라 칭하는 손봉상 씨의 족(族) 증조* 되는 손경인이라 하는 이가 처음으로 발명하였다 한다.(거금* 약 100여 년 전)

인삼의 세계적 성가*

자래에 중국 사람들은 조선의 인삼을 불사약이니 불로장생지제이니 하여 특히 귀중히 여기었으니 피(彼) 만고 영웅아라 칭하는 진시황이 방사* 서복*으로 동남* 동녀* 5,000인을 거느리고 삼신산* 불사약을 구하였다는 것은 역사상 유명한 이야기거니와 근세 청조에서는 대관*의 병혁*한 시(時)에는 조선 인삼의 하사*를 유일한 우우*로 생각하여

● 원제(元帝) 중국 남북조 시대 동진의 제1대 황제(276~322).
● 취종하다 생물의 씨를 받다.
● 상우(尙又) 오히려 또.
● 묘삼 파종 후 1년 남짓 자란 어린 인삼.
● 증조 증조할아버지.
● 거금 지금을 기준으로 지나간 어느 때까지 거슬러 올라가서.
● 성가 사람이나 물건 따위에 대하여 세상에 드러난 좋은 평판이나 소문.
● 방사(方士) 신선의 술법을 닦는 사람.
● 서복 중국 진나라 때의 사람. 진시황의 명으로 어린 남자, 어린 여자 3천 명을 데리고 불사약을 구하러 바다 끝 신산으로 배를 타고 떠났으나 다시 돌아오지 않았다고 한다.
● 동남 남자아이.
● 동녀 여자아이.
● 삼신산 중국 전설에 나오는 봉래산, 방장산, 영주산을 통틀어 이르는 말. 진시황과 한무제가 불로불사약을 구하기 위해 동남동녀 수천 명을 보냈다고 한다.
● 대관 높은 벼슬에 있는 사람. 대신.

으레이* 사용하고 특히 남지나* 장려지향*에서는 부모의 병이 위급할 때에 인삼을 매용*할 돈이 없는 사람은 남의 약포*에 가서 임차를 하여다가 병상에 진열하여 놓고 외인*에게 자기의 효성이 지극하다는 것을 뵈이는 습관까지 있다 한다. 근일에 또 한 가지 우스운 일은 조선 학생 축구단이 상해에 원정을 가서 중국인과 시합을 하는데 조선 사람의 체격 장대한 것과 날랜 것을 보고는 관광하는 중국 사람들이 책책 칭탄하면서* 하는 말이 조선 사람은 인삼을 많이 먹기 때문에 저렇다고 하고 심지어 신문에까지 그러한 말을 기재하였었다. 이 몇 가지의 일만 보아도 조선 인삼의 성가가 어떠한 것을 알 수 있다. 그뿐이냐. 근래 동서 의학 대가들은 이 인삼을 특히 연구 발표하여 세계 의학계에 일대 파문을 일으킨다. 이제 그 몇 사람의 연구한 것을 공개하면 이러하다.

1. 불란서 파스퇴르* 세균연구소장 세균학 대가 메치니코프* 박사는 왈(曰) 하되 조선 인삼정을 계속하여 복용하면 노쇠의 도를 지완케* 하

●병혁 병극. 병세가 위독하게 됨.
●하사 임금인 신하에게, 또는 윗사람이 아랫사람에게 물건을 줌.
●우우 후하게 대접함. 또는 그런 대접.
●으레이 '으레'의 사투리.
●남지나 화난. 중국의 남부 지방으로 추젠성, 광둥성, 구이저우성 등으로 이루어짐. 중국에서 가장 온도가 높고 다습한 아열대 기후 지역. '지나'는 외국인이 '중국'을 얕잡아 일컫던 말.
●장려지향(瘴癘之鄕) 장려(기후가 덥고 습한 지방에서 생기는 유행성 열병이나 학질)의 고향.
●매용(買用) 사서 쓰다.
●약포 약방.
●외인 한집안 식구 밖의 사람.
●칭탄하다 칭찬하고 감탄하다.
●파스퇴르(1822~1895) 프랑스의 화학자·미생물학자. 면역학 창시자.
●메치니코프(1845~1916) 제정 러시아 태생의 프랑스 생물학자.

고 노년에 지(至)할지라도 상(尚)히 □횡(□纊)한 원기를 보유한다 하고.

2. 동국* 닥터 에프스미스 씨는 왈 하되 조선 인삼정은 허약적 출혈, 소화불량 부인의 영속적 배출물 급 열병의 퇴열기* 등에 일대 특효가 있다 하고.

3. 노국*의 일(一) 의학박사는 화학 분석의 결과 스베루밍, 가루에잉, 고라닝 등을 발견한 지(旨)를 발표하였다. (스베루밍, 은스베스마 즉 정충*의 소(素)라 하는 것인데 정욕을 유기*함이 피(彼) 요힝뼁 이상의 작용을 유(有)하고 가루에잉, 고라닝은 공히 정신 흥분 작용의 성분이 유〔有〕함)

4. 일본 동경제국대학 의과대학 교수 약학박사 근등평삼랑(近藤平三郎) 씨는 낭자*에 육군 군의단집단회 급 일본약학회에 조선 인삼이 특수의 유효 성분을 다량으로 함유한 사(事)를 보고하고 경(更)히 최근에 지(至)하여는 총독부 의촉*에 의하여 육군위생 재료창의 실험실에서 정세한* 시험을 수(遂)하여 의치* 효과의 확실 현저한 것을 발표하였고.

5. 의학박사 좌백구(佐伯矩)* 씨는 조선 인삼의 성분에 관하여 화학적

● **지완하다** 더디고 느즈러지다.
● **동국** 같은 나라. 그 나라.
● **퇴열기** 열이 내리는 시기.
● **노국** 러시아.
● **정충** 정자.
● **유기(誘起)** 꾀어 일으키다.
● **낭자** 지난 번.
● **의촉** 남에게 부탁함. 남에게 의지함.
● **정세하다** 정밀하고 자세하다.
● **의치** 의술로 병을 고침.
● **좌백구** 일본의 의학박사, 영양학 창시자 사이키 타다스(1876~1959).

분석의 결과 3종의 성분을 발표하였으니 즉 제1 성분은 고마싱이라 칭하는 자로 내복 급 주사에 의하여 신진대사 작용과 이뇨, 항분(亢奮) 작용 등을 기(起)하여° 정욕을 유기케 하고 제2 성분은 배당체니 고미°거담°의 효가 유하고 제 3성분은 고마솔이라 하는 자이니 소독 작용을 한다 하였으며

6. 일본 적십자사병원의 길본(吉本) 의학박사 급 미정(梶井) 박사의 임상적 실험에는 왈(曰) 하되 (1) 인삼을 인체에 여할 시는 신장이 건강한 경우와 병적인 경우를 따라서 이뇨작용에 급하는° 영향이 상이하고 (2) 병적신(病的腎, 신장병)인 경우는 요의 수분 급 고형성분 특히 식염의 배제를 현저히 촉진시키고 함질소체의 배제를 억제하는 데에 치료적 방면에 유리한 영향을 준다고 인(認)하겠다 하였다.

차외에 원제주도 자혜원장 재등계평(齋藤系平) 씨는 인삼이 당뇨병의 특효약인 것을 발견하고「조선 인삼에 관한 연구」라는 6편의 장(長) 논문으로 박사의 학위까지 얻었었다. 여사한° 사실은 이로 매거키° 어렵거니와 과거 한방의서 즉 약성가에도 '인삼은 감미하니 대보원기°하고 지갈°생진!'이라 한 것을 보면 인삼이 동서 의학계에도 여하한 명가가 있는 것을 추지할° 것이다.

● 기하다 일으키다.
● 고미 쓴 맛.
● 거담 가래를 없앰.
● 급(及)하다 미치다.
● 여사하다 이렇다.
● 매거하다 하나하나 들어서 말하다.
● 대보원기 크게 원기를 보태다.
● 지갈 목마름이 그침.
● 추지하다 미루어 생각하여 알다.

인삼과 각국 시장

인삼은 이와 같이 성가가 세계적으로 높음으로 그 판로가 점차 확대하여 중국, 일본의 시장은 물론이고 근래에는 멀리 남양군도* 미주*까지 건너가서 미국산의 염가 인삼을 구축한다. 그런데 홍삼과 같은 것은 중국 시장에서 1근 200원의 고가로 매행하는* 바 작추* 총산량은 홍삼 4만 근, 백삼 10만 근, 미삼 3만 근으로서 홍삼은 전매국에 속하여 삼정회사*의 일수판매*로 중국 시장에 수출되고 백삼은 대부분 조선에서 소비되는 외에 남지나 및 남양군도, 미주 등지에 수출되고(주로 편대품〔片大品〕) 미삼은 대개 일본 방면으로 수출되어 제제용*에 공(供)함으로 연년*이 등귀한다.* 이와 같이 수출이 해마다 격증되어 매년 생산기(生産期)까지 수용 부족의 탄(歎)이 있은 즉 이 앞으로 재배를 더 장려하면 조선의 인삼이 세계 시장을 정복할 것은 명료한 일이다.

고려 인삼 미화

개성 고려 인삼이 세계적으로 명성이 높음은 세상 사람이 주지하는

● **남양군도** 태평양의 적도 부근에 흩어져 있는 섬의 무리. 마리아나, 마셜, 캐롤라인, 팔라우 따위의 여러 군도로 나뉜다.
● **미주** '아메리카'의 음역어.
● **매행하다** 팔리다.
● **작추** 지난가을.
● **삼정회사** 미쓰이회사.
● **일수판매** 물건을 도거리(되사거나 되팔지 않기로 약속하고 물건을 사고파는 일)로 혼자 맡아서 파는 일.
● **제제용** 의약품을 치료 목적에 맞게 배합하고 가공하여 일정한 형태로 만드는 용도.
● **연년** 매해.
● **등귀하다** 물건값이 뛰어오르다.

바이어니와 개성 삼업자들은 영리에만 급급하지 않고 사회사업에도 많은 공로가 있음을 잊어서는 아니 된다. 그 실례로는 수년 전에 정화여교 경비 일부를 부담한 일이 있고 수년 전부터는 고려청년회관 건축기성위원회를 조직하고 후삼(後蔘, 전매국에서 홍삼 재료를 선택하고 나머지로 나오는 것) 매차두(每次頭)에 4전씩 갹출하여(3년간) 화강석 3계(階)(철근 콘크리트) 양옥을 건축하였는데 총 가격 약 4만 원이라 하며 내부 장식은 물론 동회 기본금까지도 세워 놓으려고 노력 중이라 한다. 개성 동부에 건립한 고려청년회관을 볼 때에 고려 인삼의 위력을 알 것이며 삼업자들의 사회사업에 공로 있음을 알 수 있을 것이다.

_三神山人, ＊『별건곤』1928년 5월호＊

● 목차에는 필명이 '三山人'으로 표기되어 있다.
●『어린이』1929년 3월호에 「조선의 특산 자랑」으로 개작하여 수록했다.

이발소 잡감*

상고머리를 깎으려면 기다리지 않고 깎아도 꼭 50분은 걸린다. 만일
먼저 깎는 이가 있어서 20분쯤 기다리게 되면 한 시간 하고 10분, 자칫
하면 한 시간 반쯤은 이발소에서 보내야 하게 된다. 늘 바쁘게 지내는
사람에게 한 시간 반은 꽤 길다란 시간인데 그 길다란 시간을 입을 다물
고 심심히 있다가 오게 되는 고로 깎고 나선 후에는 상쾌할망정 나서기
까지는 쾌하기보다도 불쾌에 가까운 시간이 되고 만다.

한 시간이나 한 시간 반 동안 손님을 심심하게 지루하게 하지 않기 위
하여 이발소에서는 어떠한 용심*을 하는가…… 좁다란 어항에 소라 껍
질과 금붕어 두 마리 넣은 것하고 먼지 앉은 인조 가화*를 두어 개 놓
는 것뿐이니 여름날 같으면 그것들은 손님을 졸립게만 하는 것이다. 깎
을 차례 오기를 무료히 기다리고 앉았는 손님을 위해서가 아니라 자기
네들이 보다가 팽개쳐 둔 신문이 있기는 하지만 그것은 집에서 읽고 온
것이요, 한 두어 곳쯤은 사진 화보 같은 것을 놓아둔 집도 있지마는 그

---

* 기획 '누구나의 문제·이발소 문제'에 포함된 글이다. 성서인(방정환), 박승철의 글
  이 실렸다.
● **잡감** 여러 가지 잡다한 느낌.
● **용심** 마음을 씀.
● **가화** 조화.

나마 새것인 줄 알고 보면 3, 4년 전 것으로 찢어지다 남은 것이거나 여자의 사진 위에는 정성스럽게 코 밑과 사추리*에 수염을 그린 것이거나…… 좋게 말하자면 뱃심 좋은 장사치라 할 것이다.

머리를 깎으면서 손님에게 이야기를 걸어 주는 이발사를 조선서는 흔히 보지 못한다. 실례라고 생각해서 그러는 줄도 모를 일이지만, 그것이 실례될 까닭도 없거니와 실례라 하면 그런 것은 감사할 실례건마는, 졸음이 오거나 입에서 냄새가 날 지경이어서 손님 편에서 이야기를 걸어 수작을 애걸하면 귀찮아하는 듯이 간신히 한마디 대답을 던지고 만다. 정이 떨어지지. 그러면서도 자기네끼리 전날 밤에 술 먹고 주정하던 이야기, 색주가 두들겨 준 이야기, 머리를 깎으면서도 손님이란 사람을 염려 없이 잊어버리고 계시다.

그러나 그것쯤은 머리 깎는 손님을 쉬이지 않고 하는 짓이니 과히 성내지 않을 일이지만 머리를 깎다 말고 지나가는 생선 장사나 나물 장사를 불러서 흥정을 하고 있는 짓에 이르러서는 손님의 얼굴 꼴이 땅속에까지 떨어진다. 이런 걸로 보면 '이발사'란 굉장히 세도 쓸 수 있는 으리으리한 벼슬인 것도 같다.

*

한 말로 '머리'라 하지만 조금씩은 다 달라서 별별 머리가 다 있다. 하이칼라* 머리, 상고머리, 2층머리, 막 깎는 머리, 넘겨 붙이는 머리 이렇게 네다섯 가지로 대별해 말하지마는 하이칼라에도 그 사람의 머리와 얼굴 형편에 따라서 조금씩은 달라져야 할 것이다. 머리 뒤가 낭떠러지처럼 불끈 솟은 머리와 병풍바위처럼 편편한 머리와 똑같을 수 없을 것

● **사추리** '샅'(두 다리의 사이)의 사투리.
● **하이칼라** 서양식 유행을 따르던 멋쟁이를 이르던 말.

이요, 이마보다 볼(뺨)이 넓게 퍼진 사람과 반대로 이마가 볼보다 더 넓은 사람의 머리가 똑같을 수 없을 것은 이발 공부 아니 한 사람도 짐작할 것이다. 볼이 넓어서 이마가 좁아 보이는 사람의 귀 윗머리를 바짝 깎아 보아라. 볼이 분수없이 기어 나오고 이마가 소견 없이 깎아 보일 것이요, 가운데 솟은 머리를 좌우 옆 둥글게 깎아 놓으면 머리 복판이 북악산처럼 올라갈 것이다.

커나* 말거나 하이칼라면 하이칼라, 상고면 상고, 이발사께서 깎아 주는 대로 잠자코 있을 법이지 하고, 밀고 싶은 대로 밀어 버리고 마는 멍서방*이 열에 아홉은 있으니, 참말로 조선 사는 사람은 머리 한번 깎기도 운수를 찾게 된다. 우스운 말 같지만 운수가 좋아야 마음 맞게 깎는 사람을 만나게 되니까……. 자기 머리를 깎는 게 아니고 손님의 머리를 깎는 바에야 왜 좀 더 친절하게 손님과 의논해서 하지 못하는지, 생각하면 갑갑한 일이다.

참다못하여 손으로 가리키면서 "여기가 이편보다 조금 불룩한 것 같으니 조끔 더 깎는 것이 좋지 않을까요?" 하면 "아니요. 더 깎으면 못씁니다. 괜찮습니다." 한다. 이렇게 되면 이발사의 머리지 깎는 사람의 머리가 아니게 된다. "아니요. 그렇지 않습니다. 다 깎거든 보십시오." 하는 데에 이르러서는 벌써 손님이란 것을 집어삼키고 뱃가죽을 문지르는 말버릇이다.

자기의 머리가 자기의 마음대로 깎아지지 않았을 때처럼 불쾌한 때는 없을 것이니 '에엣, 이 머리가 얼른 자라야 다른 이발소에 가서 다시 깎을 터인데.' 속으로 군소리하면서 불쾌히 나아가는 손님에게 두들겨

● **커나** 그렇거나 말거나.
● **멍서방** '개'를 에둘러 표현한 말. 여기서는 이발사를 욕하는 말로 쓰였다.

맞지 않는 것을, 아무리 멍서방이라도 감사해야 할 것이다.

*

면도하노라고 의자 위에 눕힐 때에는 고개를 받치는 기구가 맨살에 와서 닿는다. 하로®도 몇 사람씩 땀 흘린 머리와 고개를 부비대던 것임을 생각하면 그것이 처음 고개에 닿을 때 불안한 생각이 일어나서 살 속이 자못 근지러움을 느끼는 것은 나 혼자뿐이 아닐 것이다. 비교적 흔하게 쓰는 수건을 거기도 하나씩 썼으면 그만한 불안을 덜일 것 같건마는 이발 경전에 그런 것이 씌어 있지 않은 모양인지 인정 없는 이발사께서는 어느 때까지든지 태평이시니 이발 영업을 위하여는 편한 일일 것이요, 머리를 감아 준 후에 세수를 하다가 손이 머리에 닿기만 하면 새까맣게 머리털이 묻어나는 때가 많아서 손님의 마음은 또다시 끓게 된다. 차라리 '이발사가 감아 드린 것은 대접성으로 물만 끼얹어 드린 것이니 머리칼은 손님 손으로 떨어 내십시오.' 말이나 한마디 하였으면 좋으련마는…….

_城西人, 『별건곤』 1928년 7월호

●하로 '하루'의 사투리.

빙수

"조선의 여름이란 낮에는 몹시 따가워도 저녁때의 서늘한 맛이 참말 좋아요."

밤중까지 푹푹 삶어 내는 나라에서 살다가 온 일본 사람들이 저마다 이 말을 한다. 우리는 여기서만 살아서 이 특별한 맛을 모르고 지내지만 조선의 달빛이 특별히 밝은 것처럼 여름날의 저녁은 특별히 맑고 서늘하다. 여름날 저녁에 얼음집에 쭈그리고 기어 들어가는 사람은 이 맛을 모르고 사는 사람이다.

그러나 그 고마운 저녁이 오기까지 높다란 한울*에 아득히 떠서 서늘한 기운을 솔솔 내리는 별이 나타나기까지, 그때까지가 어떻게 길다란 낮이냐. 넓다란 길바닥과 지붕의 기왓장까지 불볕에 타고 있고, 소도 말도 걸음을 못 걷고 더위에 늘어지는 뙤약볕에, 오직 한 가지 바닷물보다도 더 푸른빛으로 쓰인 얼음 빙(氷) 자 깃발이 나부끼고 있는 것이 어떻게 반갑고 고마운 것이냐······.

그것은 적어도 고 한때에 있어서는 마치 범람한 물결 속에서 허우적 대는 사람에게 구원의 배같이 고마운 것이다.

●한울 천도교에서 '하늘'을 달리 이르는 말.

깨끗한 취미도 없거니와 쌉쌀한 것밖에 아직 맥주 맛을 모르는 나는 더우면 으레 빙숫집을 찾아간다. 대룽대룽, 서늘한 소리 나는 주렴발을 헤치고 들어설 때 벌써 나는 더위의 물결에 저 언덕을 잡은 사람이 된다. 물이 흐르는 얼음을 손이 시려서 수건으로 싸쥐는 것을 보기만 하여도 이마의 땀이 도망을 한다. 스윽스윽, 아이스크림보다도 밀크셰이크보다도 정말 얼음의 얼음 맛을 즐길 수 있기는 갈은 얼음을 먹는 데 있다. 스윽스윽, 그 얼음 갈리는 소리를 들으라. 새하얀 얼음비가 눈발같이 흩어져 내리는 것을 보라. 벌써 등덜미의 땀이 다 기어 들어가지 않았느냐.

우박이나 싸라기같이 거칠게 갈은 얼음을 돈 내고 먹는 사람은 잠시일망정 불행한 사람이다. 사알사알 갈아서 참말로 눈결같이 갈은 고운 얼음을 사뿐 떠서 혓바닥 위에 가져다 놓기만 하면, 씹을 것도 없이 깨물 것도 없이 그냥 그대로 혀도 움직일 새 없이 스르륵 녹아 버리면서, 달콤한 향긋한 찬 기운에 혀끝이 환해지고 입속이 환해지고 머릿속이 환해지면서 가슴속, 배 속, 등덜미까지 찬 기운이 돈다. 참말 빙수는 많이씩 떠먹기를 아껴하면서 혀끝에 놓고 녹이거나 빙수 물에 혀끝을 담그고 시원한 맛에 눈을 스르르 감으면서 기뻐하는 유치원 아기들같이 어리광 쳐 가며 먹어야 참맛을 아는 것이다.

아무리 더워도 가는 소리만 듣고도 눈결같이 갈리어 흩어지는 것만 보고도 벌써 땀이 기어드는 것이니까, 보통은 한 그릇이면 더 그 찬 것을 먹을 용기를 계속하지 못한다. 나는 그 눈결 같은 얼음을 혀끝 위에 놓고 어느 틈에 녹는가를 보려는 재미, 혀끝으로부터 입 안, 머릿속, 가슴, 배, 등덜미로 술기운보다도 더 속히 전기같이 돌아가는 것을 느끼고 앉았는 재미에 한 그릇 먹고는 반드시 또 한 그릇을 계속하는 것이 버릇이 되었다. 뼈가 저리게 어쩔 줄 모르게 차지는 것만 아니면 몇 그릇이든지 자꾸 이어 먹을 것 같다.

순회강연차로 평안도에 갔을 때에 오산학교에서 이야기하다가 기차시간이 닥들여서° 인사도 할 새 없이 강단에서부터 달음질을 하야 8분동안이나 뛰어가고도 3분이 모자라서 급행차를 타지 못한 일이 있었다. 꼭 그 차에 타고 가야 할 터에 타지를 못하였으니, 꼭 올 줄 알고 기다리는 곳에서 큰 야단이 날 것을 생각하니 통지라도 미리 해야겠어서 "전보!" 하니까 "여기는 아직 우편소가 생기지 않아서 전보를 못 놉니다." "그러면 전화라도!" 하니까 "전화도 우편소가 없으니까." 한다. 속으로 '이런 데서도 사람이 사는가.' 하였다. 전화도 전보도 하지 못하는 곳에서 급한 병이 생기거나 뜻밖에 재변°을 만나면 어떻게 하는가.

더위에 시달리어 견디다 못하여 저 거리에 들어가서 얼음을 먹을밖에 없다고 열사°의 위에 다리를 저는 사람처럼 허위허위 얼음을 구하러 가면 "오늘 기차 편에 얼음이 오지 않아서 오늘은 없습니다. 내일이나 가져오면 있지요." "날마다 기차 편에 얼음을 가져다 파니까요." 기가 탁 막힌다. 기차도 자동차도 다니지 아니하는 곳. 아주 얼음을 생각도 못 하고 온 여름을 지내는 시골을 생각하면 서울 같은 곳에서 마음대로 얼음을 먹고 사는 사람들은 감사해야 할 것이다.

뭉게뭉게 피어오르는 구름까지도 더워서 날아다니지 못하는 더운날, 파리 소리에 낮잠만 자지는 낮에 "애이스꾸리!°" "애이스꾸릿!" 하

● **닥들이다** 갑자기 들이닥치다.
● **재변** 재앙으로 생긴 변고.
● **열사** 햇볕 때문에 뜨거워진 모래.
● **애이스꾸리** '아이스크림'의 일본어.

면서 서늘한 소리를 신문 호외 돌리듯 하며 돌아다니는 얼음 장사들에게도 경성 거리에 사는 사람들은 감사해야 할 것이다.

아아, 해가 지자면 아직도 두 시간이나 남았는데, 코에 이마에 손에도 땀이 솟는다. 철필을 던지고 빙숫집으로 가자. 얼음 가는 스윽스윽 소리를 들으러 가자.

_波影, 『별건곤』 1928년 7월호

해설

신여성 계몽과 풍자·오락의 랑데부

이지원

1. 아녀자에서 신여성으로

어린이[兒]와 여자[女]를 합한 아녀자라는 말은 가부장제 하에서 아이와 같이 낮은 위치에 있는 여성을 지칭하였다. 그러나 근대 계몽의 시대가 도래하면서, 여성과 어린이를 인격적으로 존중하자는 움직임이 일어났다. 인격의 주인공이 되는 인간 어린이에 대한 생각과 함께 인간 여성에 대한 생각이 탄생했다. 그리고 어른의 부속물이 아니라 사회의 독립된 인격체로서 어린이가 호명되었듯이, 아녀자로 불리던 여성은 새로운 여성, 즉 신여성으로 호명되었다. 아녀자의 시대는 가고 신여성의 시대가 열린 것이다.

방정환은 어린이가 해방되고 존중되어야 하는 것처럼 여성 또한 그러해야 한다고 보았다. 어린이를 사회적 약자로 보고 어린이운동을 전개하였듯이, 가부장제 사회의 규범과 제도에 갇혀 있던 여성의 사회적 해방과 계몽을 중요하게 생각한 것이다. 그는 어린이운동을 주도하는 작가, 동화 구연, 잡지 발행인으로 활동하면서 신여성에 대해서도 많은 관심을 보였다. 가부장제 사회에서 아녀자로 불리던 여성들을 신여성이라 호명하며 변화하는 시대의 새로운 주인공으로 주목하였고, 그들에 대한 이야기를 다양하고 흥미롭게 풀어나갔다. 그래서 그는 여성 잡지『신여성』의 발행 및 편집인이 되었고, 여성 문제에 관한 많은 글을 쓰고 계몽운동을 하였다.

당초 천도교청년회 출판문화 사업의 중심이었던 개벽사에서는 1922년『부인』이라는 여성 잡지를 창간하였는데, 1923년 9월 잡지 독자 대상을 부인에서 여학생으로 확대하기 위하여 잡지의 제호를『신여성』으로 바꾸었다. 방정환은 이『신여성』3호부터 편집 겸 발행인이 되었다.『신여성』이 1926년 10월에 정간되고『별건곤』이 창간되었을 때에는『별건곤』의 '신여성란'을 통해 글을 쓰고, 또 1931년『신여성』이 속간되면서 다시 편집 겸 발행인이 되었다.

2. 여성 문제는 근대사회 문제

방정환은 여성 문제를 근대사회의 가장 중대한 사회 문제로 여기며, "그 나라 여자들의 진보된 정도를 보고 곧 그 나라 전체의 진보 정도가 그만한 것이라고 생각해 두면 그 관찰이 어그러지지 아니할 것"이라고 하였다. 여성의 사회적 지위가 국가 진보의 반영이라는 말은 여성 계몽에 대한 근대주의적이고 국민(국가)주의적 서사 구도를 보여 준다. 근대국가로의 진보를 위해 여성은 신분적 평등과 자유를 누리는 국민의 구성원이 되어야 하기 때문이다.(「여자 이상으로 진보하지 못한다」,『시대일보』

1924년 3월 31일자) 그는 어린이 문제에 대해서도 즉 "세계에 어떠한 나라이든지 그 나라의 발달을 보려면 먼저 그 나라의 아이의 노는 것이라든지 일상의 생활하는 것을 보아야 할 것이다."라 하여 같은 의미를 부여하고 있다.(「소년회와 금후 방침」, 『조선일보』 1923년 1월 4일자) 즉 근대의 진보라는 지향 속에서, 미래의 새로워지는 세상에 대한 희망을 품고 어린이와 여성의 사회적 대우를 중요하게 생각했던 것이다. 여성의 사회적 지위와 인식의 변화는 잘못된 낡은 것들을 고치고 새로워지는 미래를 위하여 필요한 것이었다.

방정환은 그러한 변화가 우선 여성 스스로의 자각에서 비롯된다고 계몽하였다. 특히 여학생 등 여성 독자를 대상으로 여성 스스로의 주체적인 자각을 여러 글에서 강조하였다. 「요령 있는 여자가 됩시다」(『신여성』 1925년 5월호)라는 글에서 사람은 요령 있는 사람이 되어야 하는데, 이때 요령 있는 사람이란 '자기의 생활의식을 갖고 사는 사람'이라 설명하고, 남자보다 여자가 그렇지 못함을 반성하고 깨달아야 한다고 하였다. 이때 여성으로서 요령 있다는 것은 "우리도 사람이다. 사람으로 살아야겠다. 남자와 평등으로 대우를 받아야겠으며 교육을 받아야겠다. 자유로 연애와 결혼을 할 것이며 남자에게도 정조를 요구하여 성적 노예가 되지 말 것이며 경제적으로 독립하여 생활을 보장하여야겠다. 정치적 자유가 있는 곳이면 당당히 참정권을 요구하여 같은 인격을 갖고 같은 인권을 가져야겠다 하는 그런 문제입니다."라고 하였다. 즉 요령 있는 여자는 정치적 사회적 성적 평등과 자립이 보장된 이상적인 여성이었다. 요령 있는 여자가 되는 것은 타인의 도움에 의지하기 전에 여성 스스로 그러한 책임과 의무를 자각함으로써 가능해지는 것이라고 하였다.

그는 여성 자각의 방법으로 교육과 사회참여를 중요하게 꼽았다. 그는 1920년대 여학생 교육이 활성화되어 여학생들이 새로운 사회 구성원이 되는 것에 많은 관심을 보이고 있었는데, 여학생 교육의 시대 분위기를 전하기 위하여 『신여성』 각 호에 여학교 탐방기를 싣기도 하였다. 그리고 여학교 교육을 받은 신여성들은 개인의 계발과 함께 사회 활동에도 적극적으로 참여할 것을 강조하였다. 여성의 자립은 사회 문제에 지속적인 관심을 갖고 사회 활동을 실천하는 가운데 이루어진다고 보았기 때문이다. 그래서 여학생들에게 방학 때 귀향하여 남학생들처럼 한글 강습회 등 대중 계몽 활동도 하고, 신문이나 잡지를 읽고 도서관이나 강연회 등에 가는 사회 활동에 동참하라고 계몽하였다.

여성의 사회 활동 참여에는 직업을 갖는 것도 포함되었다. 그는 교육받은 신여성이 직업을 갖는 '직업여성'이 되는 것을 지지하였다. 교육을 받은 신여성의 사회 활동에서 가장 이상적인 것은 직업을 갖는 것이었다. 직업을 갖는 것은 당시 여학생들의 5대 번민 가운데 하나이기도 하였다. 그러나 현실적으로 직업을 갖는 것이 쉽지는 않았다. 그는 직업을 갖는 것이 여의치 않을 경우에는 사랑방에서 이웃 부녀들에게 소규모 강습회를 열거나 모임을 만드는 등의 사회 활동을 하는 것도 장려하였다. 이제 여성은 가정 속에서 갇혀 있는 여성이 아니라 사회의 여성으로서 사회의 진보를 실현하는 독립적이고 주체적인 존재가 되어야 한다는 것을 강조하였던 것이다.(「시골집에 가는 학생들에게—남겨 놓고 올 것·배워 가지고 올 것」, 『신여성』 1924년 7월호; 「남학생, 여학생 방학 중의 두 가지 큰 일」, 『학생』 1929년 7월호; 「내가 여학생이면」, 『학생』 1930년 6월호)

3. 인습의 굴레 벗어나기─자유연애, 결혼, 이혼

신여성의 자립 앞에는 인습의 굴레라는 현실의 장애가 놓여 있었다. 현실의 장애는 여성의 진보를 위하여, 또 사회의 진보를 위하여 넘어야 할 산이었다. 방정환은 여성의 진보와 사회의 진보를 가로막는 인습과 편견을 비판하였다. 가부장적인 가족제도와 어린 나이부터 여성의 예속을 강요하는 조혼 등이 그 대표적 사례였다. 가부장제와 조혼이라는 인습의 굴레를 벗어나려면, 여성의 자유로운 남성 교제와 선택이 가능해야 했다. 그것은 인습을 벗어나는 새로운 진보의 모습이었다. 이러한 이유에서 방정환은 여성의 자유연애와 자유결혼을 전적으로 찬성하였다. 그는 결혼은 '백복(百福)의 근원'으로서 신여성 문제이자 부부 문제이며 사회문제라고 보았다. '부부'로부터 시작되는 가정 살림이 곧 개인 행복과 사회 진보의 기준이 된다는 것이다. 그렇기 때문에 결혼에서 백년고락을 같이 할 당사자의 의사를 제치고 '보조자인 부모'의 뜻이 우선되면 안 된다고 하였다.

방정환에게 있어 여성의 의사가 중시되는 자유연애, 자유결혼은 부부 중심의 가정을 성립시키는 전제 조건이었다. 그리고 그러한 부부 중심의 가정에서 남편은 여성의 사회 활동을 도와주는 협력자 역할을 하는 존재로 상정되었다. 왜냐하면 여성의 사회 활동은 신여성만의 문제가 아니라 신여성과 결혼하는 남자들의 문제이기도 하고, 가정의 문제이기도 하다고 보았기 때문이다. 그는 가부장제 사회에서 여성에게만 결격사유가 있는 것으로 터부시되었던 이혼에 대해서도 "이혼은 악이 아니다."라고 하며 이혼을 죄악시하는 인식에 대해서도 비판적이었다.(「찬성과 반대는 근본 해석부터 틀린 까닭─이혼은 결국 심리 문제이다」, 『동아일보』

1924년 1월 8일자; 「여학생과 결혼하면」, 『별건곤』 1927년 12월호; 「조혼에 관한 좌담
회」, 『조선농민』 1928년 12월호)

그러나 인습을 벗어나는 것은 쉽지 않은 일이었다. 그것은 우리보다
여성 자립 운동이 앞서 있었던 서양의 경우도 마찬가지였다. 방정환은
가부장제적인 인습을 벗어나는 것은 서양도 마찬가지로 어려웠다는 것
을 세계적인 문호들의 작품들을 통해 설득하기도 하였다. 예를 들어 헨
리크 입센의 『인형의 집』과 『바다(海) 부인』 등은 여성 자각 운동에 가
장 크고 많은 자극을 준 책이라고 소개하고, 여성들이 필독할 것을 권
장하였다. 또한 조혼이나 가부장적인 예속을 받아야 할 만큼 여성이 남
성에 비해 열등하지 않다는 것을 우생학적인 지식까지 동원하여 설득
하기도 하였다.(「조혼에 관한 좌담회」; 「『인형의 가(家)』와 『해(海) 부인』」, 『신여성』
1924년 5월호; 「현대적(모던) 처녀」, 『별건곤』 1927년 12월호)

4. 신가정의 모성 강조와 슈퍼우먼 되기

자유연애, 자유결혼의 결과 만들어진 부부 중심의 가정은 '신가정'이
라 불렸는데, 방정환은 '신가정'을 가장 이상적인 가정의 모습으로 보
았다. 그는 대가족 제도의 가정은 '요란한 여관 속' 같기 때문에 현대인
에게 필요한 휴양과 안식을 줄 수 없고, 신가정이야말로 현대인의 이상
적인 가정이라고 하였다. 또한 신가정을 사회의 기초단위이자 생활 및
사회 개선의 토대로 설정하였다. 신여성이 남녀평등의 우정으로 부부
중심의 신가정을 만드는 것은 가부장제적인 불합리한 인습을 없애고
건강과 위생 수준을 높이며, 시민으로서 필요한 사회적 지식, 정치적 취

미 등을 기르는 터전을 만드는 것이라고 생각하였다.

특히 그는 신가정을 어린이를 위한 육아 문제와 연결했다. '신가정' 담론의 주축이 '어머니'로서의 신여성이었다면, 실질적으로 이 가정을 구성하는 또 다른 핵심은 어린이였기 때문이다. 신가정은 대가족에 의존하지 않는 신여성 어머니가 어린이를 양육하는 공간이었다. '어린이 문제와 여성 문제는 한 덩어리'라는 표현은 신가정의 모성 중심 양육에 대한 생각을 잘 드러내고 있다.(「미혼의 젊은 남녀들에게」, 『신여성』 1924년 5월 호); 「내가 본 바의 어린이 문제」, 『동아일보』 1927년 7월 8일자; 「답답한 어머니: 제1회 아기의 말」, 『별건곤』 1929년 1월호; 「한 집에 고부 동거가 가(可)한가 부(否)한가」, 『별건 곤』 1929년 1월호; 「학부형끼리의 여학생 문제 좌담회」, 『신여성』 1931년 6월호; 「살림살 이 대검토 1」, 『신여성』 1931년 3월호; 「살림살이 신(新)강의」, 『신여성』 1931년 6월호)

이때 방정환은 신가정의 신여성 어머니와 어린이의 관계를 숭고한 모성과 순수한 아동성의 결합으로 설정하였다. 숭고한 모성의 신여성은 천사인 어린이의 순수함과 예술적 감성을 지키는 교육자가 되는 것이었다. 방정환은 어린이를 '어린 한우님'이라 부르며, 어린이의 순수성을 절대화하고, 어린이는 세상을 순화하고 그 자체로서 세상을 예술화한다고 생각하였다. 이러한 점에서 그는 어린이 문화가 수신강화(修身講話) 같은 교훈담이나 수양담을 배제하고 순수한 감성을 담아야 한다고 주장하였다. 즉 어린이의 보드라운 감정과 미적 생활 요소를 길러 주는 것이 어린이 문화의 중심이고, 순수한 감성의 어린이 나라에서는 모든 것이 예술이라는 것이다. 방정환은 보드랍고 순수한 어린이의 감성은 곱고 '어여쁜 코스모스'와 '봉선화'가 연상되는 신여성의 정서와 상통하는 것으로 묘사하였다. 그는 종종 신여성을 꽃에 비유하였는데 그것은 곱고 여린 애상적 감성을 투영한 것으로 읽힌다. 곱고 어여쁜 신여성의 정서를 어린이의 순수성과 예술성과 연관시킴으로써 신여성을 어린이를 양육하는 역할에 배치하였다. 즉 신여성 어머니는 모성을 지님으로써 천진하고 순수한 어린이에게 보드라운 감성과 정서를 제공하고 자연적 동심을 양육하는 존재가 되어야 한다는 것이다. 특히 신여성 어머니의 동화 읽어 주기는 예술을 본능적으로 받아들이는 어린이들 눈높이에 가장 순수하고 자연스럽게 다가가는 길이라고 하였다. 이러한 구도에서 신가정의 신여성 어머니는 어린이의 순수성과 예술성을 발휘하도록 어린이에게 동화를 읽어 주는 존재로 그려졌다.(「소년의 지도에 관하여 — 잡지 『어린이』 창간에 제하여 경성 조정호 형께」, 『천도교회월보』 1923년 3월호; 「달밤에 고국을 그리워하며」, 『개벽』 1921년 1월호; 「추창만초」, 『신여성』 1923년 9월호; 「봉선화 이야기」, 『신여성』 1924년 7월호; 「동화를 쓰기 전에 어린애 기르는 부형과 교사에게」, 『천도교월보』 1921년 2월호; 「어린이 찬미」, 『신여성』 1924년 6월호; 「살림살이 대검토 1」; 「살림살이 신(新)강의」)

요컨대 신가정의 신여성은 근대 사회에서 자립해야 하는 동시에 어여쁘고 숭고한 모성으로 천진한 동심을 양육하는 존재가 되어야 했다. 그리고 직업여성이 되어 사회 활동을 하면서 모성도 발휘해야 했다. 여성이 홀로 가사, 양육, 직업 활동을 병행하는 것은 사회 복지 제도가 있는 오늘날에도 어려운 일이다. 방정환은 신여성의 모성을 강조하면서도 사회 제도에 대해 언급하지는 않았다. 사회 제도의 뒷받침 없이 신여성 개인의 각성과 역할만을 계몽하는 것은 개인의 능력으로 모든 역할을 수행하는 '슈퍼우먼 신여성'이 되기를 요구하는 것이었다. 이러한 상황이라면 방정환 시대의 신여성 어머니는 슈퍼우먼 콤플렉스를 느낄 수밖에 없었으리라.

5. 신여성 풍자

방정환은 신여성에 대한 계몽을 강조하는 한편 신여성에 대한 풍자
도 병행하였다. 풍자는 비판과 해학을 담은 재미있는 이야깃거리가 되
어 대중들의 호기심과 흥미를 끌 수 있었다. 신여성을 풍자하여 대중의
관심과 흥미를 높이고자 한 것은 대중문화 기획자로서 방정환의 면모
를 보여 준다. 방정환은 식민지 근대의 변화하는 세태 속에서 대중을 계
몽하려는 의지뿐만이 아니라 대중성을 간파하는 감각도 가졌던 것 같
다. 그는 일제 식민 당국의 검열과 탄압 하에 잡지 간행과 대중 강연 등
을 주도하고 기획하면서 식민지 대중문화의 일선에 있었다. 그러한 대
중적 감각으로 신여성을 풍자의 대상으로 포착하였던 것이다.

그의 신여성 풍자의 핵심어는 '사치심·허영심'이었다. 마치 오늘날
'된장녀'라는 개념처럼, 당시 신여성 또는 '모던 걸'의 이미지를 비판하
고 풍자하였다. 신여성이나 '모던 걸'에 대한 풍자는 당시 많은 글이나
만평 등에서도 익히 나타나고 있었는데, 방정환도 그 흐름에서 예외는
아니었다.

신여성으로 주로 호명된 여학생들은 도회지의 학교를 다니면서 식민
지 근대의 도시문화와 소비문화에 젖어 들었다. 그들은 민족의 미래를
걸머진 투철한 시대 의식과 소명감을 갖기보다, 일상 속 소비문화와 자
유로움에 익숙해져 갔다. 신여성 풍자는 그러한 여학생들의 일상에 대
한 비판 의식도 깔려 있었다. 방정환은 여학생들이 시골서 보내온 돈으
로 기숙사 생활을 하면서 바나나, 초콜릿, 사탕, 군고구마, 호떡 등을 사
먹으며 연애, 음악회, 연극, 활동사진에만 관심을 갖는 것, 외모 꾸미기
에 치중하여 가사 노동은 기피하는 것, 소비 과잉 세태 등을 풍자하였

다.(「남녀 학교 소사 대화」,『학생』1929년 3~4월호;「졸업한 이, 신입한 이와 또 재학 중
인 남녀 학생들에게」,『학생』1929년 4월호)

그의 여학생 풍자 글들은 당시 여학교 교육 실태를 비판하였던 그의
다른 글들과 함께 읽으면 풍자에 담긴 비판 의식을 이해할 수 있다. 그
는 당시 여학교 교육이 실질적이지 못함을 비판하였다. 여자고보 4년
의 교육은 전문학교나 대학에 진학하는 데에는 도움이 되는 교과 교육
이지만 졸업 후 2/3 이상이 사회로 나오는 현실에는 맞지 않는 교육이
라고 하였다. 이 점은 당시 식민지 여성 교육에 대한 조선총독부의 교
육 정책과도 관련되는 문제인데, 높아지는 향학열의 결과 교육받는 여
학생은 증가하였으나 그들에 대한 사회적 수요나 진로에 대한 정책은
없었던 것이다. 그러다 보니 여학교의 수업은 목표가 없고, 수업 시간은
학생들에게 유익하지도 재미있지도 않았다. 그래서 방정환은 여학생들
에게 실생활과 거리가 먼 상급 학교 진학용 교육이나 무미건조한 교과
서보다 소설 등 폭 넓은 독서, 남성에 대한 지식, 보육 등 현실적인 교육
을 하는 것이 더 낫다는 대안을 제시하기도 하였다.(「내가 여학생이면」;「딸
있어도 학교에 안 보내겠소」,『별건곤』1931년 3월호;「학부형끼리의 여학생 문제 좌담
회」)

그의 신여성 풍자에는 도시 생활을 하는 '신가정' 신혼부부의 일상도
대상이 되었다. 그는 신여성들이 학교에서 공부만 하고 연애를 해서 결
혼은 했지만 가사 노동에는 담을 쌓고 사는 세태를 곱지 않은 시선으로
풍자하였다. 그는 결혼한 신여성이 조석 식사를 짓지 않기 때문에 신혼
부부들이 인사동에 새로 생긴 공동 식당에서 아침저녁을 해결하는 세
태를 도시 생활의 새로운 풍속도로 소개하였다. 그리고 신여성들은 도
시적·소비적 문화생활을 이상으로 삼기 때문에, 솥이나 밥상은 못 사도

피아노, 유성기, 라디오는 사야만 한다고 생각하는 것을 비꼬기도 하였다.(「신혼살림들의 공동 식당」, 『별건곤』 1928년 2월호); 「감사할 살림 여러 가지」, 『별건곤』 1928년 7월호) 부부 중심의 신가정이 보여 주는 이러한 일상은 식민지 근대 시기 도시문화의 변화상을 반영하는 것이었는데, 방정환은 이러한 일상의 변화를 신여성들의 사치심과 허영심이 만든 소비문화 탐닉의 세태로 비판하고 풍자하며 흥밋거리로 소개하고 있다.

6. 남성적 관음과 오락화의 시선들

방정환의 신여성 풍자에는 여성을 보는 남성적 시선이 투영되었다. 그러한 남성적 시선은 여성을 관음하고 오락화하는 것으로 연결되기도 하였다. 대표적인 것이 목성이라는 필명으로 쓴 풍자 만필 '은파리'나 필명 쌍S(双S)로 쓴 '잠복 미행기' 등이다. '은파리'나 '잠복 미행기' 등은 '색상자'와 같이 개인 사생활을 엿보는 형식을 취한 것으로 대단히 오락성이 강한 글이라고 하겠다. '은파리'는 만담식의 구어체로 쓰여서 운율을 살려 읽으면 생생하게 장면이 그려지고, 풍자와 오락을 가미하여 인간의 허위의식과 세태를 비판하는 부분도 적지 않다. 그러나 파리처럼 아무도 갈 수 없는 곳을 맘대로 들어간다고 비유하며, 여성을 미행하거나 엿봄으로써, 관음적 호기심을 충족하고 우스갯거리 소재를 찾는 도구로 이용하기도 하였다. 은파리가 쫓아다니는 여성들은 대개 외모에 관심이 많고 사치와 허영, 연애와 불륜에 빠진 신여성, 부자의 첩이 된 여학생 출신의 신여성, 투기하며 남편의 애정에 목말라 있는 부잣집 마님 등이었다.

남성적 관음의 시선은 신여성의 이면을 들춰내서 자극적이고 선정적인 황색 잡지의 오락물로 만드는 데 쉽게 성공하였다. 쌍S가 며칠을 미행해서 알아낸 여학생 탈선 소굴에서 여학생은 더 이상 학생이 아니라 돈과 화장품과 사치품을 갖기 위해 연애를 가장한 풍기 문란 매매춘의 주인공일 뿐이었다.(「전율할 대악마굴 여학생 유인단 본굴 탐사기」, 『별건곤』 1927년 3월호) 4회에 걸쳐 『별건곤』에 실린 「신부 후보자 전람회」(『별건곤』 1930년 6~9월호)라는 글은 여학교나 전문학교 출신의 신붓감 32명을 '진열'하겠다고 하면서 신여성들의 세태를 속속들이 오락거리로 풀고 있다. 이 글은 결국 신여성들은 겉으로 보이는 외모나 교양과 달리 실제로 지저분하고 소비적이고 허영심 많은 존재일 뿐이라고 우스갯거리로 만들었다. 그러고는 스스로 "웃음거리도 못 되는 붓장난이 삼복더위 중에 부대끼는 독자들께 한 번의 웃음이라도 이바지하였다면 다행한 일"이라는 변(辯)을 달기도 하였다.

사실 이러한 은파리나 쌍S의 미행기는 얼마나 사실인지 명확지 않고, 또한 그것이 중요하지도 않다. 은파리 식의 신여성 미행담에는 여성을 관찰하는 은밀한 욕망과 여성을 타자화하는 남성적 시선이 작동했을 뿐이다. 이러한 은파리의 남성적 시선 때문에 방정환은 1927년 소설가로서 활동하던 김명순에게 명예훼손으로 고소당하기도 하였다. 신여성이 관음의 시선을 받고 오락화의 대상이 된 것은 아직 사회적으로 안정되지 못한 과도기 신여성의 지위를 반영하는 것이기도 하다. 신여성은 구여성과 마찬가지로 남성적 시선 속에서 여전히 약하고 불안정한 존재였다.

결국 이러한 남성적 시선이 작동한 방정환의 글에는 타자화된 신여성에 대한 계몽과 함께 풍자와 오락이 교차하였다. 그 결과로 자립적으로 계몽된 신여성, 신가정의 모성을 수호하는 신여성, 슈퍼우먼 신여성, 풍자·오락의 대상으로 전락한 신여성 등 다양한 신여성의 모습들이 그려졌다. 그의 신여성 묘사들은 얼핏 상호 모순되어 보이지만 식민지 근대의 굴절된 과도기를 살아갔던 여러 얼굴의 신여성들을 만나게 한다. 또한 완벽한 계몽 활동가 방정환이 아니라, 진보하고자 하였으나 한계를 갖고 있었던 식민지 남성 지식인 방정환과 그의 시대에 대해 좀 더 다양하고 깊은 이해를 가능케 하기도 한다. 이러한 점에서 방정환의 신여성 관련 글들은 담론적으로나 실제적으로나 근대 여성 계몽에서 드러나는 여성성과 식민성에 대한 다양한 논의를 유발하고, 한국 근대 여성사·문화사를 더욱 풍부하게 읽을 수 있는 자료로서 흥미롭다고 하겠다.

방정환의 계몽과 사회 문화 비평

이기훈

　최근 방정환 연구의 가장 뜨거운 쟁점은 필명과 이명에 관한 것이다. 방정환이 너무 많은 필명을 사용했기 때문인데, 염희경에 따르면 방정환이 사용한 것으로 확인되는 필명이 18개(소파, 小波, 소파생, 小波生, 方小波 등 금방 같은 사람인 것을 알 수 있는 것은 하나로 친 것이다), 아마도 방정환일 것으로 추정되는 필명이 10개 정도 된다. 한 호의 잡지를 내면서 방정환 혼자 여러 편의 글을 써야 하다 보니 필명이 자꾸 늘어났겠지만, 이는 그만큼 방정환의 관심사가 넓었음을 보여 주는 것이기도 하다. 방정환은 동화나 동시, 소년소설, 수필, 훈화, 편집후기, 과학 상식, 세태 비평, 문화 평론 등 다양한 형식의 글을 썼는데, 매체와 글의 성격에 따라 다른 이름을 사용했다. 이 정도면 팔방미인이라고 해도 좋으리라.

　이렇게 한 사람이 여러 분야에 걸쳐 선구적인 업적을 남길 수 있었던 것은 방정환 세대의 특징이기도 하다. 19세기 말엽에 태어나 20세기 초반 체계적인 근대 교육과 유학 경험을 모두 갖춘 이들은 1920년대 식민지 조선의 사회·문화를 이끌었다. 그중에서도 방정환이 아동문학가, 소년운동가, 잡지 편집인으로 다양한 역할을 했던 사실은 잘 알려져 있다. 여기에서는 당대의 사회·문화 비평가로서 방정환의 면모를 보여 주는 작품들에 대해 간단히 검토해 보고자 한다.

1. 계몽운동과 사회 비평

방정환은 청중을 울리고 웃기는 명강사였다. 한창때 그는 1년에 90여 회의 강연을 소화하며 전국을 일주했는데, 처음부터 강연을 잘했던 것은 아니었다. 그는 1920년 보성전문학교 법과 재학 시절, 조선학생대회 강연단의 일원으로 북부 지방 순회 강연에 나섰다.(「학생 강연단 귀환」, 『동아일보』 1920년 8월 9일자) 그런데 이 강연에서 학생 방정환은 청중들에게 나름의 세계정세와 사상 등을 진지하게 전달하려 했으나 청중은 알지 못하는 이야기에 자리를 뜨기까지 했다고 한다. 결국 아이들에게 동화하듯 이야기를 하면서 청중은 귀를 기울이게 되었고, 이후 방정환의 강연은 민중의 언어와 이야기로 계몽적 내용을 전달하는 것을 특징으로 삼았다. 방정환에게 강연은 문화운동의 일환이었고, 그의 열정은 전집에 실린 글에서도 확인할 수 있다.(方小波 「연단진화」, 『별건곤』 1930년 10월호) 과연 방정환이 전달하려 했던 새로운 문화는 어떤 것이었을까?

직업인으로서의 방정환은 유능한 잡지 편집인이며 기자였다. 방정환이 만든 잡지들은 생계의 수단이라기보다는 조선 사회를 변화시키는 문화적 기획들이었다. 『신여성』『학생』 등 새로운 사회계층을 대상으로 하는 잡지에 실린 많은 글들은 새롭게 등장한 근대적 주체들의 삶을 위한 새로운 윤리와 규범을 제안하고 있다. 방정환이 가정과 사회에서 어린이들에 대한 교육과 처우의 개선에 대해 어떤 노력을 기울였는지는 잘 알려져 있는 바지만, 그는 여기서 한 걸음 더 나아가 가정을 구성하고 생활해 가는 방식의 전반적인 근대화를 추구했다.

방정환은 청년들이 자유로운 근대적 개인이 되어야 하며, 이를 위해서는 자유로운 가정이 만들어져야 한다고 생각했다. 당시의 큰 논란거리였던 자유결혼과 이혼 문제에 대해 방정환은 적극적인 옹호론자였다. 결혼은 책임질 능력이 있는 남녀의 신중한 선택이어야 하되, 부모는 보조자일 뿐이고 당사자인 자신이 스스로 선택해야 하는 문제라는 것이다.(「미혼의 젊은 남녀들에게」, 『신여성』 1924년 5월호) 그러므로 이혼도 결국은 자신이 잘못 선택한 결과일 뿐이니 다시 시작할 수 있는 문제라는 것이다. 젊은이들의 이혼이 한참 사회적인 논란거리가 되고 있을 때 그는 "한번 싫어져서 소박만 하게 되면 그것으로 이미 이혼이라 할 수 있는 것"이며 "법률상이나 혹은 도덕상으로 시비를 가리는 것"은 뒤치다꺼리에 지나지 않는다고 단언했다.(「찬성과 반대는 근본 해석부터 틀린 까닭―이혼은 결국 심리 문제이다」, 『동아일보』 1924년 1월 8일자)

방정환이 생각한 자유결혼은 연애, 즉 '사랑'의 감정보다는 행복한 결혼을 위한 지적인 근대 주체들의 합리적 선택으로 이루어지는 것이었다. 특히 여성은 상대방 남자가 어떤 성격을 가졌는지, 생활 환경과 습관은 어떤지 꼼꼼히 따져 보라고 충고했다. 술을 많이 마시거나 몸이 허약하거나 세상을 비관하는 사람, 의지가 약한 사람의 결혼 신청은 당연히 거절해야 했다. 결혼 적령기의 여성은 사랑에 눈멀어 정확한 판단력을 잃어버릴 수 있으니 이 점에 크게 주의해야 한다고 했다. "열정적이고 감정적인 여자면 이성 많은 남자와 결혼하여야" "자신과 또 그 자녀의 성질까지 개선"할 수 있으니 결혼이야말로 인류를 개선하는 방법이라는 것이다. 혼인과 출산은 결국 합리적인 '우생'이 되어야 한다는 것이다.(아드킨쓰「자유의지로 결혼하려는 처녀에게」,『신여성』1924년 6월호)

방정환은 가정생활은 부부 두 사람이 이루어 나가는 것이라고 했다. 1929년 1월 잡지『별건곤』에서는 한 집안에 시어머니와 며느리가 같이 사는 것이 옳은가 아닌가를 편을 나눠 지상 토론을 벌였다. 방정환은 신혼부부와 시어머니가 따로 살아야 한다고 주장했다. "신랑 신부뿐만이 자기 두 사람의 뜻을 맞추어 조화된 가정을 이루기에도 상당한 노력이 드는 터"인데 윗사람이 개입하면 아무것도 이루어지지 않는다. 한 집안이란 원래 한 부부가 중심이 되어야 하니 각 가정의 독자적인 문화와 교육을 위해서, 또 가족 간 의존심을 없애기 위해서도 반드시 따로 살아야 한다는 것이었다.(「한 집에 고부 동거가 가(可)한가 부(否)한가」,『별건곤』1929년 1월호)

방정환은 가정생활의 근대화·합리화에도 큰 관심을 기울였다. 신여성에 연재한 「살림살이 신강의」는 경제적이고 합리적인 의식주 생활과 육아 및 가정 경제 계획의 수립과 운영에 대한 근대적 가정학 강의였다.(方定煥「살림살이 대검토 1」,『신여성』1931년 3월호; 方定煥「살림살이 신(新)강의」,『신여성』1931년 6월호) 자유결혼과 가정생활에 대한 다양한 비평 활동은 근대적 가정을 확산시키려는 문화운동의 일환이었던 것이다.

방정환이 무리한 줄 알면서도 1929년 학생 대상 잡지『학생』을 창간한 것도 문화운동적 기획이었다. 학생들의 성정을 도야하고 취미를 향상시키는 향도자 역할을 자처한 것이다. 방정환은 식민지 조선에서 학생은 민중을 실제로 계몽하는 실행자이며, 계몽 지도자들과 민중을 연결할 중간층이라고 생각했다. 그래서 학생들에게 방학마다 귀향해서

농촌에서 적극적인 계몽 활동을 벌일 것을 권고했던 것이다.(方定煥「지금
부터 시작해야 할 남녀 학생의 방학 준비」,『학생』1929년 7월호)

　방정환의 계몽적 문화 기획도 늘 성공할 수는 없었다. 현실의 사회는
그의 기대대로 변하지 않았다. 사회주의 운동이 급속히 성장했고, 현실
의 학생들은 민족주의 지도층의 계몽적 견해를 민중에게 전달하는 중
간 역할에 만족하지 않았다. '학생'만의 영역을 설정하기 어려웠기에
잡지『학생』은 존재 의미를 잃어 갔다.(「『학생』폐간에 대하여」,『학생』1930년
11월호)『학생』의 폐간은 방정환의 개인적 실패라기보다는, 언론 매체의
계몽 활동을 중심으로 사회의 변화를 추진했던 문화적 기획 자체의 한
계를 보여 주는 것이다.

2. 문화 비평

　방정환은 연극이나 영화에도 관심이 많았고, 무엇보다 대중문화의
소비 양상에 대한 관심이 높았다. 그는 대중문화의 정치적 사회적 영
향력을 절실히 느끼고 있었다. "현대는 활동사진의 세상"이었다. 단순
히 대중들이 좋아하기 때문이 아니었다. 그는 대중문화, 특히 영화의 정
치성에 이미 주목하고 있었다. "놀이라고 우습게만 여기던 오락이, 대
중의 생각을 지배하는 데에 아무것보다도 큰 힘을 가진" 새로운 문화
가 되었다고 생각했다. 실제로 1910년대 서울과 여러 도시에서는 할리
우드 등 서구의 무성영화들이 큰 인기를 얻으면서 상영되고 있었다. 방
정환은 이런 현상 자체를 비극적인 것이라고 보았다. "친밀성 적은 남
의 것만 가지고 웃어 오던" 조선의 대중들은 불쌍한 소비자들이었다.

1923년 「월하의 맹서」 이래 「심청전」 「장화홍련전」 등 옛이야기를 소재로 한 영화들이 제작되고 흥행에 성공했지만, 방정환은 1926년 12월 최근에야 "조선 영화가 나타나기 시작했다"고 했다. 이해 가을 나운규의 「아리랑」이 상영되었기 때문이다.(波影, 「민중 오락 활동사진 이야기」, 『별건곤』 1926년 12월호)

방정환은 영화를 사랑했다. 방정환은 조선의 정서도 중시했지만 실제 생활에서는 근대적인 개인의 사생활과 도시적인 취향을 선호했다. 조선 극장도 필요하다고 여겼지만 기본적으로는 영화를 즐긴 도시인이었던 것이다. 방정환은 영화가 지친 도시인, 특히 지식 노동자들의 몸과 마음을 씻어 주는 "가장 훌륭한 세탁"이라고 생각했다. 수많은 관객의 설움과 불평과 분노를 해소해 주는 고마운 것이 바로 스크린이었다.(波影生「스크린의 위안」, 『별건곤』 1929년 10월호) 방정환은 『어린이』에도 영상 소설을 몇 편 소개했다. 교육적인 가치가 있는 활동사진도 있다면서 1926년 「피터팬」의 줄거리를 사진과 함께 소개했는데, 아마도 1924년 허버트 브레논 감독이 만든 무성영화의 장면들로 추정된다.(一記者「영원의 어린이, 피터팬 활동사진 이야기」, 『어린이』 1926년 6~7월호)

그는 영화의 예술적 가능성에도 주목했다. 영화가 눈요깃거리 수준에서 크게 발전하고 있고 조선 영화도 계속 성장하고 있다고 봤다. 그러나 기념할 만한 조선 영화 한 편이 없다는 점을 아쉬워했다. 우리의 생활에 입각한 영화, 우리가 가야할 곳을 제시하는 영화가 필요하다는 것이었다.(北極星「조선 영화계 잡화」, 『조선일보』 1927년 10월 20일자)

방정환은 외국의 도시 풍경을 묘사하거나 경성의 거리를 스케치하면서 문화경관의 측면에서 조선의 현실을 비평했다. 일례로 「공원 정조」는 여름 밤 경성 시내의 대표적인 공원 풍경에 대해 소개한 수필로서,

단순한 경치가 아니라 공원에서 나온 사람들의 행태와 문화에 대한 스케치이며 도시와 그 속에서 살아가는 인간에 대한 애정을 엿볼 수 있는 글이다.(잔물 「공원 정조」, 『개벽』 1922년 8월호) 탑골공원 정자에 모여든 사람들과 그들의 이야기, 장충단 공원에 나온 유녀(遊女)들에 대한 연민, 일본인과 조선인의 교차, 공사로 망가진 한양공원에 대한 개탄을 통해 조선인들이 살아가는 도시 경성의 문화적 풍경을 묘사하여 경성이라는 도회지에 나름의 특징을 부여하려는 시도였다.

3. 세태 비평

방정환은 세태 풍자나 우스개에도 능했다. 역설과 풍자를 통해 식민지 현실을 날카롭게 드러냈는데, 특히 가난과 싸우는 기술인 '투빈술(鬪貧術)'이야말로 도시의 서민들에게 필요한 것이라고 하면서 생일 잔치나 제사 차림 등도 체면치레와 허영이니 이를 가차 없이 버려야 살아남을 수 있다고 했다. 그나마 이런 투빈술조차도 그나마 수입이 있는 사람들의 생존술이니 대부분 민중의 삶이란 도대체 어느 정도였을까?(雲庭居士 「제일유효투빈술」, 『별건곤』 1930년 6월호)

잡지사 기자로서 방정환은 잠입 취재 기사들을 많이 썼는데, 그중 일부는 누구의 필명인지 논란거리인 경우도 많다. 대부분 금전만능의 풍조와 성도덕의 타락을 고발하는 기사들이다. 방정환은 여학교를 소개하는 글도 많이 썼고, 여성 교육을 계속 강조했지만 이른바 '신여성'들에 대해서는 매우 부정적이었다.

그는 여학교 출신들이 허영에 빠져서 여왕처럼 사는 결혼만을 꿈꾸고 있다고 비판했다. 이들이 아무 직업도 하는 일도 없이 결혼 생활을 하면서 권태에 빠지고 파경에 든다는 것이었다. 이를 막기 위해서는 여학교 출신 여성들이 스스로 일거리를 찾아야 한다고 권고하기도 했다.(双S生「여학생과 결혼하면」,『별건곤』 1927년 12월호) 이 글은 여학교 출신들을 여왕으로, 그녀들과 결혼한 남성을 시종무관으로 묘사하고 있다. 다음해 7월 방정환의 필명이 확실한 파영(波影)의 이름으로 『별건곤』에 실린 「감사할 살림 여러가지」도 신여성, 즉 '모던 걸'들의 결혼생활을 부정적으로 서술하고 있다. '모던 걸'과 그 배우자를 여왕과 시종으로 묘사하고 있으며 논조도 앞의 글과 유사하다.(波影「감사할 살림 여러 가지」, 『별건곤』 1928년 7월호)

방정환은 당시의 여학교 교육 자체에 비판적이었다. 여학교를 나와도 신문 한 장을 못 보니 보통학교만 마친 것이나 비슷하다고 했다. 차라리 보통학교 졸업생을 집에서 하루 두 시간씩 신문 잡지를 교재로 하여 가르치고 실제 견학을 시키는 것이 더 나을 것이라고도 주장했다.(方定煥「딸 있어도 학교에 안 보내겠소」,『별건곤』 1931년 3월호) 방정환이 여성 교육을 반대하는 것은 아니었고 여학교 교육의 문제점을 풍자한 것이었지만(방정환이 제목은 자기가 붙인 것이 아니라고 굳이 밝히고 있다.), 신여성들에 대한 불신과 여학교 교육에 대한 선입견이 있었던 것도 사실이다.

실제 식민지 조선에서 이런 '여왕'들이 얼마나 존재했을까? 어지간한 중산층 가정이라도 가정 부인은 임신과 출산, 육아만으로도 충분히 분주했다. 여학교를 나와도 신문 한 장을 못 본다는 것 또한 선입견이다. 여성들이 정치나 사회문제에 대해 견해를 이야기하는 것을 극히 부정적으로 보는데, 누가 자유롭게 자기 견해를 이야기할 수 있을까? 이 무렵 신문 한 장 못 본다 했던 여학교 출신들은 이미 신문기자나 작가로 활동하고 있었다.

방정환도 이 시기 문화의 남성 중심성을 넘어서지는 못했지만, 그래도 여성들의 삶에 대해서 진실에 다가가려 노력했다. 1931년 여학교를 나온 명문가 출신의 젊은 여성 두 사람이 결혼과 연애의 파탄 등에 절망하여 동반 철도 자살을 한 사건이 있었다. 방정환은 그들을 보며 왜 과감히 이혼하고 결혼생활에서 탈출하지 못했을까 안타까워했다. 정조라는 것이 그렇게 중요하지는 않다는 것이다.(방정환 「정조와 그의 죽음」, 『신여성』 1931년 4월호)

방정환은 남성이든 여성이든 자유롭고 지성을 갖춘 인격들이 의지와 책임을 가지고 조화롭게 살아가는 사회를 꿈꾸었다. 두 자유로운 인격의 합리적인 결합으로 가정이 이루어지고, 건전한 육아와 가정생활은 결국 민족의 진보를 가져올 것이라는 전망이었다. 물론 현실은 이상대로 전개되지 않았지만, 우리는 꿈꾸고 노력하는 것 자체가 그 시대의 커다란 진보였음을 기억해야 한다.

『판타지 동화 세계』『아이들은 이야기밥을 먹는다』, 그림책『엄마, 잘 갔다 와』『숲까말은 기죽지 않는다』등을 냈다.

이주영(李柱映) 어린이문화연대 대표, 한국글쓰기교육연구회 이사. 계간『어린이문학』발행인, (사)어린이도서연구회 이사장, 한국어린이문학협의회 회장, 한국도서관친구들 회장 역임.『이오덕, 아이들을 살려야 한다』『어린이 문화 운동사』『어린이 해방―그 날로 가는 첫걸음』, 동화『삐삐야 미안해』『아이코, 살았네!』, 시집『비나리시』, 그림책『비』등을 냈다.

이지원(李智媛) 대림대학교 교수, 동북아역사재단 이사. (재)한국방정환재단 이사, 한국역사연구회 회장 역임.『세계 속의 한국의 역사와 문화』『한국 근대 문화사상사 연구』『미래세대의 동아시아 읽기』,『일제하 지식인의 파시즘체제인식과 대응』(공저),『식민지 근대의 뜨거운 만화경』(공저),『일제 강점 지배사의 재조명』(공저),『정체성의 경계를 넘어서』(공저),『한국사, 한 걸음 더』(공저) 등을 냈다.

정용서(鄭用書) 연세대학교 의과대학 동은의학박물관 학예연구실장.『식민지라는 물음』(공저),『일제하 '조선 역사·문화' 관련 기사 목록 1』(공저),『연희전문학교의 학문과 동아시아 대학』(공저),『방정환과 '어린이'의 시대』(공저) 등을 냈다.

조은숙(趙銀淑) 춘천교육대학교 국어교육과 교수, 계간『창비어린이』기획위원, 한국아동청소년문학학회 부회장.『한국 아동문학의 형성』『대중서사장르의 모든 것 3: 추리물』(공저),『이원수와 한국 아동문학』(공저),『한국 아동청소년문학 장르론』(공저),『대중서사장르의 모든 것 5: 환상물』(공저) 등을 냈다.

염희경(廉喜瓊) 편찬위원회 간사, (재)한국방정환재단 연구부장, 인하대학교·춘천교육대학교 강사, 한국아동청소년문학학회 연구이사.『소파 방정환과 근대 아동문학』,『동화의 형성과 구조』(공저),『동아시아 한국문학을 찾아서』(공저), 『방정환과 '어린이'의 시대』(공저) 등을 냈고, 『사랑의 선물』 『사월 그믐날 밤』 등을 엮었다.

신정숙(辛正璥) 편집·교열
김세희(金世姬) 편집·교열